MEMORY HOUSE
记忆坊文化

镜·双城

（全二册）

JING
SHUANGCHENG

上

沧月 著

江苏凤凰文艺出版社
JIANGSU PHOENIX LITERATURE AND
ART PUBLISHING

目录
COTENTS

一 · 雪中字

飓风吹起乱雪，纷扬弥漫了半天，掩住了方当正午的日头。

雪暴之外的天依旧是湛蓝的，天风呼啸，苍鹰盘旋着。

从半空俯视，帕孟高原苍黄浑厚。慕士塔格雪山在连绵的巨大冰峰中，宛如银冠上一连串明珠中最璀璨的一粒，闪闪发光——而那些光，就是此刻乍起，弥漫山中的雪暴。

然而，苍鹰的目力再好，也看不到雪暴下山腰处那如蚁般蠕动的黑点。

慕士塔格峥嵘嶙峋，高处笼罩在冰冷的阴云中。而在这个连苍鹰都盘旋着无法下落栖息的雪山半腰，居然有一队衣衫褴褛的人缓缓跋涉而上。

风暴一起，四周一片白茫茫，连东南西北都分辨不出。半山腰里，一行被困住的行人只好立定脚跟，拖着脚步聚到一起来，围成一圈共同抵御飓风，缓缓挪动着，寻求一个遮蔽的庇护处。高山上的空气本就稀薄，风起时更是迫得人无法呼吸，刺骨的冷让原本穿得就单薄的旅人瑟瑟发抖。

这群长途跋涉的人已经疲惫到了极点，脸上一律是可怖的青紫色，衣衫褴褛，手肘上、膝盖上的衣衫破处露出已经冻得发白的肌肤。被尖利冰雪划伤的地方根本流不出血来，只冻成了黑紫色，翻卷开来，宛如小孩张开的小嘴，可怖异常。

筋疲力尽的旅人还没有找到避风之处，风暴已经席卷而来。凄厉的呼啸声中，四周一片恐怖的白，仿佛有只看不见的巨手攫住了这群衣衫褴褛的行人，要将他们从峭壁上拉扯下来！

风呼啸的间隙里，只听到几声惨呼，队伍中体力不支的人无法立足，纷纷如同纸片一般被卷起，向着雪山壁立的万仞深渊中落下。

"大家小心！大家小心！"队伍中有个嘶哑的声音叫了起来，穿透风暴送到各人耳边，"相互拉着身边的人，站稳了！大风很快就会过去了！"

他站在队伍里，朝着声音传来的方向转过脸去——然而，什么都看不见。

"快拉住！小心被……"耳边忽然听到有人说话，然后一只粗粝的手伸了过来，不由分说地拉住了他的手。风呼啸着把那个同行者下面的话抹去，然而那只手却是牢牢地握住他的手，用力得发疼，一样冷得如同冰雪。

他甚至懒得转头看看身侧是谁，脸上掠过一丝不耐烦的表情，下意识抽回手去。

就在刹那间，最猛烈的一波风转瞬呼啸着压顶而来！身边到处都是惊呼，每个人都立足不稳，连连倒退着。被夹在队伍中，他也不得不跟着大家退了几步，却同时用力挣开了那个同伴的手，眉间闪过嫌恶的神色。

"哎呀！"风呼啸着掠过，耳边传来了近在咫尺的惊叫声，赫然是那个汉子的声音。他还来不及回头，感觉那只被甩脱的手在瞬间加速离开他的手，顺着剧烈的狂风而去。

"呀！救命！救……"那个人用尽了全力惊呼，然而声音却迅速随风远去。

他只是站在风雪中，动也没动，听着那个声音游丝一般断在风雪里，然后有些嫌恶地用雪将右手擦了，拍干净，重新放在怀里，毫不动容地站在人群中。所有人都在慌乱恐惧地挣扎，抱成一团——漫天漫地纷卷的鹅毛大雪中，没有人注意到这个在飓风中傲然伫立的人。

风终于在一阵狂啸后离去，纷扬半天的雪也渐渐落下，视线重新清晰起来。然而山腰的那一行人，转瞬已经去了大半。

到了山腰便是如此，只怕能活着到达天阙的，不会再有几个了吧——他心里蓦然微微冷笑了一声，却是随着众人的脚步继续蠕动着前进，找了一个避风的所在，停下歇息。

他用枯枝在雪地上画着，先是画了一个圈，然后停了一下，在圆心点了一下。风雪卷了进来，扑到脸上。他闭着眼睛，手在点下去的一刹那有些微的颤抖。

是那里……就是那里吧？终于要回到那个地方去了。

闭上眼的瞬间，他又看到那一袭白衣如同流星一样，从眼前直坠下去，越来越远，越来越远……然而，奇异的是坠落之人的脸反而越来越清晰地浮现出来，离他越来越近，越来越近。苍白的脸上仰着，眼睛毫无生气地看着他，手指伸出来几乎要触摸到他的脸。

"苏摩。"那枯萎花瓣一样的嘴唇微微翕合，唤他。

"啪！"手下的枯枝蓦然折断，他睁开眼睛，然而深碧色的瞳孔里也是茫然空洞。他拉了拉风帽，将露出的发丝塞回帽兜里去。

"嗒嗒嗒"，风在呼啸，然而敲击火石的声音还是不断传入耳中，速度越来越急，伴随着喃喃的咒骂声。冒着大雪点火，半天还点不着，负责生火的铁锅李已经极度不耐烦起来，大吼："喂，谁过来帮一把？见鬼！"

坐在他旁边的一行人里没有一个人出声。这里已经是慕士塔格雪山的半腰，长途跋涉刚刚结束，大家都累得仿佛全身散架。停下休息后，按照内部的分工，生火、挑干粮，各自完成了分内的活儿，一群衣衫褴褛饥寒交迫的流民立马找地儿躺下休息，等着开饭，哪里还有余力管旁人的闲事？

"一群杀不尽的穷鬼。饿死你们！"铁锅李"呸"了一声，咒骂着，继续不懈地敲击着火石。

他也没有出声，只是坐在山阴一个微凹的雪窟里，拢起手，将苏诺小小的身子抱在怀里。这一路下来，阿诺身上也已经冷得像冰块了。他小心地将它护在胸口，闭着眼睛，听耳畔风雪的呼啸声倏忽来去，感觉因为长时间的跋涉，脚上仿佛有刀子在割。

走了两个月了，应该快到天阙了吧？多少年了……没有想到还有回来的一天——而且居然是和这一群逃难的中州流民一起来。

脸上有刺痛的感觉，呼啸的风雪仿佛刀子割开他的脸。

"大叔，你看看是不是火绒湿了？我这里带了火镰，你看好不好使？"风雪里，忽然响起一个少女清脆的声音，雪地上有簌簌的脚步声。

"嚓！"一声脆响，忽然间风雪里也有热流涌起，火舌微微舔着枯枝。

"嘿呀，果然还是火镰好使！小丫头，谢谢你了！"铁锅李如释重负，大大喘了口气，笑声从风里传来。

从荆州破城以来，往西走的这一路上，这一群为了逃难而聚在一起的乌合之众越来越多，但由于成分复杂，所以虽然结伴赶路，可大伙儿之间总是自顾自，只有这个少女是热心而活泼的，获得流民们很多好感。

"不用谢，做了饭还不是大家一起吃——翻过了这座雪山，应该快要到天阙了吧？大家再辛苦几天就好了。"少女朗笑道，声音虽然疲惫，却依然有朝气，让七歪八倒的流民们都精神一振。簌簌踩着雪，一步一挪，少女又往这边走了回来。

可笑……这些人，也妄想着要去云荒吗？

地之所载，六合之间，四海之内，有仙洲曰云荒。照之以日月，经之以星辰，纪之以四时，要之以太岁，神灵所生，其物异形，或天或寿，唯圣人能通其道。

——《六合书·大荒西经》上那一段话，寥寥数十字勾勒出一处世外仙境，如同蓬莱方丈一般，云荒便成了多少年来中州人梦寐以求的仙境。而和那些烟波渺茫信难求的碧落三山相比，云荒的传说却是古老相传，有凭有据，甚至有珠宝商号称去过那个地方，带回来让中州人目眩神迷的宝物，鲛绡明珠、黄晶碧玉，成色之纯，光彩之璀璨，绝非人间所有。

于是，云荒宛如桃花源般的存在，被无数人相信。然而，《大荒西经》中只略微提到它的方位在中土大陆西方，从西域雪山有小径通过狭长地带可至。那条小道传说起于云梦之泽，终点在慕士塔格雪山间某处。

就凭着这样缥缈虚无的传言，从来都不间断地有人长途跋涉而来，寻遍慕士塔格雪山每一条小径。中州人古时就有"寻得桃源好避秦"的传说，到了中州战乱纷飞、群雄逐鹿的时候，这样无路可走寻找桃源躲避灾祸的流民便会更多。

而这些面带菜色的饥民，又怎么不想想自己在中州都活不下去，又如何能抵达天阙？

正在想着，簌簌的脚步声忽然在他面前停住，那个少女应该在他面前立定了，却没有说话。傀儡师的手指抓紧了苏诺，没有抬眼看她，也没有开口，只是自顾自低头出神。

"能坐这儿吗？"那个少女问，然而不等他回答就坐了过来。嘴角略微有不耐烦的表情闪过，他终于开口，声音生涩："男女授受不亲吧？"

"不怕，我不是汉人。"少女说着，已经坐到了他身侧，大大咧咧地说，"我是苗人，才不理会那一套。"

"苗人？"他有些惊诧，因为对方的汉语说得流利。

"嗯，我住在澜沧江旁边，结果最近那里也开始打仗了，只好逃出来。"少女叹了口气，捡起一根枯枝在雪地上画来画去，"寨子都烧了，早就无家可归了。"

他有些疲惫地"哦"了一声，微微摇头——中州这一场大战乱已经持续了二十多年，无数人流离失所，看来如今烽火已经蔓延到了南疆。难怪这一群人，都这样急着逃离中州去往云荒。

"我叫那笙，大家都叫我阿笙。"那个少女的声音在耳畔响起，热情明快，"你呢？一路上都不见你说话，你叫什么名字？"

"苏摩。"他抱着怀中的苏诺淡淡回了一句。

"苏摩？不像汉人的姓名啊……你是哪一族的？"那笙有些诧异，一口气报出了所知道的所有国度的名称，然而靠着雪窟坐着的男子一直没有点头，眼睛低垂着，没有表情。

受到了冷遇，那笙却没有挪开的意思，只是盯着他看——对于这位同行的年轻男子，她已经留意了许久。

虽然是流离中，和身边所有难民一样蓬头垢面，但是这个年轻的傀儡师的英俊依然令人惊叹，脸部的线条利落俊美，五官几乎无懈可击。对于这样俊美得令人侧目的青年，即使是在困顿交加的流亡途中也足以引起热情少女的关注。

"呀，你的木偶做得真好，就像活的一样呢！"没话找话，那笙看到了他一直抱在怀中的苏诺，伸手想去摸，"你是傀儡师吗？"

"啪！"傀儡小人儿的手忽然抬了起来，打开了她的手。

"别动我弟弟。"苏摩依然没有看她，说了一句，将傀儡抱在怀里。

小人儿的手缓缓放下，那笙看见一条几乎看不见的透明丝线连着人偶的手关节，丝线的另一端却系在青年的右手中指指环上。苏摩的手一半露在袍子外面，十指修长，手指上全部戴着奇异的戒指，每枚戒指上都系了一条细线，线的另一端消失在人偶的关节上。

那个人偶不过二尺高，脸庞俊美非凡，垂髻蓝发，穿着奇异的非胡非汉服饰，和主人褴褛的样子相比，却是整洁光鲜——看起来，苏摩一直将自己的道具保护得很好。

"你弟弟？"那笙怔了一下，忍不住笑了起来，"真有意思……果然很像你。"

然而，笑着笑着，少女的脸色慢慢苍白起来，定定地看着苏摩怀中的人偶。那笙用牙齿咬住了下唇，才没有脱口惊呼出来——天，太像了……那样相似的程度，简直是做到了纤毫毕现，甚至人偶的一个手指、一处肌肤，都和眼前的苏摩一模一样！

不知道是错觉，还是苏摩在袖中的手指动了的缘故——那笙忽然看到那个不过两尺高的小偶人转过了头，微微对着她笑了一下。

那样诡异的笑容，令人心里一惊。

"它笑了！"再也忍不住，那笙脱口尖叫，"它在笑！"

"是你眼晕了。"苏摩还是没有抬头看她，只是淡淡地回答，然后将那个名叫苏诺的小偶人抱在怀里，将戴了风帽的头侧过去，不说话，不再看她。

呼啸着的风将雪从外面卷进来，仿佛要将浅浅雪窟里的两人冰冻。雪地里除了风声，只有枯枝毕毕剥剥的燃烧声，食物的香气已经弥漫开来。

"或许……或许是太饿了吧？头晕眼花的。"寂静中，那笙认输了。她抬起头，看着眼前抱着人偶的傀儡师，最后，仿佛终于想起什么可以打破目前这样尴尬的状态，苗人少女兴奋地提议，"苏摩，我帮你算命好吗？"

看着对方略微有些惊愕的表情，她笑了笑，有些自豪："我算命可是很准的——从小我就靠这个赚钱吃饭。跑到楚地的时候，那些人都说我是最好的女巫呢。算命扶乩、看相占梦，我样样都行！"

"那你准备怎么算？"仿佛微微有了一点兴趣，苏摩开口问。

那笙把冻僵的手放在嘴边呵了一下，笑道："就扶乩吧！"

两根枯枝被绑缚在一起，一横一直，成"丁"字形。

那笙伸出冻得通红的左右手，用两手食指的尖端轻轻托着横木两端，让垂直的枝条末端轻轻接触着雪地，闭上眼睛，口唇翕动，轻轻念起长而繁复的咒语。

少女念咒的声音是极轻的，然而一直漠然坐在雪窟内的苏摩蓦然一惊，闪电般地扭头看向她，怀中的偶人也倏地和他一起转头。

这个咒语，居然颇为耳熟，似是在哪里听过——这个苗人少女，竟然真的有几分本事，并不是个神婆骗子。

"雪山的神灵已经被我请来了……苏摩，你想知道什么？"念完了咒语，那笙却没有睁眼。苏摩转头看着她，空茫的眼神却仿佛穿过了她的躯体，落在不知何处。他脸上的表情瞬间变得有些奇怪，许久才道："过去。现在。未来。"

"这说得太笼统了啊……怎么算呢？"那笙有些不满，不得不提醒他，"就不能说详细一点？比如你想知道什么时候能到云荒，什么时候能……能遇到意中人什么的。"

说到最后，她的脸庞微微热了一下，却听到他冷淡地道："怎么，你算不出来？那就算了吧。"

"不！我当然能算出来！"那笙连忙挺起了胸膛，再度默诵了一段咒语，苗人少女单薄的身子在大风中瑟瑟发抖，却虔诚地闭着眼，将左右食指托着的乩笔凌空悬在雪上，只有末端轻轻接触着雪地，喃喃道，"雪山神女啊，请赐予力量，在雪地上写下你的谕示吧！告诉我眼前这个人的过去、现在和未来。"

仿佛有无形的力量托着那笙的手，又仿佛是风吹着那垂地的枯枝，乩笔"唰唰"地在雪地上移动着，写下一排排潦草的符号。

移动，移动，移动。

当换到第三行的时候，乩笔忽然停住了，风雪还是一样呼啸，然而那一根细小的枯枝居然一动不动。

"好了。"那笙长长舒了一口气，但她居然还是闭着眼睛，没有睁开，对他道，"你看看，这就是你的过去、现在和未来。"

苏摩的眼睛看着她的方向，许久，淡淡道："你念给我听。"

那笙摇摇头，还是闭着眼睛："我从来不看自己写的预言。我不能看——就像我不能算出自己的命运一样。你快看，看完了我就抹掉。"

苏摩的嘴角忽然有了一个转瞬即逝的笑意，冷嘲道："你难道没算出来我是一个瞎子？伟大的笔仙？"

听到那句话，那笙大吃一惊，脱口反问："什么？"

"我说我是一个瞎子。你很吃惊吗？"苏摩淡淡道，一边将身子靠着雪窟壁直起，一边向着少女俯身过来，用手覆上了写着预言的雪地，"不过，我虽然不能'看'，却还是可以'读'。"

他的手指修长，苍白得几乎和白雪同色。五个手指上都戴着特制的奇异指环，指环上连着傀儡的细线，在雪地上已经看不出来。他的手指摸到了第一行字上，停顿下来。

忽然间，他嘴角讽刺的笑容消失了。

风雪很大，柴火的那一点热气弥漫在空气里，没有吹到人身上就已经变冷。他的手指不受控制地在雪上颤抖着，空茫的眼睛定定盯着那几个字，蓦然闪出了锋利的光。年轻的盲人傀儡师急急俯身过来，手指摸索向第二句预言。他的嘴角不知不觉中紧抿成一线，一直苍白的俊美脸庞上泛起奇异的嫣红。

第二句预言。苏摩的呼吸急促起来，手指有些痉挛地压着雪地，仿佛无法相信一般，愣了片刻，空茫的眼睛里有奇异的表情。

"看完了吗？"闭着眼睛等了很久，耳边听到苏摩急促的呼吸，却不见他的评语，那笙终于忍不住出声问。

仿佛被惊醒，傀儡师的手一颤，颤抖着探向最后一句扶乩预言。然而，只是一个失神，荒山上狂乱的风雪已经卷来，将最后一句写在雪上的预言抹去。

"是什么？是什么？最后一句是什么？"苏摩的手急急地在雪地上四处摸索，然而无论如何都找不到第三句，一时间，这个奇怪的傀儡师急切地叫出了声，"你快再写一遍！再写一遍！我没有看见！"

听到这样大变的语气，那笙一惊，睁开了眼睛。苏摩在风雪中抬起头，看着她，眼神空空荡荡："快再写一遍！"

他的眸子，居然是湛碧色的，宛如最深邃的海。那样诡异的神色让那笙不自禁感到害怕起来，不由自主退了开去，颤声道："不行！我写不出来了……对同一个人，一年内只能扶乩一次！"

"我没有看到第三句。"苏摩睁着空茫的眼睛，看着风雪遍布的天空，喃喃自语。许久，有些奇异地笑了起来，"也许这是天意——不让我看到所谓的'未来'？或者说，对我而言，根本没有那种东西？"

"啊……那么前两句，我写得准不准？"终于还是按捺不住好奇心，那笙在风雪中瑟缩着，探头问。苏摩没有说话，手指在雪地上慢慢握紧，握了一把空山白雪。低着头，嘴角忽然有了一个转瞬即逝的诡异的笑容……

"开饭了，开饭了！"正在这时，远处铁锅李将木柴敲着锅底，大声嚷嚷。

那些七倒八歪地躺在雪山避风处的流民闻声陡然跃起，每个人拿了一个破碗，争先恐后地朝着火堆跑过去，一路上相互推搡着，毫不客气。

那笙"哎呀"了一声，也顾不得等他回答，连忙从雪地上爬起来，从怀里拿出一口小碗，一边跌跌撞撞跑了过去，一边对他连声招呼："快！快啊！快去抢！不然又没的吃了！"

他却不动，只是坐在雪地上，手指无意识地摸索着已经纵横零落的雪地。

那上面，曾经有的两句话已经被他一手抹去了。

"如果你不是闭着眼睛，如果你看到了两句中的任何一句——我就杀了你。"

许久，一句声音极低极低的话，从傀儡师的嘴角滑落。

苏摩没有和那群流民一起蜂拥着去火堆边，只是一个人靠在雪窟里，将阿诺放在怀里，俯下身去摸索着解开了绑腿，用力揉搓着痛得快要裂开的双腿。最后终于站了起来，走到雪地上去跺着脚，想让血脉活动起来。

那边火堆旁有大家争夺食物的喧闹声，间或有铁锅李为了制止哄抢而发出的厉喝，乱哄哄地传来，伴随着风雪里隐约的热气。已经是黄昏了，入夜的风更加寒冷。在这里休息一夜后，天亮这群流民便要再度继续他们的跋涉。

傀儡师的眼睛却是空茫地看着雪地，仿佛那三行字还在那里一般。忽然他笑了起来，对着怀里的偶人轻轻自语般说话："阿诺，来，活动一下吧！"

"啪"的一声轻响，他怀中二尺高的偶人跌了出来，然而有引线牵着，没有跌到雪地，凌空一个翻身，轻轻落到地面。然后，那个小偶人就像真人一样踢踢腿、伸伸手，居然在雪地上打起滚来。

苏摩的手掩在怀中，只能看见十指微微牵动。然而因为映着雪地，引线却一根都看不见。风雪卷过来，吹起傀儡师的深蓝色长发，明明看不见，但是苏摩却一直看着雪地上翻滚笑闹的小偶人，神色专注。

火堆边上，刚刚如获至宝地捧着小半碗野菜面糊糊的少女看到这边，眼里忽然就有了一种目眩神迷的感觉——

实在是一个奇异的男子：肩膀很宽，四肢修长，身材挺拔。然而再看他风帽下的脸，虽然风尘满面却依然俊美无比，轮廓清秀得近乎女气，让身为女子的那笙都深感自愧不如——这样矛盾却奇妙的组合，让这个自称苏摩的盲人傀儡师散发出难言的妖异魅力。

这是个怎样的人呢？精通占卜预言的少女总能感到他身上有一种说不出的奇异力量。即使在逃难的途中，年轻苗人少女依旧不由自主地被他吸引，一步一步地靠了过去。

"要不要吃点东西？等天亮就要翻山了——不吃哪里有力气。"那笙的声音里毫无中州女子的羞涩，爽朗而热情，有一股热气丝丝缕缕触及了他的肌肤——那是那边火堆旁争抢得来的食物吧？那样一个小丫头，为了能抢到一碗果腹，不知费了多大的力气。

那些流民为了一勺半勺的差别，尚自和铁锅李争夺怒斥不休。而这个女孩，却将自己的那一份食物慷慨送给了他。

傀儡师收了线，十指只是微微一扬，那个名叫阿诺的小偶人在雪地上一个鲤鱼翻身，"啪"地跳了起来，落入主人怀中。苏摩嘴角往上弯了一下，似乎有一个难得的笑意，没有说话，但是伸出了手。热情如火的苗人少女连忙将手中破旧的陶碗捧过去，放在他手中——傀儡师的手指冰冷。

"还热着呢，快些吃，风那么人很快就要凉了呀！"看见对方没有拒绝，那笙的眼里满是欢喜。然而苏摩只是将陶碗静静捧在手里，一分一分感觉着碗里食物传过来的热度，却丝毫没有用餐的意图。

风雪很大，转眼碗里的东西已经结成了冰坨子。傀儡师笑笑，不说话，却将食物原封不动地还给了那笙，转头走了开去。

苗人少女愣了半天，这个人难道不吃东西，只需要取暖吗？那笙伸出手指，戳了戳冻得坚硬的面糊，叹了口气——看来只能去火边重新热一下自己吃了。

刚转过身的时候，忽然间风里传来奇异的"噗啦啦"的声音，仿佛有什么巨大的翅膀在扇动，搅起了满天飞雪，风吹得人睁不开眼睛。那笙手里的碗"啪"的一声掉落，手下意识捂住了脸，被大风吹得连退三步。

"天呀！快看，那是什么？那是什么？"大风里，传来了同行流民的惊呼，惊惧交加，"有什么东西从山那边过来了！"

那笙透过指缝，看着昏暗的飞满雪的天空，忽然也是脱口惊呼——一只巨大的黑色翅膀，从雪山背后升起来！扑簌簌地飞过来，掠过山顶山与天交际的地方，然而，那样巨大的鸟儿，却始终在山那一边飞着，只有翅膀露出山巅。

黑色的翅膀遮掩了飞雪后的天光，扑扇着引起激烈的旋风，搅得积雪飞扬，如同崩溃一般从山巅滑下来，白色的巨浪呼啸着直奔山腰这一群休息的旅人。

　　那笙看得呆了，和所有流民一样怔怔站着，扬头看着那一排滚滚而来的雪浪，目瞪口呆，一时间竟忘了躲避。耳边忽然听到了一声轻叹："是比翼鸟……翻过雪山，天阙就到了。"

　　天阙？少女一怔，回过头去看着那个傀儡师，惊喜道："你说天阙快到了？真的？！那么就是说，我们……我们快要到云荒了，是不是？"

　　传说中，天阙位于云荒东南，是隔开中州大陆的屏障——如果旅人平安到达天阙，便可以算是到达了传说之地。

　　"首先来到的是黑鸟……看来真是凶兆啊。"苏摩没有回答她的话，只是静静听着风里翅膀巨大的扑扇声，低低判断。

　　他的预言瞬间被证实。

　　被大鸟翅膀卷起的旋风撼动，雪山顶上的积雪呼啦啦全崩了下来，如同白色的滔天巨浪，滚滚卷向半山腰里那群怔怔发呆的流民。坐在山势最高处的那几个人来不及站起，转瞬被湮没在雪浪中，只有青白色的手在雪面上挣了几下，便毫无踪影。

　　"雪崩了！"那群吓呆了的人忽然听到一声巨喝，把他们惊醒，"快逃！快逃！雪崩了！"

　　伴随着大喝声的，是"砰砰"的金属敲击声，原来是在众人惊呆时，铁锅李第一个反应了过来，一把将随身的宝贝铁锅从火堆上操起，也不管尚自滚热，便捡了一根柴枝用力敲着锅底，一边厉声大喝。

　　"哎呀！"那笙也被惊起，回头，看到转瞬间那骇人的雪浪已经扑面而来，少女的脸色刹那间苍白。在那样可怕的自然力面前，自称通灵的少女也一时吓得手足僵硬，想拔脚逃开，双脚却软了一样不听使唤。

　　几十丈高的雪浪如同天幕般兜头扑下，湮没了所有。

　　天阙的远处，是云荒的中心——镜湖。

　　湖面宛如一面巨大的镜子，倒映着黑沉沉的夜幕，以及湖中的城市。湖中心那座孤城拔地而起，气势磅礴，夜色中看来，竟然重重叠叠一直堆到了九重。

城市正中，一座庞大的白塔高耸入云，壁立千仞，飞鸟难上。

高塔顶上的风是分外猛烈的，吹得衣袂猎猎舞动。白塔底层的基座占地已有十顷，塔身一路上来有柔和的收分，但即使如此，到了塔顶上依旧有两顷的广大面积。

这样大的地方，其实只有寥寥几座建筑——神庙、观星台、祭坛。

观星台上，夜凉如水。风起，女子拉紧了素衣，手中的算筹一下子掉落在地上。她身边是一位年老的黑衣女人，她仿佛听到了风里什么不祥的声音，在观星台上颤巍巍地转过身，望向东南。

那里，仿佛有一片黑色的浮云遮蔽着星夜。

"比翼鸟惊起——又有人到达天阙了。"老妇人叹了口气，喃喃自语，"雪山上又要多几具僵冷的尸体了。那些蠢笨的流民，真的是不顾一切吗？"

"天狼星色变赤红！"蓦然间，身边那个沉默的少女出声了，抬头看着黑夜里的星辰，手指遥点，声音有些发颤，"巫姑大人，有个不祥的人来了！"

"圣女，你说谁来了？不祥的人吗？"老妇人混浊的眼睛变得雪亮，"圣女，请你推算那人的具体情况，以便让巫彭派人早日除去这个不祥吧！"

东边天际，有一片如星非星、如云非云的薄雾笼罩着天阙。

"这是归邪。"少女看着天象，慢慢回答，"有归国者回国。"

"请圣女示下。"巫姑俯下身去，"是那个归国者带来了不祥？"

"我算不出。"片刻的沉默，看着天狼星的少女却是低下头来，回答，"我算不出来那个人是谁……但是，天象预示：危险和不祥在靠近云荒大陆。天狼、破军、昭明将依次亮起，风云飞卷、云荒动荡！"

巫姑怔住，抬头看着神庙里这位至高无上的圣女——这世上，难道有连焰圣女都无法推算的人？

那么，那个归国者，又会是怎样的灾祸之星啊……

镜湖的最北端，连接着云荒北部的苍梧之渊。

无数的双翼轻轻掠过雾气，骏马的四蹄无声落到地上——长着双翼的骏马神俊非凡，有着长长的缎子般的鬃毛，奔跑起来飘曳如梦。马肋下的双翅薄如蝉翼，每一匹马高而平的额心上都有一点白色的星芒。

然而奇异的是，马背上的骑士一色黑衣，袍子一角在风中飞扬，然而每个人脸上却是戴了头盔和面具，将整张脸遮挡——面具后的眼睛都是暗淡无光的，宛如两个黑洞。

刚巡视了一遍自己的领地，一蓝一白两位骑士带领骑着天马的军团从天空落到地面，准备从九嶷开启的门户返回无色城。然而，落到地面时，带队前行的两名骑士却勒住了马。

"白璎，你看到天狼星了吗？有什么大变故要发生了！"左首坐着的是一位蓝衣的骑士，他仰起头看着中天那一颗最孤独也最明亮的星辰，皱了皱眉头，"得快回去禀告大司命。"

天狼星已经变成了暗赤色，寂寞地放着冷光，似乎暗示着苍穹下将要流出的无数鲜血。无论在他们空桑国人还是如今的统治者沧流冰族看来，天狼都是灾星，当天狼星出现的时候，就会有大灾难降临人间！

"你先回去，蓝夏。"并骑的是一位女骑士，白色的纱衣在夜风中扬起，语声温柔却坚定，"天狼现于东方，我得去天阙那边询问一下魅婀女神。"

"小心。"似乎女骑士的地位还在他之上，蓝夏虽然有些担忧，却不能阻拦，只是嘱咐了一句，"太子妃请小心，那些冰夷见你落单，说不定会……"

"不必担心，我带了光剑。"白衣女骑士微微一笑，手抬起，手腕只是一转，铮然一声，手指间居然腾起一道大约三尺长的白光来。她迅速转动手腕，那道白光瞬忽无定，宛如雪亮的利剑，挽起一串剑花，半空的流霜和落叶陡然被搅得粉碎。女子微笑着回首，"有天马和光剑，除非十巫亲自出动——否则，就算征天军团也拦不住我！"

"是。"蓝夏在马上对着白璎弯下腰去，把手放在随身佩剑的剑锷上，致战士间的敬礼，"身为剑圣一门当世的弟子，太子妃的能力我不敢质疑。"

白璎手指一转，"咔"的一声轻响，那道白光忽然湮灭在她手指间。白衣女骑士将小小的剑柄收起来，再度看了看天上的星象，眉间的疑虑和杀气越来越重，点头对同伴道："我去去就回，你先带队回去。"

"天亮前请务必回城！"蓝夏不再说什么，拉转了马头，"不然，皇太子和诸王都会担忧的。"

"好。"白璎颔首，"你去吧。"

天马重新展开了翅膀，腾空而起，带领其余黑衣战士飞向空中。那些天马和战士都是死寂无声的，无数双翅膀飞翔，转瞬消失在湖面苍茫的水汽里。

"苏摩，苏摩……记住，要忘记。"

那个声音……那个声音，又在他梦里响起来了。

宛如吟唱，缥缈而温柔，拂面而来，将他层层叠叠地包裹，如同厚实的茧一般密不透风。他在睡梦中只觉得窒息，拼命地伸出手，想撕开束缚住他的厚茧，然而仿佛被梦魇住了一样，只是徒劳无功地挣扎。

那个声音继续飘近了，慢慢近在耳畔——

"沉睡的苏摩，为什么你在哭？你为何而去，又为何而返？你回来寻找什么？你心底里依然残留的又是什么？告诉我，你想要的到底是什么呢？"

那张脸近在咫尺，凑近他的颊边，沉静而温柔地看着睡梦中的他，轻声问——那样苍白的脸，白得没有一丝血色，眉心有一点十字星状的嫣红印记，更加衬托得眼前的脸苍白寡淡，仿佛是一个可以一口气吹散的幽灵。

然而，那个白纸一样的人俯视着他，叹息着，眼里的情绪奇异。终于，仿佛终究受不住莫名的诱惑，那个人俯下了身子，用嘴唇轻轻触碰他的脸颊。

那个吻，是温柔而清凉的，如同春日的雨水，夏夜的长风。

"我想要你。"那个瞬间，仿佛咒语被解除，心底的狂热和欲望如同利剑出鞘。他忽然从梦里睁开了眼睛，在对方惊觉挣扎之前，毫不犹豫地伸臂将她搂住，哑声回答："我想要你……"

猝不及防被捉住的那人慌乱地挣扎，然而越是挣扎他就拥得越紧，激烈的挣扎中他轻易地抓住了对方的手臂，转瞬压到了地上，冰冷的嘴唇吻上了那个人眉心的红痕。

就如他一百多年前曾经做过的那样。

"你要干什么？你疯了？放开我！放开我！"身下的人又惊又急，然而双手被扣住丝毫不能动弹，只能破口大骂，"苏摩！没……没想到你是这样的一个人！臭淫贼！快放开我！"

那……怎么是那个丫头的声音？

声音入耳，他蓦然一阵恍惚，神志忽然回到身体中。就在他迟疑的一刹那，压在身下的人迅速抽出了被扣的手臂，一个耳光干脆利落地落到了他脸上，彻底将他打醒。

"你，你……你这个坏蛋！"气急败坏地坐起来，急急抓紧被撕开的前襟，退到一边的少女惊惧交加，语气中已经带了三分哭音——雪暴过后，她醒来发现这个人在一边昏睡，便忍不住凑近去看他是否受了伤，不料，却得到了这样的对待。

傀儡师的身子僵硬在风雪中，也不为自己的行为辩解，只是默然低下头去。

旁边的地上躺着那个叫阿诺的小偶人，方才的挣扎中，傀儡掉了出来，四仰八叉地躺在雪地上，本来只是微笑的嘴巴，不知何时已经转成了咧开大笑的表情，仰躺在雪地上，无声诡异地张口大笑。

"呀！"再度清晰地看到傀儡这样可怖的变化，那笙再也忍不住尖声大叫起来，退缩着靠到了山壁上，一手指着偶人，"它在笑！它在笑！它又笑了！"

"阿诺。"苏摩终于出声了，眼睛虽然看不见，却仿佛知道傀儡掉落的方位，对着雪地轻声说话，"不要再淘气了，回来。"也不见他手指如何活动，雪地上仰躺的偶人忽然仿佛被无形的引线牵着，不情不愿地一跃而起，准确落入了傀儡师冰冷的怀抱。

"你又淘气了。"傀儡师低下头去，抚摩小偶人的头发，脸上忽然有冷厉的光一闪而过，"刚才是你吗？是你玩的把戏，在我梦里造出了幻境——你这个坏孩子。"

傀儡师的手瞬间快得惊人，"啪啪"两声轻响，木偶便已经不动。那笙目瞪口呆地看着苏摩的手指间掉落的数截东西，竟然是偶人的双手和双脚！

"给我安分点，阿诺。"转瞬间便卸掉了心爱偶人的手脚，傀儡师一直平静空茫的眼里有可怕的杀气，低低对着怀里那个叫苏诺的偶人说话——话音刚落，他便抬起手，很用力地捏合了傀儡大笑张开的嘴，似乎把一声惨叫关了回去。

"冒犯了。"苏摩对着自己的木偶说了一番莫名其妙的话后，终于有空转过头来，对着惊惧退避的苗人少女淡淡颔首，算是道歉。

那笙看他一看过来，心中有再也忍不住的恐惧，便贴着山壁往旁边挪开了几尺——就算她一开始如何天真地迷恋过这个俊美的盲人傀儡师，现在她已经发现这个叫作苏摩的俊美无俦的男子远非她原先想象……他的眼睛深不见底，他的举止也丝毫不像普通人。他……他应该是一个非常可怕的人吧？

那个瞬间，少女打了个寒战，然而她摸索着想站起身来远离这个人时，手指猛然碰到了雪下的什么东西，她下意识地低头看去，瞬间爆发出了骇人的惊叫。

"死人！死人！"那笙一下子跳了起来，远远离开那一面山壁，扑过去拉紧了傀儡师的袖子，颤抖的手指直指方才刚坐过的雪地，竟忘了眼前这个人是看不到东西的——那里，薄薄的雪层因为她方才的摸索而散掉了一些，一张青白僵冷的脸便暴露在了天光下，嘴唇微微张开，仿佛对天呐喊。

她方才那一摸，便是碰到了张开的嘴巴中的冰冷牙齿。

"这座山到处都是死人，不稀奇。"尽管那笙在旁边又叫又抖，苏摩的脸色却是丝毫不动，淡淡然道，"过了慕士塔格雪山就是天阙——多少年来，为了到达云荒，这里成了你们中州人的坟场。"

"对了……铁锅李呢？孙老二、顾大娘他们呢？"那笙念头一转，又想起方才还在一起烤火的同伴。然而四顾只有一片白雪皑皑，那一大群人居然一个都不在了！她跳了起来，惊呼，"他们，他们难道……"

"他们应该在这下面。"苏摩笑了笑，似乎回忆了一下方位，走过去，用脚尖踢开了一处厚厚的积雪。雪簌簌而下，雪下一只青紫色的手冒了出来，保持着痛苦的僵冷姿势，指向天空，似乎想奋力挣扎着从雪崩中逃脱，却终究被活生生埋葬。

"天……那是，那是孙老二的手！"看到手背上那一道刀疤，那笙惊叫起来，"他们……他们都死了？刚才……刚才的雪崩，他们都没逃掉？"

"比翼鸟在百里之外就可以察觉外人的到来而惊起。如果朱鸟飞来，那么旅人平安无事；如果是黑鸟飞来，那么便是一场雪葬。"苏摩的脚继续踢掉那些积雪，雪下十几只手露了出来，姿态奇异地扭曲着，不停地触碰着他的足尖，他的语气却冷酷，"他们的运气可远远不如你好。"

那笙看着那些雪地中活活冻死窒息的同伴的手，触目惊心，下意识转过头去不忍看，许久，才细声地问了一句："刚才，是你……是你在雪暴里救了我？"

然而，她刚一转头，就看到了答案。

——那雪崩掀起的滔天巨浪依然在她头顶，汹涌欲扑！

她的惊叫刚要出口，忽然发现那一波扑向她的雪浪居然在瞬间被凝结住了。宛如万匹骏马从山巅奔腾而下，然而其中一匹追上她要踩死她的怒马，却竟然在一瞬间被莫名的力量定在半空，凝固成冰雕。

那……那是什么样的力量！是这个人做的吗？

她眼里露出不可思议，转头看向一边那个奇异的傀儡师。然而苏摩已经转过了头去，并没有正面回答她的问题，只是淡淡道："一饭之恩而已。"

苏摩没有再理睬她，只是自顾自地往上再走了几步，便到了山顶。他久久站立，仿佛感受着风里传来的熟悉的气息，沉默不语。当他离开后，那笙看着雪野中遍布的尸体，不由得瑟缩了一下，想走到这个如今唯一的同伴身旁，却又对他有莫名的畏惧，一时间踟蹰起来。

长夜和雪暴都已经过去，天色微微透亮。

苏摩站在慕士塔格雪山山顶，苍鹰在头顶盘旋，他忽然抬起手指，将一直戴着的风帽拉下，微微一摇。一头奇异的深蓝色长发垂落下来，衬着他苍白的脸，宛如最深海底里沉睡的人。

天风吹起傀儡师柔软的长发。他闭上眼睛，面向西方站了很久，忽然抬起了手，指着脚下土地上的某一处，似乎是自语一般，微微笑了起来。

"云荒，我回来了！"

二 · 冰下灵

　　那笙努力在齐膝深的雪中跋涉，跨上了最后的雪坎，和苏摩并肩站着。

　　绝顶之上的风是猛烈的，吹得她睁不开眼睛。然而，当她站定后，顺着他的手看向脚下的大地，陡然间不由自主地脱口惊呼出来！

　　太阳还没有升起，但是晨曦的微光已经笼罩了大地。站在万仞绝顶之上，俯瞰脚下的土地，神秘的新大陆在黎明中露出真容，呈现出奇异而美丽的色彩：白色、青色、蓝色、紫色、黑色、砂色交错着，宛如一张纵横编织成的巨大毯子，铺向天的尽头。大陆的中心有巨大的湖泊，绵延万里，在晨曦里，宛如被天神撒上了零散的珍珠，发出璀璨的光芒。

　　那，便是中州人多少代以来众口相传的云荒大地？

　　"那就是云荒？那就是云荒？"那笙惊喜交加地叫了起来，多少个日夜的劳累都烟消云散，她揉揉眼睛，确信眼前看到的不是幻境后，忍不住拍着手跳脚，大笑起来，"苏摩！苏摩！那就是云荒吗？我们……我们终于到了！"

　　傀儡师听着她在一边大叫大笑，眼里却闪过微弱的冷嘲——云荒，哪里是那些中州人传说中的桃源？这个苗人少女，委实高兴得太早了……

　　然而，他只道："要过了前面的天阙，才算是真正到了云荒。"

　　"天阙？"那笙怔了怔，想起了古老相传中，在慕士塔格雪山之后，便是去往云荒唯一的入口：天阙。只有过了那座山，才算是真正到达了传说之地。一想起前方居然还有艰险，她的喜悦就去掉了大半，苦着脸站在雪山顶上，看着脚下近在咫尺的大陆，吸了一口气，勉力振作精神，"天阙？天阙在哪儿啊？"

　　苏摩站在山巅，眼睛虽然看不见，但是似乎对云荒大陆了如指掌。他的手指指着山下的某一处，脸色忽然起了无可抑制的细微变化："看到那个镜湖吗？湖中心有一座白塔——它就是整个云荒大陆的中心。天阙，在它的正东方。"

　　"哪里有什么塔啊……就是有，离得这么远，站在这里又怎么看得见？"那笙随着他的手指看去，嘀咕着，目光在大地上逡巡。忽然间，她的眼睛不可思议地睁大——

　　天地的尽头，笼罩着清晨的薄云，云的背后有霞光瑞气。然而，天尽头的云团中，仿佛有一条云缓缓下垂，如虹一般，倒吸着云荒大地上的大片碧水。晨光中，那条白色下垂的云发出柔和的光芒，照彻方圆数百里的大地。

　　那笙看着极远处天地间那一条垂云，结结巴巴，口吃得几乎咬住了自己的舌头："什、什么？！你、你说，那是……那是一座、一座塔？！"

　　"对，那就是号称云荒州之'心'的伽蓝白塔……"听到少女这样不可思议的语气，苏摩反而低着头笑了笑，笑容里有诸多感慨，"多少年了……它还在这里。多少人，多少王朝都覆亡了，只有它还在。"

　　"怎么、怎么可能有这么高的塔？那得花多少力气造啊！"渐渐亮起来的天光里，那笙完全忘记了身上的寒冷，目瞪口呆地看着眼前壮观的景象，"果然……云荒住的都是仙人吧？这么高的塔，中州人可造不出来。"

"白塔在镜湖的伽蓝帝都内。镜湖方圆三万顷，空桑人的国都伽蓝帝都就在湖中心。"仿佛在回忆脑中记住的资料，傀儡师将木偶抱在怀里，面向云荒低声道，"白塔高六万四千尺，底座占地十顷，占了都城十分之一的面积。大约七千年前，空桑历史上最伟大的帝王——开创毗陵王朝的星尊帝·琅玕，听从了大司命的意见，用九百位处子的血向上天祭献，然后将九百位处子分葬白塔基座六方，驱三十万民众历时二十年，才在号称云荒中心的地方建起了这座通天白塔。"

"啊？干吗要造这么高？"那笙虽然对这一奇景目眩神迷，却忍不住问，"连爬上去都要费好多工夫吧？又不是真的能通天，造出来干吗用呢？"

"那些空桑人，从来都自以为他们有通天之能。"苏摩蓦然冷笑起来，语气锋利，"后来造到了六万四千尺的时候，发生了一次坍塌，近万名工匠死去。星尊帝大怒，杀死了匠作监总管以下两百名监工，再度以一千八百名童男童女祭献上天，重新加派人手开工——这一次超过了原来的高度，到了七万尺。结果再度发生坍塌，塌下去六千尺，还是回到了原来的高度……这样的事情一共发生了五次，无论献上多少生灵，伽蓝白塔始终只能达到六万四千尺的高度。"

"唉，看来是老天只许他们盖到那么高——那个皇帝可真偏。"初见的惊喜过去，那笙终于重新感到了寒冷，抱着肩在雪地中发抖，"造得这么高，又有什么用呢？又不能真的上天……"

傀儡师空洞的眼睛看着云荒大地，眼里有嘲讽的光："按空桑的大司命说，白塔造得越高，就离天人住的地方越近，司命和神官的祈祷就更容易被天帝听见。而星尊帝暮年性格大变，独断专行，一旦决定要做某事，便不惜投入倾国之力。"

"哦，可是看来，天帝不喜欢他们靠得太近……"那笙冻得哆嗦，但是依然忍不住大笑起来，"你说什么'空桑'？是国家名字嘛？云荒原来和中州一样，也有国家的啊？"

"当然有，你们以为云荒真的是桃花源吗？"苏摩摇摇头，冷笑起来，他回过身去面对着来时的东方世界，抬手遥点那一片中州土地，"以天阙为界，云荒和中州分隔两侧……但是，天阙就像是镜子，空桑和中州列国，就像镜内外的两个影像罢了，并无太多不同。不过，如今空桑也已经亡国了吧？"

"不要说了。再说，我都觉得自己是白来这一趟了。"那笙郁闷起来，跳着脚暖和自己的身子，嘟起了嘴，"天阙天阙，到底哪个是天阙呀！"

"跟你说了，就是白塔正东方的那一座山。"苏摩回答。

那笙低下头去，看着脚下的大地，以白塔为中心辨别着方位，目光在大地上逡巡许久，终于落到了面前不远处，忽然跳了起来："什么？你说那个小山就是天阙？见鬼，天阙不是该比这个雪山还高吗？喂喂，你是不是记错方位了，这个小土坡怎么会是天阙！"

"天阙本来就不过一千尺高……"苏摩懒得理她，只说了一句，"别小看这小土坡，那里死的人可不比这座雪山上少。"

看到雪山下那片翠绿茂盛的丘陵，少女蓦然间感觉到了奇异的压迫力，忽然间就说不出话来——这片起伏的山林里，居然有着比苗疆丛林还浓郁的诡气和杀意！

"现在你给我好好听着，我只说一遍，说完了我们各走各路。"感觉到脸上的暖意越来越浓，知道旭日就要跃出云层，苏摩陡然间加快了语速，"以白塔为中心，它的正东方是天阙。你如果能活着走出天阙，就顺着山下的水流往西走，到有人居住的地方——那里应该是泽之国桃源郡的云中城。然后你接着想去哪里，就可以问那里的人。"

"我……我要跟着你过天阙！"那笙吓得一哆嗦，下意识地抓住了傀儡师的手，"反正你也要走这条路的，是不是？你带我一起走嘛！"

她的声音里带着哀求和撒娇，然而苏摩却蓦然冷笑起来，嫌恶地挣开了她的手："就算我要走这条路，但为什么要带你一起走。人总是那么贪心吗？对那一碗饭的好意，我已经回报得够了……"

那笙被他那一甩甩得踉跄后退，幸亏雪地松软，跌倒也不见得痛。她睁大了眼睛看着这个陡然翻脸不认人的年轻傀儡师，讷讷地说："贪心？我们……我们一路同行，其他人都死了，难道不应该相互帮助吗？"

"相互帮助？"苏摩笑了起来，然而脸色却是讥诮的，"说得好听……你能帮我什么呢？从来没有人帮过我，而我为什么又要帮你呢？"

"你眼睛看不见，我可以帮你认路啊！"看着傀儡师空洞的眼睛，那笙挣着从雪地上爬起来，"你……你这样子摸索着下山，怎么行呢？"

苏摩怔了一下，忽然又笑了："哦，对。我都忘了自己是个瞎子了！"然而笑容未敛，他的脸色却变得意味深长，"但是，你觉得我真的像是那种需要带路的瞎子吗？"

那笙被他问得怔住，认真看着他的眼睛——他的眸子是奇异的深碧色，倒是有点像苗疆的土人。然而他的眼睛却是空洞的，没有底，总是散淡，没有聚焦点的样子。然而，在你看向他的时候，却会觉得他也在看你。

这个人，到底是不是真的看不见东西呢？

"哎呀！太阳升起来了！"迟疑之间，她忽然回头，看着东方欢呼，"好漂亮！"

苏摩下意识地回头，迎向冰雪上旭日的光芒。那一个瞬间，那笙看到了——在这个傀儡师迎面向着初升旭日的刹那间，他的眼睛依旧是空茫一片，那样强烈刺目的光芒，居然没有让他的瞳孔有一丝的变化。

"啊！原来你真的是个盲人！"那笙小小的诡计得逞了，她有些庆幸，又有些怜悯地看向他，"你难道不需要人带路吗？我帮你，你帮我，大家一起过了天阙，不就扯平了？"

"你算计我？"还不等她笑语落地，苏摩的脸色忽然变得很难看，甚至有一丝狰狞的意味，吓得那笙不自禁倒退两步，然而她刚一退开，苏摩的手已经探出，扣住了她的咽喉，将她狠狠甩在一边，"该死！"

那一瞬间，那笙甚至有一种自己即将被杀的错觉。

然而苏摩的手指触及了她的咽喉，最终却还是缓缓松开，眼里的火焰熄灭了，他冷冷地说了一句："太阳出来了，要尽快下山，不要说我没警告你。"便转过了身，再也不看她。

等她惊魂方定，抚着喉咙从雪地上挣起的时候，只见傀儡师已经大踏步从山顶扬长而去。

"啊？"她不由得惊骇地睁大了眼睛：苏摩从齐膝深的雪上走过，非但没有陷入雪中半分，在他踩踏过的积雪上，居然都没有留下一个足迹——他、他是神仙吗？怪不得他说起这个地方时，居然了如指掌，原来，他也是云荒上面居住过的神仙吗？

"阿诺，带路。"走出几步，手指轻动之间，怀中几声"咔嗒"声，木偶的手脚都已经被装好，苏摩轻轻吩咐了一句，怀中的小偶人仿佛囚鸟出笼，欢天喜地地一个筋斗翻落地面，伸伸手、踢踢腿，然后在雪地上跳跃前行起来，咔嗒咔嗒，轻快异常。

那笙目瞪口呆地看着这一幕。在苗人少女愕然的瞬间，那个拔脚走开的小偶人忽然间回头，对着雪地上的她咧开嘴角，诡秘地笑了笑。

"哎呀！"看到那个叫阿诺的小偶人诡秘的笑容，那笙再度忍不住惊呼出来。然而不等她惊呼落地，阿诺蹦蹦跳跳地带着苏摩，已经风也似的消失在冰峰积雪中。

万年不化的雪山顶上，天风呼啸，空茫茫一片恐惧的白，天地间除了那些雪下的尸体，便只剩了她一人。

那笙恐惧地站了起来，哆嗦着抱紧自己的肩膀，又冷又饿——无论怎么说，还是要先找到路下山去，不然，便是要活生生地冻死在雪山上了。

天光慢慢强了起来，云荒的日出和中州毫无二致。只是在她这个远方来客看来，太阳照耀的这片土地，笼罩着说不出的神秘与瑰丽。四面都是海，五色错杂的土地上，尽头却有一个巨大的湖泊，宛如一只湛蓝的眼睛，闪烁着看着上苍。而湖中的那座城市和巨大的白塔，则像是蓝眼睛的瞳仁了。

"好美啊……"深深吸了一口气,那笙忍不住脱口赞叹,鼓励自己似的举起手臂,大呼,"云荒!云荒!我来了!"

苗人少女清脆的呼声响彻空山,震得积雪簌簌落下。

"啊?"那笙连忙捂住嘴,喃喃道,"可别弄得雪崩了。苏摩不在可没人救你了啊,笨蛋。"

她振作精神,寻找下山的路——苏摩方才走过的地方没有留下任何脚印,她只循着走了十丈左右就已记不住他走的路线,一时间不由得犹豫起来,不知道哪些是可以落脚的实地,哪些浮雪之下又是冰沟和裂缝。看得时间稍久,她就觉得头晕目眩起来,那一大片刺目的白让她的眼睛痛得要命。

太阳升得越来越高了,让这千年积雪的山顶都有些微的暖意,天也是晴朗的,没有雪暴和飓风袭来的预兆——这慕士塔格峰的西坡,可比来时的东面好多了。看来,就算没有苏摩帮忙,只要自己小心一些,天黑之前还是可以到达雪线以下的山腰。

那笙心里暗自庆幸,小心翼翼地寻找着落脚点,慢慢从雪山顶峰上往下走。忽然间,她听到了身后一片轻微的"簌簌"声,仿佛积雪在一层层地抖落。

"谁?"那笙又惊又喜地叫了一声,以为能碰到同行的幸存者,转头看向背后——然而慕士塔格雪山上空空荡荡,只覆盖着厚厚的积雪,没有丝毫人的气息。

听错了吗?少女怔怔地回首,有些惊疑不定地继续摸索着下山的路。然而,在她转头之后,背后的"簌簌"声却又响了起来,渐渐地越来越密,仿佛有无数的东西在活动着,声音的范围也越来越大,到后来居然四野间到处都是同样的声音,诡异可怖。

"什么……是什么?"通灵的苗人少女陡然间感觉到了极其可怕的邪意,然而四顾,除了厚厚的积雪却空无一物。旭日升起,暖洋洋地照在她身上,然而她却在这看不到又无所不在的邪气中激灵灵打了个冷战。

"太阳出来了，要尽快下山，不要说我没警告你。"忽然间，苏摩的警告冷冷回响在耳侧。

太阳出来了，为什么要尽快下山？那个时候，她只是对这个怪人说出的又一句惊人之语暗自嘲笑，就略了过去。然而此刻，听到满山遍野的奇异"簌簌"声，感受到慢慢迫近的诡异气息，她陡然间有不祥的直觉，再也不顾前方是不是可走的路，用尽力气在雪地中拔脚狂奔，跌跌撞撞。

忽然间，她被绊了一跤。

薄薄的雪层被踢散，露出了一具青白色的僵硬的尸体。样貌是中州人，然而穿着却似乎是上古的衣服，不知是多少年前为了到达天阙而死在半途的旅人。怎么……怎么这个地方，到处都是死人？！

"这座山是你们中州人的坟场。"——苏摩的话又响起在耳畔。

那笙连惊叫都没有时间，连忙挣扎着起身，继续往山下踉跄而逃。是的！有什么东西……有什么东西就要来了！这座山上，到处都是不对劲的东西！强烈的预感和惧意让通灵的少女不顾一切地逃离——然而，她的脚被拉住了。

那笙下意识地望向身后，陡然间惊叫："啊？啊啊啊——"

从雪下伸出的是一只冻得变成近乎透明的青白色的手，正紧紧抓着她的足踝。那个匍匐在雪下的僵硬的尸体忽然缓缓动了起来，一只手握住她的足踝，另一只手撑住地面，身体慢慢从积雪底下撑起！

分明是个古人，衣饰着装完全不是如今中州人的样子，脸和手都已经僵硬苍白得几乎透明，可以看见皮肤下面的淡蓝色血脉。也不知道在雪下埋藏了多少年，它的关节似乎全不好使了，整个身子是直直地撑起，让压着它的厚厚积雪簌簌而落。

"鬼！鬼啊——"当那个僵尸转动苍白混浊的眼球，面无表情地看过来时，那笙终于心胆俱裂地大叫起来，拼命挣扎着，想把脚上的靴子连同绑腿一起踢掉。然而爬雪山前她做的准备实在是细致认真到家了，无论怎样用力，绑腿居然还是紧紧捆着她的脚，怎么都挣不出来。

"完了……"那笙心中哀呼一声，感觉到抓着她足踝的手蓦然用力，将她往后面拖去。她只好用力攀住一根冰柱，死不放手，然而周围的"簌簌"声越来越响，越来越密，仿佛无数东西在雪层下活动。

那笙忍不住抬头四顾，一下子吓得魂飞魄散——

整座山都在动！积雪被抖落，雪下面，一个个面色惨白、面无表情的僵尸纷纷破雪而出，各式各样的上古装束的死人，从雪下爬了出来，满山遍野都是死白死白的脸。

太阳已经升得很高了，从慕士塔格雪山背面升起，把光芒洒满了大地。然而阳光照射在那笙身上，她只觉得绝望得彻骨寒冷。什么？难道她要死在这里了吗？跋涉了那么久，吃了那么多苦，如今云荒大地已经近在咫尺，难道她却要死在这里？

连天阙都无法到达，更遑论踏上那一片可望而不可即的神秘土地。

不甘心……不甘心。死也不甘心！

苗人少女暗自咬紧了牙，缓缓放开了一只攀着冰柱的手，伸入怀中，握住了随身带着的苗刀——就算留下一只脚在慕士塔格雪山，也比葬身在这里好吧？她深吸了口气，蓦然放开了手，任自己被僵尸拖得往后滑出，陡然回首朝着自己脚踝就是一刀！

然而，就在这个瞬间，那只拉住她足踝的僵冷的手忽然松开了。

她那一刀连忙紧急收力。然而没有练过武功，根本无法收放自如，刀锋还是划破了厚厚的绑腿，脚踝上传来了一阵微痛，应该是割破了肌肤。

但是，总算是自由了。

那笙来不及多想，一屈膝站了起来。然而准备拔脚逃命的她，陡然间被眼前的一幕惊呆了——

太阳已经从雪山背后升起，万年不化的积雪映射出晶莹的光。然而，那些满山遍野的僵尸忽然都面朝东方跪了下去，对着从山顶升起的旭日高高举起了双臂。惨白的脸上毫无表情，冻成白垩土一样的嘴巴开合着，发出含混不清的"噜噜"声，对着太阳张开了双手。雪山上，那些高举的手臂林立着，触目惊心。

那些僵尸……那些僵尸是在膜拜太阳？

那笙只张大嘴巴发了一瞬间的呆，立刻就回过神来，在那些林立的手臂中慌不择路地奔逃。她要逃，她要逃！如果不趁着这个机会逃跑，一定会被那些僵尸吃掉！

她在齐膝深的雪里连滚带爬地往下走，根本不敢去看那些死人僵硬无表情的脸和混浊的眼球。尖利的冰划破了她的手掌和耳朵，她丝毫不顾，只是手脚并用地往下滚去，从那些跪拜的僵尸中穿过。

然而奇怪的是，那些僵尸只是面朝山顶跪着，双手向天举起，喉咙中发出含糊不清的"噜噜"声，已经分辨不出瞳仁的混浊眼睛直直地仰视着雪山之巅上刺眼的太阳，对于面前狼狈奔逃的少女视而不见。

"说不定冻了几千年，它们都成瞎子了。"

一个想法忽然就从那笙脑中冒了出来，苗人少女横眼看了一下身侧的僵尸，不由自主松了一口气，跳到了一条雪沟里。

然而，就在那个瞬间，当太阳升到山顶之后，僵尸们林立的手臂忽然放下了！仿佛是接到了什么解散的命令一样，它们从雪地上迟缓地站了起来，举止僵硬，关节发出"吱嘎"的响声。然后三三两两地，那些全身挂满零落积雪的僵尸在雪坡上四处游荡了起来，弯着腰在雪地上拨拉着。

那笙还没猜透它们在做什么，就看见不远处一个僵尸拨开积雪，从雪下拉出了一个东西来。顿时，周围的僵尸都围了上去，喉咙里发出急切的"噜噜"声，七八只青白干冷的手伸了过去，呼啦啦往各个方向一扯，然后放入口中大嚼起来。

等看清楚雪下拖出的是一具新死的尸体时，那笙连忙拿手把惊呼硬生生捂在嘴里，全身一阵寒战，只觉肠胃开始激烈翻覆起来。

"呃……"她捂着嘴从藏身的雪沟里站起身，不顾一切地急奔。

她方一起身，那群觅食的僵尸就惊觉，纷纷回过身，灰白混浊的眼球看着逃跑的她，"咔嚓咔嚓"地，大踏步围了过去。

那笙在齐膝深的雪地里踉跄奔逃，而那些僵尸看似笨拙，走起路来膝盖都不弯曲，然而它们一迈开步子，一步足有常人两倍大，"咔嚓咔嚓"地，从四方不急不缓地围了上来。

她慌不择路，在雪峰上踉跄奔逃，无处求助。

不知道跑到了哪里，忽然一转头，隐约间看见不远处有一个少女迎面走来，腰带上还闪烁着夺目的淡蓝色光芒——什么？这个雪山上，还有别的活人？

"喂！"那笙不由得又惊又喜，拼足力量向左边的雪坡奔去。然而奔得急了，却不曾注意积雪虚盖在冰凌上，脚下已非实地。

"喂！喂！等一下！救命啊！"她惊呼着向那个活着的同伴奔去，然而才奔出几步，一脚踩空，"哗啦"一声从两人高的陡坡上掉了下去。

再度醒来的时候，日头已经升到了中天，

那笙觉得浑身上下说不出地酸痛，似乎每一块骨头都震碎了。而左手在落地的时候下意识撑了一下，似乎断了，更是痛得不得了。

她不自禁地呻吟起来，痛得流下了眼泪。然而在绝顶的刺骨寒风中，眼泪很快在颊边凝成了冰花，冻得脸像裂开似的刺痛。

"该死的苏摩……居然就把我一个人扔在这种地方！该死的该死的该死的！老天打雷劈死他，雪山僵尸咬死他，山里瘴气毒死他！"再也忍不住地，她在心里怒骂起那个不讲人情的傀儡师，用尽了她所知道的一切恶毒语言。

然而骂着骂着，忽然想起坠崖那一瞬间看到的女子，那笙眼睛一亮，振作起精神来，撑起身子望向前面，想寻找那个少女的踪迹——在这要命的空山里，多一个人结伴总是好的。

然而她一抬头，就看到了面前咫尺之处，一个妙龄少女同样坐在雪地上抬头看她！那笙愣了一下，下意识地凑近了一些——那个少女也是一脸苦痛地挣扎着，挪过来一点。

"见鬼！"忽然间，她苦笑了起来，将手里握着的雪团朝对方扔了过去，雪球在光滑坚硬的冰川壁上四散开来，让映在上面的少女满头白雪。

居然被自己的幻象给骗了……哪里还有什么同龄少女？那不过是映在冰面上的自己的影子啊！

再度确认了自己必须孤身在雪山上杀出一条路来之后，苗人少女反而不哭也不骂了，咬紧了牙，挣着从雪地上爬了起来，看了看四周的情况。忽然间，她发现了一个奇怪的现象：那些僵尸没有追来——她昏迷过去一个多时辰，那些僵尸居然没有过来！

那笙这才仔细打量起如今自己一跤跌下的地方——其实不过是雪山西坡上一个凹进去的冰窟，离自己方才跌下的地方有一丈多高，一条冰川倒挂而下，宛如一面巨大的镜子。而周围，无论是方才那个雪坎上，还是山坳外，都有僵尸在面无表情地游弋，灰白混浊的眼睛盯着她，喉咙里发出"噜噜"的声音，却没有逼近一步。

她吓得一个哆嗦，下意识一个后退贴紧了山坳的冰壁。怔了怔，她才想起那些僵尸是过不来的——为什么它们不过来？难道这里有什么它们忌讳的东西？

在身体因为寒冷而几乎麻木的时候，幸亏她的脑子依旧在正常思考着。

那笙霍然转过身来，仰头看着那一片镜子似的冰川——果然不错，隔着冰面，一道淡蓝色的光刺痛了她的眼睛，令她不由得失声惊呼！

那就是她在坠落的一刹那，看到的自己影子身上发出的光。

那样的光芒，竟然来自一枚戒指，一枚被封在万年冰川之下的宝石戒指。然而，让那笙脱口惊呼的并不是那枚闪光的戒指，而是戴着指环的那只手。

那是一只齐肩断裂的右手，血肉俱在，宛如生时。断裂处露出长短不一的骨头，肌肉翻卷着，血污湿了手臂上裹着淡金织锦万字花纹的袖子。手腕上有一圈三指宽的黑色套索，深深勒入肌肤，沁出的血已经在冰内凝结——看得出，这只手是被这条套索连着袖子生生撕下，不知道什么原因，又被冻结在这座飞鸟难上的雪山绝顶。

那笙倒抽了一口冷气，忍住拔腿就跑的冲动，隔着冰面看着里面封住的那只断手——应该是一只贵族的手。服饰华美，皮肤苍白光洁，手指修长，指节有力，指甲因为淤血而微微发紫，然而修剪得非常仔细。手指微微向着掌心弯曲，成半握的形状。在这只右手的无名指上，戴着一枚银白色的戒指，托子是一双张开的翅膀，双翅中，一粒圆形的蓝宝石散发出耀眼的光芒。

就是这枚戒指的缘故吗？是这枚戒指，震慑住了那满山的僵尸？

来不及再想下去，庆幸的笑便弥漫在苗人少女的脸颊上。她合起双手，对着被冰封住的断手拜了一拜："天哪，谢天谢地！总算还给我留了一条生路……"

群尸们的低吼声夹着风雪传到耳畔，那笙史不迟疑，挣扎着站起："没奈何，不知冒犯了哪一位，不过还是先借这枚戒指给我保命吧！"

左手已经不能使力，她右手拔出随身的苗刀，一刀扎入了冰壁中，想要破冰取戒。那一刀扎入冰中时，她忽然一个踉跄。仿佛有什么在地下动了一下，震得整座雪山上的积雪簌簌而下。

"什么？难道是比翼鸟又飞回来了？"那笙脸色变了，然而抬起头来，纷乱飞雪背后，天空碧蓝如洗，没有任何飞鸟的痕迹。

她没有发觉，在她抬头观察天空的一刹那，断手上的戒指忽然发出一道亮光，窥探似的照在她脸上，然后迅速移开了。

那笙不敢耽误，心下虽然嘀咕，手上却是丝毫不停，苗刀"嚓嚓"砍开冰块，很快在断手上方破出了一个一尺见方的洞。

"好了！"那笙长舒了一口气，伸手探入，想取下那枚戒指。然而麻烦的是正面的冰虽然敲碎了，断手依然被其他三个方向的冰牢牢冻住。

"怎么冻得这么牢？"有些不耐烦起来，她懒得继续撬开冰块，就想挥刀砍下那只手的手腕。然而，刀锋刺破那冻得僵硬的手腕时，那笙忽然迟疑了一下——戴着戒指的那只手，虽然已经没有了生命，却在冰中依然显得高贵神秘，让她心里陡然便是一跳，似乎感觉到了什么不可侵犯的力量。

"见鬼。这么做好像……有点过分？"那笙叹了口气，收回了砍向手腕的苗刀，"是不是太野蛮了……比起那些僵尸好不到哪里去。"

不顾雪地下的震动已经越来越剧烈，她小心地用刀撬开冻结的冰，力求在不伤到断手的情况下，将断手附近的冰块撬松。

"咔嚓！"终于把冰都撬开，那笙将整支断臂捧了出来，小心翼翼地取下了无名指上的银色宝石戒指——虽然被冰封了很久，但那枚戒指取下来时却出乎意料地容易，她的手指只是微微一动，戒指几乎是自动跃入了她的掌心。

她捏着戒指，在眼底下转了一圈，看到了指环内侧烙着一个和托子一模一样的双翅符号，精美繁复，仿佛是什么徽章——看起来，这枚戒指来头不小啊，应该是哪个贵族用过的吧？

那笙收起戒指，将断肢放回了冰洞，重新用碎冰和积雪堵上了洞口。不知道为何，在托着这只断臂的时候，她居然没有感到一丝一毫的恶心或者恐惧，对于从手上摘取了戒指反而有一丝惭愧，双手合十，喃喃念了一句："不知冒犯了哪一位，真是抱歉。不过救人一命胜造七级浮屠，可怜那笙今年才十七，可不想死在这里……见谅见谅！"

她忍着左臂折断的剧痛，拿着戒指，在手指上比了比，发现对自己的无名指而言，这枚戒指似乎大了一圈，于是想了想，就往中指上套去。

然而，才将指环凑近中指，她忽然感觉到一股奇异的力量扯动着自己，手腕往前一送，居然不由自主地将手指送入了戒指内！

"喳！"轻轻一声，那枚戒指稳稳戴上了她的左手中指，分毫不差，便是专门打造的都没那么服帖。她吃了一惊，转动着戒指，精致的银色双翼托子上，那颗宝石发出了一道绚丽的蓝光。

"啊，看上去很值钱的样子呢……"那笙注视着那枚戒指，打着主意喃喃道，"身上没盘缠了，下了山把它卖了正好当路费。嘿嘿。"

然而不等她想完，慕士塔格雪山的震颤陡然间又剧烈起来！积雪纷纷落下，天忽然又变成灰白一片。

什么？雪暴是要再次来临了吗？听到那些僵尸在雪中发出快活似的低吼，那笙心惊胆战，再也不敢多留片刻，握着苗刀就冲出了这个小山坳。

雪扬起一丈多高，只能隐约看到前方景物。影影绰绰地，有几具黑影僵硬地在风雪中举臂彷徨，拦在前方——是僵尸吧？这一回，可不用怕那些东西了呢！

飞雪中，她毫不畏惧地飞身冲出，戴着戒指的右手握住苗刀，便是往靠过来的僵尸一划。厉叫声响起。刀子仿佛碰到了什么坚冷如木的东西，"嚓啦"一声切下一截来。

然而，她却一头撞到了什么东西身上。等抬起头，正看到一对灰白混浊的眼球。那只僵尸居然毫不避让她戴着戒指的手，似乎毫无痛感地挥舞着被砍断的半截手臂，另一只手便是直直往她脖子掐过来！

怎么回事？它们、它们难道并不畏惧这枚戒指？！

电光石火的刹那间，惊恐万状的那笙陡然察觉了这一点。惊叫着用刀砍向那个僵尸，"咔"的一声，把僵尸另一只手臂也砍了下来。然而对方居然并不觉得疼痛，依然不急不缓地向她逼过来，她想绕开这只行动僵硬的怪物奔逃，然而满天的飞雪遮住了她的眼睛，她奔出几步，就发现前方影影绰绰，有好多缓缓逼近的影子。

脚下的山峰震动得越来越剧烈，前方不远处的雪忽然大片滑落，腾起更大的雪雾。她听到了身后那一片冰川开始断裂崩溃的声音，而前方是无数具晃动在风雪中的僵尸——完了！

那个瞬间，那笙脑中只掠过两个字。

那样一个恍惚，一只僵尸的手便搭上了她的肩头。她惊叫着用力挣脱，然而又冷又饿的她力气远远不够，只看到周围几具影子拖着迟缓的步伐逼近过来，诡异的"噜噜"声近在耳侧。

"救命！救命！苏摩！苏摩——救命！"少女终于崩溃，一边拼命挣扎，一边用尽全力大呼——只能呼喊这个名字了吧？没有谁可以救她了……只能指望那个奇异的傀儡师此刻并没有走远，还能听得到她的呼救。

然而少女的声音被呼啸的风雪掩盖，转瞬消散。

僵尸冰冷的手指掐得她肩胛骨如同要断裂了，旁边的雪雾里又出现了三四只僵尸，各自面无表情地走过来，缓缓伸出手，分别拉住了她的手脚——它们是要活活撕裂自己，分而食之！

"救命！救……命！"知道死亡就在转瞬之间，那笙用尽全力呼救。生死一线的刹那间，无数学过的占卜、巫术都掠过脑海……然而，半吊子的她脑袋乱成一锅粥，一个方法都想不到。

"无论是什么……神佛！仙鬼！妖魔……快来救我！救命！救命啊！"在四肢就要被僵尸撕扯开的一刹那，她眼前晃动着昏暗可怖的乱雪，灰白的天空，她不顾一切地大叫……

右手上那一枚刻有银色双翼的蓝宝石戒指，陡然闪射出闪亮的光芒。

"付出什么代价都可以吗？"冥冥中，忽然有声音在心底响起来了。身体有被扯裂的剧痛，惊惧交加，绝望中那笙根本顾不上思考哪里来的声音，冲口大呼："是的，都可以！都可以……救命！"

"喳！"耳畔忽然有骨骼断裂的脆响，瞬间那笙眼前一黑，以为自己的左脚已经不在身上。然而身体忽然一轻，被一股大力拉着往后飞出，耳边连续听到"喳喳"的断裂声，只见那些围上来七手八脚撕扯着她的僵尸如同木桩般飞了出去，只留下五六只青白僵硬的断手还牢牢抓在她身上各处。

她也飞了出去，直到重重地撞到冰壁上才止住去势。

"苏摩？苏摩！是你吗？"看到那样惊人的一瞬间的力量，身体落地的刹那间，那笙脱口叫了起来，"该死的，你终于还是回来了？"

然而，乱雪中，看不到苏摩和那个小偶人的影子。感觉到身后的冰壁在震动中发出碎裂的"咔啦"声，似乎要倒下来。那笙下意识挣扎着往前爬了几步，想逃离开那面冰壁。

"带我走。"忽然间，那个声音又响起来了，她感觉有人猛然扳住她的肩膀。

"谁？"那笙吓了一跳，回头。陡然间，她直跳起来——那只手！那只齐肩断裂的手，不知何时已经破开了冰壁，伸了出来，死死拉住了她！

"啊——"她的眼睛因为震惊和恐惧而睁大，瞪着抓住自己肩膀的那只无生命的断手，说不出话来。心底下意识地感到恐惧，她用力挣扎着脱身出来，狂奔。

才奔出几步，脚踝蓦然一紧，又被拉住，她脸朝下跌到了雪中。

"想逃？"还没爬起身，只看到那只手在雪地上"走"了过来，冰冷的修长手指轻敲她冻得通红的脸颊，那笙仿佛听到心底传来一声冷笑。

谁……谁的声音？这座空山里，是谁在和她说话？

然而，不等她想清楚这一点，只听"咔啦啦"一声响，慕士塔格雪山的震动越来越剧烈，那面冰壁也已经承受不住上方积雪的压力，从下而上整片断裂开来，万千积雪和碎冰劈头盖脸向她淹了下来！

"糟糕，东方的封印打开了，这座雪山也要崩塌了！"

永远虚无的所在。永远都看不到日光的所在。

异界的城市里，所有一切都当不起一个"有"字，而所有存在的只是"无"——无形无质，无臭无影。

然而，那一片空无之中却是包蕴着无数的"有"。细细看去，缥缥缈缈，水底仿佛有烟雾凝聚、蒸汽升腾，虚幻浮动着的事物就全显示出来了。纵横交织的阡陌街巷、楼阁城墙，纤毫毕现，仿佛海市蜃楼。

只是，这座虚无的幻境"城市"里，没有一个活着的人，只有无数白色的石棺静静悬停在空中，错落高低，一望无际，如同虚无的墓园。

在那样奇异的所在里，有一座虚无的光之塔，高达万丈，塔顶通向不可知的彼端，宛如湖面上那座伽蓝白塔的倒影。

塔下，青玉雕刻的覆莲基座上，繁复的咒语刻满神龛。神龛内，在宝瓶托起的仰钵内，一颗孤零零的头颅忽然开启了嘴唇，吐出了低沉的话语——

"各位，我的右手能动了！"

危楼高百尺，手可摘星辰。不敢高声语，恐惊天上人。

白塔顶上的神殿里，仿佛也能感觉到极远处大陆东边尽头吹来的雪山冷风。观星台上的气氛是肃杀的，冰冷的寒意一直沁到了列席的每一个人心里。

自从空桑人的最后一个王朝——梦华王朝覆灭后，从西海而来的冰族建立起了新的帝国，支配这片大陆已经有一百余年，遗民的反抗逐步微弱，统治慢慢稳定，一切都在铁的秩序下安然运行。

然而今晚，掌握沧流帝国最高权柄的长老——元老院中的十巫，居然全部聚集到了伽蓝白塔最高层的观星台上！

这是一百年来极为罕见的局面。所以那些经年也可能看不到一位长老露面的侍从和女官，才会感到莫名的震惊——算起来，就是五十年前霍图部造反，二十年前鲛人暴动，都没有看到过元老院的十巫这样聚集过吧？难道这一次，又有重大的事要发生？

十位黑袍长老以观星台为中心，呈圆形分散静静坐在那里，高天上的夜风吹起他们苍白的须发，然而每一个长老都不动声色地合上了眼睛。

圣女手指间夹着算筹，目不交睫地看着观星台上的玑衡，苍白的脸上是凝重的神色。她观测着星辰，手中算筹不停地起落，进行迅速地计算。然而，在将近三更的时候，天狼星终于还是从窥管中消失了——

玑衡窥管，居然已经再也不能容纳它运行的轨迹！

"天狼脱控，乱离必起！"圣女的眼睛离开了窥管，冷然宣布。

十袭黑袍中，蓦然起了微微的震动。十位长老同时睁开了眼睛，其中一位年轻的长老开口了："请问圣女，天狼由何方脱出流程？"

"正东。"圣女漠然回答，苍白的瓜子脸上毫无表情。

"正东方……"问话的年轻长老沉吟了一下，望向东边天的尽头，神情莫测，"是从天阙那边过来的吗？"

"巫彭，赶快派兵灭了祸患吧。多好的机会！"旁边一位目光阴鸷的白发婆婆放下了手里一直转着的腕珠，"咯咯"怪笑，"五十年前你平定霍图部叛乱，升为元帅；二十年前鲛人造反，你又提兵杀尽叛党，年纪轻轻就进入了元老院——这次如果你再度立下大功，元老院的首座便非你莫属了。"

虽然说的是几十年前的事，然而面前被称为"巫彭"的长老，却依旧保持着四十多岁的面貌，刚毅的脸上有宁静的表情，深沉莫测，完全不像曾立下力挽狂澜战功的名将。

"巫姑，此次不同。"巫彭抬头看着东方的夜空，"连对手是谁都未曾确认，如何战？难不成把天阙过来的人都杀光——要知道泽之国是高舜昭总督的领地，他如果能解决，我们不宜妄动兵戈。"

"那些大泽的中州蛮子，怕他什么？"巫姑"桀桀"笑了起来，"高舜昭还不是咱们委任的？除了我们冰族，其他都不过是卑贱的蝼蚁而已！"

"蝼蚁咬人，毕竟也会痛。"巫彭微微而笑，然而始终词锋收敛，"既然这样，按照元老院规矩，请巫咸大人主持，十位长老分别表态就是了。"

"好。"坐在东首那名须发皆白的老者喉咙里发出混浊的声音，咳嗽了几声，开口道，"循旧制，支持深入泽之国、杀尽天阙东来之人的，长蓍草；反对动刀兵的，短蓍草。"

十位黑袍长老低首沉吟，袍子下的手缓缓举起，各自拈了一根蓍草——沧流帝国不设帝位，如果垂帘的智者大人不发话，那么这片大陆上的命运，一直以来就决定在白塔顶上十位长老手中的蓍草上。

十根蓍草刚集在一起，还没有理出长短，观星台后的神殿里，忽然间传出了低沉的长吟声——门户无声无息地由内而外一扇扇缓缓开启，神殿深处，有依稀的光芒。

众位长老的脸色忽然肃穆起来，纷纷将盘膝的姿势变换为长跪。

"智者传谕！"圣女一直漠然的脸色终于变了，在观星台上揽衣跪下，认真倾听着神殿里传来的低沉长吟，分辨着旁人难以听懂的指示。十巫齐齐从黑袍中抬起了脸，全部转身，向着黑洞洞打开着的圣殿的门匍匐下了身子。

"智者有谕，祸患由东而来，逼近天阙。东方之天已坍塌，五封印已破其一！诸卿请守住其余四方封印，并立时派兵杀尽天阙之东来者！切切。"

圣女一字一字地复述门内人难以听懂的口谕，声音冷漠。

"谨遵智者教诲！"十袭黑袍匍匐在地上，齐齐回复，声音恭谨非常。

许久，神殿里的声音沉寂了，重门无声无息地一层层合起。一直到最外面大殿的殿门也合上，外面匍匐着的人才敢抬起头来。

十位长老不作声地相互看了一眼，凝重肃杀的气氛在这一群最接近帝国权力中枢的人中弥漫开来。重门之后的黑暗中，存在着凌驾于元老院之上的最高权威——智者，冰族的最高精神领袖。自从带领冰族夺得云荒以来，虽然十巫主管了帝国的军政，可这个沉默寡言的神秘人依旧是不露面的最终支配者。

既然智者大人的旨意已下，那么，他们便再也没有什么讨论的必要。

沉默中，又一阵雪峰上的冷风吹来，那些长长短短的蓍草飞了漫天。

"嗯……原本就是要动刀兵的吗？"抬起眼扫了一下半空中那些蓍草，巫彭脸上有苦笑的意味，"七长三短啊……不知道另两根是谁投出的。"

低低的自语未毕，风卷了过来，那些决定大陆命运的蓍草倏忽消失在夜空里。

　　原来，草毕竟是草，又如何能如神庙中那声音一样，真正地左右沧流帝国，乃至云荒大陆的命运？

三·魔之手

　　"哎呀！"刚刚醒来的那笙看着底下十丈高的冰柱脱口惊呼，身子一颤，一个鲤鱼打挺便要坐起来。然而冰上光滑无比，她刚一挪动身体便失去了平衡，从高高的冰柱顶端直栽下去。

　　她尖叫着，然而刚要翻身落下的时候，"啪"的一声，却被提住脚踝倒着拉了上来。

　　这是哪里？苗人少女脑中只记起最后滔天雪浪将自己淹没的一刹那，不由得紧紧抓住身侧某物，让身体在这高高的冰柱上保持平衡。

　　小心地低头看下去，脚下是一场大风暴过后面目全非的雪山，而她居然逃出了那一场惊天动地的雪崩，稳稳地坐在一根十丈高的冰柱的顶端上——那样的高度，让她看下去只觉得头晕目眩。

　　"是慕士塔格雪山半坡。"忽然，有个声音回答。

　　"谁？"震惊于自己未曾开口的想法居然被人知道，那笙蓦然回首四顾。然而空荡荡的雪山上空茫一片，天空是灰暗的，连那些四处游弋的僵尸都不见了。她坐在高高的冰柱上，更加紧张起来，"是谁？是谁在说话？"

"是我。"忽然有人回答，还拍了拍的她的手，算是招呼。

那笙下意识地低下头去，就看到自己手里竟然紧紧拉着一只断臂，摇摇欲坠地坐在冰柱顶上。

"呀——"她被火烧一般放开了手，猛然跟跄着后退。

"小心！"那个声音疾呼。然而已经来不及了，那笙不顾一切地退开，身子一歪，立刻从方圆不过三尺的冰柱顶上再次一头栽了下去！

风呼啸着从耳畔掠过，她在坠落的刹那间才惊觉自己在接近死亡。地上尖利的冰凌如同利剑般迎面刺来，生的本能让她脱口惊呼："救——命！"

"啪！"她忽然觉得脚踝上一紧，身体下落的速度忽然在瞬间减低，然后一只手伸了过来，抱住她的腰，将她轻轻放到了雪地上。

生死一线。

那笙的脚终于踩上了大地，悬在半空的心也落了地。然而才低下头，就看到自己右手上那枚戒指，再看到揽在自己腰间的断手，她再度烫着一般地跳了起来，一边跳着尖叫，一边用力去掰开那只断手："放开！放开！放开我！"

"放开就放开。"那个声音漫不经心地说了一句，然后手松开来了，断臂跌落在雪地上，以指为步，懒洋洋"走"到了一边。

毕竟已经是二度看到这样诡异的景象，苗人少女终于也稍微镇静了下来，远远退到一边，看着雪地上活动的断手，小心地问："你……你救了我？"

"当然。"声音是直接传入她心底的，那只手在雪地上立了起来，遥点着她，随着声音变出各种手势，"救了两次，看来走过天阙之前还要救你好几次。不过你不用谢我，因为你答应过要付出代价的。"

"你……你到底是什么东西啊？"那笙张口结舌地看着那只断手，心底的寒气一层层冒起——这只手究竟算什么吗？妖魔？仙鬼？神佛——似乎哪一样都不是。

"是因为我拿了你的戒指，你才阴魂不散地缠着我吗？"她忽然跳了起来，一把撸下右手的戒指，"还给你！我还给你好了！"

然而，无论她如何用力，那枚银白色的戒指仿佛生了根一般套在她右手中指上，怎么也摘不下来，越是用力，居然勒得越紧。

"别白费力了。"看到她如此急切地跳着脚想摘下戒指，那个声音笑了，"再用力点，你的手指就要被勒断了。"

然而一言提醒了苗人少女，那笙想也不想，左手拿起苗刀就斩了下去！

"呃？"看到如此决绝的举动，那个声音第一次表示出了惊讶，"厉害！"

刀未曾接触到手指，那枚戒指陡然闪出了耀眼的光芒——光芒中，仿佛遇到雷击一般，那笙手里的刀铮然断为两截，直飞出去！

那笙发出了一声惨叫，捂着手臂跌倒。她左臂本来就已经折断，这一下用力更是痛入骨髓，瞬间就拿不住刀了。

"哎，你手臂上的骨头断了。"那只断手遥点她的左臂，说，"别使力，得先绑扎起来。"

"别过来！"看到雪地上"走"过来的手，那笙惊惧交加地退了一步，"你……你别过来！"

那只手迟疑了一下，忽然笑起来了："看你吓成那样……真可悲啊，我看起来有那么可怕吗？又不会吃了你。"

那是，这只是一只手，又没有带上嘴，自然是没办法吃人的。可是那笙看着雪地上那只苍白修长的手，感觉到那种难以形容的压迫力依然排山倒海般涌来，不由得瑟缩了一下，脱口道："很可怕——我、我从来没有感到过这样可怕的压力！你、你……不管你是什么，离我远点！"

"真是无情啊……怎么说我都是你的救命恩人吧？"那个声音有点无

奈地笑了，然而那只手却对她跷起了拇指，"不过，很厉害——你居然能感觉到我已经隐藏掉的力量，不愧是能戴上这枚戒指的通灵者。被冰封在慕士塔格雪山这么多年，这个机缘也算被我等到了。不过……碰上的怎么是这么麻烦的小丫头？"

"我不要了！还给你！你、你别跟着我。"气急之下，那笙用力甩着自己的手，想脱下那枚戒指，"你拿回去，拿回去！"

"啧啧，哪儿有这样说话不算话的……这戒指一戴上去，除非我自己愿意，不然它怎么都不会脱落的。"看到她气急交加的神色，那个声音反而讥讽地笑了，"其实，你何必这样怕呢？我不会害你，而你如果没有我，大约连这慕士塔格峰都下不去，白白成了僵尸的饱餐。"

听到这里，那笙蓦然打了一个寒战。想到那些此刻暂时消失的僵尸很可能就在雪下，她忽然之间就不敢在雪地上坐，一下子跳了起来。环顾着白茫茫的四野，她心里的恐惧越发浓了。

"你只要带着我过了天阙，到泽之国，我们的契约就结束了。"大约看出了她的动摇，心里那个声音继续循循善诱，"你看，很容易的事情啊！我可以护着你平安去往云荒，而你只要带我上路就可以了——我又不重是不是？不像你那样，沉得死猪般拖都拖不动。"

"你！"毕竟是姑娘家，那笙气得跳了起来，然而想起方才的确是对方将自己拉出险境，连救了自己几次命，忽然心里就是一阵理亏，说不出话来。

"算了，不强人所难。"看到她沉吟不语，那个声音似乎终于气馁了，"就算没你，我最多多花点时间'走'到云荒去，你就留在这里喂僵尸吧。"

那只手从雪地上竖起，凌空勾了勾手指。声音未落，那笙忽然觉得右手中指上的指环一松，铮然落入雪地。

"好了，你现在自由了。"那只断手冷冷扔下了一句话，扭身离开。

"喂！喂！回来！"看到那只手忽然间向相反方向走去，甩下她一个人在雪地，苗人少女心底觉得一阵孤独无助的恐惧，终于忍不住大叫起来，"那只手！你给我回来！"

然而那只手走得越发快了，五根手指迅速地交替着在雪地上移动着，很快消失在冰凌中——那种无所不在、压得人喘不过气来的诡异气息终于散去，那笙却蓦然感觉到了另外一种肃杀的危险，在空白一片的雪原里抱着肩瑟瑟发抖。

她听到了风里传来的隐约的吼声，影影绰绰，是那些僵尸在往这边聚集。她孤身一人留在这里，只怕走不了几步就会被吃掉吧？

"喂，回来！我答应你！"生怕这只神秘的手会如同苏摩一般扔下她彻底消失，那笙慌忙摸索着捡起了戒指，重新戴上，高高举起，对四野大呼，"喏，你看，我把它戴上了！你、你别扔下我！"

然而，声音消散在风里，没有听到那只手回答。

那笙不死心，再度唤了一遍，耳边却还是呼啸的风声。她站在雪地上，恐惧感让她不敢擅动一步——不知是不是幻觉，她觉得脚底下的雪又动了一下，仿佛有什么破冰而出，瞬间抓住了她！

"呀！"那笙只道蛰伏的僵尸又要出没，吓得大叫起来，拔脚就跑。然而等不及她跳开，那只苍白的手已经从雪下探出，瞬间抓住了她的足踝。她一个踉跄，又一个嘴啃泥跌倒在雪地上。

"哈哈哈哈……"忽然间，那个声音重新响起来了，得意万分。

那笙趴在雪地上，惊魂方定，定睛看去，发现抓住她的赫然便是那只会走路说话的怪物。

"你！"长长嘘了口气，她一脚踢掉那只手，挣扎着从雪地爬起，"滚开！"

"好，以后就要拜托姑娘你的照顾了。"那得意到嚣张的声音终于收敛了，同时一只手伸过来，拉住那笙的手，将她从雪地上拉起，"劳驾，请送我去云荒——而且谨记务必不使任何人发觉。"

"好了好了！我答应你……"那笙没好气地一边回答，一边站起，想甩开那只握着她手腕的苍白的断手。然而话音未落，她不耐烦的语气忽然冻结了——抬首之间，看到面前雪地上拉着她站起的，竟然是一位英俊年轻的男子。

眉飞入鬓，高冠广袖，丰神俊美。嘴角上笑谑的神色还未收敛，站在雪地上，看起来如同太阳般光芒四射。

"啊？"那笙目瞪口呆，看着眼前这个如同神话中降临一般的男子，"你、你难道就是……"

然而，只是一刹那的失神，眼前的人陡然凭空消失，抓着她的依然是那只齐肩而断的苍白的手，外表可怖。

"凝结一个幻象给你看一下。"心底那个声音响起来了，大笑，"记着我英俊潇洒的样子吧！这样以后你就不用看到我的右手就被吓住了——对了，你叫什么名字？"

"呃……"那笙还没有从方才惊鸿一瞥的惊艳中回过神来，讷讷说不出话来。

"算了，我读过你的心，知道你叫那笙，只不过按礼节才问你一声。"那只手懒得再等，一拉她，"天色不早，快些下山吧。天黑了的话就糟了。"

因为有那只手的指引，下山的路变得出奇地平顺容易。那笙一边轻轻松松地踩着雪沿着山势滑下来，一边对趴在她肩上的那只手提了一连串问题：

"你是不是人？还是云荒上面的神仙，或者是妖怪？

"你怎么会跑到那个地方去的？你是不是已经死了？

"你死得很惨吗？居然只剩下一只手，还好像是被活生生撕扯下来的一样！

"好奇怪……你能听懂我说话，我也能听懂你说话！云荒上面也说和中州一样的话吗？为什么我不用学就能听懂？

"云荒上面都是像你这样的神仙吗？哎呀，我忘了云荒和中州大陆完全不一样！你们没有什么生和死的问题吧？你们吃不吃东西？我听人说你们那里也有国家的哎！那么，你们也有父母兄妹吗？

"对了，想起来你们是不可以用常理来衡量的，难道说……你这样的状态，才是平日正常的样子？你们是不是生下来就四分五裂的，只有很少时候才四肢完整地凑到一起？对不对？

"呃……什么？你说也是和我一样有两只手两只脚，太奇怪了——我还以为云荒上面的人长得都和中州人完全不一样呢！如果你长着八只脚，我才觉得比较正常……"

显然，见到了那只断手的真身以后，那笙完全没有了对异类的恐惧感，她好奇地不停发问。那个声音哀叹了一声，到后来已经连回答的力气都没了。在她问到第九十八个问题的时候，那只手终于忍不住伸了过来，一把堵住她的嘴，低呵："拜托你消停一下行不？快些走，天就要黑了！"

"天黑了……呃，天黑了又怎么样？"那笙用力挣脱那只手，继续问。

"我的力量到了天黑就会削弱！"那只手冷厉地回答，忽然用力打了一下她的屁股，"到时候我不但没能力保护你，可能连和你通话的力量都没了，还不快走！"

"什么？"那笙一惊，终于截住了话头，努力向山下跋涉。齐膝的雪阻碍了她的脚步，她走得踉跄，几度跌倒。

"唉，你好像没什么能耐。"又一次倒在雪里，跌了个四仰八叉的那笙死死压住了那只手。看到她狼狈的样子，断手无奈地叹了口气，"碰上你算我倒霉。"

"你能耐大，为什么不自己飞过天阙去？"挣了几下起不来，那笙也恼了，"人家走得辛苦，又冷又饿，你倒在这里说风凉话！"

"好了好了，起来吧。"那只手见她恼了，倒也好声好气起来，从她背后挣出来，拉她起身，"我不能随便用我的力量——越少用越好，不然很容易被那些冰夷抓出蛛丝马迹。"

"冰夷？"伸手抓住那只手，站起身来，那笙又听到了一个新称呼，那是她在苏摩那里没有听说过的，忍不住好奇，"就是把你弄成这副模样的那些家伙？"

"走吧。"仿佛不愿多说，那只手拉着她往山下继续赶路。

天黑之前，那笙终于到了山下。

空气在一路上渐渐温暖起来，到了雪线以下已经看到了稀疏的植物——那些灌木的样子，都是在中州大地上不曾见过的。

住在澜沧江边上的那笙也算是对草木了解甚多，然而此刻一路看过去，却是一种也不认识。她摸着一株两尺高的挂满红果的灌木发呆，肚子里已经传出了咕噜声——已经一天没有吃东西了。

"不可以吃。"看到她的手伸向那片诱人的红果，那只手一下子拉住了她，"会死。"

那笙皱了皱眉，拉起了另外一簇贴着地面的紫色地苔："这个？"

"快松手，碰了会手脚溃烂的。"那只手连忙拔了地苔，远远扔开，"这里的东西不要随便碰——底下都是僵尸，土里长出的东西哪儿能吃？"

然而肚子饿得要命，那笙趴在地上找着，忽然眼睛一亮："萝卜——这个总可以了吧？"她的动作快如脱兔，那只手还来不及做出什么反应，她就扑过去一把揪住翠绿的叶子，"噗"地迅速拔起了泥土下的块茎。

"呃？"看到地下块茎的样子，那笙目瞪口呆——居然……居然是金色的萝卜？居然还是人形的，宛如胖胖的婴儿。

这……这到底是什么东西？

"人……人参？"揪着嫩叶，提在眼前看了半晌，她讷讷脱口，"好大一棵啊。"

"哈！"心里那个声音笑了一声，却不说话。

就在那个时候，那笙看到手里提着的"人参"忽然动了起来，淡金色的人形块茎扭动挣扎着，蓦然发出一声婴儿般的叫喊。

"妈呀！"吓了一大跳，那笙下意识扔掉手里的东西，"都大得作怪了！"

那棵"人参"一接触泥土，就迅速往地里钻了下去。然而刚钻入一半，那只手闪电般伸过来，一把抓住翠绿的叶子，"噗"的一声重新把它拔了起来。

"是雪罂子。"那个声音笑了起来，"好东西。你可真是傻人多福。"

"雪罂子？那是什么？"听说是好东西，那笙欢天喜地地问，"可以吃吗？"

手沉默了下去，似乎已经被她打败："不可以。这是当药用的！"

苗人少女的肚子发出很不体面的"咕"的一声，终于大失所望地坐到了地上，捶着地面："饿死了饿死了……你倒好，不用管你的肚子。"

"好了，起来起来。再走一段路就到天阙山口了！那里的东西很多都可以果腹的。"那个声音叹了口气，哭笑不得，"快走吧，天就要黑了。"

那笙抬起头看看天，暮色已经笼罩了云荒大地，只好勉力起身："好吧……"

"把你头上的簪子拔下来。"断手对她说。

"干吗？"山下已经很温暖，那笙正在扯掉绑腿，听得这话怔了一下。断手凌空举着雪罂子，努力不让那个不断扭动的东西重新接触到土壤，对她说："把簪子刺进雪罂子块根，用金镇住了，它才不会逃到土里去。"

那笙嗤之以鼻："又不能吃，要它干吗？"

断手哑然："它是很珍贵的药。"

"珍贵？就是说，很值钱？"那笙终于来了兴趣，连忙从头上拔下簪子，"能卖很多钱吗？"

"算是吧。"断手无奈——这个丫头怎么那么功利啊？

"噗！"金簪干脆利落地刺入了块茎里，那个不停扭动的植物终于安静了。

"啊，我的簪子也很珍贵，可不要弄丢了才好。"那笙嘀咕着，小心地把雪罂子连着金簪收到怀里，准备起身，忽然间她的眼睛亮了，看着前方——

"喂，你看！那边有火光！好像有人在那边生火！"看到浓重暮色中燃烧起来的那一点火光，那笙惊喜交加——和这些怪物相处了一整天，终于看到了同伴的踪迹，让她如何不高兴？

"小心。"在她拔足奔出的时候，那只手忽然拉住了她。然后在她低头惊讶询问的时候，看到那只手迅速在地面画出了这两个字。

"啊？难道前面是妖怪？"那笙惊住了，迟疑着问。

那只手摇了摇，否认了她的猜测，只是继续写道："敌友莫测，须小心。将我藏起，莫使人知。"

那笙耐着性子看它一字字写完，纳闷道："你怎么忽然不说话了？"

"入夜，我的力量消失了。"

断手迅速写下的那几个字，让那笙顿时一惊。她不敢再大意，连忙解下厚重的外衣，铺开来——那只手很配合地屈起手肘，弯了起来。那笙将断手包好，打了一个包裹系在背上。

她有些忐忑地向着远处那个火堆走过去，又饿又累地拖着脚步。

"格老子，总算是过了那座见鬼的山了……"还没有靠近篝火，耳畔已经听到了久违的中州话。那声音虽然粗鲁难听，然而此刻在那笙听来却不啻仙乐。

是中州人！前面有一批中州过来的旅人！

她心下一阵欢喜，脚步也忽然轻快了很多，几乎是冲着篝火飞奔过去。

"止步！"猛然间，背后包裹里面那只手隔着衣服用力扯住了她的背心，急速写下两个字。她惊诧地放慢了脚步，不敢出声，只在心底纳闷："怎么？"

"有异常。"断手贴着她的脊背，重重写下几个字。顿了顿，再度疾书，"避！"

然而，那时候那笙已经跑到了离火堆不到十丈的地方了——前方的大树下，果然围着一堆中州装束的人，在火边高声骂人喝酒，喧闹盈耳。她看不出有什么异常，然而感觉到了背后那只手的高度紧张，她还是忍痛停住了脚步。

然而，在她转身躲开之间，离火堆稍远的一个人漫不经心地向她这个方向抬头看了过来。篝火明灭，她猛然认出了那个人的脸：

苏摩！

仿佛这一场跋涉让他消耗了很多体力，傀儡师的脸色有些苍白，神色也是漠然而倦怠的，怀中抱着那个高不过两尺的小偶人，正靠着火堆休息。

虽然明知对方看不见，在他那一眼看过来时，那笙心里还是不知为何猛然一跳，下意识退开几步，隐入了树影中。

夜色已经降临了，天阙下面漆黑一片，树影幢幢，不时有奇异的动物的鸣叫。那笙转了个弯，一直到再也看不见那点篝火，才摸索着坐了下来，小心不发出丝毫声响。

"你也怕他？"仿佛能感受到方才刹那间她的心态，那只手在她背上写，"他是谁？"

"他叫苏摩，本来是和我一块儿结伴从雪山那边过来的。"那笙叹了口气，感觉又饿又累，在心底回话，"是啊，我怕他，说不出来为什么怕——他，他长得那么好看，比我看到的所有女人都好看！可是……我说不出来。反正他很可怕！"

"苏摩？！"那只手忽然一颤。

"怎么啦？"等了好久，不见背后的断手再有动静，那笙反而大吃一惊，把包裹从背后解下来，"你出什么事了？"

包袱里，那只断手停顿在那里，似乎有些僵硬。她戳了它几下，断手没有反应，依旧在发呆。她忍不住抱起那只手臂，用力摇晃了几下："喂！喂！你昏过去了吗？"

那只手终于动了一下，顿了顿，再度写："避开他。"

"啊？"那笙有些愕然，"怎么，你也怕他？"

那只手做了一个无奈的手势，在她手心上写字："谁怕他了？如果我没有被大卸八块，当然就不用怕他。"

它写得很快，有些字那笙一时没有辨别出来它就已经写完了。指尖在她手心轻轻画着，那笙只觉得痒得要命，忽然间忍不住"叽"的一声笑了出来。

"唰！"那只手行动快如闪电，立刻捂住了她的嘴。

"嗯……"那笙四处看了一眼，见没有惊动那边的人，才用力拉住那只手，把它从自己嘴上扯了下来，"好了，我不出声！你也别随便乱动好不好？男女授受不亲，如果姑奶奶我是汉人，早打死你这只下流的臭手了。"

手停顿了片刻，对她比了一个鄙视的手势。

幸亏夜色中那笙也没看见，她只觉得肚子越来越饿，然而夜里哪里能找到吃的？听到那边隐约传来的大笑喧哗声，肚子"咕噜咕噜"叫了起来。忽然耳边有轻微的"簌簌"声响起，扭头一看，那只手居然正悄然往她身后的丛林里爬了开去。

"喂喂！你干吗去？"那笙差点就脱口喊了出来。背后猛然一重，似有什么按了上来，有些恶狠狠地写："去找吃的堵住你的嘴！"

那笙语塞。那只手从她肩头掉落，迅速爬了开去，消失。

在黑暗中，她一个人百无聊赖地抱膝坐着，耳边断断续续传来远处火堆边那一群中州人大声的笑骂喧闹，她羡慕地叹了口气，拿出怀中插着篓子的雪罂子把玩。隐约间，似乎还听到了女子尖厉的哭声。

"呃？怎么还有女人？"那笙怔了一下，忍不住轻轻往外挪了几步，从草丛中探出头来——然而，太远了，连那火都只是隐约跳动的一点，更看不清其他。

"救命！救命！放开我！"那女子的声音越发凄厉了，在暗夜里如同鬼哭，"表哥，表哥！救我！"

"哗，好烈的娘儿们……老么，快过来帮忙摁住她！"

听到呼救声，和同时传来的淫猥的哄笑，那笙忽然间明白发生了什么，只觉得血一下子冲到了脑里，猛地跳了起来。

"啪！"才冲出几步，她的脚踝被人拉住，一个跟跄几乎跌倒。暗淡的月光下，她低头看去，看到那只苍白的手抓住了她。那笙急了，用力踢腿，就想把它甩开，然而那只手反而"嗒嗒"地顺着腿爬了上来，一把扳住她的肩膀："别去！"

"他们，他们在欺负那个女的！"那笙脱口就喊了出来，幸亏那只手见机得快，一把捂住了她的嘴。那笙抬起手用力扯开它，然而无论她多用力，那只手都不肯放。见她挣扎得厉害，怕弄出声音来引起那边注意，手忽然闪电般敲击了她颈椎的某处，那笙只觉得全身一麻，陡然倒了下去。

那只手扶着她缓缓靠坐在树下，那笙愤怒地瞪着它，大骂："你……"

话音未落，那只手再度伸过来，用什么东西塞住了她的嘴巴。

"嗯！"那笙只好瞪着那只在草地上爬行的手，在心底大骂，"臭手！放开我……放开我！我要去救那个女的！"

"别管。"手懒洋洋地爬到她肩上，回答，"你吃你的。"

那笙下意识一咬牙，发现塞在嘴里的居然是一个大果子，一口咬破，壳子里汩汩沁出香甜如蜜的汁。她不由自主吞咽了几口，觉得美味无比，然而她依旧奋力想吐出这个果子，想站起来："让我过去！我去杀了那些禽兽不如的家伙！"

"你若过去了，被剥光衣服的就是你。"知道她动不了，那只手漫不经心地继续写，"没本事，别强出头。到时候没人救你。"

"不用你救！"那笙大怒，用力挣扎，"他们要糟蹋那个姑娘！"

"有苏摩在那儿，你这么急干吗？"感觉到少女剧烈的愤怒，断手不敢再漫不经心，"他不会不管吧。"

"他？指望他救人不如指望一头猪去爬树！"它的劝告反而让那笙更加烦躁起来，"他不会管的！那个冷血的家伙！"

女子的尖叫继续传来，撕破荒山的黑夜，然而嘴巴显然已经被什么堵上了，叫喊声闷闷的，而那群人的哄笑和下流的话语却越发响亮。

"如今的他看起来已经很强，那样的举手之劳他不会去做的。"断手继续安抚那笙的情绪，然而听到风里传来的声音，苗人少女的身子却莫名地剧烈颤抖起来，痛苦似的慢慢蜷缩起来，衣衫下的肌肤绷紧，微微发抖。

"怎么了？"感觉到了她的异常，那只手连忙拍着她的肩。

"别碰我！"那笙心底猛然发出的尖叫让那只手吓得一颤，"啪"的一声跌落到地上。暗夜中，听着那边断断续续的呜咽呼救，苗人少女的身子仿佛落叶一般颤抖起来，泪水接二连三地滚落她的脸颊，"杀了他们！杀了他们！我要杀了他们！跟杀了三年前的那群强盗一样！"

断手正要重新攀上她的肩膀，忽然间就僵住了。

"原来你也曾经……"那只手微微颤了一下，停在她的面颊边——有什么温热的东西在黑暗里滴落下来，一滴滴打在手背上。

"你……你知道我为什么千辛万苦地来云荒？你知道中州那边是什么世道吗？到处是打仗，到处是动乱！那些军队烧杀掳掠，女人和孩子哪里有活路……"嘴巴被那只果子堵住，苦咸的泪水仿佛倒灌进了喉咙，那笙蜷起了身子，不停发抖，"连那样的小寨子都要灭掉……禽兽……禽兽！"

那只手停住了，半晌没有动，只是轻轻拍着她的肩膀。

"那时候如果不是同族那个姊妹救我，我早就死了！是她拼了命救我出来！可是她却被乱军……"那笙感觉血一直冲到脑里，全身发抖，"我只能眼睁睁地看着！现在我好容易逃到了这里，难道也要眼睁睁看着？"

"可是，"断手轻拍她的肩，似乎是想安慰她，然而随着她的话，动作却是越来越凝重，最后停了下来，慢慢写下一句话，"可是，眼下你拼了命也未必有用。"顿了顿，那只手伸了过来，替她擦掉满脸的泪，声音忽然变得柔和，"等天亮，我替你杀了那群家伙。"

"不行！那就来不及了！"那笙在心底大叫起来，"不用你帮！你放我出去！"

然而那只手再也不听她的，扯下一团树叶堵住了她的耳朵。

另一边的苏摩，此刻也恨不得堵起耳朵。

虽然远离火堆坐着，那边树丛里女子尖厉的叫声和那群人的哄笑声还是不停传入耳畔，几次眼皮刚合上就被吵醒。

什么蜀国的骠骑军——那些爬过山逃到这里的残军真是比强盗还不如……自己怎么会遇到这群人。还不如和那群流民同路。不过……原先那群一起爬雪山的中州流民已经全死光了吧——包括那名会算命很烦人的苗人少女，也该喂那些僵尸了。

然而此刻，苏摩希望旁边还是那个多话的少女——总比这一群半夜还吵得人不能睡的乱兵要好。

他靠着树翻了个身，然而心头渐渐有些烦躁起来。

篝火毕毕剥剥地燃烧，火光映出了一边几个被捆绑着的人失魂落魄的脸。其中那个书生显然是和那个小姐一起被掳过来的，树丛中那个女子口口声声叫着他"表哥"，声音凄厉。然而那个手无缚鸡之力的书生满脸油汗，苍白着脸，听一句脸就抽搐一下，他被刀逼着，叫都不敢叫一声，只是睁着失神的眼睛东看看西看看，眼里满是哀求。

"嘿嘿，捡了条命爬过了山，兄弟们都要好好庆祝！"树丛分开，横肉满身的大汉心满意足地出来，对着火边的书生大笑，"格老子，你的那个娘儿们不错，好一身白肉！"

"啊呀，轮到大爷我了，去看看怎生个白法？"旁边拿刀守着书生的士兵乐开了花，忙不迭地扔了刀，爬爬滚滚进了树丛。

"格老子，怎么除了这个小娘皮有点意思，其余几个都一点油水都没有？"几个守在火边的乱兵喃喃自语，看着几个被他们打劫的旅人，"本来想守着山口，捞一点再去那边过好日子，结果等了半天就逮了这些！"

"兵大爷，小的身无长物，大爷也搜过了，就放过小的吧。"和那个书生绑在一起的是一个年轻公子，蓬头污面，只穿着夹衣——显然外面的衣服值点钱，已经被剥走了。

"去你的！"一见这个人显然就有气，乱兵中的头目飞起一脚把他踢开，随后踢倒了旁边一个背篓，大骂，"你说你背着一篓子干草叶子干吗？吃饱了撑的！老子见你穿戴，还以为是头肥羊呢！"

那穿着夹衣的公子被一脚踢飞，倒在地上哼哼唧唧起不来。然而，却是不动声色地挪向被乱兵扔下的那把刀，将身后手上的绳结在刀上磨开。

树丛里那个姑娘叫喊的声音也弱了，火边上乱兵们笑闹的声音依旧响亮。头目在火边坐下，喝了一口带来的酒，斜眼看了看不远处靠着休息的傀儡师，眼神阴森狠厉——今天从雪山上走下来的旅人里，只有这个瞎了眼的要把戏的家伙，他没有敢随便下手。

今天黄昏，远远看着那个影子从雪峰上掠下来时，那样的速度简直非人间所有！

这样一个摸不透来路的家伙，他还是不敢径自起歹心。然而观察了半天，不见对方有任何举动，甚至自己这边故意张扬行事，对方也只作视而不见，显然是软弱可欺。于是，他的胆子，也不由得慢慢大了起来。

然而，不等他一摔碗喝令弟兄下手，树下的傀儡师翻了个身，淡淡开口："吵死人了。通通给我住嘴！"

苏摩的声音不高，散淡而冰冷，那些围着火堆叫嚣取乐的乱兵顿时一怔。

"格老子！居然敢叫老子闭嘴？"头目趁机发作起来，把碗往地上一摔，"小的们，给我把他切成八……"

声音是瞬间停住的，仿佛被人扼住了脖子。

火光明灭中，乱军头目的脖子上忽然出现了一圈细细的血红色，然后"噗"的一声，整颗头颅齐刷刷飞了出去。另外两个士兵大叫着拔出刀来，然而刀未出鞘，只觉手腕一痛，一低头，就发现整只手连同刀一起掉落到了地上！

一切发生在眨眼之间，而离篝火一丈远的那个傀儡师，却是看也不曾往这边看一眼。

"鬼，鬼啊！"看到这样诡异的情况，仿佛空气中有杀人不见血的妖怪，剩下几个士兵惊惶失措，掉头就向密林深处逃去，"有鬼！"

"总算是清静了。"苏摩也没有追，喃喃自语了一声，便翻了个身，继续小憩。

"怎么了？"听到外面同伴蓦然一声大叫，树丛里面正在兴头上的士兵连忙提着裤子跳了出来，却看到地上血淋淋的。他大叫了一声，从地上捡起了刀，砍向那几个俘虏，"你们！是不是你们干的？！"

"还在吵？"树下的傀儡师喃喃了一句，头也不回。然而，地上那个人偶的手却微微一动——只是刹那间，那个士兵的头颅同样从颈子上齐刷刷滚落到地上。

"啊呀！"被捆住的几个俘虏脱口惊叫起来，然而立刻闭上了嘴巴，生怕再发出声响，落下来的便是自己的人头。

此刻，那个穿着夹衣的公子已经在地上暗自磨断了缚手的绳索，一时间看得呆了，过了半晌才连忙起身，上去给同样被绑缚住的俘虏们解开了绳子。

被那群乱兵抓住的一共有四人，除了被拖到树丛中去的女子，他自己和那个书生，还有一个衣衫破烂的中年男子，面有菜色，一副困顿潦倒的样子，绳子一解开就跌倒在地上，哼哼唧唧。

那个书生一被松开，就手脚并用地朝着树丛爬了过去，带着哭腔叫那个女子的名字："佩儿，佩儿！"方叫了几声，又想起了那个诡异的傀儡师在休憩，便不敢再叫。

然而，树丛里已经没有回答的声音。

"苏摩出手了。"悄无声息地从草叶中回来，那只断手告诉她，"你该放心了吧？"

那笙不可相信地睁大了眼睛："什么？他那种人还会管闲事？"

断手没有多辩解，只是拔掉了堵住她耳朵的草叶。那笙细细一听，只听外面已经悄无声息，那群乱兵强盗般的喧哗果然都没了，只听到那个女子细微的抽噎声，似乎危险已经过去。她不由得半信半疑。

"吃东西。"看她安静下来了，那只手取出了堵住她嘴巴的果子，将手里的各种瓜果放到她衣襟上。那笙本在气恼，但是在月光下看到它满手都是泥土，想起它一只手要在地上"走"，又要拿回东西给她，一定大为费力，心里一软，便发作不出来。

夜已经深了，一安静下来，树林深处那些奇怪的声音便显得分外清晰。

"咕噜——"忽然间，一阵低沉的鸣动震响在暗夜的丛林里，那些虫鸣鸟叫立刻寂灭。

"那是什么？"那笙陡然一惊，感觉有什么东西慢慢走近，脱口低呼，"有东西……有什么奇怪的东西过来了！"

"你感觉到了？"那只手动了起来，将她一把拉进了树丛。

那个瞬间，苗人少女听到空气忽然变得诡异，仿佛掺了蜜糖和苏合香进去，让人懒洋洋的，什么都不去想。风掠过树梢，风里面，忽然有一缕若有若无的音乐。

舒缓的，慵懒的，甜蜜的，让人听着就不自禁地微笑起来，想要从树丛的阴影里走出去，到月光下跳舞。

"小心！"在她不由自主微笑起来的时候，那只手忽然间就狠狠拧住她的耳朵，把她揪了回来，用刺痛将她惊醒，"别出去！"

四·魅音

　　同一时间，火堆边上的俘虏也听到了乐曲。

　　那个只穿着单衣的年轻公子正在低头捡起背篓里面被踢得四处飞散的干草叶子，听到那曲子的瞬间，下意识地朝着声音传来的方向看了一眼，不由得有些担忧。那个可怕的傀儡师刚刚闭上了眼睛，这个贸贸然发声打扰的家伙只怕又要倒霉了。

　　树丛中，书生抱着昏迷过去的女子，却不敢放声呼号，呜咽着脱下外衫盖住她流血的肌肤。魂不守舍之下，根本没有注意到风中的旋律。

　　然而，火堆边上那个一起被绑架的中年人眼神忽然变了，恐惧般地退到了火堆边，看着密林的方向——那优美的乐曲声越来越近了，那个中年人丝毫不觉得陶醉，反而死死拉住了年轻公子的手，也不管和对方素不相识。

　　"怎么了？"年轻公子刚将草叶子捡完，手腕猛然被一把拉住。察觉到同伴异样的恐惧，他忽然心里也是一咯噔。

"鬼姬！鬼姬来了！"那个中年人居然完全不顾会吵醒一边沉睡的杀人者，脱口厉呼，颤抖着用力抓住年轻人的手，"快逃……快逃！"

"鬼姬？"年轻人显然明白这两个字的意义。然而鬼使神差地，他居然毫不恐惧。

"快逃……快逃……"那潦倒的中年人的口音有些奇怪，不是中州官话，也听不出是哪地方言。他见年轻人执意不走，而那一对苦命鸳鸯又顾不上别的，脸色苍白，当下一个人爬起来就跑。

乐曲越发地近了，弥漫在夜色里。那曲子如同水一般漫开来，仿佛有形有质，黏稠、深陷，阻住人的脚步。

那个中年人才起身跑了几步，忽然间脚步就不听话地慢了下来。他回头看去，陡然手足瘫软："鬼姬！鬼姬！"

呼噜的声音和曲声都近了，深夜的丛林里，影影绰绰出现了几个人形，慢慢走过来。

年轻人发现自己仿佛也被曲声困住了，想要站起来，却无法动弹，他迅速把背篓里的干草含了一片在舌底——那几个人影走近了。然而，那几个人走路的姿态很奇怪，仿佛梦游一般，无声无息。

走得近了，火光映出惨白的脸，那个瞬间，年轻人脱口惊呼了一声——回来的居然是方才那几个逃入密林的乱兵！

那几个人走路的姿势很奇怪，双手直直下垂，晃晃荡荡，宛如梦游。然而诡异的是，他们几个人的眼神却是完全清醒的，充满了恐惧和狂乱，四处乱转，几乎要凸出眼眶来。仿佛被看不见的手操纵着，他们身不由己地向着火堆慢慢走过来。

很诡异的情况。然而，让年轻人惊呼的，却是那群乱兵背后出现的人——

一名美丽的女子，披散着及腰的长发，悠然地吹着一支短笛，步出散发着寒气的暗夜密林，手腕上的铃铛在月下发出细碎清响。她的坐骑，赫然是一只吊睛白虎。

然而，月下细细一看，她月白色的裙子到了膝间就飘荡开来，竟是没有脚！

鬼姬吹着笛子悠然而来，仿佛驱赶羔羊的牧羊人。然而，在那样的笛声里，那几个乱军士兵仿佛被操纵一样，从密林深处回到了出逃的地方，"砰"的一声重重摔倒在火堆边不能动弹。

那名潦倒的中年人已经完全不能动了，只能恐惧地看着那个女子出现。他的意识慢慢模糊起来，坠入沉睡。旁边树丛里那一对小情侣也悄无声息，显然被同样控制住了。

唯独年轻人还清醒地睁开着眼睛，看着那个美丽的骑着白虎的女子走过来。舌底的草药渐渐生效，他感觉手脚已经能再度活动，然而看到女子走近，他不但没有反身逃走，反而合掌祈祷："求仙子开天阙之门！"

"嗯？"显然没有料到这里居然有人还能开口，白虎上的女子诧异地放下了笛子，打量着火旁这个外表狼狈的年轻人，"你为什么不逃？"

"云荒三位女仙之一的魅婳，虽然号称鬼姬，但是根本不像世间讹传的那样杀人如麻。在下为何要逃？"只穿着夹衣的年轻人在半夜的寒气里瑟瑟发抖，语声却是镇定的，"天阙多恶禽猛兽，若无女仙管束，大约没有一个人能活着出去——如今由中州遗民组成的泽之国又从何而来？"

"嘻……"有些意外地，鬼姬掩口笑了起来，腕上银铃轻响，"你倒知道得多——居然没有被我的魅音惑住心神。你叫什么名字？"

"在下慕容修。"年轻人将舌底压着的干草叶子吐出，"奉家族之命，前往云荒贾货。"

"哦？瑶草？"看到他手心的那片叶子，鬼姬有些惊讶，"你是中州来的商人？你怎么知道将普通的苦艾秘制后从中州带来，一过天阙就能卖出比黄金还贵的价格？"

"在下姓慕容。"年轻人轻轻重复了一句，手心捏了一把汗，希望这个提醒能让鬼姬记起来——否则，他便是要命丧此地了。

"哦，你姓慕容？"问了一连串，鬼姬忽然明白过来了，掩口笑，

"你是慕容真的儿子？我记性可真差，二十年前的事情都忘光了。呀呀，你长得一点都不像红珊呢……你父亲和母亲还好吧？"

慕容修舒了口气，抬起手来，用力在脸上揉了揉，粉末一样的东西簌簌而落，因为长途跋涉而邋遢肮脏的脸庞马上就有了奇异的变化，宛如明珠除去了尘垢，光彩照人，竟是出人意表地俊美。

他低下头去，默然道："家父去年去世了。在下继承了慕容家，所以来云荒……"

"哦，我明白了。"鬼姬屈起手指，敲了敲自己的脑袋，"你们慕容家一直号称中州三大豪门之一，世代秘传有去往云荒的地图，每位男丁继承家族之前，都要被派往云荒贾货，一次获利便可支持一世。"

"是的。"慕容修穿着夹衣，在半夜寒气中打了一个哆嗦，"这也是考验——虽然我是长子，但是一直被视为不祥人所生的孽种……如果这次不能顺利完成任务的话，那么太夫人更会有理由为难我们母子了。所以，求鬼姬您一定要放我过去！"

"不祥人……"鬼姬放下了短笛，叹了口气，"红珊在中州，日子一定很难过吧？"

不等慕容修回答，鬼姬在白虎背上俯下身来，蓦然探过手来，压过了他的耳轮，看了看他的耳后："啊……果然还有鳃！你生下来的时候，一定吓坏了家里人吧？"

慕容修触电似的后仰，有些失态地躲开了鬼姬的手，面色苍白。

他已经不记得一岁以前自己的样子，但据太夫人恶毒的斥骂，他一生下来就是个难看的怪物，而母亲仿佛预先知道会生下一个怪胎，坚决拒绝让产婆进门，一个人在房中呻吟了一天一夜才生下了他。

他一生下来，就是一个人身鱼尾，满身薄薄鳞片，耳后有鳃的怪物。

然而，虽然母亲极力保护，却终究无法长久掩饰，满月酒那一天，被抱出去见人的婴儿不小心将襁褓踢散，露出的鱼尾吓倒了家里所有人——

"天！慕容家居然出了个妖怪啊……是那个从云荒带回的不祥女人生下

的妖怪！"

从此后，除了父亲以外，家族里所有的亲人都不再是亲人。即使后来母亲亲自操刀剖开他的尾骨，分出双腿，让他变得和身边所有的人一模一样，可那些家人始终不能消除对他异类般的敌视和厌恶。

"慕容真那个孩子太偏了……当初他本来就不该执意带红珊走。"二十年的时间仿佛只是一弹指，天阙上的鬼姬依然这样称呼着他已经过世的父亲，叹气，"他以为鲛人在中州就能被如同普通人一样对待？鲛人的血脉是强势的，无论和谁结合，生下的后代即使丧失了特殊的能力，但一定还会保持鲛人的外貌……红珊她一开始可能还不相信这个铁律，抱了万一的指望吧——对了，你什么时候破身的？"

"破身？"慕容修怔了一下，莫名地看着鬼姬，脸蓦然红了。

"呃……"猛然想起中州对这个词的解释，鬼姬拿短笛敲了一下自己的头，笑了，"哎呀，我的意思是你什么时候分裂出和人一样的腿……'破身'在云荒是专门指代这个的。"

顿了顿，看到年轻珠宝商脸红的样子，鬼姬笑起来了："嘻，你很像你父亲当年嘛。那孩子当年就是凭着这个可爱的表情拐跑了红珊——你不知道吧？你母亲当年在云荒大陆上是赫赫有名的美人。据说即使在以美貌著称的鲛人一族里，除了百年前的'那个人'，也没有人比红珊更美了。"

"啊？"慕容修张大了嘴巴，不明白相貌普通的母亲为何能得到如此盛赞，"过奖了。家母……不过是中人之姿吧？"

"看来红珊还算聪明，到了中州就掩饰了自己的容貌吗？"鬼姬看到年轻人愕然的神色，便猜到了内情，叹气，喃喃自语，"不错，那样的容色落到了中州，哪里能过上太平日子？多半是被人视为褒姐一流的祸水……不过，鲛人有人类十倍的寿命，慕容真死后，可怜的红珊一定要寂寞很久了。"

"我……我三岁的时候，母亲给我破开了腿。"不明白骑着白虎的鬼

姬在自语什么，慕容修红着脸，回答她的那个问题——记得如此清晰，是
因为那样的剧痛，是他记事的开始。

"哦……很痛吧？可怜，红珊为了让你在中州好好长大，竟然能忍心
自己动手为你'破身'吗？"鬼姬继续叹气，"你可别恨你母亲，她也是
为了你好……"

慕容修正色道："身为人子，如何会恨自己的父母？天理不容的。"

"啊……已经完全满脑子是中州人的礼义廉耻了吗？"鬼姬若有感
慨地自语。然而抬头之间，看到年轻公子脸上的容色，鬼姬忽然好奇心
起，虽然知道会让对方尴尬，还是忍不住眨眨眼睛，压低了声音凑过去，
"呃……那个……你什么时候变成男人的？几岁？"

没有料到女仙会有这样的问题，慕容修的脸更红，踟蹰了半天：
"我、我还是……"

"啊，不是说这个！"猛然明白自己几乎是在欺负这个有求于她的年
轻人，鬼姬连忙挥挥短笛止住他，低下头去笑着问，"鲛人一生下来是没
有性别的，长大后才会分出男女。你第一个喜欢的人是女孩吧？所以才会
变成现在的样子啊！"

鬼姬俯身过来，用笛子戳着他的胸口，笑谑着问这个腼腆的年轻人：
"反之，如果第一个让你心动的是男的，那么现在你就是'慕容小姐'而
不是'慕容公子'了——你是什么时候变身的？"

"啊？原来是这样……"慕容修反而怔住了，长长舒了一口气——自
小就知道自己是个怪物，少年时身体发生变化后，他甚至羞于去问母亲原
因何在。如今，居然在这里得到了答案。

"十三岁。"红着脸，俊秀的年轻人低下了头，回答。

"啊，这么小？"鬼姬忍不住伸过手去，轻轻摸了摸慕容修漆黑柔软
的头发。年轻人的脸又开始红了，却不好意思挣开她的手，鬼姬不由得笑
了起来，"怎么了？让一个几千岁的老祖母摸一下，不用难为情吧？"

说话的时候，虎背上的鬼姬少女般明艳娇嫩的容颜陡然如岩石风化般

苍老起来，转瞬之间便已枯槁，皱纹如同藤蔓密密爬满她的脸庞。鬼姬叹着气，摸摸年轻人的头："看到我的真容可不要被吓倒啊，孩子——年轻真好，能及时地死去也很好，可惜我都不能。"

慕容修被那样骇人的转变吓了一跳，然而显然来之前被家人警告过，丝毫不敢失礼，只是再次央告："鬼姬仙女，请放我过天阙吧。"

"其实我从不阻拦前来云荒的旅人。"鬼姬魅婀从白虎上下来，空荡荡的裙裾飘在夜风中，看着昏迷中的几个中州人，"我不杀人，也不会阻碍人走过天阙。天阙上凶禽猛兽遍地，没有能力的人自然会被淘汰。只有强者才能到达云荒。"

顿了一下，看着地上那几个被她驱赶回来的乱兵，鬼姬眼里有沉吟的意味："但是，今晚不行！我昨天夜里答应了一个朋友，她说天狼星有变，灾祸将会在今夜逼近天阙。所以她拜托我，让我今夜不要轻易放人走入云荒。"

"嗯，我可以等一夜，明天再过去。"虽然不明白鬼姬说的事情，但是慕容修还是乖乖地回答，"我不赶时间。"

"乖孩子。"鬼姬点点头，忽然脸色一凛，凑近他耳边，警告道，"你真的有勇气去云荒吗——你知道鲛人在那里会遭到什么样的对待？小家伙，千万小心，别被人看出来你是鲛人啊！"

被女仙那样慎重的语气吓了一跳，慕容修抬头怔怔地看着她。

"云荒大地上鲛人的命运，几千年来都是悲惨的。你母亲就是因为美貌被奴役了很久……更不用说百年前被称之为有'倾国'之色的那个人。"仿佛回忆着她所看过的云荒大地上的千年历史，鬼姬感慨万千，"越是美丽，便越是悲惨！"

"呃？"许久，慕容才低声道，"母亲也说，无论怎样中州还是比云荒好一些，因为鲛人在那儿，是不被作为'人'对待的。"

鬼姬点了点头，在夜色里仰头看天："是啊……自从七千年前，那个空桑人的星尊帝征服四方，将龙神镇入苍梧之渊，鲛人就世代成了奴隶——连东方的泽之国、西方的砂之国，也都把鲛人视为贱民。后来空桑人败了，云荒归了冰族，一样把鲛人作为牲畜等同地使唤啊……小家伙，你到了云荒，千万不要被人发觉你是鲛人！"

远远的乱草里，那笙又是好奇又是害怕地看着，不能发声，在心里问："啊，鬼姬是什么？是神仙吗？"

"嗯……"那只手拉着她，生怕她乱动，漫不经心地回答，写了几个字，"就像你们的山神。"

"明白了。"这个比方让那笙立刻大悟点头，眼前浮现出土地庙里面矮胖的胡子老头形象。然而听到"慕容"两个字，她顿时两眼放光，"我们出去吧！你听到没有？慕容家！那是中州最富有的家族——听说慕容家长子是出了名的美男子，我要过去看！"

那只断手不同意，拉住她不放。

"你也听见了？那个鬼姬不害人的！我们出去吧！"那笙急了，对着那只死死抓住她不放的断手大声抗议，"不用怕她的！"

"当然不怕她——但我怕苏摩啊！"那只手做了个无奈的手势。

"啊……我们悄悄过去行不？反正他看不见！"想了想，那笙自以为聪明地提议，"他不是在火堆旁睡觉了吗？"

"他看得见！"都懒得理她，断手回答。

那笙反驳："他明明是个货真价实的瞎子！没有眼睛，怎么看得见？"

"我也没有眼睛，我怎么看得见？"断手毫不犹豫地堵住了她的嘴，重重地写下一句话，"强者能够以心为目——这个道理说了你这丫头也不明白。"

"你！"那笙气急，但是不得不承认那只臭手看得见东西的确是个奇怪的事情——然而她还是要争辩——忽然，她听到了苏摩的声音在风里响起。

"吵死了。"仿佛终于被鬼姬与慕容修的谈话吵醒了，一边树下沉睡的傀儡师喃喃自语了一句，翻身坐起——空气中，忽然有几乎看不见的白光一闪而过。

"咻！"鬼姬惊起，猛然间向后飘开了三丈，衣袂翻涌。手指前伸，抓住了一样东西。然而那件东西居然震得她的灵气一阵涣散。天阙上的女仙蓦然一惊，低头看手里的东西。

那是一枚奇形的指环，一头连着透得几乎看不出的线。引线的另一端，连在一个偶人的关节上。抱着小偶人的是一个在火堆边刚刚起身的青年男子。火光映着他的脸，他的眼睛是空茫的，然而任何人一眼看到他，便不能挪开视线……那样介于男性和女性之间的美，仿佛闪电一样眩住所有人的眼睛。

一瞥之间，鬼姬的脸色忽然变了。

在傀儡师说出"吵死了"三个字的时候，慕容修立刻知道不祥，然而他根本来不及躲闪。眼前细细的光芒一闪，他只觉得什么东西打中了他——要死了！

那个瞬间，他绝望地喊。

然而，他忽然发现自己不能出声——仅仅只是不能出声而已。

"不愧是女仙，居然能接住我的'十戒'。"树下睡醒的年轻傀儡师站起来了，手指一震，引线飞回，那枚戒指"喇"的一声回到了他的手指上，淡淡地说着，走过来，"很多年不见了，可好？"

"苏摩？苏摩？！"怔怔看了傀儡师半天，仿佛震惊于今日的他的样子，被称为云荒三位仙女之一的鬼姬脸色变了，"天啊……是你？是你归来了吗？"

傀儡师面无表情地点了点头："是我。"

鬼姬怔怔地看了他半天，忽然发出了一声感慨的长叹："一百多年不见——苏摩，你长成男子汉了。"

苏摩的手颤了一下，嘴角忽然也浮出了不知道是讽刺还是无奈的笑意。

"你的眼睛也已经复明了？"鬼姬诧异地看着他，忽地摇头，"不，应该是你用灵力打开了天眼吧？"

"从翻过慕士塔格，踏入云荒开始，我一定会好好用心看着一切。"苏摩冷笑起来，"看着那些人，到底会得到怎样的报应！"

听到这样杀气逼人的回答，鬼姬一怔，叹息："怪不得昨夜天象有异！白璎昨夜告诉我那个预示，原来应在你身上？"

"白璎？"听到这个名字，傀儡师忽然间一怔，脱口道，"她、她不是死了吗？"

"她已经死了，但不是死在你以为的那一天。"鬼姬说到这里，陡然话音一转，冷笑起来，"大婚那一日，她从那么高的地方跳下来，是我派比翼鸟接住了她。"

"是吗？那天她没死？"苏摩怔了一下，"后来呢？"

"是。"鬼姬喃喃道，似是无限感慨，"她死在冰族入侵，空桑亡国的那个时候——你往北方去，在九嶷还可以看到她的尸体。"

"哦，原来真的是死了。"苏摩的声音是冷漠的，唇角泛起一丝奇怪的笑意，"真可惜，我还以为能回来重温旧情——在当年，能把身为太子妃的她搞到手，可算是我一生值得夸耀的事情呢。"

"魔鬼！"看到傀儡师的笑意，鬼姬的眼里蓦然有冷锐的光。

"自己被称为'鬼'的人，可没资格说别人是魔鬼。"苏摩眼睛看着她，淡淡道，"让开，我要过天阙。"

"休想！"鬼姬厉斥，白虎蓦然咆哮，丛林中无数生灵同时长啸回应。黑夜中，天地之间仿佛有旋风呼啸而起，引起天上地下的所有生灵一起咆哮。

鬼姬驾着白虎，横在了路中间，厉声对归来的旅人道："我不会让你再回到云荒，给那片土地，给白璎带来更多的灾难了！"

"是吗？别忘了，你虽然行走在云荒大地上，但是属于'神'！"丝毫不被那样的气势吓倒，傀儡师微微冷笑起来，"你忘了云浮天规的第一条是什么了吗？要不要我提醒你，不得擅自扰乱天纲，干涉星辰的流程——怎么，你要违反天命吗？"

鬼姬的身子凝定在半空，不可思议地看着这个盲人傀儡师："你……你怎么知道天条？！你怎么可能知道云浮城的存在？！你……你究竟从哪里回来？"

"呵……"苏摩抱着怀中的小偶人，慢慢笑起来了，抬起无神的眼睛"看着"鬼姬，缓缓开口，"莫要问我从何而来。我只知道百年前我站在这座山上，最后一次回看云荒大陆——那时候，我就在心底发誓，总有一天，我要带着让这片土地成为灰烬的力量回来！"

鬼姬看着他，不敢相信："你从哪里得来的力量？"

"中州、波斯、天竺、东瀛、狮子国……一百年来，我去过很多很多地方。"傀儡师蓦然笑了笑，淡淡道，"魅婉，天底下，并不是只有云荒才是力量之源，六合之中游离着很多力量，只要你付出代价你就能得到！"

顿了顿，苏摩讽刺地笑了："刚才，你和那个小子交谈的时候，不是丝毫不能感觉到我的存在吗——连我的'存在'都感受不到，你凭什么阻拦我进入天阙？"

鬼姬的脸色慢慢苍白，然而即使高傲如她也不能否认，对方如今拥有的力量是足以与她抗衡的。她看着这个百年后从地狱归来般的傀儡师，轻声叹息："你……真的是要给云荒带来血雨腥风啊——白璎当年最后对你说的那句话，你还记得吗？"

傀儡师漠然反问："记得什么？"

"记得要忘记。"鬼姬叹息着，抬头看他，"无论你怎么对待她，她最后只是告诉你，要记得忘记——她所担心的，就是你会变成如今这样。"

"哈哈哈哈！"听到这样的话，苏摩忽然放声大笑起来，那样剧烈的感情变化，让他平日一直淡漠的声音起了奇异的变化，"记得要忘记？好悖逆的话——凭什么决定我需要忘记？忘记我的眼睛是怎么盲的？忘记那些侮辱、损害我的人？忘记这个世间还有'反抗'这两个字，让孱弱的一族在沉默中走向永恒的消亡，然后说那就是天命？"

"哈哈哈……九天上的天神！云浮的主宰者！你们在海国被灭的时候保持了沉默，在空桑覆灭的时候保持了沉默——难道如今你们终于要说话，要来展示你们的力量了吗？"一阵大笑之后，傀儡师的脸居然依旧平静不动，"什么神，都给我见鬼去吧！"

仿佛被那一阵的厉斥问倒，鬼姬只是飘浮在半空，怔怔地看着这个人，容颜仿佛更加苍老了。

苏摩再也没有和她说话，只是自顾自转过了身。那个小偶人咔咔嗒嗒地跳到了地上，跳着舞领路。而那个双眼全盲的傀儡师在漆黑的夜色中走着，居然丝毫没有阻碍，一路扬长而去。

倚着白虎，她向那个人离去的方向看着，一直到他消失在黑夜中。许久许久，她才回过神来，发现地上被封住声音的慕容修，连忙拂袖解开他的禁锢。

"仙女……那个傀儡师，他……他是什么人？"看过那样血腥残忍的出手，听到这样背天逆命的狂妄之词，慕容修忽然间有些目眩神迷的恍惚，讷讷道，"他……很强啊。他是人吗？"

"他是很强……我怕他已经太强了。"鬼姬微微点头，叹了口气，"你问我他是什么人？他是——呵，你知道他为什么不杀你？因为你是他的同族啊！"

"什么？他也是个鲛人？！"蓦然间明白过来，慕容修脱口惊呼。

"是啊，他，就是百年前引起'倾国'的'那个人'啊！"叹息着，天阙鬼姬仰头看着夜空的星辰——离开天阙的时候，还是一个没有性别的鲛人少年，如今已经成了如此诡异的傀儡师。

"是的，我们这些被称之为'神'的，不可以干扰土地上代代不息的枯荣流转。"鬼姬抚摸着白虎的前额，叹息道，"但是，看到乱离再起，心里无论如何也不能无动于衷吧——苏摩归来了，预示着命运的轨迹将要再次会合。云荒就要卷入腥风血雨了。慕容修，我最后问你一次，你真的还要去那里吗？"

听到那样的警告，地上衣衫褴褛的贵公子却抬起头来，眼神坚决："是的，在下无论如何要去云荒。请女仙成全！"

"好吧，那就如你所愿！"鬼姬拂袖，手指一点，"呼啦啦"一声，一条倒悬在慕容修面前树上的藤蔓滑落了下来，落到地上——那绿色的藤蔓居然如同活的一般，蜿蜒着爬到了白虎面前，昂起藤梢，灵蛇一般待命。

"借你一位'木奴'，跟着它走，就能平安走出天阙。"鬼姬嘱咐，看了年轻贵公子一眼，叹息道，"天阙险恶，千万莫要乱走——到了泽之国就把货物卖了吧，然后就速速回中州。"

迟疑了半天，慕容修却没有答应，涨红了脸："我、我想在泽之国卖一部分。剩下的，拿到叶城去卖——听说那里是云荒最繁华的地方，商贾云集，一定能卖出最好的价钱。"

鬼姬看着这个腼腆的年轻人，摇头劝告："云荒马上就要不太平了，还是莫要多留。而且你一个手无缚鸡之力的公子哥，随身带着巨资，不怕被歹人掳掠吗？"

慕容修却道："我已经请了护卫，一下山就有人接应。"

"哦？"鬼姬看着这个年轻人，笑了，"你知道云荒大地上出没的都是哪些人啊……梦魇森林的女萝、泽之国的鸟灵、砂之国的盗宝者和那些四处游荡杀人的游侠——你请到的是什么护卫？这么有信心？"

"这个……"慕容修迟疑了一下，还是老老实实回答了，"我也不知道那个人能耐究竟如何——我出发之前，母亲就为我修书一封，让飞雁先行寄书去云荒。母亲说，如果那个人肯出手，那么我在云荒应该安然无忧。"

鬼姬怔了一下："是红珊为你请的？我想想是谁——是了！"沉吟

了一瞬，她霍然用短笛敲了一下自己的额头，笑了起来，"我知道是谁了——那个人的名字叫'西京'，是吗？"

"是的。"慕容修老实点头。

"哦，果然是他……"鬼姬笑了起来，显然又是回忆起了什么往事，"红珊也只有把你托付给他才能放心了。的确，如果那家伙答应下来了，你真的可以什么都不用担心了——尽管去吧，小家伙。"

"那个人……很强吗？"听到鬼姬这样的语气，慕容修问。

鬼姬笑了："是啊——云荒大地上千万游侠中号称第一，空桑剑圣的大弟子，前朝名将西京！不用他本人，你只要借着这些名号，大约走遍云荒也没有人敢打你的主意了。"

那样荣耀的名头，在中州来的年轻人听来只是一头雾水，想了半天，慕容修才开口讷讷问了一句："那么、那么和刚才那个傀儡师比起来……哪个厉害？"

"呃……"没想到这个孩子会问这样的问题，鬼姬都愣了一下，有些迟疑地用短笛敲敲自己的头，支吾道，"嗯……百年前当然是西京厉害……但是现在看起来……嗯，我也不清楚了。什么时候他们再打一次就知道了。"

"我不会让西京和他比试的。"慕容修忽然正色道，"我不会惹苏摩这样的人。"

鬼姬再度愣了一下，不由得低头看这个才二十岁的年轻珠宝商，笑了起来，点头道："嗯……很是老成懂事呢！难怪你母亲肯让你一个人来云荒。好了，我也不多唠叨了。"她抬起头，看了看此刻的天色，"再过一会儿就天亮。你就跟着这条'木奴'出天阙吧！"

"多谢女仙！"喜动声色，慕容修再度合掌拜谢，看了看渐渐熄灭的火堆边躺着的几位中州同伴，迟疑道，"等他们醒了，我和他们一起走——毕竟都是千辛万苦才来到的啊……"

"好孩子。"鬼姬笑了笑，俯过身来最后抚摸了一下慕容修的头发，

"希望看到你平安回到天阙——最好如你父亲一样，带着一位漂亮的女孩子回去。"

"啊？"慕容修讷讷应不出话来，脸红了一下，低下头去，许久才道，"男女授受不亲……而且没有父母之命，怎么好在外面胡乱缔结婚姻？"

"唉……算了。"鬼姬叹了口气，颇忧心地看着这个年轻人，摇头道，"你真是中了那些中州人的毒了。"

一边的树丛里，那笙听得那边的彻夜谈话终于结束，不耐烦地甩开那只手，想走出去。奇怪的是那只断手居然一甩即脱，"啪"地飞出去掉到草地上——倒是让她怔了一下。

"呃……"四仰八叉跌到了沾满清晨露水的草丛里，那只手却仿佛在发疯，忽然间握成了拳，用力对着大空挥了一下，"果然是那家伙！他居然回来了！他居然真的回来了！天哪。"

"嗯？"那笙吃了一惊，"你说苏摩？你认识他？"

"都一百多年了，没想到他居然也在今天回来。"断手喃喃道，忽然间一跃而起，拉住她的肩头，"快走吧——事情这下子可复杂了。"

"你干吗？是对我下命令？"被那样的语气惹得火起，苗人少女怒视，忽然间回过神来，惊呼，"哎呀！你、你可以'说话'了？"

"天快要亮了，我的力量已经开始恢复。"那只手简短回答，却再度拍拍她的肩膀，语气中有急切的味道，"快走吧，我们要赶在破晓前到山顶上去！"

"什么事这么急啊……别推推搡搡的！"那笙被它拎起来，愤怒地大叫——那样脱口的叫声，猛然引起了前方熄灭的火堆边上年轻珠宝商的注意。黎明的微光中，慕容修正在查看一直昏迷的几个同伴，闻声抬头。

那笙连忙收声，对那个慕容世家的公子露出一个明媚动人的微笑。

"别花痴！快走！"断手再也不耐烦等，立刻揪住她的衣服，瞬间把她往山上飞速带去，"得快点，在苏摩遇到他们之前赶过去！不然要出乱子了！"

"姑娘！"好容易在空山中看到一个人，慕容修连忙招呼了一声，却只见那位异族打扮的少女忽然加快了身形，径自往山上掠去——那样的速度仿佛在飞，让慕容修看得目瞪口呆。

离开魅婳后，苏摩独自登上了天阙山顶，深深从胸臆中呼出了一口气，"看着"近在咫尺的云荒大地，以及大地尽头那一座矗立在天地之间的白塔，慢慢闭上了深碧色的眼睛。

闭上眼的瞬间，又看到那一袭白衣如同流星一样，从眼前直坠下去，越来越远，越来越远……然而奇异的是，坠落之人的脸反而越来越清晰地浮现出来，离他越来越近。苍白的脸上仰着，眼睛毫无生气地看着他，手指伸出来几乎要触摸到他的脸——

"苏摩。"那枯萎花瓣一样的嘴唇微微翕合，唤他，"记得要忘记。"

"白璎。"他终于忍不住脱口叫出声来，猛然睁开眼，伸出手去，想拉住那个从白塔之巅坠落的人——然而，幻象立刻消失了。

他的手，伸向那片破晓前青黛色的天空。手指上十枚奇异的银色戒指上，牵扯着透明的引线，缠绕难解——就像起始于百年前那一场纠缠不清的恩与怨、爱与憎。

一百多年的时光，仿佛流沙般从指间流过。

往事如锋利雪亮的匕首，滴着鲜血。

如今已经是沧流历九十一年，离上一个朝代结束已经将近百年。而之前空桑王朝末期，那种种糜烂、浮华的风气，和钩心斗角的血味，依然穿越了那么长的时空，浮动在傀儡师的耳鼻之间。

梦华王朝末期，那一场天翻地覆的家国动乱，最早的导火线，却居然是自己——一个卑贱的鲛人少年。

　　那时候，他不过是个尚未分裂出性别的鲛童奴隶，因为还不是一个"男人"，甚至不被看成一个"人"，加上他会玩傀儡戏，容貌出众——就被心怀叵测的青王买下来，送到了伽蓝白塔顶端的神殿里，侍奉待嫁的太子妃白璎。

　　那是云荒的统治者——空桑一族中最圣洁的少女，出身于空桑六部中白之一族的王室，身份显赫无比，生下来就注定要成为这个庞大帝国未来的国母。

　　所以，从十五岁开始，她就远离了所有家人，居住到了云荒最高处，接受伽蓝神殿里女官和大司命的教导，准备着十八岁时候的大婚典礼。在册定之时，她的眉心被画上了朱红色的十字星状封印，等婚典举行之时才由她的丈夫解去。那以前，她需要一直保持绝对的纯洁，这个云荒上不可以有任何人触碰她——若是被未来丈夫之外的手触碰，那个封印就会消失。

　　神殿上远离众生的岁月一闪而逝，没有人发觉那个静默高贵的贵族少女和那个卑贱的鲛童之间发生了什么。直到那一日，由于青王的告发，空桑王室被一项匪夷所思的罪名所惊动。于是，少年的盲人鲛童被侍卫牵引着，站到百官诸王面前。

　　"是她勾引我的。"那个鲛人奴隶看不见东西，却直指面前的贵族少女，毫不留情地冷冷指控，"是白璎郡主勾引我的！"

　　诸王随即哗然一片，不可思议。

　　"果然眉心的封印破掉了！"青王冷笑起来，毫不留情地走上去揭开少女的面纱，看了一眼，然后大声宣布，"太子妃已经被触碰过了——被这个卑贱的鲛人触碰过了！"

　　殿上的喧哗忽然静止了，带着不可思议的震惊和鄙视，无数双冷锐如剑的眼睛投向那个脸色苍白的贵族少女——那个本应"不可触碰"的皇太子妃。

　　白塔顶上储妃的居处，本来不允许有任何男子接近，即使亲如父兄亦不可——没有想到，这个卑贱的鲛童居然钻了空子，接近了不允许外人触碰的皇太子储妃！

身为空桑国未来国母，居然被卑贱的鲛人所玷污！千百年来，鲛人不过是空桑人的奴隶。此事一出，不啻是整个梦华王朝的耻辱！

听得那样毫不留情的指控和满朝的窃窃私语，那个少女本来就苍白的脸色更加惨白，她一个人站在大殿中央，直直地看着站在阶下那个指认她的少年，没有任何表情，只是全身剧烈地颤抖。

不知道沉默了多久，猛然嘴角牵动，笑了一下，仰起头来，坦然回答："是的，是我被鲛人的魔性所惑，让其触碰……白璎有负于空桑，也玷污了封印，愿意听凭一切处罚。"

"白璎郡主清白已污，应废黜其皇太子妃之位。"大司命皱了一下花白的长眉，虽然觉得有点可惜，可鉴于罪行无可挽回，只能按律令冷冷宣布，"然后，应施以火刑，焚其不洁，以告上天！"

听到那样的判处，白王肩膀震了一下，用力握拳。然而面对着如此重大的罪名，即使是自己的女儿，他也无力维护。另一边，青王不动声色地得意，暗自拍了拍自己心腹谋臣的肩膀。

然而，那个有着惊人容貌的鲛人少年却毫无表情，冷冷面对着发生的一切，空茫的眼睛对着方才太子妃说话的方向，冷漠空洞，既无喜悦，亦无不忍。

"废黜她……"王座上，随着大司命的声音，帝君醉醺醺地重复，臃肿的身体几乎从座位上滑落下来，一边的宠姬连忙抱住他，为他抹去嘴角流出的酒水。

因为长年荒淫无度的生活，才五十八岁的承光帝过早地失去了健康，退居内宫已经多日不上朝听政。连西海上的冰夷入侵云荒，都交由皇太子处理，丝毫懒得过问。今日，如果不是青王禀告说太子妃可能已不洁，用如此重大的消息惊动帝君，承光帝也不会来到殿上。

然而虽然坐到了殿上，但是那个肥大的身躯里也已经荒淫得失去了神志，似乎根本没有听清楚底下那些藩王臣子在说什么，承光帝只是随着大司命的话，醉醺醺地重复："废黜……烧死，烧死她！"

帝君的声音一落，左右侍卫拥了上来，迅速反剪她的双手，摘除她头上的珠冠饰物，将她压下去准备火刑。

"逃呀！快逃呀！"白王在一边看着，几乎要对自己的女儿喊出来了，"璎儿，逃啊！"

女儿虽然年轻，但是天赋惊人，得到过空桑剑圣尊渊的亲授，论技艺已经是白之一部的最强者。如果她要逃脱，如今这个白塔顶上的侍卫是绝对拦不住的！

然而那个空桑贵族少女只是呆呆地站着，毫不反抗地任由那些人处置。

"放开她！"无数的冷眼中，忽然一个声音响起来了，凌厉愤怒，"谁敢再碰她一下我杀了谁！"

殿上所有人转头，齐齐下跪："皇太子殿下！"

不知道哪个侍从走漏了消息，带兵在外的真岚皇太子居然在此时匆匆返回，从辇道上大步走上殿来。他看着跪倒的百官，冷笑道："放肆！你们这些人，怎么敢如此对待空桑未来的皇后？"

空桑未来的皇后——这样的用词让所有人大惊失色。

皇太子这句话的意思，就是说虽然明知未婚妻犯下如此大罪，依旧不曾有废黜她的打算？！

众臣面面相觑，不明白真岚太子为何会忽然维护白璎。那个一直以来我行我素、桀骜不驯的真岚皇太子，对于这门婚事原本是非常抵触的，为何在宫闱丑闻被揭发的当儿上忽然改了腔调？拒绝娶白王之女为妃，是他多年桀骜的坚持吧。为此，甚至几度和承光帝发生冲突，却最终不得不妥协。

然而，如今冰族四面包围了伽蓝帝都，皇上病情危在旦夕，内外交困之时，统领兵权的皇太子实际上已经接掌了这个国家。

他一开口，所有人都不敢多话。

白王默默拉过女儿，擦了把冷汗，而青王却是暗自愤怒。

只有那个鲛人少年抬起头，默默看向了皇太子所在的方向，空洞的眼睛里忽然流露出一种刻骨的憎恨。

在皇太子的坚持之下，大典还是如期举行——因为冰夷的入侵，大婚典礼显得颇为匆促。不但没有以前每次庆典时六合六部来朝、四方朝觐恭贺的盛况，从阵前匆匆赶回参加婚典的真岚皇太子甚至还穿着战甲。

万丈高的白塔顶，神殿前的广场上，天风浩荡。

风吹起新嫁娘的衣袂，空桑未来的太子妃盛装华服，静静等待着夫君过来。等到距离近到可以不被旁人听见的时候，一直沉默的女子开口了，带着一丝冷笑，问自己的夫君："殿下，以前您不是很反对这门婚事的吗？"

"当然！"皇太子挥手赶开一个上来为他更换战袍的礼官，有点不耐烦地回答，"我们俩以前谁都不认识谁——谁愿意接受一个被配给的女人啊？大爷我是那种任人摆布的人吗？"

听到那样直白得近乎无礼的话，白璎郡主怔了怔，从珍珠缀成的面幕后抬头看未来的夫君——很久前，她就听宫人私下说过，这位真岚皇太子其实是承光帝和北方砂之国的一名庶民女子所生，一直流离民间。长到了十四岁，因为承光帝已经年老得失去了让后宫受孕的能力，眼见皇家血脉和力量都无法延续，才不得不将这个血统不那么高贵的孩子迎入伽蓝帝都，接受皇家的教育。

看着对面的人，白璎忽然笑了："怎么现在殿下又肯了呢？"

"我看不得那群家伙这样欺负一个女的！"一口气喝完了一盏木槿露，才感觉稍微缓了口气，真岚皇太子哼了一声，"那个鲛人还是个未变身的孩子，能做什么？被亲一下又怎么了？大爷我都不介意，他们抬出什么祖宗规矩来，居然要活活烧死你——那是什么道理！我就是要娶你！看谁敢动你一根汗毛？"

"就因为这样？"白璎的眼里蓦然有说不出的情绪，叹息道，"我已经是不洁不祥之人——匆促决定，以后殿下会为所册非人后悔的呀。"

"以后的事情以后再说吧！"真岚把杯子一搁，指着白塔下面黑云笼罩的大地，蹙眉道，"现在先要对付那些从西海上觊觎我们的冰夷！"

顿了顿，力战过后的疲惫显露在他的脸上，皇太子往后靠了一下，躺在铺了锦缎的长椅上，喃喃道："如果空桑亡国了，那么什么'以后'都不用谈了。"

那些乌合之众冰夷算什么呢？那么多年来，他们流浪在西海上，一直觊觎着云荒，却始终没有办法踏足。不关心朝政的太子妃没有多想这些，仿佛自顾自想着心里的事情，沉默了片刻，终于咬了咬牙，低声开口："真岚殿下……请你……请你饶恕苏摩吧。"

"苏摩？"真岚皇太子想了想，却记不起是谁。

"就是那个鲛人傀儡师……"仿佛有些艰难般的，白璎开口，"他还是个孩子。他……他只是被人教唆而已。"

"嗯。"听着唱礼官开始冗长的程序，皇太子心不在焉地点头，"我也没想过真的要杀了他。"

白璎愣了一下，没想到身为皇太子，他竟然如此轻易地就放过了给自己带来耻辱的鲛人奴隶——这个人的心胸，倒是比她预想的大了太多。

"那么，能、能让臣妾再见他一次吗？"有些孤注一掷地，她提出了这个非分的请求，几乎是带着哀求，"只见一次。"

"怎么，你真的那么喜欢那个鲛人？"真岚皇太子反而有些诧异起来，"你也知道那个家伙只是奉了青王的密令来引诱你的，对吧？"

"我知道。"白璎的声音很轻很细，"我……我还是想见他最后一面。"

"女人……真是莫名其妙啊。"真岚皇太子看了这个即将成为自己妻子的女人一眼，干脆地答应，"好！"

册封大典开始之前，征得了皇太子的同意，这个鲛人少年被带到了她的面前。

犯下了那么大的罪，那个少年竟然并不害怕，只是漠然地面对着这个因为自己差点被送上火刑架的少女，脸色苍白阴郁，一语不发。

沉默了很久，白璎终于开口，轻声道："苏摩……我求皇太子赦免你。他答应了。"

骤然死里逃生，一般人早已经喜不自禁，然而那个鲛人少年居然还是毫无表情，只是用空洞的眼神直直地看着前方。

顿了顿，太子妃秀丽的眉头蹙起，尚自留着一丝稚气的眉间却有一种恍惚的悲凉，她慢慢地开了口，艰难地问："是青王……青王派你来的吧？他送你到白塔上来，要你这么做的，是不是？"

然而，听到自己那样的罪行居然能被赦免，少年鲛人的脸上依然没有丝毫动容。空茫的眼睛冷冷地直视着眼前这个盛装的女子。忽然间，他开口了，声音飘忽而冰冷："青王说，如果能破掉太子妃眉心的封印，玷污空桑未来的国母，让皇太子另立太子妃，他就烧了我的丹书身契，让我自由。"

说到这里，少年眼里有尖锐的光芒，嘴角往上扯了一下，笑了："当然，获得自由是一回事。对我这个卑贱的奴隶来说，如果能勾引到空桑人的太子妃，那是多么值得夸耀的事情啊！空桑人里最尊贵的女子……想起来我就忍不住要笑！"

少年的眼里有报复后的快意和多年积压的刻毒，忽然放声大笑了起来。

"苏摩。"她怔怔看着这个鲛人少年，只觉得心如刀割。

其实，这样说清楚了也好，至少心里再无挂念。她想要的，不就是这样一个结果吗？

鲛人少年在她面前纵声大笑，无比恶毒，无比快意。她默默地看着，说不出一句话。即使这几日被下狱折磨，依旧掩不住少年宛如太阳般耀眼的面容——那就是鲛人一族特有的魔性吧？多少年来，那些空桑人的贵族都被这些鲛人所迷惑，而她自己，不也是被这样的魔性所迷惑了吗？

即便是听到他亲口说出这样的话语，她心里竟然还是没有丝毫憎恨。

大典就要开始了，门外的女官已经开始催促。她不得已站起了身，向着举行仪式的广场走了过去。侍女们手捧着缀满了宝石、光芒璀璨的霞帔朝着她走来，华服被伽蓝白塔顶上的天风吹起，灿若云霞。

在最后的分别时刻，少女对着鲛人少年俯过身去，毫无怨恨地微笑着，低声嘱咐："好了，无论怎样，都已经过去了。记得要忘记啊……把这一切都忘记吧！苏摩。"

那一刻，一直端庄拘谨的太子妃眼里，忽然出现了十八岁少女应有的欢跃。一语毕，空桑人的皇太子妃忽然身子后仰，飘出了白塔顶上的白玉栏杆！

"太子妃！"周围惊乱一片，近旁的宫女七手八脚上来拉扯她的衣带，然而刺啦一声，两三根衣带居然全部如同腐朽般应手而断——那些织物的经线，居然都已经暗自被齐齐挑断！

原来，她早已有了准备。

连真岚皇太子都来不及拉住她，那一袭盛装，仿佛如同羽毛一般轻飘飘坠落，向着万丈之下的大地坠落，湮没在白塔下萦绕的千重云气中。无论是塔上准备大典的空桑六部王族，还是塔下观礼的云荒百姓，都一齐发出了一声惊呼。

远处，云荒三位女仙正乘着比翼鸟前来观礼，看到这惊人的一幕，即使身为女仙，也同时失声惊呼。

"怎么会这样？"慧珈和曦妃面面相觑，而魅婀手指一点，座下比翼鸟闪电般向着那一片坠落的羽毛飞了过去："快！去接住她！"

只有那个鲛人少年看不到发生了什么事，他只听到耳边如同潮水般回响在天际的惊呼，心里知道一切已经终结——

她指尖的温暖还留在颊边，然而那个人已经如同一片白雁的羽毛般，从六万四千尺高的伽蓝白塔上飘落。

她从云荒的最高处坠落。她再也不会回来了。

眼睁睁看着爱女堕塔，白王目眦欲裂，再也按捺不住，拔剑砍向青王，婚典的广场上一片混乱。多年的积怨爆发了，不顾外敌正在入侵，六部中内乱大起，青、白两部开始不休地相互攻击，其余四王因为各自立场不同，也分成了好几派，纷纷卷入。而皇太子真岚刚刚临危监国，对于治国之道尚自知之甚少，竟无法阻拦空桑此刻的内乱。

那一场婚典之后，云荒大地烽火燃遍。

十年后，空桑国亡于外来的冰族之手，整个民族彻底消亡——但是，那时引起"倾国"之乱的那个鲛人少年已经不在那片土地上。

大婚典礼被打乱后的不久，真岚皇太子坚守了他的诺言，力排众议，将这个引起举国动荡的鲛人少年放走。

那一年，获得了特赦的他带着阿诺离开，一路流离，终于到了天阙山顶，双手双脚都因摸索而沾满鲜血。虽然看不见，他依然在山顶面朝西方，最后一次回望这一片土地，暗自立下誓言。

然后，在翻越慕士塔格绝顶的时候，他都不曾再回过头来看上一眼。

百年如同白驹过隙，而今，在这样一个即将破晓的黎明里，已经成为男子的他回到了这里，久久凝望那座伫立于天地之间的白塔——依稀间，仿佛还能看到那一刹那坠落的白羽。

然而，终究是一切都晚了……都完了。

其实，九十年前在星宿海中修成占星之术的时候，他望向西方尽头，就已经隐约看到了空桑王气的消散。那一场浩大的流星雨起于天权，宛如一场风暴滑落，预示着上万的生灵在瞬间消逝……空桑人建立的最后一个王朝——梦华王朝，终究还是归于一梦。

她，她也在那一场流星雨中陨落了吧？

但是，总要听到鬼姬亲口承认，心里才真正相信。

　　然而在那之前，在从六万四千尺的白塔顶上一跃而下的时候，她应该就已经真正地死去了……她是死在自己眼前的，然而他什么都看不到。

　　抱着怀中的人偶，他睁着空茫的眼睛看向暗蓝色的天空。怀中的人偶不知何时已经咧开了嘴巴，做出了一个冷嘲的表情，和主人一起翻起眼睛看着天空。

　　忽然间，傀儡师和人偶的神色都变了——

　　破晓前的暗淡天幕下，有六颗星由北而东，划破天际，向着天阙坠落！

五・六星

六星破空而来的时候，天阙山下，慕容修刚刚弄熄了那堆篝火，盖上了背篓的盖子，准备和三个同伴一起上路，然而无意抬头看到天空，不由得脱口惊呼："天啊……你们看！六星！是六星出现了！"

昏迷了半夜的那几个人都醒了，书生还在安抚那个不停哭泣的女子，压根没有听到他的惊呼，接口的却是那位潦倒中年人："六星？那是什么？"

抬首之间，果然看见破晓前的天幕下，有六颗大星从北方九嶷方向飞来，滑过苍穹，流出六道不同的淡淡光芒——白、青、蓝、紫、赤、玄，向着天阙迅速滑落，转眼没入林中。

"阁下应该是泽之国那边过来的人，难道不知道六星的传说？"看着那个潦倒的中年人，慕容修微微笑着，声色不动地点破，"不会吧？"

那个中年人面色尴尬地抓抓头发，看着他："你、你怎么知道的？"

"我叫慕容修。"年轻的珠宝商有些腼腆地介绍自己，"我第一次来这里——不过我听来过云荒的长辈介绍过，泽之国的人多为中州迁徙而来，说中州话，穿着鸟羽织成的衣服，宽袖垂发——就像阁下的装束。"

"我叫杨公泉。"衣衫褴褛的中年人"嘿嘿"笑了两声，也不抵赖，"的确是从山那边的泽之国过来的……倒霉啊，天阙的凶禽饿兽没吃了我，却被这群强盗逮了，又遇上了鬼姬——是小哥你救了我们几个吧？真是好本事啊。"

慕容修却不否认，心想在这荒山野岭，防人之心不可无，让对方觉得自己有本事也不是什么坏事。听得那人说的也是中州官话，只是语音有些不同，便笑道："大家都是拼了命往天阙那边去，怎么大伯你却是反而往这边来了？"

"嘿，只有你们这些中州人才把云荒当桃源。"听得这个年轻人发问，那叫杨公泉的中年人用破旧的羽衣擦了擦自己的脸，苦笑了一声，"我是在那边没饭吃，家里的老婆子也快饿得不行了，才冒死跑到天阙来。据说雪山坡上长着雪罂子，一棵抵万金，就过来碰碰运气。"

"哦……"听得那个泽之国的人如此说，慕容修应了一声，从怀中贴身小衣里掏出一本小册子，拿了一根火堆上的炭棒，将那句话记了上去，然后再细细问雪罂子的外形如何。

"这是……"杨公泉却是个多事的，大咧咧地凑过来看。只见那是颇为破旧的册子，上面写着行行文字，却是记着一些云荒上各处的风土人情，在他看来都是无甚大不了的事情。而这个年轻人却认认真真地记了下来："慕士塔格雪峰西坡出雪罂子……"

面有菜色的中年人"呵呵"笑了起来："这位小哥，你倒是个细心人。"

"我的先辈也来过云荒，都在这本《异域记》里留下他们的见闻，以助后人。"慕容修写完了关于雪罂子的一条，将册子往前翻了翻，果然字迹都各有不同，从古旧斑斓到墨色如新，看上去似有百年的历史。

"小哥不远万里来云荒，是为了……"杨公泉咋舌，开口问。然而话刚出口，猛然间天上仿佛有闪电一现，吓得他忘了要说的话，抱着头看向天上。

天色即将破晓，只见方才没入丛林的六颗大星居然此刻又掠了出来，盘绕在天阙顶上，仿佛在寻找什么似的，只管在丛林上方流连不去——六色光芒宛如闪电，映照得土地光彩绚烂，令人不敢仰视。

"六星！"再度失声惊叹，慕容修急急翻开那本册子，疾书，"元康四年九月初七，天阙上六星齐现。"

"那是什么？"那个泽之国人抬手挡住了眼睛，诧异道。

"你真的不知道'六星'？"慕容修看杨公泉并非作假，倒是自己忍不住惊讶起来，"那不是你们空桑的传说吗——'宇分六合，地封六王；六星陨灭，无色城开'！"

"啊呀！这个我怎么知道？"听得"空桑"两字，杨公泉不知怎的面色大变，一把堵住了慕容修的嘴，左右看看，"莫说莫说！这两个字可千万提不得！那是忌讳！小子，快给我闭嘴——被人知道私下提及前朝，保不定要掉脑袋！"

慕容修怔了一下，忽地明白过来。来之前，也知道冰族在云荒建立沧流帝国之后，对于前朝的一切都采取了彻底埋葬的暴烈做法。伽蓝城中除了白塔，几乎全部宫殿都被推倒重建，典籍被焚毁、钱币收回重铸，仿佛为了建立新的王朝，就要把前朝从历史上彻底抹去一般。

但是，那时候，这种做法仅限于国都和叶城而已——他没有料到，二十年后自己继父亲来到云荒，这种坚壁清野的政策已经扩大到了整个云荒！

慕容修暗自在心中倒抽一口冷气，迅速在册子上写下了这一忌讳。

树林上空六星还在盘旋，时近时远，光芒耀眼。

慕容修看着，有目眩神迷的感觉，手指缓缓翻着手上的册子，到了首页，无声地默念上面远祖记下的那一首百年前曾流传于云荒大地上的诗篇——

　　九嶷漫起冥灵的雾气
　　苍龙拉动白玉的战车

神鸟的双翅披着霞光

拥有帝王之血的主宰者

从九天而下

将云荒大地从晨曦中唤醒

六合间响起了六个声音

暗夜的羽翼

赤色的飞鸟

紫色的光芒照耀之下

青之原野和蓝之湖水

站在白塔顶端的帝君

将六合之王的呼应一一聆听

——天佑空桑，国祚绵长！

　　那笙被那只断手连推带拉地弄上了天阙山顶。虽然只不过是几百尺高的小山，然而草木异常茂盛，几乎看不到路。那笙一路飞奔，穿越那些树木和藤蔓，身不由己地跑到了山顶，已经累得上气不接下气。

　　"还好，看来他们还没有遇到苏摩。"断手仿佛松了口气，喃喃道，推了那笙一把，"快点。"

　　"干……干什么？"她弯下腰，用双手支撑着自己的膝盖，剧烈喘息着，问道。

　　"快点擦你的戒指！"断手一把将她拎起来，急切地吩咐，"快啊！天就要亮了！"

　　"天亮了不正好？你的力量不是要天亮才能……"那笙转眼看了看茂密树林上方露出的一块一块的天空，正是黎明破晓前的颜色，上面似乎流动着几丝异彩。她喘着气，然而话说到一半，左手猛然被拉了起来，那只断手的语气竟是从未见过的严厉："别啰唆！快！"

　　本来就受伤的左臂一阵剧痛，那笙脱口"哎呀"了一声，瞪了那只断手一眼。然而，听出了断手语气中反常的急切，她乖乖地勉力抬手，摩擦着右手中指上那枚戒指，一下，又一下，没见有什么异常，不由得莫名其妙地发问："就……就这样？"

话音未落，她右手上猛然腾出了一道闪电！

惊叫声未落，那枚戒指上发出的光芒已经穿透了层层密林，射出了天阙。天阙上空盘旋不去的六颗星，发觉了那道光柱，猛然间一齐朝着那个方向聚集，迅速地穿破了密林，落到地面上，将正在惊叫的那笙围在核心！

那样汹涌而来，强烈到令人无法呼吸的灵力，令她震惊不已。

白、青、赤、玄、蓝、紫，六色光芒呈圆形，轰然落到地上。星辰坠地，生生将林中土地击出六处浅坑。光芒渐渐泯灭，消失的瞬间凝定成六个屈膝半跪的人，四男二女，均穿着奇异样式的华服，齐齐向着她低头。

"恭迎真岚皇太子殿下重返云荒！"那笙目瞪口呆的时候，当先的一名青衣少年开口了，"属下接驾来迟，请殿下恕罪。"

那笙做梦般地看着面前忽然出现的六个人，一时间竟然不知如何回答才好。然而那只断手却是推着她，催促她向前，让她身不由己地一直走到那个青衣少年的面前。

见她走近，那个青衣少年屈膝半跪在地上，恭敬地捧起那笙戴着戒指的右手，用额头轻触宝石："六王归位，无色城开——恭迎皇太子殿下立刻返回！"

"皇、皇太子殿下？"那笙结结巴巴地重复了一句，烫着般缩回手，"你认错了……我是个女的！"

"这番话，是对我说的。"忽然间，一个声音微笑着回答。

那笙怔了一下，猛然间反应过来，是那只断手的声音——然而，那个声音却不是如同以往般从她心底传来，而是切切实实地传入她耳际！

苗人少女随着声音来处看过去，大吃一惊——前方左侧半跪着的是一名白衫女子，脸罩轻纱，手里捧着一只金盘，盘上居然是一颗孤零零的头颜。那颗头颅嘴唇翕合,居然正在对她说话:"多谢一路上的照顾,如今已经回到了云荒境内,我可以随他们回去了。"

"你……你……"听出了是和那只断手同样的声音,那笙说不出话来,"臭手,难道你是……啊呀!怎么可能?!"

"我的名字是真岚,是空桑人的末代皇太子。"那颗头颅对着目瞪口呆的少女微微一笑,解释道,"这六位,是我的妃子和臣子。"

"妃子……"那笙迟疑地看看那六个人,只有白衣和红衣两位是女子,而红衣女子的年龄显然已经不小了。果然,那名戴着面纱的白衫女子抬起头来,对她微笑致意:"我叫白璎,是空桑皇太子妃——非常感谢姑娘你救了真岚。"

那样清冷的容色和语音,让一向嘻嘻哈哈的那笙一下子束手束脚起来,忙不迭回礼:"啊……啊,我也只是顺路……不用谢,不用谢。"

旁边的蓝夏拿出另一只金盘,举过头顶。那只断手从她肩上松开,跌入了蓝夏手中捧着的那只金盘里,对她摆了摆:"多谢你把我从慕士塔格雪山顶的封印中带到云荒,我们很是有缘啊——作为回报,那枚戒指就留给你吧!"

"戒指?"那笙愣愣地抬起自己的右手,看着中指上那枚奇异的指环——银白色翅膀上托着一粒蓝色的宝石。如此精致的东西,真让人不敢相信方才那道照亮天地的光芒就是从这上面发出的。

"这上面的力量应该能保护你走遍云荒,只是莫要轻易被别人看见……"真岚皇太子的头颅在金盘上微笑着,看了看天色,连忙道,"天就要亮了,没时间多言。小丫头,你自己保重。"

六个人齐齐起身,青衣白衫两位男女分别捧着金盘,带领众人转身。

"喂喂,臭手!等一下!"那笙在看见那几个人离开的时候才回过神来,脱口叫了一声。金盘上的头颅闻声,转过脸来,对她扬扬眉:"怎么啦,小丫头,舍不得我?"

那笙看了那个发出熟悉声音的人头半天,忽然跳了起来,指着它大叫："臭手，你骗我！你……你给我看你自己样子的时候，根本不是这张脸！你这个骗子！"

"啊……这个嘛，"金盘上的头颅对她撇了撇嘴，终于忍不住大笑起来，"你这个小花痴，我不变张英俊的脸出来，你怎么肯带我走啊？"

"你……"那笙被气晕在当地，说不出话来。

"走了走了！"不等她回答，看了看天色，那只断手扬扬得意地一挥，瞬间六道光芒照彻林间，六星腾空而起，划破已经露出了第一线曙光的天空，朝着北方九嶷山的方向消逝。

当六星划过天际的那一瞬，远处天尽头的镜湖中，万丈高的伽蓝白塔投在水面上的影子，陡然发出了奇异的扭曲。

水下的无色城开启了，迎入了它的主人。

天色已经破晓，再也看不见有什么星辰闪现。晨曦从林外洒下点点碎金，风和日丽，一片鸟语。

"啊……那只臭手就这么走了？"扬起脸，看着转瞬泯灭了踪影的六道星光，苗人少女喃喃自语，有些怅然若失，她皱了皱眉头，有些不解，"一个皇太子说话的腔调像那样也是奇怪。唉，那个皇太子妃，倒是很漂亮高雅。"

"你说什么皇太子、皇太子妃？"忽然间，耳边有人急问。

树叶簌簌分开，一个人闪电般掠过来，一把抓住了她。

"啊？"在快得几乎看不清的动作停顿之后，那笙看到站在她面前的人居然是那个诡异的傀儡师，不禁吓得脱口叫了起来，"是你？"

她下意识地用力挣扎着，双手一震，以她自己也察觉不到的惊人速度挣脱，几步躲到了一边："你……你干吗？"

显然没有料到这个少女居然能从自己的手中挣脱，苏摩反而愣了一下，他怀里那只偶人却是眼睛滴溜溜地转，也面现惊讶之色。终于，偶人苏诺的眼睛定在了苗人少女的手上，嘴巴无声咧开了，仿佛笑了一下。

"哎呀！"看到那个诡异的小偶人，那笙比看到苏摩还要惊惧，一下子后退了三步。

"你手上的戒指是哪里来的？你刚才说什么皇太子，皇太子妃？"那个冷定的傀儡师仿佛压抑不住激动，一迭声追问，"你看到他们了？"

再也不许对方逃脱，苏摩伸出了手。伸手的瞬间，十枚指环闪电般无声无息地飞出，带动指环上的引线，在空中相互交错着飞向那笙，仿佛织成了一张看不见的网。

指环脱手后，引线的另一端就控制在那个叫作苏诺的偶人身上，偶人的手腕、脚踝、双臂、双足、腰、颈十处的关节上，十条引线若明若灭。被这么一牵，那个偶人"啪嗒"一声从傀儡师怀中掉落在地，然而他没有趴下，反而动了起来。

不知道是飞舞的指环牵动它的身子，还是它身子的运动控制着指环，那个脱离了主人控制的小偶人在树林中自己动了起来，举手投足仿佛有一种说不出的诡异的节奏。

那笙刚要闪避，忽然觉得手腕一痛——低头，一根细细的透明的线绑住了她的手腕，切入肌肤，渗出了血。那样纤弱，却是比刀锋更锋利的细线。

如果她看到了昨夜火堆边那些乱兵可怕的死相，便知道如今她离死亡也只有"一线"——然而那笙没看过。她忍不住不服气地挣扎，想挣脱出来。

"不要乱动，一动，你的手腕就要被整只切下来。"傀儡师走过来，伸出一根手指，托起被束缚住手脚的少女的脸，冷冷道，"老实回答我的话——不然我就把你的四肢一根根切下来，然后用线穿起来，像人偶一样吊在树上。"

他的声音是平静的，仿佛只是说着家常。对着他空洞无表情的深碧色眼睛，那笙激灵灵打了个寒战，身体立刻不敢乱动了，然而手脚却是不自禁地微微发抖，她只能控制着自己的声音："你……你要问什么？"

"你手上的'皇天'是哪里来的？"苏摩开始发问。

　　话音一落，远处地上的小偶人身子一动，那笙只觉手腕刺痛，不自禁地抬起了右手，放到傀儡师面前。苏摩慢慢伸出手，抚摩着那枚银色的戒指，面色复杂："果然是皇天……好久不见了。"

　　"你、你说这枚戒指？"那笙讷讷道，"这是我、我在雪山上的一只断手上找来的……"

　　"雪山？断手？"苏摩却是愣了一下，"空桑皇帝的信物，怎么会在那里？"

　　"啊，那只断手说他是空桑皇太子！那颗头也这么说！"看到对方不信，那笙生怕苏摩一怒之下真的下毒手，连忙分辩，却不知自己的话如何莫名其妙，"他们说，他是什么空桑国的皇太子……对了，叫真岚。"

　　然而，苗人少女那种前言不搭后语、匪夷所思的话，傀儡师却没有呵斥为荒谬。那笙感觉苏摩抚摩着戒指的手猛地一颤，近在咫尺的那个人微微闭上了眼睛，有些梦呓般的低声重复着那个名字，莫测喜怒："真岚……真岚？"

　　那是多么遥远的名字。

　　"头？手？原来在云荒之外的慕士塔格上有一个封印？"傀儡师喃喃自语，忽然间语气变得有些反常，"那么，你也看到了皇太子妃？"

　　"嗯，是啊，很端庄的漂亮姐姐。"那笙听到对方的语气慢慢缓和下来，惊魂方定，"那只臭手说那是他的妃子，穿着白衣服，戴着面纱，好像……好像叫作白璎？"

　　"嚓！"苏摩的手指蓦然收紧，用力得让骨头发出了脆响，痛得那笙陡然间大叫起来。

　　"白璎……白璎……"那双一直空茫的深碧色眼睛里，第一次闪现出某种说不出的复杂情愫，傀儡师蓦然扭过头，对着空气厉声道，"鬼姬！你还骗我，说白璎已经死了？！"

　　"先放开这个小姑娘。"他身后一个声音淡然回答。密林的枝叶是无声无息自动向两边分开的，仿佛那些树木在恭谨地避让着那个骑着白虎从林中深处出现的女子。

显然也是刚才看到六星出现才赶过来，鬼姬坐在白虎上，裙裾飘飘荡荡，注视着面前的傀儡师："我没有骗你，白璎的确已经死了——在九十年前就已经死了！"

"胡说！"苏摩不再管那笙，猛然回头，冷笑道，"虽然我也来晚了——但你看，这里还有她刚才留下的残像！"

傀儡师的手一挥，随着他手臂平平挥过的轨迹，那个面上的空气陡然凝结，变成了一层半透明的薄薄镜子，映照出了一个白衣女子离去瞬间的样子——腾空而起的女子面罩薄纱，手中捧着金色的托盘，眼睛注视着盘中那颗头颅。手指上，一枚和那笙手上一模一样的戒指熠熠生辉。

那个映照在空气里的女子是淡薄的，仿佛烟雾中依稀可见的海市蜃楼，虚幻得不真实。

然而，鬼姬的脸色却白了白，脱口道："定影术？"

"不错。"苏摩没有否认，冷笑道，"所以即使是'神'，最好也不要瞒我任何事。"

"哈。"怔了怔，仿佛无奈般地摇摇头，鬼姬讥讽地看着这个灵力惊人的傀儡师，"苏摩，不可否认你现在的确很强——但是如此强大的你，居然看不出如今的白璎不是人吗？"

"不是人？"苏摩瞳孔收缩，"你、你是说——她现在是……"

"是冥灵。"鬼姬笑了起来，摇头道，"她九十年前已经死了啊！你以为我骗你吗？你如果路过北方的九嶷，就能看到她的尸体还和其他五位王者一起，伫立在九嶷王陵的传国之鼎边上！"

"冥灵？"傀儡师脱口惊呼，猛然想起了自己在星宿海观测到的那一场浩大的流星雨——九十年前……正是那个时间！

"你不知道吧？"鬼姬抚摩着白虎的额头，看着山下的白塔，叹息道，"那时候你已经离开云荒了——真岚皇太子带领空桑人死守伽蓝城十年，最终被冰族攻破。那时候，为了保全城中无路可逃的十多万空桑百姓，大司命决定不惜一切代价，打开无色城。"

苏摩的手猛然握紧，低声重复："打开无色城？"

与伽蓝帝都分处镜像两端的无色城是一座"空无"的城，据说由七千年前空桑最强大的帝王——星尊帝琅玕的妻子，皇后白薇所建立。

星尊帝在征服四方后，按战功分封六王，镇守六方国土，并在镜湖中心建立了国都，以白塔为中心界定云荒大陆方位。

然而，在空桑皇家才能翻阅的典籍记载中表明，星尊帝建立的"国都"，并非同后世普通人认为的仅仅指代帝都伽蓝，同时也包括了水下的另一座城市——无色城。

在星尊帝统一云荒，权力达到顶峰的时候，他的妻子白薇皇后却暗中忧心忡忡。她听从了大司命的谏言，动用她的力量，为了空桑人在某日必然来临的"末日大劫"而建立了这座城市，然后封印了它，关闭了两座城之间的通道，让它隐藏于伽蓝帝都的倒影之中。随后不久，白薇皇后便英年早逝。

星尊帝驾崩前留下了遗诏，说明了打开封印的代价，并叮嘱除非末日来临，切不可随便打开那座城——那个代价实在过于重大。

如果说水上那座伽蓝城是这个大陆"真实的"中心，那么水下的无色城就是虚无缥缈的存在，那是与水面以上那个世界完全不同的"异世界"，甚至有传说，这座城是活人所不能进去的，只能让灵魂来往其中。

无色城的存在，宛如伽蓝城的倒影，孪生姊妹般并存，光与影般相互映照。

七千年来，空桑经历了大灾大难，也曾几次濒临倾国的边缘，然而诸王们无一例外都咬牙支撑着死战，竟无一打开过那座城。

因为，根据典籍中记载、星尊帝在遗诏上是那样说的——

"宇分六合，地封六王；六星陨灭，无色城开！"

连苏摩听到"无色城"三个字也变了脸色，低声问："打开无色城？他们有那样的力量？"

"他们当然有。只要肯付出代价……"鬼姬笑了，笑容中却有一丝残酷，看向天际，"你没有亲眼看见那是如何惨烈的景象啊……那时候，冰族已经攻破了外城，城中幸存的十万多空桑人齐声祈祷，声音一直传到九天之上！

"为了护住空桑最后一点血脉，以前钩心斗角的六王听从大司命的安排，合力杀出了重围，一直血战到了作为历代空桑人王陵的九嶷山下！六部之王向着供奉历代皇帝皇后的陵墓跪下祈祷，请求星尊帝准许他们动用所有的力量打开那被封印的城市，以庇护空桑最后的子民……

"然后，围着神庙祭台上的传国之鼎，六部之王一齐横剑自刎，六颗头颅同时落入鼎中！

"六部最强的战士，同时对着上苍做出了血的祭献。

"六星陨灭，无色城开！那一瞬间封印被打破了，六合震动起来，伽蓝白塔发出照彻云荒的光芒，它的影子映在湖水中，忽然间仿佛活了起来。耀眼的光芒湮没了一切，等冰族的'十巫'和战士们看得见东西的时候，他们惊讶万分地发现，整座伽蓝帝都已经空无一人。"

"十万空桑人在瞬间消失了，无色城迎来了它的第一批居住者。"鬼姬叙述着九十年前空桑亡国的情形，眼睛望着天尽头的白塔，叹息道，"白璎就是那时候死的……她作为白之一部最强的战士，代替她的父王，作为六王死在九嶷山下——所以我说，你往北走，还可以看到她的尸体，几十年了依然不曾扑倒腐烂，守在那个通道入口。"

傀儡师默默听着，脸上渐渐没有一丝表情，沉默了许久，终于有些讥讽地笑了起来："真是遗憾，我没能亲自来终结这个腐朽的王朝……只是没想到，她居然还是作为战士死去的吗？我一直以为，她不过是一个耽于幻想的小女人而已。"

"一个人一生只能做一次那样的梦。"听到这样尖刻的话，云荒的女仙蓂然冷笑起来，"多谢你让她早早梦醒了。"

"啊……原来空桑人还该感谢我这个奴隶造就了他们的女英雄？"苏摩嘴角扯了一下，笑了起来。

鬼姬看着他，却看不透这个傀儡师内心真正的想法，只好点点头，叹了口气："你回来应该有所企图——但是，无论如何，不要再去找她了。"

"我没有打算找她。"苏摩漠然道，"我并没有吃回头草的习惯，我也不喜欢死人。"

"那就好。"鬼姬轻轻吐出一口气，微微笑了起来，"其实离开云荒的这一百年里，你也已经找到了所爱的女子了吧？不然如今你也不会以男人的样子出现了。"

傀儡师闭了闭眼睛，不作声地笑了笑："魅婀，作为女神，你的话太多了。"

回忆中，泛起许多年前他来到天阙的情形——被山中凶禽猛兽追捕，少年跑到山腰已经满身是血，抱着偶人，又看不到路，一脚踏空便滚落陡坡。然而，半昏迷的时候，耳边听到虎啸，所有禽兽都远远避开了，那只虎温驯地伏下身来，将昏迷的少年叼上背部，平安送出了天阙。

仔细想想，他其实还是有所亏欠的。

想着，傀儡师转过身去，招了招手，仿佛有看不见的线控制着那个偶人，阿诺"唰"地动了起来，缠绕着那笙手足的丝线忽然解开了，十只银戒飞回了苏摩手中。然后，那个小偶人也往后飞出，跌入了苏摩怀中。

那笙揉着手腕瘫倒在地上，看着那个诡异的傀儡师。

"修炼百年，连你的偶人都会杀人了？"苏摩转身离开的时候，鬼姬忍不住开口，"知道吗？当年，是白璎拜托我一路送你出天阙的——她怕你眼睛看不见，会被那些猛兽吃掉。"

苏摩的脚步顿了一下，却没有回头，也没有说话。

"我知道你是满怀着憎恨，回到云荒来复仇的。"鬼姬叹了口气，"可是，你若是还记着这片土地上有人对你好过，杀人的时候就多想想。"

苏摩顿住脚步，忽然回过头微微一笑——那样的笑容足以夺去任何人的魂魄。

"错了，她对我好，只不过是那时迷恋着我的外表而已——和那些把鲛人当作玩偶玩弄的空桑贵族并无两样。"傀儡师微笑着，俊美无俦的脸上有着讥讽的表情，"只是那些权贵不知道，所谓的'美丽'，是多么脆弱的东西啊！"

他微笑着，抬起手来，指间泛着利刃的寒光，忽然"嚓嚓"两声，毫不犹豫地划破了自己的脸——血流覆面。那横贯整个脸庞的伤疤，让原本美得无与伦比的脸陡然扭曲如魔鬼！

即使一边看着的那笙，都不自禁地发出了一声惊骇与痛惜的尖叫。

"不过是薄薄的一层皮。"苏摩放下了手，将沾着血的手指放到嘴边，轻轻舔舐，"所有有眼睛的人，却看得如此重要。"

鬼姬却没有惊讶，看着他的脸——刀一离开，他脸上的伤痕就合拢、变浅，消失在一瞬间，仿佛刀锋划过的是水面。

"那么那个让你变成男人的姑娘呢？总不会也是这样的吧？"她执意追问，想在这个人踏上云荒的土地前，尽可能消除掉他心中的恨意。

然而，苏摩怔了怔，蓦然奇异地大笑起来。

再也不和鬼姬多话，傀儡师扬长而去。

"呃……这个人不但杀人不眨眼，还疯疯癫癫的。"看着傀儡师离开的背影，那笙心有余悸，撕下布条包裹自己手脚上的伤口，"老天保佑，但愿以后再也不要碰见他了。"

在她包扎的时候，一只手忽然伸了过来，抚摩了一下她的手腕。

"啊？"那笙抬起头，看到那个坐在白虎上的鬼姬，让她惊讶的是，指尖抚摩过的地方，那些伤痕全部愈合了。鬼姬？就是昨夜那个只听到声音，却没有见到脸的鬼姬？

可是那些人为什么这么怕她？她明明很温和很亲切啊！

"小姑娘，你一个人能跑到天阙来，可是很命大啊。"那个没有腿的白衣女子从虎背上俯下身来，微笑着摇头，摸了一下她的脚，将血止住，"你看，手臂也折了，都没包扎一下。"

鬼姬的手握住了那笙的左臂，忽然间一用力，那笙只痛得大叫一声，声音未落却发现痛楚已经全部消失。

"啊……多谢山神仙女！"用右手抚摸着左臂原先骨折的地方，那笙惊喜地道谢。

"山神？好新鲜的称呼。"鬼姬掩口而笑，眼睛却落在她右手那枚戒指上，忽然敛容，问道，"这枚'皇天'，是哪里来的？真岚给你的吗？"

那笙把那个陌生的名字转换了半天，才明白过来："仙女你说的是那只臭手？是啊，是它说送给我作为报答的。"

"手……是了！"鬼姬喃喃，眉心忽然一皱，然后又展开，"原来昨日慕士塔格那场大雪崩是因为这个！难怪今日六星忽然齐聚天阙——是因为第一个封印被解开了吗？天啊……空桑命运的转折点到来了！"

鬼姬从白虎上再度俯下身来，看着面前这个衣衫褴褛的苗人少女，开口问："是你，打开了封印？"

那笙被她看得不好意思，笑道："啊……我只是、只是顺路。"说话的时候她脸红了一下，没好意思说是自己想把戒指占为己有，因而挖冰掘出了那只手。

"来自远方的异族少女啊……云荒的乱世之幕将由你来揭开！"叹息着，鬼姬低头抚摩那笙的头发，点点头，"有通灵者来到慕士塔格，发现冰封的断手，破除封印，戴上戒指，戒指认可新的主人，而新的主人又愿意带断肢前往云荒……多么苛刻的条件啊，居然真的有这样的机缘？"

"呃？"那笙愣了愣，有些糊涂地眨眨眼睛，大致明白了一件事：就是自己似乎在无意中放出了一个了不得的东西。

她吃了一惊："那东西是好是坏？山神仙女，那只臭手……那只臭手是灾星吗？我做错了事吗？"

"嗯……它不算坏吧。"被她问得愣了一下，鬼姬沉吟着，苦笑回答，"不过说是个灾星，倒也没错——那时候白璎来警告我说有不祥逼近天阙，我一开始还以为是应在苏摩身上……原来是有两股力量重叠着同时进入了云荒！"

"呃？不算坏就行……"那笙还是不明白，却松了口气，"那个苏摩不是好东西吧？我一看到他就觉得害怕啊。"

"苏摩……"鬼姬重复了一遍这个名字，却是不知道如何回答，只好笑笑，俯下身拍了拍那笙的手背，嘱咐道，"下了天阙到了有人的地方，可千万别被人看到这枚戒指！'皇天'是空桑皇室历代以来和'后土'配对的神戒，被人看见要惹祸的。"

"嗯，这戒指一看就很值钱的样子，一定会有人抢。"那笙晃着手，看着中指上那枚戒指，却是一脸苦相，"但是我摘不下来啊！那臭手说我勒断手指都摘不下来——怎么藏？"

鬼姬为这个少女的懵懂而苦笑，只好耐心解释："喏，你可以用布包住手掌——云荒现在是沧流帝国的天下，你贸贸然戴着空桑的'皇天'到处走，被看见可连命都没了。"

"呀，原来是个灾星？"那笙吓了一跳，甩手道，"那臭手还说这戒指能保我走遍云荒！那个骗子，就没一句真话！"

"'皇天'有它的力量，能保护佩戴的人。"鬼姬安慰道，"只要你小心，那就是最好的护身符。"

"哦。"那笙点了点头，忙不迭用布条将右手手掌包了起来，层层缠绕，一直包到指根上，将戒指藏起。

"这样天真而又不够聪明的小孩，戴着皇天走到云荒去，总是让人担心啊……"看着手忙脚乱的苗人少女，鬼姬暗自叹气，然而就在此刻，耳边听到了树木被拂开发出的窸窣声，仿佛有一行人走了过来。

听出了慕容修的声音，鬼姬忽然有了主意。

脚步声越来越近，只见草叶无声分开，一条藤蔓当先如同活着一般在草地上簌簌爬行过来，宛如蛇般蜿蜒。那只木奴来到鬼姬座前，抬起了藤梢，昂头待命。

跟着木奴来的，果然是昨夜露宿天阙山下的那几个人。慕容修走在最前面，一边拿着砍刀分开树木藤蔓开路，那个泽之国过来的中年男人和那一对书生小姐跟在后头。那个小姐一路上还在哭哭啼啼，几次寻死觅活都被她表哥拦住，那个书生也不知道怎么说才好，只是扶着她一起哭。

杨公泉看得好生不耐烦，恨不得丢下这两个麻烦货。然而慕容修却是耐心十足，一边好言相劝，一边耐着性子等那个江小姐挪着小脚一步步爬上山来。因此虽然一路上没遇到阻碍，几百尺的小山却是爬了半日才到山顶，远远落在了那笙一行后头。

拂开枝叶，四个人眼前出现的是林中空地，空地上坐着一个衣衫褴褛的陌生少女，以及那个骑着白虎的女子，没有脚的裙裾在风中飘飘荡荡。

"鬼姬！"跟在慕容修后面的杨公泉一眼看见，失声叫了起来，往后便逃。慕容修要他不用怕，然而杨公泉哪里肯听，往山下就逃。那一对恋人不知道发生了什么事，然而听到杨公泉那样的惊叫，也下意识地相互搀扶着跌跌撞撞回头就跑。

"随他们吧。"看到慕容修无奈的神色，鬼姬笑了笑，对着他招招手，"过来，孩子。"

"女仙。"年轻珠宝商走过去，恭谨地低头，"有什么吩咐吗？"

鬼姬笑了笑，拉起那笙的手："这位姑娘也是去云荒的，我想拜托你一路上照顾她。"

"啊……"慕容修看了那笙一眼，却不料苗人少女正一脸惊喜地看着他，目光闪亮。那笙看得放肆，他倒是反而红了脸，低下头去，讷讷道，"男女授受不亲，一路同行只怕对这位姑娘多有不便……"

"不妨事！没有什么不便的！"不等他说完，那笙跳了起来，满眼放光，"我不是那些扭扭捏捏的汉人女子，苗人可不怕那一套！"

鬼姬看着腼腆的慕容修和热情的那笙，忍不住偷笑，然后正色道："你行事小心老成，这位姑娘不通世故人情，若是同路，也好顺便照顾。"

"这……"不好拂逆了鬼姬的意思，慕容修红了脸，嗫嚅着。

"啊？是不是怕我一路白吃白喝？"看到那个慕容世家的公子还在那里支支吾吾，那笙急了，忽然想到了什么，从怀里拿出一样东西来，举到他面前，"喏！我拿这个谢你行不行？这是雪罂子！"

慕容修看到她手里那个淡金色的块茎，眼睛也是陡然一亮，作为商人，他当然知道眼前这个东西的价值。

"出门在外，相互照顾是应该的。"鬼姬看到慕容修意动，在旁加了一句。

"如此，以后就要委屈姑娘了。"搓着手，年轻的商人觑着雪罂子，终于规规矩矩地向着那笙作了一揖，"在下慕容修。"

"我叫那笙！你叫我阿笙就好。"喜不自禁，那笙回答，把雪罂子递给他。慕容修毫不客气地接过来，小心收起，然后对着那笙拱了拱手："姑娘在此稍等，待我去找回那三个同伴，再一起下山。"

"去吧。"那笙还没回答，鬼姬却是微笑着挥了挥手，那株木奴"唰"地回过了梢头，领着慕容修下山去了。

很快他的影子就消失在密林中，那笙却是嘟着嘴："啊呀，都不知道他是不是拿了东西就扔下我不回来了。"

"那孩子为人谨慎，算计也精明。他执意要找那几个同伴，怕也是需要一个熟悉泽之国的人当向导。"鬼姬看着慕容修离去的方向，微笑着拍拍那笙的肩膀，"不过那可是个好孩子，作为商人，对于成交的生意要守信，他不会不懂。小丫头，你努力吧。"

"什么、什么努力啊……"那笙陡然心虚，矢口否认。

鬼姬笑起来了："看你忽然黏上去非要跟他走，我一算就算出来了……"

即使爽快如那笙，也是破天荒地红了脸——幸亏一路颠沛，尘垢满面，倒也看不出。

"呵……"骑着白虎的女仙摇摇头，微笑道，"不过可是难哪，那小子是个木头-——而且，你看你，作为一个女孩子，长得还不如人家好看，像什么样子？"

在那笙要跳起来之前，云荒的女仙笑着拍了拍白虎，悠然而去："要努力啊！"

苗人少女捂着发烫的脸颊看着那个山神离去，气得跳脚，却无话可说。

"对，要努力！慕容世家！多有钱啊……而且人也俊。"那笙想着想着，不知不觉就满脸笑容，"千万不能放过了——啧啧，不知道那棵雪罂子到底有多宝贵……算了算了，反正那也是随手拔来的，当下点本钱得了。"

苗人少女在林中空地上蹦蹦跳跳地走来走去，等慕容修返回，心里充满了对新大陆和未来新旅程的各种想象。

六王已经归于无色城，迎回了主人的右手。

空茫一片的城市，所有的一切都是不真实的。

如果仔细看去，居然会看到街道和房子，鲜花和树木——然而那些景象仿佛升腾着的蒸汽般虚幻，一触手便会消逝，宛如海市蜃楼，又如湖面上那座繁华都市的倒影。这个梦境般的城市里，镜湖六万四千尺深的水底，只有一件事是真实的：十万多个整整齐齐排列着的白石棺木。

纵横交错，铺在一望无际的水底。每一个石棺中，都静静沉睡着一名空桑人——这一场长眠，已经有将近百年。

白王和青王的双手分别捧起金盘，举过头顶，一旁大司命的祝颂声绵长如水。许久，等祝颂结束，两人才小心翼翼地将盛放着头颅和断肢的金盘放入神龛内。

头颅的双眼蓦地睁开。

安静的水底忽然沸腾了，似乎有地火在湖底煮着，一个个水泡无声无息地从紧闭的石棺中升起来，漂浮在水中。每一个水泡里，都裹着一张苍白的脸，然而那些长久不见日光而死白的脸却是狂喜的，看着祭坛上金盘里的头颅和断肢，嘴唇翕合：

"恭迎皇太子殿下返城！"

"天佑空桑，重见天日之期不远了！"

狂喜的欢呼如同风吹过，回荡在空茫的无色城里。

"大家都继续安歇吧，"大司命吩咐，一向枯槁的脸上也有喜色，"天神保佑，云荒从来都是空桑人的天下！"

"天佑空桑，国祚绵长！"十万空桑人的祝颂震颤在水里，然后那些气泡逐渐慢慢消失了——天光都照射不到的湖底，悬挂着数以万计的明珠，柔光四溢。气泡消失后的湖底，只有看不到边际的白石棺材铺着，整整齐齐。

"太傅，好久不见。"子民们都退去之后，蓦然间那只断手动了起来，攀住大司命的肩膀——在瞬间消失的空桑一城人中，唯独这位能"沟通天地"的老人不必沉睡在石棺中，能以实体在水下行动如常。

空桑人历代的大司命，也是皇太子太傅。

"皇太子殿下，"看到调教了那么多年，真岚的举止还是不能符合皇家风范，大司命不由得带着挫败感苦笑了起来。然而看着那只手，大司命面色忽然一凛，斥问，"'皇天'如何不在手上？！"

"送人了。"满不在乎地，头颅回答，"人家辛苦把我送到天阙，好歹总得意思一下吧？"

"什么？！殿下居然拿'皇天'送人？"大司命身子一震，眼睛几乎要瞪出来，"这、这可是空桑历代重宝啊！皇天归帝，后土归妃，这一对戒指不但和帝后本人气脉相通，彼此之间也能呼应，这么重要的东西，殿下怎么可以轻易送人？"

"总不能让我再去要回来吧？"头颅做了一个无奈的表情。然而，看到大司命手中的玉简几乎要敲到他头上来，真岚连忙开口分解，"您老人家不要生气，不要生气！先听我说，我给那个丫头戒指，也是为了让她继续帮我们啊！"

"继续？"大司命颤抖的花白长眉终于定住了，然后沉吟着皱到了一起，"也没错，她既然能戴上皇天，就证明她也能为我们破开其他四处封印！找到这样一个人可不容易。"

"对！太不容易了，怎么能这样放她走呢？"断手再度攀上了大司命的肩膀，用力拍了一下，"太傅您也知道，那戒指和我本体之间气脉相通是吧？那丫头戴着'皇天'，就会下意识地感觉到其余四处封印里面'我'的召唤。她会去替我们破开封印，拿回剩下残肢的！"

"说得倒是……"大司命沉吟，看了一下金盘上的头颅——百年过去了，这张脸还保持着倾国大难来临时的样子。然而，率性的语气依旧，而皇太子殿下显然已经在持续百年的痛苦煎熬中成长起来了。

将那只乱爬上肩膀的断手提开，大司命苦笑："但是那个人够强吗？解开东方封印完全是碰运气——另外四处封印，哪一个可都是非要有相当于六王的力量才能打开啊。"

"她很弱，自己根本没有力量。"断手做了个无奈的手势，金盘上的头颅配合着撇撇嘴，"所以，我们得帮她把路扫平了才行。"

大司命沉吟着，转头看看丹砌下面待命的六王："此事，待老朽和六部之王仔细商量——皇太子身体刚恢复了一些，先好好休息吧。"

所有一切都归于空无之后，祭台上只留下了一个半人。

白璎细心地轻轻解开右手手腕上勒着的绳索，然而那道撕裂身体的皮绳深深勒入腕骨，稍微一动就钻心疼痛。另一边金盘上，真岚痛得不停抱怨："哐……痛死我了。"

"喀！"轻轻一声响，清理干净了伤口附近的血迹碎肉后，白璎干脆利落地挑断了绳索，那条染着血污的皮绳"啪"地落到了地上。她拿过手巾，敷在伤口上——百年的陈旧伤痕，只怕愈合了也会留下痕迹吧？

看着旁边金盘里的脸庞，忽然间她就感到了刺骨的悲痛。

"嗯？哭了？"水的城市里，本来应该看不见滴落的泪水，然而真岚却发现了，"别以为看不见，你的念力让水有了热感——刚才落到我手上的是什么啊？"

旁边金盘里的头颅说着话，另一边肢解开的断臂应声动了起来，拍了拍妻子的脸，微笑道："真是辛苦你了。"

然而，他的手却穿越了她的身体，毫无遮拦地穿过。

真岚怔了怔，看着一片空无之中，眼前这个凝结出来的幻象，忽然忍不住笑了起来。他居然忘了她已经是冥灵，也没有了实体。

"你笑什么？"白璎皱眉，看他，"好不正经……一点皇太子的样子都没有。"

"你也不是才看见我这样子。"真岚皇太子笑起来了，但是眼里有说不清的感慨，看着自己结缡至今的妻子，"只是忽然觉得很荒谬——世上居然有我们这样的夫妻……简直是一对怪物。"

看着对方身首分离的奇怪样子，又低头看看自己靠着念力凝结的虚无的形体，白璎也忍不住笑了——然而笑容到了最后却是黯然的。真岚握住了她的手，让那个虚幻的形体在他掌心保持着形状。白璎默不作声地翻过手腕，握着真岚的手，中指上的那枚"后土"熠熠生辉。

居然变成了这样……百年前，从万丈白塔上纵身跃向大地的她，从来没有想过命运居然会变成如今这种奇怪的情形。

虽然比翼鸟接住了她，但是，真正的白璎已经在纵身从白塔上跃下的那一瞬间，便死去了。

堕天之后，她觉得自己已经死去，于是就像死去一样，无声无息地蜷缩在伽蓝城一个潮湿阴暗的角落里，一直过了十年。十年中，外面军队的厮杀、号叫，百姓的慌乱、绝望，丝毫到不了她心头半分。她死去一般地沉睡在阴暗的角落里，不知道过了多久。

"皇太子妃已经仙去了。"空桑人都那么传说着，因为有目共睹地看到那一袭嫁衣从高入云霄的白塔顶上飘落，而地面上却没有发现她的尸骸。而且当日，国民还看到了云荒三位仙女，乘着比翼鸟在云端联袂出现。

于是有了传言，说皇太子妃本来是九天上的玄女，落入凡间历劫，因为不能嫁给凡人，所以在大婚典礼上云荒三仙女来迎接她，乘着风飞回了天界。

那样的传说，被信仰神力的空桑国上下接受，信之不疑。夕阳西下的时候，很多国民走到街头对着耸立云中的白塔祈祷，希望成仙的皇太子妃保佑空桑，并称呼那座白塔为"堕天之塔"——然而，没人知道，那个传言的始作俑者居然是皇太子真岚。

欺骗天下人的谎言，是为了维护空桑皇室的尊严，和白之一族的声誉。

然而，即使事件的真相被掩盖，在鲛人们私下的传言里，这个消息还是如同静悄悄的风一样快速地传开：皇太子妃白璎郡主居然是被他们同族的鲛人奴隶勾引，无颜以对因而自尽。几千年来一直作为奴隶的鲛人一族幸灾乐祸，觉得那个叫作苏摩的鲛童狠狠打了空桑人一耳光，为所有鲛人扬眉吐气。

很快，又有传言说，那个叫作苏摩的鲛人，是被星尊帝灭国后掠入空桑的海皇的后裔，血统尊贵，所以容貌举世无双——这个消息更加无凭无据，接近附会，但是那些鲛人奴隶非常乐意相信那是真的。

海皇觉醒，蛟龙腾出苍梧之渊——而那个叫"苏摩"的少年是鲛人的英雄，必然将带领所有被奴役的鲛人获得自由，回归碧落海，重建海国。

传言满天飞的时候，城外冰族的攻势也越来越猛烈。然而，传言里的两位当事人都不知晓这一切——苏摩被释放，离开了云荒流浪去了远方。而传说中仙去的女子，却是躺在一个阴暗潮湿的地窖里，用剑圣传给她的

"灭"字诀沉睡着,拒绝醒来面对这个世界。

她把自己想象成一具倒在无人知晓的地方悄然腐化的尸体,上面布满了菌类和青苔,夜鸟歌唱,藤蔓爬过,无知无觉。千万年后,当城市成为废墟、镜湖变成桑田,或许会有人在这个废弃的地窖里发现她的尸体,然而,不会有人再认得她曾是谁。她所有的悲欢,所有的爱恨,所有的耻辱,都将会随着这一具躯体的腐朽而化为灰烬。

她就这样沉睡了足足十年。一直到那一天,头顶上急促的马蹄声惊醒了她,慌乱的报讯声传遍伽蓝城每一个角落——

"危急!危急!冰族攻破外城!"

"青王叛变!白王战死!皇太子殿下陷入重围!"

白王战死?白王战死!

她忽然惊醒过来,全身发抖,惊怖欲死——父王、父王阵亡?父王已经整整八十岁了,几乎已经举不动刀了……他……他居然还披挂上了战场?他为什么还要上阵?

"因为白之一部里面,唯一能继承他位置的女儿躲起来在睡觉呀。"

潮湿昏暗的地窖里,忽然有个声音"桀桀"笑着,阴冷地回答。

"谁?谁在那儿?"她猛然坐起,向着黑暗深处大声喝问,因为激动而颤抖。

"醒了呀?"那个老妇人的声音继续冷笑,点起了灯,鸡爪子似的手指拨着灯芯,灯光下,深深的皱纹如同沟壑,"郡主可真是任性啊,这一觉睡得够久了……再不醒,老婆子我都要先入土了呢。"

"容婆婆。"眼睛被灯光刺痛,很久她才认出了那是族中最老的女巫——父王不知道她何时醒来,只能派女巫来守护沉睡中的女儿。

面对着容婆婆更加苍老的脸,她忽然觉得着愧难当。

"外城攻破,外城攻破!皇太子殿下被俘,将被处以极刑!"

外面的金柝声还在不停传来,她全身因为恐惧而发着抖,在昏暗中慌乱地摸索:"我的光剑,我的光剑呢?"她眼里有狂乱急切的光,甚至没有发觉自己身上覆满了青苔，头发变得雪白，长及脚踝，长年的闭气沉睡已经让面色苍白如鬼。

"在这里。"容婆婆从黑暗中走过来，从宽大的袍袖底下摸出一个精巧的圆筒，递给她，"我替你好好地收起来了，我想，终究有一天，郡主还是需要它的。"

她的手指猛然抓住了圆筒状的剑柄，微微一转，"咔嚓"一声，一道三尺长的白光吞吐出来，她抓起剑，瞬地就飞身掠了出去。

她从街道上空掠过，快得如同闪电。

"我们完了，皇太子殿下被他们俘虏了！"

"青王背叛了！他害死了白王，也出卖了皇太子殿下！"

"听说青王的儿子也一起归顺了冰族！只有他的义子青塬不肯背叛空桑，还留在城里。"

"空桑要灭亡了吗？天神为什么听不到我们的祈祷？"

"赤王、玄王、蓝王、紫王还在，不要怕！还有四位王在啊！"

"有什么用？皇太子都要死了，血脉一断，空桑最大的力量就失去了！失去了帝王之血，还有什么用？"

亡国的慌乱笼罩了本来奢华安逸的伽蓝城，到处都是绝望的议论，街道上看不到路面，所有人都走出房子，匍匐在大街上，对着上天，昼夜祈祷——多少年来，空桑人以神权立国，信仰那超出现实的力量。然而，这一次，上天真的能救空桑吗？

"那些冰夷要车裂皇太子殿下！就在阵前！"

祈祷中断了，一个可怕的消息在民众中传播着，所有人都在发抖。

"车裂……"高高的白塔顶上，听到这个可怕的消息，神殿里大司命的脸也陡然变了，"他们、他们居然知道封印住帝王之血的方法？那些冰夷怎么会知道？怎么会？"

"是谁？是谁泄漏了这个秘密？"仙风道骨的大司命状若疯狂，对天挥舞着法杖，"唯一知道封印帝王之血方法的人只有我，是谁？指挥冰夷攻入伽蓝城的？究竟是谁？"

"智者，时辰到了。"巫咸跪在金帐外禀告。

金帐内没有一丝光亮，黑暗深处，一双眼睛闪着暗淡狂喜的光，吐出两个模糊不可辨的字——那样奇怪的声音接近于呼噜，外人无法听懂。然而帐内跪着一个白衣少女，却显然受过长时间的教导，立刻恭谨地将这两个字清晰地传达了出来："行刑！"

冰族十巫之首的巫咸立刻回身，大声传令："将空桑皇太子带上，行刑！"

军队的中心空出了一片场地，五匹精壮的怒马被牢牢拴在桩上，打着响鼻，奴隶们挥动长鞭用力打马，那些马被鞭子抽得想挣断笼头往前方跑去，将缰绳绷得笔直。每一匹怒马都拉着一根坚固非常的铁链，铁链的另一头锁在中心那个高冠长袍的年轻人手脚上。

听到金帐中的命令传出，城中的空桑人绝望地捂住了脸。

空桑人年轻的皇太子被绑在木桩上，手脚和颈部都被皮绳勒住，然而那个平日就不够庄重的皇太子却一直微笑，满不在乎。听到行刑的口令，他蓦然开口，对着城上黑压压的军队和臣民，说了最后一句话："力量不能被消灭。天佑空桑，我必将回来！"

语声未毕，缰绳陡然被放开，五匹怒马朝着五个不同的方向狂奔而去。

同样的瞬间，伽蓝内城上四道影子闪电般扑下，直冲层层重兵核心中的皇太子。

"四王！四王！"一直到影子没入敌军，城中的空桑人才反应过来，大叫，一瞬间感觉到了一丝希望。

然而那一丝希望一瞬间就灭了，因为冰族阵前也掠起了黑色的风，显然早有防备，十巫中的八位分头迎上了由高处下击的四王，立刻陷入了缠斗。

　　就在刹那间，怒马狂奔而去，木桩上的人形陡然间被撕成六块，只余躯体残留——奇怪的是，没有一滴血流到地上。

　　那样可怕的速度，让铁链撕扯开身躯之后，甩脱了马上的铁钩，带着血肉顺着惯性如箭一般往前飞出。然而反常的是，去势居然丝毫没有遏止的迹象，五条铁链仿佛被什么力量推动着，如同呼啸的响箭往五个不同方向飞去！

　　右手往东，左手往西，右足往北，左足往南。而更奇怪的是，扯断了的头颅，居然直飞上了半空，只余下躯体还留在阵中。

　　城上的空桑人怔了一会儿，刚开始似乎还不相信眼前看到的景象，然后轰然爆发出了绝望的哭喊声——真岚皇太子的死亡，彻底灭绝了他们心中的希望。

　　"说得好！"金帐中，听到最后一句话，那双眼睛亮了起来，喃喃道，"宇宙六合中，力量从来不能凭空产生，也不会被消灭。帝王之血的力量同样不能被消灭，也不能转移给除了空桑王室嫡系血统之外的任何人，只能被封印。所以那小子到最后还那么狂。"

　　巫咸看着阵前还在混战的四王和十巫，又看着朝着五个方向消失的躯体，喃喃道："怎么可能……难道、难道能死而复生？"

　　"那是帝王之血啊！"金帐中的眼睛里全是奇异的怨毒，喃喃道，"那种被诅咒的力量一代代传承下来。如果不被封印，星尊帝的子孙即使在灰烬里也可以重生！"

　　"那……"巫咸吃了一惊，"智者，这一回……"

　　"这一回，我要让帝王之血彻底凝结！"金帐内，那个人冷笑，一字一字地吐出了命令，传达给冰族，"把他的四肢镇于四方，头颅放入伽蓝白塔塔顶，身躯封入塔基，用六合的六种力量封印他！从此后，'空桑'两个字，将彻底从云荒消失！"

　　看着外面即将进入封印的五部分躯体，金帐中眼睛眯起来了，冷锐雪亮，带着说不出的奇特表情和深不见底的沉吟。

很好，传承了千年，这种被诅咒的力量，今日终将被埋葬。

"什么？"忽然间，帐中的智者蓦然变了声音，望着外面的天宇，震惊地脱口而出，"那道白光！那道白光是什么？！"

一道雪亮的白光，宛如闪电一样划破了苍穹，令天地震惊。

白王死了，青王叛了，剩下四王还在苦战——还有谁，居然有那样"破天"的力量？！

用尽了全力，然而她终究还是来晚了。

没能扭转命运倾覆，反而看到了最惨烈的一幕——真岚皇太子躯体撕裂的一刹那，手指上那枚戴上去就无法脱下的"后土"猛然间共鸣。剧烈的痛楚传入她的内心，那个瞬间她觉得自己的血肉也在一瞬间被同时车裂。

白璎下意识地闭了一下眼睛，绝望地想：迟了。

不是迟了片刻，而是迟了十年。整整十年！

作为六部之首的"白"，历代空桑皇后的"白"，以"后土"的力量对应"皇天"的"白"——本来，作为族中最强者，空桑的太子妃，她，白璎郡主，该要担负起的责任有多少！享有了那样的力量，却没有担起相应的重任，十年来，她只是为了一己之私在逃避，眼睁睁地看着一切发生，终至无可挽回。

那些绝望号哭着的百姓，那些死战到底的战士，那些孤身陷入重围的各部之王……还有她那八十高龄却代替女儿出战，然后战死在乱兵中的父亲。

这是她的国家，她的子民，她本该与之并肩血战的下属和同僚！

空桑要灭亡了……空桑要灭亡了吗？

恍惚间来不及多想，她已经冲到了城头，看着呼啸着被带往天际的头颅，只是点足一掠，整个人宛如白虹一般从女墙上掠起。

那样的速度，让城上城下所有人目瞪口呆。

等大家回过神来，只看到那一袭华丽的羽衣从天而降，面色苍白的少女一手执着光剑，一手抱着被夺回的皇太子真岚的头颅，翩然落在伽蓝内城的女墙上，雪白的长发垂到了脚踝，宛如神仙中人。

"太子妃！是太子妃！"几乎不相信自己的眼睛，然而在看清楚穿着婚典嫁衣的少女正是白王之女时，所有空桑人都沸腾般大喊了起来，"太子妃从天上回来了！空桑有救了！"

"天佑空桑！"她站在城头上，将真岚皇太子的头颅高高举起，振臂高呼。

"天佑空桑！"忽然间，那个头颅微笑着，开口回应。

所有人都呆住了，片刻后，全城的空桑人发出了震天的欢呼——天啊！皇太子殿下竟然还活着！他没有死，他真的没有死！

连陷入苦战的四王都振奋了精神，仰天大呼，声浪一直传到了天阙。

六·泽之国

百年前的倾国之难已经成为血色暗淡的回忆，空茫的无色城里，伴随着十万昏睡的空桑遗民的，只有四分五裂的皇太子和成为冥灵的太子妃。

"白璎。"宁静中，许久许久，旁边金盘上的头颅忽然轻轻唤了一声。

"嗯？"白璎从出神中惊醒过来，应道。

"他回来了。"真岚皇太子转过头看着她，淡淡地说。

"谁？"她有些诧异地问，看到对方的神色有些奇怪。

真岚皇太子笑了笑："那个鲛人。"

"啊？是吗？"黑色的面纱后面，女子的明眸睁大了，有毫不掩饰的吃惊，"果然是苏摩回来了？他回来干什么？"

"不会是找你吧？"拍了拍妻子的手背，真岚皇太子笑了，"老实说，他变得很强，强到令我都吃惊。我不知道他此次归来的意图，所以一路上不敢和他碰面。"

"他……唉，孤僻偏激，是个很危险的孩子啊。"白璎抬起头，在虚幻的城市里叹了口气——她对丈夫说起"那个人"的语气是如此平静从容，仿佛并不是说着一个和自己少女时代有过惊动天下恋情的故人。

百年来，作为空桑太子妃她守着真岚的头颅，过着枯寂如同死水的生活。她已经不会衰老，也不会死去，但是她也没有感到自己活着。和那个名义上的"丈夫"之间的关系，是在潜移默化之中融洽起来的——不知道哪一日，她开口回答了身边这个头颅的第一句话，从无关痛痒的琐事开始，渐渐地，交谈就变得不那么困难。

那颗孤零零待在水底的头颅或许也是百无聊赖，乐于倾听她断断续续的语言，然后用他自己的方式给她意见，幽默轻松的调侃，往往能在片刻之间将她那些沉重绝望的情绪抚平。

已经记不起她第一次对真岚皇太子提起那个鲛人少年是多少年前，"苏摩"两个字刚出口的时候，她看到那颗头颅扯了一下嘴角，忍不住大笑起来。真岚笑得从未有过地轻松，和她说，其实这个禁忌的话题他忍了好久没敢触及，都快憋死了——终于等到了她自己开口来提的那一天。

那一瞬，她也不由得讪讪地笑了。

最终，他们之间最后一块禁域也消除了，开始变成无话不谈的朋友——对于所有往日的成败荣辱，也都能够坦然平静地面对。

真是很奇怪的情况。在世的时候，一个是率性而为的储君，一个是孤芳自赏的郡主，锦衣玉食的他们并不曾有机会相互了解彼此。然而当实体消灭了之后，命运居然给了两个人百年的时光，几乎是逼迫他们不得不开始相互聆听和支持，渐渐成了无所不谈的、彼此最信赖投契的伴侣。

她无法想象自己居然变得这么多话，那样一说就是几个时辰的情况在以前看来简直是荒唐的。在神庙上独居的那段日子里，寂寞孤独几乎剥夺了她的说话能力，哪怕是和苏摩在一起的时候，她都不曾开口说过这么多的话。

如果不是真岚，百年的孤寂只怕早已彻底冻结了她。

"嗯，那么他现在更危险了。"听到她那样评价苏摩，那颗头颅笑了起来，"因为那个孩子现在长成一个大男人了。"

"哦？"显然是有些意外，白璎诧异，"他选择成为男人？我还以为他那样的人是永远不会选择成为任何一类的。因为除了自己，估计他谁都不爱。"

"是呀，他已经变身了，不知道是为了外头哪个姑娘——你有没有觉得自己很失败……"头颅对着她眨眨眼睛，诡笑道，"哎呀！"

"一边去！"白璎反扣住那只断手，狠狠砸在他脑袋上，"没正经。"

"呃……女人恼羞成怒真可怕。"可怜根本无法躲闪，挨了一下，头颅大声叫苦，然而眼里却是释然的深笑——一直以来都担心那个人的蓦然回归将会打破无色城的平衡，让空桑人多年的复国愿望出现波折。然而，如今看来真的不必太担心了。

堕天的时候，白璎郡主十八岁。而如今，空桑太子妃已经一百一十八岁。

时光以百年计地流淌而过，有一些东西终将沉淀下去，成为过去。

"苏摩现在变得很强，我们一定要小心。"真岚皇太子的语气中收敛了笑闹，慎重叮嘱，"你们六个人每晚轮着出巡，也要防着他——你们虽然成了不灭之魂，但是六王的力量在打开无色城封印时几乎消耗殆尽。除了同时身负剑圣绝技的你，其他人恐怕未必是苏摩的对手。"

听得如此说法，白璎吸了一口气："那孩子……如今有这么强？"

"他不是孩子了。"头颅微笑了起来，再度纠正，摇头道，"这次归来，不知道是敌是友，小心为好。"

停顿了许久，真岚脸上忽然有悲哀的表情——这样罕见的神色出现在皇太子脸上让白璎吓了一跳。

"白璎，"真岚抬起眼睛，看着空茫一片的无色城，慢慢开口道，"这几天和那个中州丫头一起，忽然觉得很羞愧……那个小姑娘拼了命爬到了慕士塔格，就是为了想来云荒——中州人都说，云荒这边没有战乱，没有灾荒，这里的人都相互敬爱，尊重老人，保护弱小……只要来到这里，便不再会有一切流离苦痛。"

　　说到这里，真岚垂下了眼睛，黯然道："那天晚上天阙下面一群中州乱兵在强暴一个姑娘，带着我的那个小姑娘哭得很厉害，她大概觉得到云荒了便不会再有这种事了吧……但是……但是，要怎样跟她说，真正的云荒并不是一个如她所想的地方？"

　　"真岚，"白璎叹了口气，伸手拍拍他的手背，安慰道，"是他们想得太美，只要是阳光能照到的每一寸土地，都会有阴影的。"

　　"不，"真岚却摇头，"那时候我忽然很难受。其实，我曾有机会改变这个大陆的种种弊端啊！就在父王病入膏肓，我作为皇太子直接处理国政军政的那几年，我是有机会让一切变好的！"真岚笑了一下，眼神黯然，"可我那时候在干吗呢？和诸王斗气，反抗太傅，闹着要回到砂之国去——能做一点什么的时候，我又在做什么？看不惯空桑那些权贵的奢靡残暴，那时候我甚至想，这样的国家，就让它亡了也没什么不好吧？抱着这样的想法，在冰夷攻入的第一年，我根本无心抵抗。"

　　"其实，空桑是该亡的。"在只有两人独处的时候，白璎低低说出了心底的话，"承光帝在位的最后几十年里，云荒是什么样的景象？那样腐烂的空桑，即使没有冰夷侵入，上天的雷霆怒火也会把伽蓝化为灰烬吧！从塔上跳下去的时候，我对空桑、对一切都已不抱任何希望了。"

　　"那么，最后你为何而战？"想起九十年前最后一刻白璎的忽然出现，空桑皇太子微笑着问，"那时候虽然我说我必然会回来，可是看到冰夷居然设下了六合封印，其实心里也没有多少希望了——那样说，只是为了不让所有百姓绝望……但是，你醒来了。"

　　"为何而战？"白璎微笑了一下，眼神辽远起来，"为战死的父亲吧……或者为了你——不是作为我的'丈夫'的真岚，而是作为空桑人'唯一希望'的真岚。空桑该亡，但空桑人不该被灭绝。"

　　"唉，那些冰夷怎么会忽然出现在云荒大陆上？"叹了口气，真岚皇太子用手抓了抓头发，百年的疑问依旧不解，"还有，他们的首领是谁？怎么会知道封印住我的方法？"

两人在无色城里面面相觑，始终找不到答案。

天阙山顶上，孤零零的苗人少女百无聊赖地看着夕阳。

那笙一个人在林中空地里已经不耐烦地来回走动了上百次。太阳一分分落下，她的心跟着一分分下沉，周围密林里有看不见的东西活动着，发出奇怪可怕的声音，她忍不住哆嗦，却忘了自己戴着皇天，本不用惧怕这些飞禽走兽。

"他……他不会拿了东西就扔下我了吧？"她喃喃说，几乎哭了出来，"骗子！骗子！"

就在那时候，她听到了树林里"簌簌"的脚步声，还有慕容修的说话声："就到了。歇一下吧。"那笙欢喜得一跃而起，朝着身影方向奔过去，大叫："慕容修！慕容修！"

一条蛇无声无息地向她溜了过来，那笙一声惊叫跳开去。等看清楚那是一条会行走的藤蔓时，慕容修一行人已经分开树叶走了过来。

"哎呀！这是怎么了？"那笙看到慕容修居然背着杨公泉气喘吁吁地走来，而杨公泉一只脚已经肿得如水桶般粗细，不由得失声惊问。

"刚才被那个鬼姬吓了一跳，跑下山去一个不小心掉到一个坎子里去了，一窟的蓝蝎子……"杨公泉趴在慕容修背上哼哼，痛得咬牙切齿，"居然咬了老子一口！"

"才咬你一口算便宜了！"看到慕容修累得额头冒汗，那笙顿时对那个潦倒的中年大叔没有好气，"你可是踩了人家老巢。"

"那笙姑娘，让你久等了。"慕容修将背上的杨公泉放下，喘了口气，对那笙抱歉道。那笙看他辛苦，连忙递过一块手帕给他擦汗："没关系，这里风景很好，顺便还可以看看日落。"

慕容修看她的手直往自己脸上凑来，连忙避了避，微微涨红了脸："姑娘你继续看日落吧……我得快点给杨兄拔毒。"

"呃……"那笙怔了怔，拿着手帕杵在地上。

慕容修拿出随身的小刀，割开被绷得紧紧的裤腿。杨公泉的小腿变成了肿胀的紫酱色，一个针尖般大小的洞里流出黑色的脓水，他不由得皱了皱眉头，想起了《异域记》上前辈留下的一句话："天阙蓝蝎，性寒毒，唯瑶草可救。"

杨公泉看到慕容修皱眉，知道不好办，生怕对方会把自己丢在山上，连忙挣着起来："小兄弟，不妨事！我可以跟你们下山去。"

然而，他还没站稳，腿上一用力，大股脓水就从伤口喷了出来，溅了慕容修一脸。杨公泉也痛得大叫一声，跌回地上。

"算了，还是用了吧。"慕容修擦了擦脸，并未露出嫌恶的表情。迟疑了一下，仿佛下了个决心，转身将挂在胸前的篓子解下——那个背篓他本来一路背着，背上杨公泉之后便挂到了胸前，竟是片刻不离。

他没有打开背篓的盖子，只是把手探了进去，小心翼翼地拿出一件东西。那笙好奇地凑上去看，等慕容修摊开手掌后，握在他手心的却是一枝枯黄的草，她不由得大失所望。

慕容修摘下一片剑状的叶子，放在杨公泉腿上伤口附近，奇怪的事情发生了。缕缕黑气仿佛浸入了草叶里，被草叶慢慢吸收，延展上去。而那枯黄的叶子也发生了惊人的变化，先是变成嫩绿，然后变成深蓝，最后忽然化成了火，一燃而尽。

"瑶草！瑶草！"那笙还没拍手称奇，冷不防杨公泉死死盯着，脱口大叫起来，"老天爷，那是瑶草！"

"什么啊，那不就是苦艾嘛？"那笙撇撇嘴，一眼看出那不过是中州常见的苦艾，"少见多怪。"

"中州的苦艾，过了天阙就被称为瑶草。"慕容修笑了笑，调和两个人的分歧，"经过秘制后，被云荒大陆上的人奉为神草仙葩。"

"呀，那一定很值钱了？"那笙看着剩下那半枝"瑶草"，左看右看都不过是片苦艾，忽然沮丧无比，"原来云荒没有苦艾啊？早知道我背一篓子过来了！"

慕容修看她瞪大的眼睛，不由得笑了笑："当然不是所有苦艾都是瑶草，需要秘方炼制过了，才有克制云荒上百毒的效果。"

"啊……我明白了。"杨公泉看着面前的年轻人，恍然大悟，"你是中州商人！是拿着瑶草换取夜明珠的商人吧？"

慕容修有些腼腆地颔首，笑道："初来云荒，以后还请杨老兄多加关照。"

"哪里的话！小兄弟你救了我的命啊。"杨公泉连连摆手，然后踢了踢腿，发觉腿上疼痛已经完全消失，站了起来，"咱们快下山，寒舍就在山下不远处，大家就先住下吧。"

站起来时，杨公泉看了看那只背篓，暗自吐舌不已："天咧，一篓子瑶草！"

一行五人相互搀扶着走下山去，沿路上那笙左看右看，大惊小怪。

夕阳下，天阙上风景奇异，美如幻境，奇花异草、飞禽走兽皆是前所未见。有大树，身如竹而有节，叶如芭蕉。林间藤蔓上紫花如盘，五色蛱蝶飞舞其间，翅大如扇。枝叶间时见异兽安然徜徉而过，状如羊而四角，杨公泉称为"土蝼"，以人为食。又有五色鸟如鸾，翱翔树梢，名为"罗罗"，歌声婉转如人。

然而那些飞禽走兽只是侧头看着那一行人从林中走过，安然注视而已。那株木奴蜿蜒着引路，一路昂着梢头，"啪啪"在空气中抽动，发出警告的声音，让四周窥视的凶禽猛兽不敢动弹。

岩中有山泉涌出，色作青碧，渐渐汇集，顺着山路叮当落山。

"这就是青水的源头吧？"看着脚边慢慢越来越大的水流，慕容修问。

杨公泉点头："这位小哥的确见识多广——不错，这就是云荒青赤双河中，青水的源头。"

天阙之上，青水出焉，西流注于镜湖。自山至于湖，三千六百里，其间尽泽也，故名泽之国。是多奇鸟、怪兽、奇鱼，皆异物焉。其水甘美，恒温，水中多美贝，国人多鱼米为生。

——想起《异域记》的记载，慕容修暗自点头。

那个小姐本来一路啼哭，然而看到眼前的奇景也不由得睁大了眼睛，止住了哭声。

"真乃天上景象，非人间所有啊……"扶着她的书生本来心烦意乱，也不知如何劝慰表妹，此刻心境也好了起来，想起了什么，忍不住摇头晃脑地脱口念诗：

秦妃卷帘北窗晓，窗前植桐青凤小。

王子吹笙鹅管长，呼龙耕烟种瑶草。

慕容修扶着杨公泉，听得是中州那首《天上谣》，不由得摇摇头，看看这个吃了如此多苦头，却依旧把云荒看成天上桃源的书生老兄。

"哎呀！"那书生吟得兴起，忽然间额头撞上了一件东西，下意识仰头看去，不由得脸色惨白，一声大叫，放开手来便往后跳，身旁的小姐被他那么一推跌倒在地，抬头一看也惊叫起来。

原来路边大树上悬挂下来的是一个腐烂的人，横在树上的上半身已经只剩下骨架，下半身却完好，在树上挂着晃晃悠悠。

"是云豹。"杨公泉也退了一步，喃喃道，"云豹喜欢把东西拖到树上存起来慢慢吃。"

果然，话音未落，树叶间传来一声低吼。纯白的豹子以为有人动它的食物，从枝叶间探头出来，对着树下众人怒吼。木奴昂起梢头，"啪"地虚空抽了一鞭，算是警告。云豹藏起爪子，对着几个人吼了一声，懒洋洋继续小憩。

"哎呀，小兄弟你真是了不得，不但身手好，还通神哪？"看到灵异的树藤，一路上已经见识了慕容修许多厉害的地方，杨公泉啧啧称赞，"若不是遇到小兄弟，我这条命肯定是送在天阙了。"

"走吧。"慕容修笑了笑，也不多说，扶着一瘸一拐的杨公泉继续上路。

沿路看到很多尸体，横陈在密林间，想来都是从中州过来，却死在最后一关上的旅人。

"别小看这小土坡，那里死的人可不比这座雪山上少了。你能一个人过去，就算你厉害。"——忽然间，慕士塔格雪山绝顶上那个傀儡师的话响起在耳侧，那笙打了个寒战，一时间失了神，便一头撞上了一棵树，发出了一声惊呼。

树洞里露出一张腐烂的人脸，被菌类簇拥。

"呃……樗柳又吃人了。"杨公泉摇头叹气，忙招呼那笙，"快回来，别站在树下！小心樗柳把你也拖进去当肥料了。"

然而已经是来不及，那棵类似柳树的大树仿佛被人打了一下，忽然间颤抖起来，千万条垂下的枝条无风自动，仿佛一张巨网向着那笙当头罩下。

"哎呀！"那笙惊叫一声，下意识地抬手护住自己，樗柳枝条一下子卷住了她的手腕，往树洞里面扯过去——慕容修正待上前救助，忽然间，那棵树迅速松开，发出了一声凄厉的鸣叫，从树梢到根部都剧烈颤抖起来。叶子簌簌落地，整棵树以惊人的速度萎黄枯死，根部流出血红的汁液。

"啊？"那笙揉着手腕，向后跳开，看着眼前诡异的一幕。

"快过来！"慕容修一把上来拉开还在发呆的苗人少女，把她扯回大路上，远离那棵正在死去的樗柳，"没事吧？"

"奇怪……怎么回事？"那笙自顾自惊讶地看着那棵树，直到看到树根底下露出森森白骨，才皱眉转头不看，"我没事，放心。"

慕容修放开了她的手，上下打量了一番，微微吃惊："姑娘的右手怎么了？受伤了吗？"

"呃……是的，扭伤了。"那笙抬起自己包扎得严严实实的右手，看了看，心里猛然明白为什么那棵树无法奈何自己，连忙答应。

暮色已经越来越浓的时候，一行人到了山脚，底下的村落房屋历历可见，炊烟紫绕，阡陌纵横，看上去颇为繁华。

"山下便是敝乡……"杨公泉立住脚，站在山道上指着山下，介绍道，"是泽之国十二郡之一，因为这里靠着天阙，泽之国先民最早从中州来的时候，都说是桃花源到了，于是这里古老相传，就叫桃源郡了。"

"喏，那间没冒烟的破房子就是寒舍。"杨公泉苦着脸，指点着某处，"家里老婆子一定又是没米下锅了……我这次白跑了一趟天阙，也没带回什么可以吃的。只怕除了留宿各位，都没法待客了，先告个惭愧。"

慕容修看着杨公泉面有菜色，衣衫褴褛，想了想，从背篓中拿出一枝瑶草来，放到他手心："杨兄不必烦恼，待下了山，拿这枝瑶草去卖了，也好将就过日子。"

杨公泉大喜，连忙一把攥住了，连连道谢不迭，竟连腿上也不觉得疼了。

"我也要！"那笙在一边看得心动，大叫。那一对书生小姐只是远远看着，目露羡慕之色，但读书人毕竟自矜，并未开口。

慕容修沉吟了一下，走过去将方才给杨公泉治伤留下的半枝瑶草递给那位书生，拱手道："虽素昧平生，但毕竟和这位兄台一路同行——分别在即，些微薄物，兄台也好留作纪念。"

书生把瑶草拿在手里，知道此物珍贵，心知对方是出于怜悯自己两人不幸，心中顿时狷介之气涌起，便想谢绝，但转念一想前途茫茫，身无长物去到云荒终究不好，便不由得低头受了，也拱手回礼："如此，多谢慕容兄大礼，此恩此德，没齿不忘。"

"我呢？我呢？"看到慕容修拿出瑶草分赠左右，那笙越发心痒，伸出手，掌心向上伸到他面前。然而慕容修只是看了她一眼，淡淡道："那笙姑娘，女仙托付在下沿路照看你，你衣食起居自然不必担心，又何必索要瑶草呢？"

那笙不服："我只是好奇要拿来看看嘛，小气。"

慕容修没去看她，只是低头看着她包扎得严实的手，笑笑："或者，姑娘如果愿意拿手上的东西跟我换，那也是可以的。"

那笙看到他温厚然而锐利的目光盯着自己包裹好的右手，猛然烫着般跳了开去，红了脸："什么、什么嘛……发臭的绷带你也要？真奇怪。"

慕容修笑笑，不再多话，继续赶路。

再走了一程，旁边杨公泉猛然惊呼起来："快看！怎么回事？这些人都死了！"

一行人闻声过去，看到杨公泉正在山道边翻看几具新死的尸体——暗淡的斜阳下，只见那几个人也是中州打扮，风尘仆仆衣衫褴褛，堆叠在一起。

然而，令人惊讶的是，那些人致命的原因，却不是刚才沿路上看见的凶禽猛兽所为——身上的断箭，遍布的刀痕，显然是被人屠杀。

这里离山下已经很近了，难道又有强盗出没？

正在想的时候，山下草丛忽然分开，几十张劲弩从草叶间露出，瞄准了这一行人。

杨公泉看到那些弓箭手一色青白间杂的羽衣，认得那是泽之国官衙中行走的卫队，连忙挥手大叫："官爷莫射！官爷莫射！这些都是中州来的百姓，不是强盗歹人！"

"就是要杀中州来的！"带头的侍卫一听，反而冷哼一声，一挥手，"今早郡守大人接到传谕，凡是今日从天阙东来的人，通通杀无赦！"

声音一落，劲弩呼啸而来，一行人连忙躲避，往后逃去。那位小姐脚小走不动，跌倒在山路上，身旁那位书生想拉她，但是劲弩如雨般落下来，顿时将他们射杀在当地！

"快跑！"慕容修一把拉住了那笙，回头狂奔而去。

夜色笼罩了云荒大地，仿佛一块巨大的黑色天鹅绒轻轻覆盖上了明净光滑的镜湖。雾气弥漫在一望无际的湖面上，似乎在云荒大陆中心拉开了庞大的纱幕。

雾气烟水中，影影绰绰，无数幻象在夜幕下游弋。

星垂平野。天狼已经脱出了轨道，消失在地平线以下。然而昭明星却出现在云荒上空，白色而无芒，宛如飘忽的白灵，忽上忽下。那是如同天狼一样不祥的战星，它所出现一宿的相应分野，必将会兴起战争。

夜幕下，同时默默仰望那一颗战星的，不知道有几双眼睛。

"哎，汀，你看……"一个坐在篝火旁边的黑衣男子拉起披风，阻挡入夜的寒气，望着天空，招呼旁边汲水过来的少女，"是昭明星啊！天狼已经脱离了轨迹，现在昭明也冒出来了……云荒看来是又免不了大乱一场了。"

"对主人来说，无论这个天下变成怎样，都无所谓吧？"水蓝色头发的少女提着水笑吟吟地走过来，从行囊中取出一个皮袋，"反正主人只要有酒喝、有钱赌就可以了。"

"呵呵，你昨天还说没有酒了？"接过皮袋晃了晃，听到里面的声音，黑衣男子开心地大笑起来，"汀，你这个小骗子。"

"明天才能到桃源郡，我怕主人喝光了，今天晚上就要馋了。"那个叫作汀的少女开始借着火光准备晚饭，把鲜鱼剖开放在火上烤着，噘起了嘴，"但是，我说啊主人，你就不能一天不喝酒给汀看看吗？"

"你就不能不叫我'主人'吗？"仰头喝了一大口，擦擦嘴角，黑衣男子皱眉道，"小家伙，说过多少次了，不许这样叫——我又不是那些把鲛人当奴隶的家伙！"

汀用汲来的清水洗着木薯和野菜，抬头对着黑衣人微微一笑："正是因为主人不是那种家伙，汀才会叫主人主人的呀。"

被那一连串的"主人"弄得头晕，黑衣男子明知辩不过伶牙俐齿的汀，只好拿起皮袋来喝了一大口，却发现里面的酒只剩下几滴了，更感觉郁闷，嘟哝道："如果走得快一些，大约明天下午就能到桃源郡了吧？听说那里有家如意赌坊，里面老板娘酿的一手好酒……"

"主人先别引馋虫了，吃鱼吧。"听到黑衣人肚子呱呱叫，汀忍不住笑了起来，把烤好的鱼递到他手里，然后又低下头去削块茎的皮。

黑衣人拿着用树叶包好的鱼，却没有吃，只是借着泯灭的火光看一边辛勤劳作的少女。

虽然已经一百多岁了，作为鲛人的她还像个孩子，身材很娇小，手和脚踝都很纤细，仿佛琉璃般易碎。汀有着一头美丽的水蓝色长发，这种明显的特征，在云荒上无论谁都能一眼认出这位少女的鲛人身份——为此，不知道曾有多少官府的人在街上拦截住两个人，要求看起来落魄潦倒的他拿出这个鲛人的丹书，以证明他的确是她名正言顺的主人。

这样的盘查全部以他拉着汀逃之夭夭，背后留下一堆被打倒的士兵而告终。

"汀。"看着她，他忍不住叫了一声，等她放下手中的野菜，转过头来询问般看着他时，他叹了口气，"跟着我太辛苦了，经常在野外露宿，吃的是野菜，时不时还要遇到决战的对手，不知道死在哪里……这可不是女孩子该受的。我觉得你还是自己走吧，反正你的丹书我早烧掉了，你是自由的。"

"主人，看来你又喝糊涂了。"汀白了他一眼，毫不客气地将一大片烂菜叶子丢到他脸上，"我不在，你喝醉酒躺到马道上谁拖你回来？我不在，你难道天天吃生鱼啃生菜？我不在，你又输光了谁去赎你？"

"呃？"烂菜叶子"啪"的一声拍到黑衣人脸上，想了想，他倒真的想不出那几个"我不在"会如何收场，讷讷半天，终于抓抓头发笑了起来。为缓解尴尬，他捏住菜茎把贴在脸上的菜叶子扯开来，放在眼前看了看，"好大一株葵蕨啊……"

"是红芥！"汀没好气地翻翻眼睛，"连这些都分不清，看不饿死你！"

晚饭终于完成了，汀坐到了他身边，用树叶包着野菜饭团，一小口一小口地吃。许久，看着旷野上显得分外璀璨的星空，忽然开口道："主人，其实我真的很想跟你去桃源郡……我想去看看'那个人'。"

显然知道少女想见的是谁，黑衣人微微皱眉："你真的相信那个传言吗？你觉得那个人真的就是你们鲛人的海皇？"

"嗯。"汀转过了头，很认真地看着主人，点头道，"复国军里其他姐妹兄弟都说，近日鲛人的英雄就要返回云荒了！复国军的左权使预先通知了他的到来，各位兄弟姐妹都想去桃源郡迎接少主的归来！"

"你们传言里的那个救世英雄是叫苏摩吧？"黑衣人看着星空淡然摇头，他年纪看起来在三十岁左右，眼睛很深很邃，笑起来的时候有风霜的痕迹，冷笑道，"那家伙算什么英雄？如果不是他，白璎怎么会从那么高的地方跳下去……"

"那些空桑人活该！"汀冷笑起来，那个笑容让她本来明亮纯真的脸忽然冷酷起来，"还说我们鲛人卑贱，不是人是畜生——这样说来，那个迷恋上鲛人的空桑人的太子妃岂不是更贱？"

"住口！"黑衣人猛然沉下了脸，厉斥道。

然而正在说得畅快的汀没有听从，继续宣泄："海皇回来了，龙神也一定会腾出苍梧之渊。等我们鲛人重新复国，就把云荒上所有人都通通杀……"

"啪！"黑衣人眉间怒气闪现，不等她说完，一扬手将汀打倒在地。

"主人……"嘴角被打出了血，汀愣了一下，挣扎着从地上爬起，忽然哭了起来，抱住他的脚，"对不起，我知道错了！我忘了白璎郡主是主人的师妹……但是、但是我一想起那些空桑人，我就忍不住……"

"汀……你知道你现在说话像什么？和那群你所憎恨的禽兽没区别

了！"黑衣人叹了口气，低下头抚摩她的长发，看着她，沉声问，"你想杀光所有空桑人和冰族是吗？可我也是空桑人啊！"

汀抽噎着，讷讷道："可主人是好人。"

"我以前也杀过很多人，也养过鲛人奴隶。"他的目光深远起来，微微叹息，"没有任何一种东西是绝对的。汀，你还太小，不了解这个世间的复杂纷繁——但是，既然你跟着我走遍云荒，希望你能从中学到让你成长的东西，让你的心能容下黑夜与白昼。"

"嗯。"汀用力点头，抱住他膝盖，"主人，我会好好学的，你千万不可以扔下我。"

黑衣人微笑着拍了拍她的头："小家伙，我如果要扔下你走掉，你哪里能跟得上啊？好了好了，别哭了，你看眼泪都一大把了，连我们走到中州去的旅费都够了呢。"

他抹着汀的脸，为她擦去泪水，然后展开了手掌，掌心上一把泪滴状的明珠熠熠生辉，那就是被称为"鲛人泪"的明珠——鲛人织水成绡，坠泪成珠。陆上之人对珍宝无止境的贪婪，也是鲛人一族世代遭到捕猎，被蓄养为奴的重要原因。

汀连忙擦眼睛，在草地上寻找散落的珍珠——自己已经很久不曾哭过了，此刻多攒一点，日后也可以换钱。

沉默许久，黑衣人的声音黯然下去，看着星光下天尽头那座白色的塔："多高的塔啊……那丫头就眼一闭跳了下去。想想那个时候她的心情吧——刚听说那个消息的时候，我一瞬间想把所有鲛人通通杀光！"

"主人，"听到那样充满杀气的话，汀有些畏惧地问，"你、你也曾那么憎恨过鲛人吗？那为什么空桑人被激怒，要屠杀帝都所有鲛人的时候，你却拼了命地袒护我们呢？如果不那样，主人您也不会被驱逐啊。"

"呵……跟你说过，没有任何一种东西是绝对的。"黑衣人笑起来了，摇摇头，"以杀止杀是永远没个头的啊……身为空桑大将军，剑圣的传人，让我屠戮手无寸铁的奴隶？我做不到——当然了，也是因为那时候可爱的汀用那双大眼睛一眨不眨地看着我吧？"

他笑着，转身躺下："你吃吧，我饱了。"

汀红着脸啃了几口，忽然忍不住开口："主人……"

"嗯？"在篝火旁躺下，黑衣人用披风裹着身子，把靴子垫在头底下已经"熏然"昏昏欲睡，心不在焉地应了一声，睡意沉沉。

"我小时候眼睛很大吗？"汀咬着木薯，探过头照了照桶里的水，沮丧道，"为什么现在反而一点都不觉得比常人大呢？难道是我的脸长胖了？"

许久没有听到回答，汀回过头，看见黑衣的主人已经枕着靴子酣然入睡。

"这样都睡得着……真是云荒最'强'的剑客啊。"少女微微摇头苦笑，"居然不觉得靴子臭？"

同样的星辰照耀之下，镜湖上，骏马的双翅轻轻掠过湖面的雾气，烟水中腾起。

飞马背上，今夜领军的却是一朱一青两名男女骑士。

"青塬，你看——昭明星出现在伽蓝城上空！"勒马望天，朱衣女子喃喃地对同伴说——她已非青春年少的少女，一举一动都有成熟女子说不出的动人风姿，美艳而尊贵。她掠了掠发丝，看着天空，"唉……平静了九十年，终归要打仗了。"

然而青衣少年没有回答，只是看着远处伽蓝帝都的方向，忽然道："红鸢，沧流军团！"

所有马上的骑士都齐齐一惊，朱衣女子手一挥，身后所有的黑衣骑士陡然幻灭无形。她转头看过去，只见星光下，远处伽蓝白塔顶端仿佛有一片乌云腾起，飞速向着东方掠去。

映着明月，可以看见那些乌云般云集着迅速移动——那居然是展开双翅的黑色大鸟，排成整整齐齐的列队。然而奇怪的是，那些翅膀却是不曾如同一般鸟类般展动，而只是平平掠过空气，发出奇怪的声音。

"是'风隼'！"红衣女子失惊，"他们从伽蓝城里派出了风隼！"

除了那次鲛人造反之外，几十年来，没见过沧流帝国方面出动过军团中的风隼。看来这一次十巫是动真格了……东方慕士塔格雪山上的事情，这么快就被冰族得知了吗？

"什么？"吃了一惊，少年青塬看着天空，勒住了天马，"冰夷不是严禁国人相信怪力乱神的东西，说那是空桑流毒吗？可现在……他们居然乘着神鸟飞天？"

"那不是真的鸟，青塬。你不经常出来巡逻，所以没有看到过它们吧？"叫作红鸢的女子温和地微笑着，耐心地向年少的同僚解释，"那是木头和铝片做成的木鸟——完全是靠着人手技艺做成的机械。那些木隼从六万四千尺的白塔顶端滑翔而下，空中转折轻灵，可以三日三夜不落地，飞遍整个云荒。"

"木鸟也能飞？"青衣少年抽了一口冷气，看着天空，"那些冰夷，奇技淫巧竟能一至于此？不用神力，也能上天入地？"

"沧流帝国制造这些东西，也是预备着将来和无色城开战吧？不然如何能对付我们的天马和冥灵战士？"红鸢点头叹息，目中流露出担忧之色，"据说，除了风隼之外，沧流帝国的征天军团里面，还有更高一级，能翱翔十日而不落的'比翼鸟'，以及至今谁都没有见过的'迦楼罗金翅鸟'。"

"他们那么强？"青塬喃喃自语，脸有忧色，"如果这样，我们空桑人要重见天日，不知道要等到什么时候了。"

"后悔了吗，青塬？"红鸢笑了起来，看着少年，"当日如果你跟着父亲投靠冰族那边，如今该在北方九嶷那里封地为王了呢！哪里用过着这种不见天日的生活。"

"赤王，你不要讽刺我了。"青塬低头笑笑，"我哪里后悔过。"

赤王红鸢没有说话，看了看这位诸王中最年轻的青王，忽然点点头：

"那么我问你，当年你为什么不和你父王走？为什么要和我们其余五部之王留守伽蓝这座孤城呢？谁都知道伽蓝城迟早要完了，你哥哥都随着你父王走了，你为什么不走呢？"

"赤王，你怀疑我吗？"仿佛受了伤害，青塬猛然抬头看着年长自己一轮的女子，"我为了空桑已经把命都献上了，你还要我用什么来证明自己？！"

"别生气。不愧是夏御使的遗腹子……在这糜烂的王朝里，还是有风骨的。"红鸢掠了掠头发，悠然笑了起来，低下头拍拍马脖子，"我们快点回去把冰夷出动风隼的消息禀告皇太子和大司命吧！"

天马昂头长嘶一声，展开双翅。

在骏马腾空之时，美丽的赤王回头看了一下云荒的东方："奇怪……皇太子都返回了，那些风隼为什么还要前往东方呢？"

同样的星空下，有人凭窗而望。那是一名中年美妇，身着雪青洒花百褶裙，红绫抹胸，丰肌胜雪，颈中挂着白玉璎珞，臂上戴着翡翠点金臂环，长发绾起，用一支五凤含珠簪绾住了。眉如黛画，目横秋水，却是裹着浓重的风尘味儿。

这个显然是风尘中打滚的女子，却只是仰望着天空，那些近在咫尺的喧闹声、吆喝声、笑谑声、推牌九掷骰子声，全都到不了心头。她看着天尽头那座矗立在夜幕下的白色巨塔，喃喃自语："昭明星都出来了……乱离起了，他……也该来了吧。"

"如意夫人！来来，一起喝个同心杯吧！"身后忽然伸来一只手，搂住她的肩膀，醉醺醺地嚷着，酒气扑面而来。那位被称为如意夫人的女子被打断了心思，暗自皱了一下眉头，脸上却堆起了笑，转过身去："哟，薛爷今夜气色好得很啊，应该是赢了不少钱吧？"

"嘿嘿，是啊！老子今夜手风好得紧！来来来，老板娘快来喝一杯……"满脸红光的汉子大笑着揽着女子，把喝了一半的酒盏递到她面前，"你们坊里酿的'醉颜红'，可如同夫人你一样让人一闻就醉醺醺……"

如意夫人也不推辞，笑着低下头就着他手里的酒盏喝了一口："如意赌坊果然能如薛爷的意吧？以后薛爷可要多多照顾才好呢！"然后转头挥了挥帕子，大声唤，"翠儿！你个小妮子死哪里去了？还不快过来招呼薛爷去那边下注发财？"

好容易应付了那些客人，赌坊的老板娘转到了屏风后。旁边的喧闹声不停传来，灯红酒绿，觥筹交错，卷袖划拳之声震天响，如意夫人却是避开了众人，独自继续对着夜空发呆。

"夫人。"忽然间，贴身侍女采荷匆匆从内而出，脸色惊疑不定，疾步凑到如意夫人耳边，低声道，"夫人，内堂有个人在那儿说要见你。"

如意夫人正在出神，冷不防吓了一跳，劈头骂了一句："小蹄子你昏头了？有客来也是从外头进来，怎么说在内堂等？"

"不，"采荷脸色白了白，咬着唇角，指了指内堂，"那个人不知道怎么就进去了！外边那么多姑娘小厮，居然都看不住！夫人……我看那个人有点邪呢。"

"哦？"听得侍女这么说，如意夫人不但没有惊惧，眼睛里反而闪出了光亮，身子蓦然颤抖起来，推开采荷往里疾步就走。

内室还如她出去之时那样只点了一根蜡烛，光线暗淡，家具的影子在四壁上投下扭曲怪异的影子，影影绰绰。如意夫人一进去就反手关了门，想点起四周的灯来。

"不用点灯了，反正也看不见。"忽然间，一个声音从房间的阴影里面传出来，冷淡而疲倦。水声"哗啦"响起，一个人拧着湿淋淋的头发，将头从脸盆上抬起。

昏暗的烛光下，如意夫人看到了一头湛蓝色的长发——那是同族的标志。虽然是男子，但陌生来客的十指上都戴着奇异的戒指，上面牵连着微微反光的透明丝线——丝线的另一端，连着一个放在他怀中的小偶人。

　　如意夫人怔怔看着阴影中的陌生来客，那个高大男子的整个人都在黑暗里，只看得见轮廓。一束烛光投射在他侧面，让半张脸在黑暗中浮凸出来，如同雕塑。

　　虽然只是那样的半面，却已经让阅人无数的如意夫人惊得呆住。

　　"你、你是……"她颤抖着声音，看着站在黑夜里的那个人，因为激动而说不出话来。黑暗中浮凸的半张脸上忽然有了个奇异的微笑，将手巾扔到了脸盆里，从阴影中缓缓走了出来，伸出手来："如姨，不认得我了？一百年了，你们还在等我回来吗？"

　　"苏摩少主！"如意夫人蓦然间扑过去跪倒在那个人脚下，抱住了他的双脚，用额头触碰他的脚尖，激动得哭出声来，"沧海桑田都等你回来！"

七·桃源

　　夜色笼罩住桃源郡的时候，一座破落茅舍外响起了急促的敲门声，惊起邻家黄狗声声号叫。那敲门之人一哆嗦，左右看了看，压低声音急促地哀求："老婆子，老婆子，快点开门！"

　　"谁啊？"房内一灯如豆，传来一个妇人有气无力的问话声，拖曳着脚步过来。到了门边，一听门外男人的声音，那个妇人倒立双眉，不但不开门，反而隔着门叉腰大骂："死老贼！一整天死去了哪里？家里灶冷锅破，米也没一粒，菜也没一颗，是想饿死老娘啊？亏你还有脸回来！"

　　被她大声一骂，邻家黄狗叫得越发大声，扑腾着要过墙来。

　　"老婆子，老婆子，先开门好不好？"杨公泉生怕惊动邻居，用破袖掩着嘴，小声地哀告，"让我先进去，你再骂个够，啊？"

　　妇人冷笑了一声："骂？要骂也要有力气！嫁了你这个窝囊货，老娘就是个饿死的命！""啪"的一声，把门一摔，径自进屋去了，一路上骂个不停。

杨公泉沉着脸进门来，没有同平日那样低声下气地哄老婆，只是从屋角缸里舀了一瓢水喝了，抹抹嘴，坐到了那盏昏黄的豆油灯下，任由妇人唠叨，从袖子里摸出一物来，在灯下晃了一晃，斜眼看那妇人："你看，这是啥？"

妇人瞟了一眼，冷笑起来："几片破叶子也当宝？穷疯了不成？"

"妇人家见识！"杨公泉鼻子里不屑地"哼"了一声，将那枝草叶子放在烛火上方，稍微烘烤了一下，忽然间那片枯黄的叶子颜色就起了奇异的变化，馨香满室。

"哎呀！"妇人看得呆了，用力揉了揉眼睛，"天哪，那是什么？"

"瑶草！没见过吧？"杨公泉扬扬得意，将草叶子从灯上拿开，"知道值多少钱吗？说出来吓死你！"

妇人想拿过看看，杨公泉却是劈手夺回，自己袖了，冷笑道："你个死老婆子，多年来蛋也不曾下一个，成日只是唠唠叨叨，受了你多少气！这回得了奇宝，我买良田美宅自己享着，娶房年轻女子，再不用每日听你数落。"

妇人听得杨公泉这般说，心下倒是慌了，脸上堆起笑来，扯他的衣袖，低声下气道："你莫不是真的恼了我吧？我也是为你好，何曾真的嫌弃过？"

杨公泉冷哼了一声，转向壁里坐着。妇人再上前软语求饶，他只是不理。

妇人说了几句，也觉得尴尬，便也顿住了口，一时间房子内安静得出奇，只听得风声"嗖嗖"穿入破了的窗纸间，吹得桌上灯火乱晃，瑟瑟生寒。静默间，妇人忽然捂着脸，呜呜咽咽了起来："嫁了你十几年，顿顿吃不饱，能一句不说吗？我若真嫌你，早另寻出路了，哪还能天天在这里挨饿？"

杨公泉叹了口气，转过脸来看着自家老婆干草叶似的脸，粗服蓬头，四十多的妇人已经白了一半头发，心下也是恻然。于是也放缓了语气，开口问："今日吃了饭不曾？"

妇人听丈夫开口问她，喜得笑了起来，一边擦泪一边道："你昨日出门后，已经两天没揭锅了，哪里来的饭？"

杨公泉惊道："为何不去隔壁顾大姊家借些米下锅？"

"哪里还好意思去？"妇人擦擦眼睛，苦笑道，"前些日子陆续借了一升了，一次都没还过。平日抬头见了，人家即使不催，我这脸皮还是热辣辣的。"

说着妇人站起，走入灶下，端了个破碗出来，放到桌上，里面盛着一块枣糕："前日东边陈家添了个胖儿子，分喜糕给坊里邻居——我怕你出门回来肚子空空，就给你留到现在，只怕都有些馊了。"

杨公泉拈了一角尝尝，果然已经发馊，眼角不由得潮了："老婆子，苦了你了。"

妇人强笑道："你这几日去了哪里？怎生得了这个宝贝？"

"唉，我左思右想，实在找不出什么法子，便想去天阙那边的雪山上碰碰运气。"杨公泉便把这两日遇到的事一五一十说给老婆子听了，叹了口气，"最后下山的时候，那群官兵不由分说就要砍杀我们，几个人便散了。幸亏那时天黑了，我又熟悉天阙山里的路，爬爬滚滚下得山来——不知道慕容公子他们如何了。"

"哎呀！难怪今日村里人都说官府好多人来封山，凡是从山那边过来的人通通杀了，尸首都堆在路上。"妇人听得胆战心惊，苍白了脸，狠狠拧了他一把，"死鬼！你如何跑到那里去了？不要命了？被官府知道了可要捉去杀头！"

"不拼出命来，哪里得来这宝贝。"杨公泉笑，把那枝瑶草放到老婆手上，"你好生收着，找个时间去镇上卖了，然后买房买地，好好过日子。"

妇人欢喜得了不得，慌忙细心拿帕子包了："你也饿了吧？待我去弄些酒菜来，好好吃一顿。"

杨公泉看着妇人出去了，一个人抱膝坐着，在漏风中缩了一下头，心下又后悔起来，觉得不该被一块馊了的糕所动，便把那枝瑶草这样交付了老婆，存下来做私房钱才是正经主意。肚中饥饿难忍，在榻上辗转反侧。

窗外忽然传来一阵窸窣之声，刚开始他还以为是风吹窗纸，然而那声音却是一直前行到了门外，然后停住。杨公泉悚然惊起，在榻上竖起耳朵听外面的动静。只听外面果然有人压低了声音在说话，语音颇为耳熟。

杨公泉明白了是谁，不由得松了一口气。听得窗下轻轻一响，开了一条线，四只眼睛齐齐排着看进来。屋里灯光暗淡，还不等两人看清楚，窗子却忽然"吱呀"大开了。那笙失声叫了起来，引得隔壁黄狗又吠了起来。

"嘘，快进来！"杨公泉本来想吓一吓两个人，反而被那笙吓了一跳，连忙过去开门。慕容修拉着那笙进门来，杨公泉左右看了看，发现没有惊动邻居，立刻闩了门，在灯下将两人从头到脚看了看，又惊又喜："慕容公子，你们怎生逃下来的？让我白担了半日心！"

"我们在山上藏到了天黑，木奴回去找了鬼姬来，让比翼鸟送我们下山来的。"慕容修也是一脸的疲惫，却依旧应对从容，"幸亏还记得老兄你白日里指过的家舍方位，便摸黑带着那笙姑娘投奔了过来——在下冒昧，麻烦杨兄了。"

"哪里的话！"杨公泉搓着手笑了起来，忙把两人往里让，"没有慕容公子，我早在天阙上被强盗杀，被野兽啃了！"

杨公泉看看家里别无长物，只能舀了两碗清水过来，苦笑道："我家老婆子刚出去买吃食了，两位稍等就好。"

疲惫交加，慕容修道了声谢，便接过来一气喝下。

那笙却是怔怔地坐着，忽然落下泪来。

"怎么了？"慕容修喝了水，缓了口气，吃惊地看过来。

"那个姑娘的命真是苦……一路吃了那么多苦，眼看就要和相公逃到云荒了，却惨死在山脚。"那笙擦着眼泪，眼眶红红，"我没办法帮到她。"

"唉，女人命苦，多半是因为跟错了男人——你没见被强盗掳掠来一路上那个书生的孱头样子！"杨公泉也跟着叹了口气，看着面前一对风尘仆仆的青年男女，笑谑道，"哪儿像那笙姑娘有眼光，托付到慕容公子这样的人！"

那笙正在喝水，听得这句话差点呛住。慕容修也顿时闹了个大红脸，连连摆手："杨兄，你误会了……"

一语未落，听得外头拍门声响起，屋里三人立刻噤声。

"死鬼！关门干吗？老娘手里拿满了东西，怎么开？"外面妇人声音嚷了起来，用脚踹着门，"重得不得了，快来开门！"

"不妨事，是老婆子回来了。"杨公泉舒了口气，上去开了门。

那妇人一脚跨进门来，自顾自唠唠叨叨数落，只见她左手抱着一斗米，米上放了一块熟牛肉，几样杂碎，右手提了一壶酒，还捉着一只"咯咯"乱叫的母鸡。

"如何买那么多？"杨公泉关了门，一回头看见妇人这样也呆了，脱口而出，"你这是要开店吗？"

"老头子，这两位是……"妇人却看着房内两位不速之客，惊疑不定。

"哦哦，老婆子，这就是我方才对你说的慕容公子和那笙姑娘！"杨公泉连忙过来介绍，"可是我的救命恩人，不然我的命早送在天阙上了——这是我家老婆子，娘家姓黄。"

两头介绍了，分别行礼见过，黄氏便将满手的东西放下，堆起笑来："两位是贵客！少坐，正好买了东西，待我下厨切了送上来——老头子，你陪着客人说话。"杨公泉唯唯诺诺惯了，不由得便答应了，坐着陪两人说话。黄氏转到了后面灶间去切菜。

少时便料理好了，那笙帮着端了上来，满满摆了一桌子，四人围着入座举筷。一个个都是饿得狠了，竟是顾不上客套，闷头吃了起来。等吃得差不多，才吐了口气，斟上酒来。黄氏代自己丈夫敬了慕容修一杯，堆下笑来，问："公子从中州来，可是要去叶城做买卖？"

慕容修点点头："小可带了些货物，准备在泽之国出手一些，然后便去往叶城。"

"如此，便多留几日。外头这几日不知怎的，只管要砍杀天阙东来的客人，公子两人还是先避过风头再上路。"黄氏言语伶俐，殷勤留客，"只管在我家住下，也好报公子救命之恩。"

"多谢了。"慕容修忙用手拉了拉那笙衣袖，两人一起谢了。

不一时吃完，黄氏让丈夫收拾碗筷，自己下去整理了一间多年不用的房间出来，家里被褥只有一套，又不好出去借，只得将自己房里的破褥子抱了出来铺上，出来对慕容修道："只有两间房，被褥也破烂，让两位见笑了——将就着宿一夜，明日便去买新的来。"

"什么？"那笙倒没看那床破被子，跳了起来，指着慕容修，"要、要我和他住一夜？"

"怎么……两位不是夫妻吗？"黄氏不明底细，只听说两人是一同从中州来，年貌相当，又不像兄妹，便如此猜测。

"不是不是，夫人误会了！"慕容修红了脸，连忙摆手，"我在外面桌上趴一宿便是了，不必费心。"

"啊？"黄氏生性精明，见慕容修为难，沉吟间便有了主意，"这样吧，如果那笙姑娘不嫌弃我这个老婆子，晚上就和老身歇一处，慕容公子和我家老头一间，如何？"

"好，好。"慕容修舒了口气，连连点头。

那笙斜了他一眼，见他绯红了脸，看上去更见俊秀，心下忽然大大后悔。

入睡前，黄氏端了盆水来，招呼那笙洗漱，一眼看见那笙右手上包裹得严严实实，便惊道："姑娘可是受了伤？如此包着可要烂了伤口，快敷点草药才好。"

那笙吓了一跳，连忙把手放到背后："不用不用，没受伤！"

黄氏愣了一下。旁边慕容修只是冷眼看着那笙的窘态，嘴角露出了一丝笑意——果然，是为了掩饰什么吧？作为商人，他天生对宝物有一种奇异的直觉，那笙身上那种无以言表的贵气是他从未遇见过的。如果能想办法从这个头脑简单的女子手上换取宝物，那应该不虚此行。

慕容家大公子心里打着算盘，却不料同时那个计算中的少女也在计算着他，心心念念要钓金龟婿。

两个各怀心思的人，就这样开始了相依为命的异乡跋涉之途。

那笙洗了很久，洗下满盆的灰尘污垢来，原本黝黑的脸顿时变得雪白晶莹——虽然五官平常，但是长眉大眼，鼻子翘翘的，看上去倒也爽利喜人。她照照水面，满足地叹了口气。这一路的颠簸总算到头了，也算看到了自己干净的脸。

"姑娘生得真端正。"知道女孩子爱美，黄氏在一旁夸了一句，那笙美滋滋地擦干脸解散头发梳理起来，转过了身。然而转身之间，忽然呆住——

慕容修也掬水洗漱完毕，散开一头墨似的长发重新打了个髻。原本风尘仆仆的时候还不大显真容，如今一旦尘垢去尽，只见丰神俊秀，便是潘安再世、宋玉重生也不过如此。

"啊呀。"那笙看得呆住，手里的梳子"啪"的一声掉到地上。黄氏虽是快半百的年纪，此刻乍一见居然也看得发怔。

慕容修转头一看这两个女人直勾勾地看着自己，心下大窘，脸上不觉一热，忙进了里间。

那笙还在发呆，黄氏却回过神来，拉了一把刚烧了水进来的丈夫，把他拉到厨下，压低了声音急急道："老头子！这位慕容公子只怕有些怪异——生得也太俊了。"

杨公泉失笑："老婆子你年纪一把，怎生看到英俊后生也动心了？"

黄氏摆摆手，示意他低声："嘘……不是，我是觉得他俊得太过了。你不觉得那样的面容，竟然活生生像个鲛人吗？"

"鲛人？"杨公泉吓了一跳，立刻否认，"不对不对，鲛人都是蓝发碧眼，慕容公子可是黑发黑眼睛，和我们一样——而且，他明明是从天阙那边来，中州哪里来的鲛人？"

"这倒是。"黄氏想了想，依然心事重重，"私自收留鲛人可是死罪！老头子啊，我眼睛老跳个不停，只怕留下他们会引来大祸呢。"

"胡说，哪儿有那么巧……一定也是和我一般运气不好撞上日子了。"杨公泉压低嗓子呵斥，但是忽然顿了顿，声音也犹豫起来，"不过……方才我无意看见那小哥的耳后，似乎真的有鲛人那样的鳃？"

"真的有？"黄氏也吓了一跳，"我就说他是个鲛人！这回可惹了大祸了！"

"但是，鲛人不是都和鱼一般全身冰冷？可我碰了碰他的手肘，明明是温的。"杨公泉分解，但毕竟是安分守己的百姓，心里也有点惴惴不安，"而且他的头发、眼睛，都不似鲛人的样子啊！"

"反正是个祸患，还是不要往家里招了。"黄氏压低了声音。

杨公泉为难："人家救了我的命，总不成赶人家走吧？"

黄氏冷笑说："救你命是顺手罢了，如果官府查过来，可是连坐！那时候要赔老娘的命进去——进一出，你说是赚了还是亏了？"

"人家说不定不是歹人，是规规矩矩的客商。"杨公泉压低声音回答，终究没忘了爱财，低声道，"人家有一篓子瑶草哩！咱们招待好他了，能短了好处？"

"喊！没见识的老骨头！"黄氏不屑地冷笑一声，在暗中戳了丈夫一指头，"指望人家手指缝里漏一点下来，还不如……"

"嘘。"杨公泉唬了一大跳，连忙去堵老婆的嘴巴，仔细听了听隔壁的动静，低声骂，"糊涂！你活得不耐烦了，敢打人家主意？你知道那个慕容公子多厉害？连天阙上的鬼姬都和他客客气气说话！你几个胆子敢这么想？"

"那……报官如何？"黄氏想了想，继续出主意，"说这两人是今日从天阙那边过来的——让官府来，咱还能拿些赏钱。"

"作死！"杨公泉冷笑，骂了一声，"我是和他们一路过来的，官府来了他们一攀供，还不把我也抓进去？"

这么一说，黄氏倒是不言语了，过了半天，笑了一声，道："说的也是，老头子，去睡吧。"

杨公泉叹了口气，也回房去睡，喃喃道："不过这两个人的确来路蹊跷，留得久了也怕是惹祸……怎生打发他们快些上路才好。"

虽然连日奔波辛苦，慕容修却没有睡着，睁开了眼细细听着外头谈话，脸色渐渐严肃。窗外淡淡的月光照进来，年轻的珠宝商人忽然轻轻叹了口气，脸上有"果然如此"的表情——他透过破碎的窗子看外面，那漆黑的夜色背后是莫测的新大陆。人心险诈，前途莫测，没有一个人是可以信赖的了。

这里是住不得了，到了明日就走吧，总得赶在人家下定杀心之前。

隔壁房间里，那笙已经睡去，呼吸舒缓平稳，月光透过破碎的窗棂照在她脸上，仿佛有一种发光的安详——这真是个什么也不会的女孩。自己一时贪图宝物答应带上她，真是一件亏本生意呢。

想着，慕容修苦笑了一下。

奔波了太久不得好睡，这次一头倒下，醒来时已经日上三竿。

那笙迷迷糊糊睁开眼，日光照射在脸上热辣辣的。她打着哈欠出去，只见桌上已经整整齐齐摆了三四样小菜、两双筷子、两碗稀饭。杨公泉一见她出来，站起来招呼："姑娘可算醒了！慕容公子都等着你一起开饭呢。"

"不好意思不好意思……"那笙急急忙忙洗了一把脸，便跑到了桌子旁坐下，手一伸，只管下筷子。慕容修连忙拉住她，横了一眼，转头对杨公泉道："杨兄为何不来一起吃？"

"我和老婆子起得早，早吃过了。"杨公泉笑着推辞。

　　慕容修暗自察言观色，见他说话之间并无不自然之色，心里防备稍微放下几分，然而还是细细看了看桌上饭菜，手里暗自夹了一根银针，逐一试了过去——银针没有变色。慕容修还是不放心，自己举筷每样尝了一点，确定无毒，才放开手让那笙下筷。

　　"如何不见大嫂？"吃着饭，四顾不见黄氏，慕容修又问。

　　杨公泉搓着手笑笑，道："老婆子说两位一路奔波，衣衫破旧，去城里买几件新衣裳给两位替换，也免得穿着中州式样的衣服走在街上显得太过招摇。"

　　"好呀好呀！"那笙虽然昨夜折腾了半夜，但毕竟天性爽朗，一醒来就恢复了活力，拍手道，"你们的衣服是羽毛穿成的吧？很好看！我喜欢。"

　　"那笙。"慕容修看了她一眼，转头对杨公泉道，"如此，多谢杨兄和大婶了——换了衣服，我们也正好继续上路。"

　　杨公泉愣了一下，有些意外："慕容公子这么快便要走？"

　　慕容修点了点头，含笑道："在下和一位朋友有约，得按时赶过去赴约才行。"

　　"哦，如此，倒不便耽误了。"杨公泉没料到对方只住了一夜便要走，倒是正和他心意，便正好顺水推舟。

　　正说话，门一响，却是黄氏抱了一包衣物进门来，口里道："住一夜就走？如何不多盘桓几日？"

　　慕容修见那花白头发的妇人满口留客，揣摩到对方的心思，心里冷笑，然而口里只推说和人约好了日子，非得快点去城里不可，执意要走。

　　黄氏一再挽留，无法，便只好解开包裹，拿出两件新买的羽衣来，定要送给两人穿上。羽衣一大一小，都是男式，上头还用金线绣了一个如意，做得十分精致。那笙看了喜欢，便抢过那件小的在身上比画。

　　慕容修知道中州装束不好出门，这些衣服是必需的，倒不推辞，只道："要杨兄破费，如何好意思？"便从袖中又拿了一枝瑶草出来，作为谢仪。杨公泉笑得眼睛都没了，推辞了一番收了，便要两人换了新装出来看看。

等穿出来，果然气象一新，两袭青衣，翩翩两少年。那笙为了行走方便，也扮了男人装束，黄氏又殷勤指点两人将头发解开，重新按照泽之国的风俗编好，垂下来挡住耳朵。

等装束妥当了，两人对视，都忍不住笑了起来。那笙看了慕容修半日，忽然道："还是看着奇怪。"

"哪里奇怪了？"慕容修转了转身，觉得并无不妥，奇道。

"长得太好看了，挑眼。会被云荒的强盗当大姑娘劫了。"那笙开玩笑，看着他愠怒地涨红脸，连忙吐舌头，一个箭步蹿了出去，"上路了上路了！"

慕容修无法，只好背起背篓，对着杨公泉夫妇作别。

"谢天谢地，这两个灾星总算是送走了……"看着两人一前一后地离去，杨公泉长长舒了口气，看着手里的瑶草眉开眼笑，仿佛炫耀般对黄氏道，"你看，我说得没错吧？不用太担心，你看人家还再给了一枝呢，这回发财了！"

"没见识的穷鬼！"黄氏啐了丈夫一口，从袖子里掏出一物来，往杨公泉眼前一晃，冷笑道，"你看这是什么？"

杨公泉夺了过去，定睛一看却是一沓银票，不由得失声："一千金铢？你如何得来这许多钱？就是卖了我给你那枝瑶草，也换不得这些钱啊！"

黄氏得意扬扬，笑了起来，劈手夺回银票："还是老娘有本事吧？你猜猜我今儿一早去干吗了？"

"不是去城里替他们买衣服了吗？"杨公泉不解。

"衣服是买了——老娘也顺路把他们两个卖了好价钱。"黄氏掩嘴笑了起来，看着道上快要走得看不见的一男一女，扬扬得意，"我去和如意赌坊的总管说，从中州来了个带了一筐瑶草的珠宝商人，可是好大一票生意——你也知道，如意赌坊暗地里做见不得人的勾当吧？刚开始那个主管还不信，我把那枝瑶草给他看了，他就不言语了，然后给了我这一沓银票。"

"你……"杨公泉瞪了妇人半日，忽然笑了起来，"好歹毒的妇人！亏你想得出借刀杀人的把戏。"

黄氏挥了挥手中银票，得意道："你看，这样既不用我们下手，也不用惊动官府，就能白白得这一笔——多划算。"

杨公泉想了想，一跺脚道："那么如何让他们走了？等如意赌坊那边人来了怎生交代？"

"那还用得了你提醒？我早想好了。"黄氏不屑地白了他一眼，冷笑道，"没见我给他们穿的那件新衣——上面绣的那个金如意就是做的暗号，桃源郡是如意赌坊的天下，这个记号一做，他们两人能跑到哪里去。如意赌坊正派了人手往这里来，这一下两只肥羊可是半路就送上门了。"

杨公泉跟在她后面诺诺，然而心里却是倒抽一口冷气，暗道："乖乖，不得了，这妇人何时变得如此歹毒！"

八 · 风起

如意赌坊今日生意依旧很好，宾客盈门，喧闹非常。

老板娘如意夫人坐在阁楼雅座上，挑起帘子，看着底下热闹的赌场，旁边的丫头给她扇着扇子，捶着背。她喝了一口茶，眼睛逡巡了一圈，落在西南角那位客人身上。

那位客人并不显眼，穿着普通，外貌也不出众，落拓不得志的样子，个子挺高，坐下来也比旁人高出一截子，喝酒喝得很猛，赌钱也赌得很猛，只是手气一直不好，和同桌几个人猜点数老是输。

让如意夫人注意到他的原因，却是跟在他身侧的深蓝色头发绝色少女——那样的发色，让人一望而知是个鲛人。

居然公然带着鲛人出头露面？要知道，在沧流帝国的条令中，鲛人只能待在两个地方：叶城东市的商铺，或者私养的内室。

然而那个少女却仿佛习惯了在人世走动，毫不拘谨，站在那名男子身后听从他的吩咐，给他倒酒捶背，恭敬顺从，看得旁边那些赌客垂涎欲滴。

果然是世代伺候人惯了的鲛人，被训练得奴性十足……如意夫人冷眼看着，鄙夷地笑。

"夫人，少爷醒了。"采荷过来，俯身轻轻禀告。如意夫人连忙站起："伺候少爷洗漱过了吗？快些迎来这里就餐。"采荷应了一声，却不走，迟疑着，脸色有些发白："但是、但是……"

"但是什么？"见采荷吞吐，如意夫人斥道，"快说，别见了鬼似的！"

采荷定了定神，贴耳轻轻道："但是昨夜去伺候少爷的银儿死了。"

"死了？！"如意夫人也吓了一跳，脱口道，"怎么回事？"

采荷苍白着脸，显然惊魂未定："奴婢也不知道……一大清早去到少爷房里，就看见银儿裸着身子死在床上，手脚血脉被割破，满床是血——苏摩少爷已经起了，在内堂沐浴，洗下满桶血水来。吓得奴婢掉头就跑了。"

"怎……怎么这样？"如意夫人也听得呆了，"难道说……"

"如姨。"还不等采荷回答，忽然雅座珠帘掀起。

"苏摩少爷？"如意夫人意外地看见傀儡师走进来，连忙挥手让采荷退下，上去迎他进来，恭谨道，"如何自己过来？少爷眼睛看不见，万一……"

"我看得见。"苏摩打断她的话，径自走进来，挑了个位置坐下。

"你、你看得见了？"如意夫人眼睛闪出了亮光，过去看着他的双眸，惊喜交集，"少爷小时候就失明……如今真的能看见了？！"

"眼睛还是看不见的。"苏摩淡淡笑笑，深碧色的眸子暗淡无光，"但是我学会了不用眼睛看东西。"

如意夫人看着眼前的人，满是喜悦："恭喜少爷！少爷一回来，我们鲛人真的有望解脱了啊！"

"解脱？我是永远不能解脱了。"忽然间，傀儡师没头没脑地说了一句，眉目间有说不出的复杂情绪，混合着种种自厌、自弃和傲慢，有些烦躁地将脸埋入掌中，"如姨，我完了……我彻底完了。"

"少爷，怎么了？"如意夫人吃了一惊，连忙问，"就为银儿的事吗？一个小小丫头，少爷不必放在心上，她服侍得不好就该死，少爷不用为此烦恼。"

"不，她服侍得很好。"苏摩笑了笑，抬起头来，声音忽然变得很怪异，神色恍惚，"很媚，脸很漂亮，身子也温暖……如姨，你有没有觉得冷过……我们鲛人的血都是冷的吧，和鱼一样……但是为什么我常常觉得很冷呢？这些年来不抱着女人，晚上我就睡不着。"

听到那样恍惚的话，如意夫人不知如何回答，只看着年轻的傀儡师睁着空茫的眼睛，摆弄怀里的那个小偶人——偶人的手上也沾了血。见她注意到了自己，小偶人忽然睁开了眼睛，诡异地咧嘴笑了笑。

"天！"如意夫人这一惊非同小可，手上的杯子"啪"地摔得粉碎，直直瞪着苏摩怀中的偶人，脱口惊呼，"它、它怎么在笑？！"

"阿诺总是很烦。我让它活过来之后，它就变得很烦……"苏摩毫不惊讶，漠然回答，狠狠转手捏合了偶人的嘴巴，眉间却是有刻骨的厌恶，"总是不停对我说话，总是想做一些我不愿意做的事情……上次它要非礼那个苗人女孩，这次，它又杀了银儿……我说抱着她我已经能暖和了，它却非要说人血才够暖……"

如意夫人倒吸了一口冷气，担忧地看着面前一直自言自语的苏摩，有些口吃："你、你说什么？他、他不是没生下来的时候就死了吗？"

"阿诺他是早就死了……"傀儡师抚摸着小偶人的秀发，喃喃道，那个小偶人面貌栩栩如生，和苏摩仿佛孪生兄弟，精巧得纤毫毕现，"我不要他被埋到土里腐烂掉，就把阿诺做成了傀儡……我切断它的关节，用提线串着，让它动起来，像活着一样，到哪里都带着它……"

"苏摩少爷。"如意夫人看到苏摩的神色，心底寒冷起来。

苏摩嘴角忽然浮现出了一丝笑意："后来我去了中州，学会了操纵死尸，阿诺就真的能自己动了……可是它越来越不听话，越来越不听话……它快要脱离我了，怎么办啊？"

"苏摩少爷！"如意夫人低唤，想把眼前年轻人的神志从崩溃边缘拉回来。

傀儡师嘴角的笑意慢慢消失了，眼神空茫，忽然间重新用手埋住了脸，浑身颤抖："如姨，我完了！我没的救了。"

"苏摩少爷，别这样，不会有事的。"虽然暗自担心对方的精神状况，然而如意夫人依然柔声安慰着少主人，"你是我们所有鲛人的希望……要振作一点，很快复国军左权使他们就要来看你了，你可不能这样说话。"

"复国军？"傀儡师怔了怔，喃喃自语，"复国，复国……是的，海国。但是，为什么非要我不可呢？为什么要我复国？"

如意夫人震惊地看着语无伦次的苏摩："苏摩少爷，你是海皇的后裔呀！也是我们鲛人的英雄，大家都盼着你回来——百年来，你不是也为此一直苦苦修炼，寻求着更大力量的吗？"

"是为这个吗？"有些恍惚地，傀儡师回答，忽然间从掌中抬起头来，"英雄？可笑……难道因为我逼得那个空桑人的太子妃跳了楼？你们以为那就是我们鲛人的胜利？哈哈哈……可笑至极！"

如意夫人完全不能理解地看着面前的人自言自语自笑，担忧之色更深。忽然间苏摩不笑了，俯过身来，仿佛透露什么重大秘密似的，在耳侧诡异地低声道："告诉你，如姨……其实我们输了。"

看到对方不解的神色，苏摩再度大笑起来，怀中的偶人再次随着他咧开了嘴巴，一起笑得诡异。苏摩抬手，指指自己："还不明白吗？如姨，你看看如今的我，真的还不明白吗？"

"苏摩少爷！"恍然明白了他的意思，如意夫人脸色雪白，不知道说什么好，眼神绝望，"怎么会这样……苏摩少爷。那、那怎么办好啊……"

"我也不知道。如姨，我是没的救了……"苏摩微微苦笑起来，眼睛茫然地望着远方——从秘密雅座的窗口朝外看出去，还可以看到天地尽头伫立的白塔。

静静看着，终于，仿佛心里平静了一些，傀儡师提起引线，让偶人站到了茶几上，摆出了一个姿势。许久，淡淡道："我刚才都说了些什么啊……这个脑子只怕也快要到极限了，经常不受控制地胡言乱语。如姨，你莫要当真。"

顿了顿，看到如意夫人那张苍白的脸，苏摩抬手扶起了她，笑了笑："复国军的使者什么时候来？是不是该准备一下了？"

"那么少爷你……"诧异于对方片刻间的反常平静，如意夫人反而怔了怔。

轻轻动着十指，让桌上的偶人做出各种姿势来，傀儡师淡淡道："我没事……我还会有什么事呢——一切在开始之前已经结束了。"

怀着担忧莫名的心情，如意夫人走出了秘座，迎面遇上了前来禀报的总管。

"刚刚已经派人出去抓那个珠宝商了，"总管晃动着肥胖的身体，满身金光，"如果那老婆子的密报没错，这回可是头大大的肥羊啊，夫人！"

"给了那个老婆子多少？"如意夫人点点头，问道。

"一千金铢。"总管搓着手，拿出一枝瑶草，"包括这个在内。"

"嗯……就让她美一阵子吧。"如意夫人接过瑶草，只是放在鼻下一嗅便辨明了真假，冷笑道，"等抓到肥羊让他吐出了钱，再撕票，把尸体扔到那个老婆子家去，跟官府说是那家人谋财害命——那一千金铢就是证据。"

"夫人端的是好计谋！"总管听得吩咐，并不意外，只是问了一句，"可是，官府那边……"

"放心，官府那边我会去疏通打点的。"如意夫人笑了笑，挥挥绢子，"这点事我还摆不平？"

总管也笑了，弯腰领命："是是，夫人的面子，官衙上下谁不卖？属下这就去准备。"

"慢着，"如意夫人却叫住了他，对着门外扬了扬下巴，"这事不急——镜湖大营来的贵客还没到吗？先去看看！"

总管搓着手，也有些不安："刚刚看过了，还没到。奇怪了，属下一早派了人去城外候着，可水路和陆路都不见有人来。"

"奇怪……左权使怎么会失约？他素来是守信的人。"如意夫人的脸色微微一变，秀眉蹙了一下，将绢子在手指上绞，"你再派人往城外远点的地方看看——我觉得事情有点不对。"

"是。"总管领命转身，然而就在那个时候，如意夫人忽然听到了什么声音，脸色大变，几步奔到了窗前，探出头往天上看。这时总管也注意到了风里那一缕犹如利箭呼啸般的声音，脸色同样变了，脱口而出："这、这是……风隼？"

湛蓝的天宇下，白塔伫立在天尽头，一队巨大的黑翼掠过桃源郡上空，木质的机械飞鸟滑翔着，在半空里盘旋，发出尖厉的呼啸。

"他们出动了风隼！"如意夫人脸色苍白下去，手绢陡然被生生扯裂，"是知道少主要回来了吗？知道今天复国军要来？他们、他们怎么会知道？我们鲛人里面……复国军里面，难道有叛徒吗？！"

"夫人，事情未必这么糟糕。"总管搓手的速度明显加快了，肥胖的脸上肉一跳一跳的，"说不定他们并不是为此而来——不然为什么不直扑赌坊，而去了天阙的方向？"

"哦……"如意夫人怔了怔，看着在桃源郡上空盘旋不落的风隼，神色稍微定了定，"你说的也是。"

"风隼，是来找空桑帝王之血的。"忽然间，秘座里面，传来了一个声音。苏摩挑开了帘子，站在那里，淡淡回答，"沧流帝国怕的是帝王之血。关于海国的消息，他们尚未真正重视。"

"帝王之血？"如意夫人看着走出来的傀儡师，脱口惊呼，"难道、难道是慕士塔格雪山上……"

苏摩点了点头，听着风里的呼啸，淡淡道："第一个封印被解开了。"

"什么？"如意夫人和总管猛然惊住。

"那么说来，六王会聚，无色城已经迎入了第一个封印中'王的右手'？"回到雅座，听完了慕士塔格雪峰和天阙上发生的事情，如意夫人惊诧，"那么，外头的风隼为何还在桃源郡停留？"

"他们应该是在找'皇天'的持有者。"苏摩喝了一口酒，听着外面隐约的风声，笑了一下，"沧流怕了吧？那个人既然能解开第一个封印，那么当然也能解开剩下的四个封印……'皇天'将指引持有者去往那里。而十巫，是绝不会让那个女孩子活下去的。"

"苏摩少爷，你既然碰见了那个女孩，为什么当时要让她走掉呢？"如意夫人不解，"十巫如果杀了她，对我们也没什么好处吧？"

苏摩拿着酒杯，空茫的眼睛注视着杯中嫣红色的美酒，摇了摇头："如果我带着她走，必然会暴露我的行踪——那个女孩什么事都不懂，实在是个累赘，她甚至还没有能力隐藏掉'皇天'的力量。"

"哦……这应该算是好事。"如意夫人长长舒了口气，外头的风声听起来也不那么刺耳了，端起酒杯喝了一口，"'皇天'的出现引了沧流帝国的注意力，两股力量交叠着同时进入云荒，少主的存在就被掩饰掉了……你看，老天都在帮我们呢。"

"天？天算什么？"苏摩冷笑起来，一口喝干杯中的酒，奇异的嫣红泛上苍白的脸颊——那种魔性的美，仿佛陡然四射的光芒，让同为鲛人的如意夫人都为之目眩。

难怪……百年前，才会为面前这个人引发了"倾国"之乱吧？此后沧海横流、尸横遍野，而这个人却扬长远去，并不曾看见那遍地的烽火狼烟。

静默中，楼下那帮赌徒的喧闹声便更加刺耳。

"如何想起要开赌坊？"喝得太快，傀儡师微微咳嗽起来，问道，"我走的时候，如姨你还是一个娇怯怯的，被空桑权贵养起来的美人啊。"

"做这个来钱快啊！空桑亡国了，我的财路就断了。只要赚钱，我什么生意都做，赌博、卖笑、杀人越货……"如意夫人笑了起来，摇摇头，低声道，"复国军要物资财物，而我们鲛人又都是奴隶。不如此，还能如何？"

苏摩低下头，侧耳听着楼下不绝于耳的笑骂声、吆喝声，淡淡道："要开这样一家赌坊，可不是容易的事吧？如姨好能耐。"

如意夫人怔了怔，掩口笑了起来："少爷果然目光犀利……不错，如意赌坊当然有靠山，不然如何能在桃源郡立足？"

苏摩没有问下去，然而如意夫人顿了顿，脸上忽然不知道是什么样的表情，慢慢道："我是泽之国高舜昭总督的……怎么说呢，下堂妾？"美妇笑了起来，用绢子掩住嘴角，"应该连妾也不算吧？鲛人怎么能做妾呢？只是情人罢了。"

苏摩回过头，用空茫的目光注视着童年时代认识的如姨，没有说话。

"那时候舜昭迫于十巫的压力，把我从府中遣出，但私下给了我一面令符……"如意夫人微笑着，从密室的暗格里拿出一个玉匣，"他说，如若遇到什么杀身之祸，而他又不能及时相助——那么，执此令符，可以调动泽之国下属所有力量。"

一面白玉令符，晶莹温润，放入了傀儡师苍白修长的手中。

"是双头金翅鸟——沧流帝国的最高令符，本来是伽蓝城沧流帝国的十巫赐予所派出的属国总督的最高权柄象征。"如意夫人淡淡解释，"整个云荒，也不过五面。"

"总督权柄，成了鲛人的护身符？"苏摩微微笑了起来，"色令智昏。"

如意夫人猛然收敛了笑容，虽然面对着少主，然而她的眼色却是毫不退让的："不，少爷，如果不是十巫逼迫，舜昭他定然会如约娶我的！"

苏摩只是微微冷笑："如姨也昏头了吗？谁会真的娶一个鲛人？"

如意夫人脸色苍白，又不敢冒犯少主，愤然而起，准备离席。

"你看——人们只会那样对待鲛人……"苏摩没有留她，只是侧脸听着楼下的声音，淡淡地笑，隔着帘子指着楼下西南角一群狂热的赌徒，"鲛人只会被那样对待。"

将黑衣人面前的最后一串钱扫过来后，看着囊空如洗的对方，赢得满面红光的光头赌徒听到大家起哄，咧嘴笑了，探过身去，一把将站在黑衣人身后的少女拉到了中间："没钱没关系！压这个，算你五万铢！我们继续赌！"

深蓝色头发的鲛人少女被粗鲁地推搡着，踉踉跄跄到了人群中央，仿佛货物般被人围观着。无数双眼睛上下打量，啧啧垂涎。"押这个，押这个！"楼下西南角的赌桌上，赌徒们红了眼，围得水泄不通，大声起哄。

"五万……也值这个价钱了，是个女的，看样子又不到一百五十岁，相当年轻呢。"

"嘿嘿，再过三十年大约就能拿到东市卖出好价钱了！"

"就算她不会织绡，这几十年里光收收鲛人泪，拿去当明珠卖也有好几斛了。"

"不过也太冒险了吧？脸蛋是不错，可身体有没有瑕疵要脱了衣服才看得出呢！"

"对对，如果破身破得不正，两条腿不够直，那这个鲛人就不值钱咯！"

光头赌徒出了价，眼睛发亮地等着对方答复，然而听得旁边围观的人那样议论，也有点动摇了，连忙追加条件："当然，得先剥了衣服看看货色再给钱——怎么样？五万铢不算少了，你可还欠我三千铢呢，准备脱光了裤子还我吗？那也不够呀……"

旁边围观的赌徒一阵大笑，那个输光的黑衣人满脸晦气，喃喃道：

"唉，真是没办法啊……那个慕容小弟怎么还不来，害得我一边等一边就输了个精光！呸呸！"

"怎么样？没钱就把这个鲛人奴隶卖给我吧！"光头赌徒看着少女，目光淫猥，一步跨过去，准备撕开衣服当场看看货色，旁边一群闲汉顿时大哄起来。

"哎哎，算了，汀，你就让他看看吧！"黑衣人想喝一口酒，晃了晃却发觉空了，丧气地扔到一边，吩咐那个蓝发少女，"听话，让这位大爷见识一下你美丽的腿，啊？"

旁边闲汉听得那个鲛人的主人都那么吩咐，发了一声喊，个个都睁大了眼睛等着看，连别的桌上的赌徒都停下来，挤过来看热闹。

雅座里，如意夫人皱了皱眉头，手指用力握紧，然而终究不好插手赌客间的交易。苏摩默默听着，嘴角浮起一丝冷笑，慢慢喝了一口酒，手指指着楼下，漠然道："你看，在人眼里，鲛人不过就是件货物而已。"

"来啊！快脱啊！没听到你主人的吩咐吗？"光头赌徒一看黑衣人都同意了，更是眼放亮光，几乎要盯到少女的裙子里。

"是的，主人。"听到那样的吩咐，深蓝色头发的少女居然毫不迟疑，恭谨地领命。然后退了一步，撩起了垂地的长裙。

整个赌场发出了尖叫和口哨——

忽然间，众人眼前一花，只见长裙飞舞，蓝发少女双腿闪电般地连环踢出！

盯得眼睛都要凸出来的光头赌徒尚未反应过来，那个叫"汀"的少女已经连着两脚，第一脚狠狠踢在裆下，第二脚正中胸口，把他庞大的身子踢得飞了出去，砸倒了大片看客。

大家还未回过神来，那个鲛人少女已经停手，退回到了主人身侧。长裙垂地，冷冷看着周围，一丝不动。

"怎么样？她的双腿美丽吧？"黑衣人拍手大笑起来，看着在地上蜷成大虾状惨号的光头赌徒，"看清楚了没？要不要再看一次？"

"居然敢偷袭老子？知不知道，知不知道……老子我们是游侠？"光头赌徒断续地抽着冷气，被同伴扶起，目露凶光，"兄弟们给我、给我……"

一听"游侠"两字，一群看客大哄，知道赌场里又要上演一场全武行，纷纷自动让出一块场地来——云荒大地上，连沧流帝国的律令都无法管束的，便是这一群尚武好斗的游侠了。

黑衣人笑了起来："不要看就算了，咱们要不要继续赌？告诉你，汀我是绝对不会'卖'的，因为她不是货物。要赌就赌这个……"

他抹了抹嘴边的酒水，伸手进怀里掏了半天，怔了怔，然后扒开了破衣，还是没找到，转头问身侧的蓝发少女，发火道："汀，我的剑哪里去了？你收起来干吗？快给我！"

光头赌徒被他那么一打岔弄得愣了一下，看清他故弄玄虚以后更加暴怒，咆哮着："兄弟们！给我把这个找死的家伙拖出去剁成八块喂狗！"

和他同来的赌客纷纷拔剑，杀了过去。其他赌徒慌乱地回避，要知道那些游侠都是游荡在云荒大地上的亡命之徒，以武犯禁，连沧流帝国的严厉刑法也奈何他们不得。

"呃……就这个，找到了！"在这个时候，黑衣人终于找到了他的剑，"啪"的一声拍到了赌桌上，"押十万，干不干？"

听得"十万"，所有人都怔了怔，凝神向桌上看去，想看看是啥样的宝剑——看之下不由得同时发出了嘘声：哪儿是什么宝剑？只是一个银色的圆筒，光泽暗淡，分明是废铜烂铁。上面刻着一个小小的"京"字。

然而，光头赌徒那伙人冲到黑衣人面前三尺处，却仿佛被施了定身法般地呆住了，几双眼睛瞪得似要凸出来，看着银色圆筒和圆筒上刻着的那个"京"字，那些游侠仿佛忽然被人抽去了筋，"呼啦啦"瘫倒在地上，连连磕头："是……是西京大人驾到？！小的们瞎了狗眼！"

喧闹的赌场里忽然间静止了，所有声音、动作、表情都是暂停的。赌场里所有人的目光都投注在那个落魄的黑衣人脸上——如若那是块黑色的煤，在如此炽热的凝视下一定早已冒起了烟。

西京——一个光芒四射的名字：游荡在云荒大地上，千万游侠中号称第一，身为前朝名将，沧流帝国通缉百年都无法奈何，当代空桑的剑圣！

那是所有习武之人仰望的神话。

剑圣一门的传说，在云荒大地上已经流传了几千年。甚至在远古"魔君神后"开创空桑王朝的神话里，就出现了对剑圣的描述。而星尊帝开创毗陵王朝后，剑圣一门渐渐销声匿迹，似乎重新退回了历史的幕后。

原本剑圣一门，每一代都有男女两位剑圣，分别继承着不同流派风格的剑术。如同昼与夜、光与影一般并存。可是不知道为什么，自从一百年前剑圣云隐去世之后，接替他的便只有一位：剑圣尊渊。而另一位和他并称的女剑圣慕湮，则从未在江湖上出现过。

而传说中，尊渊为了完成传承，代替慕湮收了男女两名弟子，其中大弟子西京，便是空桑梦华王朝末期的名将——而自从空桑亡国以后，最后一代剑圣传人便消失在了云荒大地上。

云荒上游侠都在猜测，剑圣西京是不是用了"灭"字诀在某处避世沉睡，不愿意再回到这个由冰夷统治的帝国。没有料到，在桃源郡的这个赌坊里，竟然看到了光剑上刻着的"京"字！

认出了对方的身份，那一群自称是游侠的赌徒在地上磕头如捣蒜："小的们有眼无珠，竟敢在大人面前拔剑！请大人挖出我们的眼睛，把这群无知的狂犬斩了吧！"

"呃，好夸张……算了，汀也踢了你两脚，扯平了。"黑衣人西京看着面前那群游侠，抓抓头，兴致不减，"咱继续来赌吧，用这个押十万，赌不赌？"

"大人的光剑，任何一个游侠都没有资格碰上一下！"听得西京如此说，那群赌徒反而更加紧张，磕头不停，"如果大人缺钱，小的们全部钱财都可以双手献上——只求大人收我们为徒！如果大人不答应，小的们就长跪在此！"

　　游侠都是这样，把剑技看作高于生命的东西，而如果有幸能得到剑圣门下的传授，更是他们舍弃一切都愿意去换取的东西。西京挠了挠脑袋，看着地上那群人，那群游侠也抬头看着他——那热切的目光让他感觉毛骨悚然。

　　糟糕，又遇到了他最头痛的情况。

　　"汀！快逃！"西京忽然间大叫一声，抓起光剑，转身夺路而走。

　　"是！"深蓝色头发的少女干脆利落地应了一声，同时点足跟着主人掠起，两人身法都是极快，整个赌场里的人只觉一阵风过，已经看不到两人的影子。

　　掠出了大堂，往大门边跑去的时候，汀却忽地拉了西京一把，往楼上掠去："这边，主人！"

　　"干吗要上楼？"西京愣了一下。

　　汀一边跑，一边回答："我要看'那个人'啊，主人！你忘了吗？我昨天夜里就已经和你说过了的！"

　　说话之间两人已经掠上了二楼，然而明白了汀的意图，西京却蓦地在走廊里顿住了脚，淡淡道："那么，你自己去吧，我在这里等你。"

　　汀垂下了眼睛，低声道："主人……你、你还是不想见他吗？"

　　西京笑了笑，抬手摸摸少女的头发，然而眼里却是渐渐腾起杀气："嗯，你自己去吧，我怕我看见那个家伙会……"

　　"会如何呢？"本来平整的墙壁忽然裂开了，露出了里面的密室，拂起珠帘，年轻的傀儡师举步走出来，眼神空茫地看着黑衣剑客，淡淡地说，"西京将军，好久不见。"

　　"该死的畜生！"西京的脸色骤然大变，光剑瞬间出鞘，吞吐的白光宛如闪电，斩向年轻的盲人傀儡师！

　　迎面而来的剑气逼得他一头深蓝色的长发拂动起来，猎猎如旗。在如意夫人的惊叫中，苏摩面色丝毫不动，不还手也不抵挡，只是站在密室中——光剑抵到他的鼻尖处凝住。然而即使如此，强烈的剑芒还是在傀儡师脸上割出一条裂痕，从额经眉心至颔，齐齐裂开，将绝美的脸庞划破成两半，血如同红珊瑚珠子一样渗出，凝聚在苏摩高而直的鼻尖，滴落。

"有种。"西京眼睛里是鹰隼般的冷厉，定定地看着苏摩，许久，忽然冷笑，收剑，"如果是空有面容的小白脸，老子就一剑杀了你。"

"主人！"汀心惊胆战地上来拉住他，"别杀他！他是我们鲛人的少主啊。"

"嘿，我还未必能杀得了他呢，你担心啥？"西京甩开汀的手，向后一屁股坐到密室椅子上，冷笑着拿起一瓶醉颜红，仰头"咕嘟咕嘟"大口喝了起来，"你看看他的脸吧！"

汀转过头，不由得轻轻脱口惊呼——只是一转眼，苏摩脸上的伤痕已经泯灭无踪！

"好剑法。"傀儡师淡淡笑，击掌，"不愧为剑圣门下——不知道将军的授业恩师，是剑圣尊渊，还是女剑圣慕湮？"

西京冷笑一声，只顾自己喝酒，斜了汀一眼："你不是来看你们少主的吗？有什么事快办，别啰啰唆唆说些别的，我这壶酒喝完就走。"

"主人……"汀知道主人的脾气，如果他一旦看某人不顺眼，那便是费多少唇舌都不管用，只好有些抱歉地转过头来，恭恭敬敬地对着苏摩行礼，"少主，我主人就是这个臭脾气，您不要介意——汀是鲛人复国军下属第三队队长，特来见过少主！"

如意夫人惊讶地掩住了嘴——鲛人历来都处于严酷的奴役之下，难得自主活动。而二十年前那一场起义，又被沧流帝国派出巫彭镇压下去，鲛人的数量经此一役减少了五分之一。十几年后才重新组建了复国军，为了防止沧流帝国发觉，编制极其机密，而每个高层战士更是隐藏得很深——如意夫人身为后方负责粮草的主管，除了和执掌日常事务的左右权使直接联系之外，也不大了解都有哪些人。

"我不是什么少主，看来非得让你们失望了。"然而，听得汀那样热切而崇敬的禀告，苏摩却是漠然回答，"你们把我捧上那个位置，那是你们的事。我绝不是你们复国军眼里的那个英雄和救世主。"

听得那样的回答，汀瞠目结舌。

"苏摩少爷的脾气很怪，别被吓到啊，汀姑娘。"看到傀儡师那样回答，如意夫人忙不迭地上来打圆场，拉起了汀，"放心，苏摩少爷他将带领我们为获得自由，重归碧落海而战——是不是，少爷？"

听得如意夫人的问话，苏摩沉默了许久，最终还是没有反驳，抱着怀中的傀儡，缓缓点头。

"我们出去一下吧，让苏摩少爷和你主人好好说话。"如意夫人长长舒了口气，拉着汀退了出去，压低了声音，"汀姑娘，左权使也说过今日要代表复国军来迎接少主的，可不知道为什么居然还没到——你知道出了什么事吗？"

汀也有些愕然："还没到？不可能啊！左权使大人一向严谨守时！"

如意夫人和汀离开后，密室里，两个男人各自沉默着，气氛仿佛凝固了。

自顾自地喝完了最后一口醉颜红，西京满足地叹了口气，斜眼看着对面摆弄着偶人的傀儡师，忽然冷笑："你倒还算有自知之明，知道自己根本算不上什么英雄。"

苏摩的手指轻轻牵着线，小偶人在桌子上欢快地翻着跟斗，一个又一个。傀儡师嘴角露出漠然的笑容，带着某种奇异的自嘲："我当然不是——将军才称得上那两个字吧。百年前叶城那一战，足以名留史册。"

"呃？"倒是没有料到对方会这样回答，受了恭维的西京有些尴尬地抓抓头，"那个啊……不是打输了吗？还有什么好提的。"

"虽然那时候我还被囚禁在青王的离宫，但也听说了那一战。"苏摩聚精会神地低头操纵着偶人，淡淡回答，"听说那时候四方属国都陷落了，作为通往帝都的唯一要道、兵家必争之地，叶城被十万大军包围。而将军带领区区三千殿前骁骑军对抗冰族大军，坚守空桑咽喉，居然抵抗了足足一年多。"

"那个啊……"似乎不愿多提百年前的事，西京又抓了瓶酒，喝了一大口，"不管这个国家如何，百姓总是无错的——而作为战士，为所效忠的祖国战斗到底，那不过是本分而已。"

苏摩没有抬头，只是淡淡笑了笑。虽然眼前这个人只是如此简单地一笔带过，然而无可否认，是这个落魄酗酒的男人，让百年前那一场空桑人和冰族的"裂镜"之战出现了转折，从而名留史册。

百年前那一场战争刚开始的时候，面对着不知从何处忽然出现在云荒大陆的外来铁骑，荒淫腐朽的梦华王朝根本无法抵挡，节节败退。战争开始的第二年，泽之国为求自保，首先归附了冰族，然后北方的砂之国几个部落相继脱离梦华王朝，或是自己封王割据，或是归附冰族。剩下以霍图部为首的几个部落做了抵抗，然而根本不是冰族军队的对手。

最要命的是，没落的梦华王朝内部四分五裂。六王之间钩心斗角不说，因为对积重难返的空桑国感到了绝望，连新任军队统领的真岚皇太子都无心抵抗。

战线是摧枯拉朽般地往大陆中心推进的，冰族军队在十巫的率领下，很快就对镜湖中心的伽蓝帝都形成了合围之势。伽蓝帝都唯一对外的通道，便是与叶城之间的湖底水道——若是叶城被攻克，那么空桑人最后的土地，伽蓝帝都便粮水断绝，成了彻底的孤城。

叶城是云荒大陆上最繁华的城市，云集着最富有的商贾，城里到处是恐慌的情绪。而除了富商之外，城里的奴隶和鲛人却都认为冰族到来后，便能让他们从奴役下解脱，所以暗地里也开始准备里应外合。

在这样的情况下，十巫认为叶城内无强兵、外无援军，人心惶惶，攻克不过是旦夕间的事情。何况从兵家来看，攻城之时，攻守双方兵力之比在三比一以上便有获胜的把握，而如今叶城守军不到七千，在冰族十万大军面前简直不堪一击。

一开始的情况，的确如同十巫所料，叶城守军不到十日便伤亡过半。

多处城墙被炸开缺口，甚至冰族两个小队的战士已经突破上了叶城城头，撕开空桑人的防线。

"日落之前，叶城城门将为您打开。"半个时辰向金帐中的智者汇报一次战况，长老巫咸信心十足。

然而，那位神秘的智者仔细听了听外面的声音，忽然摇了摇头："不可能。他来了。"

"谁？"巫咸震惊地抬起头，看到了登上城头那一队冰族战士忽然纷纷滚落到了城下，城头号角嘹亮，兵刀尖利，旌旗闪动交替，忽然间甲胄的色彩变了——

"骁骑军！殿前骁骑军来了！"叶城中，爆发出了欢呼。

巫咸脸色苍白，震惊地喃喃道："骁骑军？他们还是派出了骁骑军？"

这一日，开战以来一直所向披靡的冰族军队，在叶城下遭遇到了第一次惨败。眼看叶城快要攻破，骁骑军却通过湖底水道赶到帝都及时增援，迅速和疲惫不堪的守军接防完毕。

接下来的战斗成了冰族噩梦的开始。骁骑军只有三千名士兵，首轮投入战斗的不过一千多名，然而平均每个人却防守着两丈长的城墙，平均每个战士要面对至少二十名的敌人！战斗从早上打到黄昏，又从黄昏打到了深夜。冰族攻城的军队倒下一批又一批，尸首堆积如山，却始终不能前进一步。而那些突破上城的冰族小队，在和骁骑军短兵相接的白刃战中，如沃汤泼雪，转瞬被化整为零就地歼灭。

看到忽然逆转的战况，十巫目瞪口呆——进入云荒到现在，他们从未看到空桑有这样强大的军队！

"看到了吧？这才是当年星尊帝时代征服云荒和七海的空桑战士……可惜这个荒淫糜烂的帝国里，也只剩下这么一点往日的荣耀了。"金帐中，看着城头上战斗着的骁骑军战士，智者顿了顿，淡淡道，"再攻一年看看吧。"

于是，僵持第一次出现在双方之间。

叶城虽然于一年后告破，但那一场守卫战，却成了空桑和冰族"裂镜"之战中的转折点。空桑人被打击到几乎摧毁的信心开始恢复，即便是在叶城告破之后，在真岚皇太子的亲自指挥下，伽蓝孤城依然坚守了十年之久。

"听说叶城被攻破的时候，三千骁骑，只剩下你一个？"听着美酒咕嘟咕嘟流入对方的咽喉，苏摩面无表情地操纵着偶人，蓦然问了一句。

那句话猛然刺入西京的胸口。他剧烈地咳嗽起来，弯下了腰。

"很痛苦吧？听说叶城是从内部被攻破的——那些城中的富商为了保全自己的身家，暗中联合起来，出卖了叶城。"傀儡师慢慢让偶人摆出一个痛苦抽搐的姿势，跌倒在桌上，"那一日，商会借着犒劳军队，在骁骑军的酒里面下了毒……上千战士就这样倒下了。叶城的城门是从里面被打开的，冲进来的冰族军队全歼了骁骑军。你看，无论果壳多坚硬，如果果子是从里面开始腐烂的话，也无济于事啊。"

"住口。"锡制的酒壶在西京手中慢慢变形，沉声喝止。

"我还记得你只身回到伽蓝城请皇太子赐死的情形——多么耻辱啊！"苏摩仿佛没有听见，反而微笑起来了，"所有下属都战死了，作为将军你却还活着！你为什么没死呢？就因为你是个滴酒不沾、自律极严的军人？"

"住口！你这个瞎子给我住口！"黑衣剑客猛然暴怒，将捏扁的酒壶扔到苏摩脸上，酒水泼了傀儡师一头一脸，滴滴答答顺着苍白的脸滴落。

然而苏摩毫不动容，继续淡淡道："但让你痛苦的不止于此吧？叶城陷落以后，为了报复，冰族进行了七日七夜的屠城，除了少数富商，无数平民奴隶被杀——好像其中也包括了你的家人吧？真是愚蠢，为什么不举家逃走呢？"

"可惜真岚皇太子不肯用死刑来结束你的痛苦……所以让你痛苦的事情还是接二连三。"似乎对往日了如指掌，傀儡师说着，声音忽然也有些颤抖，"你唯一的师妹从白塔上跳下来自杀了；伽蓝城里的空桑人因此要屠杀鲛人泄愤，你却无力阻止……最后你擅自开放地底水闸，放走水牢里的大批鲛人奴隶——而这一次，真岚皇太子也无法维护你，只好剥夺了你的一切爵位，永远放逐。"

"那之后你去了哪里呢？谁都不知道……我猜，你是用了剑圣的'灭'字诀在某处避世沉睡吧？然后在醒来的间隙偶尔游走于云荒大地，成了一名游侠。世上的百年，对你来说只不过是醉醒之间的一梦，你的岁月是凝定的，所以保持着这样不老的容颜。"似乎终于说完了，苏摩摸索着拿起了一杯醉颜红，对着西京举了举，微笑道，"为往日，干杯。"

西京没有动，看着这个英俊的傀儡师喝下酒去，冷冷道："苏摩，你说这些，却是为了什么呢？"

"因为……"喝完了一口酒，傀儡师微笑着将白瓷酒杯放到颊边轻轻摩挲，吐了口气，"在你开始报复我之前，不妨先让你狠狠地痛一下吧！"

西京看着他，仿佛想看出这个盲人傀儡师眼里哪怕一丝的真实想法。

沉默的对峙进行了许久，忽然间，落魄的剑客笑起来了，手腕一动，将银色的光剑在手心抛起，接住，嘴角扯了一下，似笑非笑："老实说，老子真想一拳打到你这张脸上！"

"打啊！"苏摩也是微笑了起来，挑衅似的回答。

"打了也是白费力。"西京抛动着手中的光剑，忽地冷笑，"本来老子发誓，如果见到你，非得替阿璎报仇，把你大卸八块扔去喂狗！但是……"

"但是什么？"苏摩冷笑，"但是你怕了我吗？"

黑衣剑客斜眼看了看苏摩，眼色蓦然锋锐起来，大笑："但是听你刚才那么说，忽然就改主意了——百年前你是个孩子，百年后还是个孩子！既然阿璎自己都不记恨，老子和一个孩子计较什么？"

"你说什么？"苏摩的手指忽然停滞了，在对方那样的大笑中，他漠然的表情忽然冻结，空茫的眸子里，闪过触目惊心的杀气！

"不许笑！不许用那样轻慢的语气和我说话！"傀儡师猛然站起，手指间光芒一闪，厉声道，"没人是个孩子！给我闭嘴！"

西京侧身向左滑出，闪电般反手拔剑，"铮"的一声，白光吞吐而出。

桌上的偶人手足仿佛被无形的力量牵动着，十枚式样各异的戒指在空气中飞旋而来，方向、力道完全不同，带动着透明的引线，宛如锋利的刀锋般切割而来。

"糟了，他们还是打起来了！"听到声响，汀急得跳了起来，连忙想冲进去。

"别去。"如意夫人一把拉住了少女，皱眉道，"他们两人动上了手，谁还能拉得开？"

"不行呀！这样下去，主人和少主有一个要受伤的！"汀跺脚道。

如意夫人笑了，意味深长地看着她："那么，你希望哪一个受伤呢？"

汀忽然呆住，说不出话来。

"如果西京站到了我们鲛人的对立面上，汀姑娘，你如何呢？"如意夫人拉着少女，尖尖的指甲几乎要把鲛人少女粉嫩的手臂掐出血痕来，"你忠于'主人'，还是忠于我们鲛人一族？"

蓝发少女张口结舌："不，主人他不会这样……他是我们鲛人的恩人！"

如意夫人美艳的脸上忽然有可怕的表情，抓住少女，压低声音，几乎是被逼迫般地说："我是说万一……万一他要伤了、杀了少主，你如何？"

"我……"汀脸色惨白，手剧烈地发抖，低声道，"那我就杀了他！"

"好孩子。"如意夫人终于微笑起来了，放开了蓝发少女，抚摸着她的秀发，"好孩子，你和你那个叛国的姐姐，终归还是不一样的。"

在她的低语中，密室的门轰然倒了，一个人踉跄着破门而出，勉强站定。

"主人！"汀一声惊叫，冲上去，看到主人脸上裂开了一道伤口，血流披面，形状可怖。

"好！"西京推开她，却是将光剑换到了左手，抬起受了伤的右手，用拇指擦了擦脸上的血，放入口中舔了一下。他的眼睛看着室内漠然而立的傀儡师和桌上二尺高的偶人，缓缓开口，"好一个'十戒'，好一个'裂'！"

"好快的'天问'。"苏摩淡淡回答。

"汀，我们走！"西京手腕一转，"咔嚓"一声收回光剑，对着蓝发少女吩咐，"我可不想跟这种不像人的人待在一起。"

"是的，主人！"汀愣了一下，急忙跟了上去。

如意夫人奔入了密室，看到毫发无伤的傀儡师，忍不住地欢欣鼓舞："天哪……苏摩少爷，你居然能赢了西京吗？！"

苏摩没有回答，弯腰低下头，手指在地上摸索着，捡起了一枚戒指——那是方才被西京一剑削断落地的戒指。傀儡师极其缓慢地把戒指戴回手上——右手的无名指的指根上，忽然冒出了一道血丝。

与此同时，被斩断的引线另一头，桌子上偶人的右手肘部，慢慢地，居然也有血迹透出！

"苏摩少爷？"如意夫人倒抽一口冷气，连忙上去扶住了傀儡师，"你怎么了？"

"我没事。"苏摩回手捂住自身的右手肘部，指间鲜血淅沥而落，却看了看同样位置正在出血的偶人，眼神复杂。

"主人，我们不在赌坊等慕容公子了吗？"出了门来，汀惴惴不安地问，"我们还是回去吧？您的伤也要找个地方包一下呀。"

"不回去！"黑衣剑客皱眉，断然道，"我可不想和不像人的人靠那么近！"

"呃？"汀愣了一下，不明白方才主人已经说过一遍的这句话是什么意思，仰头，迟疑着问，"主人、主人是骂苏摩少主不是人吗？主人看不起鲛人？"

"想哪里去了。"西京无奈地皱眉，"我是说他没人味儿——这样的人还是人吗？可怕……怎么会变成这样？"

"变成……怎样？"汀莫名地看着主人，从怀中拿出手绢给他擦着脸上的血，惴惴不安道，"主人，你不喜欢苏摩少主？你、你会杀他吗？"

"杀他？"西京一把拿过汀的手绢，粗鲁地三下两下擦干净，"他不自杀就是奇迹了！"

顿了顿，握着染满鲜血的手绢，落魄剑客沉吟着，苦笑道："多少年了，还是第一次被人伤到。能有个那样的对手很难得呀——他死了就可惜了。"

"主人？"汀看着西京，忧心忡忡。

西京用手巾胡乱包扎着右臂的伤，吩咐道："汀，你回如意赌坊看看慕容修那个小子来了没，我就不去了，还有……"顿了顿，剑客仿佛沉吟了一下，脸色凝重，"还有，你回去告诉那个家伙，要他小心一些，如果不趁早斩断引线，他迟早要崩溃！那法子太恶毒，难怪他越修炼越不像人了。"

"什么法子？"汀依旧莫名。

西京苦笑起来，拍拍汀，问道："丫头，看到那个小偶人了吗？"

"看到了啊，和少主一模一样。"汀点头道，"孪生兄弟一样，好可爱！"

"可爱？那就是'裂'啊……"西京叹了口气，脸上有忧虑的神色，"没听过吧？我本来也以为不会有这种术法的——那个家伙，是把自己的'灵'硬生生分裂开来，把另一半'恶'封入了那个傀儡里，然后通过本体，用引线操控傀儡杀人！"

"为什么要分裂开来呢？"汀听得目瞪口呆。

"大约是为了避免'反噬'吧。"西京点点头，沉吟，"虽然我学的是剑道而非术法，却也略知一二——所有术法都有反作用，如果施用法术失败，在施法者没有防护的情况下，咒语将以起码三倍的力量反弹回施术者本身。而即使施用成功，也会有一定的力量反弹回来，造成潜移默化的不良影响。"

"所以，许多修炼术法的人，到最后无法再进一步，就是因为承担不起施法的同时带来的巨大反击自身的力量。"西京对着汀解释，"如今苏摩硬生生将自己一部分神魂分裂出来，封入傀儡中，用傀儡作为替身来承受反噬，那么他就可以无止境地提高自己的修为……一百年来，他大约就是这样修行的吧？"

"难怪少主这么厉害。"汀似懂非懂地点头，"可是，这样有什么坏处呢？"

西京摇摇头："后果是很可怕的……苏摩自以为能控制那个傀儡，却不知在他本体修炼提高的同时，承受反噬力折磨的傀儡力量也在积累，渐渐脱离他的控制——到最后是他控制那个傀儡，还是傀儡控制了他，那可说不定了……"

"啊？但是那个傀儡，本来不也是他的一半神魂吗？"汀还是不解，"怎么会有谁控制谁呢？"

"傻瓜，一个是'本来'的他，一个是'恶'的他。一个身体里面有两个截然相反的灵魂激烈争夺着，你说最后会如何？"黑衣剑客叹了口气，问道。

汀怔住，半晌，才喃喃道："会……发疯？"

"必然会。"西京缓缓点头，目光却是雪亮的，"目前看来，苏摩还能控制那只傀儡，但也已经到了极限了吧？如果不尽快斩断十戒上相连的引线，全面的崩溃也是迟早的事了！"

"天，我马上去和如意夫人说！"汀惊住，跳了起来，"得让少主切断那些引线！"

西京叹息，摇摇头："其实说了也是白说，他哪里肯啊……事到如今，引线一断，偶人自然死去，但是他多年苦修得来的力量也要随之散去，全身关节尽碎，成为一个废人——他这般孤僻桀骜，目空一切，又哪里会肯……"

　　风里的呼啸声还是隐约传来，那些风隼似乎往东边去了，变成了小黑点。仰头看着云荒湛蓝的天宇，剑客缓缓叹息："那家伙对谁都是毫不容情……当年阿璎遇上他，被他害成那样，也是劫数吧。"

　　长风吹动剑客的发丝，看着天宇，他微笑起来了："明庶风起了……从东边来的青色的风啊。汀，春天到了。"

九 · 云涌

走到分岔路口的时候，看到那笙没跟上来，慕容修不由得停下脚步回头看了看。那个苗人少女停在岔路口，双手撑着膝盖，弯下腰去看地上的什么东西。

"呃，慕容，好像很不妙呀。"那笙聚精会神地看着散落的蓍草，那是她一路走一路摘来的，"我们如果走这条路，前面一定有大难！"

慕容修无可奈何地看着她，这个女孩子自称会占卜，一路上不停卜卦算命，连过一座桥都要掐指算半天。他摇头，坚决反对："不行，非得去不可。你别磨磨蹭蹭的，天色晚了就糟了。"

"哎呀！你怎么就不听？"那笙看到他自顾自走开，连忙小跑着跟了上去，"我不是吹的！我算命真的很准！如果你要走这条路，一定有大难！"

"那么大仙，你另外选条平安的路走不就得了？别跟着我。"慕容修不耐烦至极。

"喂，你这个人怎么这么说话？我为你好哎！你以为我胡说是不是？好，我替你算，你听着——"那笙郁闷，却忍着气跟在后面，一边走一边掐指计算，"你叫慕容修，扬州人，巨富之家的长子……二十一岁，父亲已去世，母亲……呃，母亲健在……什么？她两百四十七岁了？哇，妖怪！"

在苗人少女诧然惊叫的同时，慕容修猛地停住脚步，回头看她。那笙埋头掐算，几乎一头撞到他怀里。

"你怎么知道？"慕容修不可置信地看着她，问道，"你究竟是什么人？"

"我是那笙啊！"那笙笑起来了，得意道，"我说我会算命……你信了吧？真的，听我的，别去郡城了，这条路凶险得很啊！"

慕容修不说话，看着眼前笑靥如花的少女——第一次觉得那样明亮的笑容有点看不见底。他是不信什么能掐会算的胡说，而这个少女居然对他了如指掌，显然是调查过了他的底细，才一路跟着他。而自己，居然对这个半路相遇的人一无所知。

虽然是鬼姬托付的，但是这个陌生的女子真的可信吗？

那笙不知慕容修心下起疑，只是一味劝阻他不要走这条路去桃源郡。却不料她越是劝慕容修不要走大路不要去郡城，慕容修心里就越是觉得蹊跷，但是他只是沉下脸，冷冷道："西京大人在如意赌坊等我，我怎么能不去？你若不肯，也不必跟来。"

说完头也不回地往前走去，那笙看他黑了脸，心下有点怕，跺了跺脚，无法可想，只好垂头丧气地跟上。两人默不作声地走了一程，那笙脚有点痛了，不停斜眼觑着慕容修，看他还是沉着脸，便不敢开口说要停下来休息。

慕容修为人谨慎，冷眼看见她面色不定，心下越来越觉得可疑。又走过一个岔路，看到前边越发荒凉了，只怕是杀人越货都无人察觉。他忽然有了个主意，便指着路边几块石头，道："走得也累了，坐下来歇歇吧。"

那笙就是盼着他这一句，连忙一屁股坐下，大口喘气："天，还有多远……我都累死了。"

"你歇歇，我去那边给你舀水来。"慕容修笑了笑，卸下肩上小篓子，"你替我看着瑶草。"

"呃，好吧。"那笙抬头，对他笑了笑。

那样明亮的笑靥，宛如日光下清浅的溪水，刺得让慕容修不自禁闭了一下眼睛，心下蓦然有些犹豫起来——难道……难道是自己多虑了？

然而虽然年轻，出身于商贾世家的人却是谨慎老练的。

"试试看就知道了吧。"他想着，把价值连城的瑶草筐子留下，走开去。

慕容修从河中取了水，故意在河边多逗留了一下，才往回走，摸了摸羽衣下缠腰的褡裢——宽大的羽衣遮盖下，谁都看不出那个他腰间系着昨夜打包整理的褡裢。那丫头如果有歹心，应该已经不在原地了吧……不过她一定不知道，为了以防万一，筐里昨夜就被自己换上了一团枯草了。

一边想一边往回走，还没转过河湾，已经看见石头上坐着的少女果然不见了，连着那只筐子。年轻的珠宝商人站在树下怔了一刹，手里的水壶"啪"的一声掉到了地上，然后俯下身默不作声地捡了起来，苦笑。

"逢人只说三分话，未可全抛一片心。"自小，家族里长辈在带他行走江湖经商的时候就这样教训过年少不更事的他，这世上又有谁不见财起意呢？已经吃了多少明枪暗箭的算计，自己居然还没长进，差点被那个丫头给骗了。

他重新整顿羽衣，走回大路上，急急赶路——天黑前他必须赶到桃源郡城去见到母亲托付的那位西京大人，不然，孤身怀有重宝的自己，只怕随时可能送命。

"喂！喂！你干吗？"才走了几步，忽然间身后有人清脆脆地唤他，"想扔下我一个人跑吗？！"

慕容修霍然回头——回首之间，只见一袭青色羽衣闪动，怒气冲冲的少女从路边树丛冲出来，大呼小叫地追上来，紧紧抱着一只筐子。

东面来的明庶风缓缓吹着，云荒上面一片初春的嫩绿，鲜亮透明，而大片深深浅浅的绿意中，那个穿着羽衣的女孩宛如一只刚出蛹的小小蝴蝶，努力扇动着翅膀飞过来。

不知为什么，忽然感到心里一热，他忍不住就笑了起来。

"慕容，你要我！"追得上气不接下气，那笙大怒，指着他的鼻子大骂，"你想趁机扔掉我不管吗？该死的家伙，你就不怕我把你一筐子瑶草当树叶烧了！"

慕容修想板起脸冠冕堂皇地说几句，但是不知为何居然忍不住地欢喜，只问："你刚才去哪里了？"

"我、我去那边林子里……"那笙忽然结巴了，脸红，然后低下头细如蚊蚋般回答，"人家、人家好像早上吃坏了肚子……"

"啊？哈哈哈……"慕容修再也忍不住地大笑起来。

"笑什么？等一下你一定也会闹肚子！"恼羞成怒，那笙恶狠狠诅咒，把抱着的筐子扔到他怀里，"不过我可是替你好好看着它的，一直随身带着。"

"我不要了，"慕容修连忙把筐子扔回给她，撇嘴道，"一定很臭。"

"你！"那笙闹了个大红脸，然后揭起盖子闻了闻，如释重负，"明明不臭！"

慕容修看她居然老实地去嗅那一筐叶子，更加忍不住大笑起来。

"很好笑吗？"那笙倒是被他弄得有些莫名其妙，看着一路上显得拘谨腼腆的年轻珠宝商这样子大笑。少年老成的他似乎记不起自己多久没有这样舒畅地笑过了，心里只感到说不出的轻松愉快，摇摇头："好，我不笑了，不笑了。我们快赶路吧。"

并肩走着，看着慕容修，苗人少女叹了口气，道："你笑起来真好看，应该多笑笑才是——你不笑的时候看上去好像谁都欠你钱一样，老了十岁呢。"

"呃？"被她那样心直口快的话弄得愣了一下，慕容修忽然再次笑了起来，"不能怪我，我自小都跟着家族长辈学习商贾之道，不够老成，人家哪里和你谈交易？"

"嗯？那么你家里那么多兄弟姐妹，就不跟你玩？"那笙诧异。

"慕容家年轻一辈为了家产钩心斗角，长房就我一个嫡子，明枪暗箭都躲不过来，哪里有闲心玩？"慕容修却愣了一下，嘴角忽然有一丝苦笑，"对了，以前我有个九妹妹，是三房庶出的，性格就和你一般，后来稍微长大，就完全变了——慕容家是个大染缸啊。"

"呃？"终究不明白大家族里面的复杂斗争，那笙表示了一下不解。慕容修也不想多费口舌，只是道："反正，这次来云荒，如果做不好这笔生意，我就连家都不能回了。"

那笙惊讶道："不会吧，你父亲你爷爷不疼你吗？"

"爷爷？"慕容修笑了一下，摇头说，"我是鲛人的孩子，怪物一个，怎么会疼？"

"鲛人？是不是就是'美人鱼'啊？"那笙怔了怔，吃惊，"听说个个都是美人，而且会唱歌、会织布，掉下来的眼泪是夜明珠……不过那只是传说啊！鲛人和你有关系吗？"

"嗯。"慕容修微笑着，点头，开始对这个少女说起他的身世秘密，"你真的挺厉害啊，不错，我的母亲今年的确两百四十多了。她是个鲛人，二十多年前我父亲来到云荒……"

一路走，一路将自己的身世说了一遍，满以为那笙会听得目瞪口呆。然而不料那笙只是半信半疑地抬眼看看他，讷讷道："听起来……好玄啊，比我给人算命时还唬人。"

"我干吗骗你？"慕容修有些不快，拂开垂落的发丝，压过耳轮，

"你看，鳃还在。"

"哎呀！"那笙跳了起来，凑过去看，啧啧称奇，"真的和鱼一样呢！"

"是吧。"慕容修不等她动手动脚，便放下了头发，"不过我父亲是中州人，所以我头发和眼睛的颜色都是黑的，而且也和一般人一样，二十多年就长成了现在这样。"

"好可惜……如果你像母亲，就能活好几百年了。"那笙叹气。

"那有什么好？"慕容修摇头，"到时候看着身边人一个一个死，你自己不死是很难受的——你没见我母亲现在多寂寞。"

"嗯……为什么她不再嫁呢？"那笙思忖，提议，"几百年！她可以嫁好几个……"

话没说完，看到慕容修蓦然沉下来的脸，她连忙噤声。

本来好好的气氛忽然又冷下来了，慕容修默不作声地继续赶路，那笙背着干草篓子跟在后面，快快不乐，暗自抱怨前面这个人翻脸的速度真是让人受不了，都不知道哪些是他的死穴不能碰。

前方是一片荆棘林，两人一前一后走入，小心翼翼地避开那些倒刺，寻觅着草丛中的路径。慕容修走得快，几乎要把她甩下，那笙心下一急，往前跑了一步，不小心"刺啦"一声衣服就被钩住了，她跪在地上，手忙脚乱地解开，最后还是以硬生生扯下一块来告终。

看着崭新的羽衣缺了一块，那笙大为心疼，忽然看到走在前面的慕容修忽然急匆匆地折返了回来，脸色苍白，仿佛背后有人追着他一样。

"嘘……"她刚要开口，慕容修忽然伏下身捂住了她的嘴，急急道，"别出声，有人追我！看样子像是杀人越货的强盗。"

"强、强盗？"耳边已经听到有一批人走近，那笙结巴脱口问。

说话间，那一群人已经追进了林子，越来越近，一边骂骂咧咧，一边细细搜索着。

"明明刚才迎面已经遇到那个小子了！居然一回头就跑了，机灵得和兔子一样！"

"别急，这林子不大，荆棘又多，他跑也跑不快，我们慢慢搜就是了。"

"耽误了时间，总管又要骂我们饭桶——抓到那小子，非砍残了他不可。"

显然训练有素，一群人呈扇形散开，慢慢打草搜树，脚步声渐渐走近。

那笙立时联想起天阙上那一群残暴的乱兵强盗，只吓得手心冒冷汗。忽然身上一轻，那只篓子已经被他拿走，手里却又被塞进来一样东西。她要问话，耳边听到慕容修低声吩咐："等一下我跑出去引开他们，你待在原地别让他们看见。好好拿着这个褡裢千万别丢了，雪罂子也放回你身上，免得落到他们手里……"

"不行！"虽然害怕，听到那样的安排，她还是用力摇头表示反对。

"笨蛋，你赶快去如意赌坊找西京来！我会沿路留下记号的。"慕容修狠狠按着她的头，躲在荆棘下急急吩咐，"这是最稳妥的安排了，不许不听！不然两个人一起死！"

听得搜索的声音越来越近，他不再多话，一把将那笙按到荆棘底下，将那个装着枯草的篓子背起，跳起身来，迅速往荆棘林外跑去。

"在那里！在那里！"果然一动就被对方看见，那群强盗立刻追了上去。

那笙大急，想站起来跑出去，然而荆棘钩住了她的衣服和头发，等她好容易站起来时，那群强盗已经追了出去，往大路上跑去。

"慕容修！慕容修！"她大叫，站了起来，衣服破了，头发散了，狼狈不堪。一站起来衣襟上的东西就落到地上：一个褡裢，一个用金簪子穿着的雪罂子，还有那本《异域记》——几乎是他的全部家当了。

那笙解开褡裢，一眼看到里面的瑶草，陡然就明白过来了。

"该死的，算计我。"想起方才的事，她讷讷地骂，站在荆棘林中，把包着的右手举起，放到眼前呆呆看着，忽然眼睛就红了一下，忍不住想哭。

"要是我告诉你我有'皇天'，你就不用逃了啊！怎么就不听我说完就跑出去了？"那笙喃喃说着，忽然用力踢着地上的土，哭了出来，"该死，该死！我不该瞒着皇天的事情！这一回害死他了！"

忽然间感到了彻底的孤单和无助，那笙一个人站在荆棘林里，一边解着被钩住的头发和衣服，一边呜呜咽咽地哭。悔恨了半天，好容易解开了那些倒霉的钩刺，已经衣衫褴褛发如飞蓬，脸上手上被划出了道道血痕，这个时候她才忽然想起了正事："啊，如意赌坊！去找西京救命！"

不敢怠慢，她背上褡裢，收起雪罂子和册子，跌跌撞撞爬起来走出林子去，沿着大路往前走，忽然脱口喃喃道："糟糕……我不认识路！完了！"

薄暮时分，如意夫人打点好了苏摩那边的事情，下楼来招呼生意，在场子里转了一圈。忽然，听得有人在头顶上轻轻叫她。美妇吃惊地抬头，四顾，顶上华丽的锦帐撩起，一张少女美丽的脸探了出来——梁上居然坐着一个人。

"汀？"她吃惊地问，没料到这个蓝发少女还留在如意赌坊。

"如意夫人。"汀确定那群光头游侠都不在了，看了看周围，轻轻跃下地。如意夫人奇怪地看着她，问道："你怎么没有走？待在那儿干吗？"

"等人啊……"汀无聊地叹了口气，"待在梁上容易看得清楚些，我等了整整一天了……主人答应做某个中州来的家伙的保镖，要在这里碰面。"

"哦？"如意夫人掩口笑起来，"能请动西京出手，雇主一定塞了很多钱吧？"

"才不呢……主人这次是一文钱不收，看来还要倒贴。"汀脸色有些复杂，叹息道，"没办法，因为他欠红珊好大的人情，人家让他帮忙他能说个'不'吗？"

"红珊？"听到那个名字，如意夫人霍然记起了这个同族颇负盛名的姐妹，恍然大悟，"她以前似乎也跟过西京大人一段时间吧？可她不是二十多年前嫁人去了中州吗？"

"嗯……我们鲛人里，也许她的命最好吧？"汀微笑起来，脸色复杂，"堂堂正正嫁了人，跟着丈夫安家立业，如今她儿子都长大成人，回到云荒做生意了，所以红珊才来拜托主人照顾他呢。"

"什么？"不知为何，如意夫人心里一跳，脸上色变，"红珊的儿子？最近他到云荒来了吗？他叫什么名字？"

"慕容修。"汀没有看到旁边如意夫人的脸色，随口回答，"如果没有意外，应该今天到了桃源郡。他和主人约好在这里见面的，可居然迟到那么久，真是的。"做一个商人，能那么不守信用吗？

"糟糕！"如意夫人一拍扶手，脱口惊呼。

"怎么了？"汀吓了一跳，莫名其妙地转头。

"可能办错了事……"如意夫人喃喃道，连忙转身，吩咐一个看场子的小厮，"快！去叫总管过来，有急事！"

然而，不等小厮去通报，主管胖胖的身躯从后面走了过来，看到汀在旁边，他到如意夫人耳边，压低声音禀告："夫人，那个中州来的人抓到了，但是货没在他身上！小的们正在地窖里用刑，不怕那家伙不吐出放哪儿了。"

"快停手！"如意夫人脸色阵红阵白，脱口回答，"快放了他！"

主管吃了一惊，眨巴着细细的眼睛："夫人，放了？好肥的一只羊啊。"

"蠢材！那是自己人！"如意夫人柳眉倒竖，忍不住扇了主管一巴掌，打得他满脸肥肉震颤，"他母亲是鲛人！你怎么不调查清楚就劫了？还不快给我放了！"

一迭声答应，主管捂脸狼狈而去，心里骂哪儿有抢劫还要先调查清楚人家祖宗三代的？然而看到如意夫人发火，忙不迭地跑了下去放人。

"你们、你们……劫了慕容修？"汀慢慢回过神来，指着她，因为错愕而有点结结巴巴，"怪不得他没来，原来是你们半路劫了他？"

"误会，误会而已……"精明干练的如意夫人从未有这一刻的狼狈，用帕子擦了一下额头的冷汗，苦笑道，"你也知道我们什么生意都做，他又带着重宝……真是见笑了。"

"可真糟糕。夫人，你快好好安抚慕容公子吧！"汀也苦笑起来，"万一主人看到他要保护的人被你们严刑拷打，脾气一上来，我拉都拉不住啊！"

"好，好，我马上去。"如意夫人连忙点头，站起身来，却嘀咕，"货不在他身上？人不是有两个，怎么少抓了一个？那么是在另一个同伴身上吗？"

带着瑶草，身负求援重任的那笙，此刻还在离郡城十多里的荒郊野外，孤身一人迷了路。本来她遇到岔路口就卜一卦，用来决定走哪一条路，可渐渐地离开了大路越走越荒僻，到最后居然连路都隐没在荒草里看不见了。

夕阳西下，天色渐渐暗淡，四野暮色合璧，风声也呼啸起来。

那笙拉紧了破得满是窟窿的羽衣，背着满裙裾的瑶草，站在茫茫荒野中又急又怕，跺着脚不知道如何是好，生怕赶不及去如意赌坊，误了慕容修的性命。

"对了，沿着水流走……或许可以碰到人家问问路。"听到远处水流叮咚，那笙终于有了个主意，眼睛放亮，立刻拔脚循着水声追了过去。

那应该是青水的支流，水色青碧，掬手喝了一口，甘美温暖。那笙沿着水流走了几步，诧异地看见水中居然散落着点点嫣红的桃花花瓣，浮在青色的水面上，美丽不可方物。

"云荒也有桃花？"那笙一路走，一路诧异地四顾，却没看见周围有花树。

"奇怪。"她忍不住弯下腰去，想捞一片上来，然而奇怪的事发生了——那些漂浮的桃花花瓣一触及她的手指，陡然间纷纷沉没到了水里。

"哎呀。"她再去抓，然而那些花瓣仿佛活的一样，纷纷散开，沉没，非常好看。

"算了。"那笙泄气道。换了平日，以她的心性非要抓到几个才罢休，但如今一想到慕容修落到了那些歹人手里，她就顾不上玩了。待要起身，忽然看到水上漂下一物来，她顺手捞起来看，却是一块衣物，上面有淡淡的殷红色。

"啊，附近有人！"那笙精神一振，整整衣服，沿着水流小跑起来。

跑出十几丈的时候，转过一丛芦苇，果然看到了前方河岸上有个人，正俯下身来掬起一捧水，长发从肩头瀑布般垂落水中，掬水的手里落下点点嫣红的桃花。

"喂！"那笙喜不自禁，一边跑一边招手，上气不接下气，"喂，请等一下……"

那人显然听见了她的招呼，转过头来。然而不知为何，看见她沿着河岸跑过来，忽然松开手，"呼啦啦"将那捧桃花撒掉，纵身跳入水中。

"喂！喂！你……你干吗？"那笙被那个人吓了一跳，只见那个人"扑通"一声跳入水中，水面镜子般裂开，整个人就无声沉没了下去。

"糟了，她要寻短见！"那笙看到那个人已经沉入水中，只余下一头长发载沉载浮。她来不及多想，甩了裙裾，也不管自己水性多差，一头跳入了水中，奋力游近，去拉那个投水的女子。然而，等她好容易到了那人身侧，去拉溺水者的时候，手忽然一紧，却被那个人一把狠狠拉住。

"放开，放开……"那笙忽然觉得喘不过气来，奋力往水面游去，冒出头吸了一口气，就被那个溺水者死死拉着，沉甸甸坠入水底。

如若她水性精良，便应该料到濒临死亡的溺水者在遇救的一刹那，会下意识缠住救人者的手足，很容易将救人者同时拉下去。此时便应该当机立断地重击溺水者后颈使其松手，然后从背后揽住溺水者，将其拖上岸。然而那笙自己水性也不是很好，更从未有水下救人的经验，被咕嘟咕嘟呛了几大口水，顿时头昏脑涨分不清东西南北，直往水底下沉下去。

下意识地，她用力想挣开那个溺水者的手，然而那个人却是毫不放松。那个人的长发在水里散开来，居然是奇怪的深蓝色。挣扎之间，透过水藻一般拂动的发丝，那笙忽然看到了那个人近在咫尺的眼睛，充满了杀气和狠厉，狠狠按住她，往水底摁去。

那个人，那个人是故意的？她、她为什么要……

那笙在水下大口吐着肺里的空气，眼前浮动过大片的嫣红色的桃花，意识恍惚的刹那间，她忽然认出来了——原来是水母啊……

神志开始涣散，每一口呼吸都呛入了水，她陡然觉得后悔，居然就要这样莫名其妙送命在这里了？慕容修还在那一帮强盗手里！还等着她回去救他呢！

一念及此，一股不甘顿时涌起，那笙用尽了全力乱踢乱动。忽然间，不知道她踢中了哪里，那个人全身猛地震了一下，手指松开了，整个人往旁边漂了开去，清冽的水中漂着一路的血红。

那笙顾不上别的，立刻踢着水往上游去，浮出水面大口呼吸，手足并用湿淋淋地爬上岸去，狼狈不堪地大口喘气。暮色中，她看见自己下水时甩下的褡裢扔在数十丈外，原来水底那一路挣扎，居然不知不觉就顺流漂下了那么远。

简直是逃出生天，那笙连忙爬起身来，跌跌撞撞跑向褡裢那边。确定到了安全的地方，她一连呕出了几口清水，感觉筋疲力尽。

斜阳已经快要隐没在西边山头了，从这里看过去，天尽头的白塔高入云霄，一群又一群白色的飞鸟绕着它盘旋，翅膀上披着霞光，宛如神仙图画——然而，在这个桃源仙境般的地方，她这几日来遇到的人和事，却居然和纷乱的中州没任何区别，甚至更加危险和邪异。

"只有你们这些中州人才把云荒当桃源。"

雪山顶上那位傀儡师的话忽然又跳了出来。经历了那么多颠沛流离，从未退却过，但是在水底求生的刹那间，筋疲力尽的那笙忽然间感到了灰心——或许，那个叫苏摩的诡异傀儡师说得没错，自己如今的确是到了梦破的时候了。

然而，等得稍微喘息平定，那笙便挣扎着起身，背上褡裢，继续往前走去——无论如何，得赶快跑到郡城去找西京救人，不然慕容的命就完了。

方才那个奇怪的人没有再上岸，然而她还是提心吊胆地离开河边远远地走，一直到走出一里地，到了一处浅滩上，她才松了口气，停下来辨别路径，无可奈何地发觉自己还是迷路，不知道身在何处，茫无目的地乱走，真不知何时才能到桃源郡城。

走着走着，脚下忽然踢到了什么东西，她低头一看，忍不住惊叫了一声，一下子跳开来。

有一个人躺在那儿。应该是被冲上来的，身子斜在滩上，肩膀以上却浸在水里，一动不动，头发随着河水拂动冲上岸来，居然是奇异的深蓝色。

"呀！"认出了是刚才在水底要淹死自己的那个家伙，那笙吓了一跳，退开几步。然而随即看到那个人躺在那儿，似乎是完全失去了知觉，身下一汪血红色的河水，脸衬在一头深蓝色的长发内，更加显得苍白得毫无血色，然而又是令人侧目的美丽。

"活该，真的淹死了？"那笙看到那个人这个样子，舒了一口气，退开几步，喃喃自语，"真是的……这么漂亮的女人，干吗平白无故要杀我？难道是个找替身的水鬼？"

仿佛回应着她的话，那个躺在水里的人的手指忽然微微动了一下。

那笙吓得又往后退开几步，然而那个人只是动了一下手指，没有别的动作。她松了口气，忽然觉得有些不忍起来——如果这样走开来，这个人大约就要活活死在这里了。然而想起方才对方不分青红皂白就要溺死自己，那笙打了个寒战，又犹豫着不敢上前。犹豫之间，低头看到了自己包扎着的右手，她忽然眼睛一亮："对，我怎么又忘了？我有'皇天'，怕什么？"

于是壮着胆子，涉水过去，俯下身用力将那个人从水中拖出来——这个苗人少女却忘了想想，如果皇天像方才溺水那样都不显灵，她又该如何？

幸亏那个人的确是奄奄一息，被从水里拖出来的时候一动也不动，手足如同冰一样寒冷，脸色惨白，双眼紧闭。

"啊，不会已经淹死了吧？"那笙喃喃自语，忙不迭地将那人扶起，靠在河岸石块上，拨开那一头颜色奇怪的头发，探了探鼻息——顿时，有一丝丝冰冷的气流触及了她的手。

"还好，有救。"那笙长长舒了口气，却又不知道怎么办才好，手忙脚乱地拍着那个人的后背，想控出她呛下的水来，然而折腾来去却不见她吐出一点，正当她横了一条心，准备使出最后一招，嘴对嘴地给对方渡气时，那个人忽然低低呻吟了一声。

那笙听得她出声，脱口惊喜："哎呀，你醒了？"

"呃……"仿佛有极大的苦痛，那个人发出了低呼，缓缓睁开眼睛，目光刚开始时是散乱的，然后慢慢凝聚起来，落到那笙身上。那笙碰到她的目光，又下意识地往后退了几步，却欢喜："我还以为你淹死了呢！"

"淹……死？"那个人终于出声说话，声音却是有些低哑，有些奇异地看着那笙，仿佛在审视着她。许久，她目光里再度闪过痛苦之色，似乎已无法忍受，低低问，"你、你不是……不是沧流帝国派来的？"

"沧流帝国？"那笙愣了一下，似乎隐约听说过这个名字，摇头道，"不，我是中州来的！半路被强盗抢劫，迷路了——请问一下，姑娘你知道往桃源郡城怎么走吗？"

"中州……"那个人低声重复了一遍，有些不信似的看了看那笙，忽然大声咳嗽起来，全身颤抖，慢慢缩成一团，似乎又失去了知觉。那笙吓了一跳，也忘了躲避，忙忙地过来拍着她的后背："快吐出来！你一定呛了很多水了，不吐出来不行的！"

一语未落，她忽然觉得窒息——那个人瞬间出手，卡住了她的脖子，把她按到了地上！

"你、你……"咽喉上的手一分分收紧，那个女子的手劲居然大得出奇，她怎么都无法挣脱。那笙没料到自己真的会被二度加害，急怒交加，渐渐喘不过气来。

"真的是普通人啊？对不起。"在她快要失去意识的时候，那只手忽然松开了，只听那个人低低说了一句，然后仿佛忽然失去了力气，沉重地瘫了下来，倒在了她身上。

那笙一声尖叫，这时候才发觉那个人背部深深嵌着一支箭头，满身的血。

天快黑的时候，守着那个呼吸越来越微弱的人，她的犹豫终于结束了，一咬牙，闭着眼睛，狠狠拔出了那支箭头。

血喷溅到她的脸上——奇异的是，那居然是没有温度的、冷冷的血。

箭头拔出的一刹那，那个人大叫一声，因为剧痛而从昏死中苏醒过来。那笙吓白了脸，忙拿撕好的布条堵住背后那个不停涌出鲜血的伤口，手忙脚乱。

"别费力了……"忽然间，那个人微弱地说了一句，"箭有毒。"

那笙大吃一惊："有毒？"

她捡起那一截箭头，看到上面闪着蓝莹莹的光芒，果然是用剧毒淬炼过。她吃惊地看着那个脸色苍白的女子："你……你得罪了谁？被人追杀？"

"拿、拿来……"那个人勉强开口，伸出手来，"让我看看。"

那笙把箭头交到她手里，那个人把那支射伤她的毒箭放到面前，仔细看了片刻，眼神慢慢涣散下去："哦……'焕'，是他，是他。"轻轻说着，手忽然一垂，仿佛力气用尽。

"喂，喂，姑娘你别闭眼！"那笙看到她眼睛又要合上，心知不好，连忙推她。那人在她一推之下，勉力振作精神，睁开眼睛看了看她，喃喃道："你、你叫什么名字？"

"我叫那笙。"她老老实实回答，同时翻开包袱找东西给她治伤。

"那笙姑娘……"那个人却忽然撑起了身子，看着她，苍白得没有血色的脸上有垂死前的阴影，费力地开口，"你、你能否帮我带一个口讯，去桃源郡……如意赌坊？"

"如意赌坊？"那笙眼睛一亮，"我正要去那里呀！但是迷路了……你认路吗？"

那人点点头，手指缓缓在河滩上画着，画出一张图："你从这里……沿河一直走，五里路，左转……咳咳，然后，然后看到一条大路……就是进城的路。"

"好呀！"那笙如无头苍蝇般奔波了半日，不由得大喜过望，"多谢姑娘了！"

"咳咳，我、我不是……女的。"那个人流露出些微的苦笑，低声回答。

"呃？"那笙正在扯开"她"上身的衣服，准备清理伤口，果然看到了一个属于男人的平坦胸部，猛然呆住。虽然不像汉人女子般腼腆拘谨，但是她还是闹了个大红脸，口吃道："你、你……你是男的？"

那个人似乎已经衰弱到了极点，没有开口回答，只是缓缓摇头否认。

"呃，不是男的，也不是女的？"那笙糊涂了，摸了摸那人的额头，触手冰冷，根本没有发烧。

"我是个鲛人……"看到那个中州少女的神色，联想起方才她居然会问自己是否"淹死"，那个人苦笑起来，不得不费力解释了一句。然后知道精力不多，不等那笙惊诧地反问，断断续续地交代："请、请你去如意赌坊，找如意夫人……说，炎汐半途遇上了风隼，战死，无法前来迎接少主……"

那笙认真记着他的话，没有去仔细想，只是重复："你说，炎汐，半途遇上风隼，死了，没办法来——是不是？"

"嗯……"那个人神志再度涣散，用了最后的力气，将那支箭头递给她，"带、带回去……给我的兄弟姐妹……告诉他们，小心……小心沧流帝国的云焕少将。"

"啊？"怔怔地接过箭头，看到上面刻着的一个"焕"字，那笙脑子才转过弯来，"你说什么？你就是那个什么炎汐，是不是？"

那个人微微点头，似乎为这个中州少女如此迟钝而焦虑，然而毒性迅速发作起来，他只觉得力气慢慢从这个身躯里消失："拜托了。我死后，可以把我的双眼挖出来，送给你，算是报酬……不要埋葬我……把我扔到水里去……"

"什么？"那笙听得毛骨悚然，跳了起来，"挖出双眼？胡说八道……呸呸，胡说八道。你才不会死！"

那个人看到她这样的表情，还要说什么，那笙已经再也不听他的话，解开褡裢，抓了一枝草出来："你看，你看，这里有瑶草……有一包瑶草！所以，别担心！"

一边说，她一边把那枝瑶草嚼碎了，敷到他背后的伤口上去。其实她也不知道该如何使用，但是想想不是口服就是外敷，干脆双管齐下——虽然这是慕容的东西，但是人命关天，此时也顾不得了。

"瑶、瑶草？"看到居然有那样灵异的药草，那人昏暗的眼神亮了一下，显然也是大出意外，然而转瞬暗淡了，"没用……瑶草……不能治这种十巫炼制的毒……"

"呃？不会吧！"那笙正要把另一枝瑶草送入炎汐口中，听他那么一说，愣住了，"慕容还说瑶草能治百毒！怎么还是不行？"

"因为箭头上是、是十巫炼制的毒……"炎汐苦笑着，摇了摇头，深蓝色的长发垂下来，掩住了他半脸，他眼睛缓缓合起，"除非、除非……"

"除非什么？"那笙急了，凑过去听，然而炎汐只是淡淡道："说了也无用……你、你快去如意赌坊吧……这个，送你。"不等那笙发问，他忽然用尽最后的力气抬起了手，挖向自己的双目。

"哎呀！你干吗？"那笙吓了一大跳，连忙扑过去打开他的手。

"哦……"炎汐的手被她用力打开，然而，仿佛更加确认了什么，他点点头，放心地说，"托付给你，果然、果然没错……你不知道吧？鲛人的眼睛叫作凝碧珠……如果挖出来，是比夜明珠都贵重的珠宝……价值连城……"

"血淋淋的，再值钱我也不要！"那笙想着挖出来的眼珠，不自禁打了个寒战。

"那么……没什么可以报答你了……"炎汐摇摇头，声音微弱如游丝，催促道，"快走吧……我怕……风隼还会过来……"

那笙看看天色，已经完全黑了，她心下也开始担心慕容修的安危起来——方才自己是迷了路，无可奈何被困住，如今知道了路，真是恨不得立刻飞了过去找到西京回去救人。

她重新打了个包袱，背起了褡裢，准备上路。

然而，回头看见河滩上半躺着的炎汐苍白的脸，静静地合上了眼睛，清秀的脸上有大片淡淡的黑气——这个人，就要死在这个荒郊野外？那边是人命，这边又何尝不是一条人命？

终究不甘心，她忍不住回过身来，摇着他的肩膀，接着追问他方才说了一半的回答，做最后无望的努力："你告诉我，要解你的毒，除非什么？"

"除非……"被剧烈摇晃着，在开始失去意识的刹那间，炎汐终于吐出了几个字，"雪罂子……"

"哎呀！"那笙忽然大叫一声，抱着失去意识的人欢呼起来。

黑暗，黑暗……还是无尽的黑暗。为什么看不到蓝色？

海国的传说里，所有鲛人死去后，都会回归于那一片无尽的蔚蓝之中——脱离所有的桎梏、奴役、非人的虐待。变成大海里升腾的水汽，在日光里向着天界升上去、升上去……一直升到闪耀的星星上。如果碰到了云，就在瞬间化成雨，落回到地面和大海。

所以，他从来不畏惧"死亡"。

那应该是自然而然的事情，特别是对舍弃了一切，作为复国军战士的他来说。何况，鲛人都活得太久，很容易感到对这个世界的厌倦和绝望。他已经快要三百岁了，看过了太多的起落沧桑，生死早已淡然。

然而，为什么眼前只是一片黑色？他死后到了哪里？

耳边有"呼呼"的风声，和奇怪的"嗦嗦"声，似乎在草中穿行。

"这是哪里？"他忍不住低低地发出声音来，不知道身在何处。

"啊呀！太好了，你醒了！"回应他的，居然是大得吓人的欢呼。然后他感觉身子忽然一沉，重重砸到了地上——那样剧烈而实在的痛楚，以及背靠坚实大地的感觉，让他飘移的意识瞬间回到了身体里。

这是哪里？眼睛看到的还是一片漆黑，然而，那空茫的黑色里，忽然闪现出了几点碎钻般的光亮。

哦，原来……是夜空。

视线渐渐清晰。猛然间，夜空消失了，一张满是笑意的脸充盈了他的视野，因为凑得太近而看起来有些吓人，张开的嘴里两排小小的贝壳般的牙齿，欢呼的声音也大得有些吓人。

那笙扔下拖着的木架子，跑到炎汐身边，看着他睁开的眼睛，欢呼。

"那、那笙？"好容易认出了面前的人，他费力地开口，"我……还活着？"

那笙用力点头，笑得见牙不见眼，晃着怀里那一簇雪罂子残留的茎叶："你没想到吧？我正好也有雪罂子！嘿嘿，厉害吧？我厉害吧？"

"真的吗？"炎汐看着她的笑容，苦笑了起来，"你、你知道……雪罂子，能值多少钱吗？"

"呃？应该很值钱吧？不然慕容那家伙怎么肯答应带我上路？"那笙倒是愣了一下，然后摇头，"不过再贵也毕竟只是一棵草，跟人命怎么能比？"

背后的伤口上火烧一般的刺痛已经消失了，全身的痛楚也开始缓解，雪罂子的药力居然那么迅速。炎汐躺在地上，摇了摇头："人命？咳咳，鲛人也算人吗？"

"胡说八道！怎么不算？"那笙诧异，甚至有些愤怒，"慕容修那家伙就是鲛人的儿子！鲛人又怎么了？个个都是美人，还活得比人长命，多好啊。"

炎汐看了看她——本以为她是一无所知所以才会如此待自己，没料到这个中州少女居然也知道鲛人的事，却毫无偏见。他笑了笑，勉强坐了起来："我们到哪儿了？要赶快去郡城才好。"

"嗯，前面就是官道了……我刚才拖着你走了五里路哎！厉害吧？"那笙指着前方的依稀可见的城郭，扬扬得意。

"辛苦你了。"炎汐低下眼睛，"所有对鲛人有恩的人，我们都永远铭记。"

"嘻，别那么一本正经——出门在外，相互帮忙是应该的。"那笙走过来帮忙扶着他，正色道，"如果没有别人帮我，我根本来不了云荒，就死在半路了。"

说话间，触及炎汐的手，惊讶地发觉他的手臂居然依然冰冷。

"没事，鲛人的血本来就是冷的。"不等她发问，炎汐看出了她的疑问，挣开了她的手，回答，"我可以自己走。"

那笙看着他用树枝撑起身体，将肩背挺得笔直，一步步往前走，居然完全似没有受过垂死重伤的样子，不由得咋舌，连忙跟了上去，忍不住好奇地发问："哎呀，难怪你这么好看，原来也是鲛人？那么你哭的时候，掉下来的眼泪也能变成夜明珠吗？变一颗出来让我看看好不？"

炎汐不知如何回答。对方是救命恩人，本来她提出任何要求自己都应该竭尽全力去回报，然而这样的要求却让人不得不皱眉。看着少女热切的眼神，炎汐终于还是无法可想："这个……很抱歉，那笙姑娘，我从来没有哭过啊。"

"啊？"那笙愣了一下。

"复国军战士流血不流泪。"炎汐没有看她，一路走，一路看向天地尽头的白塔，淡淡道，"特别是，不能流给那些奴隶主看，让他们拿鲛人的痛苦去换取金钱。"

"呃？"那笙吃惊地睁大了眼睛，"有人拿鲛人眼泪去换钱吗？"

"当然有。"炎汐点点头，夜风吹起他深蓝色的长发，他苍白清秀的脸有一种介于男女之间的美，带着某种吸引人的奇异魔性。那笙看着他深碧色的眼睛，隐约记起苏摩也有同样颜色的眸子，然而却不由得打了个寒战，口吃道："也、也有人挖鲛人的眼珠去卖吗？"

"珠宝商们管那个叫'凝碧珠'，非常值钱——除非鲛人的眼睛哭瞎了，无法再收集夜明珠，而鲛人本身又年老色衰，奴隶主们才会杀掉鲛人挖取眼睛。一个鲛人只能有一对凝碧珠，所以，比夜明珠值钱多了。"炎汐淡淡解释，面容平静。那笙在一边听得目瞪口呆，喃喃道："啊……真的有这样的事？我逃荒的时候听说青州大旱，城里的人都开始吃人肉。但是……但是这里是云荒啊！怎么也有这样的事？"

"有空的话，我再和你说说这个云荒大地上有关鲛人的事吧……"看到少女惊愕的表情，怕说得多了吓到那笙，炎汐转开了话题，"你从中州来？中州一定比云荒好得多吧，你为什么要离开那里来这个地方？"

那笙陡然愣住，不知道回答什么才好。

忽然间两人仿佛都变得心事重重，只是不出声地沿着路走着，远处的灯火无声召唤着两个在旷野中行走着的人，风从耳边呼啸掠过。

"只有你们这些中州人才把云荒当桃源。"

——慕士塔格绝顶上，苏摩冷笑着说出的那句话反复涌上心头，那笙眼前闪现出傀儡师空茫然而仿佛看穿一切的眼神。忽然间，"咔嚓"一声轻响，心里有什么东西，碎掉了。

炎汐走在前面，忽然听到了风里少女的哭声，很小声很小声，似乎不想让人听到。

他惊诧地止住了脚步，回头看那笙，看见她把脸埋在手掌里，一路走一路呜咽，夜风呼啸，吹起她蓬乱的头发和破碎的衣衫，那笙忽然抬起头看着他，眼神是无望而悲哀的，有梦破后的暗淡，啜泣道："我、我不知道……会来这样的地方。但是……没地方可去了。我的家乡被烧了……族人都已经死了。"

"我……我以为，云荒会是桃花源一样的地方。"

炎汐无语，忽然后悔自己方才就这样将血淋淋的事实不加掩饰地告诉了面前的少女。

就在这停步沉默的一刹那，寂静中，荒郊的风声忽然大了起来，风里隐约有奇异的呼啸一掠而过。

"趴下！"炎汐忽然大喝一声，扑过来将那笙一把按到了草丛中。

"唰——"眼角的余光里，那笙只看见有一双大得可怕的羽翼忽然遮盖了她所有视线，呼啸着从头顶不到三丈的地方掠过，带起强烈的风暴，甚至将她和炎汐裹着吹得滚了开去！

她惊声尖叫，看到那只大鸟掠过头顶，然后往上升起，盘旋在半空，夜幕下，她看清了星光下总共有两只这种大得可怕的鸟，在荒郊上空呼啸着盘旋。

"风隼！"耳边忽然听到了炎汐的声音，镇静如他，声音中也有一丝颤抖，"糟糕，被他们发现了！"

风隼是什么？就是这种翅膀直直的大鸟？云荒的鸟，怎么都不扑闪翅膀就能飞的吗？

那笙来不及问，忽然间听到耳边响起了刺耳风雨声，骤然落下。忽然间天旋地转。炎汐护着她一路急滚，避开了从风隼上如雨射落的劲弩，然而毕竟重伤在身，动作远不如平日迅速，还未滚下路基，左肩猛然一阵剧痛。

同一时间，那笙也因为右肩的刺痛而脱口惊呼——从风隼上凌空射落的劲弩，居然穿透炎汐的肩骨，刺入那笙的肩头！

那，是多么可怕的机械力！

风吹得他们几乎睁不开眼睛，炎汐抬起头，看到方才发起进攻的风隼在射出一轮劲弩后，再度拉起，掠上了半空，而另外一只盘旋着警戒的风隼立刻俯冲了下来，起落之间，居然配合得天衣无缝。

"别担心，没有毒——还好来的不是云焕。"在进攻间隙中，炎汐迅速拔出了箭头带血的箭，急急嘱咐，"你快趴在草丛里逃开，我大约能拦住它们半个时辰……你要快逃！去如意赌坊！"

不等那笙说话，炎汐一把将她远远推开，自己从草丛里站了起来，反手从背后拔出佩剑，迎面对着那一架呼啸而来的风隼。

劲风吹得长草贴地，鲛人战士一头深蓝色的长发飞舞，提剑迎向如雨而落的飞弩。

炎汐身形掠起，挥剑画出一道弧光，齐齐截落那些如雨落下的呼啸的劲弩，剑光到处，那些劲弩纷纷被截断。然而那些机械力发出的劲弩力道惊人，借着凌空下击之力，更是可怖。他的剑每截断一支飞弩，手臂便震得疼痛入骨，牵动背后伤口，仿佛全身都要碎裂。

"走，走啊！"瞥见那笙跌倒在长草中，犹自怔怔地看他，炎汐急怒交加，大喝，声音未落手中光芒一闪，原来佩剑经不起这样大的力道，居然被一支飞弩震得寸寸断裂！

他被巨大的冲力击得后退，张口喷出一口鲜血，踉跄跌落地面，背后的伤口完全裂开了，血浸透了衣衫。

此时那架风隼射空了飞弩，再度掠起，飞去。趁着那样的间隙，炎汐回首，对着那笙大喝："快走！别过来！滚开！"

疾风吹得那笙睁不开眼睛，然而她反而在草丛中朝着炎汐的方向爬过去，紧紧咬着牙，看着头顶迎面压下的巨大的机械飞鸟，脸上有一种憎恶和不甘——为什么所有人都要让她走？她就只有逃跑的命吗？炎汐分明已经重伤，还要他舍命保着自己？

何况，即使炎汐死战，她也未必能逃得过风隼的追击。

那笙跌跌撞撞手足并用地爬到了炎汐身旁，却被他踹开。她被踢得退开了一步，然而踉跄着站了起来，挡在前面，对着迎面呼啸而来的风隼，张开了双手。

螳臂当车是什么感觉？

当此刻她看到做梦都没见过的可怕的东西压顶而来，而自己和同伴只有血肉之躯时，那笙恍然觉得自己就是那只被车轮碾得粉碎的螳螂。

她没有力量，但是至少她有那样的勇气。满天的劲弩呼啸而来，箭还未到，她的脸已经被劲风刺得生疼。她闭上了眼睛，张开了双手去迎接那些透体而过的劲弩——天啊……要是她有力量拦住那些箭就好了，要是她有足够的力量让它们停下来就好了……

"借你力量，你会满足我的愿望吗？"

忽然间，心底一个声音忽然发问——宛如那一日雪峰上断手的出声方式。

"可以！可以！"

隐隐地，她记起了在哪里听到过这个声音，然而来不及多想，大声回答。

劲弩呼啸着刺入她的肌肤，炎汐挣扎着探手，拉住了她的脚踝，她身体猛然失去平衡，向后倒去。

"去九嶷吧。"那个声音回答，"我救你。"

九嶷？那笙忽然想起了那个梦里死死缠住她的声音，猛然大悟，冲口而出："是你！是你——好！我去九嶷！"

就在那一刹那，那些已经切入她血脉的劲弩瞬间静止，仿佛悬浮在空气中的奇异雨点。她忽然感到右手火一样烫，包扎着的布条凭空燃烧！

那火是金色的，璀璨耀眼，瞬间将束缚住她右手的布化为灰烬。皇天的光芒陡然如同闪电照亮天地！那笙只觉得右手从肩头到指尖一阵彻骨的疼痛，仿佛从骨中硬生生铮然抽出了什么东西。她跌倒，骇然睁大眼睛，看到自己右手指尖陡然发出了一道光芒！

失衡的身子继续往后跌落，然而她的手仿佛被看不见的力量推动，尽力前伸，凭空画出一个半弧。

从半空俯视下去，看到射出的劲弩居然半途被定住，风隼上的沧流帝国战士惊骇莫名，负责操纵机械的战士连忙扳过舵柄，调整风隼双翼的角度，想借势掠起——然而，风隼仿佛被无形的力量定住，也完全不能动！

这是怎么回事？！风隼上的数名沧流帝国战士目瞪口呆，怔怔看着底下草地上那个跌倒在地的少女。

一切在她的知觉里仿佛变得极其缓慢。那笙的手缓缓画出一道弧，劲弩一支支被截断，疾风劲吹，遍地长草如浪般一波波漾开。

一瞬间过后，她失去平衡的身子终于跌落地面，重重地落到炎汐身侧。忽然间，那些凝定的飞弩仿佛被解除了禁锢，噼啪如雨掉落地面。半空中的风隼猛然也开始动了，重新掠起。

那一架风隼死里逃生，急急转向，掠起。然而还没有掉过头，忽然听到了高空中另外一架风隼上同伴的惊呼："小心！"

风隼内所有人的眼睛都睁得几乎裂开，不可思议地盯着面前：随着那笙手指方才画出的方向，一道闪电般的弧形忽然扩散，迎面而来，不等他们来得及掉头，耀眼的光芒陡然湮没了所有一切！

"皇天！皇天！"惊骇呼声从风隼上传出，传遍天地。

当那一道光芒照亮天地的时候，一齐仰望的，不知道有几双眼睛。

"那丫头终于能彻底唤醒皇天的力量了啊！"透过水镜看着桃源郡的荒郊，金盘中，那颗头颅微笑起来了，"白璎，方才一刹那，你的'后土'也产生共鸣了吧？"

"可是，她那样一出手，只怕连沧流帝国都被惊动了。"旁边的大司命面色喜忧参半，"以目前皇天的力量，只怕很难保全她突破十巫的阻碍，破开余下的封印。"

"她下面将去九嶷，那里有第二个封印，我的右足。"真岚皇太子顿了顿，"去那里路途遥远，还要经过苍梧之渊，才能到达历代青王的封地——得找人护送她才行。"

"我去。"白衣的太子妃出列，跪下请命，手上戒指熠熠生辉，"'后土'能和'皇天'相互感应，应该让我去。"

"白璎，别逞强。"真岚皇太子摇头，"你如今是冥灵之身，白日里如何能游走于人世？"

一边的大司命迟疑，显然感到了为难："如今所有空桑人在白日里都无法离开无色城，六王又是冥灵之身，如何能护得那笙姑娘周全？"

断手托起头颅，真岚皇太子脸上忽然有了一个意味深长的笑容："谁说所有空桑人都在无色城里？云荒上不还跑着一个？"

大司命和六王都猛然呆住，半晌想不起来皇太子说的是谁。"裂镜"之战以后，伽蓝城里十万空桑人全部沉入无色城沉睡，而云荒大陆上残留的空桑人遭到了冰族的残酷血洗，一遍遍的筛选让流离在民间的空桑残留百姓无一幸免，而如今时间过去了百年，即使当初有侥幸存活的空桑遗民，也该不在人世了。

许久许久，白璎猛然明白过来了，脱口道："大师兄？"

"对了！"看到妻子终于猜中，真岚皇太子大笑了起来，"就是西京——我的骁骑大将军。当年我下令将他逐出伽蓝城，永远流放，也是为了留一手，预防万一出现如今的局面。"

"皇太子圣明。"大司命和六王惊喜交集，一齐低首。

"呃，别说这样的话，我一听就全身不自在。"头颅露出了一个尴尬的苦笑，抓抓头，却忘了自己目前哪里有"全身"可言，然后顿了顿，"只是，毕竟过去了百年，就怕如今西京未必会听从我的指令了……"

"哪里的话，西京师兄从来都是空桑最忠诚骁勇的战士，不然当年也不会这样死守叶城。"白璎抗声反驳，眼神坚定，"百年后，定当不变。"

"希望如你所言。"真岚叹了口气，有些头痛地抓抓脑袋，看了看白璎，"看来还得让你去一趟了——不知道西京将军如今在哪里，要辛苦你了。"

"这是白璎的职责，殿下。"白衣女子单膝下跪，低首回答，"今晚我就出发。"

高高的白塔，俯视着云荒全境。

在那一道闪电照彻天地的时候，映得观星台上十位黑袍人的脸色苍白，面面相觑。

"终于出现了……"巫咸看着东方，喃喃自语，"皇天。"

"我已经派出了云焕，带领十架风隼前往桃源郡。"统管兵权的巫彭稳稳地回答，信心十足，"他将会带着那枚戒指回来——即使把桃源郡全部夷为平地。"

"是云焕领着风隼去？"巫姑"桀桀"笑了起来，用干枯的手指拨动念珠，"巫彭，你对你的人放心得很嘛！派兵也不和我们商量一下。"

巫彭神色不动，淡淡回答："沧流帝国境内的所有兵力调动，乃是我权柄所在，若事事经过公议，那只是白白耽误时机。"

旁边有人"哧"地冷笑，巫礼抬起了头："派出风隼如此重大的事情，谁都没通知——泽之国也没有事先接到入境通告，定是引起那边国民恐慌。这般行事，让我如何与高舜昭总督交涉？"

"好了好了，大家不要争执。"终于，十巫中的首座巫咸开口了，调和道，"现今找到皇天，消灭潜在祸患才是最要紧的事，不然智者要怪罪——巫彭在这方面是行家，不妨先让他自主去抓人吧。大家看如何？"

"好吧，就这样。"散淡的巫即合上了书卷，那也是这位老人在会上说的唯一一句话，然后他蹒跚着站起身，招呼他的弟子，"小谢，回去帮我找找《六合书》，我要查一句话。"

"是。"迟疑了一下，最年轻的长老起身，跟在巫即身后，离开。

巫即走着，花白的须发在夜风中飞扬，老人一边走，一边吟唱着古曲，他的学生巫谢分辨着难解的言语，陡然明白那是百年前覆亡的空桑王朝流传下来的歌曲！

> 九嶷漫起冥灵的雾气
>
> 苍龙拉动白玉的战车
>
> 神鸟的双翅披着霞光
>
> 拥有帝王之血的主宰者
>
> 从九天而下
>
> 将云荒大地从晨曦中唤醒
>
> 六合间响起了六个声音
>
> …………

听得那样的低吟，年轻的巫谢愣了一下，倒抽一口冷气。沧流帝国统治下，对于空桑遗留下来的一切事物都做了销毁，不只民间不许提起任何有关前朝的字句，甚至在权势最高点的十巫内部，关于百年前的事情也是一个忌讳。

据说这一切，都是那一位自闭在圣殿中从来不见任何人的智者的意思，甚至无人敢问原因何在。就如百年来神秘智者在这个帝国中的地位。

而时间以百年计地流过，大家渐渐对前朝这个话题养成了自然而然的避忌习惯，文字记载被消灭了，年老一辈见证过历史的人纷纷去世，那一段历史慢慢就变成了空白。

虽然因为有养生延年的秘方，十巫中曾经参与过百年前"裂镜"之战的还有六位长老健在，然而他们却纷纷选择了缄口沉默。而百年中陆续新进的其余四位长老，更加不会去探询当年的究竟。

然而，如今居然出现了空桑亡国的残余力量——这样的情况下，为什么还要封闭当年的事情？难道……智者在意图隐藏什么？或者，只是单纯出于对那个空桑王朝一切的深恶痛绝？

巫谢不明白地暗自摇头。等走开远了，巫谢才对着吟唱着古老歌曲的老人轻轻提醒："太傅，巫咸大人还未宣布结束，您就离席了，这不大好吧？"

"巫谢……"须发花白的巫即微笑起来了，停下脚步看着年轻的弟子，忽然转头指着天空，"你来看，这是什么？"

天空中居然有一颗星，白色而无芒，宛如白灵飘忽不定，忽上忽下。

"昭明星！"研读过天文书籍的巫谢脱口惊呼，脸色发白，回头看向太傅，"这是……"

"这是比天狼更不祥的战星。"巫即淡淡回答，看着那几不可见的微弱白光，"凡是昭明星出现的地方，相应的分野内必然有大乱。巫谢，你算算如今它对应的分野在哪里？"

巫谢在刚才脱口惊呼的时候已经明白了昭明星出现的含义，转头定定地看着太傅，斗篷下的脸色发白："在……就在伽蓝城！"

"嗯……内乱将起，"巫即摸着花白的胡子，显然默认了弟子演算的正确，然后带着书卷走下了塔顶，低声嘱咐，"所以，千万莫要卷入其中啊。"

巫谢呆住，回头看了看犹自争执不休的其余八位长老，又回头看看底下沉睡中的城市。东方吹来的明庶风温暖湿润，从塔上看下去，作为云荒中心的伽蓝帝都一片静谧。

然而在这样静谧中，又有多少惊涛骇浪、战云暗涌？

十 · 分离

那一架风隼在空中连着打转，然而终究无法再度掠起，最终直直地一头栽到了地上。巨大的冲击力和搅起的飓风，让几十丈外的那笙和炎汐都连着滚翻出去。

风隼折翅落地，木鸟的头部忽然打开了，几个人影从里面如跳丸般弹出，迅速四散。

"唰"的一声，天空中另外一架风隼俯冲过来，接近地面时，有一道长索凌空抛下，兔起鹘落，那几个沧流帝国战士迅速拉住绳梯，随着掠起的风隼离去，消失在黑色的夜幕里。

"啊……谢天谢地，幸亏他们逃了……"那笙跌倒在长草中，看着离去的风隼喃喃自语。右手臂仿佛震裂了一般痛，半身麻木，根本不能动弹——她完全不知道方才是怎么了，只记得自己挥了挥手，然后那一架巨大的东西就忽然从半空掉了下来。

更可怕的是，方才挥出手臂的，似乎不是自己！

"你……你手上的东西，到底是什么？"炎汐的声音从耳边传来，他跌倒在地，勉力伸过手来，忽然低呼了一声，"皇天？！"

那笙挥了挥手，发现包扎着手的布条已经被燃为灰烬，那枚戒指在暗夜里发出熠熠光辉，再也难以掩饰。她转头看了看炎汐，发现他的眼神变得极其奇怪，竟隐含敌意。那一瞬间，她竟然有一种想要拔脚就走的感觉。

然而刚一动身，忽然便被再次重重按了下去，耳边听得炎汐一声厉喝："别动！趴下！"

伤重到如此，炎汐居然还有那么大的力气？同一个瞬间，惊天动地的轰响震裂了她的耳膜。脸已经贴着地面，眼角的余光里，她震惊地看到了几十丈外一朵巨大的烟火绽放开来，映红了天空。

碎片和着炽热的风吹到身上脸上，割破她的肌肤，然而那笙目瞪口呆地看着这种奇景，感觉如同梦幻。直到炎汐放开了压住她的手，苗人少女都懵懂不觉。

"天啊……这、这都是什么？"那笙看着腾起的火光云烟，睁大了眼睛，喃喃自语，"我不是在做梦吧？炎汐！喂，炎汐？"

她用还能动的左手撑着地，挣扎着起来，四顾却发现炎汐不在了，大呼。

前方映红天空的大火里，映出了那个鲛人战士的影子，长发猎猎、满身是血的炎汐却奔向那架还在着火的风隼，毫不迟疑地径自投入火中。

"你干吗？"那笙大吃一惊，顾不得自己身上的疼痛，紧追过去。

迎面的热气逼得她无法喘息，铝片融化了，木质的飞鸟噼噼啪啪散了架。然而在这样岌岌可危的残骸中，炎汐拖着重伤的身体冲入风隼中，探下身子，从打开的木鸟头部天窗里，想要用力拉出什么。然而重伤之下体力已经不能支持，他没有拉动，整个人反而被拉倒在燃烧的风隼上。

"炎汐！"那笙跑了上去，顾不得问怎么回事，同时探手下去，拉住风隼中的那个东西。感觉手中的东西冰冷而柔软，似乎是死人的肌肤——她咬着牙，配合着炎汐同时使力。

"啪！"仿佛什么东西忽然断裂，手上的重量猛地轻了，两个人一起踉跄后退。

"快逃！"炎汐大喊，一把从她手中夺过那东西，拉着她转头飞奔。

仿佛烧到了什么易燃的部分，火势轰然大了，舔到了两人的衣角。那笙根本看不清楚方向了，只是跟着炎汐拼命地奔逃着，远离即将爆裂开的风隼。

"跳！"跑得不知道方向，眼睛被烟火熏得落泪，耳边忽然听到一声断喝。模模糊糊中，她也不知道面前是什么，来不及多想，用尽了力气往前一跃，耳边只听"哗啦"一声响，水淹没了她的头顶。

轰然的爆炸声中，无数的碎屑如同利剑割过头顶的水面。

不知道过了多久，没有再听到炎汐的声音。她终于憋不住气，浮出水面呼吸，外面已经完全安静了，只隐约听见木料燃烧的"噼啪"声。青水静静地流过，暗淡的星光下，她看到了炎汐坐在河岸上的身影。

"哎，你自己浮出来也不叫我，是想让我淹……"湿淋淋地爬出来，发现褡裢全湿透了，她没好气地骂。然而刚说了一句，忽然间觉得气氛不对，猛地顿住了口，不敢再说话。

炎汐全身是血，背对着她坐在河岸边，低着头看着什么，肩膀微微颤抖。

"炎汐？"她猛然间感到了气氛的沉重，不敢大声，轻轻走过去。

"别过来。"忽然间，炎汐出声，抬手制止。

然而那笙已经走到了他身侧，低头一看，陡然脱口尖叫。

"别看！"炎汐拉过破碎的衣襟，掩住了他怀里那一具支离破碎的尸体。他右手拿着断剑，剑尖挑着一颗挖出来的心脏，那笙吓得跌坐在河岸上，双手都软了，喃喃道："你，你……"

那一具尸体的头发从衣襟下露出，竟是一样的深蓝色，宛如长长的水藻贴着河水，无声无息地拂动。

炎汐没有看她，微微闭着眼，口唇翕动，仿佛念着什么，却没有声音。片刻后，他睁开眼睛，径自将那颗挖出的心脏远远扔入水中，低下头，用手轻轻覆上尸体同样深碧色的双眼，低声道："我的兄弟姐妹，回家吧。"

那笙直直瞪着看，嘴巴因为震惊而张大，却喊不出声来。鲛人！那个被他们硬生生从风隼里拉出来的，居然是个死去的鲛人！

衣襟下，那个死去的鲛人肢体已经不完全：双足齐膝而断，胸腔被破碎的铝片刺穿，全身上下因为最后爆炸的冲击已经没有完整的肌肤——然而奇异的是，那张苍白的脸上居然没有一丝一毫的痛苦表情，而是近乎空白。那样反常的平静，反而让人看了不寒而栗。

看着炎汐将那个死去的鲛人推到青水边，她连忙脱下身上破碎的羽衣递给他。炎汐看了她一眼，默不作声地接过来，裹住鲛人的尸体，然后推入水中。

尸体缓缓随波载沉载浮，渐渐沉没。最后那一头深蓝色的头发也沉下去了。大群的桃花水母围了上去，宛如花瓣簇拥着尸体，沉没。

"走吧。"炎汐注视了片刻，淡淡道，用断剑支撑着站了起来。

那笙一时间不敢开口问任何事，只是默不作声地跟在他后面。过了很久，终于忍不住很小声地问了一句："那个人……也是鲛人？"

"嗯。"炎汐应了一声，继续走路。

"你们不是同胞吗？"她忍不住询问，声音有些发抖，"他、他为什么会帮着沧流帝国杀你们？"

"你以为他愿意吗？"炎汐猛然站定，回头看着那笙，眼睛里仿佛有火光燃烧，语气也严厉起来，"你以为他们愿意？！他们被十巫用傀儡虫控制了，来杀他们的同类！"

"啊……"想起方才那个死去的鲛人面上毫无痛苦的诡异神色，那笙一个寒战，"傀儡虫是什么？是类似我们苗疆那种用来操纵别人的蛊虫吗？"

"是的。"炎汐缓缓点头，"风隼非常难操控，而且一旦从伽蓝白塔上出发，滑翔而下，就必须在去势未竭之前折返。如果无法按时回到白塔，便会坠地——为了不让风隼落到敌方手里，必须要有人放弃逃生机会，销毁风隼。"

说到这里，炎汐看着沉入水中的尸体，眼里有沉痛的光："我们鲛人在力量上天生不足，但是灵敏和速度却是无与伦比，非常适合操纵机械——于是，沧流帝国在每一架风隼上，都配备了一名鲛人傀儡来驾驭。那些鲛人被傀儡虫操纵着，他们不会思考，不怕疼痛和死亡，到最后一刻便用生命和风隼同归于尽。"

怪不得方才那些沧流帝国战士走得那么干脆，原来是没有任何后顾之忧——那笙怔怔看着炎汐，喃喃道："那么，就是说……你们、你们必须和同类相互残杀？"

"这是没有办法的事。其实要和风隼那样的机械抗衡，唯一的方法，就是趁着它飞低的时候，首先射死操纵机械的鲛人傀儡……"炎汐转过头，不再看死去的同类，淡淡道，"即使如此，他们依然是我们的兄弟姐妹。他们是无罪的。因为冰族把傀儡虫种在他们心里，所以死时，必须挖出他们的心，才能让他们好好地回到大海中安睡……"

炎汐走在路上，满身的血。然而他却将身子挺得笔直，抬头看着天上的星光，语气坚忍而平静——

"我们海国的传说里，所有鲛人死去后都会回归于那一片无尽的蔚蓝之中。脱离所有的桎梏，变成大海里升腾的水汽，向着天界升上去，升上去……一直升到闪耀的星星上。"走在路上，那笙听到炎汐的声音缓缓传来，平静如梦，"如果碰到了云，就在瞬间化成雨，落回到地面和大海。大海、长风、浮云、星光，风的自由和水的绵延，那就是我们鲛人的轮回和宿命。"

那笙抬头看着黑沉沉的天，每一颗星星都耀眼夺目，仿佛是人的眼睛，在夜里对着她微笑——忽然间，泪水盈满了她的眼睛。

她转头看向炎汐，然而这个鲛人战士的容色依然是平静的，没有一丝悲戚。"抱歉，我从来不曾哭过"——片刻前，对着她的要求，他那样淡笑着回绝。怎么能够不流泪呢？若是经历了这样几千年的灾难和迫害，若是战斗到连同胞都是对手，要怎么才能做到不流泪呢？

"人们都说，鱼看不见水就像人看不见空气——但是说话的那些人，并不知道远离故国、在千里之外陆地上世代被奴役，是多么残酷的事情。"炎汐静静沿着路走往桃源郡，抬头看着星光，"都已经七千年了……无论是空桑人，还是后来的冰族，都把我们鲛人看成非人的东西、会说话的畜类，可以畜养来牟取暴利……你说这究竟是为什么？"

那笙无法回答，只能讷讷道："我……我不知道。我来到云荒之前，还不知道这个地方有'鲛人'这样的东西。"

"我曾说要跟你解释这片土地上关于鲛人的事。其实很简单。"炎汐静静看着星光，不知道上面一共有多少鲛人灵魂化成的星星，对身侧听得出神的少女解释，"《六合书》上有那么一段记载——

"海国，去云荒十万里，散作大小岛屿三千。海四面绕岛，水色皆青碧，鲛人名之碧落海也。国中有鲛人，人首鱼尾，貌美善歌，织水为绡，坠泪成珠，性情柔顺温和，以蛟龙为守护之神。云荒人图其宝而捕之，破其尾为腿，集其泪为珠，以其声色娱人，售以获利。然往往为龙神所阻。七千载前，毗陵王朝星尊大帝灭海国，合六部之力擒回蛟龙，镇于九嶷山下苍梧之渊。鲛人失其庇护，束手世代为空桑人奴。"

那么长的一段古语，让那笙听得迷迷糊糊。炎汐走在路上，忽然回头淡淡笑了一下："也许你觉得我和你们人没有什么不同——其实现在你看到的鲛人，都不是我们本来的样子。"

"是吗？"她陡然好奇起来，"那……那你们在海里的样子，又是怎样的？"

炎汐笑了一笑，道："我们鲛人出生在海里，有着鱼一样的尾。每当我们被捕捉以后，便被陆上的人用刀子硬生生剖开尾椎骨，分出来了腿，获得了和你们一样的外形。"

那笙倒抽了一口冷气："啊？那……那很痛吧？"

"当然。很多鲛人没有挺过那一关，在破身分腿的时候就死了。"炎汐点头，深碧色眼睛里却是平静的，"而活下来的也是噩梦。因为活着一天就会痛一天——用那样的腿每走一步，都像踩在刀尖上一样。"

那笙惊呼："但是你、你刚才还和他们打架！"

炎汐转过头，不作声走得飞快，许久才道："鲛人如果自己不抗争，就不能指望能有获得自由的一天——没有人能够帮我们，我们必须自己战斗。"

"可那什么沧流帝国好厉害啊……你们怎么能赢过他们？"想起方才的风隼，那笙打了个寒战，摇头道，"那样的东西，简直不是人能抵挡的！"

"是很难。如果是百年前腐朽的空桑王朝，我们也许还有胜的可能，而如今……呵，沧流帝国有着铁一般的军队。"炎汐顿了顿，黯然摇头，然而眼睛却是坚定的，"二十年前我们发动了第一次起义，想要回归碧落海。然而，被巫彭镇压了。很多鲛人死了，更多被俘虏的兄弟姐妹被卖为奴。"

"后来，我们又重新谋划复国。不料，他们那边又出现了一个云焕，比当年的巫彭还要善于用兵打仗。"他的笑容有一丝苦涩，"也许……只能和他们比时间吧。毕竟我们鲛人寿命是人的十倍——无论怎样都要活下去，到时候看谁能笑到最后。"

星光淡淡照在这个鲛人战士身上，苍白清秀的脸有介于男女之间的奇异的美，然而那样的目光让他过于精致的五官看起来毫无柔弱的感觉，坚忍凝定，宛如出鞘利剑。

"我帮你们！"胸口一热，那笙大声回答，"他们不该这样！我来帮你们！"

炎汐猛然站住了，转身看着个子小小的苗人少女，疲倦的脸上忽然间浮起一丝笑意，然而他只是缓缓摇头："不行。"

"为什么不行？"那笙不服，用力挥着右手，"别看不起人——虽然我也不知道怎么回事，但是你也看到了，刚才我挥挥手那架风隼就掉下来了呀！"

"那不是你的力量，只是皇天回应了你的愿望。"炎汐看着她的右手，淡然回答，"何况，你能一挥手就获得成功，也是对方的风隼毫无防备的缘故。"

那笙吓了一跳，颇为意外："你、你也知道皇天？"

"云荒大地上没有人不知道吧……虽然没有人见过。"炎汐回答，忽然抬起手握住她右手，低头看着她中指上的戒指，神色复杂莫测，"这是前朝空桑人最高的神物。我也是第一次见到。"

那笙点头，得意道："你看，我大约可以帮上忙是不是？"

炎汐却是缓缓摇了摇头，眼神复杂，忽地苦笑："不，正是因为这样，注定了我们必然无法并肩战斗，成为朋友。"

"为什么？"那笙诧异。

"因为几千年的血仇！复国军中规定：所有空桑人都是鲛人的敌人，遇到一个杀一个！"鲛人战士的眼睛陡然冷锐起来，看着那笙，"我们鲛人如何会求助于皇天的力量？而皇天想必也不会回应你这样的愿望——你佩戴着这枚戒指，自然是和空桑王室有某种联系，所以……"

"所以你要杀我？"那笙吓了一跳，往后退了一步。

"不，我们鲛人怎么会伤害有恩于自己的人？"炎汐也看着她，苦笑摇头，"但是，非常遗憾，我们终究无法成为朋友——我不能陪你走下去了，我们该分道扬镳了。"

那笙看着他转过身去，忽然间感到说不出地难过——不过是认识半日，却几次出生入死。到头来就这样敌我两立，分道扬镳，想想就很伤心。

"后会有期！"看着他独自前行的背影，她忍不住喊。

炎汐停了一下，转过头淡淡笑："还是不要见了吧。我怕下次若再见，便是非要你死我活不可了——毕竟你是戴着皇天的人啊。"

"呸，胡说八道！"那笙不服，挥着手，手上戒指闪出璀璨的光芒，"绝对不会！你等着看好了，我要那枚戒指听我的话，我要帮你们！"

"真是孩子……几千年来空桑和鲛人之间的血仇，你以为真的能一笑置之？"炎汐苦笑，仿佛忽然留意到了什么，回到她身边，撕下衣襟包扎她的手，"你太粗心了，千万莫要让人看见它啊。不然麻烦可大了。"

"炎汐……"那笙低头看着他包起自己的戒指，忽然鼻子一酸，咕哝，"我要跟你去郡城。"

"不行，下面我有要事要办，不能带着你。"炎汐毫不迟疑地拒绝，"而且跟着一个鮫人结伴进城，你和我都有麻烦——反正郡城就在前头了，你再笨也不会迷路吧？"

那笙看到前头的万家灯火，语塞，却只是缠着不想让他走："万一进城又迷路呢？那不是耽误时间？"

"笨蛋，你这样磨蹭难道不是更耽误时间？"炎汐苦笑摇头，"你应该也有你的事要办吧？"

"呃……糟糕，慕容修！"那笙猛然清醒，大叫一声。一路的出生入死让她几乎忘了此行的目的，被炎汐一提醒，忽然猛醒过来。一看已经到了半夜，不知道慕容修生死如何，大惊："完了，我来晚了！糟糕！"

顾不上再和炎汐磨蹭，她一声惊呼，背着褡裢向着桃源郡城飞快奔去。

重重叠叠的罗幕低垂，金鼎中瑞脑的香气萦绕着，甜美而腐烂。没有一丝风。

带子一勾就解开了，丝绸的衣衫窸窸窣窣地掉落到脚面，女子的双腿笔直修长，皮肤光滑紧凑如同缎子。烛火下女人的眼睛里有一种勾人的风情，她的手搭上了站在镜子前的男子的双肩，缓缓褪下他披在肩头的长衣，低声道："苏摩公子，很晚了，意娘服侍您睡吧。"

罗幕下的烛火暗淡而暧昧，然而那个男子没有说话，似乎还在看着镜子。女子便有些好笑，明明是看不见东西的瞎子，偏要装模作样地点着蜡烛照镜子，快要就寝了也一本正经——这回如意夫人安排她服侍的客人也真是奇怪……

然而，很快她的笑容就凝结了。衣衫从客人的肩上褪下，宽肩窄腰，肌骨匀挺，完全是令女人销魂的健壮身体——然而，在宽阔的肩背上，却赫然有一条龙腾挪而起！那是一个巨大的黑色文身，覆盖了整个背。在昏暗的光下看来，栩栩如生的龙张牙舞爪，几乎要破空而去。

"呀！这是……"女子脱口低低惊呼，然而立刻知道那是对客人的不敬，连忙住口，用手指轻轻抚摸那个文身，堆起笑，夸奖道，"好神气漂亮的龙……和公子好配呢。"

顿了顿，感觉到了手指下肌肤的温度，她惊住："公子，你身子怎么这么冷？快来睡吧。"

"抱着我。"忽然间，那个客人将手从镜面上放下，低低吩咐。

"啊？"意娘吃了一惊，然而不敢违抗客人的吩咐，只好将赤裸的身体贴上去，伸出双臂从背后抱着他，陡然间冷得一颤。

"紧一点……再紧一点。"客人忽然叹了一口气，喃喃吩咐，"好冷啊。"

意娘伸出手紧抱着他，将头搁在他肩上，"咭咭"笑着，一口口热气喷在他耳后。没有一丝风，烛火一动不动，映着昏暗的罗幕，影影绰绰。痴缠挑逗之间，她无意抬头，看见镜中客人的脸，陡然吃惊：居然是这样英俊的男人？

即使她阅人无数，从未看到过如此好看的男人。甚至是……让身为女性的她都一时自惭容色。然而他身上带着一种说不出来的魔性诱惑，她不由得情动，赤裸的身子紧贴他的后背，软软央求："很晚了……让意娘上床好好服侍公子吧。"

一边说，她一边挥手去拂灭唯一亮着的蜡烛。

"别灭！"不知道为何，客人陡然阻止——然而，已经来不及了。

完全的黑暗笼罩了下来。房间里没有一丝风，灼热的感觉迅速上升。急促的呼吸，窸窣的动作，缠绕的肢体倒向松软的衾枕。她紧紧抱着客人，贴紧他结实的胸腹，呻吟："怎么……这么冷啊……"然而愉悦的潮水瞬间吞没了她，她完全顾不上别的，手指痉挛地抓着他背后的龙的图腾。

完全的黑暗，没有一丝风，所以她看不到床头上小小偶人嘴角露出的诡异的笑，以及埋首于自己身体上的客人脸上奇异的表情。

不要熄灯……不要熄灯！

在没有风、没有光的黑夜里，他将慢慢地腐烂。慢慢地……变成另外一种可怕的模样。他是不是早就死了……是不是早就已经腐烂了？！

她的身体温暖而柔软，头发被汗打湿了，一缕缕紧贴他的胸膛和手臂。人的身体是那样温暖……那种他毕生渴望，却抓不住得不到的温暖。

暗夜里，苏摩抬起头，长长呼出一口气，宛如梦游一般，手移向女子的咽喉，指间一根透明的丝线若有若无。

淡淡的星光照进来，床头上的暗角里，偶人冷冷俯视着，嘴巴缓缓咧开。

"少主。"丝线缓缓勒紧床上女子的咽喉，然而，门外忽然传来了一个低低的声音——虽然低，却仿佛一根针刺入了神经，让他的动作猛然停了下来。

"少主，抱歉打扰。"门外女人的声音低低的，禀告，"左权使炎汐已经到了，有急事禀告。"

门推开的一刹那，外面的微风和星光一起透入这个漆黑如死的房间。

苏摩深深吸了一口气，感觉胸腔中那种淹没一切的欲望依然挣扎着不肯退却。他勉强起身，低下头，看见了外面廊下的如意夫人和她身侧的鲛人战士。那名远道前来的复国军领袖单膝下跪，迎接他的到来，此刻正抬眼注视着第一次见到的、鲛人们百年来众口相传的救世英雄。

门无声地打开，门内的空气腐烂而香甜，隐约还有女人断断续续的呻吟，不知是痛苦还是欢乐。黑暗中浮凸出那个人的半面，宛如最完美的大理石雕像，然而深碧色的眼睛看起来居然是说不出的暗淡，接近暗夜的黑——那个瞬间，炎汐忽然有种窒息的感觉。

怎么……怎么会是这样的人呢？

这就是多少年来，鲛人们指望着能扭转命运的人？如此颓废而妖艳，带着糜烂的死亡气息，如同暗夜里的罂粟，哪里像是能带领大家劈开乌云斩开血路的复国领袖？

复国军左权使呆住了，一时间忘了直视是多么无礼的举动。战士的眼睛却穿过了苏摩的肩，看到了漆黑一片的房内——完全的黑……最黑的角落里，有什么东西蓦然咧开嘴，无声地笑得正欢。

那是什么？那是什么？那是完全的"恶"！

那个瞬间，连日来支撑着他的力量仿佛猛地瓦解。连一句回禀的话都没有出口，力量完全从炎汐身体里消失，他再也支撑不住，整个人往地下倒了下去。

如意夫人连忙扶住他，回禀："左权使来桃源郡的路上碰到了云焕驾驶的风隼，被一路追击，好容易才死里逃生，来见少主。"

深深吸着空气，手指在门扇上用力握紧。苏摩竭力克制住了内心的情绪，平定了呼吸，走出门来低头查看前来的人的伤势，看到背后那个可怖的伤口，皱眉道："很厉害的毒……是用雪罂子解掉的吗？"

傀儡师的手指停在炎汐背后，拔出夹在肩胛骨里的断箭箭头。看到那些大大小小、深得见骨的伤口，再度皱眉："原来不止受了一次伤……难为他还能赶来。"

如意夫人倒抽一口冷气："少主，左权使他、他还能活吗？"

"有我在。"苏摩淡淡回答，手指轻弹，右手的戒指忽然全数弹出，打入炎汐血肉模糊的后背伤口，嵌入血肉。他的手指轻轻比画，似乎在空气中布了一个符咒，一瞬间，仿佛炎汐身体里有看不见的黑气沿着透明的引线，从血肉里通过戒指一分分导出！

桌上，小偶人紧闭着嘴坐在那里，眼色阴沉。

"云焕是谁？"让傀儡在一边汲取着毒素，苏摩放开了手，开口问。

"是沧流军队里的破军少将。"如意夫人低声回答，"也是眼下帝国年轻一辈军人中最厉害的一个，据说剑技无人可比。巫彭一手提拔他上来，如今二十几岁已经是少将军了。"

"哦……那么派他来桃源郡，是为了追查皇天吧。"苏摩喝了一口茶，沉思，许久目光落到一边养伤的炎汐身上，"左权使几岁了？"

"比少主年长几十岁，快两百八十了吧。"如意夫人回答。

"不年轻了。"傀儡师垂下眼睛，眼里有诧异，"如何尚未变身？"

如意夫人看着炎汐背后的伤口在看不见的力量下一分分平复，叹了口气："这是左权使自己选择的——他自幼从东市人口贩子那里逃出来，投身军中，发誓为鲛人复国舍弃一切，包括自身的性别。所以百年来历经大小无数战，左权使心中只有复国一念，从未想过要成为任何一类人。"

"哦……真是幸福的人。"苏摩怔了一下，忽然嘴角浮出一个奇异的笑容，"信念坚定，心地纯粹，是个很优秀的战士啊……和我正好相反呢。"

"呃？"如意夫人吃了一惊，不解地抬头。

然而苏摩已经不再说下去，仿佛听到了外面的什么动静，猛然站起，将戒指收回手中，站起，空茫的眼睛里霍然闪出锐气："怎么回事？有一种力量在逼近这里……是什么？"

他闭上眼睛默默遥感着，忽然开口："皇天就在附近！"

那一边，在问过无数个路人之后，那笙终于找到了目的地。一头冲进了如意赌坊，焦急地四顾寻找那个叫"西京"的人。

"这位可是那笙姑娘？"在她焦急的时候，忽然听到了头顶有人轻声问。她惊讶地抬头，看到了一名绝色少女从梁上跃下，拉起了她的手，微笑道："我叫'汀'，我的主人西京先生要我来这里等你。"

奇怪，西京怎么知道自己的名字？可那笙来不及反应，便被她拉着走，穿过熙熙攘攘的大堂。

"你不用担心，慕容公子已经安全和主人见面了。"汀微笑着，边走边对她解释，"公子他说你落单了，很担心，不知道你什么时候到这里来——所以主人要我来大堂等着你。幸亏姑娘能平安到这里。"

"啊……"那笙听她不急不缓地交代，张口结舌——还以为慕容修命在旦夕，不料自己拼命跑来这里，事情已经雨过天晴，不由得一阵轻松又一阵沮丧。

那笙身不由己地被她拉着，走了一段路，猛然间看到少女深蓝色的长发，脱口而出："你、你也是鲛人？"

"是啊。"汀不以为忤，微微一笑，拉着她来到了一扇门前，敲了敲门，清脆地禀告，"主人，慕容公子，那笙姑娘来了！"

"那笙？快进来！"慕容修的声音透出惊喜，门"吱呀"一声打开。

看到开门出来的人，那笙一声欢呼，跳进去，不由分说抱住了慕容修的肩膀，大笑："哎呀！你没被那群强盗杀了？真的吓死我了啊！"

"轻一点，轻一点。"被那样迎面拥抱，慕容修有些不好意思，只是痛得皱眉。那笙放开手，才注意到他身上伤痕累累，显然吃了颇多苦头，不由得愤怒："那些强盗欺负你？太可恶了……我替你出气！"

她挥着包住的右手，心想再也不能瞒慕容修皇天的事情了。然而慕容修只是苦笑，摇头道："算了，其实说起来是场误会罢了……"

"误会？差点害死我们！"那笙不服，继续挥动右手，却没有注意到旁边一个抱着酒壶醉醺醺的中年汉子猛然睁开了一线眼睛，盯着她的手上下打量，眼里冷光闪动。

"好了好了……你看，现在我已经找到了西京先生，不会再有事了。"慕容修生怕她不知好歹真的去惹事，连忙安抚，拉着她进门，"你怎么这么晚才来？"

那笙不好意思低头："人家……人家不认路……"

"啊？"慕容修猛然哭笑不得，"天，少交代一句都不行……笨丫头，我留给你那本《异域记》里不是写着路径？你没有顺手翻翻？"

"《异域记》？"那笙诧异，猛然大叫一声，想起来了，"完了！"

"怎么？"慕容修被她吓了一跳，却见她急急把褛裢扔给他，从怀里七手八脚拿出一本泡得湿淋淋的书来，一挤，水滴滴答答落下来。那笙几乎要哭了："我、我忘了把它拿出来了……掉到水里了……完了！完了！"

慕容修看着她，真是不知道说什么才好，掂掂褛裢，发现瑶草也已经吃饱了水，泡得发胀了。

"好了好了，别哭，一哭我更头痛……"在她撇嘴要哭之前，慕容修及时阻止，"没关系，那本《异域记》我从小看，都背熟了，有工夫再默写一本就是。你快来见过西京先生吧。"

"西京？在哪里？"那笙茫然四顾，慕容修拉着她转身，指点给她看。她好容易才看见躺在椅子里抱着酒壶醺睡的男子，不由得诧异，"什么？就是这位胡子拉碴的大叔？醉鬼一个，真的有那么厉害？你没找错人吧？"

"我家主人，是剑圣尊渊的第一弟子。"虽然在一旁看得有趣，但是听到那笙居然敢藐视西京，汀不能不挺身维护，"一百年来，这片土地上还没有比主人更强的剑客呢！"

"哦？真的？"那笙对汀颇有好感，倒不好反驳，只好撇撇嘴。

"我母亲也是这样说的。西京大人是很厉害的剑客，堪称云荒第一。"慕容修拍拍她脑袋，安慰道，"好了，你也别乱跑了。有西京大人在，我们以后行走云荒不用担心了。"

那笙还没回答，忽然间那个烂醉如泥的人醉醺醺地开口了，斜眼看着慕容修："小子……我、我可没答应……还要带着这个丫头……"

"西京大人。"慕容修愣了一下，诧异转头看着醉汉。

"叫我大叔！红珊的儿子。"西京眼睛都没睁开，抱着酒壶继续喝。

"是，大叔。"慕容修顺着他的意思，拉过那笙，好声好气，"这位姑娘是我半途认识的，也答应了鬼姬要照顾她——大叔你能不能……"

"呵呵……"不等他说完，醉醺醺的西京猛然笑了，睁开眼睛看了那笙一眼。那笙猛然只觉得宛如利刃过体，全身一震。西京把酒壶一放，大笑起来，"小子，你这是哪门子英雄救美？也不看看人家戴着皇天，哪里要你保护？"

酒壶放落，白光腾起，迅雷不及掩耳绞向那笙右手。那笙一声惊呼。而眼睛看到，脑子刚反应过来，还来不及做出举动，右手包着的布已经片片碎裂。

白光一掠即收，银色剑光在醉汉手指间快速转动，落回袖口。房间内的空气忽然凝滞了，所有人都不说话，定定地看着苗人少女抬起的右手。

那笙的手在收剑后才举起，然而举到半空的时候顿住了——完全没有伤及她的肌肤，包扎的布片片落地，她的手凝定在半空，暴露在所有人的视线里。

中指上，那一枚银白色的宝石戒指闪烁着无上尊贵的光芒。

"皇天？"汀的呼吸在一瞬间停止，怔怔看着空桑人的至宝，眼神复杂。

"皇天！"慕容修也愣住了，他多次猜测过那笙辛苦掩藏的右手上究竟是什么样的宝物，然而，从未想过居然会是皇天！

曾统治云荒大陆七千年的空桑人以血统为尊，相信神力。相传星尊帝嫡系后裔靠着血缘代代传承无上力量，被称为"帝王之血"，是为统治云荒六合的力量之源。而标志这种嫡系血统身份的，便是这枚据说当年星尊帝和王后两人亲手打造的指环。

指环本来有一对，"皇天"由星尊帝本人佩戴，另外一只"后土"给予了他的王后——白族的白薇郡主，并立下规矩：空桑历代王后，必须从白之一族中遴选，才能保证血统的纯正。这两枚戒指，一枚的力量是"征"，而另一枚的力量则是相反的"护"，见证着空桑历史上最伟大帝王和他的伴侣曾经并肩征服四方、建国守民的历史，那样的光辉岁月。

这一对戒指不但是空桑历代帝后身份的标志，还能和帝后的力量相互呼应。成为"帝王之血"的"钥匙"，在空桑历史上尊崇地位无以复加，成为上古传说中的神物。

此刻，那枚神话般的戒指就在苗人少女的手指间闪耀，那种光芒仿佛穿越历史，刺痛了每一个人的眼睛。

"皇天……"许久许久，慕容修终于缓缓叹息了一声，看着那笙，脸上浮起复杂的苦笑，微微摇头，"原来你根本不需要人帮……那么何必装成那样可怜兮兮地跟着我呢？"

"我……"那笙想解释自己为何隐瞒，但是又不知道如何说起，只急得跺脚，"那个臭手让我不要跟人说嘛！而且它有时灵光有时不灵，我也不知道它啥时抽风……"

她说得语无伦次，急得要命，却解释不清。

西京喝了一口酒，斜眼看着那笙："呃……不管你戴着皇天到底是怎么回事，反正……反正我只答应红珊照顾这个小子，可不打算带上其他的……"

"谁、谁要你带了？"那笙看到慕容修在一旁摇头，眼光虽然平淡，但是隐隐有了拒人千里的神色，不由得气苦，赌气道，"我自己会走！"

"那么，立刻给我从这里滚出去。"

忽然间，一个声音冷冷响起，来自门外的黑暗中。

那笙隐约间觉得有些熟稔，下意识循声看去，猛然吓得往后一跳。

"苏、苏摩？！"看着从外面黑夜里走来的人，苗人少女陡然口吃起来，眼睛里有惧怕的光，下意识退到了慕容修身后，"哎呀，你、你……你怎么会在这里？"

"这句话该我问你才对。"傀儡师空茫的眼睛"看"着她，再"看看"慕容修，嘴角忽然露出一丝冷笑，"啊，原来都是一路上的熟人……难得，居然还能碰见。"

慕容修看到傀儡师那样的笑容，心头陡然也是一寒，往后退了一步。只有西京还在喝酒，显然对他的到来毫不在意。

虽然看不见，慕容修刚一后退，苏摩便笑了起来，对他抬了抬手："不必惊慌……原来你便是红珊的儿子。那就不关你的事……"他的笑容渐渐冷却，转头看着一边的那笙，淡淡道，"虽然很佩服你居然能活着到这里，但是，那笙姑娘，请立刻从这里给我滚出去。"

那笙打了个寒战。不知为何，她对这个傀儡师从一开始就感到说不出的恐惧，然而她嘴硬："又不是你的地方！你、你凭什么……凭什么赶我走？"

"哦，这样啊。"苏摩微微冷笑，转头吩咐身后的人，"那么你来转述一下吧。"

"是。"身后跟来的女子恭谨地回答，走到了灯光照到的地方，抬头看着那笙，有礼然而坚决地重复了一遍傀儡师的指令，"这位姑娘，这是我的地方，我请你立刻离开如意赌坊……我是这里的老板娘如意。"

那笙怔住了，看着那位满头珠翠的美妇人，然后又看看苏摩，再看看西京。

所有人都漠然地看着她，不说话。

"为什么要我走？这么晚了，我能去哪里？"那样的气氛下，忽然感到委屈，她顿足叫了起来，"我又不会吃人，为什么要赶我走？！"

"因为你戴着皇天，很容易引来沧流帝国的人。"苏摩冷冷道，忽然懒得多解释，眼里闪现杀机，"谁都不想和你做同伴。你不走，难道要我动手？"

那笙听得他那样的语气，吓得缩了一下脖子。

"少主，属下送她走。"忽然间，外面有人恭声回答。

"很好，左权使，你送她出去，不许她再回到附近——死也要给我死在外头。"苏摩没有回头，漠然吩咐，转过身去离开了。

看着外面走进来的人，那笙又呆了。头脑忽然混乱起来，感觉这一天遇到的事情简直奇奇怪怪、目不暇接。她睁大了眼睛，半晌，才结结巴巴开口："炎、炎汐？你怎么会在这里？"

"那笙姑娘，请立即跟我离开。"似乎是伤势刚刚恢复，炎汐的脸色还是惨白的，却是和如意夫人一样，面无表情地重复方才苏摩的命令，"否则不要怪在下对你拔剑。"

"你……"那笙擦擦眼睛，看清面前这样说话的人的确是炎汐，忍不住惊叫起来，"你、你也在这里？这究竟都是怎么回事！你听那个苏摩的话？那家伙不是好人……不，那家伙简直不是人啊！你怎么也听他的话？"

"那笙姑娘。"炎汐没有如同白日里那样对她说话，只是漠然看着她，铮然拔出了剑，"请立刻跟在下出去。"

"都疯了！你们、你们个个都疯了！"那笙糊涂了，看着炎汐，看看慕容修，再看看西京，然而每一个人的眼神都是淡漠的，拒人于千里之外。她只看了一眼，心里就猛然一凉，咬牙跺脚，"走就走！谁稀罕这个破地方！"

"等一下。"她跺脚转头的时候，忽然听到背后有人挽留，却是慕容修的声音。

怎么？终于有人挽留她了吗？那笙惊喜地转头，然而却看到慕容修递给她一枝瑶草，淡淡道："带着路上用吧——你虽然有大本事，但是只怕还是没钱花。雪罂子你也自己留着，我不要了。"

那笙不去接那枝瑶草，带着哭腔："你、你也不管我？"

慕容修看着她，却看不懂到底面前这个少女是如何的一个人。出于商人的谨慎，他只是摇头："你那么厉害，又戴着皇天，自然有你的目的……没有必要跟着我了。我又能帮你什么？"

"可恶！"那笙狠狠把瑶草甩到他脸上，转身头也不回地跑了出去。

她跑得虽快，然而奇怪的是炎汐居然一直走在她前面，为她引路，让她毫无阻碍地穿过一扇扇门，避开那些赌客，往如意赌坊后门跑去。

"请。"一手推开最后的侧门，炎汐淡淡对她道。

"哼，本姑娘自己会走！"那笙满肚子火气，一跺脚，一步跨了出去。

"保重。"正要气呼呼走开，忽然身后传来低低的嘱咐。那笙惊诧地转过身去，看到鲛人战士微微躬身，向她告别——炎汐看着她，那一刹那，眼睛里的光是温暖而关切的。

那笙忽然鼻子一酸，忍不住满腔的委屈，终于大哭起来："炎汐！你说，为什么大家都要赶我走？难道就因为我戴着这枚戒指？我又不是坏人！"

"那笙姑娘……"炎汐本来要关门离去，但是看着孤零零站在街上的少女，觉得不忍，站住了身，叹息，"你当然是很好的女孩子。可是以你这样的性格，戴着皇天，却未必是很好的事。没有人愿意做你的同伴，你要自己保重。"

"炎汐……"那笙怔怔看着他，做最后的努力，"我没地方住……我在这里也没有认识的人。"

炎汐垂下了眼睛，那个瞬间他的表情是凝固的，淡淡回答："抱歉，让你离开这里是少主的命令——作为复国军战士，不能违抗少主的任何旨意。"

"少主？你说苏摩？"那笙惊诧，然后跳了起来，"他是个坏人！你怎么能听他的？"

然而，听到她那样直截了当的评语，炎汐非但没有反驳，反而微微笑了起来。那样复杂的笑容让他一直坚定宁静的眼眸有了某种奇异的光芒："即使是恶魔，那又如何？只要他有力量，只要他能带领所有鲛人脱离奴役，回归碧落海——即使是'恶'的力量，他也是我们的少主，我也会效忠于他。"

"你们……你们简直都是莫名其妙的疯子……"那笙张口结舌，却想不出什么话反驳，只是喃喃，"我才不待在这里……"

"是，或许我们都疯了吧。每个人都活得不容易。"炎汐蓦地笑了，关门，"你这样的人实在是不该来云荒……这是个魑魅横行的世界啊。"

那笙怔怔地看着那扇门合起，将她在云荒唯一的熟悉和依靠隔断。她愣住了，握着戴有皇天戒指的手，独自站在午夜空无一人的大街上。

"回去休息吧，左权使。"关上了门，他却不忍离去。站在门后对着眼前黑色的门扇出神，忽然听到身后女子的声音。

诧然回头，看到如意夫人挑着灯笼站在院子里看着他，眼里有一种淡淡的悲凉哀悯——那样的眼光，忽然间让他感到沉重和窒息。

"嗯。"炎汐放下按着门的手，不去看她的眼睛，"少主回去睡了？"

"睡了。"如意夫人点着灯为他引路。

"夫人还不休息？"

"得再去看一圈场子，招呼一下客人——等四更后才能睡呢。"

"这些年来，夫人为复国军操劳了。"

"哪里……比起左权使你们，不过是躲在安全地方苟且偷生罢了。"

这些听来都是一些场面上的话，然而说的双方却是真心诚意——多年的艰辛，已经让许多鲛人放弃了希望和反抗，而剩下来坚持着信念的战士之间，却积累起了无须言语的默契。都是为了复国和自由可以牺牲一切的人，彼此之间倒不必再客气什么了。

那个苗人少女离开之后，慕容修回房休息，西京依然在榻上喝着如意赌坊酿的美酒。

"主人，不要再喝了……你看都被你喝光了！"汀愤愤回答，"你今天都喝了三壶了，不能再喝了！"

"再去、去向如意夫人要，汀……"西京陷在软榻里，意犹未甘地咂嘴，"我还没喝够……睡、睡不着啊……"

"主人是因为刚才的事睡不着吧？"汀一言戳破，"赶走那个姑娘，心里很不安吧？"

"嘿，嘿……哪里的话！"西京摇头，醉醺醺地否认，"她、她有皇天，还怕什么？我是、我是不想再和什么兴亡斗争扯上关系……我累了，我只想喝酒……"

"嗯……是吗？"听到剑客否认，汀忽然眨眨眼睛，微笑道，"那么主人一定是因为想念慕容公子而睡不着吧？"

"什么？"吓了一跳，西京差点把酒瓶摔碎在地上，"我干吗为他睡不着？"

"如果当年红珊不离开，主人的儿子说不定也有这么大了呢。"汀微笑，少女的容颜里却有不相称的风霜，眼色却有些顽皮，看着西京尴尬的脸，"现在红珊跟别人生了儿子，还拜托主人来照顾，心里觉得不是滋味吧？"

"啧啧，什么话……我这种人怎么配有那样出色的儿子。"剑客苦笑，扬了扬空酒瓶，"我只想喝酒……汀，去要酒来。"

汀无可奈何，叹气道："主人，你不要喝了呀！再喝下去，你连剑都要握不稳了呢。"

"乖乖的汀……我睡不着啊，替我再去要点酒来……求你了啊。"西京觍着脸拉着鲛人少女的手摇晃，用近乎无赖的语气，完全不像剑圣一门的传人，"否则我真的睡不着啊……乖。"

"已经午夜了，这么晚了，如意夫人一定休息了，怎么好再把她叫起来？"汀无可奈何地摇着头站起来，披上斗篷，"算啦，我替你出去到城东一带的酒家看看吧。"

漆黑一片的午夜。没有一丝风。

"啊，公子你大半夜的去哪里了？"听到门扇轻响，床上裸身的女子欢喜地撑起来，去拉黑暗中归来的客人，娇媚地痴痴地笑，"就这样扔下意娘独守空床吗？"

她伸手，拉住归来之人冰冷的手，丝毫不知自己是重新将死神拉回怀抱。

"哎呀，这么冷……快，快点上来。"女人笑着将他的手拉向自己温暖柔软的胸口，催促道，"让意娘替你暖暖身子。"

归来的人没有说话，一直到他的手按上了炽热柔软的肌肤，全身才忽然一震。

"啪"，黑暗中，仿佛他怀中有什么东西跌落在床头。在女人热情的引导下，他慢慢俯下身将床上那具温热的躯体压住，紧紧地，仿佛要将她揉碎在自己冰冷的怀里。那种温暖……那种他终其一生也无法触摸到的温暖……

暗淡得没有一丝星光的房间里，熏香的气息甜美而腐烂。

跌落床头的小偶人四脚朝天地躺在被褥堆中，随着床的震动，嘴角无声无息地咧开。

【未完待续】

图书在版编目（CIP）数据

镜·双城：全2册/沧月著.—南京：江苏凤凰
文艺出版社，2021.11（2022.1 重印）
ISBN 978-7-5594-5759-2

Ⅰ.①镜… Ⅱ.①沧… Ⅲ.①长篇小说 – 中国 – 当代
Ⅳ.① I247.5

中国版本图书馆 CIP 数据核字 (2021) 第 148000 号

镜·双城：全2册

沧月 著

策　　划	北京记忆坊文化	
责任编辑	白　涵	
特约策划	暖　暖	
特约编辑	绪　花	
封面绘图	君　翎	
封面设计	80 零·小贾	
版式设计	天　缈	
出版发行	江苏凤凰文艺出版社	
	南京市中央路 165 号，邮编：210009	
网　　址	http://www.jswenyi.com	
印　　刷	三河市国新印装有限公司	
开　　本	670 毫米 × 970 毫米 1/16	
字　　数	451 千字	
印　　张	31	
版　　次	2021 年 11 月第 1 版	
印　　次	2022 年 1 月第 2 次印刷	
书　　号	ISBN 978-7-5594-5759-2	
定　　价	72.00 元（全二册）	

江苏凤凰文艺版图书凡印刷、装订错误，可向出版社调换，联系电话 025-83280257

MEMORY
HOUSE

MEMORY HOUSE
记忆坊文化

镜·双城

JING
SHUANGCHENG

（全二册）

下

沧月 著

江苏凤凰文艺出版社
JIANGSU PHOENIX LITERATURE AND
ART PUBLISHING

目录

COTENTS

十一 · 重逢

　　漆黑一片的街道，所有门都对她关闭了，黑色的长街看上去似乎没有尽头。

　　那一瞬的恐惧和孤立，让那笙几乎想回身扑过去敲打赌坊的大门，哀求他们让自己回到里面的喧嚣热闹中去。

　　"哼，此处不留人，自有留人处！才不……才不回去求那群家伙。"咬着牙，那笙倔强地喃喃，摸索着往有光的地方走去——可是，哪里会有可以容留她的地方？没有人愿意当她的同伴吧？该死的，那只臭手，当初把戒指给她的时候，为什么没说这些？

　　已经半夜了，初春的风很冷，吹到身上已经有了寒意。

　　那件千疮百孔的羽衣已经给了炎汐包裹鲛人的尸体，那笙身上只穿着单衣，不由得缩了一下脖子，笼起手，小步小步地跳着脚往前走，暖和身子。漆黑的街道长得看不到尽头，那笙蹦蹦跳跳地走着，哼着歌缓解内心的恐惧，抬头看着夜空。

"啊……好漂亮！"无意间抬起头，第一次在深夜里注意到天尽头的白塔，那笙停下脚步，忍不住惊叹了一声——漆黑的夜幕下，那座雪白的高塔仿佛会发光，令人不由得惊叹人力居然能够创造出如此的奇迹。

"那个空桑人的星尊帝，一定很厉害吧。"想起建造这座塔的帝王，中州来的少女仰头叹息，"但为什么皇太子会是臭手那样的德行？云荒，云荒……原来并不是神仙住的地方啊。可这里怎么到处都是奇奇怪怪的事情呢？"

少女瑟缩在风里，忽然间眼睛一亮："流星！"

暗淡的天幕下，一颗白色的星星忽然从北方向着东边滑落，流出一道光亮的弧线，仿佛要坠入这边桃源郡。

那笙连忙低下头闭目许愿。

"许什么愿呢？"忽然间耳边听到有人问，温柔亲切。

那笙诧异地抬头，想看看这条漆黑的无人的巷子里是谁在问她。然而才一抬头，就被光芒刺得闭了一下眼睛。她下意识抬手挡住，小心翼翼睁开，几乎不敢相信自己的眼睛——那颗流星、那颗流星居然从天上落到了自己面前？！

不，那不是流星……而是一位白衣白马的女子。

纯白色的骏马收拢薄薄的双翼，无声落到漆黑的街道中。白色纱衣如同梦一般飞扬而下，马背上清丽的女子对着她低下头来，在面纱背后微笑，笑容宁静而纯美，纯白色的长发在风中扬起，长及脚踝。

一切恍如梦幻。

"怎么，不认识我了？"看到她张大嘴巴发愣，女骑士笑了起来。

那笙擦擦眼睛，再看，确信自己不是做梦。那个神仙姐姐对着她伸过手，手指上和她一模一样的戒指闪着璀璨的光芒，轻轻握拳和她手上的皇天碰了一下，轻声道："天阙一见未久，那笙姑娘便忘了吗？"

"啊？你、你是……"那笙终于想起来了，脱口道，"你是太子妃！"

"我叫白璎。"女骑士对她微笑，跃下马背，"上次多谢你救了真岚。"

"啊……那只臭手？"几日以来的颠沛流离，让那笙回忆慕士塔格雪峰之事宛如隔世，看着面前神仙一般的女子，忍不住脱口道，"你是那只臭手的老婆？真的？哎呀，姐姐你就像神仙一样的，怎么会嫁给那只臭手……"

"呃？"白璎跳下马背，听得这样心直口快的话不由得愣了一下，失笑道，"真岚其实就是说话不中听——看来那笙姑娘一路上被他气着了吧？"

"我就是想不通，一个皇太子怎么说话会是那样？"那笙噘嘴，看着白璎，"姐姐你才像太子妃，可他一点都不像皇太子啊！"

白璎看着面前的少女，有些意外，摇头微微苦笑——这就是皇天选中的人吗？宛如未谙世事的小孩子，不会剑术也没有心机，身边没有一个可以依靠的同伴，如何能在云荒大地上保全自己？看来，自己靠着"后土"感应"皇天"，到处寻找她，果然是正确的。

"那笙姑娘，你方才许的什么愿？"不愿纠缠于那种话题，白璎笑着问。

那笙抬起头，举起手，把右手那一枚戒指给她看，苦着脸："我求上天保佑我，能让我平平安安戴着这倒霉的东西走到九嶷去。"

皇天安静地闪烁在少女指间，白璎叹了口气："嗯，戴着它，给你引来很多麻烦吧——不过，我们不会让你一个人辛苦的。"

"真的？"那笙眼睛闪过喜悦的光芒，跳了起来，"我还以为谁都不理我了呢！还是你们好——对了，九嶷山在哪里呀？是不是很远？"

"九嶷山在云荒最北方，很远。"白璎解释了一句，看到那笙耷拉下来的头，连忙安慰，"但是不要担心，会有人带你去的——那笙姑娘，你先随我一起找个安全的地方住下，等我找到了人，再拜托他一路照顾你。"

"嗯！那太好了！我以为谁都扔下我不管了！"那笙欢欢喜喜地起身，伸出手想拉白璎的手——然而一握之间，她的手指穿透白璎的手腕，握空。

苗人少女震惊地抬起头，看着白衣女子微笑的脸——那样浮现在黑夜中，清丽典雅得有些不实在，如同雾气凝结般缥缈。

她不是活人？怎么回事……她、她是个鬼魂吗？！

"别害怕，我其实已经死了——现在跟你说话的的确是我的魂魄。"白璎解释，顿了顿，笑道，"也就是你们中州人所说的'鬼'吧！不过是不会害人的鬼，你不用怕。"

"啊……"那笙微微抽了一口气，倒是没有多少害怕，只是震惊，"太子妃，你、你是鬼？那个臭手皇太子也是那种奇怪的样子……天啊，难道你们空桑人，都是这样的吗？"

"不。本来不是这样的。"白璎翻身上了天马，伸手拉起那笙——那双虚幻的手居然能发出真实的"力"，可以掌控实形。将那笙一把拉起，白璎的眼色微微冷锐起来，"是有些人、有些事，把我们逼成了不见天日的鬼。"

"是沧流帝国吗？"那笙想起了如今大陆的统治者，"他们很坏！"

"嗯，所以，为了避免他们害你，我要找一个人来，拜托他照顾你。"一抖缰绳，白璎驾驭着天马腾空而起，"坐稳了！"

天马薄薄的双翼展开，奔腾如飞，转瞬飞上了百尺高空。那笙从马背上看下去，只见底下万家灯火，陡然间目眩神迷。

"好厉害啊……太子妃！"从来没有飞起来过，她惊喜莫名，欢呼道，"那个照顾我的人也有你这么厉害吗？也会骑着马飞天吗？"

"他呀？他叫西京。"微笑着，白衣女子介绍，"他是我师兄。我师父只教了我半年就走了，所以我的剑术大都还是他教的。他当然比我厉害，只是居无定所，我也还没联系上他——怎么了，那笙姑娘？"

感觉背后猛然一轻，白璎连忙回头抓住那笙的肩膀，平衡她的身子，惊问。那笙几乎从马背上掉下去，看着白璎，半晌，吃惊道："什么？你准备拜托那位西京大叔照顾我？他、他刚才还把我赶出来呢！"

"喇"的一声勒缰，这一回吃惊回首的却是白璎："什么？你说你刚见过我师兄？真的？"

"西京？就是那个醉鬼大叔是不？拿着一把会发光的银色剑！"那笙被她猛地拉缰又差点弄得掉下马背，连忙紧紧抓着马鞍，"他就在前面的如意赌坊里嘛！"

前头赌场里的喧闹声还依稀透入，吆五喝六，然而醉醺醺的人依然在雅座里瞌睡，垂着头，微微呷嘴，手里握着空空的酒瓶。

窗外忽然有轻轻的风一样的声音，叩着窗户。醉汉蒙眬的眼睛却应声睁开了，随口唤道："汀……回来了？"

窗户轻轻响了一声，一个女子轻盈的身影来到窗外，却没有回答。

"汀？"醉汉又唤了一声，忽然觉得不对，眼睛闪电般睁开。手指微微一动，光剑滑落手中，铮然出鞘。一剑横斜，人未站起，剑气却纵横而至一丈外的窗外！

"叮叮"两声，窗外白光宛如闪电般腾起，交剪而过，来人居然一连迅速格开了他的两剑，而且用的也是一模一样的剑气。

"谁？"那两剑他用了真力，能接下的剑客在整个云荒大地上也不过寥寥可数，知道对手不简单，西京终于站起了身，喝问。

"大师兄。"外面的人轻轻回答，恍然如梦，"是我。"

窗开了，暗淡的星光洒进来，夜风沉沉，有欲雨的气息。窗外，白衣女子的笑容沉静温婉，一头长发在风中飞扬如雪："大师兄，我的剑法没有退步吧？"

"天……阿璎？阿璎！"怔怔片刻，仿佛终于确认了眼前的真实性，窗内的醉汉陡然大笑起来，探手出去，猛然想去抱紧多年不见的小师妹，"竟然是你！"

已经是将近百年不见了吧？

自从叶城兵败，回国都请罪起，他就没看过这个小师妹——那时候，她快要正式册封为太子妃了，居住在伽蓝白塔最高的神殿里，远离一切人。但是无论如何他也没有料到，和师妹的最后一面，却是在响彻云霄的惊呼声中，仰头看着万丈白塔顶端的一袭羽衣坠落。

那个瞬间，战场上天崩地裂都不变色的名将，和周围无数平常百姓一样，脱口发出了震惊和痛苦的呼叫，脸色刹那间惨白。

他们是历代剑圣门里最奇特的一对师兄妹，云游四方的尊渊师父只教了白璎半年剑法便飘然而去，慕湮师父则因为身体不适更早就隐居修养。于是他这个师兄便当仁不让地担负起了继续教导的责任，一直把这个小师妹手把手地教到学成——直到她十五岁，被遴选为皇太子妃，必须离开所有家人，单独居住到高高的白塔顶端去。

最后一堂剑术课结束了，他按剑圣门下的规矩，将光剑慎重交付给她，算是正式承认她已出师，然而，那个瓷人儿一样的小郡主忽然对着他哭了起来："师兄，我、我不想被关到白塔上面去啊……我好害怕。"

那是这个一向安静听话的女孩，第一次表达出了内心的恐惧和孤独。

他不是不知道这个少女内心对于自己的隐约期许，和她的孤独无助。然而，作为梦华王朝的名将，他又能够对王室的决定说什么呢？难道他真的能帮助她逃离这个樊笼，当一个仗剑天涯的女剑客？

她已经注定要成为这个空桑最尊贵的女子，住在云荒最高的宫殿里。

白王的女儿白璎郡主，是王族里面最负盛名的女子，品性、容色、血统，乃至剑技无一不出类拔萃——然而美中不足的，她却有一个不甚光彩的母亲。白王的原配夫人在女儿三岁时离弃了丈夫和族人，跟随别人远走他乡，让这个丑闻成了诸王中的笑柄。

因了那样的污点，本来并不会轮到她当选皇太子妃——由她继母、青王之女所生的妹妹比她更适合成为那种显贵的角色。然而没有料到，负责在白之一族里遴选皇太子妃的大司命，却指出白璎郡主是千年前白薇皇后的转世，皇太子妃人选非她莫属。

那一句话成了一锤定音的证据，当即承光帝便颁布了诏书，送来了玉册——然而，一切都没有问过当事的两位少年男女，他们是否愿意。

那时候白璎还不知道真岚皇太子是如何强硬地反对这门婚事，但她知道自己是不愿意的。不过因为柔顺的性格，让她根本无法开口对父王和族人说出反对的话来，最后还是按照所有人的意愿进入了白塔。

十五岁的少女放下了光剑，披上嫁纱，眉心被大司命涂上朱砂的十字星封印，开始与世隔绝的婚前修行，心如止水地等待着，等待那个没有见过面的夫婿在她满十八岁时正式娶她为妃。

命运的急流席卷而来，所有人都身不由己……出师的最后一堂剑术课，居然成了永别，那之后这两位同门师兄妹再也没有见过一面。

百年后重逢时，狂喜地，他探出窗外用力拥抱她。

然而，刹那间他的怀抱是空的——他的手穿过了她透明的身体，毫无阻碍。他震惊地看着自己空空的两手，然后抬头看着小师妹，说不出话来。

"是啊，我已经死了，大师兄……"白璎看着西京，微微苦笑起来，"九十年前，为了打开无色城，六王已经一齐陨落在九嶷山了——你应该也有所耳闻吧？"

"我忘了。"有些尴尬地，他看着面前的幻影，苦笑道，"阿璎，师兄对不起你——当年师父托我照顾你，我却根本没有尽到责任。"

"哪里的话，都是命中注定……"白璎看着满面风霜的西京，眼里也有苦涩的笑，"当年叶城陷落时，你和你家人的事，我也略听说一二——百年来，师兄也很辛苦吧？以前你是滴酒不沾的，如今变成这样……"

"别说我了，我不值一提。"显然不愿多说下去，西京改了话题，"无色城里大家都好吧？"

"不见天日，都是十万活死人而已。"白璎淡淡回答，低下头去。

"皇太子殿下如何？"西京叹息，问道，"你们现在在一起？还好吗？"

"挺好的。"说起真岚，白璎倒是微笑起来了，"就是他嘴很坏，我斗不过他。他经常说如果师兄在就好了，无论斗嘴还是打架，都正好是对手。"

"呵……你们相处得很好？"西京有些意外，看着她，打量道，"我还以为你们一辈子都处不到一块儿去呢，没想到还真成恩爱夫妻了？"

"什么夫妻？有看过我们这样的夫妻吗？"白璎微笑，笑容里却是一言难尽，"不过说恩爱……那倒是有的，恩大于爱而已——没有真岚，这百年来我可真不知道怎样过下来。"

顿了顿，白璎微笑起来，看着师兄："师兄百年来也不是一个人过的吧？刚才师兄脱口喊的那位叫'汀'的姑娘，看来是师兄的妻子吗？"

西京愣了一下，尴尬地苦笑："不是……她是个鲛人，被我路过救了出来，就赖着不肯走了。"

"鲛人？"白璎微微一震，喃喃道，"你莫非介意她是鲛人吗？"

"不是。"西京回答了一句，又不说话了，许久才慢慢道，"你也知道……你嫂子死得早。有些事情，不是时间长了，就能忘记的。"

仿佛触动了什么敏感的话题，两人忽然都是沉默。

风好像越来越大，有欲雨的气息，微凉地拂动在两人之间。

"喂喂，你们两个累不累啊？光站着说话，也不进去坐？"沉默中，忽然有个声音终于忍不住开口抱怨了，打破了凝滞的气氛。

西京一怔，才从重逢的惊喜中回过神来，看见了片刻前被赶出去的少女站在白璎身后，一脸不耐烦地看着两个滔滔不绝叙旧的人。

"嘿嘿，本姑娘我又回来了！"那笙迎着他的目光，得意扬扬——看两个人方才的情形，听得那番对话，她也隐约猜到了西京和太子妃交情匪浅，不由得"嘿嘿"笑着看着西京，心想这回看你还能再赶本姑娘出去。

白璎拉过了那笙："师兄，是我把那笙姑娘带回来的。"

"哦？"西京的眼神慢慢凝聚起来，看到了两位女子相握手上，那一对银色的蓝宝石戒指相互辉映。他缓缓抬头，看着师妹，"这么多年没见，你是为了她来找我的？"

"嗯。"白璎有些不好意思，然而还是觍颜请求，"这位那笙姑娘是皇天选中的人——她已经破开了真岚身上的第一个封印，我想拜托师兄照顾她，直到她打开下一个封印为止。"

"什么，东方的慕士塔格封印已经破了？"西京不自禁地脱口惊呼，随即点头，"难怪……难怪皇天会到了她手上——真岚的右手能动了？恭喜了，那小子身首分离也够久了，苦头吃得不少。"

"沧流帝国在派人追杀那笙姑娘，所以我想拜托师兄照顾她，让她能去解开剩下的四个封印。"白璎看着西京，恳切地拜托，"你也知道，我们冥灵无法白日里行走在云荒。"

"四个封印？"西京顿了一下，回想，"东方'王的右手'已经回归无色城，加上被你夺回的真岚的头颅——那么剩下的四个，分别在北方的九嶷空桑王陵、西方的空寂之山、南方镜湖入海口海底……最后躯体部分还在伽蓝帝都白塔底下！啧啧，全部破开'六合封印'，可不是一般的奔波折腾啊！"

"所以才专程来拜托师兄。"显然也知道事情的艰难，白璎微笑，"空桑人亡国灭种，能行走于云荒，又有这个能力的，也只有西京师兄你了。"

西京沉吟，不知道心里想着什么，只是拿起桌上的空酒壶一个个晃荡，终于找到了一个还发出声音的，抓起，眼睛却是看着外面夜空高耸入云的白塔，慢慢问："阿璎，现在，你是以师妹的身份拜托我，还是以皇太子妃的身份命令我？"

"师兄？"显然没有料到西京会忽然问出这个问题，白璎愣了一下。

"老实说，我第一眼看到这个小姑娘起，就料到她和空桑有关——但是我依然赶走了她。"西京一仰头，喝下酒去，眼神散淡，"阿璎，和你直说吧，我真的不想掺和到什么战争啊复国啊里头去了……一百年来，我早看淡了。"

白璎看着胡子拉碴的男子，眼里情绪剧烈变换着，咬紧嘴唇："师兄，你难道忘了你也是个空桑人吗？你、你忘了当年你是怎样死守叶城抗击冰夷的吗？"

"忘是忘不了的……那么多人的血洒在面前，一闭眼就能看见啊。"西京喝着酒，脸上忽然有某种痛苦的神色，"多少人死了，在那一场'裂镜'之战里？血流得镜湖都红了啊……阿璎，你没看过，所以你才不怕——不要再打仗了，真的，我再也不要打仗了。"

白璎凝视着面前的骁骑将军，眼神慢慢冷下去："所以你只会喝酒了？"

"喝酒好啊。"西京忽然笑起来了，拿起酒壶，看着天尽头的白塔，"阿璎，你知道吗？我最初也曾和你一样心心念念要复国报仇，但是一百年来，看到沧流帝国的统治越来越稳固，四方越来越安定，我就……"

他摇了摇头，苦笑道："那一年，冰夷举行开国五十年大庆，所有镇野军团、征天军团的战士都出动了——铁甲覆盖了地面，风隼的双翼遮蔽了天空，夜晚伽蓝城里的火把绕着白塔层层上去，就像龙神升空一样！多么壮观……我知道他们是在对四方展示帝国的力量，让人们知道新的秩序如铁般坚固——但是那瞬间，我还是被震住了！"

"比起空桑糜烂不堪的统治，如今的沧流帝国实在是强大得多。"西京喝着酒，仿佛这些话在心中埋藏了太久，喷发而出，无可抑制，"空桑怎么能不亡国呢？阿璎，当年我不顾一切死守叶城，但是最后又如何？空桑已经从里面开始烂了！"

白璎回想起当年叶城是如何被出卖的，也是一时无语。

"不过，那时候我不后悔，如今回想也不后悔。我是战士，自然要尽全力守住国家……"酒汩汩流入咽喉，西京的声音也带了醉意，"但我尽了力，空桑还是亡了——那是必然的结果。如今新秩序已经建立，难道你又要让我去推翻这种安定，让云荒回到动乱中去，让镜湖再一次流满鲜血吗？"

"那么，你就要十万空桑子民永远不见天日吗？！"再也听不下去，白璎拍案而起，吓了房子一角正在吃着点心的那笙一跳。

沉静优雅的太子妃忽然仿佛换了一个人，眼神雪亮，咄咄逼人："西京将军，我承认你说的有你的道理——但是，请你别用俯视苍生的语气说这样的话！你是修史书的吗？你是不相干的旁观者吗？别人可以说这样的话，但你是空桑人！是空桑人啊！"

她扬手，劈手夺去西京手里的酒壶，扔出窗外，厉斥："拜托你稍微低下仰得高高的头，去听听无色城里那些不见天日的'鬼'的叫喊吧！那都是你的同胞、你的国人！十万人啊……一百年了！你难道没有听见那些地底的呼叫？"

酒壶里泼出的残酒洒了他一身，然而西京只是怔怔地看着白璎，仿佛忽然不认识她。

"你有什么理由漠视同胞的性命和鲜血，说着谁该亡、谁该活的话？你忘了你脚下的土地了吗？"白璎冷笑，看着师兄，"即使你是外人，你也无法否认空桑人有活下去的理由——真岚和我这么多年的努力，不就是为了那一天？"

"阿璎……"西京怔怔抬头看着自己的小师妹，不知该说什么。

变了……完全变了。百年前那个柔顺听话、瓷人儿般的贵族少女，如今居然能用这样犀利的话语反驳他，按剑而起，纵横谈论天下！西京忽然沉默下去。

"你们不要吵了。"沉默的对峙中，那笙的声音响起来了，苗人少女怯生生地插话进来，想拉开白璎，"太子妃姐姐，你不用求这个醉鬼大叔，我一个人也能行，我会自己去九嶷山帮你们破开封印的！你别和他吵了，我们走好了。"

白璎眼中的寒芒慢慢减弱，手从光剑上放下，轻轻叹了一口气，转身。

"嗯，你说得是，我们不求他。"白衣女子不再说话，拉起那笙的手，离开，外面庭院里天马轻轻打着响鼻，"我们走吧。"

"呃……下雨了。"走到庭下，湿润的风吹来，那笙忽然觉得雨点落到脸上，抬头看着夜空，喃喃道，"要淋湿了。"

"下雨了吗……难怪都快天亮了也还是黑沉沉的。"同样抬头看着漆黑的天幕，白璎静静道，那些雨点毫无阻碍地穿过她身体斜斜落地。她挽起了马缰，招呼那笙，"快上马，我得找个安全的地方安顿你，天亮了我就要回无色城去了——等明晚才能来看你。"

"啊？你住在无色城？"那笙诧异，拍手笑道，"那为什么不带我去那儿住呢？"

白璎苦笑："那是水下的鬼城……你不是鱼，也不是冥灵，怎么能进去呢？"

"水下的鬼城？"那笙吐了吐舌头，念头转得飞快，"对了，那么太子妃你把天马借给我，让我飞去九嶷山不好吗？"

"也不行。我是无形无质的冥灵，所以骑着天马可以一夜飞遍云荒，而它如果驮着你这个实体的人，速度比一般马也快不到哪里去……"白璎摇头，否定她的提议，"而且你在半空走，很容易碰到沧流帝国出巡的征天军团，更是危险得很。"

"啊，那说来说去都不行，我还是老老实实走着过去吧。"那笙沮丧，翻身上马。雨簌簌落下来，打湿她的头发，她不由得缩了缩头。

白璎挽起马缰，准备跃上马背，忽然间背后的窗口开了——

"阿璎。"西京推开窗扇，看着庭中的白衣女子，缓缓开口，"我再问你一次，你是以师妹的身份拜托我，还是以皇太子妃的身份命令我？"

"那又如何？"白璎没有回头，淡淡反问，"有区别吗？"

"我会答应'师妹'的任何请求，因为我亏欠她良多——但是空桑的'皇太子妃'已经无法再命令骁骑大将军。"隔着稀疏的雨帘，剑客微微笑着，将拿着酒瓶的手放在窗棂上。

"师兄！"风吹过来，白璎的长发随风扬起，她蓦然回首。

"哎呀，你们好麻烦，兜来兜去原来不过是一句话的问题嘛。"回到了房里，那笙重新拿起糕点对付饿扁的肚子，抱怨道，"这么弯弯绕绕做什么？"

"多谢大师兄了。"将那笙交付给了西京，白璎深深一礼。

西京摇头微笑："不用谢——天快亮了，你该回去了。"

"好，我晚上再来和师兄详细说那笙姑娘的事情。"白璎点点头，也不多客套，起身。然而西京眼里神光一掠，仿佛想到了什么，摇头道："不，不用再来这里了，我大约天亮等汀回来就离开。"

"何必如此匆促？"白璎不解。

"当然要快点走啊……就算醉鬼大叔留我，可这里是苏摩那家伙的地方，他早就放出话来，要赶我出门的！"那笙在一边安然吃着糕点，懒懒地开口，"他是那群鲛人的'少主'，所以老板娘都听他的话……"

猛然间，她感觉西京的眼光如同刀锋般掠过，吓得手里糕点"啪"地落地，不知道哪里说错——西京要阻止她多嘴，却已经来不及，抬头已经看到小师妹即将离去的身影陡然顿住。

完了。终究，还是让她听到了不该听到的那个名字。

"苏摩？你说'苏摩'！"白璎看着那笙，吃惊地问，脸色苍白，"难道……难道他也在如意赌坊？"

"呃……嗯……"那笙觉得似乎说了不该说的事，看了一眼西京严厉的眼神，含糊答应，"是啊。"

"他竟然也在这里？是命数的会集吗？"白璎喃喃低语，"他在哪里？"

那笙刚要抬手指指后面一排厢房，西京忽然抬手阻拦，眼神沉沉地看着白璎："师妹，没有必要去看他——如今他和我们没有任何关系。你赶快离开这里，不要再见他了。"

"师兄……"看着西京的表情，白璎忍不住笑了起来，"别那样紧张呀！我不是十八岁那时候了——没关系的。真岚和我都关注他此次回来的意图，既然那么巧他也在这里，也不妨去见见。"

"呃……真岚和你还说起他？"显然以为局面还停留在百年前，可怜的西京不明白情况，抓抓头，尴尬地喃喃，"真岚他……呃，那小子也真是奇怪……好端端地提这个人干吗？"

"他在后面吗？我去看看吧。"白璎看了看天色，"问候一下就回来。"

西京站了起来："我陪你去。"

白璎摇摇头："不用了，师兄这么紧张干吗？你跟过来听壁角吗？"

"这个，这个……"西京尴尬地晃晃酒壶，只好让她走了，临走还不忘加一句，"喂，万一那家伙对你不客气，你就出声叫我！我这里听得见！"

那笙吃下了一碟云片糕，心满意足地舔着手指，斜眼看焦急的剑客，啧啧道："大叔，你紧张什么啊？太子妃姐姐好生厉害呢，苏摩那家伙肯定打不过她！"

"小丫头，你知道什么？"看到白璎离开，西京心里总是忐忑，听到那笙那般说，忍不住劈头盖脸地厉喝，"百年前阿璎就在他手上吃过亏，我怕她再被那家伙迷住——你不知道那家伙有魔性！要是再被他缠上，阿璎就完了！她从白塔顶上再跳下来一次也没用了！"

"啊？"那笙嘴巴张得可以放下一个鸡蛋，吃惊道，"你、你说什么？太子妃……太子妃姐姐，和苏摩有一腿？怎么……怎么可能？他们两个差太多了吧？"

西京狠狠瞪了少女一眼，坐下："你也知道差太多？干吗还多嘴？"

"我又不知道他们有什么关系嘛！"那笙委屈，跳了起来，然而好奇心大起，拉住西京，缠上去，"到底怎么回事，大叔你告诉我好不好？我要是清楚了，也好知道什么话不能说啊！你说是不？"

"汀怎么还没买酒回来？"西京忽然觉得自己失言，不想再提及百年前的事情，翻翻空酒壶，看着黎明前下着雨的黑暗天空，喃喃道。

"告诉我告诉我告诉我嘛……"那笙听八卦消息的心被撩拨了起来，像一块牛皮糖一样地缠了上来，"告诉我！"

黑的房间，没有一丝风。炉里熏香的味道甜美而腐烂。身下女子赤裸的身体还在微微抽搐，但已经不能说话了。

那具躯体还是温暖而柔软的，身下流满的鲜血更加炽热——他把脸埋在那温暖的肉体里，想让冰冷的身子获得多一些的暖意，然而多少年来每夜都从心底漫出的寒冷，依然仿佛要把全身的血冻得凝固。

鲛人……鲛人本来就应该生活在水里吧？不然，身体里的血会被陆地上的寒冷凝固。然而，又是谁逼着他们离开那一片大海，沦为任人屠戮的鱼肉？

在没有风的夜里，心底黑暗的欲望在巅峰后潮水般退去，留下无尽的疲惫。

满床的鲜血慢慢冷下去，身边的女子尸体也慢慢僵硬，他吐出了一口气，嫌恶地推开，闭上了眼睛，开始短暂的休息——然而，闭上眼的瞬间，他又看到那一袭白衣如同流星一样，从眼前直坠下去，越来越远，越来越远……然而，奇异的是坠落之人的脸反而越来越清晰地浮现出来，离他越来越近、越来越近。苍白的脸上仰着，眼睛毫无生气地看着他，手指伸出来几乎要触摸到他的脸。

"苏摩。"那枯萎花瓣一样的嘴唇微微翕合，唤他。

黑暗中，他猛然惊醒。帷幕重重，熏香的气息甜美糜烂，混合着血的腥味。又做梦了吗？他慢慢合上眼睛，强迫自己睡去。

"苏摩。"然而，那个声音又重复了一遍，近在咫尺。

手指轻轻敲击在门扇上，在黎明前的寂静中听起来宛如惊雷："是我。"

他从锦褥堆中霍然坐起，床头上那个小偶人似乎被他的动作牵动，也"咔嗒"一声跳跃了起来。鲛人和偶人的头同时转向帷幕外的门。傀儡师空茫的眼睛在暗夜里闪过雪亮的光，倏忽变了无数次，然而终究沉默，没有说话。

"我是白璎。"门外的声音很轻很平静，恍然如梦，"你在里面吗？"

小偶人的嘴角向上弯起，然而嘴巴刚一咧开，傀儡师的手猛然探出，狠狠捂住了它的嘴，仿佛把什么话语硬生生拦住。

然而，偶人的手却动了起来，在主人来不及控制它之前，左右手腕上的引线飞了出去，上面连着的戒指缠绕上了门扇，一扯，"哗嗒"一声拉开！

黎明前微亮的青灰色天光透进来，伴着下雨天湿润的风，吹动房间内重重叠叠的帘幕。门轰然打开，刚要走开的白衣女子停住了脚步，转头看向毫无遮拦敞开的门内。廊下的风雨吹起她长及脚踝的头发，苍白如雪。

看不到东西的眼睛仿佛承受不了此刻忽然透入的天光，傀儡师从榻上赤身坐起，下意识抬手挡住了眼睛。然而随着他的坐起，横在床头那一具满身是血的女尸"啪"的一声摔落。

在这样诡异的情况下，门内外的两个人都没有说话。

骤然而来的沉默如同看不见底的深渊裂了开来，吞没所有。只有那个小小的偶人坐在床头上，咧开嘴无声地大笑，张开双手，对着门外来客做出一个"欢迎观摩"的姿态。

雨越发下得大了，卷入廊下，吹动白衣女子那一头奇特的雪白长发，接着吹入密闭的房间内，瞬间把充盈房间的熏香的味道扫得一干二净，让人头脑猛然清醒。

两个人都没有说话，静静地凝视——这一次对望，中间已经是隔了百年的时光。

怎么能不震惊呢？再回首是百年身。不管曾经有过什么样的过往，如今的他们都已经不认识眼前的人了。

原来，她是这个样子。

多么可笑的事情，他居然还是第一次"看"到她。

百年前那个鲛人少年，与她朝夕相处过三年，听过她的声音，触摸过她的脸颊，吻过她的眉心……然而，盲人少年从来没有看到过她的样子。

手指的触摸在心里勾勒出那个贵族少女的模样，那张虚幻的脸，在百年间无数次出现在噩梦里——苍白的脸仰着，眼睛毫无生气地看着他，手指伸出来几乎要触摸到他的脸，那枯萎花瓣一样的嘴唇微微翕合，唤他。然后，时空忽然裂开，那一袭白衣宛如羽毛轻飘飘坠向看不见底的深渊。唯独她指尖的温暖还留在他颊边。

而白璎也已经认不出眼前这个血泊中的年轻男子。

百年前最后的时刻，她对着那个鲛人少年道别。那个孩子脸上镌刻着隐秘的冷笑，深碧色眸子暗淡散漫，毫无焦点，宛如某种爬行动物的眼珠。然而尽管如此，那张十几岁的脸上依然带着稚气和青涩——完全不似如今眼前这个人的阴鸷桀骜，看不到底。

百年未见，这一刻，真是最糟糕的重逢。

长长的沉默。满身是血的傀儡师嘴角忽然一动，浮出一丝莫测的笑意，一脚把死尸彻底踢落床下，无所谓地披了件长衣走下地来，挑衅似的抬起头，去迎接任何表情和眼神。

沉默之间，忽然有一道闪电"咔啦啦"裂开长空，照得天地一片雪亮。

白璎没有说话，只是沉默地看着那样的一幕。天上的闪电映照她的脸，映得她全身隐隐透明，非实体的虚幻。许久许久，她垂下眼帘仿佛掩住了什么表情，只是随着叹息吐出一句话来："苏摩，你怎么把自己弄成了这个样子啊……"

轻轻一句话，瞬间就将所有壁立的屏障完全击溃。

他忽然动手了。

暗室内，在苏摩猝不及防动手的一瞬间，白璎反手拔剑，削向那几枚打向自己的指环。"叮叮"几声，指环触到光剑反向飞出，然而迅速变换了方向和速度，又从另外几个方向打来。

她一惊，旋即闪电般地掠起，身子在斗室中迅速穿梭，宛如白色的光。然而，还是渐渐感到了窒息——那些丝线！那些若有若无丝线，居然界于"无"和"有"之间，让不被任何实物羁绊的她都无法躲开。一层层缠绕上来，不知道到底有多长，仿佛透明的丝，将她慢慢包裹。

苏摩披着长衣站在暗淡的室内，微微垂下眼帘，表情奇异。

他没有动，而在他身侧，那个小小的偶人从来没有这样高兴过，手足不停地舞动，仿佛按照节奏跳着奇怪的舞蹈。连着那个偶人关节的引线在空中飞舞，仿佛织成了一张看不见的网，阻拦住了白璎的身形，居然不让她退出门外半步。

白璎知道长夜即将过去，心下一急，出手陡然变得迅疾，毫不留情。光剑削断了几根引线，偶人的身子一震，右手肘部"咔啦"一声，动作微微一慢。

白璎拂袖回剑，豁出去不顾那些打向她身子的戒指，一剑削向另外一根牵连着偶人颈部的丝线。剑忽然扭曲了，那光柔和地缠绕上了同样柔软不受力的引线，相互纠缠，然后，她清斥一声，手腕一震，准备陡然发力，震断那根引线。

忽然间，她的动作顿住了，侧目瞥过，猛然看到苏摩脸色变得非常诡异，仿佛痛苦，又仿佛无比欢跃。两种神情闪电般交错着掠过他的脸，而傀儡师的右手肘部慢慢渗出血丝来。

那样的伤口，完全和她手中光剑对偶人右手造成的一模一样！

难道这是……白璎霍然明白过来，光剑缠上了牵引偶人颈部的丝线，忽然停住，不敢发力。一瞬间，那些被操纵着的戒指趁着她此刻的空门，全数击中她背部！

白璎猛地往前踉跄了一步，光剑铮然落地。整个身体忽然间模糊起来，仿佛烟雾的涣散。那一刹那，模糊的视觉中，她看到了那个偶人咧开嘴大笑起来，那样的眼神……那样的眼神，仿佛熟悉莫名，又仿佛陌生可怕。

她想唤起"后土"的力量，然而，在黑夜和黎明交界的一刹那，戒指没有发出保护主人的回应。

"师兄！"她终于出声，呼唤西京，"师兄！"

"死在这里吧！"恍惚间，她听到那个小小的偶人在说话，"你逃不掉的。"

那个声音，竟是少年的苏摩，恶毒而又欢跃："你逃不掉的！"

早晨的雷阵雨已经过去，天色慢慢亮了起来，光从廊下透入，丝丝照进来。冥灵将会如同冰雪一般消融在天光里。

光线刺得她眼前模糊一片。她猛然间有些后悔——自己根本不该如此大意地过来看苏摩——百年前那个少年将她逼上绝境，百年后，依然要置她于死地！

他，为何竟如此恨她？！

"师兄！"光线照进来的一刹那，她大呼。然而，西京没有来。

在生死一瞬，忽然有一只手伸了过来，"唰"的一声关上门，拉下重重的帘幕，把所有光线截断在外面！那些半空中飞舞着的指环忽然都掉落在地，另一手伸过来，一把抓住了那些几乎看不见的引线，握紧，丝线勒入手中，血沁出。

偶人看到白璎被救，不甘心地继续挣扎，想发动那些引线。然而那只苍白的手毫不放松，用力一拉，噼噼啪啪，所有引线在刹那间全部断裂！

偶人猛然发出了一声听不见的痛苦叫声，跌倒在榻上。

房间内转瞬回到了一片漆黑，白璎感觉到有人俯下身来静静地看她，有什么东西落了下来，跌落她手心。她一惊，下意识地将那细小的颗粒握在手心。等她涣散的灵力重新凝聚，看得见眼前的景象，却看到傀儡师忽然松开了支撑着的双手，颓然跌倒在黑暗中，无声无息。

白璎起身，惊诧地看到了他全身瞬间涌出的鲜血。

他身上每个关节都在出血，如同一具被扯断了线的傀儡。

"天！这、这是'裂'？"她回头看了看同样痉挛着倒地的小偶人，不可思议地惊呼，"苏摩，你这是……"

"好安静。"那笙听着后面厢房里的声音，半天没有听见什么，不由得喃喃，"他们两个久别重逢，不会很快又好上了吧？"

"不许乌鸦嘴！"西京大怒，厉斥了一声。

那笙吐了吐舌头，不敢再说，却缠上了西京，继续磨："那么说来，那时候太子妃也不过和我差不多年纪——再给我讲详细一些嘛，那么精彩曲折的故事，你这么几句话就说完了？"

"故事？"被缠得没法，才言简意赅地和这个小丫头说了百年前的故事，西京正在后悔自己接下来的是如何难缠的生意，听到这句话忍不住跳了起来，"你个丫头，知道个鬼！有本事你从那里跳下来给我看看。"

那笙没料到西京反应那么激烈，不由得缩了缩头，吐舌。

"我就知道那个苏摩不是好人。"更加印证了一开始的看法，苗人少女愤愤皱眉，"但是没想到他从小就坏成那样！"

话没说完，她猛然闭上了嘴，看着雅座打开的门。

有一个人走了进来，一头水蓝色的长发在晨曦里夺目耀眼。炎汐显然是清晨起来看望西京的，却不料看到苗人少女也在室内，露出了惊诧的表情。那笙忽然结巴起来，不敢看炎汐的眼睛，低下头去。

"那笙姑娘，你为何又回来了？"炎汐皱眉看着她，声音冷淡，"少主说过了让你走。"

那笙尴尬地笑了一下，不知道如何回答。然而听到炎汐这样的语气，心里感觉很是委屈——怎么人都有两张脸呢？不过一天之前，那个带着她出生入死的炎汐如今哪里去了？

"抱歉，是我让她留下来的。"西京站起来，回答，"我在等汀回来，等她一回来，我立刻带着那笙姑娘和慕容公子离开如意赌坊，请稍微宽待一下。"

看到面前的剑客，炎汐眼神波动了一下，低首行礼："抱歉，少主的命令必须执行——那笙姑娘必须离开如意赌坊，否则在下不得不动手。"

"呃……动手？"西京没有料到这个鲛人战士如此死脑筋，倒气急反笑，"你料想和我动手，能赢吗？"

"令不可违。"炎汐按剑站起，声音平静，"死而后已。"

西京的眼睛微微眯起，眼神冷锐，从鼻子里笑了一声："你想死？那容易啊！"

"喂，喂！大叔，别动手！"见识过西京的厉害，那笙大惊失色，跳了起来，生怕他一怒之下就拔剑，忙不迭回答，"我出去，我出去！我先出去在街角等你——你等汀回来了，再一起出来找我好了。"

"呃？"西京本来也没有要拔剑的意思，倒是有些诧异地看着她，"怎么，你怕我杀他？你那么紧张做什么？"

那笙有些不好意思，终于想起了一个理由："他……他从风隼下面救过我的命啊！"

"哦。"西京狐疑地看了那笙一眼，总觉得那个理由有些牵强，但是看着炎汐，还是点了点头，"复国军的左权使——百年来听闻你的大名，果然挺有种的嘛。"

剑客扔掉了手里的酒壶，拍拍手，看向窗外："得了，也不让你为难——那笙，你先出去避避吧……汀那个丫头是怎么了？不就是去城东买壶酒，怎么这么久还没回来？"

说话间，他的脸色"唰"地变了，看向城东的方向。

黎明暗淡的天幕下，雨帘密密，忽然间，有一道蓝色的焰火划破天幕！

"糟了！是汀发的求救讯号！"西京蓦然站起，抓起光剑，"她出事了！"

炎汐同时看向东方天际，看到雨帘中暗淡模糊的盘旋着的影子，分辨出雨里的尖啸声，脸色也变了："风隼！那边有风隼！风隼发现了汀！"

那笙还没有回过神来，只听耳边风声一动，西京和炎汐居然都已经不在原地。

"啊……跑得好快。"看直了眼，那笙惊叹，喃喃道，"现在没人赶我出去了吧——不过我还是自觉出去等着他们好了，免得炎汐看到我又要沉下脸来……"

然而，不等她走出门去，后面厢房里忽然传来了呼喊声："师兄！"

太子妃姐姐？是她的声音吗？那笙大吃一惊，猛然转身，糟糕，苏摩果然在欺负她！可是西京却不在了！

黎明即将到来，庭前天马感受到了昼夜交替的来临，不安地扬蹄嘶喊，仿佛在提醒主人快些返回无色城。然而，白衣女子没有回应它。天马不可多等待，当下长嘶一声，展开双翅在黎明前飞上了天空，消失在雨帘。

"师兄！"白璎的声音再度急切地唤，"师兄！"

那笙跺了跺脚，虽然心里害怕那个诡异的傀儡师，还是硬着头皮冲了过去。门紧闭着，她壮着胆子一把推开，闯了进去，随即被满室熏香憋得喘不过气。

"师兄，快关门！我不能见光。"白璎的声音在重重帷幕后响起来，却看不到人，急切道，"你快过来看看——你来看那个偶人！这、这真的是'裂'吗？"

那笙应声关上门，眼前顿时昏暗一片，隐约只看到重重帷幕后的一点烛光。

"太子妃姐姐。"她忽然间有点怕，轻声问，走过去，"我是那笙……西京大叔他刚出去了。有人欺负你吗？"

"那笙姑娘？"白璎的声音顿了顿，有些失望，"你别过来，要吓到的。"

那笙隐约间觉得莫名恐惧，然而不肯示弱，壮着胆子笑："我才不怕。"

一语未毕，脚下忽然踩到什么软软的东西，她一下子扑到了床上，满手黏黏的腥臭——等看清楚手上和脚下是什么东西，苗人少女忍不住尖叫出声。

床上是一个赤身裸体的女人，已经死去多时。一个偶人跌落在她眼前，四仰八叉，面目痛苦扭曲。

那笙看到这个名叫阿诺的偶人，比看到尸体还恐惧，不由得大叫一声，向后踉跄退出。

"苏摩、苏摩怎么了……他又杀人了是吗？"那笙结结巴巴，远离那张床，"太子妃，天都亮了，你是不是……是不是回不去了？天马都自己回去了……"

"真的是'裂'……天啊。"仿佛没有听她讲什么，白璎喃喃自语，"他怎么把自己弄成这个样子……"

那笙好容易转过了屏风，忽然怔住了，诧异地看着眼前的景象。

昏暗的烛火下，一袭白衣的太子妃俯身抱起昏迷不醒的傀儡师，为他擦去全身关节上渗出的血，然后小心地将断了的丝线一根一根接回到戒指上去——那样的神色，完全不似被欺负了的，反而有一种母亲一样的温柔和悲悯。

"他、他怎么了？"那笙吃惊地看着似乎没有知觉的人。

"阿诺想杀我，苏摩就扯断了'它'身上的线。"白璎低声交代了一句便不说了，看着跌落一边的偶人，眼色复杂，"结果也伤了自己。"

她的手指慢慢握紧，手心里是方才黑暗中跌落的东西。

"呃？那个东西果然是活的！他们两个吵起来了？阿诺居然比苏摩还厉害吗？"大大出乎意外，那笙看了一眼阿诺，一怒之下拿起那个偶人凑近烛火，"这东西太坏了，我们把它烧了得了！"

"不要动！"白璎大惊，厉斥。

"绝对不可以动它……他们是'镜像的孪生'。一荣俱荣一损俱损，如果它被毁了，苏摩也就毁了。"吐了一口气，太子妃放缓了口气，对那笙解释，"你快把它放下来。"

"怎么会？"那笙更加诧异，反驳，"好多次我看到苏摩都在折腾这个不听话的东西呢！"

"是吗？他原来对自己也不放过啊……"听到那样的话，白璎的神色更加暗淡，低头看着傀儡师沉睡的脸，眼睛里有晶莹的亮光，"怎么把自己弄成这个样子……怎么会？"

那笙看到她那样的神色，忽然忍不住问："太子妃，你、你不恨他吗？"

"嗯？"抬头看了少女一眼，白璎微微笑了，摇头道，"不恨。"

"从那么高的地方跳下来的时候，也不恨吗？"终究觉得不可思议，那笙追问，"如果换了我，看到他现在这样，一定立刻找把刀子杀了他！"

"哦？"白璎叹息，"如果能如你所说就好了……可惜我做不到。"

"你做得到。"忽然间，有人回答，声音沙哑低沉，"你要救他。"

刚开始一瞬间，白璎还以为是那笙的话，然而转瞬看到重重帘幕悄无声息地掀起，一名华服的丽人不知何时进入内室，手里捧着早点，脸色苍白地看着昏暗烛火下的人。

"你是……"白璎诧异地抬头，询问地看着面前这位鲛人女子。

"我是如意夫人。"丽人看着面前的白衣女子，眼色复杂，"白璎郡主。"

在所有鲛人心里，对这位空桑皇太子妃的感触都是复杂而微妙的。白璎显然也能体会到如意夫人眼里的那种情绪，微微笑了一下："如意夫人，你快来看看苏摩——他伤得很厉害，我刚帮他把引线接回去。请你们劝劝他，不要再用那个'裂'的偶人了。"

如意夫人怔怔看着面前的女子，眼睛里情绪不停变换。

原来……是这样的女子。那个"堕天"的女子，竟然是这样的啊……

"白璎郡主，请你一定要救少主！"那个瞬间，终于抛下了在昔日仇家面前保持的尊严，如意夫人猛然跪下，匍匐在白衣女子面前，失声道，"没人能救他了……请郡主一定要救他！"

"救他？"白璎愣了一下，连忙扶起她，"可我又能做什么呢？我已经死了啊……"

如意夫人猛地怔住，定定地看着白璎。昏暗的灯火下，她一头白发如雪，整个人似乎隐隐透明——那是无色城里的冥灵。

迟了，终究什么都是迟了……泪水忽然从美妇的眼角滑落，化为珍珠，渐渐凝定。那笙第一次清楚地看到鲛人落泪化珠，瞠目结舌，几乎要惊讶地叫出声来，但是感觉到气氛凝重，终于生生忍住。

"对不起，我一时情急，强人所难了。"如意夫人忍住泪，微微躬身，从白璎手里接过昏迷的傀儡师，"很多事做错了就永远不能挽回——这个道理，我到了这个年纪才渐渐领悟到，如何能要求一个孩子当时就能懂？"

白璎忽然一怔，脸色微微一变，嘴角动了动，似乎是想问什么，却生生忍住。

"如果舍身一跃，便能扯断所有牵绊，那倒是轻松了。"如意夫人勉力扶着苏摩，拂开一层层帘幕，叹息着离去，"可如今，是无论如何都无法斩断命运的丝线了。"

"难道……"白璎的手指慢慢握紧，脱口而出，又猛然止住。

"白璎郡主，你该猜到了的。"如意夫人笑了笑，回头道，"当年你受的一切苦，都会百倍地报复在他身上。"

"不，请不要叫我白璎郡主。"那笙诧异地看到白衣女子的手指不作声地握紧，手中仿佛抓着什么东西，然而她的脸色平静，直视着华服的丽人，静静道，"叫我太子妃。"

如意夫人脸色蓦然变得复杂，不再说什么，转身黯然离去，只留下重重帷幕空空荡荡。

"啊？你们都说些什么呢？"一头雾水的那笙捡起方才如意夫人落下的珍珠，放在眼前看，惊喜地说，"你看，太子妃，鲛人的眼泪真的会变成珍珠！好奇妙啊——咦，你手里也拿着一颗？哪里来的？"

那笙探过头去看那一颗被白璎紧紧握在手心的明珠，猛然间抬头，看到太子妃的表情，大吃一惊："怎么了？太子妃姐姐，你怎么了？"

天光透入水底之前，一道白光掠入。然后，无色的水流迅速旋转起来，巨大的旋涡漾开来，封闭了通道。

天马轻轻跃入水底，长长的鬃毛飘曳如缎，然而马背上空无一人。

本来开了水镜一直观察着水面上孤身出行的白王的行踪，然而所有一切在她踏入苏摩房间后便模糊一片，再也不可见——所有人都在焦急地等待，此刻看到单独返回的天马，大司命的脸色猛地变了，脱口道："太子妃没回来？！"

"糟糕！"不但诸王变色，连断手都猛拍了一下金盘，头颅脱口而出，"真是太不走运了！居然会碰上苏摩那家伙？那家伙想做什么？疯了吗？"

"皇太子殿下，请莫焦急。"看到真岚变色，生怕那个率性的皇太子会做出什么，大司命连忙劝阻，"如今白昼，大家都无法出行，待得入夜了，再让蓝夏他们去吧！"

"入夜？入夜还不知道事情变成啥样！"真岚眼神冷锐，拍案而起，"白璎被截留在那里！皇天的'昼'对应后土的'夜'，在白日里她根本比气泡还脆弱，出事怎么办——就算我不介意头顶绿油油，你们就不担心后土落入他人之手？"

"殿下……"很少看到真岚动气发飙，大司命一时间倒是怔了一下，"可是目前诸王和冥灵战士都无法出发——看来只有让老朽去一趟了。"

"呃？"真岚看了太傅一眼，笑了起来，倒是消了气，"算了，太傅，你准备拿书卷去敲苏摩的头吗？"

皇太子看了看诸人，断臂忽然跃出，抓住了一边玄王的斗篷，"哗"的一声扯回来。斗篷凭空立了起来，从头到脚严严密密，只露出一张脸来——

"谁说没人能上去？难道我不行？"真岚大笑，从斗篷中伸出右手拉紧带子。

大司命和诸王大惊失色，齐齐跪下："殿下，万万使不得！"

"谁说使不得？我做事你们放心好了！"断手缩回，斗篷放下，真岚的脸躲在斗篷里，眨眼，根本不理睬众人的劝告，"天黑前我就能带白璎回来——何况我还要上去处理一些事，看看能否和鲛人复国军结盟。"

百年来，也不是不知道皇太子我行我素的脾气，众人无计可施。

"殿下，请带上武器防身吧。总不能披着一袭空心斗篷就这样出去了吧？"赤王红鸢叹了口气，解下自己的佩剑呈上，"请千万小心。殿下若有任何不测，空桑必将万劫不复！"

"放心。"真岚倒是不再说笑，正色道，"我知道轻重缓急。"

他也不接佩剑，披着斗篷离去。斗篷长可及地，遮住了全身，倒也看不出这个只有一颅一臂的无脚幽灵是在悬空飘动。

"唉，皇太子说话做事还是那么……不拘礼节。"看到那一袭斗篷离去，红鸢哭笑不得地和众人一起站了起来，诸王一起苦笑。大司命忽然感觉苍老的脸上有点发烧，惭愧地低头，暗自恨自己无用。

"不过——'就算我不介意头顶绿油油'……哈哈哈，这句话真妙啊！"红鸢捂着嘴，忽然忍不住银铃般地笑起来，身子乱颤，"殿下还是紧张白璎的嘛——不过如今还能有什么帽子可给他戴？她都是死人了……"

十二・天问

　　头顶的风隼在盘绕呼啸，黑翼遮蔽了黎明前下着小雨的天空。

　　汀在不顾一切地奔逃，怀中放着刚刚打回来的酒——如意赌坊在城南，然而她却是用尽了力气向着北方急奔，脚尖点着石板铺的大街，用尽所有西京传授给她的轻功身法。

　　她想跃入路边的房间去躲避头顶那些如急雨呼啸而来的劲弩，然而黎明前的街道四壁峭立，没有一家开着门。头顶那些呼啸着的风隼，每次看到她脚步稍微一缓，便知道了她躲藏的意图，立刻低低掠下，用暴风骤雨般的一轮激射逼得她不得不继续逃离。

　　是的，那些征天军团的人还不想立刻杀她……他们在逼着她继续逃离，想从她身上得知其他同伴的下落！

　　汀已经不知道自己跑了多久，只感觉天色慢慢亮起来，力量慢慢从身体里消失。鲛人的体质本来就不适合长时间的激战和对抗，即使跟主人学习了那么久，自己的体能还是无法跟普通的人类相比啊……

好几次，在风隼掠低的时候，她几乎都看得见风隼内操纵的鲛人傀儡那张木无表情的脸——她的手指缓缓握紧佩剑，忍不住想一剑投出，刺穿那个傀儡的护甲，让那架风隼坠毁落地。

然而，每个刹那，仿佛无形的力量禁锢着鲛人少女的手，让她无法拔剑。

潇……潇。风隼上的那个鲛人傀儡会不会是你？我的姐姐啊，你如今在何方？会不会就在上面，毫无表情地看着奔逃的我？

恍惚间，脚下一痛，仿佛什么东西洞穿了骨骼。她面朝下地重重跌倒在路上，怀中猛然有什么东西碎裂了，她低下头，看到碎瓷片扎入胸口，混合着鲜血流出来，湿透前襟。

"啊，洒了！"她脱口低呼，陡然间有不祥的感觉，抬头喃喃，"主人……"

就在那一瞬，一支劲弩射穿了她小腿，把她钉在地上！

她咬着牙去想反身拔掉那支箭，然而刚刚一动，半空的劲弩接二连三射来，猛然穿透她的手臂和肩膀，钉在地上——奇怪的是，却不射任何致命的部位。

"哎呀，杀了她得了！"风隼上，一个沧流帝国战士不耐烦起来，脸上青筋凸起，兴奋道，"干吗要跟着她？她是个鲛人，又不是咱们要找的皇天！杀了杀了……"

"住口！少将吩咐了，从桃源郡东边起搜查，任何异常都不能放过！"旁边的战士猛然喝止，"这个鲛人居然只身半夜出来走动，说不定她和我们要找的东西有联系！她方才发出了求救讯号，我们等着看谁来救她不就得了？"

那个按着机簧的战士不甘心地放开了手，看着底下满身是血被钉在地上的少女，依然充满杀气地手舞足蹈，大笑道："射死她！射死她！哈哈哈……那些卑贱的鲛人！"

"真是个疯子。"看着那样狰狞的神色，旁边的沧流帝国战士不屑地摇头，对另一边的同伴冷笑，"真怕这小子兽性发作起来，连我们都砍了——真是的，这种新手，还不如鲛人傀儡派得上用场。"

"小心点，这种抱怨要是被上面人听见了，可要把你军法处置！"看到鲛人傀儡木无表情地拉起了风隼，继续盘旋，同伴谨慎嘱咐，"少将治军严厉，你又不是不知道。昨天那些逃回来的人，还不是被严厉惩处了？"

"活该！驾着风隼还被人打下来，根本就是一群饭桶……"风隼上沧流帝国战士冷笑了一声，"不过你们有没有觉得奇怪？怎么会一连在桃源郡遇到那么多鲛人，难道这里最近有复国军出没？"

话刚说到这里，他忽然间眼神凝聚，断喝："人来了！快掠低，放箭！"

透体而过的长箭将她牢牢钉在地上，血冰冷地流出来，合着黎明前零落的雨点，淌了满地。汀的意识慢慢模糊，看着满地的鲜血，忽然苦笑：为什么鲛人的血还是红的呢？如果和那些人类不一样，那也干脆不一样得彻底一些吧？

耳边传来尖啸声，风隼又俯冲过来——为什么，为什么他们还不杀自己？

他们……到底在等什么？

又一轮的劲弩呼啸而来，这一次，已经丝毫不避开她的要害，直射心脏、咽喉和头部。漫天的箭雨中，她闭上眼睛，松开了握着剑的手——虽然，在风隼又一次的低空逼近中，她还是有机会杀掉上面那个驾驭机械的鲛人傀儡，然而她最终松开了手，喃喃叹息："姐姐……"

"汀！"猛然间，听到有人大声叫喊她的名字。

那个熟悉的声音，瞬间将她残留的神志凝聚。她睁开眼看到从长街的另一端闪电般掠过来的黑衣剑客，猛然明白了，用尽所有力气大喊："主人！别过来！风隼要伏击……"

然而，那句话未落，尾音随着射穿她颈部的利箭"唰"地停住。

黑衣剑客闪电般掠过来，抬手挥剑，那些劲弩在白光中纷纷截断，赶到她身边，跪下，双手颤抖着，却不知道该如何抱起她———共有七支长箭射穿了汀纤细的身体，将她牢牢钉在地上。

最致命的一支，射穿了她的咽喉。

"汀！汀！"他不敢碰她，颤不成声。

"主人……"鲛人少女的口唇微微张开了，显然那支箭还未曾损坏声带，她指向天空，脸上的神色是急切的，"风……风隼……逃……"

随着口唇的开合，血沫随着呼吸从颈部冒出，染红她蓝色的长发。

"别说话，别说话！"西京大声喝止，右手的光剑猛然掠出，沿着她身体与地面的间隙一掠而过，切断那些钉住她的长箭，将她抱起。一轮劲弩射过，风隼再度掠起，在上空转了一个圈。

炎汐跟着西京随后赶到，一眼看到浑身是血的汀，猛然眼神就锐利起来。他转过身去不看两人，按剑冷冷看着天空中盘旋而上的风隼，全神戒备。

汀低声喃喃道："我好笨啊……主人，酒、酒洒了……"

"笨蛋！你为什么不往回跑？！"西京看到她那样的伤势，猛然觉得全身的血都冷了，声音发抖，"你……你来得及跑回来的啊！"

"不能、不能……让他们……发现我们复国军的秘密……"汀的眼神慢慢涣散开来，喃喃，"少主、少主在赌坊……不能让他们发……发现……"

"笨蛋！就为了苏摩那个家伙吗？！"西京猛然明白过来了，忍不住大骂，身子都颤抖起来，"不值得！根本不值得！"

"少主是、是我们所有鲛人的……希望。"汀微微笑了起来，忽然间手指动了动，抓住西京的手，艰难地，"主人，请你、请你原谅我一件事……"

"别说话。"西京腾出一只手，想为她止住血，然而汀身上伤口太多，一只手根本按不过来。血迅速染红他的手，冰冷的血却仿佛炙烤着他的心肺。

"不，我如果不说……死不瞑目。请你一定原谅我……"汀大口呼吸着，脸色迅速灰白下去，用力抓紧西京的手，泪水沁出眼角，"当时、当时我来到主人身边……赖着不肯走……是、是因为，我受命……来偷学主人的剑法……回去教给复国军战士。要知道，我们、我们鲛人……无法得到什么技艺……对抗沧流帝国。请原谅我，欺骗了……"

西京低下头，看着少女犹自带着稚气的脸，手颤抖得不能自控。

"我知道。我早就知道了……我没有怪你。"他抱着汀，站起来，仿佛有些不知所措地喃喃，"好了，我去给你找大夫，你先别说话。"

"主人，你、你原谅我了？"微亮的天光下，汀微笑起来，那个笑容一闪即逝，然而却是欢喜无比的，"我知道我要死了……不过，我、我比红珊幸运……我不想离开你。主、主人……不要再喝酒了，好不好？"

"好，好……不喝，不喝了……"忽然间感觉汀的身体如同火一样滚烫，西京眼里的恐惧弥漫开来，"不要叫我主人！叫我的名字，汀。"

"啊……"汀的脸上忽然有羞涩的红晕，闭了闭眼睛，仿佛积攒了许久的力气，才慢慢道，"西京……西京，别伤心。我会一直和你一起……我们鲛人死了后，会升到天上去……然后，碰上了云……就、就化成了……"

她的话语戛然而止，头微微一沉，跌入黑衣剑客怀里。

零落的雨点落到脸上，冰冷如雪。

忽然间所有力量都消失了，他双膝一软，跪倒在地上。黎明已经到来，天光亮了起来，然而他却感觉眼前一切都模糊了。

再一次俯冲，在劲弩的掩护下，风隼上的沧流帝国战士跳下地面，从四面围上了那三个人，细细审视，忽然脸上有沮丧的表情，七嘴八舌。

"不是说我们要找的是个中州来的少女吗？怎么来的两个都是男的？而且也没有戴着那样的戒指的？"

"好像是弄错了……果然不是我们要找的！"

"回去回去，浪费时间！"

"喂，这里还有个死了的鲛人，要不要查看一下那个人有无奴隶的丹书？"

"磨蹭什么！别的队说不定抢在我们前头了！"

那群风隼上下来的沧流帝国战士围上来，看了一眼死去的鲛人和活着的其余两个人，发觉并没有他们这次行动搜索的目标，不由得兴致索然，准备离开。

"给我站住。"炎汐的手刚刚按上剑，却听得旁边的黑衣剑客低喝。

沧流帝国的战士们本来不想理睬那个损失了奴隶的黑衣人，然而那个新战士一下子回过头来，眼睛发光——刚刚上战场，血在身体里沸腾，他正巴不得有机会杀人！

"别浪费时间！"队长拦阻了那个新兵，看了一眼抱着死去奴隶的黑衣人，冷冷道，"喂，这不怪我们，谁让你放自己的鲛人单独上街？违反了帝国法令，射杀也不过分——自作自受，大家走！"

一行人刚转身，那个黑衣人抱着鲛人，居然拦到了面前！

"你们都给汀陪葬吧。"西京没有抬头，缓缓道。双手微微颤抖着，将光剑的剑柄放入死去鲛人的手中，握紧，抬起头来看着面前的士兵。

陡然间，队长被眼前人的气势震慑，倒退了一步。

"别、别那副表情……不就死了一个鲛人吗？"莫名地，身经百战的队长居然根本不想跟面前的人动手，声音甚至有些紧张，"趁尸体还新鲜挖出一对眼睛做凝碧珠，再添一点钱，就可以去叶城东市再买一个新的鲛人了啊……"

"住口！一群浑蛋！"猛然间，白光闪电般滑落，"一群浑蛋！"

队长反应很快，立刻往后避开，然而那名处于兴奋状态的沧流战士却反而冲了上去，咆哮着挥剑，呼啸而砍下，气势逼人。

但只是一眨眼，人头斜飞出去，血如雨点落下。剩下数名战士猛然跳开，沧流帝国的战士都经受过严格的遴选和训练，无论配合作战还是单兵战斗力都非常强，此刻立刻朝着四个不同方向跳开，迅速准备好了反击。

西京根本无视对方布好的阵势，只是把着汀的手，剑光纵横在微雨中，宛如游龙。

"汀，你看，这是剑法里面最后的'九问'……"抱着死去的鲛人少女冲入人群，一边挥洒剑光，他一边低声告诉她，手上丝毫不缓，"我从来未曾在你面前使过。现在你看清楚了……"

炎汐没有拔剑，甚至没有上去从旁帮忙的意思。他只是看着西京拉着汀的手，迅速无比地斩下一个个人头，鲜血飞溅。转身之间，汀蓝色的长发拂到了他脸上，湿润而冰冷。

黎明下着雨的天空是暗淡清空的，西京抬头看天，手中的剑连续问出剑圣"天问剑法"里面的最后九问——问天何寿？问地何极？人生几何？生何欢？死何苦？

不过问到第七问"苍生何辜"，已经将风隼上下来的所有战士杀绝！

剑气在雨中激荡，西京止住手，提剑怔怔低语："我早察觉你在偷师，所以从来不使出'九问'——都怪我。如果我……如果我早日教给你，又怎么会变成今天这样？"

空了的风隼再度掠下，上面那个鲛人傀儡不知道下地的沧流战士已经全灭，依然极低地擦着地面飞来，放下长索，以为那些战士会回到上面来。

"最后一个。"西京冷冷看着，握着汀的手，准备瞬间投出光剑。

炎汐忽然间伸过了手，按住他的光剑："别杀那个傀儡……为了汀。"

西京愣了一下，转瞬间那风隼已经掠过，远去。炎汐看着风隼上那个木无表情的鲛人傀儡，手指在剑上握得发白："其实不关你的事——汀只要单独碰上了风隼都要死……因为她根本无法对那些鲛人傀儡下手。"

"为什么？"西京住诧然追问。

炎汐低下头看着死去的汀，眼里的光芒闪了闪，许久才道："汀有一个姐姐，叫作潇。二十年前那次起义失败后，被沧流帝国俘虏，再也没有回来——有传言说她叛变了，成了征天军团里的傀儡。"

"刚才那一架上面，难道是……"西京震惊，脱口道。

"不知道。谁都不知道。"炎汐摇了摇头，淡然望着天空，"汀也不知道哪一架风隼上是她姐姐，所以从来不敢下手……我们鲛人，实在难以克服这样软弱的天性啊……"

西京沉默，看着怀中死去的汀，脸色渐渐苍白："那群混账！"

炎汐走过来，对着西京伸出手："把我的族人交给我——汀为了海国的梦想战死，我们要让她安安静静回到天上去……所有死去的兄弟姐妹，都会和她一起在天上看着我们。"

看到西京不动，炎汐低下眼睛，脸上第一次有了悲凉的笑意："请不要再自责，你毕竟给了汀一场美梦——不知道多少鲛人会羡慕她的一生。她遇到了你，很幸运。"

"苍生何辜……苍生何辜。"许久许久，西京喃喃重复着最后那一问，忽然在清晨零落的雨点中扬起了头，不知道雨水还是热泪，从他脸上长滑而下。

看着复国军左权使，他一字一字开口："我要见你们少主。"

外面的天光越来越亮，而室内虽然帘幕低垂，重重遮盖，白璎的神志依然在涣散下去——哪怕照不到光，冥灵在白昼里依然会慢慢衰竭。

周围很静。帘幕重重，薰香浓郁，她伏倒在那一片锦绣堆中，所有一切都感觉变得遥远，不知道是否因为自己变得虚弱而无法听到声音，还是所有的人忽然间都从这个地方消失——她开始封闭自己的五蕴六识，以减缓衰竭的速度，避免在天黑前形体就彻底消散。

那笙以为她睡着了，经过一番左思右想，终于下定决心蹑手蹑脚地走了出去，准备乖乖地退到大门外等西京归来——要不然被炎汐那家伙看到，可又该沉下脸骂她了。

想到板着脸的那个人，那笙就忍不住委屈：难道鲛人都这样翻脸比翻书还快吗？昨日那样带着她出生入死、照顾周至，今天见了那个苏摩后就彻底翻脸了——那个慕容修也一样，见她戴着皇天，就仿佛碰到烫手山芋一样把她推了出去。

恨恨地想着，那笙穿过人声熙攘的大堂，推开侧门走了出去。

猛然间，听到天空里有熟悉的刺耳尖啸，她抬起头看着清晨暴雨后的天空。有一架奇怪的银色的风隼掠过前方天空。抬首之间，银色的金属反射出刺眼的光，让她下意识地抬手挡住眼睛。

然而苗人少女没有留意，就在这一刹那，她手上皇天折射出了一道白光！

"降低！我看到她了！"银色的风隼上只有两个人，居左的青年将领冷冷俯视着脚下的城市，脱口命令，"皇天！"

"是，少将。"在他身边操纵风隼的是一个冷艳的鲛人少女，有着美丽的蓝色长发，应声操作，动作娴熟而迅捷，"要直接降落在如意赌坊吗？"

她的眼神不似其他鲛人傀儡那么空洞凝滞，说话的语气也起伏顿挫，竟然是一个依旧有着自我意识和思考能力的鲛人！

"是。"云焕冷冷回答，"立刻降落！"

如意赌坊的最深处。薰香的气息快要让人不能呼吸，连房内浓厚的血腥味都被混合了，发出奇异的香味。难怪……难怪苏摩喜欢点着这种奇特的香。

那样，就再也闻不到血腥味。

心神慢慢涣散，那个瞬间，她仿佛回到百年前濒临死亡的那一刹那——时空恍然消失了，塔顶上所有人的脸在瞬间远去，天风呼啸着灌满她的衣袖，白云一层层在眼前散开、合拢……她完全失去了重量。

然而那个下落的瞬间，却漫长得仿佛过了十几年，她只是不断地下跌、下跌，似乎永远接触不到地面。

"白璎！"猛然间，飘落的她听到有人叫她的名字，"白璎！"

不是苏摩……不是苏摩。那个鲛人少年居然自始至终沉默，不发一言地看着她坠落！仰脸看去，白塔顶端唤她名字的那个人伸出手，手指上戴着一枚形状奇异的银色戒指。那个人叫着她的名字，对她伸出手来——她下意识地举手，忽然间看到了自己手上一模一样的一枚戒指。

是真岚？那个瞬间，她忽然间又清醒了。

那一刻，光剑从她袖中流出凛冽的剑芒，撕裂她的衣袖，跃入她戴着戒指的手中——她感觉到自己尚有力量未曾使用，尚有东西未曾守住。是的！她怎么可以就这样死去？

拥有"护"力量的后土，却并不曾守护住她的国民、她的父亲，导致家破人亡。她扔下了自己的丈夫，不曾和他并肩战斗，伽蓝十年孤守，十万空桑人终究亡国灭种，沉睡水底。

那样的错，一次便可万劫不复。

"白璎！"高入云端的塔顶，真岚在呼唤她的名字，对她伸出手来——深渊在身下远去，他将她拉出了永无休止的坠落之途。

"白璎，起来！"恍惚间，耳边忽然听到有人说话，真切的，"都什么时候了？"

惊诧于对方居然能将声音传到她已经封闭了五蕴六识的心里，白璎勉力睁开了眼睛，想看看谁来到了这个昏暗的房间内。

"快起来，沧流帝国的军团都搜到外面了！"黑暗中，一双熟悉的眼睛低下来，然后黑色的大斗篷散开了，一只手伸出来，想拉起她，"起来，我带你走！"

"真岚？是你？"昏暗的房间里，她凝聚了残余的灵力才分辨出了来人，忽然间就松了口气，微笑起来——真的是他啊……在昏迷中，她听到的声音不是别人，真的是来自无色城的他！

然而，微笑未消失，她的形体猛然再度涣散。

"喂，喂！你干吗？别睡了！"来人更加着急，连忙低下手，去握住那只"后土"——那枚后土戒指一接近空桑皇太子的手，猛地发出了淡淡的光芒。光芒照耀着伏地睡去的太子妃，陡然间，她涣散中的形体重新凝聚。

"真岚。"白璎终于睁开了眼睛，看到来人，诧异道，"你怎么出了无色城？"

"快起来。那笙在外头要出事了——这次沧流派来的是云焕，那丫头可没有上次那样的好运气，可以挥挥手就打下一架风隼来。"真岚口气急切，显然这边情况的复杂棘手超出了他原先的预想，"你一个人在这里我不放心，得跟我出去。"

白璎拉住他的手站起来，看着紧闭的门，皱眉道："外面是白昼，我根本没法子出去。"

"没关系，我带着你走。"真岚回过手来，揭起斗篷，那直立的斗篷内空空荡荡，根本没有人的躯体。他伸出仅存的一只手，对着她招了招，"进来！"

"呃……"白璎陡然哭笑不得，看着那个披着斗篷的空心人——多么诡异的样子……也只有这位殿下，才能想出这种把太子妃打包带着离开的主意了。

"快进来，外头都要打起来了，你还磨蹭！"真岚不耐烦，一把将她拉入空荡荡的怀中，"反正你还没我肩膀高，够裹着你了。"

大斗篷"唰"地裹起，挡住了一切光，仿佛一个密闭的小小帐篷。

"别担心，外头的一切我来应付。"用唯一的右手掩上斗篷，系紧带子，嘱咐道，声音从头上传来，"你可要咬紧牙，千万别再睡过去了——我加紧打发走那群人，安顿了那笙，我们一起回无色城去。"

"嗯。"在黑暗中，她应了一句。忽然间感到说不出地踏实和安详。

外面刚到清晨，但是室内辉煌的灯火却彻夜不熄。屏退了采荷，如意夫人亲自在榻边守着，静静看着受伤后昏迷的傀儡师。

丝线都已经全部接回到了那个小偶人身上，在灯下闪着若有若无的光。那个叫作阿诺的小偶人此刻也安安静静地待在床头，表情呆滞——方才所有引线猛然间的断裂，似乎对这个偶人造成了极大的损害，每一个关节上居然都流出了奇怪的殷红色的液体。

然而，转头之间，她诧异地看到了榻上沉睡者全身同样慢慢渗出了鲜血！

苏摩的脸色是平静的，然而平静之下，仿佛有暗涌反复涨退，在他和他的人偶之间汹涌来去，顺着连着他十指的戒指的透明丝线，宛如波浪慢慢起伏。

一切都在悄无声息之中进行。傀儡师身上的血渐渐消失，碎裂的肌肤开始弥合，偶人身上的红痕也迅速地褪去。很快，一切都仿佛未曾发生。

终于，仿佛取得了什么平衡，偶人脸上呆滞的表情开始松活起来，"啪嗒"一声自动跳起，踢踢腿、抬抬手，忽然转过头来，对着如意夫人微微笑了笑——那样诡秘的笑容，让如意夫人心中陡然一冷。

她一时间有些发怔，这个小东西，她以前也看到过。空桑未曾覆灭的时候，苏摩只是一个少年，孤独而桀骜，手里一刻不离地抱着这个小小的傀儡偶人，称它为阿诺——可是，那个时候的偶人，是一个真正的偶人。不会动也不会笑，全凭引线操纵。

不知从何时起，这个叫作阿诺的偶人，居然活过来了吗？

"外……外面是什么声音？"不等如意夫人回过神来，忽然有声音发问，"怎么会有风隼聚集在如意赌坊上空？怎么回事？"

"少主。"如意夫人诧然回头，随即看到已经披衣下地的苏摩。

伤势好得出奇地快，苏摩干脆地坐起，仿佛一切都没有发生过一样。傀儡师的眼睛还是空空荡荡，穿过了窗棂看着外面的天空，眼色冷厉："该死的，难道是那些人全面搜索桃源郡，发现了复国军？"

然而一语未落，呼啸的箭如雨射入！

在门外等候的那笙在看到劲弩射落的一刹那，来不及多想，跳入了背后的如意赌坊，掩上了大门。

"咚咚"的响声如同雨点般打落，那些从风隼上射落的飞弩力道强劲，许多居然穿透了厚厚的红漆大门，钉了进来，差点划破她的手。

"糟糕，居然忘了包上皇天……完蛋了！"急忙地，她在箭落如雨的时候腾出手去撕下衣襟，忽然头顶一暗，强烈的风扑顶而来，吹得她睁不开眼睛。呼啸声仿佛就在耳边，她吓了一跳，下意识地举手，对准了那架风隼，大喊了一声："去死吧！"

以为皇天在手，那架风隼便会如上次那样掉下来。

然而，那枚戒指只是在日光下再度折射出一道光芒，却毫无动静。

"拉起来！"看到地上的少女伸出手，皇天闪耀在手指间，风隼上的云焕立即脱口吩咐，"小心皇天！不要接近它的力量范围！"

"是！"鲛人少女的操作极其灵活，风隼的双翅角度陡然改变，借飞快的速度立刻扬头掠起。

"发出讯号，让队里其他几架风隼都到这里来！"云焕一边继续吩咐，一边打开了风隼底部的活动门，"把这里夷为平地也不能让这个女的跑了！你稳定一下速度，我要下去捉这个女的，让后面的人快些过来。"

"是！"蓝发的少女眼睛直视前方，脸色宁静，仿佛只会说这个字。

风隼掠起，在天空里盘旋了一圈，重新回到如意赌坊的上方。速度放缓，银色的大鸟腹部忽然打开，一道闪电滑落，打在如意赌坊外墙上，土石飞扬。整个赌坊里的人都被惊动，赌客们汹涌而出来到外面院子，怔怔看着天空中渐渐密集的黑云。

"天！这是什么？这是什么？"无数双赌红的眼看向天空，以为自己在做梦。

"好大的鸟啊！但是为什么翅膀都不扑扇？"人群中有个拿剑的人喃喃。

"什么鸟！这是风隼！"人群中有个声音忽然间响起来了，却是那个光头的游侠，手里抱着一瓮酒，抬头看着半空里，脸色紧张，"快逃！该死的！是征天军团的风隼，它要射杀全部人！都快逃啊，呆了不成？"

听得"征天军团"四个字，赌客们轰然发出了一声喊，作鸟兽散。

征天军团是沧流帝国百年来最精悍的队伍，能够纵横天地之间，征服一切不服从帝国的人。五十年前北方砂之国霍恩部落动乱，二十年前鲛人复国军起义，到最后都是被征天军团用暴烈的手法镇压下去，其强大的战斗力和快如疾风的行动速度，让整个云荒大陆上对帝国不满的人都心惊胆战。

但是二十年前鲛人复国军被镇压后，云荒进入了平静的时代，没有任何大的动荡出现，所以沧流帝国的十巫从未再派出征天军团——赌坊里的赌客们自然也没有目睹过那可怕的军队。

光头游侠看着人群奔逃而去，却迟疑着不肯离开。

"老大，老大，还不快走！"他的同伴在远处停下了脚步，喊他。然而那个光头却咬着牙，看着手里刚买来的昂贵雕花酒，喃喃自语："不行，我不能走——老子要留在这里等着西京大人回来！"

好容易向老板娘买了二十年的陈年醉颜红，想献上去作为礼物，求西京收他为徒，如果被这点考验吓跑，怎能做剑圣传人？

他握紧了剑，抬头看着半空盘旋的风隼，一颗光头熠熠生辉。

"少主，果然是征天军团！"看到前院那样的喧嚣奔逃，如意夫人出去看了看，脸色苍白地回来了，"怎么办？他们会不会已经发现了我们？"

"未必。"苏摩没有走出门去，只是听着风里的呼啸，淡淡道，"大约只是被皇天引来的吧——如姨，你快把复国军相关的东西转移一下，我在这里替你守着，拦住他们。"

"是，少主。"听得那样毫不慌乱的吩咐，如意夫人的心神了定了定，不禁跺脚，"左权使这时候去哪儿了？他和云焕碰面，要是被云焕发现他在这里出现，大约就要起疑心了！要他赶走那个女孩，怎么这点事都做不到？"

苏摩空茫的眼里有冷锐的光："莫不是他不忍心吧？你说那个女孩子好像救过他的命，是不？"

"是倒是，但左权使公私一向分明。"手忙脚乱地从锁着的柜子里抱出一大沓账本，如意夫人还不忘辩解，忙忙从后门出去，"少主，我去了，你要小心！"

苏摩有些不耐地点头，没有回答。

等房中又只剩下他一个人，张着空茫的眼睛"看"着外面越来越黑暗的天空——天尽头有好几架风隼飞了过来，朝着这一点凝聚，巨大的双翼遮蔽了天空，发出奇异的尖锐呼啸。

真是麻烦！自己刚返回云荒没几天，居然这么快就碰上了沧流帝国最棘手的军队。这一场遭遇战提前了那么久，还是令他觉得有些不悦。

戴着奇异指环的手指抬了抬，他身后，那个小偶人被牵动了，"咔嗒咔嗒"走过来，一跃上了窗棂，看着窗外大军压境的场面，嘴巴缓缓裂开，双手张开，仿佛欢悦无比。

"你笑什么？"越来越对这个分身感到厌恶，傀儡师双手一扯，将偶人从窗上扯落。然而阿诺咧着嘴巴，忽然抬手指了指旁边那个紧闭着门的房间——那是他的卧室，夜夜充满糜烂和血腥味道的房间，他永远不能解脱的无间地狱。

顺着偶人的手看过去，傀儡师脸色忽然微微一变，看到了那边的门猛然打开，一袭拖地的黑色斗篷飘了出来。

不知为何，他陡然觉得莫名心头一怔，手指暗自握紧。

是谁……到底是谁，会从那个房间里走出来？

他看向廊下。仿佛注意到了他的目光，那个穿着黑色斗篷的人掩上门，也转过了头看着他——那是一张年轻男子的脸，眉目端正，神态疏朗自然，并非特别英俊，毫无挑眼之处。

然而苏摩看到那个人的脸，心中却是一怔。

这是谁……如此眼熟！应该是自己认识的人，然而他却叫不出名字！

傀儡师不自禁握紧手指。阿诺看到那个人，却是比他还兴奋，"咔嗒"一声跳回到了窗台上，对着那个人咧开嘴微笑，用力地挥了挥手。

"好恶心的东西。"那个披着黑色斗篷的男子转头看到窗台上的偶人，皱眉喃喃，抬头看了他一眼，仿佛毫不惊诧地点头，招呼道，"好久不见，苏摩。"

那声音！听过的……究竟是谁？

傀儡师的手猛然一震，凝视着他的脸，想通过幻力看到这个人的过去未来。然而，却是一片空白——他居然看不到！这是什么样的一个人，居然连他都看不穿？他为什么会从那个房间里出来？白璎呢？

"怎么？认不出我了？"那个人挠了挠头，似乎有些沮丧，"我就这么没特点，容易被人遗忘吗？"

苏摩的瞳孔针尖般凝聚起来："你是谁？来这里干吗？"

"你还问我？"那个男子蓦然冷笑起来，看看他，点头道，"你把我妻子扣留在你卧室半夜，还问我来这里干吗？"

"啪！"一声轻微的响声，傀儡师手指下的窗棂蓦然断裂。

"真岚？"脸上第一次有无法掩饰的震惊神色，苏摩定定看向对方，眼神瞬息万变，"你……你是真岚？！"

说起来，他也是第一次见到这位空桑人的皇太子。

一百年前，无论是被押到座下问罪，还是被赦免逐出云荒，少年时期自己的命运一直掌控在眼前这个人的手里，几度因他的决定而转折。然而，盲人鲛童从来没有看见过这位空桑人的主宰者、白璎的丈夫、自己的救命恩人。

"你就是苏摩？抬起头让我看看，到底你凭什么能让白璎那样。"

那次惊动天地的婚典变故后，整个伽蓝帝都被愤怒的暴风骤雨淹没，对鲛人一族的恶意也达到了最高点。然而，这样恶劣的内外环境下，对着被押上来准备处死的罪魁祸首，那个王座上的声音却是那样平静而克制。

一直沉默着的鲛人少年微微冷笑，抬起头循着声音的方向看过去，然而眼前却是空洞的一片，看不见任何东西。

然而，似乎是看到了鲛人少年那样锋锐恶意的笑，王座上的人陡然改了语气，也忍不住暴怒："你还笑！白璎死了！她从那么高的地方跳下去，尸骨都找不到了！你还笑——你们鲛人都是冷血的吗？"

有什么东西重重砸落，鲛人少年根本没有闪避，额头顿时流下血来。

"殿下，殿下！怎么将传国玉玺拿来砸鲛人？玷污宝物啊！"高高的王座一边，传来大司命的惶恐劝阻。

玷污？少年冷笑起来了，是的！他就是要玷污空桑人视为珍宝的东西！就是要把一切他们认为最珍贵的东西撕裂摧毁！鲛人少年忽然戴着枷锁扑过去，摸索着抓起掉落身前的玉玺，用力砸落在丹阶上！

一下，又一下。等旁边侍卫们蜂拥而上，将他死死压在地上的时候，玉玺已经被磕破了四角，少年的脸被紧紧压在汉白玉的台阶上，扭曲变形，嘴角流着血，却不停冷笑。

"反了！简直反了！快把这个鲛人拖出去砍了！"看到这样一幕，大司命大怒。周围的侍卫拖起他，准备架出去。然而王座上的人手一挥，却发出了阻止的命令。

"果然还是有点血性，不是除了这张脸就一无可取。"有人走到他身侧，低下头看他，冷笑道，"你想求死是不是？我知道你罪大，就是砍头十次都够了——但我答应白璎要放你一条生路，所以你就算要死，也不许死在我的国家里！"

"滚吧！趁我没有反悔之前，离开云荒！"

…………

是的……他是被他放逐的，却从未见过那个人的脸。如今，百年过后，居然第二度听到了这个熟悉的声音，恍如隔世。

"真岚？"嘴角蓦然浮起了一丝笑意，傀儡师低着头，眼里陡然有压抑不住的杀气漫起，他的手指缓缓握紧，忽地抬头，一字一句道，"我要杀了你。"

那一架银白色的风隼速度放缓，盘旋在如意赌坊上空，云焕冷冷地俯视着底下院落里四散奔逃的赌客们，眼睛始终不离那个戴着皇天的少女。

那笙跳入门后，躲过了风隼第一轮的攻击，忽然间想起了什么，脸色微微一白，居然回过头来推开了布满劲弩的门，又冲到了外面的大街上，跟着人流一起奔跑。

"才不要那群人看不起我！死也要死在外面！"苗人少女恨恨想着，忽然看见头顶上那一架风隼腹部忽然打开了，精钢锻造的长索犹如闪电击落，打在如意赌坊的外墙上，轰然土石飞扬。

那笙还没有明白过来，只见一袭黑色劲装沿着长索飞速掠来，宛如流星。

"哎呀！"等看清楚沿着飞索从风隼上滑落的居然是个年轻军人时，那笙才觉得害怕，惊呼一声，反身就跑——该死的，西京去哪里了？太子妃姐姐还在那个房间里吧？这两个人难道都不管她了吗？

"还逃？"苗人少女刚刚转头，忽然听到身后一声冷喝，劲风袭来。

转头之间，眼前一花，黑色劲装的沧流帝国军人尚未落地就反手拔剑——"咔嚓"一声轻响，一道剑气瞬间吞吐数丈，急斩向奔逃的少女。

那笙用尽力气奔逃，然而眼前忽然齐刷刷落下一排劲弩，射死了她身前数十名奔逃的乱民，尸体堆起了一道障碍，阻拦住她的脚步。银色的风隼低低掠过，盘旋在上方，鲛人少女面无表情地操纵着庞大的机械，配合着下地作战的沧流帝国少将，围捕这个佩戴着皇天的少女。

"嘛！"来不及躲避，那道奇异的白光切过来时，那笙闭着眼就把手往面前一挡。痛！右臂从肩膀到指尖猛地一震，仿佛什么铮然拔出——这一次灵验了！她心头一阵狂喜，忍痛睁开了眼睛。

然而，那一剑虽然没有真的落到她身上，可睁开眼睛的一刹那，她却大惊失色地看到那位从风隼上下来的黑衣军人竟安然无恙地避开了这一击，已经逼近到了身侧不足一丈的地方！

什么？他闪开了？皇天都没能奈何得了他？

那个瞬间，那笙真正感到了害怕，她的右手胡乱地往前挥着，一边想阻挡那个人的逼近，一边在满街的尸体中跟跄跄涉着奔逃。皇天在她手指间回应出了蓝白色的光辉，随着她毫无章法的挥动的轨迹，划出道道光芒，交击在黑衣军人挥来的长剑上。

两种同样无形无质的东西，居然在碰撞时发出了耀眼的光！

"厉害。"感觉到手中的光剑居然被震得扭曲，少将不禁暗自惊诧——难怪第二队的风隼会被打下来！猝不及防遇到这种力量，谁能不倒霉？

然而，毕竟是身经百战的军人，几剑后他便从少女毫无章法的乱挥手里看出了她的弱点，迅速改变了战术。不再耗费力气正面对抗皇天的力量，云焕身形陡然游走无定，从那笙的视野里消失。

"啊？"转瞬就看不到那个黑衣军人了，那笙诧异地松了口气，转身继续奔逃。然而，在转身的一刹那，她的眼睛陡然睁大了——面前一袭黑色军衣猎猎，那个年轻军官手持光剑站在眼前，双手握住剑柄，狠狠迎头一剑砍下！

"哎呀！"那笙根本没有应对的能力，面对着近在咫尺的对手，居然怔住了，一时间竟来不及还手。

"笨蛋！"陡然间，听到有人大骂，一道闪电投射过来，"快躲！"

"唰"的一声交击，云焕手中的光剑猛然被格挡开来，猝不及防，沧流帝国剑术第一的少将居然一连倒退了三步。同一个时间里，另外一个人影闪电般地奔来，一把夹起那笙，从云焕的攻击范围内逃离。

天上的风隼立刻发出了一轮暴雨般的激射，追逐着那个带走苗人少女的人，那个人反手拔剑，一一格挡——随着剧烈的动作，他的背后有血迹慢慢沁出，然而他丝毫不缓地带着那笙从云焕身边逃开。

"趴着，别乱动！"一口气带着少女逃离十丈，将那笙按倒在巷口的围墙下风隼无法射到的死角，那个人才喘着气放开了手，"你居然敢跟云焕交手？不要命了？"

"炎、炎汐？"此刻才听出了那个人的声音，那笙又惊又喜。她方才在奔逃中下意识地抱着他的肩膀，此刻松开来只见满手鲜血——昨日才受了那么重的伤，如今还要这样发力搏杀，只怕背后的伤势更加恶化了吧？

"炎汐！"仿佛缓过神，那笙忽然鼻子一酸，大哭起来，"原来……原来你还是管我死活的。"

猝不及防接下一剑，云焕一连退了三步，惊诧地回头看向来人。

天色已经大亮，雨后的街道仿佛罩着蒙蒙的雾气，那些方才被攒射而死的尸体堆积着，血水流了满地。然而在那满地的尸首里，一袭黑衣飞速掠来，一手抱着一个似乎已经死去的人，另一手握着白色的光凝成的长剑。

方才那一剑，就是从那个人手里发出的。

光剑？！沧流帝国的年轻军人忽然间愣住了，居然忘了攻击对方，只是看着那个中年男子横抱着死去的鲛人少女，铁青着脸掠来，右手中划出一道闪电，对着他迎头斩落。

"生何欢！"那个瞬间，陡然认出了对方的剑式，云焕脱口惊呼。

同一个瞬间，他身子往左避开，右手中光剑由下而上斜封，同时连消带打地刺向来客。

"问天何寿？"同一个瞬间，显然也认出了沧流帝国战士的剑法，黑衣来客猛然一惊，想都不想地回了一剑。

十几招仿佛电光般迅疾地过去。每一招都是发至半途便改向，因为从对方的来势已经猜出了后面的走向，避免失去先机，便不得不立刻换用其余招式。然而，仿佛都是熟稔至极的人，无论如何换，双方都是一眼看穿——就仿佛是操演剑术，即使是一个喂招一个还手，也没有配合得那么迅速妥帖。

在十几个半招过后，急速接近的两个人终于到了近身搏击的距离，一声厉喝，两道剑光同时划破空气，宛如腾起的蛟龙，直刺对方眉心——"苍生何辜"！双方不约而同使出来的，居然同样是九问中的最后一问"苍生何辜"！

两柄光剑吞吐出的剑芒在半空中相遇，仿佛针尖撞击。轰然巨响中，双方各自踉跄退开，气息平甫。

黑色军服下，沧流帝国少将脸色苍白，看着面前的来人，缓缓将光剑举至眉心，肃穆行礼："剑圣门下三弟子云焕，见过大师兄。"

"三弟子云焕……不见尊渊师父教过你。"退开三步，抱着鲛人尸体的西京猛然怔住，看着对方手里的光剑，忽然大笑起来，"三弟子？是了！你是慕湮师父的关门弟子——没想到'空桑'剑圣收的弟子，居然是沧流帝国的冰族人！"

"剑技无界限。"云焕放下光剑，冷冷回答，银黑两色的戎装印得青年军官的脸更加坚毅冷定，"慕湮师父只收她认为能够继承她剑技的人而已。"

"剑技无界限？"西京蓦然冷笑起来，看着面前这个奉命追杀的军人，"可是剑客却是有各自的立场——我不管你是谁，如今你们杀了汀，都罪无可赦！"

"汀？"云焕愣了一下，看着西京怀中的鲛人少女，不自禁地冷笑，"为一个鲛人？别装模作样了——师兄，你是想保护那个戴着皇天的女孩子吧？直说就是，何必找那么卑下的借口？"

"浑蛋！"西京的瞳孔猛然收缩，杀气慢慢出现，"才学了几年剑技？就这样漠视人命？非废了你不可！"

"大师兄，听说你喝了快一百年的酒了，还能拿住剑？"云焕微微冷笑起来，言辞间也毫不客气，"我早想拜见一下你和二师姐了，可惜你们一个成了酒鬼，一个成了冥灵，我又长年不能离开帝都——如今可要好好领教了！"

半空中的银色风隼看到两个人对面而立，一时间生怕误伤，盘旋着不敢再发箭。

"潇！别愣着！快去追皇天！"在拔剑前，沧流帝国少将仰起头，对着飞低过来的鲛人傀儡厉斥，"蠢材，我这里没事！快让大家去追那个戴着皇天的女孩子！"

在那一架银色风隼飞低的时候，西京眼色冰冷地握紧了光剑，准备一剑杀死那个鲛人傀儡，将风隼击落下来。然而，听到云焕那一声厉喝，剑客脸色蓦然大变，抬头看着那飞低的巨大木鸟。

那样可怕的杀人机械，被一个深蓝色头发的鲛人少女神色木然地操纵着，在头顶一掠而过。

"潇，潇……"西京猛然脱口，喃喃自语，抱紧了汀的尸体，忽然间喝多了酒后的双手就开始颤抖，"汀，你看到了吗？潇——那个就是潇！"

天际涌动着密云，遮蔽晨光，暗淡如铁。

十三·血战

　　如意赌坊内，苏摩拦在披着斗篷的真岚面前，忽然毫无预兆地出手。一照面便被这样截击，让意欲离去的真岚脱身不得。

　　"你发什么疯？怎么见谁都杀？"手指迅速挥出，虚空中仿佛有看不见的琴弦被弹开，真岚忍不住厉喝，根本不了解眼前这个鲛人到底在想什么。

　　苏摩压根没有回答，空茫的眼里充溢着杀气，十指迅速地交错，操纵着窗台上那个叫作阿诺的偶人。偶人跳着奇异的舞蹈，带动各处关节的引线，十枚戒指在空中交错飞舞，切向披着斗篷的男子。

　　"该死的，没时间跟你打——我还有正事要办。"真岚皱眉，在漫天透明的引线切来的同时，忽然宛如幽灵般飘出，那一袭斗篷居然发生了奇异的扭曲，仿佛被随意揉搓变形的黏土，倏忽从那些锋锐引线的间隙中穿过。

　　苏摩嘴角泛起一丝冷笑，忽然间向前掠出——第一次，在偶人发出

"十戒"后，傀儡师竟然亲自出手了！

苍白的手挥向空桑皇太子的颈项，一道极细极细的金色影子忽然从傀儡师的袖中掠出，灵活得宛如灵蛇，在空气中轻嘶着切向真岚。

猝不及防中，真岚伸手握住了那条金索，忽然间手心中流出血来。

这是什么？居然能伤到他？！要知道，除了百年前彻底封印住他的"车裂"酷刑外，一般世上的兵刃根本无法伤到"帝王之血"一丝一毫！

就在他身形停滞的瞬间，小偶人左手上的引线再度飞扬而来，卷向他的右腕。苏摩嘴角带着冷笑，右手中的金索被真岚扣住，手指继续轻弹，袖中"嗖嗖"飞出更多的金色细索来！这些金色的丝线，重叠在偶人身上的引线之上，那个刹那间，空气中仿佛结起了无可逃避的网。

真岚一直漫不经心的眼神陡然凝聚，右手抬起，快得不可思议地握住了半空中数根引线，手掌被割破，血沿着引线一滴滴流下。

他低喝了一声，陡然发力——是的，他必须破开这张无形的网！不然苏摩收起手中引线的时候，他将被割裂成千万片。然而，即使要扯裂那些千丝万缕的线，恐怕也要付出这只右手被割碎的代价。

显然知道真岚放手一搏的意图，傀儡师的眼睛里陡然闪现出了莫名的兴奋和杀意，将双手往后一拉，同时对应地发力——无数的引线陡然被绷紧，割入真岚的右手。

"啪！"双方同时用力，其中一根金色的细索立刻断裂！

那一刹那，台上偶人的身子猛然一颤，仿佛失去平衡，左膝微微往前弯了一下。同一时间，真岚皇太子诧异地看到了苏摩居然做出了一模一样的反应，左膝微微往前一屈，身形一个踉跄。

与此同时，金索割破真岚右手，血汹涌而出。

"这、这是——'裂'？！"看到傀儡师和人偶一模一样的举止，真岚猛然脱口，看向傀儡师，眼神瞬息间变了变，似是惊诧，又似惋惜。

苏摩的左膝上有血渗出，然而血腥味仿佛更加激发起了他的杀意，他的动作快得宛如闪电，手上细细的金索宛如灵蛇般游动而出，扑向真岚。

竟似怀了多年恨意，非置眼前人于死地不可！边上，偶人的膝盖在窗台上微微一磕，旋即站起来，继续舞动手足。

真岚眼角扫过，面色顿时微微一白。

傀儡师和偶人，居然都仿佛在同样奇异的节奏下，举手投足。不知道是他们操控着那些漫天若有若无的丝线，还是那些丝线在牵引着他们。一模一样的偶人和傀儡师，一模一样的动作。

仿佛就是孪生的兄弟，嘴角带着同样莫测的笑。

在手再度被割破，劲风袭向咽喉的刹那间，真岚皇太子心中陡然雪亮：这已不再仅仅是"裂"，而已经成了"镜"——那已经镜像般存在的孪生，已不再是从本体中游离分裂而出的从属分身。

"你这个家伙，真是已经没救了……"他脱口喃喃自语，手指挽住了另一根呼啸而来的引线，陡然发力——或许自己的手将被切断吧？但是与此同时，那个傀儡师只怕也不会好过到哪里去。

"镜"无论哪一方，如果受到攻击的话，那么内外将同时受伤。

真岚流着血的手抓紧了那些丝线，往里扯回，瞬间傀儡师的手也往里收，脸上居然有奇特的笑容，竟似毫不介意两败俱伤的结局——那怨毒之深，居然更甚于百年前在丹阶上砸碎传国玉玺之时！

"简直是一个疯子！"真岚不能理解为何苏摩对他抱有那样大的恨意，忍不住心里苦笑，却知道面对着这样疯狂的对手不能退让分毫，手上力道瞬间加大。

丝线绷紧。血从丝线两头同时沁出，如同红色的珊瑚珠子，滑落。

那一根丝线连着的是偶人的头颈，那个瞬间，偶人和傀儡师的脸上都有剧痛的神色。

就在即将拉断偶人头颅的一刹那，真岚忽然一惊——

"不要。"斗篷里，有人按住了他的手臂，力道很小，柔和安静，却是坚决的。那个瞬间，空桑皇太子脸色微微一变，手指忽然下意识地松开。

白璎……你不愿看到这样的结果吗？

你不愿我在百年之后再度处死这个人吗？

高手对决，成败只是刹那间。真岚的手刚一松开，引线那一端的力失去了平衡，飞扬而起。被偶人操纵着，宛如毒蛇怒昂，蓦地呼啸扑来，猝不及防地扎入了真岚的心脏部位！斗篷被撕裂开一个口子，引线如离弦之箭穿过躯体，从背后透出——然而真岚脸色毫无变化，斗篷里却传出了一声低低的痛呼。

傀儡师手上的金索本来同时飞出，从各个方位切向那个披着斗篷的男子的身躯，要把他撕得支离破碎。然而听到那个声音，手便是微微一震。

仿佛明白真岚身边传来的痛呼是谁的声音，苏摩双手陡然凝滞了一下，半空中那些金索引线纷纷坠地。

"白璎！白璎！"天光洒落在身上，真岚的脸色却变了，急切地抬手按住胸口那个破裂的口子，低下头急唤，"你没事吧？"

斗篷里仿佛有微风涌动，轻轻动了几下，然而终究没有一丝声响。苏摩看着那一袭中空的斗篷，脸色"唰"地惨白，没有顾得上趁机补上一击将对手彻底击败，双手颓然垂落，无数的引线仿佛失去了生命力，也无声无息地凋落了一地。

受伤的真岚已经来不及顾上一边的傀儡师，忙乱地掩着前襟，想要把射入的日光掩住——然而只有一只手的他，却怎么也无法按住背后对穿而出的两个破裂口子。

"快回屋！"陡然，有一只手伸过来，按住了背心那一处破口，低声道。

真岚诧然抬头——说话的，居然是苏摩！

片刻前那样邪异的杀气和恨意都消失无踪，苏摩抬起尚自流着血的手，帮他按住斗篷上的裂口，一把推开背后卧室的门，催促道："快进去！"

"苏摩？"空桑皇太子脱口低呼，目光瞬息万变。

如意赌坊内那一轮瞬息生死的剧斗后，外面却已经开始了一轮血腥的屠杀。

巨大的飞鸟云集在桃源郡城南，羽翼遮蔽了日光。雨已经停歇了，但是空气中充满了呼啸的声音，劲弩如同暴雨般倾泻。街上奔逃的人纷纷被射杀在当场，血在积满雨水的街道上纵横，画出触目惊心的图案。

"少将有令，一旦发现皇天，则封锁相应街区，一律清洗！杀错一千也不可放过一个！"银色的风隼带领着四方会聚来的队伍，盘旋在城南，风隼上，蓝发的鲛人少女潇冷冷重复着云焕的命令——她喉头颤动，却没有发出可听见的声响，用的全是鲛人的"潜音"。

那是鲛人一族在水下相互通信的特有方式，声音可以在空气中和水中传递出数十里的距离。如今在风隼群集的时候，相互之间也必须用此来传递命令，不然以人的声线，根本无法互通讯息——这也是沧流帝国决定将鲛人作为傀儡，操纵风隼的理由之一。飞翔于天宇的征天军团，无法离开鲛人这一项天生优势。

离潇最近风隼上的鲛人傀儡接到了指令，面无表情地念出来，传达给机上的沧流帝国战士——命令就这样一个接一个地传递开去，迅速扩散入整个军团。

昨日从伽蓝城派出的风隼共有十架，半途被皇天击毁一架，此刻还有九个小队听命于下。

"是！"接到了少将的命令，风隼内的战士齐齐领命。然而副将铁川冷冷斜视着这个代替主人发号施令的鲛人少女，内心嗤笑：云焕少将真不知道干什么去了，居然由鲛人来坐镇征天军团！

"封锁城南九个街坊，凡是逃出来的一律射杀！将所有奔逃的人赶到一起来，然后留一半人手在风隼上，其余的给我下地细细搜索，找出那个戴着戒指的女孩！"副将铁川下令，转头看见前方一架风隼上居然只剩了一个鲛人傀儡，而上面的沧流帝国战士居然一个都不见，猛然脸色大变。

这……这是怎么回事？！

难道方才又遇到了强敌？到底这次受命寻找的那枚名叫"皇天"的戒指和那个戴着戒指的少女，是何来头？

城南到处一片慌乱，所有人都在奔逃，想躲开那些如雨般倾泻而下的劲弩，然而那些平民百姓如何能从那样可怕的机械下逃脱，还没有跑出一个街区，无数人就这样被射杀在大街小巷里。

哭号声，惊叫声，濒死的呻吟，充斥着耳膜。

"城南那边怎么了？怎么来了那么多征天军团的人？"桃源郡云中城官衙前的大街上，一队刚出来巡逻的士兵诧然，领队的抬头仰望着南边天空中盘旋着的巨大羽翼，古铜色的脸充满了震惊和怒意，"居然在我们泽之国随便杀人！兄弟们，跟我过去！"

"总兵，别，别冲动啊！"看到总兵的手握紧佩刀，咬牙切齿，旁边的副总连忙拉住他，"征天军团每次出动都有特赦令，无论杀多少人都不会被追究。我们管不了——我们不过是属国的军队啊。"

"胡说八道，冰族是人，属国的人就不是人了？！"总兵更加愤怒，满脸络腮胡子几乎根根立起，"也没有预先通知我们郡府，就闯过来莫名其妙乱杀人——难道就让那一群疯狗在我们地盘上乱咬人？跟我过去给他们一点颜色看看！"

"是！"身后大队的士兵轰然响应，握拳赞成——很多人的家眷都还在城南一带街坊里，此刻心中更是如火如荼，恨不能上去将那群屠杀百姓的沧流帝国军队碎尸万段。

"你们敢！"正要带队离开，陡然身后有人暴喝，"反了！"

"太守？"一群士兵诧然顿足，看到了府门口匆匆出来的桃源太守姚思危——显然他还在用早膳，连穿戴都不曾完毕，听得外头要出乱子，敞着怀散着发就赶来了，指着总兵，怒斥，"郭燕云你个找死的，想煽动军队谋反吗？你们都想被灭九族吗？"

"谋反"这两个字一出，群情沸腾的士兵陡然一阵沉默，安静下来。

和沧流帝国对抗的下场会如何，几十年来云荒上已经无人不晓。沧流帝国铁一般的统治，很大程度上便是靠着三大军团无与伦比的战斗力来维护，让四方属国没有一个不服从的声音发出。

同样是军人，那些士兵当然知道"征天军团"四个字代表着什么含义。

家园被烧杀的愤怒，如火一样烧上热血男儿的心头，总兵登高一呼所有人便什么也不顾地准备去阻拦那些闯入者——然而太守此刻的提醒，宛如迎头冷水泼下，让大家都沉默下去。

且不论和征天军团对抗无异螳臂当车，就说身为军人，没有接到上司指令便袭击宗主国的军队，这个"谋反"的罪名压下来可不是玩的，就算他们不怕死，可这种大罪要株连家族，可不是一个人豁出去就算了。

"你们给我好好地去巡逻便是，别管南城那边的事！"太守看到那群士兵都安静下来，才松了口气，瞪了郭燕云一眼，"总兵，你今天也给我回家抱老婆去吧！你老是这样不用脑子乱动，让我每天都觉得头顶乌纱摇摇欲坠啊。"

"太守，你不管那些浑蛋？"风里呼号声惨烈，郭燕云指着南边天际，额头青筋暴突，"他们是在咱们桃源郡杀人！那群强盗！"

"住口！"姚太守瞪了总兵一眼，"没有高总督的命令，无论他们做什么我们只能服从。你是属国的一个小小总兵，能做什么？而且他们一定也是为了抓反贼，才迫不得已动手的。"

"迫不得已？"郭总兵哭笑不得，"那群杀神迫不得已？太守你是不是没睡醒？"

"唉，懒得和你这个不知好歹的家伙唠叨。"姚太守撇了撇嘴，想起自己早膳还没用完，"反正没有高总督的命令，绝对不许对征天军团有任何举动！你回家去抱老婆快活吧，操这份闲心干吗？"

看着姚思危太守摸着山羊胡子摇摇摆摆地走回郡府，听着风里传来的哭号声，郭燕云的眼睛瞪得有铜铃大，如钵的拳头攥起，一拳打在衙门前的石狮子上："去他的冰夷！"

屠杀还在继续，如意赌坊的院子里也充斥着哭闹声。

来到云荒后连日辛劳，慕容修好容易睡了个踏实觉，然而一早未起，就听到了外面喧闹沸腾的人声。他还没反应过来到底发生了什么事，"噗"的一声，一支劲弩穿透了屋瓦，钉在窗前小几上，尾羽犹自微微颤抖。

慕容修大吃一惊，瞬间跳起，迅速拉过外衣穿好，将昨夜睡前摊开晾干的瑶草收拢来打包背上，拉开门冲向前厅，边跑边叫着保护人的名字："西京……西京前辈！救命！"

然而如意赌坊早已人去屋空，一片狼藉散乱，屋瓦到处碎裂，从屋顶的破洞中不断有劲弩落下，"夺夺"地钉在屋内家具上。

慕容修冒着落下来的飞矢，一间间房子寻找西京，然而四顾不见那个醉酒的剑客，不由得心下又惊又怒——母亲将他托付给这个陌生的大叔，却料不到这般不可靠，在这样危急的时刻居然不见人影。

到处都找不到人，一日前那样热闹的赌坊居然转眼荒凉，连老板娘如意夫人都不知道哪里去了。中州来的年轻珠宝商冒着如雨的流矢一间间房子寻找，尚自怀了一线希望，以为那个醉酒的剑客会在某间房子里犹自酣睡。

然而最后一间房门被推开，里面只是黑洞洞一片。

"西京！西京！"慕容修大声喊，没人回答。那个刹那间猛然身子一震，半空中一支流矢射下，穿透了他的小腿，他双膝一软，踉跄着跌入门中。

更多的飞矢如同雨点散下，击碎廊下屋瓦，令人无处可逃。

"进来！"毫无武功的珠宝商抬手想要徒然地阻挡，黑暗中忽然有个声音低呼，慕容修觉得凭空里有什么拉住他手臂，"唰"地将他拖进房中。门扇"砰"的一声在背后关起，飞弩的"夺夺"声钉在门上，如同暴雨。

他忍着腿上的痛，在漆黑一片的房间摸索着，扶着墙站起，判断着这里到底是什么地方。手指触摸处，似乎是颇为豪华的卧房，四壁上砌着光滑的石头，大约因为屋梁高厚，一重重做了天花吊顶，竟然不曾有一支飞弩射破。

房间内一片暗淡，充满说不出的诡异气味，香甜而腐败。

"她的魂魄涣散了？要怎样才能凝聚？"黑暗中，一个声音忽然问。

慕容修怔了一下，隐约记起那个声音似乎哪里听过。然而不等他发问是谁出手相救，另外一个声音在黑暗中开口了，回答："要靠皇天来引发后土内蕴藏的力量，才能在白日里保住灵体不散去。"

前面那个声音沉默了一下："难道后土本身的力量不会保护它的主人？皇天后土，不是对等力量的两枚戒指吗？"

"后土的力量其实远逊于皇天。"对方停顿了一下，声音忽然低了下去，"它的力量已经被封印了，根本不足以凝聚涣散的灵体。"

"谁封印的？"另外的声音问，惊讶道，"谁能封印后土？！"

那个人没有回答，对话到了这里停顿下来。沉默。

"请、请问是哪位恩人……"待得眼睛稍微习惯了房内的昏暗，慕容修开口询问，隐约看到挂着重重锦帐的大床旁边坐着几个人。他看不真切，摸索到了烛台，正待点起蜡烛，陡然凭空手臂一麻，烛台"当啷啷"飞了出去。

"别点。"黑暗中有人冷冷吩咐，"哗"的一声扯下帐子来，仿佛生怕一点点光照入。慕容修猛然怔住。他终于听出来了这个声音！

这个黑暗里的人，竟然是天阙上的那个鲛人傀儡师？

"咔嗒，咔嗒……"黑暗中，有什么走过来了，拉着他的衣角。慕容修诧异地低下头，看到了黑暗中一双熠熠生辉的眼睛，在离地二尺高的地方，诡异地对他笑着。

"哎呀！"他吓了一跳，往后退了一步，却听到房间里另外一个声音响起，却是在有些诡异地问他："你是谁？你推门进来的时候叫着西京的名字——你认识西京？"

那是个陌生的声音，慕容修估计着对方没有敌意，点头承认："是的，他是家母的故人。"

"哦？"黑暗中仿佛有什么来到他身侧，居然轻得没有丝毫的脚步声。极暗的光线里，只能隐约看到那个人披着一身斗篷，苍白的脸露在风帽下，看着他，"你母亲是……"

"红珊。"黑暗最深处，另一个声音淡淡替他回答了，"鲛人红珊。"

那是苏摩的声音——慕容修一直对这个诡异的傀儡师有莫名的避忌，此刻黑暗中乍听到，不自禁打了个寒战。

"哦，鲛人的孩子啊……难怪你肯出手救他。"披着斗篷的人微笑起来，伸出手拍拍慕容修的肩膀，"西京去哪里了？我也在找他呢。"

慕容修摇头："不知道，我早上醒来的时候已经找不到他人了。"

"呃，西京怎么变成这样吊儿郎当了？"身侧那个人微微诧异，"有正经事的时候跑得人都看不见！难道真的喝酒喝得废了？我出去找找他。"

当那个人站起来的时候，重重的帘幕被拂起，床上宛转着一堆白，宛如融化的初雪，在暗淡的室内发出奇异的微光，隐隐看得出是一个人的形状，却涣散得如同春日里正在消融的白雪。

傀儡师放下帐子掩住，忽然间站了起来，拉住了正准备离去的人，道："我出去找皇天，真岚你留下！"

他只放下了一句话，就头也不回地掠了出去。门在眼前重重关上，房间里陡然恢复到了一片漆黑，慕容修莫名其妙地站在那里，甚至没有发觉那个傀儡师是如何从这个房间里消失的。

"果然是这样啊。"黑暗中，真岚陡然吐了一口气，喃喃道。

"呃，难得看见他这样热心。"慕容修想起天阙上那个袖手旁观的冷血傀儡师，不自禁感叹了一句——凭直觉，他也感到这个叫作"真岚"的人，远比苏摩要好相处。不过，总觉得"真岚"这个名字非常熟悉……似乎……似乎母亲在讲起云荒往事的时候，对他提过？

他在一边苦苦回忆，然而旁边披着斗篷的男子许久没有说话，嘴角慢慢有了一丝苦笑："哪里……他是害怕而已。他怕自己一个人待在没有风的黑暗里，会被'镜'中'恶'的'孪生'控制，不知道会对白璎做出什么事来吧？"

"啊？"慕容修似懂非懂。

真岚没有再和他说话，来到榻前撩开帐子，俯下身去看那一摊融化的白雪。他的右手停在上方，忽然间白雪中一缕微光闪烁，应合着他手上的力量，"噗"的一声跳入手心。

一枚银白色的戒指，双翅状的托子上，一粒蓝宝石熠熠生辉。

"天啊……这是皇天？！"珠宝商人脱口惊呼。

真岚将戒指握在手心，似乎在传递着什么力量，榻上那一摊宛转的白雪陡然起了微微的变动，仿佛从涣散中凝聚起来。慕容修目瞪口呆地看着那奇异的一幕。真岚没有睁眼，许久，只是淡淡道："不，这不是皇天，而是后土。"

"后土？！"慕容修看着，忽然间仿佛记起了什么，恍然大悟，"我知道了！你、你原来就是空桑末代的皇太子？！"

"是的。"黑暗里的人微笑起来，"我就是真岚。"

赌坊外大街上的那一场屠杀还在继续。

"别乱动！"第五次将那笙的头按下去，炎汐的声音已经有了不耐烦。手上的力道也加大了，一下子将那笙重重按倒在街角的石板路上，发出沉闷的响声。

"啊！"然而苗人少女拼命挣扎着，想再度抬起头来，"血！血！放开我！"

街上已经没有几个活人，尸体堆积在那里，流出的血在地面蜿蜒，合着清晨的雨水。那笙的左颊上沾了一大片血水，她尖叫，拼命想抓开他的手："让我出去！他们是不是在找我？我出去就是！不要杀人……不要杀那么多的人！"

"胡闹。"炎汐毫不放松地按着她，将她的脸继续浸在血污里。鲛人战士藏身在隐蔽的死角里，看着云集在上空的风隼，眼色慢慢冰冷——好狠的征天军团！为了找到一个女孩，居然将整个街区的人都赶了出来，尽数射杀！

在他们看来，为了"皇天"，牺牲区区数千贱民只怕也是值得的吧？

想到这里，炎汐陡然愣了一下。空桑人的事与自己何干？自己为什么要护着这个戴着皇天的姑娘？空桑人是鲛人数千年来的死敌，少主也吩咐他驱逐这个女孩。而他，复国军的左权使，百年来看到过多少兄弟姐妹死在空桑人手里，如今居然还在拼死护着皇天的主人，岂不是天大的笑话？

那样一愣，手上的力量不知不觉便减弱了，那笙在地上用力一挣，竟然从他手下挣脱，拔腿便跑了出去。

街上已经看不到奔逃的人，所有房屋都被射穿，尸体横陈在街上，偶尔还有未死的人低低呻吟，让人毛骨悚然。

"住手！不许乱杀人！不许乱杀人！"挥舞着双手，少女沿着堆满尸体的街道跌跌撞撞跑着，对着天上云集的风隼大喊。回应她的，果然是漫天而落的劲弩。她挥着手，指间的皇天发出蓝白色的光，一一击落那些劲弩。

炎汐在后面看着，陡然间便是一个恍惚：或许……就让她这样跑出去也好吧？毕竟少主命令过了不许再收留这个戴着皇天的少女，而她或许也有力量保护自己，能逃掉也不一定。

自己加入复国军时曾发誓，要为鲛人回归碧落海的那一天而献出一切，那么自己的性命也该为复国军献出，如果就这样在这次追逐皇天引发的风波里终结，那岂不是违反了当年的誓言？

炎汐终于转过头，决定不再管这个戴着皇天的女孩。

"皇天！"看到了跳出来的少女，风隼上的军人齐齐惊呼，注意到了底下蓝白色的光芒。

　　"小心，不要靠得太近！不要像上次那样被击中！皇天的力量有'界限'，注意离开五十丈！"风隼上，副将铁川代替缺阵的云焕少将，下达了一连串的命令，"两架为一组，封锁各方，轮换着用最强的踏弩联排发射！"

　　"是！"风隼上的战士领命，各自散开，立刻织起了一张密不透风的箭网，将那个少女网在里面。

　　从半空看去，那一排排密集的劲弩如同狂风般一波波呼啸而落，纵横交织，凌空射向那名竟然意图以血肉之躯拦下风隼的少女。

　　没料到一下子受到的攻击增加了十倍，那笙胡乱地挥着手。然而没有接受过任何武学技击的她，只会毫无章法地随手格挡，哪里能顾应得过全身上下的空门？猛然一个措手不及，一支响箭呼啸而来，穿透她的肩膀。那笙因为疼痛而脱口叫，身子被强劲的力道带着往前一倾，手指停顿，全身顿时都空门大露。

　　那个刹那间，更多的劲弩射向她的周身。

　　糟了！炎汐深碧色的眼睛陡然收缩。片刻前汀那样悲惨死去的情形，仿佛在眼前回闪。

　　那笙……那笙也要被这样射杀吗？

　　"快回来！"这一刻来不及想什么国仇家恨，炎汐猛然掠出，闪电般地冲过去，冒着危险一把将她拉倒，两个人一起跌倒在厚厚的尸体背后。无数的箭"噗噗"地擦着他们射下，在尸体上发出肉质的钝音。那笙被拉得踉跄，跌在他身上，炎汐感觉后背重重撞上路面，那几处伤口再度撕裂般地痛了起来，让整个背部和右手都开始抽搐。

　　没办法……终究还是无法眼睁睁地看着啊。

　　"如果不想连累我一起送命，就给我安分点！"跌落的一刹那，他厉声吩咐，"听我的吩咐，一起冲出去！"

　　重重跌落在他身上后，那笙眨了眨眼睛，不说话了。她知道炎汐这句话一出，便是应承了要照顾自己周全——只是忽然间觉得有点奇怪，苏摩那家伙不是说过，不许他们鲛人管自己的事吗？

她抬头看着炎汐，忽然间将头凑到他耳边，轻轻道："你是个好人。"

此时地面上已经一片死寂。天空中的风隼已发觉了两人的踪迹，排列成队，依次掠低——在掠到最低点的一刹那，风隼的腹部齐齐打开，一道银索激射而出，钉入地面，一队队身穿银黑两色军装的沧流帝国战士手握长剑，沿着飞索从风隼上迅速降落地面，开始围合作战。

那笙跌在炎汐怀里，看到那样的声势，吓得动都不敢动——虽然刚才口口声声喊着不怕死，此刻命在旦夕，身子还是不自禁地微微颤抖。

从八架风隼上下来了大约五十名战士，显然是训练有素，一落地立刻分成两路散开，一路落在前街，一路落在后街，截断了所有去路，宛如双翼缓缓合拢，将方才出现活人的街区围合。

街上尸体堆积如山，所以他们推进得并不快，然而每走一步，便要确认周围路上和房舍中是否还有人存活，一旦发现尚有未死的人，没有时间确认，便一律杀死。尸体堆中零落地有惨呼声传出，忽然间就有几个受伤未死的人跳了出来，用尽全力拔腿奔逃。

天空上九架风隼还在盘旋，监视着地面上的一举一动。那些原先躲在尸体堆里装死以求能逃脱这场屠杀的人刚一跃起，风隼上的劲弩就如同暴雨般落下。

伤者很快陆续被射杀，宛如稻草人般倒下。然而其中一个光头男子居然身手颇为矫健，一连格开了几支劲弩，飞快地在尸体中奔逃。

然而天上的风隼盯准了他，地上的战士也向他包围过来，那个人满脸血汗，奔逃得气喘吁吁，面目都扭曲了，右手挥着剑狂舞乱劈，奇怪的是左手却抱着一个酒坛死死不放——

不可以、不可以扔掉！那是二十年的醉颜红……是敲开西京大人之门的宝物……如果他有幸成为剑圣的门下，那便是……

只想到这里，"噗"的一声钝响，箭头从脖子里穿出。

血沿着箭杆滴落在底下那笙的脸上。

　　苗人少女躲在尸墙下，身子吓得仿佛僵硬了，一动都不能动。咫尺的头顶上，那具刚成为尸体的脸还在抽动，眼球翻了起来，死白死白，神情可怖。温热腥臭的血瀑布般滴落下来，流到她脸上。那笙呆呆地看着，居然连稍微扭头避开的力气都没有了。

　　虽然从中州来云荒的一路上也曾经历战乱流离，然而这样可怖的大屠杀她却还是第一次遇到——在那样咫尺的距离内直击，力量悬殊的屠杀和死亡，令少女的心经历了极大的震撼和打击。

　　云荒……这就是云荒？！

　　她呆呆发怔，对视着头顶逐渐断气的平民，血滴满了她的脸。忽然间，一只手伸出来挡在她脸前，挡掉了那如瀑布般流下的鲜血。背后有人轻轻拍了拍她的肩膀——那笙这才恍然记起自己并不是孤身一人的。

　　炎汐，炎汐！她忽然间快要哭出来。

　　"咦，难道就这样死光了？"周围寂静了下来，落地的沧流帝国战士发现再也没有人动弹的迹象，有些诧异，"方才明明看到有个女的跳出来，怎么这一轮捕杀的全是男的？"

　　"啰唆什么，一定是还在躲着装死呢！慢慢搜。"带队的校官冷笑，喝斥下属，然而看着满街堆积如山的尸体，眼睛忽然眯起来了，"太麻烦了，干脆点把火，把整条街烧了得了，守着两头街口，还怕她不逃？"

　　"好主意！"已经搜索得有些不耐烦，士兵们立刻响应，"把风隼上带的'脂水'扔下一袋来，咱们泼上去烧了吧！"

　　地下搜索队暂停了下来，打出讯号，天上的风隼立刻有一架掠低，上面的鲛人傀儡毫无表情地操纵着机械，底舱打开，长索吊下了几大皮袋的东西，迅速落地。

　　士兵们退回，分成几组，纷纷打开了皮袋。袋子里有奇异的味道透出，黑色的水蜿蜒而出，流到地面上——居然比雨水和血水都轻，漂浮在上面，宛如诡异的黑色毒蛇，迅速地蔓延开来。

　　"糟糕，他们要用脂水烧街！"嗅到了奇异的味道，炎汐身子猛然一震，抓紧了那笙的肩膀，在她耳边低声嘱咐，"那笙，快起来——你还记得刚才西京大人所在的方向吧？"

"西京？我忘了……"那笙愣了愣。作为一个路痴，在被炎汐拉着狂奔了一段路后，方才西京和那位沧流少将对决的方位她早就完全糊涂了。

这样的情况下，还看到她这般神情，炎汐简直是不知道如何说才好。他哭笑不得地低声比画："你等一下要往对面跑，遇到路口就往左拐，转弯五十丈后就该是如意赌坊大门——如果西京大人还在那里，他一定会保护你。"

说到这里，他忽然沉默了一下：如果西京此时已败在云焕剑下，又该如何？

然而，眼前步步紧逼的危机已经让他无法再去假设得更远——如果那笙留在这个街区的包围圈里，很快就会被抓到杀死，也只有让她去西京那个尚有一线生机的方向试试了。

"等一下看到烟冒起来，我先冲出去。你数到十下，就往那边拼命跑，知道吗？"刺鼻的味道越来越浓，低头看见黑色的小蛇从尸墙下蔓延渗透过来，炎汐知道情况危急，低声嘱咐。一边说，他一边腾出手来，解开自己束着的发髻，将头贴着地面，将一头蓝色的长发浸到黑色的脂水里，滚了一下，瞬间全部染黑。

"啊……那是什么？"那笙看得心惊，脱口低声问。

"北方砂之国出产的脂水。"炎汐将头发染成和常人一般的黑色，一边从身边尸体的伤口上接了一些鲜血，涂抹到了自己脸上，"这是比火油更厉害的东西——看来他们要烧街，逼我们现身！"

那笙吓了一跳，没有想到堂堂沧流帝国的军队居然如强盗一样，烧杀抢掠都不眨眼。然而看到炎汐这般奇怪的举动，她更加诧异："你、你在干什么？"

炎汐没有说话，只是将死人的血抹在嘴唇上和脸上。黑发披散，红唇素颜，一眼看过去居然是男女莫辨。

"咦，比女孩子都好看呢。"毕竟年纪小，那笙一边因为紧张而全身微微哆嗦，一边却因同伴这样奇异的样子而感到新鲜有趣，忍不住笑了起来。然而话音未落，"刺啦"一声，忽然间，仿佛有什么焦臭的味道瞬间散开。

"烧起来了！"那个瞬间，炎汐猛然站起，低呼，"快逃！"

"你要干什么？"那笙下意识地伸手，将他死死拉住——然而，陡然间她就明白过来了，尖叫起来，"不许去！"

前方浓烟滚滚，黑色的水在瞬间化为了火焰。浓烟火焰的背后，不知道有多少雪亮的长剑和劲弩在等待着从火中奔出的猎物。

炎汐准备掠出，被那笙那么一拉却阻了一下。

"喂，喂！你不要去！"那笙用尽全力拉着他，几乎要把他的衣襟撕破，"我有皇天！我不怕他们的！你不要去……不要去！"

"傻瓜……皇天不过是帝王之血的'钥匙'而已，力量有限，也只能在他们不防备的时候打下一架风隼罢了。"浓烟滚滚而来，炎汐已经被呛得微微咳嗽，指着天上，"如今他们有备而来，上面有十架风隼……地上还有云焕！你……咳咳，你逃不掉的！"

"逃不掉就逃不掉！"那笙说不过他，只能声嘶力竭地喊，"我不怕死。"

"说什么呢？我不会让你死的！可惜，我的力量也不够。"炎汐苦笑，一把推开了她，"我先引开他们，你快逃去西京大人那边！他的力量应该足以保护你……"

浓烟滚满了整条街，让人无法呼吸。

那笙大口咳嗽着，眼里不停地流下泪来，手却死死拉着炎汐的衣襟："咳咳，别去！别去！"然而，急切间想到了一个理由，她忽然抬头，"你去了……咳咳，苏摩要怪你的！"

那一句话，果然让鲛人战士的身子一震，看着映红天空的火光，听到那些尸体在火中发出的"嗞嗞"的恐怖声音，死亡的脚步近在咫尺。

忽然间，炎汐笑了笑："那就让少主责怪好了——我这一生，也就率性而为这么一次。"

一语未毕，他一剑撕裂衣襟，从尸墙后掠出，足尖点着堆积如山的尸体，冲入了烈烈燃烧的火中。

那个瞬间，应该是用尽了全力，鲛人战士的速度快得惊人。

沧流帝国的战士只看见浓烟中冲出了一个美貌女子，红唇黑发，一掠而过，跳入燃烧着的房屋中，飞扬的长发带着火焰，随即被噼啪下落的燃烧的木头湮没。

"发现了！在这里！在这里！"地上搜索的军队发出了确认的信号。

天空中，风隼立刻云集。

那笙的手用力抓着自己的肩膀，用力得掐入血肉，她想跳起来大叫，让炎汐回来。然而全身微微颤抖，她咬着牙，终于还是忍住了。

一、二、三、四……按着炎汐的吩咐，她闭着眼待在尸墙底下，一动不动地默数，颤抖着数到了十。那些呼啸声和搜索声果然远离。再也不犹豫，她用手背擦了擦眼泪，"呼"地一下子从尸体堆中跳起，借着浓烟的掩蔽用尽全力狂奔。烟熏得她不停流泪，火光映红整条街，那些被乱箭刺穿的尸体在火堆里燃烧，被火一烤，手足奇异地扭曲，发出"嗞嗞"的声音，看上去仿佛活着一样。

这里就是云荒……简直是人间地狱啊……

那笙用手背抹着泪，拼了命往前跑，不敢再去回头看炎汐的方向——为什么，为什么会变成这样……她根本不想这样。根本不要看到这样！

她不要什么皇天，不要什么空桑国宝，不要和这些疯了一样的战争和屠杀有任何关系！她拼了命逃离中州，来到云荒难道是为了这些？她只要找到一个容身的地方，好好地生活、赚钱，和喜欢的人恋爱……她不要卷入这些莫名其妙的争斗中去！

然而，已经有人为她流了血。那些流下来的血，铺就她至今平安的旅途。

她不可以再视而不见。

千百年来被奴役的鲛人，无色城里不见天日的鬼，四分五裂的臭手真岚和已经死去的皇太子妃……她要活着，要为那些帮过她的人尽自己的力量——不管那些人为何而接近她。

那笙不顾一切地在燃烧的街里狂奔，衣角和长发着火了，她跌跌撞撞地穿过那些堆积如山的尸体，狂奔而去。

终于到了一个街口，她记起来那是如意赌坊门前的大街，立刻左转。

因为没有被泼上脂水，别处的火暂时也没有蔓延过来，前方的火势稍微小了些。那笙咳嗽着，躲在断瓦残垣后，四顾看着，寻找着西京。

原先金碧辉煌的赌坊已经零落破败，那一条街上所有房屋都被射穿了，屋顶和墙壁上裂开了巨大的洞，宛如一只只绝望暗淡的眼睛。房子里、门槛上、街道中，到处都是尸体，刚开始还是稀稀落落的，然后沿着那条通往郡府的燃烧的街道，一路上密度便慢慢增大，到最后堆积如山阻断了道路。

半空中那些风隼往相反的方向云集而去，显然是发现了炎汐的踪迹。那笙一想到这里，感觉身子哆嗦得不受控制。她用力咬着牙，小心地趴在残垣中，避免被天空中的风隼看见，颤抖着慢慢往如意赌坊靠去。

然而，刚一露头，忽然间觉得天空一暗！她抬起头，就看见那一架银色的风隼居然往这个方向盘旋而来，低低掠下。

她大吃一惊，不由自主地躲到了燃烧着的房屋残骸中。

低头看出去，前面是坍塌了一半的如意赌坊的围墙。大厅已经开始烧起来了，梁和柱子歪歪斜斜倒下来，轰然砸落地面。

然而在火焰包围着的、修罗场一样的地狱里，两名男子却正斗得激烈。

白色的光包围着他们两人，黑衣的颜色居然都被掩盖。凌厉的剑气在空气中纵横。火烧了过来，然而奇异的是，烧到了他们身侧居然便不能再逼近！熊熊的烈火仿佛遇到了看不见的屏障，被逼退，留出了中间大约十丈的场地。

以那笙的眼力，根本看不出两人之间的动作，只看到闪电在烈火中纵横交错，包围了两个人的身形。她甚至无法分辨出哪一个是西京，哪一个又是那位沧流帝国的少将。

她往外探了探头，忽然间脸色苍白，几乎脱口惊叫出来——这片尚未烧到的地方，满地的尸体中，赫然横放着一具鲛人少女的尸身！蓝色的长发，纤细的手足，身上布满了乱箭——

"汀？汀！"认出了昨日里还活泼伶俐对自己笑着的少女，那笙再也忍不住，根本顾不得头顶还有银色的风隼盘旋，蓦然扑出去。

尸体上钉着的长箭隔开两个人的身体，让她无法抱紧汀。

那笙拖着汀的尸体爬回墙角，回头看着背后已经浓烟蔽日的街道——已经看不到那一队沧流战士的影子，更看不到炎汐如今的情况。难道、难道他也会……在刹那间变成和汀一样？

想到这里，那笙再也忍不住，"哇"的一声哭出来，恐惧、无助、茫然……仿佛一面面铁壁从四面逼过来，将她彻底孤立。

就在那一刹那，两个黑影交错而过，风猛烈呼啸起来，逼得身边猎猎的火焰往外面退开。一道闪电忽然脱出了控制，从火焰的场地里直飞出去，落到了场外。

"叮！"白色的闪电在半空中慢慢熄灭了光芒，落到那笙面前，滚了滚，还原为一只看起来很普通的一尺长的银白色金属圆筒，上面刻着一个"京"字。

"醉鬼大叔！"那笙认得这把光剑，脱口惊呼。

抬头之间，听到了一个声音冷冽地笑，带着杀气："大师兄，果然喝酒太多对你有害！"另外一道闪电从火场中腾起，刺向空手的西京，"冒犯了！"

那笙这一次看得清楚，吓得眼睛瞪大。

方才那一击之下，光剑脱手飞出，西京用左手捂着流血的手腕。此刻，身无武器的他，看到云焕闪电般刺来的光剑，瞳孔陡然收缩。

"苍生何辜!"银黑两色的军服下,沧流帝国少将眼眸冷冽、杀意弥漫,用了九问剑法中的最精华的"九问"!

西京只来得及偏了偏身子,避开脖颈的要害,"噗"的一声,光剑对穿了他的左肩胛骨。剧痛之下,西京忽然冷笑,不进反退,足尖加力,往云焕身畔扑去——光剑穿透了他的身体,从背后直透而出,鲜血喷涌。

西京闪电般扑向云焕,那样迅疾的速度让对方还来不及退开,一声闷闷的破袭声,剑芒从他肩膀上透过,直没至柄。而那光剑的圆柄没入了西京肩上的血肉中,连着云焕握剑的手!

云焕大惊,点足急退,想抽出自己已经陷入对方血肉的手。然而西京的速度更快,仿佛根本察觉不到痛苦,只是将左肩一低,居然硬生生用肩骨夹住了光剑!

"在战斗里,肩膀是这样用的。"云荒第一剑客猛然低声冷笑,右手闪电般地抬起,以手为剑,伸指点向云焕眉心,"且看师兄这一式'苍生何辜'!"

云焕立刻弃剑,后退,然而还是慢了片刻,一道凌厉的剑气破空而来,"啵"的一声,眉心顿时破了一个血洞。云焕脸色苍白,踉跄退入了熊熊烈火中,抬手捂着眉心。血流下来,糊住了眼睛。

"才学了十几年,便以为自己天下无敌?"西京反手拔出了嵌在肩骨中的光剑,扔到了地上,冷笑道,"不错,在剑技上你是天才——但是剑技不是一切!实战呢?品性呢?你知道剑圣门下'心、体、技'合一的三昧吗?!"

"苍生何辜……苍生何辜?"他忽然喃喃重复了一句,捡起被云焕打落的光剑,手腕一转,"啪"的一声吞吐出白光来,大喝一声,提剑迎头劈下,"杀人者怎么会知道什么叫作苍生?"

剑风凛冽,砍落之处,火焰齐齐分开!

看到主人遇险,风隼上的潇脸色陡然苍白,迅速扳动机括,让风隼逼近地面,长索抛下,想扔给地面上陷入绝境的沧流帝国少将,然而终究来不及了。

云焕被夺去了光剑，赤手对着云荒第一的剑客，气势居然丝毫不弱。血流了满面，然而血污后的眼睛依然冷酷镇定，毫无慌乱。

在西京光剑劈落的同时，他忽然做出了一个反应——逃！

他没有如同西京那般不退反进，绝境求生，反而足尖加力，点着地面倒退！身体贴着剑芒飞出，直直向着战场外围逃了出去。

西京怔了一下，没有想到那样骄傲冷酷的军人竟会毫不迟疑地逃跑。他毫不犹豫地追击，然而云焕的动作更快。仿佛被逼到了悬崖，生生激发起他体内所有的力量，沧流帝国的少将几乎是踩着火焰，风一般掠过。

奔出火场后，也不管多狼狈，他就地一滚灭掉了身上沾上的火苗，伸手抓起地上方才被西京丢下的光剑，"嚓"的一声扭过手腕，发出剑芒横于身前——

赶上了！

西京如影随形般跟到，毫不容情地劈下，然而光剑在离云焕身上一尺之处被格挡住。

地上地下的两个人，身形忽然间仿佛凝固。

在力量直接相交的一瞬间，双方就进入了对峙的阶段。光剑上负担了所有的力量：一方加力，另一方随之增强，一分分往上攀。平衡一分分地瞬间失去，然后瞬间又恢复。谁都不敢稍微分神。只要任何一方首先力量不逮，失去平衡，那么转瞬光剑就将洞穿心脏！

那笙抱着汀，躲在不远处看着，大气也不敢出。

风隼此刻掠到了离地最低点，鲛人少女手指如飞般跳跃，丝毫不乱地扳动各个机簧，保持着风隼的飞行速度和方向。在她的操作下，虽然上面没有其余沧流战士，风隼还是陡然发出了一支银白色的箭，准确地直刺西京背心。

那一支响箭刺破了凝定的空气，箭头上发着蓝光，刻着小小的"焕"字，凌空下击。

西京无法分心去看背后，然而耳边已经听到了箭风破空的声音。手上云焕光剑上的力量还在不断增强——他必须全力以赴才能压住对方的剑，只要稍微一松手，云焕的光剑就会刺穿自己的心脏！

那一支响箭呼啸而落，刺向他的后心。

"大叔，小心！"那笙再也忍不住，直跳了起来。急切间忘了放下汀的尸体，一头冲出去，大叫——皇天在她指间闪烁，随着她的挥舞，陡然间发出了一道光芒，半空那支响箭瞬间断了。

"啊？又管用了？"那笙一击得手，实在是搞不清楚这枚戒指抽风的规律，反而怔在原地。

"皇天！"地上地下两个人忽然同时惊呼。云焕看到了飞奔而来的少女以及她手指间闪耀的戒指——他忽然间就收了力，同时尽力往左滚出。

"噗！"西京的光剑失去了抗衡力，陡然下击，刺穿他的颈部。

血汹涌而出，然而云焕根本不介意，动作快得宛如云豹，从地上直扑而起，一剑刺向那笙——那笙猝不及防，抬手下意识一挡，汀的尸体从她怀抱里跌落地面。

先前的一轮接触中，云焕已经摸清了这个戴着皇天少女的底子，知道她根本没有任何本领——就像一个孩子，手里握着大把的珍宝，却不知如何使用。他那一剑是假动作。等到那笙抬手挡在面前，皇天发出蓝白色光芒的时候，云焕的剑芒才陡然吞吐而出！

光线扭曲了，弯弯地转过那笙的手掌，刺向少女的心脏。那笙苍白了脸，眼睛看到，脑子想到，可手却来不及反应。

那个瞬间，西京已经抢到，一剑斜封，尽力格开了云焕的光剑。然而，那笙已经被吞吐的剑气伤到了心口，眉头一蹙，痛得想叫，可一开口就吐出一口血来，眼前的一切忽然间就全黑了下去。

那笙失去知觉倒地的刹那间，西京和云焕又再度交上了手。

烈火在燃烧，风隼在盘旋，濒死的惨呼和呻吟充盈耳侧，满身是血地在满目狼藉的废墟里挥着剑——空桑剑圣门下的两位弟子，同室操戈。

云焕一连格开了西京的两剑，手中的光剑也几乎脱手飞出——从力量来说，自己原本在西京之上，但是此刻颈中那一剑虽然没有刺穿动脉，可已经让体力从沧流帝国少将身上迅速流失。

风隼掠低，上面潇的神色紧张而恐惧，飞索抛下，一次次晃过云焕身侧，然而他却无法腾出手来攀住——颈中的血不断喷涌，已经不能再拖延。

那一刹那，接下西京又一剑后，云焕踉跄后退，脚后忽然绊到了什么。他低头一看，脸色微微一变，眼神雪亮。西京下一剑不间歇地刺来，云焕忽然冷笑起来，想也不想，探出左手，抓起绊倒他的东西，挡在面前。

"噗！"光剑刺穿了那个柔软的事物。

血流了出来，然而汀的脸依然在微笑——西京忽然间就怔住了，看着刺穿汀身体的光剑。就在他失神的那一刹，"嚓！"一声极轻极轻的脆响，云焕的剑穿透挡在面前的尸体，蓦然重重刺中西京！

"战场上，鲛人是这样使用的。"在师兄倒下前他还来得及回敬了一句，然后丝毫不缓地掠起，探手一把抓起昏迷中的那笙——长索再度晃落的一刹那，云焕一手攀住，深深吸了口气，忍住眉心和颈部两处的痛苦，身形掠起。

无论如何，这一次的任务完成了，总算没有给巫彭大人丢脸。

对沧流帝国征天军团来说，胜利便是一切。

说什么杀人者不懂苍生，大约也就是说自己这样的人不可能真正领会到"九问"里的精髓吧——然而，这个酗酒了百年的师兄，他又知道什么？！他不曾在沧流帝国的伽蓝城内长大，不曾体会过那样严酷的制度和等级，也不明白胜利对战士来说意味着什么。

那是他的国家、民族、青春、光荣和梦想。

他作为沧流帝国战士，自幼被教导应该为之献出一切的东西。

"少将，恭喜。"潇收起了长索，看到顺利将那笙带回的云焕，脸上的表情忽然间颇为奇异。她最后一次看了看底下地面，双手颤抖着，调整着双翼的角度，驾驶风隼掠起。

"好险，差点切断动脉。"云焕将昏迷不醒的那笙扔在地上，抬手捂着颈部，满手是血，低斥，"那群笨猪都在干什么？这么多人还没找到一个女孩！快返回伽蓝城——天就要黑了！"

"是，少将。"潇答应着，操纵着机械。

忽然间，仿佛什么东西断了，落下一串噼噼啪啪的轻响。

"又怎么了？哭什么？"看着跳到脚边的珍珠，云焕苍白着脸包扎着伤口，陡然有些不耐，看向操纵着风隼的鲛人少女，"是看到我拿那个鲛人当挡箭牌的缘故？物伤其类？"

"少、少将……"潇将风隼拉起，掉头往城南上空那一群编队里归去。然而虽然极力保持着平静，冷艳的脸上依旧有泪水不停滴落，许久才吐出一句话，"那个女孩……那个死了的女孩，看上去似乎是我的妹妹……汀。"

什么？云焕蓦然抬头看着操纵着风隼的鲛人少女，手指不自禁地握紧了身侧的光剑——如果这个鲛人稍微有异动，他便毫不迟疑地出手。

然而，潇一边哭，一边却准确无误地操纵着风隼——毕竟不同于那些被按照反射方式训练出来的傀儡，她的灵活程度和应变能力非常出色，甚至一个人就能驾驭这样庞大的机械，同时完成飞行和攻击。在多次战役里，潇的配合成了他全胜的重要原因。

正是因为这样的出色，自己才一直不忍心让潇服用傀儡虫吧？但是，如今居然出现了这样的情况。

此刻自己极度衰弱，如果潇在此时叛变，那么……

"我几十年没有看见她了……只是听说她认了一个剑客当主人。我二十年前已经和族人彻底决裂，也不会有面目再见汀——没想到、没想到，却只能看到她的尸体……"哽咽着，潇的泪水不停滴落，凝成珍珠，在风隼内轻轻四处散开。

云焕眼睛眯起，杀气慢慢溢出："你想为她报仇吗？"

"可是我看到她在笑……想来她并不后悔跟着西京吧？"潇低声喃喃道，风隼的速度加快了，在燃烧着的街道上空掠过，"就像……我不后悔跟着少将一样——我们选择的路不一样，但是，都不会后悔。"

云焕忽然冷笑了一声："说得动听——我做过什么善待你的事吗？值得你这样背叛族人、舍弃故国跟着我？"

潇的手指停了一下，低下头去，许久才道："少将您允许不是傀儡的我侍奉左右，并肩作战，便是对我最大的善待……不然，我就是一个天地背弃的孤魂野鬼了。"

云焕忽然间有些语塞，仿佛眉心的伤口再度裂开来，他用力晃了晃脑袋。

"少将当年从演武堂完成学业，以首座的能力进入征天军团，帝国元帅巫彭大人也对您另眼相看——在那样平步青云的情况下，您选择了身负恶名的我做搭档。为了不让我成为傀儡，还差点和上级将官动手……"回忆起十年前的情景，潇仰起头，"如果不是最后巫彭大人爱惜您的才能，偏袒了您，您在军队里的前途或许就在那时终结了。"

"哦，那个吗……"抬手捂着颈中的伤口，云焕嘴角泛起一丝冷笑，摇头道，"我不让你服用傀儡虫，不过是为了能获得最强的鲛人做搭档而已——你如果成了傀儡，恐怕反应速度和灵活度都要受到很大影响。"

对于这样的回答，潇只是微微笑了笑："少将难道不怕我随时反叛？要知道，在二十年前复国军战败后，就盛传我是出卖族人的叛徒……难道您不怕我再次背叛？"

"背叛不过是人的天性而已，有什么可怕。"云焕包扎好了伤口，冷然道，"我既然喜欢用锋利的刀，就不能怕会割伤自己的手。"

潇不再说话，脸上带着些微苦笑的表情，那样剧烈的痛苦和矛盾，几乎要把她的心生生撕扯成两半——那是她自己选择的路……那是她自己在二十年前就已经选择了的路。

她已然无牵无挂，天地背弃，只剩下孑然一身，直面着毫无光亮的前路。

"虽然二十年前我还小，没有经历过那一场平叛——但是，后来我也知道所谓'出卖族人'的罪名，不过是假消息而已。"云焕包扎好了伤口，将那笙的手脚捆好，扔到一边，"那时候巫彭大人俘虏了你，然后放出你叛变的谣言，把你当作靶子推了出去，吸引那些来报复的残余复国军，以求一网打尽——这事别人不知道，我大约还是知道一些的。"

风隼猛然一震，潇的手从机簧上滑落，身子微微颤抖，不敢回头看云焕的表情——他知道？从来都没有对她提过，而他居然是知道真相的？

那么，他有没有记起来二十年前那件事……

然而，不等她继续想下去，风隼忽然猛烈地一震，似乎撞上了什么东西，去势陡然被遏止——潇猝不及防，整个人在巨大的惯性下向着墙壁一头冲了过去。

"小心！"云焕猛然探手将她拉住，厉喝，"快调整！"

撞……撞到什么了吗？

她坐在座位上看向前方。然而奇怪的是面前根本没有东西阻碍着，风隼仿佛被看不见的手拉住了，前进速度忽然放慢，迅速倾斜。潇的双脚已经离开了舱底，全靠着云焕的支撑才能定住身形。她处变不惊，迅速地操纵着，将机翼的角度调整，用力拉起。

然而，还是没有办法动！

风隼仿佛被看不见的东西拉住，速度越来越慢。

"咔啦！"一声脆响，外面仿佛什么东西猛然破碎了。云焕往外面看去，陡然间眼睛凝聚，瞳孔收缩——居然有什么东西，宛如看不见的绳索一样，绑住了风隼！风隼被定在半空，坚硬的外壳一寸寸地坍下去，仿佛被无形的手撕扯着，往各个方向四分五裂。

是什么？是什么居然在撕裂风隼？

云焕往地下看去，在燃烧着烈焰的废墟里，隐约看见一个黑衣男子对着风隼抬起手来，做着拉扯着这个巨大机械的动作。

这个人是谁？！虽然因为太远而看不清面目，那个瞬间，当那人的身形映入眼帘，云焕忍不住就倒吸了一口气，心里陡然有难以善了的预感。

风隼的晃动越来越激烈，潇苍白了脸，手指迅速地跳跃，尝试着各种方法，想把风隼重新活动起来，然而力量根本不够。

"潇，小心了！你带着这个女孩先归队——我去截住那个人！"云焕当机立断地吩咐，"不要管我了！你先把这个姑娘带回帝都复命！"

"少将！"潇脱口惊呼，然而在激烈地晃动中连转头的动作都做不到。

"按我的命令办！"转动机簧，将长索荡出，云焕转瞬跳了出去。

"咔啦！"在他跳出去的一刹那，风隼右翼折断，转瞬失去了平衡，一头往地上栽去。潇咬着嘴唇，一手抓着扶手让自己身体稳定下来，另一只手死死扳住舵柄，勉强控制着已经支离破碎的风隼，让它摇摇晃晃地向着南城其他风隼聚集的地方飞去。

十四·舞者

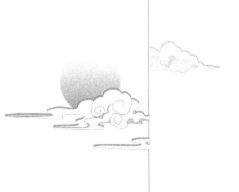

　　只是短短的一刻钟，地上那一轮追杀已经结束。

　　"射穿心脏，当场死亡！"

　　抓住被烧得长短参差的头发，从燃烧着的废墟里拖起尸体，确认了被追击者的身份，沧流帝国战士看了一下被劲弩贯穿的左胸，松了口气，有任务结束的轻松。然而，在翻过尸体，拉起双手查看的时候，所有人脸色"唰"地一变——

　　没有戒指！这个女子的手上，没有他们要找的戒指！

　　又弄错了吗？大家面面相觑，颓然松开手来，让尸体沉重地落回废墟里。

　　"怎么了？还不拿下戒指，回去交差？"头顶风隼上的副将铁川还不知底下的情况，在掠低的刹那间探出头来，厉喝，"杵在那里干什么？！天都要黑了！"

　　"副将……"地上搜索的队长抬起头来，脸色难看地回答，"弄错了，不是这个女人！"

"什么？！一群笨猪！"铁川脸色大变，探出头看着地下一群颓丧的战士，破口大骂，"那么多人还找不到一个女人！你们还算是沧流帝国最强的征天战士吗？知道回去等着你们的是什么吗？还不快给我继续……"

声音未完，风隼掠低的去势已尽，重新拉起，将副将的骂声带走。

"自己坐在上面，就知道对我们吆五喝六！"队长脸憋得通红，松开了抓着的头发，用力将尸体往地上砸去，"兄弟们，给我再细细往周围搜一遍！"

"是！"大家重新打起精神，准备继续。然而就在刹那间队长愣了一下，低头，看着自己刚抓过尸体头发的手——手心里居然沾染了奇异的黑色，有奇异的味道。

脂水？队长心里一怔，转头看向那个被射穿心口的人。

就在这一刹那，队伍里忽然起了骚动——无论天上还是地下，所有人都惊呼着，往天空中看去："银翼！银翼！少将的风隼银翼！出事了！"

队长顺着所有人目光看去，脸色忽然因为震惊而抽搐——

薄暮中，披着如血夕阳返回的，居然是云焕少将的座架银翼！而此刻，银色大鸟失去了无数次战斗中的英姿，折翼而返。勉强保持着平衡，去势却已衰竭，跌跌撞撞地向着这一边飞来，越来越低，越来越低，最后轰然坠落。坠落的一刹那，风隼的底舱打开，一个身影如同跳丸般跃出，挟着一个人连续点足，逃离。

"那个鲛人，潇？！"看到了风隼上逃脱出来的居然不是少将，所有沧流帝国战士眼里都有震惊的光芒，不知道发生了什么事，然而第一个反应却是相同的——莫非，是少将不听劝阻一意孤行，最终被这个没有服用傀儡虫的鲛人搭档背叛？！

所有人的手都按上了剑，迅速扇形展开，将那个从风隼上跳落的鲛人少女围在中间。

"少将已经找到皇天！"巨大的机械轰然落下，在狂风和飞扬的尘土中，潇抱着被缚住手脚的那笙落地，几个点足跳离危险区域，向征天军团奔来，一边厉声大喊，"少将吩咐，立刻带着这个女子返回伽蓝城！她手上戴着的就是皇天！"

一边大喊，她一边奔近，鲛人的力量有限，短短一段路的狂奔已经让她气息平匀。

所有征天军团战士都愣了一下。奔来的蓝发女子因为筋疲力尽而跪地，双臂托起了昏迷不醒的少女——那个少女的手指上，如帝国绝密通缉令中描述的银色蓝宝石戒指熠熠生辉！

"哦，原来如此……少将呢？"队长的手还是不曾从剑柄上放下，看着奔来的鲛人少女，问，"云少将去哪里了？"

潇将那笙交给身边的沧流帝国战士，按着自己剧烈起伏的胸口，大口喘息："少将、少将他……刚和西京交手，夺来了这个女子……可是又遇到了一个、一个奇怪的鲛人……居然赤手就撕裂了风隼！少将下去迎战……让我、让我带着皇天返回……"

"赤手撕裂风隼？！"所有人齐刷刷变色，面面相觑——虽然无法置信这样的事情，但是看到折翼落地的风隼，那右翼的确是被强大得不可思议的力量生生撕裂！

"快去增援少将！"头顶风隼再次掠低，铁川副将探出头，看到了坠毁的银翼，大喝挥手，"把抓到的戴着皇天的人送回风隼上，由我先行带回！"

一语未毕，长索荡下来，不由分说地卷起了那笙，提了上去。

"抢功的时候他倒下手得快！"队长嘀咕了一句，终究无法违抗副将的命令，手一挥，带领大家转身，"兄弟们，咱们快去少将那里看看！看是哪个怪物，居然能空手撕裂风隼？咱们一起撕了他！"

"是！"手下战士轰然回应，齐齐转身。

"等一下，我也一起去！"潇喘息方定，站起身来，"我带你们去找少将！"

所有沧流帝国战士都愣了愣，看着这个显然已经筋疲力尽的鲛人少女——这个没有服用傀儡虫的鲛人，倒是比那些傀儡更死心塌地？倒真是罕见……

队长审视了她一番，点头："那么快跟上吧！"

转过身的一刹那，队长抓抓头发，有些纳闷地狠狠骂："该死的，云焕那家伙难道有比傀儡虫更厉害的药？要不然怎么这个鲛人会这样死心塌地？"

放下手，忽然觉得手心黏黏的，他低头，看到了糊在手心的黑色——方才抓着那个逃跑女人尸体头发的时候，被沾染在手里的黑色液体。

"咦，到底怎么回事？"一边走，一边将手放在鼻子底下嗅了一下，猛然色变——的确是脂水？难道……难道刚才那个人的头发是……

微微一惊，队长回头看着废墟中那具躺着的尸体，那边的火已经灭了，暗淡一片。

方才那个主动从火中冲出的女子，动作超乎意料地迅捷，似乎并不是普通人。害得他们一路急追，好容易才在街尾借着风隼的半空截击拦住了那人。在重兵的围追堵截之下，那个人最终还是力竭战死。

但是，被一击射穿左胸后，却没有在她身上发现所要寻找的那枚戒指——很显然，这个人是为了保护那个真正皇天的携带者，而不顾生死地冲出来引开他们的！面对着沧流帝国的征天军团，还能毫不畏惧地做出如此扑火般的举动？这个人，岂容小觑！

一念及此，连身经百战、斩首无数的队长都不由得暗自点头——那样置生死于度外的举动，猛然间让这个军人记起了二十年前，他还作为一名普通士兵时参加过的平叛征战。那种拼命的架势，可和当年那些复国军一模一样呢……

"难道又是鲛人？如果那样可要再往胸口的中间补一剑才行。"喃喃自语了一句，然而毕竟事情紧急，他也没有时间再管那个人，迅速转身，带着下属们奔向了云焕的所在地。

"啪！"长索卷起，松开，重重地把那笙扔到了风隼上。

那样剧烈的震动，终于让她稍微恢复了一点意识。心口还是疼痛得几乎撕裂，她张开口，想问自己此刻在哪里——然而一开口，鲜血从嘴里涌出，似乎还混合着内脏的碎片。

"啧啧，一定是少将下的手，"看到少女这般情状，风隼上的沧流帝国战士冷笑，用靴子踢踢那笙，"你们看，外面一点伤都看不出来，可内脏已经破裂了——除了少将的光剑，哪个能做到？"

"就是，演武堂出科的第一啊！据说他的剑技比飞廉少将都厉害！"旁边有另一个战士满脸敬慕，忽然间愣了一下，"对了，赤手撕裂风隼……真的有这样的人吗？"

"能做到那样，简直就不是人了。"旁边一个人嗤笑，摇头道，"一定是那个女鲛人夸张的说法……没用过傀儡虫控制的鲛人就是不老实！"

"嘿，云少将就喜欢这种不老实的鲛人吧？"战士窃笑。

"得了，别吵了！"副将铁川听得属下不住口地夸奖云焕，陡然有些不耐，喝止，"老三，替我把皇天戒指从她手上褪下——把这个女的扔下去吧，带着还费事！风隼飞了一天，速度已经慢下来了，少带一个是一个。"

"是！"属下领命，其中一个被称为老三的战士上来翻过那笙被捆住的身子，一边喃喃自语，"总算是找到了……老实说，最后杀了那个逃出来女人的时候，发现她手上没戒指，我还以为我们这次会空手返回呢。"

"有少将在，哪次完不成任务？"旁边的同伴上来帮忙，将不停挣扎的那笙按住，"不过说起来……最后那个女人是这丫头的同党吧？看样子是为了引开我们才故意跑出来的。"

同党？同党……他们是在说、是在说炎汐？

那笙不停地咳嗽，吐出血沫，一直到感觉肺开始呼吸，才能思考。然而听到旁边那些军人的对话，她的血忽然一下子冲到了脑里，全身难以控制地发抖。

"嘿嘿，是啊，八成是同党。"老三一边拉起那笙被捆住的手腕，掰开她手指，想去褪下那枚戒指，一边喃喃，"看到劲弩射穿她心脏的时候，老子还叫了声可惜——不过二十几岁，和我家娅儿还是差不多年纪吧。"

炎汐？射穿心脏？那笙刚睁开的眼睛陡然凝滞了，直直瞪着。

她现在是在哪里？风隼上？难道、难道那个醉鬼大叔西京也死了？所以她才会最后落到了沧流帝国的手里？汀死了……炎汐死了，西京也死了？！

她睁大眼睛，用力地呼吸，吐出血沫，吸入冰冷的空气，直直瞪着前面那些逼近的沧流帝国战士，看到银黑两色军服上佩戴着的双头金翅鸟标记——那是代表十巫直接率领的，云荒大地上最尊贵和强大的军队——征天军团。

那个瞬间，她脑子无法思考。那些人低下身，试图褪去她手上的戒指。而皇天仿佛生根般地在那笙指间纹丝不动，随着对方的用力反而更加深地勒入她手指，几乎要勒断——在那些军人粗暴的动作下，仿佛电光凝聚，蓝宝石发出了微光。

"副将，褪不下来。"用力半日，丝毫不见松动，战士满头大汗，回禀。

"真是一点用都没有的笨猪！"铁川气不打一处来，大喝，"反正这个丫头也要杀，你们费什么事，就不能直接砍下她的手指来？"

"哦，是、是……"那个战士抹了一下汗，回答，然而低头看着那笙无辜瞪大的眼睛，忍不住皱了皱眉，转开头来，对旁边的同伴道，"先把她眼睛蒙上？看着好像……好像不大舒服。"

"什么？老三你杀一个小姑娘就怕了？"旁边的同伴哄笑起来，上去拉开他，"得了得了，让我来好了——你看你那衰样，要被娅儿看到了，她引以为豪的丈夫的'战士的荣耀'就要有所减损呢！"

"你们看，战士就是不能成亲。一娶老婆啊，都变得像老三那样怜香惜玉。"大家纷纷哄笑，相互推搡着，上前来。

小队里排行第三的战士被推开，换上其他战士，低下来粗暴地拉起那笙的手，拿出解腕匕首。那笙的手很小，握在军人粗粝的手心宛如一片叶子。那个战士忽然也愣了一下，但是眉头皱了皱，还是一刀划了下去。

"你们说……你们射杀了那个逃开的人？你们射杀了……炎汐？"危在旦夕，但是那笙的眼睛是茫然的，空洞洞地看着面前的沧流帝国战士，那一双眼睛宛如婴儿般无知无觉，然而又是怎样一种令人震颤的"纯黑"。

那个挥着匕首切向她手指的沧流帝国战士愣了一下，下意识地点头。

"该死的……你们杀了炎汐？你们杀了炎汐！"刀尖接触到肌肤的一刹那，那笙陡然间爆发似的喊了起来，黑色的眼睛凝聚起惊人的愤怒和杀气，"哇"的一声大哭，"我杀了你！我杀了你！我不会饶过你们的！"

匕首切入她的右手中指，血涌出。

就在那个瞬间，本来一直只是微微弥漫的蓝光，随着少女圆睁的双眼带着哭腔的怒喝，耀眼的光芒宛如闪电般腾起！

地面上，座架被拦截的云焕握剑站在了那个诡异的傀儡师面前。

"很强嘛。"苏摩收回手里滴血的引线，称赞，"冰族的战士，居然也用光剑？九问居然还使得很正宗——你是剑圣的什么人？"

已经是第七次将光剑震得几乎脱手，然而那个沧流帝国的军人依然拦在前方，用尽全部力量，不让他前进分毫。云焕身上至少有四处被引线洞穿，血从细小的孔洞里喷涌而出。外面看起来这样的伤毫不显眼，然而内部丝线经过的脏腑却是全被震裂。只要一处这样的伤，便足以让壮汉瘫痪。而面前这个沧流帝国的年轻军人居然依旧握剑拦在前方——

显然是原先就有伤在身，云焕眉心和咽喉的伤口在不停流血，让原本英挺的面目变得可怖。苏摩看到了对手的眼神，不由自主地微微颔首：那样的眼神仿佛铁与血的组合，没有一丝"人"的软弱。

沧流帝国居然有这样的战士，难怪可以镇住这整个云荒大陆。

而且，他们还有风隼这样可怕的杀戮机器，出色的战士和战车，简直组成了似钢铁般不可摧毁的力量！即使是自己，面对一架风隼也罢了，如果三架以上风隼同时攻击，只怕要全身而退也不是容易的事吧？复国军里的那些天生不适合作战的鲛人……又要如何面对这样强大的军队。

短短一瞬间，苏摩脑中已经转过千百个念头。

而此刻，用光剑拄地，勉力支持着身体不倒下的沧流帝国少将，却也是用同样复杂的心情看着面前这个盲人傀儡师。

看那样的容貌和发色，这个人应该是个鲛人。然而，这个双目无光的鲛人傀儡师，居然能用看起来如此没有力量的双手，操纵着纤细到看不见的丝线，将一切有形的东西切割成一片片！

一个鲛人，怎么可能拥有这样的力量。

就算他之前没有和西京交过手，用巅峰的完美状态来对抗这个人，也未必有获胜的把握。更何况他现在力战之后，精力已经枯竭了大半。

然而，即便是没有胜算，云焕依然持剑而立，挡在了苏摩身前，丝毫没有后退的怯意。征天军团的战士，是由铁和血铸成，哪儿能临阵怯场？

云焕握着光剑，看着面前十指上戴着奇异指环的鲛人傀儡师，看着他空洞的深碧色眼睛，不自禁地倒抽了一口冷气：那样无与伦比的五官，他至今未曾在鲛人一族中见到可以媲美的。然而那样漂亮的脸却没有丝毫女气，一望而知是个男子——因为眼中阴鸷的杀气。

方才的激战里，这个傀儡师也被他的九问划伤了肩膀，衣衫被削破，露出了宽阔肩背上文身的一角———一只黑色的龙的爪子，仿佛雷霆万钧地撕破衣衫的束缚，探出来。

龙神！这个鲛人的背上，布满了龙神的文身！

想起早上看到的鲛人少女汀，又记起前几天在半途中遇上的鲛人左权使炎汐，云焕的眼睛陡然收缩——那么多鲛人忽然出现在桃源郡，应该不是巧合……难道是复国军为了什么目的有所行动？这个鲛人傀儡师，一定是引起复国军震动的人物吧？如果是那样的话，得赶快回去禀告巫彭大人才行。不然这边皇天刚收回，新的变乱又要起了！

眼角瞟过，云焕发现风隼都已经掉头返回——那个戴着皇天的女孩子，也已经在风隼上了吧？任务已经完成，不必久留。

想到这里，云焕下意识地往后踏出了一步。

"怎么，这就想逃了吗？"那个傀儡师笑了起来，眼神是冷酷的，也抬头看着半空准备飞走的风隼，手指抬起，一点半空，吩咐道，"阿诺，给我过去，拦住那架卷走那笙的风隼！"

云焕诧然，还没有明白苏摩对着什么人吩咐这样的话，忽然间听到轻轻的"咔嗒"声，什么东西跳到了地上，迅速奔远。

眼角余光还来得及看到那个东西，沧流帝国一向冷定的少将忽然间因为震惊而睁大了眼睛——那是什么？！那个不过两尺高的东西，身上还拖着丝丝缕缕的引线。居然是……一个会自己跑动的傀儡？

"别管阿诺——你的对手是我，少将。"还没有将目光从那个偶人身上挪开，耳边忽然听到了苏摩冷淡的声音，刹那间，极细的呼啸声破空而来，"让我看看沧流帝国的军人到底有多少分量吧！可别让我失望才好。"

云焕全身一震，立刻凝聚起了全部精神，"唰"地拔剑格挡。手腕一震，只觉得半身都麻痹了——毕竟重伤在身，连番剧斗之下已然力不从心，虽然堪堪挡开，可丝线的末端还是在他脸上切开了一道血口子。

"咦，怎么没几招就越来越弱了？"苏摩看着对手，微微冷笑起来，手腕抬起，"这可不是跳绳啊！如果不跟着我的引线起舞的话，很快就要被肢解的——这天下，可不是你们冰族的十巫才会玩分尸这一手。"

漫天丝线纵横交错，以人眼无法看见的速度交割而来。

云焕急退，反手拔剑，光剑如同水银泼地，护住周身上下。他足尖连点，在密风急雨般的引线空隙中转侧，用尽了所有残余的力量，穿梭在那一张不断收缩的巨网中。

"哦，不错，非常不错！"看到沧流帝国少将的身手，傀儡师嘴角噙着一丝冷笑，难得地表示了赞赏，却显然始终不曾出全力，"好久没有遇到这样的人对舞了——我们再快一点如何？"

他手一拍，忽然间按照一种奇异的韵律开始舞动，举手投足之间，手上的丝线以快到不可思议的速度相互交剪而来，丝线之间居然激射出淡淡的白光，发出犀利如风雨呼啸的声音。

苏摩的速度一加快，云焕不自禁地被逼着加快了闪避的速度。

因为太过剧烈的运动，心脏激烈搏动着，几乎已经无法承受体内奔腾的血脉。颈中的伤口再度裂开了，随着他每一个动作，一滴滴鲜血滴落在烧杀过后狼藉一片的地面上。

两个人的脚尖都踩着尸体，不停地飞掠。夕照下，漫天若有若无的丝线反射出淡淡的冰冷的光，在两人之间织出看不见的网。双方的身形都是极快的，然而身姿毕竟有别。云焕拔剑当空，已经有些力竭和急切，仿佛在漫天的闪电中穿梭，慢了一丝一毫，便会被闪电焚为灰烬。

苏摩却是一直控制着节奏，手指间飞舞着引线，切出点点鲜血。然而他转动修长的手指，却仿佛是在拨动古琴的冰弦，神色沉醉自如。伸臂、回顾、俯首、扬眉……仿佛那不是一场踏在尸体上的对决，只是独面天地的一场独舞独吟。

那种独舞和独吟，在百年来孤寂如冰的苦修岁月里，他已经面对旷寥的大荒，进行过无数次。

他没有再看云焕一眼，却能感觉到对手的体力在急遽下降，已经跟不上那样的节奏。苏摩手臂起落，越舞越急，蓝色的长发飞扬着，和透明的引线纠缠在一起，到最后已经看不清是他舞动这漫天的杀人利器，还是那些看不见的丝线带动他修长肢体的种种动作。

云焕已经来不及——躲避那些飞旋而至的锋利的线，肌肤不时被割破，血如同残红般四处泼洒，滴落在刚被屠杀过的地面上。傀儡师微微冷笑，那个笑容在夕照中有种奇怪的美感——宛如此刻破坏燃烧殆尽的断墙残垣、流满鲜血的街道。

"老天爷，这个人、这个人在干什么？"街的另一头，一群急奔而来的战士猛然怔住，不可思议地看着面前那一幕诡异至极的情形。

夕阳已经落下，余霞漫天，如同燃烧着烈火的幕布，铺满整个天际。那样的背景之下，极远处的伽蓝白塔更加显出静谧神圣的美——然而，如此底色下，剪影般的，却是那个踏在尸体上的舞者，骖翔不定，静止万端。

那是以这一个污血横流的乱世为舞台，独面天地的舞者。

"他在跳舞……天哪！"旁边另一个战士低声答，仿佛被那样诡异的美所震慑，"他、他竟然在跳舞！"

"快出手帮少将！"只有潇没有被那种诡异的美吸引，抓紧了佩剑，颤声提醒大家，"少将受了很重的伤，快要支持不住了！"

不等众人出手，鲛人少女足尖一点，已经拔剑冲入了两人之间的对决。

"别过来！"瞥见潇那样地掠过来，云焕却是失声，知道以她的能力，一旦被卷入必死无疑，毫无益处，连忙厉声喝止。然而刚一分神，"咄"的一声轻响，他的手腕就被洞穿，光剑跌落。他连忙用左手接住剑，转过手腕连续格开三四条引线。

"哦，不错嘛，又来了一个。"苏摩看也不看来人，嘴角噙着冷笑，手指挥出，无形的网忽然扩大了，转瞬将潇也包入其中，"一起到我掌心中起舞吧！"

潇拔剑跃入，削向那些千丝万缕的透明的线，然而身形交错，她忽然就愣住了——是鲛人？是鲛人！那个和少将交手的人，竟然是个鲛人！

她还来不及多想，手上的剑已经触到了一根卷向她手腕的引线。那样纤细到看不见的丝线，只是一绕，却居然将她手里的剑铮然切为两截，直飞出去！

鲛人……鲛人怎么可能有这样的力量？

她踉跄后退，然而眼睛却是无法从对面那个傀儡师的身上移开——那样惊若天人的容貌，就算在鲛人一族里面也无人能出其右。难道竟然是多年来传说中的……

傀儡师微笑着击手，转身——背后衣衫的破碎处，露出黑色的腾龙文身。

那一刻，潇心中巨怔，几乎要脱口惊呼：是他！是他！这……这真的是百年前那个传说中的鲛人少年……海皇的觉醒……

潇被那样巨大的力量撞击，整个人往后飞出，然而眼睛直直盯着面前那个族人，震惊和猜测如同惊电在心中交错。她居然丝毫没有反应过来自己的身体已经要撞上那一张无形的网，无数锋利的细线即将把她切割成千百块！

死神的引线在风里呼啸，那一刹那，云焕来不及抢身过去救人，只好将光剑脱手掷出，顺着潇飞出的方向破开那张无形的网！

那一刹那，潇只感觉那些断裂的线宛如利刃划破肌肤，她全身刺痛，却已经从那个被苏摩操控的结界里飞了出去。

"少将！"背心重重砸到地面的刹那间，她终于恢复了意识，惊叫。

然而，手里失去了最后的兵器，赤手空拳的云焕旋即彻底落了下风。那些丝线从苏摩指间飞舞，在半空中越来越多地分裂开来，漫天都是银白色的光，仿佛厚厚的茧，将云焕的身形湮灭。

旁边沧流帝国的战士提剑冲过去，但是看得发呆，竟然无从下手，不相信世上有如此超出自然力量的东西存在——冰族建立沧流帝国后，将一切和宗教、神力、法术有关的东西通通销毁，严禁流传于民间，军队里更加是凭着机械力战斗，纵横整个云荒，从未遇到对手，那些战士自然也从未想过会遇到眼前的情形。

"是做梦吧……怎么会有这种事……"队长愣住了，看着面前奇异的一幕，晃晃脑袋，"怎么会有这样的事情……我一定在做梦……"

然而，话音未落，"噗"的一声，他眉心破了一个细细的血洞。

"少将！"潇跌落地面，挣扎着捡起那一把随着她落下的光剑，嘶声大喊，顾不得全身碎裂般的痛楚，再次奔过去，想要不顾一切地重新闯入他们两人之间的战场。

苏摩在这时终于往她的方向看了一下，眼神微微一变。

在这样九死一生的时刻，第一个拼死来救云焕的，竟不是冰族战士，而居然是一个鲛人同族？

已经看不见云焕的身形，那奇异的白色的"茧"中，沧流帝国少将的声音传出来，冷定如铁："快滚！送死无用，快回伽蓝城求援！"

"来不及！来不及了——我不回去！"潇已经看见有淡红色血从网中飞散，居然不听从主人的吩咐，重新冲了过去，"主人！我不能扔下你独自回去！"

苏摩冷笑了一声，忽地收回了一只手，对着鲛人少女一弹指，无数引线聚集起来，合并为一束利剑，直刺鲛人少女的胸口正中！

他低声冷笑："身为鲛人，还为了沧流帝国那么拼命？我倒想看看，你的心是怎么长的。"

潇只来得及把捡起的光剑尽力向云焕那边扔出，然而一抬头，就看见那若有若无的线化成了一道利剑，直穿胸口正中而来！她刚抬起手臂想要阻挡，手掌忽然间就被两根细细的线洞穿了，整个人被一股可怕的力量凌空提了起来，仿佛被提线操纵的偶人，无法动弹。

而聚集的那一束引线，宛如利剑般呼啸而来，刺向她胸口正中的心脏部位！

"叮！"千钧一发的刹那间，忽然间有另外一道白光掠过，齐齐截断集束的引线。一击之下，引线断裂，然而那道白光也被震得飞了开去，"当啷"一声落地——却是一只一尺长的银白色圆筒。

怎么，这个地方又出来了另外一把光剑？

苏摩诧然回顾，看到了那个掷出光剑救人的剑客，脱口道："西京？"

"不、不要杀她……她是汀的姐姐……潇。"显然是已经身负重伤，西京赶到战场上，一只手捂着贯穿身体的巨大伤口，另一只手用尽了全力掷出光剑，阻止苏摩，喘息着，"不能杀她。"

剑客再也支持不住，踉跄着停下来，将怀里抱着的鲛人少女放到了地上。汀的脸还是那样平静安然地笑着，全然不顾其他人落到她脸上的视线是那样沉重如铁。

"什么？汀……死了？"自从昨日后就没有看到她，苏摩此刻看到西京放平鲛人少女的尸体，脸色忽然间也是微微一冷，停住了手，不再攻击，而让那个网形成了一个结界，截住那些沧流帝国的战士，转向了西京，"是沧流帝国射杀的？"

西京无语点头，不知道该说什么好，喃喃道："她一直照顾我，我却没能护得她平安……但是、但是……"他的声音低了下去，手指用力抓着废墟下的泥土。

苏摩不说话，低下头去，俊美的脸上交错着闪过复杂的表情。

顿了顿，深深吸一口气，云荒第一的剑客忽然抬起了手，横起右臂，举过额头，对着鲛人的少主低下头去，断然道："但是，我想替汀完成她的愿望，用所有的力量，帮助所有的鲛人回归碧落海——苏摩少主，请接受我的请求！"

许久许久，只听到风在废墟中低语，卷起腥风，傀儡师没有说话。

在西京诧异地抬头时，忽然间身侧"唰"的一声响，蓝色的长发垂落在他眼前。

苏摩单膝跪地，对他深深俯首，回应他的礼节。然后，抬起手伸向空桑名将，握紧，阴郁的眼睛里有某种奇异的光芒，闪烁而锐利。沉默了片刻，他声音艰涩地开口，语气中居然有从未有过的战栗："你为汀向我低头……阁下，海国所有鲛人，都将感激你献上的力量。"

西京怔住，一直到苏摩冰冷的手握住他的手掌，他才惊醒——他没想过这个孤僻冷漠的傀儡师，居然会做出这样的举动。

毕竟还是鲛人的少主啊……

"那么，请你放了潇。"西京的手里都是血，滴滴顺着苏摩手指上的引线低落，空桑人抬头，看到被困在结界中的鲛人少女，"汀一定不希望她的姐姐死。"

"不可饶恕的背叛者。"苏摩的眼神慢慢变冷,空茫的瞳孔里凝聚起了杀气,"二十年前,听说就是她的出卖导致复国军一败涂地;二十年后,她居然加入征天军团来杀戮我们,包括她的妹妹汀!再三再四地背叛,不可饶恕!"

西京忽然不说话了——汀从未曾和他说过,她的姐姐在二十年前就背负着叛徒的恶名。这些年,她每一次说起潇,总是一脸对于长姐的依恋和景仰,数十年念念不忘。

"征天军团对所有服役的鲛人,都使用了傀儡虫。"西京看着被困在结界内,和云焕背对而立,时刻提防再度受袭的鲛人少女,声音黯然,"她们只会服从,不会反抗,变成了傀儡……她们无法选择自己的命运。"

这一回,轮到了苏摩沉默。

"汀一定不想让姐姐死去。"西京再度重复,因为重伤而涣散的眼神慢慢凝聚,"我会竭尽全力守护她的愿望。"

"你的意思是,我如果执意要杀她,你就得和我拼个你死我活了吗?"傀儡师忽然间不说话了,闭上了眼睛,许久才低声道,"那好。"

他的手指一收,一条引线忽然飞出,缠住了正在提着断剑防备的潇,"唰"地卷起,想将她扔出那个无形的网:"你,可以走了。"

"少将!"潇惊呼,然后发现那一条缠绕自己腰间的引线居然是没有力度的,只是卷起她,远远向着外围扔出。云焕眉头一皱,忽然间伸手在引线上一搭,身形飞出,挟起了潇,随着那一条引线飞掠开来。

"她可以走,但你的命还得留下,少将。"苏摩皱眉冷笑,手指间的光芒如同利剑刺向云焕。

然而,就在那个瞬间,云焕的手一横,光剑抵住了潇的下颌!

"住手!"西京陡然脱口,然而苏摩的眼里却是空茫的杀气,继续刺向云焕,丝毫不顾他挟持了一个人质。

云焕胸口被刺破的一刹那,光剑同时刺穿了潇的下颚,直抵脑部,血从鲛人少女颈中瀑布般流下。

眉头皱了一皱，苏摩终于不敢再继续刺杀，松手收回那些袭击云焕的引线，再度卷向潇，想将她夺回。然而，云焕却没有阻止他夺回潇的意图，身形片刻不停地掠出，离开苏摩控制的范围，同时松开了手。

潇被引线卷着，跌在苏摩身侧。

"想逃？"傀儡师嘴角露出一丝冷笑，看着带伤逃离的沧流帝国少将，手指一弹，漫天的引线忽然都归为一束，呼啸着聚集起来，追向云焕。

追上沧流帝国少将的一刹那，正待收回指间引线，忽然间，苏摩觉得身上一痛！想也不想地回手闪电般格挡，夹住了一柄刺破他肌肤的断剑——谁都没想到，在他身侧猝不及防出手的，居然是潇！

潇一击不中，便立刻被苏摩扼住了咽喉。然而因为那一延迟，云焕已经脱离了追杀，消失在废墟中，头也不回。

苏摩手掌加力，丝线勒入了她的血肉，嘴角浮起了冷笑。

西京心下雪亮，知道他要杀人，然而他已不知道自己还有无能力阻拦。

"我要把你的心挖出来瞧瞧，到底傀儡虫是啥样，能让一个鲛人这样死心塌地地为沧流帝国送命？"低头看着她，杀气让眸子更加碧绿，丝线缠绕上了潇的颈部，勒得她无法呼吸，"你的主人都已经不要你了，你还为他送命？！"

"我、我没有服……傀儡虫……"潇的下颚被刺穿，血流如注，说话的声音都已经含糊，然而她的眼睛却是冷醒的，完全没有傀儡所有的失神，看着鲛人的少主，"我……我自己愿意跟随他的……"

"什么？"听得那样的坦白，同时脱口的是苏摩和西京，震惊道。

"好呀。你厉害。"沉默，苏摩忽然笑起来了，带着说不出的诡异神色，"倒是叛离得彻底啊！很好……和你妹妹，完全走两条路。"

"呵，我已经不再有资格当鲛人……"潇大口呼吸，然而血还是倒着流入咽喉，堵住她的话语。她的眼睛微微落低，看到了一边西京怀里死去的鲛人少女，忽然间，苍白的脸上浮起一个微笑，"不……那也不是我妹妹……我不配有那样的妹妹……我只是、只是一个人……天地都背弃的人……"

"天地背弃……"听得那样的回答，苏摩的眼睛忽然微微暗了一下，他低下头去，许久，手上的力道微微一松，放开了潇，低声说，"如果我饶恕你以往所有的背叛，你会回到复国军中来吗？"

潇怔了一下，睁大眼睛看着面前的鲛人少主，不相信这样的自己居然还能得到赦免。沉默了许久，她忽然喃喃道："你……果然是'那个人'吧？鲛人的希望……海皇，龙神……我还以为那只是个传说。"

"不是传说。"苏摩对着她低下头，伸出手去，"愿意跟随我，来一起把它变成现实吗？"

潇怔怔看了傀儡师许久，忽然间惨笑了一下，缓缓摇头："不，请赐我一死，也不要让我忏悔——箭离开了弦，哪里还有回头的路。"

苏摩一怔，似没有想到这个鲛人如此执迷不悟："那么，如果我放你走，你会……"

"还是杀了我吧。"潇挣扎着对着鲛人的少主跪下，用流着血的手按着地面，低头，语气却是斩钉截铁，"如果我活着回到少将身边的话，还是会尽力助他在战场上获取胜利的！"

"什么？"西京本来只是静静听着，但是听到这里他终于忍不住喝止，"一个在战斗中把鲛人当作武器的人，你还要为他不顾性命？"

"这是我和主人之间早就协商好的策略。在绝境时，他会舍弃我断臂求生。"潇淡淡地说着，语气平静，无怨无悔，"在许多次的战斗里，这一招屡试不爽，已经奏效了好几次。"

西京心里大怔："这样的主人，你为何还要跟随他？"

"要知道，不是每个人都有汀那么好的运气……"潇忽然笑了起来，用悲哀的眼光看着西京，"我虽然是个天地背弃的出卖者，但我对于云焕少将的心意，却是和汀对阁下一般无异——请莫要勉强我。"

西京忽然间语塞。

潇抬头看着苏摩，眼里种种欢喜、希望、愧疚、绝望一闪而过，忽然再度低首行礼："或许我没什么资格叫您少主，但是还是要请您尽全力扭转鲛人的命运，让海国复生——虽然，那时候我定然会化为海面上的泡沫，无法在天上看见了……"

话音未落，她忽然拔起断剑，刺向自己的咽喉。

"嚓！"那个瞬间，凭空闪过细细的光亮，那把剑猛然成为齑粉！

"你可以走了。"苏摩的手指收起，转过头，不再看她，声音淡淡传来，"我会尽力为海国而战——到时候，也请你在云焕身边尽力阻拦吧！"

顿了顿，没有看潇震惊的表情，傀儡师只是低下了头，微微冷笑："这次为了汀，让你走，下次就要连着你的少将一起杀了……每个人都有自己的路，要背叛就背叛得彻底吧。"

漫天的夕照中，云层涌动，黑色的双翼遮蔽了如血的斜阳。

然而在返回帝都的风隼编队中，忽然传出了一个少女尖厉的哭叫声。一架风隼陡然剧烈震动了一下，仿佛内部有什么东西爆发开来——那个瞬间，周围的沧流帝国战士只看见有蓝白色的光芒一闪，然后那架风隼内发出了一阵惊呼，整个机械就开始失去了控制！

"副将！副将！"一边的战士大声叫，然而只看见铁川副将从窗口稍微探了一下头，嘶声大喊："皇天！皇天！皇天爆发了！"

然后风隼就如同玩具竹蜻蜓一样，打着旋一头栽了下去。

其他编队随之下掠，甩下带着抓钩的飞索，想试图拉住风隼的下落，然而飞索荡到最低点后陡然一重，仿佛被地面上什么东西抓住，迅速攀缘而上——等到看清从地面返回的居然是云焕少将时，所有人发出了一声惊呼。

"不许救援！立刻返回！立刻返回！"云焕踉跄着冲入了风隼，全身都是血，厉声命令，"立刻回去向巫彭大人禀告，并加派援兵！"

"是。"鲛人傀儡木木地答应着，迅速地操纵着。

桃源郡在身后远去，云焕站在窗口旁，看着底下苍茫的大地和如血的夕阳，忽然间仿佛有些苦痛地抬起了手，扶住额头，看着血从眉心和指尖一滴滴落下。

并肩战斗了那么些日子，终于还是舍弃了吗？

潇……你可曾怨恨我？

愤怒和悲哀，催起了皇天巨大的力量。

那一道蓝白色光随着少女能杀死人的眼神一起爆发开来，瞬间弥漫了整个舱内。沧流帝国的战士反应都是一流的，迅速躲闪和拔剑，然而靠近那笙的那几个士兵依旧被击穿了心口，立刻死去。

然而，操纵风隼的鲛人傀儡并不能如同沧流战士那样迅速躲开：她们被固定在座椅上，直至生命的最后也不能离开——皇天发出的巨大破坏力量，瞬间将鲛人傀儡杀死在操纵席上。

风隼失去了控制，直直坠向地面。

那笙哭叫着，第一次感到心中充满了绝望和杀气，恨不得将此刻所有的沧流帝国军队化为灰烬！她想哭，想叫，想骂人，甚至杀人——然而在这样混乱的场面里，她根本控制不住自己的身形，宛如大果壳里的一枚小坚果，跌跌撞撞地在风隼内滚动。

速度越来越快，越来越快，木头和铝制的外壳在如此的速度下已经超出了极限，发出焦臭的气味。里面的沧流帝国战士都已经感到了天旋地转，但毕竟是经过严格训练、身经百战的征天军团，这样紧急的情况下，还有人记得按照演武堂里教官的教导，迅速扯起一面"帆"，从急速坠落的风隼中跳了出去。

那笙的手脚被捆绑着，根本无法活动，剧烈的震动中她上下翻滚颠簸着，浑身被撞得乌青。然而她的眼睛里丝毫没有临死的恐惧，只是愤怒倔强地睁着，头一下下地乱撞在各处，咬着牙，刹那间喃喃自语："混账！我杀了你们……杀了你们……杀了你们！"

就在愤怒聚集到最高点时，蓝白色的光芒再度闪耀。

那个瞬间，破损的风隼彻底四分五裂，里面的人宛如一粒粒豆子，从高空上撒了出去，跌向百尺之下的大地。

那笙从九天之上摔了下来。夕照的余晖洒了她满身，天风在耳边呼啸，如血的云朵一片片散开和聚拢……

一瞬间，那笙充满杀气和愤怒的心忽然稍微平静了一下，睁着眼睛，眼角瞥见的，还有那座似乎能触摸到天上的白色的巨塔……那样的飞速下落中，仿佛时空都不存在。那一场光怪陆离的云荒之梦啊！原来，便是这样的完结？

"嚓！"忽然间，仿佛有什么东西拦腰抱住了她，去势转瞬减缓。

"谁？"那笙睁开眼睛，脱口问。

然而四周只有风声，大地还在脚下，哪里有一个人。

腰间的力量是柔软的，托着她，往斜里扯动，减缓她下落的速度——她下意识地摸向腰间，忽然手指就触摸到了冰冰凉凉的东西，宛如丝绸束着腰际。

烧杀掳掠过去后的废墟里，叠加的尸体堆的顶端，一个小小的偶人坐在那里，咧开了嘴，似乎饶有兴趣地看着天空那个越来越大的黑点，手臂抬起来，"咔嗒咔嗒"地往回收着线，拉扯着飘落的那笙，仿佛放着一个大大的风筝。

那一架风隼打着旋，终于在远处轰然落地，砸塌了大片尚自耸立的房屋。

同时，沉重的"嘭嘭"声传来，几个从风隼内跳出逃生的沧流帝国战士落到了地面，虽然跳落的时候张开了"帆"以减缓落下的速度，然而离地的距离实在是太近，落到地上的时候已经折断了颈骨，成为支离破碎的一堆。只有一个家伙比较幸运，跌在一具尸体上，尸体顿时肚破肠流，而那个人也哼哼唧唧地站不起来。

看到这些，偶人似乎感到欢喜，坐在尸山上踢了踢腿，手臂却是"咔嗒咔嗒"地继续往里收。天空中的黑点越来越大——偶人忽然有了个淘气的笑容，忽然间就把手一放，引线骨碌碌地飞出，那个"风筝"直坠下来。

"阿诺，你又调皮了。"忽然间，一个声音冷淡地说，细细的线勒住了偶人的脖子。

偶人的眼皮一跳，被勒得吐出了舌头，连忙举起手臂，将线收紧，让那个直坠下来的女子身形减缓速度，最终准确地落在另外一堆尸体上，毫发无损。

"那笙。"西京勉力捂着伤口上前，扶起少女，"你没事吧？"

那个明艳娇憨的少女脸色苍白，满是泪水，嘴唇不停地哆嗦着，说不出一句话。

"那笙？"怀疑女孩是否在沧流帝国手里受到虐待才会如此，西京再度晃着她，关切地问，"你怎么了？说一句话！"

"西、西京大叔……你还活着？"被用力晃了几晃，失魂的少女终于认出了面前的人，忽然间，就"哇"的一声大哭起来，"大叔，炎汐……他死了！炎汐死了！炎汐他死了！"

"你说什么？"两个人同时惊呼，连苏摩的脸上都有震惊的表情。

那笙哭得喘不过气来——从中州到云荒的一路上，经历过多少困苦艰险，她从未如此刻般觉得撕心裂肺的绝望和痛苦，她捂住脸，哭得全身哆嗦："炎汐、炎汐被他们射死了！那群该死的浑蛋，射死了炎汐！"

"左权使死了？"喃喃地，苏摩茫然脱口，忽然间心中有萧瑟的意味——鲛人是孤立无援的。千年来那样艰难的跋涉，多少战士前赴后继倒下，成为白骨……而那一根根白骨倒下时的方向，却始终朝着那个最终的梦想。

一直以来，独来独往的他并不想成为鲛人的少主、复国的希望。可是，在那么多同伴的牺牲之下，即便生性冷酷如他，却也感受到了内心极大的震撼。

西京看到少女这样痛哭，不知道说什么好，只是轻轻拍着她的肩头。

"我要去找他……我要把他找回来……"哭了半天，那笙忽然喃喃自语，抹着泪站了起来，自顾自地摇摇晃晃走开，"他说过，鲛人死了都要回到水里……化成水汽升到天上去，变成闪耀的星星……不能，不能把他留在这里……"

她茫然自语，低下头胡乱地在烧焦的废墟里翻动着，不顾尚自火热的木石灼伤她的手。泪水一连串地从脸上流下，滴落在冒着火苗的废墟里，发出"吱吱"的响声，化成白烟。

苏摩在一边注视着，没有说话，微微低下了眼帘。

"那个傻丫头……到了现在这个时候，到底知不知道自己为什么难过？"西京忽然捂着伤口，苦笑起来，喃喃说了一句。

"已经结束了……她永远不要明白便好。"苏摩忽然接口，冷冷地说了一句，"否则箭一离弦，心便如矢，一去不回。"

西京陡然一怔，眼光亮如剑，抬头看向鲛人傀儡师。

然而苏摩已经转开了头，走过去，用脚尖在尸体堆中踢起了一名方才从半空跳落的沧流帝国战士："别装死！起来——你们在哪里射死了炎汐，快带我们去找！"

脚尖踢到了断骨上，奄奄一息的沧流帝国战士猛然清醒过来，呻吟道："炎汐？谁……我们、我们射死了……很多人……"

"炎汐！那个最后逃出来的蓝头发的鲛人！被你们射穿心脏的！"苏摩将那个伤兵拉起，恶狠狠地问，"在哪里？！"

"最后、最后逃出来的那个……"伤兵喃喃自语，仿佛想起了什么，抬起已经骨折的右手，指指街的尽头，手臂软软垂了下来，"在那个药铺里吧……不过、那个人、那个人并不是鲛人……而是黑头发的……中州人……"

"哦？不是鲛人？"苏摩忽然间就有些沉吟，不知为何眼里有一丝隐秘的惊喜意味。放开了手，扔下那个人，拉起那笙不由分说就往那边掠过去，"快跟我去那里找炎汐！"

"嗯？"那笙抽噎着，但是也被苏摩冰冷的手陡然吓了一跳——这个傀儡师还从未曾这样主动接触过她，怎能不让她心头一惊。

她被拉着奔跑，转瞬就到了街角那个被烧毁的药铺里。

炎汐……炎汐就是为了引开那些人，用尽全力逃到了这里，然后被劲弩射穿了心脏？想到这里，那笙就不由得全身微微颤抖，捂住了眼睛，不敢去看。

"不在……果然不在这里。"苏摩在废墟间转了一圈，空茫的眼睛里陡然也闪过了亮光。

"不在这里吗？"那笙舒了一口气，立刻感到更加地难过，忍不住带着哭音问，"连尸首都找不回来了吗？我一定要找到他……一定要找到他！"

"是，一定要找到。"傀儡师看着少女哭泣的脸，微笑起来了——这一次，他的笑容居然没有一丝一毫阴郁邪异，明亮而温暖，拍了拍那笙的肩，忽然转身，拍了拍手，对着四周坍塌的废墟大声喊："炎汐！出来！已经没事了！出来！"

"啊？！"那笙吓了一跳，抬头看着那个诡异的傀儡师，抹泪道，"你、你会叫魂吗？"

"比叫魂更厉害，能把死人都唤醒过来。"苏摩嘴角忽然有了一丝转瞬即逝的笑意，继续呼唤左权使的名字，"炎汐！出来！战斗结束了！"

然而，声音消散在晚风里，废墟里只有残木"噼啪"燃烧断裂的声音。

傀儡师从来冷定的脸终于有了一丝诧异，低语："难道我推断错了？他真的死了？"

那笙本来已经惊诧地停住了哭声，怔怔看着这个叫魂作法的傀儡师，不知道他准备干吗？然而听到他最后的自语，终于再度哭了出来。

苏摩的眼睛又恢复到了一贯的茫然散漫，不再说什么，转过身离去。

"少、少主……"忽然间，一截成为焦炭的巨木簌簌落下，露出被掩藏的墙角。那里，一个浑身熏成黑色的人抬起了头，显然是用尽了全力才发出声音来，"我在这里……"

"哎呀！"那笙一时间被吓得愣住，根本没认出面前的人，然而等对方抬起眼睛看过来的时候，转瞬就认出那熟悉的眼神，她一下子大叫起来，扑了过去："炎汐！炎汐！炎汐！"

"轰"的一声，屋角那一截残垣经不起这一冲，轰然倒塌，炎汐失去了支撑，往后跌靠在地面上。还好苏摩反应快，手指一抬，在那笙重重落到炎汐身上前用引线扯住了她，才避免了劫后余生的左权使被莽撞的少女压死。

那笙用力扭着，然而终究无法摆脱那该死的引线，被吊在半空，保持着倾斜的角度，努力伸手去够面前的人。俯视着废墟中那双依然睁开的眼睛，她的眼泪扑簌簌掉下来，伸出手一把抱住炎汐，大哭起来："你还活着？你还活着！吓死我了啊……他们都说你被射死了！"

"别、别这样……"被抱得喘不过气来，没有力气说话的人只能吐出几个字，"我没事。"

"你吓死我了！真的吓死我了！"那笙又哭又笑，眼泪不停地落下来，"我还以为你被他们一箭穿心杀了呢！害得我……你骗人！你骗人！"

"哪里……是因为他们不知道我是……鲛人……所以……"炎汐抬起手来，捂着左胸上那个伤口——巨大的贯穿性创伤，几乎可以看见里面破裂的内脏，他的声音也衰弱至极，"所以他们按人的心脏位置……射了一箭……就以为我死了……"

那笙又惊又喜，不可思议地问："难道鲛人、鲛人的心不在左边？"

"在中间啊……"炎汐微微笑了笑，咳嗽，吐出血沫，"我们生于海上……为了保持身体完全的平衡……生来、生来心脏就在……中间。"

"啊……"那笙一声欢呼，大笑着极力低下头，侧过脸将耳朵贴在那焦黑一片的胸膛正中，听到了微弱的跳跃声，大叫，"真的！真的哎！你们的心脏长得真好啊！"

苏摩微微蹙了蹙眉头，转开了头去，冷冷道："没事了，大家快回去。那边还有很多事需要赶紧办。"

"不回去，不回去！我还要跟炎汐说话！"那笙嗤之以鼻，根本不理睬傀儡师，继续伸出手抱着炎汐，将耳朵贴在他胸口正中，满脸欢喜地听着那微弱的心跳声，"我有好多话要和他说！"

"回去再说！"苏摩看不得那样的神色，陡然间脸色便阴郁下来，厉声道，"天都要黑了！再不拿着皇天回去，白璎要出事！"

"啊？白璎姐姐？"听到这个名字，少女倒是愣了一下，冒着"圈圈"的眼睛也渐渐平静明白过来，不情不愿地站起身来，"我去就是，凶什么凶嘛。"

炎汐用手撑着地面，努力坐起："听、听少主的吩咐……先回去再说。"

那笙小心翼翼地拉起他，发现他身上到处都是烧伤和箭伤，忽然间鼻子又是一酸，哭了出来："才不！才不等回去！我现在就要说！"她猛然往前一扑，用力抱住炎汐，将脸贴着他的胸口，大哭道，"我喜欢炎汐！我喜欢炎汐啊！我最喜欢炎汐了！你如果再死一次的话我就要疯了！"

那样的冲力，让勉强坐起的人几乎再度跌倒，然而鲛人战士看着扑入怀中的少女，愕然地张开双手，有些僵硬地不知道如何回答。

"我要和炎汐一直在一起……"那笙把鼻涕眼泪一起蹭在人家衣服上，满心欢喜地抬起头来，毫不脸红地脱口说，"我要嫁给炎汐！"

炎汐的脸被烟火熏得漆黑，看不清他脸上的表情，然而那深碧色的眸子里却忽然闪过了微弱的苦笑，僵硬的双手终于回了过来，拍拍那笙的肩膀，拉开她："不行啊。"

"为什么不行？"那笙怔了一下，抬头问。

"因为……我不是男的。"炎汐笑了笑，拍拍她的肩膀，"一早就跟你说过的。"

"胡、胡说！你明明不是女的——怎么也不是男的？"那笙涨红了脸，大声反驳，忽然"哇"地大哭起来，"你直说好了！你不要我嫁给你，直说好了！"

　　"唉……"真是不知道说什么好，炎汐求助地看向一边的少主。

　　苏摩眼里有复杂的情绪，忽然不由分说地一挥手，将那笙从炎汐身畔拉起来，扯回到自己身边，冷然道："鲛人一开始就是没有性别的，难道慕容修他们都没有和你说？快走快走，不许再在这里磨磨蹭蹭！"

　　夕阳终于从天尽头沉了下去，晚霞如同锦缎铺了漫天。

　　在连伽蓝白塔都无法到达的万丈高空，三位女仙坐在比翼鸟上，俯视着底下大地上血与火的一幕幕，闭着眼睛，仿佛在细细体会着什么，眉间神色沉醉。直到风隼飞走，战火熄灭，才睁开了眼睛，眼里隐隐有泪水。

　　"看到了吗？那就是凡界的'人'啊……"魅婀喃喃叹息。

　　"多么瑰丽的感觉——那种种爱憎悲喜的起伏……简直就像狂风暴雨一样逼过来！"慧珈眼角垂下一滴泪来，"他们活着、战斗，相爱和憎恨……多么瑰丽啊……人心，是永远无法比拟的。"

　　曦妃低着头，没有说话，梳着自己那一头永远不能梳完的五彩长发，微微抖动着，让长得看不见尽头的发丝飘拂在天地间，形成每一日朝朝暮暮的霞光。

　　许久，她拈起了白玉梳间一根掉下的长发，吹了口气，让它飘向云荒西南角正在下着雨的地方，化成一道绚丽的彩虹。

　　"你们……在羡慕那些凡人吗？"曦妃低着头，扯着自己的头发微微冷笑，"我们云浮翼族，经过多少万年的苦修，才换来如今'神'的身份，本来都已经把自己所有的七情六欲、喜怒哀乐都磨灭掉了——但是，你们却在云端羡慕那些蝼蚁般活着的凡人吗？"

十五 · 鸟灵

外面残阳如血，一时一刻都有生死剧变。然而房间内却是黑暗一片，安静沉闷。

"唉……外面听起来好像很热闹啊！"黑暗的房间里，和年轻珠宝商人进行了几个时辰的长谈，在慕容修低头思考的间隙里，真岚在一片漆黑中侧过头，听着外面呼啸的声音，有些不甘心地喃喃，"而我居然只能在这里浪费口水。"

"皇太子殿下刚才所说甚是。"迟疑片刻，慕容修还是无法下定决心是否应承空桑皇太子的提议，讷讷开口，"但是在下前来云荒时身负家族重托，如果三年内不见在下回去，慕容家便会更换长子，到时候家母……"

然而那样一大堆的理由刚说了十之二三，他才发现真岚根本没有在听。空桑皇太子在对着他进行了那样长时间的游说后，此时却在黑暗里自顾自地低下头去，拉开低垂的帐子看着里面尚无形体的白色流光。

那无形无质的白色在黑暗的房间内流动，微弱的光照亮斗篷中空桑皇太子的侧脸，一贯开朗到没心没肺的眉目之间却全是焦急。

"天都快黑了，怎么还没凝聚？"真岚的手里拿着那一枚后土，喃喃道，"白璎，你该不会真的完了吧？快好起来呀！"

然而奇怪的是，那枚后土戒指被他握在手里，仿佛感到极大不安一样，凭空跃起，想要挣脱他的手。真岚只有一把将戒指握紧在手心，安放到失去形体的白璎身侧，再度将帐子拉下来。

做完了这一切，真岚这才回过神，看着慕容修："我也不过是提议，至于肯不肯帮我们，全在于你，不过……"说到这里，空桑皇太子微微顿了一下，嘴角浮出一丝笑意，意味深长，"我看过你们中州人的史书——你们中州第一个帝国'秦'开国的时候，有个巨贾叫吕不韦，是吗？"

这样忽然跳开的题外话，让慕容修愕了一下，然后若有所思地沉默了下去。

就在慕容修心动，真岚等待答复的时候，漆黑的房间陷入一片凝滞的沉默。忽然间，密闭的空间仿佛有微风忽然流动起来，低垂的帐子无声无息地朝着四面拂开，似乎里面有微风四溢而出。

"白璎！"在帐子被吹开的一刹那，真岚脱口惊呼，脸色瞬间苍白——怎么了？难道是……难道是忽然涣散了？外面应该到了日落的时候，为什么她还不见凝聚？

他有些焦急地想过去探视垂帘下的无形冥灵，然而陡然间发现自己的身子失去了力量的支持。

外面，红日陡然一跳，从云荒大地尽头消失。

在日夜交替，真岚力量消失的刹那间，那一袭人形直立的空心斗篷瞬间瘫软。与此同时，帐子"唰"地分开，一双手伸了出来，在黑夜里接住了滚落的人头和断臂！垂帘内伸出苍白手臂的右手中指上，那枚后土神戒熠熠生辉，发出照亮黑暗室内的光芒。

那样的光芒中，慕容修隐约看到了极为诡异的一幕：和自己说话的空桑皇太子陡然瘫软，头颅和右臂直滚下来。那一瞬间，中州来的珠宝商人感到说不出的寒意，脱口发出了一声惊呼，踉跄着后退到了门边。

"你怎么才恢复过来？"落在冥灵女子虚幻的臂弯间，真岚的头颅却仿佛松了口气，抱怨道，"现在没事了吗？"

在掉落的头颅开口说话的一刹那，慕容修几乎不相信自己的眼睛和耳朵，只感觉心里的寒意一层层冒上来——这些人……这些空桑人，怎么都如此诡异？他们到底还是不是人？这个瞬间，他再也顾不得方才真岚对他的提议，想也不想，背着篓子拉开门，拔脚就逃离了这个黑暗的密室。

"哎，别跑啊！"真岚一见慕容修离去，脱口道，"别怕！我只是……"

"哪个人见了你这样能不怕？"那一双手臂将头颅抱起，抬手拉开了抓着自己肩膀的断肢，一并将空了的斗篷放好。黑暗中，纯白色的女子微笑着低下头来，帮他将额头上散落下来的发丝捋顺。

"你难道怕？"以指代步，断肢在榻上四处爬行，想出去拉回中州珠宝商，但是在开着的门外面，天色已经完全黑了，真岚只觉自己毫无力气。头颅无法移动，在榻上翻起眼睛看着刚刚凝聚回来的冥灵女子，没好气地嘟囔。

"我可不是人。"白璎微笑着低下头，用斗篷打了个包，将头颅和断肢一并卷起，有些焦急地问，"外面怎么了？那笙和皇天可平安？是我连累了你吧？苏摩的'十戒'好生厉害，我被震散了魂魄，几乎都无法恢复过来。"

"那笙那个丫头……应该没事吧。"斗篷迎头兜下，真岚极力挣扎，不想被妻子打包卷起，"我还没有感应到'皇天'有危险——而且有西京和苏摩出面保驾，即使征天军团和云焕也奈何不了她吧？"

"苏摩保驾？"白璎拉着斗篷的手顿了一下，诧异道，"怎么可能？他对任何与空桑相关的人和事都恨透了，不杀那笙已经算是仁慈……他去保护那笙？"

断臂拨拉着，终于将斗篷撕开一个口子，头颅冒了出来，大口喘气，然而眼睛里却有奇异的笑意，道："是啊，他出马去保护那笙了——因为我和他说，如果不带回皇天来给你疗伤，你就会魂飞魄散再也无法凝聚……"

"胡说。"白璎诧然反驳，"用不着皇天，只要日落，我便可以在黑夜中复生！你为何要……"

然而，话说到这里，她蓦然顿住了，明白过来，微微垂下了眼帘，看着榻上真岚的脸，也不知道是什么样的表情，低声问："你……骗他？"

"嘘……"真岚悄声说，"千万千万别被他知道——你知道后果的。"

外面厮杀声已经沉寂，只余下断壁残垣在继续燃烧的"噼啪"声，火光映照在室内，影影绰绰。头颅仰望着已经没有实体的冥灵妻子，纯白色的女子也垂下眼帘看着他——那个相对凝视的一刹那，沉默的空气中仿佛汹涌着复杂的暗流。

"嫌恶了吗？觉得我利用了他？不过，现下这种情况，必须借助于他的力量才能渡过难关。"沉默中，明知自己是触动了那最不该触动的禁忌之弦，空桑皇太子仰起脸看着太子妃，却是笑了笑，"我终究是空桑人的皇太子，这个身份你我都该记住——我不能不做一些事。"

白璎没有说话，也只是低头看着真岚，虚幻的脸上看不出表情。

"我知道。你终究不能一直嘻嘻哈哈……"许久许久，仿佛连外面"噼噼啪啪"的燃烧声都听不见了，窒息般的沉默里，白璎扬起了头，淡淡道，"就像我终究不能一辈子做不切实际的梦——无色城里不见天日的十万亡民，这才是我们必须面对的。我能理解你的做法。"

是的。百年后，成为空桑皇太子妃的她，毕竟已不是当初那个从伽蓝白塔上一跃而下的少女。

听到那样的回答，头颅脸上忽然有了个长舒一口气的表情，方才勉力保持着的平静笑意撤掉了，换了一个倦极而欣慰的笑，断臂抬起，轻轻覆上白璎戴着后土神戒的手："很幸运，还有你和我一起并肩战斗。"

"说这种话……活脱脱就像千年前的星尊大帝和白薇皇后。"百年来结下的默契，包容了方才的小小不快，白璎忍不住微笑，想起了自己在伽蓝白塔上接受皇家礼节训导时，听过女官讲述《六合书·往世录》里面关于空桑开国帝王和皇后的传说——

> 沧海横流，帝与后起于寒微，并肩开拓天下。白薇皇后为人刚毅，常分庑佐帝左右。六合归一，毗陵王朝兴，帝携后同登紫宸殿，分掌云荒。后有兄二人，皆为王为将，一时权倾天下。帝尝私语后曰："与汝并肩于乱世，幸甚。"
>
> 后薨，时年三十有四。帝悲不自胜，依大司命之言造伽蓝白塔，日夜于塔顶神殿祷告，希通其意于天，约生世为侣。帝在位五十年，收南泽，平北荒，灭海国，逐冰夷。震古烁今，然终虚后位，后宫美人宠幸多不久长。常于白塔顶独坐望天，郁郁不乐。垂暮时愈信轮回有验，定祖训，令此后世代空桑之后位须从白之一族中遴选。

那样的传说，是空桑皇室代代流传，为历代帝后恩爱的典范。

当年自己才十五岁，在远离所有人的万丈绝顶上，面对不可知的未来，教导女官给她读了这一段。直到听得这样的故事，她的心里才有了一丝希冀——原来，空桑还有过这样美满的皇室婚姻？

那么，自己的一生或许也还有幸福的可能。

然而少女不曾想过，如今已非千年前的开国岁月，在承平安逸的盛世里，在每一次联姻都成为权力构成变动契机的时候，无法反抗地被推到一起的两个人，又怎能像星尊帝和白薇皇后一样有着起于寒微的深情厚谊？历代有多少骄奢跋扈的皇太子和娇弱尊贵的白族郡主即使相伴了一世，又哪里有半分真情。

就像她和真岚，刚一开始的时候还不是……

没料到，生死转换，天崩地裂，到最后仿佛历史重演，只剩得他们两人不得不相依为命，并肩面对所有厄运。

"星尊帝和白薇皇后？谁要像他们那样？"

神思被那一句话触动，忽然间就如风般飞到了千年前。把她神思唤回的是真岚沉声的一句话，竟仿佛触动了痛处，带着十分火气。白璎一怔，低头看真岚。忽然看到他平日里从容开朗的眉宇间，居然带了深深的恐惧和憎恶："别再说这样的话，我俩绝对、绝对不可能像他们的！"

被那样激烈的语气吓了一跳，白璎一惊，随即苦笑："是了……我怎么能和白薇皇后比。她辅佐大帝开创帝国，而我拥有后土神戒，却扔下国家不管不顾，让冰族趁机攻入……亡国罪人，怎么和皇后比？"

再一次听到太子妃这样自责的话，真岚忽然沉默，眉间神色却颇为奇怪，仿佛是想说什么却终究没说出口。许久，只是道："我跟你说过多少次了，不必自责，那都是注定的。而且'后土'它其实并不……"

话音到此中止，一个清清脆脆的声音打断了伉俪间的低语——

"啊呀，太子妃姐姐，你还好吗？"光线微弱的房间里，随着脆响扑过来一个黑黑的影子。那笙从外面跑了进来，急切间被地上杂物一绊，便向着榻前跌下。

然而她只觉手臂一紧，身子在磕上床角之前已经被人拉住——那只拉住她的苍白的手上，一枚和她手上皇天一模一样的戒指熠熠生辉。

"太子妃姐姐！"她惊喜地抬起脸，便看到了白璎苍白秀丽的虚幻的脸，脱口欢喜地叫，"哎呀，姐姐你没事？吓了我一跳呢，苏摩那家伙说你快要死了，得把这只皇天带回来给你治伤，害我一路跑来就怕来不及！"

"苏摩……"听到那个名字，白璎不置可否地笑笑，拉着那笙站了起来，看着满身血污蓬头乱发的少女，叹息道，"你吃大苦头了吧？都是我们空桑人连累了你。"

"哪里的话。没有那只臭手帮我，我早就变成慕士塔格上面的僵尸了……呃！"那笙一听到别人感激的话就浑身不自在，连忙分辩，然而说到最后眼前浮现当日雪山上的情形，不自禁打了个寒战，全身发毛，吐舌头，"我没读过多少书，但也知道知恩图报啊！"

白璎看着她明亮的笑靥，忽然间不知道说什么，只是紧了紧对方的手。从来最真的心，最容易被利用和践踏……只求这一次，不要太过为难这个孩子了。

"太子妃姐姐你真的没事吧？"感觉到了覆盖在她手上的手微微颤抖，那笙诧然抬头，将手上的皇天抬起递过去，"苏摩说你要靠这个疗伤，是不是？这个能帮你什么吗？"

"谢谢。"白璎不知该如何回答，只是点点头，"我没事了。"

"苏摩和西京呢？"两个女子对话的间隙里，忽然间黑暗中一个声音发问，"他们两个怎么样了？"

"在外面呢。苏摩让我一个人进来，他在外头给西京大叔治伤。"那笙下意识地脱口回答，等说完了才看到问话的真岚，吓了一跳，"哎呀呀！臭手？是你？怎么回事……怎么你也在？你、你的头和手一起来了？"

"嗯，嗯。一起来了。"听得那样奇怪的问候方式，真岚苦笑起来，抬起断手抓抓头发，含糊道，"我来找白璎……顺便办点事。西京受伤了？"

"是啊，他和沧流帝国那个少将打了一架，伤得很重！"那笙一想起西京和汀，明亮的眼睛就暗了下去，顿了顿，她带着哭腔开口，"汀……汀死了！汀被那群沧流帝国的人射死了！西京大叔很难过……"

"汀？"真岚尚未见过汀，但是白璎却记起了那个出去头酒的鲛人少女，诧然站起，"汀死了？那师兄他……天，我得去看看。"

"我也去。"在白衣女子拉着那笙转身的时候，仿佛生怕自己被落下，榻上的头颅开口急唤，"带我去，我要见西京那小子！"

白璎闻声回头，利索地卷起斗篷打了个包，将断臂包好带上，却伸手将真岚的头颅抱起，拉开门走了出去。

用灵力连续给西京和炎汐愈合伤口，加上白日里和云焕的那一场激斗，站起身的一刹那，傀儡师用手按住了自己的胸口，压下了咽喉里涌起的血气——毕竟是鲛人的身子，无论精神力有多强，这个身子却依然那样脆弱。

"少主？"一边的如意夫人连忙扶住他的肩膀，美艳的脸上满是长辈般的担忧。她方才抽身出去转移有关复国军的一切资料，然而等她回来，就看见整个南城都成了修罗场！在她生活了几十年的地方，方圆三里内所有的房子、所有的人，甚至所有的牲畜全消灭了……那样的惨相，不啻人间地狱。

沧流帝国——在看到汀尸体的刹那，如意夫人咬破了嘴唇才忍住没有流泪——连泽之国的百姓都这般屠戮，那么在那些冰族看来，鲛人更加等同于蝼蚁般的存在吧？千年来，他们一族从未停止过抗争，然而面临的压制和奴役却越来越残酷。

是不是该到了动用这个东西的时候了呢？

如意夫人暗自握紧了怀中的金牌——高舜昭总督赠予的双头金翅鸟令符贴着她的心口，仿佛昔日情人最后给予的温暖和照顾。握有这面象征属国最高权柄的令符，居于泽之国的她大约不会有安危之忧，生活安逸舒适，远远优越于所有同族。然而……她能看着其他族人不管吗？可惜，以她的力量，即使拼出命来，又能对复国军有多大帮助？

想到这里，如意夫人转过头，看到了为炎汐疗伤完毕的苏摩正走入外面的夜幕。

"少主？你去哪里？"她忍不住唤了一声。

苏摩头也不回，只是冷冷回答："外边。"

"万一碰到泽之国的军队……"料想着桃源郡的官衙定会派人来清扫残局，如意夫人不禁担忧，想要劝阻这个我行我素的鲛人少主。

"去哪里都好，我在房里待不下去。"傀儡师淡淡扔下一句，提着偶人，自顾自地离开了房间，走入夜幕，"让我一个人静静。"

房里怎么了？如意夫人回过头去，看了看室内：那里，白璎正站在师兄面前殷殷问候，西京脸上有苍凉的笑意，却因为看到师妹平安无事而有些释然。另一边，那笙拉住了本来要夺门而出的慕容修，好不容易才让他惊惶的情绪安定下来，又扑到了养伤的炎汐身边问长问短，毫不介意对方的尴尬。

房里是一团死里逃生的狂喜气息，所有人都到了自己最关切的人身边，脸上带着劫后余生的欣慰表情。

——就是那样的一幕，才让少主待不住吗？

黑夜如同浓墨般裹住了傀儡师的身形，阿诺"咔嗒咔嗒"地跑着，仿佛在这样漆黑的夜色和如山的尸首中感到分外欢跃，回头对着如意夫人咧嘴一笑。

如意夫人回过头来，怔怔地看着苏摩消失在夜色中，忽然间就有些恍惚。

她发现，在过了百年之后，她已经再也不能了解这个她曾一手接生并且带大的鲛人少主。离开云荒的一百多年的流离中，苏摩少爷又经历过多少事……那个内向敏感却善良体贴的孩子，居然变成了如今这样。

而且阿诺，那个阿诺……居然长得这么大了？

"那个阿诺，到底是个什么东西？"她脱口喃喃，忽然激灵灵打了个冷战，不敢再想下去。

"如意夫人，您还好吗？"在赌坊老板娘出神的时候，忽然间听到了背后女子清冷的问话。如意夫人诧然回头，就看见从房中走出的白衣女子。

"我没事。多谢白璎郡主关心。"如意夫人回过头，对上了这个冥灵女子，陡然心里一阵复杂地绞动——这个女子……这个百年前从白塔上"堕天"的女子，她身上那样微妙的身份和过往，总是让每个鲛人在看到她时就有复杂的情绪。

"郡主不去陪西京大人吗？"没有回答对方的提问，如意夫人微笑着岔开话题。

"去看过了……真不知道该说什么，第一次看见师兄那样难过。"白璎微微苦笑，摇了摇头，"留下真岚陪着他，两个大男人之间说话总比我自在些。"

"真岚？"听到这个名字，如意夫人脱口低低惊呼——空桑人的皇太子？他也来到了桃源郡？他是为了不能脱身的妻子而来吗？可是，为何方才房间里却没有看到多一个人？

然而，说完了这些，白璎追问道："夫人，你刚才说苏诺长大了？怎么回事？"

"这……"如意夫人沉吟，许久只是道，"也好，其实这也是我一直担心的。我觉得很奇怪，苏摩少爷这一次回来，似乎很多地方都不一样了。他居然说苏诺是被空桑贵族害死的……"

"为什么？难道苏诺不是这样死的？"白璎诧然问。

"因为苏诺少爷根本没有活过！"如意夫人握紧了手，身子忽然一颤，仿佛感觉到了什么莫名的恐惧，"白璎郡主，你不知道当年苏摩少爷刚生下来的时候有多么古怪——他一生下来，背后就有一块巨大的黑斑，而且胸腹部有巨大的肿块，看上去非常可怕。所以在东市里关了四十几年，受尽凌辱苦楚，一直没有买主买他。"

"四十几年……"白璎喃喃重复，想象着鲛人婴儿被关在笼子里叫卖的情形，陡然身子也是一震。在伽蓝白塔顶上，第一次看到被牵上来玩傀儡戏的鲛人少年时，她就猜测什么样的过往，才会让这个孩子有那般漠然的表情。然而，现在才是第一次得知他的身世。

原来，虽然百年前有惊天动地的往事，少年的他们却从未真正了解彼此。

"那时候我照顾着东市里那些待售的鲛人孩子，待他们如自己的孩子，最后却只能看着他们一个个被买走——你也知道，你们空桑贵族有的就是喜欢孩子。"如意夫人淡淡回顾着往事，用波澜不惊的语调，然而那样的陈述，却让身为空桑人的白璎羞愧难当，"可是苏摩少爷被关了四十几年，始终不能离开那个笼子。鲛人孩子的眼泪细小，做碎珠子也不值几个钱，如果不是货主看到他有一张惊为天人的脸，早就挖出他的眼睛做凝碧珠了！"

"后来货主找了个大夫来，想治好苏摩少爷奇怪的病。那个大夫看了说，背后的黑斑是消不掉了，除非将整个后背的皮剥下来。但是胸腹中巨大的肿块，或许可以剖出来。"如意夫人看到白璎诧异的眼神，微微一笑，抬手做了一个"切开"的姿势，"货主同意冒险一试，于是大夫就拿刀子破开了苏摩少爷的胸腹，结果……"

说到这里，如意夫人身子依然不自禁地一颤，声音低了下去。

"如何？"虽然知道苏摩如今还活着，白璎依然忍不住问。

"结果……从苏摩少爷的胸腹腔中，拿出了一团血肉模糊的大瘤子。"如意夫人打了个寒战，继续说，"诡异的是，那个瘤子居然是个刚成形的婴儿的形状！有手有脚，还有眼睛和嘴巴，活生生的一个孩子形状……"

"什么？"白璎一怔，问，"那就是苏诺？"

"嗯。"如意夫人微微点头，"大夫说，大约是苏摩少爷在母胎里的时候，还有一个孪生的兄弟——但是母胎养分不够，一对孪生兄弟开始争夺，最后苏摩少爷活了下来。而另外一个，就被获胜者吞到了身体里，一起生了下来。

"瘤子被取出来后，苏摩少爷的身体恢复成普通孩子那样。但是他死也不肯将那个胎儿扔掉，居然留下来当作唯一的玩具——不知道他用了什么法子保存，那个胎儿居然没有腐烂。"如意夫人叹息着，说出了最后一句话，"苏摩少爷给那个东西取了个名字，就叫苏诺，还叫他弟弟。"

听到这样的解释，白璎眼里依然有难掩的震惊。苏诺……是苏摩的孪生兄弟？在母胎里就被他吞噬，然而又从他身体里诞生的兄弟？

那样诡异的孪生……

"所以我听到苏摩少爷说阿诺是被空桑人害死的时候，很惊讶……难道少爷他的记忆都开始混乱了吗？"如意夫人有些疑惑地喃喃，脸色沉重，"百年了，苏摩少爷从中州回来后变得非常强大，但是，整个人也有很多地方都不对劲了……最怪的就是——你有没有觉得……"

她的声音忽然间尖厉起来，吓了白璎一跳。

"你有没有觉得那个偶人……那个偶人是活的？！"如意夫人"唰"地回身，拉着白璎的袖子急急问。然而常人如何能拉住冥灵，她的手落了空，却继续追问，脸色青白，"阿诺活了！"

白璎目光也是一变，低头说："是的，那个偶人……有自己的意志力。"

如何能忘记，昨夜的暗室里乍一见面，那个偶人如何对自己痛下杀手，几乎是带着置于死地而后快的痛恨。而那样的动作，完全不是出自傀儡师本人操控。

"你……你也觉得是？"听到对方的回答，如意夫人的脸色更加苍白，手不受控制地微微发抖，却用更加颤抖的声音说道，"那个……那个阿诺！你不知道，他长大了！我记得它刚取出来的时候，不过是一尺多高——如今、如今居然长高了一倍！他、他会长大！"

白璎猛然一惊，倒抽一口冷气。

"那已不再仅仅是'裂'，而已经成了'镜'！"

——那样的断语，又浮上她心头。她脸色也是"唰"地变得苍白。真岚是一眼就看出来的，他说的，是对的。

已经没救了吗？再也无法将影像和真身割裂开来了！

"怎么会这样？他怎么会把自己搞成这个样子？"喃喃自语般，白衣女子仿佛有些苦痛地抬起手来，按住了眉心——那里，最初作为太子妃标记的十字星红痕早已消失，然而最初的种种却仿佛蛊毒深刻入骨，烙印般存在。

"所以……"如意夫人看着白璎，忽然间就跪倒在她脚下，低声哀求，"白璎郡主，请你一定要救少主！求你一定要救救苏摩少爷！不然他就完了！"

"啊？"白璎有些诧异地看着鲛人美女，忽然间苦笑起来，对着如意夫人俯下身去，将她拉起，"托错人了吧……他如今那么厉害，我哪里有这样的本事——夫人，这个世上，谁都救不了谁的。"

喃喃说着，仿佛听到了什么异响，她抬起头来看向北方天空。

黑色的夜幕下，忽然有几点璀璨的流星向着这边滑落。

"终于来了啊。"白璎有些舒了口气，认出那是骑着天马赶来的蓝夏和红鸢，以及大批的冥灵战士——白天里，真岚冒险独自出来接自己回去，却一日毫无消息，无色城里诸王只怕也担心坏了吧？

然而，在等待同伴到来的时候，白璎忽然脸色微微一变，听到风里有另外一种声音——那是无数翅膀扑簌着在黑夜里降落的声音，伴随着浓厚的诡异妖气。

"鸟灵？"靠着灵力，她分辨出了黑夜里那些漆黑的翅膀，脸不自禁变色，脱口惊呼，"糟糕！大家小心！"

还没有到南城信义坊的入口，浓重的焦臭味和血腥味已经扑鼻而来，熏得一队士兵都窒息欲呕。

"这也太过分了。"带着手下前来战场，郭燕云总兵身经百战，但是尚未进入烧杀一空的街区，却已经忍不住喃喃咒骂起来，"什么征天军团……简直是乱咬人的疯狗，禽兽都不如！"

"嘘，总兵，小心走漏了口风被上头听见。"一边的副总拉拉他，低语，然而眼里也是愤怒的光——这般在自家土地上烧杀掳掠，任何战士心中都有冲天的怒火。然而，没有总督的命令，姚太守又严禁动兵，他们空有长剑在手，也只能坐视百姓被杀。

小队里已经有士兵低声哭了起来。那是居住在南城的一些兄弟，在接近这个修罗场时再也难掩心中的愤怒和恐惧。前方就是信义坊，入口的街道已经近在咫尺，然而那几个士兵对着黑夜中烧杀一空的家园，居然再也不敢走近一步，跪倒在地上失声痛哭。

"起来！别做孬种，给我起来！"郭总兵咬着牙，用脚狠狠将那些士兵踢起来，恶声恶气，"去！给我去废墟里把父母老婆孩子的尸首挖出来！这点力气都没有，还是男人吗？"

几个士兵被踢了起来，号啕着，踉踉跄跄起身冲入战场。白日里那场屠杀过后，整个南城一片死寂，只有几处暗火不曾熄灭，幽红地跳跃着，发出"噼噼啪啪"的燃烧声。窗户上、门槛上、大街上，到处横七竖八挂着、倒着尸体，血已经凝固了，发出腥臭的气息，伴着火里脂肪燃烧蒸发的异味，让人忍不住想呕吐。

那些士兵分头奔向自己的家，然而腿已经开始颤抖。

没有到家门，远在半条街外就有士兵被家人的尸体绊住了脚，看到奔逃中被射杀的家人的表情，不由得跌倒在地抱着尸体号啕大哭。

"征天军团，老子……"站在街区中，看着微弱火光映照下的废墟，郭燕云的拳头攥出了血，一拳打在一道断壁上，轰然打塌了一垛墙，"老子忍不了这口气！反了，干脆反了！"

"总兵！"副总吓了一跳，连忙拉他，"这种话你也敢说？不怕连累一家老小？"

郭总兵一怔，重新握起了拳头，这次却是重重砸到了旁边的石柱上，砸出了满手的血，长长吐出胸中浊气，喃喃道："征天军团如果还敢来作威作福，老子拼着一身剐也要把皇帝拉下马！"

"嘘，小心被别人听见……"副总向来谨小慎微，忍不住阻止同僚的狂言。

然而，话音未落，这个本来只有尸体的战场里，陡然就有了奇异的声响——轻微的扑簌声，仿佛暗夜里有无数翅膀拍打着降落。然后，废墟中那几处微弱燃烧着的火焰莫名其妙地一跳，光芒大盛。

"什么、什么东西？"副总诧然，结结巴巴脱口问，"鬼……是鬼吗？"

"嗛，看把你吓的！"郭燕云向来大胆，看到同伴那样的表情颇不以为意，"虽然这里满地死人，可也不用风吹草动就一惊一乍吧？"

他从旁边士兵手中接过火把，想往前走去。忽然，黑暗中传来短促的惨叫，阻止了他的步伐——

"救、救命！鸟灵！鸟……"充满绝望和恐惧的呼救半途而止，却让这边的一队士兵因为震惊而退却。

鸟灵！那群魔物，在今夜降临了吗？

那群喜欢汲取人的精魄血气，随着死亡气息迁移的魔物，怎么这么快就连夜来到了这里？

虽然是全副武装的战士，但是所有士兵，包括郭燕云在内听到这个名称都变了脸色，下意识地后退，想要离开这个街区。

是的，不能和那群魔物对抗……

那群传说中不老不死的怪物，身负黑色双翅，形如十岁孩童，每每与黑夜结伴而至。这一群神秘的魔物百年来曾制造了多起震惊云荒整个大陆的屠杀，包括砂之国一个小部落一夜间的灭亡和泽之国息风郡一个镇子的离奇失踪。

后来征天军团领命出动，然而几次剿而未灭，最后那群魔物和元老院缔结了契约。从此后，那些鸟灵不敢再明目张胆地出没杀人，从征天军团手里存活下来，自此神出鬼没地游荡于云荒大地。

那群魔物因为沧流帝国的严厉管束和强大力量而不敢公然露面，但是几十年来，每当大地上任何一处有大规模的杀戮和死亡，它们便好像赴一场盛宴一样成群结队赶来，在尸体上欢呼歌舞，汲取刚死去之人尚未涣散的魂魄。而多年来屡屡出动却无功而返的沧流帝国为了避免战斗力的消耗，到最后也默许了这样的行为，只要鸟灵不再大规模地袭击人类，便不再阻止它们享用战场上的尸体。

五十年前霍图部灭亡，二十年前复国军惨败——在那些死人无数的战场上，黑夜来临的时候都能看到这群魔物的踪影，在堆积如山的尸体上欢呼，享用它们的盛宴。

只是最近十几年没有大的动乱，云荒承平日久，也好久不见鸟灵的出现——因此，在他们这一代人眼里，"鸟灵"就成了老人们嘴里和"空桑"一样的久远传说。

然而，在这样一个血腥之夜里，那样诡异的魔物居然重现人世！

"快撤退！所有人都给我撤退！"这些鸟灵，百年来连征天军团都无可奈何，根本不是区区官衙士兵能对付的。郭燕云虽然胆大，却不是一味莽撞的人，此刻听得"鸟灵"二字，便立刻带领士兵急速沿着信义坊的街道退出南城。

然而，已经晚了。

他们刚回头，就看见黑色的羽翼从天而降，将他们湮没。羽翼下，一张张孩子的脸凑了过来，带着天真无邪的笑容，对一帮脸色苍白的士兵指手画脚，呼朋引伴："嘻嘻，看啊……这里有活人！这里有活人！"

"别在那里翻找死人的魂魄了，这里有活人呢！"

"都是壮年人啊，好久没有遇到这么新鲜的了。"

"我要这边这个胖的……"

"呀，最好的要留给幽凰姐姐，不许先挑的！"

黑色翅膀如同海洋，而那群带着五彩羽冠的孩童状的魔物微笑着凑过来，议论纷纷。那些有着孩子面容的魔物，眼睛却是茫然无表情的，那是全部的漆黑，似是瞳仁占据了全部眼球，看不到眼白。

不等那群士兵拔脚逃脱，其中一个孩子的手忽然伸长，嫩藕般的手臂上居然长着一双枯槁细长的爪子，长长的指甲"唰"地扣住了那名胖胖的士兵："这个归我了！"

胖士兵骇然大呼，拔出佩刀来疯了一样地对着伸过来的爪子一顿狂剁。

"哎呀！"那个鸟灵痛呼起来，猝不及防地松开了手，将爪子缩回嘴边，吹了一吹，"好痛……还带着刀！不是普通人呢……"

"是士兵！"旁边几个鸟灵看清楚了来人的服饰，叫了起来。

"呀，士兵！幽凰姐姐和'十巫'约定过，不能吃他们的人呢！"有个看起来特别小的鸟灵叹了口气，惋惜地舔了舔嘴唇，"好饿……最近都找不到好吃的了。"

"毁约吧！毁约吧！"黑色的翅膀扑扇着，更多的鸟灵叫了起来，漆黑的眼里只有对食物的渴望，"吃了他们吧！不要吃死人，我们都饿死了！"

叫嚷声中，那群孩童一样的魔物纷纷伸出爪子来，去抓被围住的一队人。

"大家小心！"郭燕云眼见形势危急，率先抽出刀来，让众人背对背围在一起。

"嘻嘻，跟我们打……"看到那些垂死挣扎的人，鸟灵们笑了起来，声音动听，然而它们伸出爪子，上面仿佛有电光凝聚，一抓之间居然将刀剑在瞬间融化成水！

"你们是人类啊，再厉害又能如何呢……征天军团都杀不死我们呢！"诡异的笑声里，只听"噗"的一声，细长的爪子抠入了那个胖士兵的眼眶里，从里抠入，顶开了天灵盖。

白花花的脑浆一冒出来，所有鸟灵都兴奋起来，拍打着翅膀云集。

"别闹了！"新一轮的血肉盛宴就要开始，然而虚空中蓦然有声音阻止。

"幽凰姐姐？"鸟灵们一怔，纷纷松开了爪子，相对诧然，孩子气地吐着舌头，纷纷对着一个从天而降的黑羽行礼。

"姐姐你来了？"终于，那个特别小的鸟灵回过头去，扑扇着翅膀飞到废墟的火堆旁，有些撒娇意味地靠上了那个女孩，"我们饿了……我们不要吃残羹冷饭，我们要吃活的！"

火被不知名的力量催动，陡然烧得旺盛。

火光映出了那个女童纯洁美丽的脸——看上去比所有鸟灵稍微年长，外形如十一二岁女童的鸟灵张开巨大的黑色翅膀，停在空中，头上戴着五彩的羽冠，身上用美丽繁复的璎珞装饰着，手腕上配着九子铃，随着它微微的动作叮当悦耳。

它一边吩咐同类停止杀戮，一边放开了爪子，松开一具已经被啄开了天灵盖的尸体，那具刚被吸过残余魂魄的尸体便以奇异的姿态落地。

"和十巫约好了不能吃他们的人，你们不许胡闹。"被称为"幽凰"的女童皱眉，不理会那个撒娇的小鸟灵，"上次我好不容易才从征天军团的战士手底下救出你们呀！你以为我愿意吃残羹冷饭？十巫的力量不是我们所能对付的，再来一次围剿，我们可能就族灭了。"

这一提醒，大家仿佛想起了上一次围剿的惨烈，各自默不作声。

那样一迟疑，郭燕云已经趁机领走了存活的属下，全力拔刀冲了出去，踉跄着消失在黑夜里。

"可是我饿啊……我要吃东西！"小鸟灵眼见食物逃走，放声大哭，伸出细长的爪子抓着幽凰的黑羽，"那些该死的十巫，是想要饿死我们吗？"

"罗罗别哭。"幽凰叹了口气，无可奈何，"我们能在沧流帝国治下活到现在就已经很不容易了……你还以为是空桑承光帝那段可以随便吃人的幸福时间啊？"

女童伸出爪子，抓抓罗罗的后背，招呼道："大家趁早分头去觅食吧！总有一些人刚死，魂魄不曾消散，还可以用来果腹的——罗罗，别像牛皮糖一样赖着，要吃饱肚子就快自己动手去！"

毫不客气地，幽凰伸出爪子抓起小鸟灵，皮球似的扔了出去。罗罗大声叫着，还不等它展开翅膀飞起，忽然间感觉身子撞上了什么。

"嗯……活人？"还没看到撞到了谁身上，直觉地嗅到了活人的气息，罗罗眼里露出惊喜，生怕旁的同伴抢过来，连忙伸出爪子，想也不想地抠向对方的天灵盖。

"哎呀！"它的爪子刚一伸出，陡然间身子便是一空，痛呼。

"莫名其妙的小东西。"耳边听到有人冷冷地说了一句，它感觉自己是被揪着翅膀拎了起来，然后恶狠狠地被甩了出去，撞到了一面墙上，痛得惨叫一声。

所有分散开来觅食的鸟灵听得惨叫都是一惊，云集过来，黑色的翅膀转瞬遮蔽了烈火。幽凰连忙张开翅膀接住落地的罗罗，眼里也是震惊——

那一刹那，它感觉到了一种强大而邪异的灵力进入了战场。

"好多乌鸦。"火焰跳跃着，将艳丽的颜色映上那个人苍白英俊的脸，蓝色的长发在风里飘扬着，苏摩牵着傀儡人逛到了战场上，抬起头看着星空下云集的黑色翅膀，脸色丝毫不变，只是有些烦躁地冷冷地说了一句。

"我……我可不是乌鸦!"第一次被这么蔑视,罗罗忍不住大叫起来,看到了对方的发色,更是愤怒,"我们是厉害的鸟灵哎!你这个卑贱的鲛人知道什么?!"

"反正都是扁毛畜生。"苏摩懒得听那样的话,本来已经隐隐有烦躁之意的碧瞳里蓦然闪过杀气,抬起了手,"叽叽喳喳的,吵死人了!"

还不知道傀儡师要干吗,那些云集的鸟灵根本没有在意这个鲛人,然而就在它们没有来得及散开之前,一道闪电掠过,它们集体发出了一阵惨叫。

黑色的羽毛宛如黑雪般纷纷落地,纷飞的黑羽中,苏摩冷笑着收回了手,透明的引线上有奇怪的液体一滴滴落地——那是那些魔物黑色的血。

"十戒!"鸟灵们纷纷惊呼怒叫,然而只有幽凰停在半空,猛然呆了一下。

仿佛想起了什么,它从半空中闪电般地俯冲下去,忽然身子改变了形状,长出了三对翅膀,恢复了魔物可怖的外表,对着傀儡师伸出了爪子——细长的爪子上仿佛有闪电凝聚,可以将一切有形无形的东西都化为灰烬!

然而苏摩根本没有闪避,只是抬起手,手指间光芒闪动,细细的线牵动形状奇异的戒指,急飞而来。幽凰居然不避不闪,手腕上九子铃清脆摇响,缠住了飞来的引线,铃铛瞬间粉碎。

同时,"哧"的一声轻响,幽凰已经撕下了苏摩背上的一片衣衫。

火光映照下,黑色的蛟龙文身宛如活了一般,从傀儡师肩背腾起。

"海皇!"幽凰脱口惊呼,魔物可怖的外形忽然消失了,恢复成女童的脸上带着复杂的目光看着眼前蓝发的俊美男子,"什么?难道你……你就是苏摩?"

傀儡师一怔,有些诧异地抬头看向这个问出这句话的鸟灵。

眼前这张女童的脸依稀有奇怪的熟悉,让他不自禁心底一愣,有说不出的奇异。

"呀，我终于算是看到你是什么样子了！"幽凰笑了起来，伸出细长的爪子掩住嘴，有些怪异地微笑起来，"真的是好英俊哦，怪不得白璎她……"

"你是谁？"不等她说完，苏摩双眉一皱，冷然发问，"你认识白璎？"

"嘻嘻嘻……"幽凰忽然间笑得诡异，展开巨大的黑色翅膀，"我不告诉你！除非……"她顿了顿，仿佛在想条件，然而转眼看到傀儡师身边的小偶人，重新笑了起来，"除非，你把这个和你一样的小人儿给我！"

"给你？"苏摩一怔，手指动了动，阿诺跳了起来，不情不愿地跃上他肩头。傀儡师用戴着奇特指环的手指抚摩着这个和自己惟妙惟肖的偶人，嘴角浮出一丝冷笑，"阿诺可不是个好孩子……"

居然敢提这样的要求，对方大约不知道这个小人儿的脾气吧？

然而，女童拍打着翅膀悬在空中，看着傀儡师肩头的偶人笑："不是好孩子又有什么关系？它好可爱啊，我喜欢它！"

苏摩冷笑起来——这个鸟灵，哪里知道这个小小偶人的恶毒和可怕。他微笑起来，也不去说明什么，指指肩膀："阿诺，去和它玩吧。"

得到了准许，那个两尺高的小偶人嘴巴咧开来，"咔嗒咔嗒"地站了起来，对着半空中沉浮的黑翼女童张开手来。

"啊呀，真的好可爱！"幽凰却是丝毫不知道对方的恐怖，只是飞低下来，伸出爪子抱起了阿诺，紧紧拥入了自己怀里，双翅一振，抱着玩偶在天空里盘旋了起来。

苏摩不再看它，因为知道阿诺暴烈邪恶的脾气，必然将所有到手的东西折磨至死才会放手——然而，片刻过去，半空里陆续还是传来幽凰孩子般喜悦的笑声："你叫阿诺？好可爱！你身上有一种奇怪的邪气呢，很吸引我这样黑暗中的魔物啊……以后你无论到了哪里，我都能找到你！"

傀儡师猛然呆住，有些不可思议地抬起头来，空茫的眼睛望向天空。

那里，漆黑的羽翼展开了，魔物用细长的爪子拥抱着那个小小的偶人，亲吻着偶人的脸颊。那张变换出女童外貌来的脸，依旧带着一种令他心中忐忑的怪异熟悉感。然而，对着这样的接触，阿诺居然第一次没有流露出任何杀戮的恶意，反而张开了手，抱住了魔物的脖子，无声地咧开了嘴。

"阿诺？"苏摩空茫的眼里从未有过这样的震惊，终于忍不住脱口惊问，"你在做什么？"

然而偶人根本没有听他的话，只是抱着那个魔物的脖子，眼里有欢跃的笑意。

"哎呀，你看，它也喜欢我呢！"幽凰欢喜地抱着偶人，对地上的傀儡师招呼，一边将阿诺搂在怀里，"送给我吧，送给我吧！白璎有你，我有阿诺。"

"你到底是什么！"再也忍不住，看着魔物那样奇怪的神色和阿诺的眼神，苏摩冷冷喝问，身形掠起，挥手斩向那有着黑色翅膀的女童——那样凌厉地出手，已经是动了杀机的傀儡师的必杀一击！

幽凰抱着阿诺，尚自欢喜，根本没有料到苏摩说翻脸就翻脸，出手便是雷霆一击。它尖叫着拍打翅膀后退，然而哪里还来得及，那些透明的引线陡然洞穿它的翅膀和四肢，仿佛将它钉在了虚空！

魔物现出可怖的原型，惨叫一声松开了爪子，阿诺砰然落地。然而，偶人仰着脸看着半空中扭曲的魔物，眼里竟然有关切的光。

"你到底是什么？再不说，我就先拔光你的羽毛，将你一片片切下来。"苏摩一手逼退那些蜂拥而上的鸟灵，一边冷冷问被固定在虚空中的魔物——他看到这个幻化为女童的鸟灵，心里就有出奇的不自在。

"我不说！就不说！"幽凰却是激烈地挣扎，毫不退让。

苏摩眼里是漠然的表情，缓缓举起了手指："那我先切了你一只翅膀再说。"

"住手！"忽然间，有人急斥，白虹闪现之处，傀儡师只觉剑气逼人而来，手中引线纷纷断裂开来！

有强敌！他来不及多想，手指挥出，引线纵横交错，犹如一张网般掷出。

然而来人根本没有继续攻击他，只是挥剑格挡，同时松开了那个魔物的绑缚，低斥说："快走！"

幽凰负伤，恨恨看了来人一眼，立时张开翅膀，带领鸟灵们急速飞去。

就在交手的那一瞬间，苏摩看到了来人的脸，脱口道："白璎！"

那个白衣女子已经恢复了平日的模样，手执光剑，从战场的另一端急速掠来，一剑阻拦了他的杀戮，纵容那些鸟灵扬长而去。

"苏摩。"她看着他，眼神忽然变得深远。

外面是杀戮过后血污狼藉的世界，而房里劫后余生的人们都沉浸在平安聚首的喜悦中。

"呀，伤口怎么还不好？苏摩那家伙不是给你治疗过了吗？"已经不知道是第几次揭开纱布察看伤口，那笙喃喃抱怨着，宛如种下甘蔗后就每天拔起来查看一次的猴子。

"你一直动来动去，伤口会好才奇怪。"炎汐一直没有说话，反而是一边的慕容修看着皱眉，忍不住阻止不懂事的女孩这样毛手毛脚的行为——方才被真岚颀手乍然分开的样子吓了一跳，夺门而出就碰到了归来的一群人，那笙一见他还活着就大声欢呼，不由分说就把他拉了回来。看到那笙，又看到一起归来的西京，慕容修心里才定了定，不再坚持离去。

无论如何，外面已经是那样腥风血雨的局面，自己还是跟着西京比较安全吧？然而，一眼看到榻上死去的少女汀，中州来的年轻珠宝商人就心里"咯噔"了一声。他记得这个鲛人少女是一直跟随在西京身边，是他的侍女，却居然在乱战里面被射杀了？

连自己的鲛人都保不住？那么，母亲可能是高估了这个男子的能力呢。这个人……真的能保护自己走到叶城去吗？

"哼，你没见苏摩他在自己脸上划了两刀，伤口一眨眼就愈合了！"不服气地，那笙举出看到的例子反驳，"现在是他给炎汐治的伤，又都是鲛人，凭什么他好得那么快，炎汐就还不好啊？”

见多识广的珠宝商也愕然了，不知道说什么才好。

“我怎么能和少主比……”听得那样的话，炎汐忍不住苦笑起来，看着这个不懂事的丫头——苏摩拥有的力量，只怕全部鲛人加在一起都未必能赶得上，那样的愈伤能力，又岂是普通鲛人可以比拟的。

“嘁，他有什么了不起——又反复无常，又阴阳怪气，杀人不眨眼的。”那笙噘起了嘴，“哪里有炎汐好！”

一直不怎么说话的复国军战士蓦然又是沉默下去，仿佛不知道怎么回答好，在榻上微微侧过脸去，看着另外一边说话的西京和真岚。慕容修听到那笙这样口无遮拦的话，也忍不住苦笑起来，知趣地走开——看来不过几天不见，这个小丫头就“变心”了呢。

这样的女孩子，心里有一点什么都是藏不住的，无论爱恨都透明纯净，让人看了都会心微笑起来。他是个聪明人，当然不会看不出以前那笙赖着他的意图，然而沉稳持重的商人并不曾点破——如今看起来，这个丫头已经彻底转了念头了。

女人的心，变起来也真是快啊……看着叽叽喳喳的苗人少女，慕容修不出声地笑了起来，有松了口气的感觉。然而恍然间也有微微的失落，仿佛进入云荒以来相依为命的同伴就要从此越离越远。

“咦，炎汐脸红了？”发自内心地将对方夸了一番，那笙看着养伤的鲛人战士苍白的脸泛起了红色，带着欢喜的促狭，“一夸你你就害羞了呀？”

“不是，好像有点发烧。”炎汐有些难堪地分辨，声音却有掩不住的虚弱，左胸伤口的疼痛之外，更感觉身体在火里烧，说不出地难受。

听得那样的语声，那笙吓了一跳，连忙抬手探他的额头，触手处肌肤不过温温的，并不感觉有发热的迹象。

“没有发烧呀！”她诧异地问。

然而，转眼间她就回过神来了——是啊，鲛人本来是应该没有体温的！

那一对在那边纠缠不清的时候，房里另外一角的榻上，西京正和多年未见的老友说着百年来的种种过往。

云荒最强的剑客胸口包扎着厚厚的绑带，动弹不得地躺在榻上，将头靠着那只断手上当作枕头，低眼平视着自己未受伤另一边胸口上，那个正在喋喋不休说话的头颅。

真岚……如今居然变成了这样奇怪的样子。

想起百年前自己因罪被逐出伽蓝城，坐在高高王座上目送自己离去的少年皇太子的样子，对照面前这个虽不见衰老迹象，却已然成熟练达很多的男子头颅，剑圣弟子只觉无数过往爱憎如潮水般在胸臆中呼啸。

再回首是百年身啊……那一年，真岚才十三岁，他作为骁骑军前锋营的一名战士，去北方砂之国将这位平民皇子带回帝都，从此结下兄弟般情谊。

如今，转眼已经过去了百多年。

"喂，我费了那么多口水，你到底有没有在听？！"发觉了西京的出神，那个放在他胸口的头颅愤怒起来，垫着伤者颈部的断手蓦地动了起来，"啪"地拍了剑客一下，将他打醒。

"啊，你说什么？那笙？皇天？"西京猛然回过神，只记得对方重复最多遍的词语，连连点头，"这事情我已经答应了阿璎，你放心，我会尽力保护她去往九嶷王陵。"

"我说，你揽下的事也太多了吧？"看到剑客吐然而诺的样子，真岚忍不住又给了好友一个爆栗子，指了指另一边，"那边你答应红珊的事又该怎么办？"

顺着断手的手指的方向，西京侧过头，看到了无聊坐在一边的慕容修，脸色微微一变。

"本来我想，可以带着慕容修和那笙一起上路，先送那丫头去九嶷，然后再送慕容去叶城……"西京说出了原先的打算，忽然苦笑，"可如今……"

"可如今一来，沧流帝国被彻底惊动，必然全力追杀你们一行。"不等好友说完，真岚翻翻眼睛，接了下去，"你简直成了灾星，一路上不知道要遭遇多少恶战——如果再让那个小子跟着你上路，只怕比让他孤身带重宝上路更加危险吧？"

"是啊。"西京无话可答，没好气地瞪那颗孤零零的头颅，"一百年来，看来你也只能练嘴皮子功夫，'毒舌'更胜往昔嘛。"

真岚回瞪他，然而一向随意的脸上表情却是凝重的："你还是那个脾气啊——什么事都往身上背，也不管自己辛苦不辛苦！"

"辛苦什么？百年来我一直在喝酒睡觉，也该做点事了。"西京没有理会朋友的话，微微苦笑起来，转头看旁边已经覆盖了被单的鲛人少女尸体，遍布风霜的眉宇间忽然就有沉痛的意味，"我一直不想再管云荒上的任何事，不管空桑人，也不管鲛人。红珊走的时候，我尚可对自己说，她毕竟还是幸福的。可是……汀死了。我不能再骗自己说，云荒上任何事都和我无关——因为我在意的人死了！"

顿了顿，他低声说："真岚，我不想再让任何人受到伤害。"

"所以，你要插手了？"空桑皇太子看着前朝的名将，微笑起来，"你要再度为空桑拔剑而起了吗？"

"尽力而为。"云荒第一的剑客点了点头，眼里却是沉重的，"我的能力毕竟有限，可心里想'守'的却太多——真岚，我不仅念着空桑，念着红珊的孩子，我还想帮鲛人一族回归碧落海……呵，是不是好大的野心？"

"不愧是自小的死党啊……"听到那样的话，真岚的头颅蓦然发出了同意的笑声，断手从西京头下抽出，用力握紧了剑客的手，赞许道，"空桑复国，鲛人回归，开创新的天下，让云荒所有族类都能安然自由地生活——同样的野心，让我们一起努力吧！"

西京蓦然微笑起来，对于皇太子这样的想法并未感到惊讶。真岚从来都是个优秀的领袖人物，如若不是少年时就遇上了梦华王朝这个烂得一塌糊涂的摊子，积重难返、内外无援，他只怕会成为空桑人的一代明君吧？

然而，一场天崩地裂，山河倾覆，如今居然又有了重新实现梦想的机会。

百年后，两个幼年好友的手终于再度交握在一起，坚定沉稳，仿佛结下了一个牢不可破的盟约。

就在为君为将的两人互剖心胆、立下盟约的时候，门忽然推开了。

"鸟灵来了！灭了蜡烛，不要被发现！"如意夫人从外面踉跄而入，急声道，"那些怪物就要飞过来了！"

"如意夫人，你快来看看，炎汐……炎汐他发烧得很厉害！"同时，那笙带着哭音嚷了起来，"他忽然病了！"

十六 · 往世

　　暗淡的星光下，那些黑翼瞬忽远去，只留下满地死尸中相对默立的两个人。

　　腥风席卷而来，在残破的户牖间发出哭泣般的低语，白璎凝视着黑夜里堆积如山的尸体，忽然间收起了光剑，合起双手压在眉心，低声开始念动冗长而繁复的祈祷文。浓墨般的夜色下，纯白的冥灵女子宛如会发光的神像，沉静温婉，面容上带着悲悯的表情。

　　苏摩眼神变了变，转头不再对着她，空茫的眼睛投向南城烧杀一空的街道，忽然间微微蹙眉——

　　虽然眼睛看不见，但是他凭着内心幻力的感应，反而能看到比常人更多的景象。

　　此刻，就在夜幕下，他看到无数虚幻的魂魄从那些刚死去不久的平民身上四散而出，纷纷挣扎着升入半空，云集。每一缕鬼魂，都带着死前可怖的恐惧、仇恨和绝望，死不瞑目。那样弥漫的"恶"的气息，让傀儡师都不由得微微皱眉。

　　那些一缕缕的鬼魂挣脱死亡的躯体，纠结在半空，恶狠狠地咒骂着、呼啸着。白璎双手压着眉心，低声念着祈祷文，试图平息这些孤魂厉鬼的戾气。

　　"生死代代流转不息，此生已矣，去往彼岸转生吧！"冗长的祈祷文念完，白衣女子伸开双手，掌心向上对着那些厉鬼轻声嘱咐，长及脚踝的雪白长发如同被风吹动，猎猎飞舞，"散去吧！"

　　然而，那些云集的孤魂厉鬼并不曾如言散开，反而发出了愤怒的呼啸，沸腾般地在半空盘旋纠结，变幻成诡异的形状。忽然间尖叫着俯冲下来，扑向废墟里活着的两个人！

　　那一缕缕孤魂面目狰狞，居然是要毁灭掉一切地面上的活物。

　　白璎一惊，那些孤魂呼啸着扑过来，却从她身体里对穿而过，止不住去势继续飞出。个个脸上都有震惊的神色，回看这个白发少女——是冥灵？这个为他们念祈祷文的女子，同样也是个冥灵？

　　"那么多濒死人的愤怒、仇恨和绝望，你以为凭着几句话就能消弭吗？"那一边，苏摩收回了方才发出去的引线，那些透明的丝线上还缠绕着丝丝缕缕被切碎消弭的魂魄——凡是所有扑向他的厉鬼，都被傀儡师毫不留情地在举手之间摧毁了。

　　"那些死去的眼睛是不会闭合的……除非它们看到了最终的报应。否则……"苏摩淡淡说着，忽然间抬手指天，声音转为严厉，"即使化身为魔物，也不会放弃复仇！"

　　白璎抬起头，漆黑的羽翼就在刹那间在她头顶展开。

　　那么多刚刚死去的孤魂厉鬼，在夜幕里纠结聚集，居然形成了新的魔物！那些仇恨、绝望、愤怒和悲伤无法散去，在黑夜里化成了邪灵——

　　就在她的头顶上，一只新的鸟灵诞生了。

　　那只刚从死亡里诞生的鸟灵有着初生婴儿的脸，光洁圆润，眼光尚自懵懂。然而就在这个婴儿的背后，巨大的黑色羽翼覆盖了天空，充斥了无边的恶毒和煞气。

"要杀就趁现在。"傀儡师忽地冷笑起来，指了指那只初生的鸟灵，"不然这魔物就会逃入世间食人了！"

白璎的手指握紧了光剑，铮然拔出——然而，那个刚诞生的魔物还没有学会捕食和躲避，只是如同婴儿般无知无畏地看着手持光剑的剑圣女弟子，嘻嘻地笑着，展开翅膀在她身边飞来飞去，似乎是在好奇打量着她。

面对着这样婴儿般的面容，白璎竟然有些迟疑。

那只小鸟灵盘旋了一会儿，振翅准备远去——然而就在那一刹那，苏摩毫不犹豫地抬起手，食指弹出，一道细细的白光如同响箭般，刺穿了那个婴儿的脑部！

黑色的羽毛如同黑雪般簌簌落下，伴随着魔物濒死的惨叫，黑血雨一般洒落，穿过白璎虚无的身体，落到流满了血的废墟上。

"空负绝技，居然连只魔物都杀不了？"傀儡师收回滴着血的引线，冷冷嘲讽，"这只也罢了——为什么放走方才的那只鸟灵的首领？"

白璎垂下头，轻轻叹了口气，仿佛对那样的语气并不介意，淡淡道："因为，那是我认识的……"

苏摩愣了一下，茫然的眼睛里忽然闪过大笑的意味，失声冷笑："啊？除了鲛人，你还认识鸟灵！厉害啊，太子妃，你为什么总是和这些魔物扯上关系呢？"

那样刻毒的语气，让坐在傀儡师肩上的小偶人都不自禁地咧开了嘴，冷笑，看着白衣女子的脸色终于微微一变，凝定下来，不作声地看着面前多年前的恋人。百年过去，那个鲛人少年已经长大为眼前这个高大英俊的男子，然而，那样阴郁桀骜的眼神却是未曾有丝毫改变，说话间带着刺人的恶毒和尖刻。

那是她命中的魔星。

"百年来你脾气似乎越来越不好了呢。"将方才拔出的光剑收入袖中，白璎转过头看着他，微微笑了笑，"不过，多谢你白日里救了那笙。"

苏摩嘴角蓦然抽动了一下，似乎有说不出的悔意从眉间一掠而过，无语。他肩上的偶人"咔嗒"转过了头，仿佛有点看笑话似的看着自己的主人，小小的脸上带着说不出的诡异神色，弯起了嘴角，无声地笑。

"百年前我欠你一条命。"沉默许久，傀儡师才开口，转身牵着小小的偶人离去，"如今还你这个人情。"

偶人有些心不甘情不愿地从傀儡师肩膀上跳下地来，被透明的引线牵扯着，"咔嗒咔嗒"地蹦跳在横七竖八的一地尸体中。黑色的夜幕下，死亡的气息弥漫着，苏摩走在废墟里，带着腥味的夜风吹起他深蓝色的长发，说不出地邪异而孤独。

"如果你还讲'人情'的话，来定一个盟约如何？"仿佛是思虑了很久，在看着鲛人少主走入夜色之前，白璎终于开口，提议，"作为海国的少主，为了你们鲛人族，也为了我们空桑人，希望你能考虑一下结盟的事——眼下我们双方都无法单独和沧流帝国对抗。"

苏摩的脚步停在一道半塌的断墙边，没有回头。然而偶人仰起脸，看到了傀儡师空茫眼睛里闪过的奇异表情。沉默片刻，鲛人的少主终于还是低声笑了起来："啊，原来你是来做说客的吗？这种大事，真岚皇太子不出面，却要你来说，真是让人觉得有点奇怪……他以为他算得精，可惜，有些事可能不在他预料内。"

"是我自己想说的，不关他的事。"白璎眼色也冷了下来，掩住了不快，继续道，"我们只要夺回在这片土地上生活的权利，你们也有你们一族千年来的夙愿——我们如今共同的敌人是冰族沧流帝国，相互之间不应该再敌对。若十万空桑人有重见天日之时，鲛人便可以重归碧落海。"

苏摩听着太子妃的劝导，眼眸微微一变，然而听到最后的话，忍不住冷笑起来："千年夙愿？我们这个夙愿，还不就是开始于千年前你们空桑人灭亡海国的时候！帮你们复国？复国了的话，鸟尽弓藏，谁还保证你们能守约让我们回归碧落海。百年前冰族就是那样对我们许诺的，可最后沧流帝国建国后又是怎么对待鲛人一族的？——用更暴烈残酷的奴役和镇压！我怎么能相信你们这些陆地上无耻的人类？！"

傀儡师霍然回头，厉声低喝。第一次，他空茫的眼睛里凝聚了常人才有的光彩，冷锐如针。

那已经不再是百年前白塔顶上少年男女之间的争论，而已经关乎两个国家和民族的兴亡——所有"人情"都不能再讲……何况，事到如今，又哪里还有人情可言。

"苏摩！真岚他不是那样的人。"白璎踏近了一步，抗声分辩，"他一直都对鲛人的遭遇抱有同情，努力想让星尊帝缔造的悲剧在他手里终止！我知道他的想法——你要相信他。"

"同情？谁要那种东西！"苏摩猛然冷笑，"好吧，就算是，百年前他就有能力做到了，那时候那个皇太子他在干吗？要等到沦落入无色城，才来示好求援，表示他的'同情'？"

"那时候真岚没有实际上的权力。"空桑皇太子妃不懈地为了丈夫辩护，说起百年前的政局，"那时候青王把持了朝政，而诸王又钩心斗角，政令难行，弊端重重——他一个刚从北方归来的庶民皇子，又能做什么？"

"呵，舌灿莲花啊……"听到那样的话，傀儡师猛然再度冷笑，微微摇头看着她，眼里有不知道是讥讽还是不屑的光，"郡主小姐什么时候变得这样能言善辩？不是一和人说话，就会红了脸嗫嚅不敢答的吗？"

白璎正在极力分辩，然而听得那样的话，陡然心口一窒，说不出话来。

也许因为生母早早扔下她不管，而继母又严苛，百年前的那个贵族女孩是那样拘谨而腼腆。后来十五岁孤独地住到了高高的白塔顶上，更是步步小心、时时在意，生怕一个举止不当便会被训礼女官呵斥。虽然身份尊贵，却是胆小拘谨，对任何人都细声细气。连那个演傀儡戏的鲛童奴隶，在没有侍女在侧的时候，都可以对她说以下犯上的话。

然而，或许因为只有这个鲛人少年对她说的话比训礼女官有趣些，贵族女孩虽然每次都被气哭，却依然喜欢时不时私下找他玩和聊天——却不知道那个有着空茫眼睛的鲛童，在听着她声音的时候，是用什么样阴郁危险的心态来回答她，不放过任何刺人的机会。

就像刺猬竖起全身的刺，极尽刻毒和刁难，如果对方稍微流露一丝的不屑和恶意，就不顾一切地反击——然而那个贵族女孩只是被他说一句，就涨红脸结结巴巴，不懂如何反驳。到了第二天，照样要召鲛童来演傀儡戏，然后私下找他玩。

但是百年过后，什么都变了。

"你……那么，请你相信我。"无法让对方信服，白璎终于说出了一句话，一时间居然又有些结巴，"如果你不相信真岚，至少请相信我——我是真心想帮你们，也帮空桑。若真岚将来毁约，我便会不惜一切阻止他。"

那样的誓言，散入夜风里，让苏摩长久地沉默下去。

就算他不了解空桑皇太子的想法，但白璎的态度，百年前就已明了。如果说，在千万空桑人中，还能有令鲛人一族的敌意些微化解的，那便只有两人：当年为了维护鲛人不被屠杀而遭到驱逐的大将军西京，以及从伽蓝白塔绝顶跃下的皇太子妃白璎。

如今，这两个空桑人联袂对鲛人伸出言和之手。

"就算我相信你——你还敢相信我吗？"长久的沉默后，傀儡师忽然笑起来了，带着冷冷的讥讽，"就算定了契约，我也不是个守信的人，我天生就喜欢反复无常，背叛害人。而如果我再度食言，你也不能再用一死谢族人了。"

说着，不再纠缠于这个问题，他回身，向着如意赌坊折返。

白璎站在路的中间，尚未想好如何回答，苏摩已经走了过去。街道很窄，他没有任何闪避，就笔直走了过来，交错而过，肩膀毫无阻碍地穿过冥灵空无的身体，头也不回。

"我愿意再信你一次。"忽然间，空桑太子妃开口了，声音坚定，"我信你不会毁约——如果这次我再输了，那也是我的命。"

带着偶人的傀儡师停了停脚步，却没有回头，冷笑道："有胆气啊！

你凭什么信？"

"就凭这个。"白璎低下眼帘，手忽然从袖中拂出。

一个细小的东西划破空气，击中他的肩膀。苏摩下意识地伸手接住了，摊开掌心，忽然间身子不易觉察地一震，仿佛那细小的东西击中了他的心脏，默不作声地迅速握紧了手心。

小偶人的表情陡然间也有些僵硬，低头看着主人的手，嘴巴紧抿成一线。苏摩再也不回答一句话，头也不回地折返如意赌坊，脸上隐隐有可怕的光芒，带着愤怒和杀气。修长苍白的手指用力握紧，用力地刺破自己的掌心肌肤——黑夜里，"嚓"的一声轻响，仿佛什么东西瞬间粉碎了。

细微的粉末，从傀儡师指缝间撒落，在黑沉如铁的夜里闪着珍珠质的微光。

天马透明的双翅和漆黑的羽翼在半空中交错，风声呼啸。同属于冥灵的双方没有相互招呼一声，就迅速地擦身而过。

"好多的鸟灵……难道桃源郡发生了惨祸？"看见了那云集的黑翼掠过，领队的蓝夏喃喃自语，手指扣紧了天马的缰绳，催加速度，"不好！会不会是皇太子殿下和太子妃出了事？红鸢，我们得快些！"

然而，在蓝王转头时，却看到美丽的赤王兀自回头看着那群鸟灵掠过的方向，怔怔出神，脸上有奇异的表情。

"怎么了？"蓝夏诧异，询问道。

"蓝夏……你看到刚才那群鸟灵里受伤的那个了吗？"一直望到那群魔物呼啸着消失在黑夜里，红鸢才回过头，一边飞驰，一边喃喃问旁边的同僚，"很眼熟啊……应该是我们以前见过的。你认出它了吗？"

"我没留意。"蓝夏心里焦急，因为已经看到了地面上烧杀过后的惨景，"像谁？"

"白王。"红鸢咬紧了嘴唇，吐出两个字。

"什么？"蓝夏诧然回顾，看到赤王的脸色，知道她绝非说笑，"白王？你说的是先代白王寥，还是现在的太子妃白王璎？”

赤王低下了头，美艳的脸上有深思的表情：“都像。”

“天……”蓝王蓦然有些明白了，脱口低呼，“你是说，那魔物是……”

红鸢没有说话，只是缓缓点头，就在这一刹那，仿佛感应到了什么，他们两人迅速勒马，带领一群冥灵战士无声无息落到了地上残破的庭院里。

那里，已经插满了乱箭的匾额上，写着几个金色大字：如意赌坊。

“好像就在这里了。”感觉到了皇太子殿下的气息，蓝夏心急如焚，来不及多想方才的话题，迅速跳下了马背。

走离那个纯白色的女子身侧，旋即就被无边无际的黑夜包围。

傀儡师默不作声地带着偶人在废墟中走着，穿过那些尚自奄奄燃烧的断墙残垣，微弱的火光映红他苍白的脸，空茫的眼睛里居然有近似于仇恨和恶毒的激烈情绪，不停闪电般掠过深碧色的眸子。

偶人本来“咔嗒咔嗒”地跟着主人走着，然而忽然停下了脚步，扯了扯苏摩手里的引线，直直抬起手来，指了指前方的路和远处的如意赌坊——走错方向了。

然而傀儡师根本没有理睬偶人，自顾自茫然走在废墟里，不停止的脚步，扯得阿诺一个踉跄飞出去。也许知道主人心情糟糕透顶，一直不听话的偶人连忙默不作声跟上去。

一道半倒的木栅栏挡在了面前。

然而那样不堪一击的屏障，却让鲛人少主怔怔地立住了脚步，空茫的眼睛穿过面前的栅栏，仿佛看到了极远极远的时空彼端。

时空彼端依然是一道木栅栏，仿佛一道闸门拦在记忆中。

结实的木头笼子背后，是一个年幼孩童惊恐无措的脸，躲在笼子一角，睁着深碧色的眼睛看外面一群围着的商贾模样的人，拼命把身子缩成一团——仿佛这样把身体尽力蜷曲起来，就能变成很小很小的一点，从眼前这充满铜臭和肮脏味的空间里消失。

然而外面粗壮的手伸进来，还是毫不费力地一把抓住了他，拎了出来，展示给客商："你们看，不过四十岁！多么年幼，以后可以为你们赚很长时间的钱。"

"它后背上是什么东西？那么大的胎记——啊呀，肚子里是不是还长了瘤子？"有手伸过来，撕开它的衣服，审视，嫌恶地皱眉，"这种货怎么卖得出去？只能用来产珠，还要费力教会它织绡，太不划算。"

"喂喂，别走别走，价钱好商量——你再看看它的脸，保准是从未见过的漂亮！"货主急了，用力扳转孩童的脸，对着远去的客商叫卖。

那样的日子一直过了多少年……八十年？九十年？

叶城东市那个阴暗的角落里，木笼子就是他童年时候的家，以至于很久以来，他都认为这条常年不见日光，弥漫着臭味的街道就是世界的全部。这在被视为"物"的眼神打量里长大，最初的恐惧和惊慌变得麻木，仇恨和抵触却一日日滋长起来。仿佛有毒的藤蔓疯狂地纠缠着生长，包裹住孩子的心，扭曲着他的骨，密密麻麻地遮蔽了头顶的任何一丝光线。

经历了开膛破肚的痛、拆骨分腿的苦，死去活来。终有一日变成人形的他被人买去，诸般荼毒，只为榨取完鲛人孩子眼里的最后一滴泪。

然而，那时候仇恨之火长年累月的灼烤已经让心肺焦裂，任凭如何毒打和凌辱，再也没有一滴泪水从孩子阴鸷的眼里涌出。那一日，在更加疯狂的折磨过去以后，鲛人孩子依然咬烂了嘴唇都不肯哭一声。奄奄一息中，听到主人在一边商量着：不如干脆从这个不能产珠的鲛人孩子身上，挖出"凝碧珠"去卖钱吧？

就在那一刹那，他想也不想，抓起织绡用的银梭，刺入了自己的眼睛，扎破眼球——那些空桑人，再也不要想从他身上得到任何东西。永远、永远不要想！

其实，在变瞎之前，他的眼睛就从未看到过光。面前是完全的黑，和永无止境的夜。

直到后来，他辗转被卖入了青王府，又卷入宫廷阴谋，被送上伽蓝白塔顶上去执行那卑鄙的计划——到最后，终于从青王手里换回了自由，然而他却已付出了仅剩的最后的东西，从此一无所有。他没有尊严，也没有为人的准则，他什么都可以背叛，什么都可以出卖。

这所有的一切怎么能忘？怎么可能忘记？

那么多年的侮辱和损害，那么多族人被摧残和死去，他背负这样的血海深仇，去不顾一切地获得了强大的力量，难道回来并不能向那该遭天谴的一族复仇，反而要握住那些沾满鲛人血泪的手，和他们称兄道弟并肩作战？

他怎么能做到？怎么能做到？

傀儡师茫然站在废墟间，面对着那半倒的木栅栏，缓缓抬起手，握紧，一拳打在面前的木头上——瞬间，栅栏在可怖的力量下四分五裂。

然而苏摩的手却没有停，不间断地击在那些寸断的木头上，一拳，又一拳。直到整扇木栅栏都化为碎屑。

漫天飞扬的木屑中，傀儡师蓦然用流着血的手抵住了焦黑的地面，全身发抖地跪倒在废墟里。明珠的粉末终于一点点从紧握的指缝里漏尽，继而滴落的，是掌心沁出的殷红血珠。

夜风卷过来，腥臭而潮湿——宛如几百年前东市里那条阴暗铜臭的街道。

沉默。沉默中，忽然听到微微的"咔嗒"声走近，然后，有冰冰凉凉的东西抱住了他的脖子。偶人苏诺无声地将头颅靠在主人的颊上，一直阴暗的眼睛里，第一次换了了解而安慰的光芒，抱住苏摩的脖子。

傀儡师没有说话，只是默默抱紧了自己的偶人。

那一瞬间，从来一直对立争斗着的奇异孪生兄弟之间，出现了罕见的谅解和体贴，仿佛相依为命般地亲密无间。

"阿诺。"许久，苏摩抱着偶人站了起来，有些虚弱地问，"你……真的喜欢那个鸟灵吗？"

"咔嗒"，偶人没有说话，只是微微点了点头，咧嘴微笑。

"好吧……就如你所愿。"抱着唯一的伙伴，傀儡师闭上眼睛苦笑起来，"等明日安顿好了复国军的事情，我们便去找她，好不好？"顿了顿，苏摩眼里又有茫然的光，喃喃低语，"和魔物为伴，倒是相配啊——其实我觉得那幽凰很古怪……似是哪里眼熟吧？"

阿诺无声地咧开了嘴，似是欢喜地抱紧主人，然而眼里却闪过了阴暗莫测的光。

站起的刹那间，傀儡师和偶人都是一怔。

应该是被方才木材破裂的声音惊动，冥灵女子不知何时已经悄无声息地来到身侧，站在一丈外的街角，静静看着抱着偶人从地上站起的傀儡师。白色长发从她额头飘散下来，在血腥横溢的夜中无风自动，眼里因为方才看到的那一幕闪着说不出的神情。

看到白璎的那一刹那，阿诺脸上关切悲悯的神色忽然消失了，放开苏摩的脖子，"咔嗒"一声跳到了苏摩宽而平的肩膀上坐下，带着讥诮恶毒的表情看着前来的冥灵女子，又看看主人的脸上表情，隐约竟然有几分幸灾乐祸。

几百年了，无论幼时在东市、在奴隶主作坊，少年时在青王府、在伽蓝白塔神殿，青年时在中州、在四海游走，它的主人都是冷酷而孤独的人，从来未曾有方才那样的失态——很多时候，他心底连一丝一毫的软弱犹豫情绪都不曾有，更罔论方才崩溃般的愤怒和挣扎。

东市那样不见天日的生活，很多很多年来，他几乎都以为自己忘了……原来，并不曾忘记。仇恨就宛如蛊毒一样，深种入骨。

苏摩握紧了手，站起来头也不回地走，不想看对方怜悯的眼神。

"等一下。"仿佛看出了对方的情绪，白璎却站在路中，忽然抬起手臂拦住了他。似乎下了什么决心，低垂的眼帘里闪动着光芒，抬起手臂拦住傀儡师前进的路——冥灵虚幻的手形成一个空无的"界"，在那样的阻拦面前，苏摩停住了脚步。

侧身交错的两个人没有看对方，只是停下来、沉默。

154 ·

"方才……方才那个魔物，是我死去的亲人。"那只虚幻的纤细的手，忽然间微微颤抖起来，白璎低着头，终于艰涩地开口，说出话来，"那只鸟灵，是我的亲人。"

苏摩蓦然一惊，闪电般转头看了空桑太子妃一眼——

白族最高贵的太子妃，怎么总是和魔物扯上关系？心底，他听到阿诺的冷笑，这样的话几乎要冲口而出，终于还是生生忍住，傀儡师想起了那个鸟灵女童般的外表，只是淡淡问："难道……是你妹妹？"

白璎的异母妹妹、青王之妹青玫郡主和白王寥所生的女儿，白麟——那个比白璎小上十多岁，然而血统比其姐更加高贵的女童。青王兄妹曾极力谋划，想要让这个女孩成为太子妃，然而终未成功。据说那个孩子死的时候只有十五岁。

难怪那个魔物有着那样让他觉得熟稔的诡异气息。

"不，它不仅是我妹妹。"白璎低低道，声音也开始微微颤抖，"同时更是我的继母、我的叔伯兄弟、我的大臣和民众……是这世上所有和我血脉相连的人！"

说到最后一个字，仿佛是因为剧烈的感情起伏，长及脚踝的雪白长发如同风一样飞舞起来，在乱发中，空桑的皇太子妃转过头来看着苏摩，虚幻的面容上却有真真切切的哀痛："苏摩，那个鸟灵，是我所有族人死去后，因为绝望和愤恨化成的魔物啊……是白之一族无数的冤魂凝聚成的邪灵！"

傀儡师蓦然回首，看着身侧的冥灵女子。

"因为我从白塔上任性地跳了下去，扔下族人不管，所以他们才被沧流帝国灭族。当冰夷入侵时，封地上的屠杀持续了十天！"第一次，白璎毫不避忌地说起百年前的那一场大难，"除了我父王带了一些勇将杀出，回到帝都，封地上所有族人都死了——为了避免血统延续，沧流帝国将所有王室成员带到北方空寂之山，生生钉死在地宫里！

"有些人的魂魄永远被镇在了那里，有些冤魂散佚出来，凝结成了魔界的邪灵。"白璎苦笑起来，在夜风里微微侧过头，倾听，"你听听……每到夜来，云荒的风里以及空寂之山上还有那些冤魂的哭声。"

苏摩无言转头，果然极远极远的北方，隐约传来若有若无的哭泣声，邪异悲痛。

"空桑本来有千万子民，而如今只剩下不到十万人沉睡在不见天日的无色城。"白璎的眼睛里忽然有看不见底的悲痛，"那么多的血还不够吗？就算我们空桑人犯下过滔天大错，这一场屠戮里付出的代价难道还不够？我的父母兄弟、亲朋族人已经全都死了，白麟死的时候才十五岁……够不够？你非要看到最后一个空桑人都死绝了才甘心？"

那样激烈的语气，让傀儡师肩膀上的偶人都微微变了脸色。苏摩苍白的脸上有无数复杂的表情交错而过，然而始终没有说出一句话来，只是踉跄着后退，仿佛不再想继续面对这样的斥问。

"求求你，苏摩。"忽然间，他冰冷的手被一只更加寒冷的手拉住，已经死去的冥灵抓住了他，看着他的眼睛，"求求你好好想一想。该死去的都已经死去了，请不要再因无谓的积怨，让可以活下来的人不见天日——你和真岚的力量联合起来，说不定真的可以推翻沧流帝国，这无论对我们空桑，还是你们鲛人都是最好的选择。"

该死去的都已经死去了……那样的话，忽然如闪电般击中了傀儡师。

他空茫的眼睛看着面前虚无的冥灵，踉跄着后退。

"苏摩，我以前就不曾怨恨过你，如今更愿意再度相信你——如果一个人还知道流泪，还知道痛苦，那他心里必然就还有他要守护的东西。"显然感觉到了对方内心的动摇，空桑皇太子妃不肯放开他的手，用尽了全力劝说，"以你的力量，你本可以给更多人带来幸福……如果你想要什么交换条件，可以尽管开口，我会转告真岚。"

"唰！"忽然间一声尖厉的呼啸划破了空气，白璎下意识地松开了手。

锋利的透明引线如同刀般割过，拦开了她。出手的是坐在傀儡师肩头的偶人，阿诺眼神是阴鸷的，冷冷看着面前的女子，眼里居然带了杀气，似乎不愿她如此接近自己的主人。

苏摩挣开了她的手，跟跄着后退，一直到后背撞上了断墙才停住。转瞬就平定了胸口起伏的气息，忽然间冷冷一笑，转过了身去："我要守护的是我的族人，和你们空桑人无关——我想要的，也是手指再也抓不住的东西。

"你们，又能有什么东西可以和我交换呢？"

话音未落，傀儡师再也不停留，迅速消失在黑夜。

听着窗外翅膀扑簌的声音风一样呼啸而去，知道那些鸟灵散了，房间里的人都松了口气，开始继续谈话。

如意夫人重新点起了灯，凑近去看复国军左权使的伤势。

灯下炎汐原本因为失血而苍白的脸，居然泛出了奇异的嫣红，虽然极力压制，然而依旧忍不住不停地咳嗽，有些烦躁地用手抓着伤口上的绑缚，仿佛那里有什么东西在燃烧一般，无法忍受。

"怎么了？"如意夫人吓了一跳，知道左权使为人坚忍，在征天军团手里受了那么重的伤自始至终没有呻吟过一声，而如今居然有无法掩饰的痛苦表情，必然是情况不妙。

"夫人，炎汐烧得很厉害！"那笙急了，抓着榻边扭头对美妇嚷嚷，带着哭音。如意夫人忙忙地放下烛台，弯下腰，有些不信地探了探对方的额头，忽然间手便是猛烈一颤——其实是没有多少温度的，然而对冷血的鲛人一族来说，如今这样的体温，无疑便是烧得让体内的血都在沸腾！

怎么会这样……怎么会这样？

如意夫人愣了愣，连忙拿过一盏茶，那笙劈手夺过，扶着炎汐坐起，递到他唇边。鲛人战士似乎已经被迅速攀升的体温烧得无法说话，看到水，下意识地一口饮尽，然而嘴唇依然干裂，眼里有渴盼的光。那笙连忙又倒了一盏，也是转瞬饮尽。

等一壶水全部喝完，炎汐依然虚弱，仿佛那样的体温将体内所有水分都消耗殆尽。

那笙急得要哭，然而在她起身准备去找水的时候，如意夫人忽然抬手按住了她。美妇的眼里有着深思，喃喃道："没用的，不能不停给他喝水，不然他会死。"

"会死？！"那笙听得那两个字，一下子惊叫起来，引得旁边慕容修和真岚西京都看过来，然而苗人少女不管不顾，一把拉住了如意夫人，几乎哭了起来，"刚才不是好好的吗……还说苏摩给他治过伤了，怎么一下子又恶化得这么厉害？要……要怎么办才好啊？"

慕容修听如意夫人说得严重，终究不忍，站起身来："夫人，不知瑶草是否管用？"

如意夫人愣了一下，看着这个鲛人的孩子，摇摇头："应该不顶用。"

那笙的脸色顿时苍白。

"哎，别怕，有我呢。"那个瞬间，忽然一边听着的真岚开口了，安慰着皇天的持有人，"实在不行，我可以把我的血给他喝……"

"什么？！"那笙吓得一跳，看着那古怪的头颅，"炎汐又不是吸血鬼！"

"你知道什么？小丫头。"西京勉力挣扎着下地，走到炎汐病榻前——毕竟是剑圣弟子，愈伤能力远超常人，再加上方才苏摩用灵力替他疗伤，休息片刻便能勉强走动。他一手提着真岚的头，一手抓着断肢走到那笙身边，撇撇嘴，"云荒上最厉害的是什么？空桑的帝王之血！几乎有返魂归魄的能力——还不快谢谢真岚。"

"啊……"不但是那笙，连一边的如意夫人都愣了一下，看着面前两位空桑族的显贵。空桑的皇太子，居然肯为复国军的左权使而流血？

西京没工夫和他们啰唆，便上前查看炎汐的伤势。跟鲛人相处日久，抬手一探对方的额头便知道非同小可，当即对着真岚点点头，真岚也不言语，便抬起了手腕。"咔嚓"一声，光剑出鞘，划向空桑皇太子的手腕。

"啊——不用不用！"那个瞬间，如意夫人才回过神来，脸上有复杂的神色，连忙拦住西京，西京重伤之下无法收放自如，差点误伤到对方。如意夫人急急拦在复国军左权使身侧，解释道，"不需要帝王之血，炎汐这不是伤……"

"不是伤？那么就是病！"西京被阻拦，眉头蹙了起来，冷冷道，"夫人，人命要紧，不是讲以往恩怨的时候，莫要再拖延。"

"也不是病！"如意夫人一跺脚，仿佛不知道如何解释，蹙眉说，"我不是故意要拖延阻拦你们……是他、他根本不需要用药呀！"

所有人都是一愣："什么？"

然而就在这一刹那，他们重新听到了翅膀的扑簌声。

难道是鸟灵又回来了？房中所有人闪电般回头，却看到了夜幕下从天翩然而落的骏马。天马的双翅平滑地掠过空气，收拢，轻轻落在外面残破的庭院里，黑袍战士们翻身下马，在黑夜里，所有战士盔甲上发出淡淡的光芒，显示出来者都并非实体。

冥灵军团！是无色城里的空桑人大举出动了吗？

乍一见到空桑的骑兵，如意夫人下意识地后退了几步，挡在榻上病重的炎汐身侧，一手拉紧了那笙，低声嘱咐："好好看顾左权使。"一边说着，她已经一边从袖中抽出了一根细细的金针，贴紧了那笙的后腰。

——无论如何，这个戴着皇天的少女总是空桑方面重要的人吧？此刻敌众我寡，万一空桑人又如当年一般对待鲛人，双方翻脸动手，那么至少她手头上还得抓住一个有用的人质。

然而，那笙却是毫无知觉，看到忽然间大批军队降临，也是吓了一跳，死死拦到了炎汐病榻前，盯着外面的人。

"皇太子殿下！"当先的蓝衣骑士和红衣女子掠入房内，看到西京手里的头颅和断肢，大喜过望，齐齐单膝跪地，"臣护驾来迟，拜见皇太子殿下！"

被西京鲁莽提在手里的头颅凌空转了转，看到前来接驾的下属，忽然间就莫名地松了口气，喃喃道："来的是蓝夏和红鸢啊……那还好，那还好。"

"还好什么？"只有离他最近的西京听到了皇太子的话，莫名其妙地提起真岚的头，忽然间看到两位王者带有怒意的眼光，连忙改抓为托，好好地将那个头颅放到了肩膀上。

"西京，我有话跟你说。"真岚压低了声音，示意他侧过耳朵。西京连忙将耳朵附过去。两人之间低声的交谈开始，蓝夏和红鸢对视一眼，沉默地退在一边。

已经认出了这个老是不客气地抓着皇太子头发的男子，居然就是百年前威震云荒的名将西京，两个王心中一喜，便不好打断君臣间的密谈。

"还好来的不是玄王。"真岚歪了歪嘴，做出一个庆幸的表情，低声说，"那位老人家，可是对鲛人有着根深蒂固的恶意，他一来，事情可就大大的糟糕。诸王中赤王对于鲛人态度比较亲近，而蓝王年轻，也没有多大偏见，算是来对人了。"

"哦。"头颅放在剑客宽宽的肩膀上，西京扭过头，几乎是和真岚鼻子对着鼻子地低语，"你是想和鲛人结盟？但是……苏摩那家伙看起来很难对付的样子啊……他会肯？"

"就是。"真岚苦着脸，皱眉，对着近在咫尺的好友诉苦，"简直是个怪物。我想来想去，都搞不清他心里到底想什么——要知道我的读心术可不算差的啊。他的力量很强，只怕不在我之下……当然是没有四分五裂之前的我。"

"那么……"片刻的沉默，西京也是沉吟，终于低声几乎附耳般问，"让阿璎出面？她的面子，苏摩说不定会卖。"

"去！"真岚忽然瞪了他一眼，那样近在咫尺翻起的白眼吓了西京一跳，断手跳了起来，用力敲剑客的后脑，"都什么鬼主意！"

"你不至于那么小气吧？"西京苦笑着看他，"紧张什么，又不是要你戴绿帽子。"

"是你的提议太臭。"真岚的断手抓抓，将方才被西京拎着而弄乱的头发重新理顺，"你以为让白璎出面事情会好办一点吗？只会帮倒忙而已！苏摩当初那样对待白璎，何尝留了半点情面——但我想，其实他未必不痛苦。"

西京微微一怔，看着肩膀上真岚的头颅。

"我想，那段日子大约是他最不愿提及的，就像是最不能揭开的一个痂一样。"真岚淡淡道，眼睛看着窗外的夜色，"他是个聪明人，如果就目前局面冷静地分析，他或许还会做出与宿敌联盟的选择——但是如果白璎出面，挑开伤疤，事情可能就会往反方向走了……"

"这样啊。"西京喃喃说了一句，眉间有复杂的情绪，"那么只能直说试试了。"

顿了顿，仿佛第一次感受到朋友百年后的变化，剑客回头看着皇太子，微笑说："真岚，你好像到现在看起来才有点像个皇太子的样子了。"

"喊！"真岚白了他一眼，回头对着前来的蓝王和赤王微微点头，招呼两人上前，开始将自己想要结盟的计划，细细说给两位藩王听。

忽然间，外面的天马发出了不安的嘶叫，冥灵战士的长刀纷纷出鞘，仿佛有敌逼近。

空桑皇太子和两位王者蓦然回首。

只见黑夜中天马羽翼扇动，惊嘶中踏蹄连连后退，居然不听骑士的操控。在白色的天马退让出的通道中，黑衣的傀儡师踏着废墟而来，深蓝色的长发在夜风中飞扬，那样的速度，宛如御风飞行，几乎超出了"实体"的移动极限。

"天……是苏摩？"看着迅速接近的傀儡师，两位王者认出了百年前那惊动天下的脸，不自禁地脱口——记忆中那个少年奴隶已然长大，由青涩变为阴鸷，然而那俊美无俦的面容依旧。

看到鲛人少主掠入房间的刹那间，赤王和蓝王几乎有时光倒流的恍惚。

"少主！"唯独如意夫人是惊喜的，因为在大敌环伺的时候，终于盼到了主人，连忙几步上去迎接。

苏摩在厅中站定，本来空茫的眼里依然残留着一丝丝激烈的情绪变动，宛如闪电不时交剪而过。在看到前来的空桑诸王时，他的眼睛微微亮了一下，有锋锐的光——赤王和蓝王？

那个瞬间，百年前的一幕如同洪流倒卷而上，将他再度淹没。

手用力握紧，掌心那个伤口重新裂开，他没有理睬任何空桑人，只是穿过诸王和真岚、西京，对着一边茫然的慕容修点点头，然后转头问如意夫人："炎汐怎么了？"

然而，一边问话，一边探手试了试昏迷中人的体温，苏摩忽然如同被烙了般一怔："这是……"

他不顾那笙还在一边，迅速撕开炎汐胸口的绑带，检查那个可怖的伤口——然而，让那笙惊喜交加的是，那个本来贯穿身体的巨大伤口，居然已经迅速地愈合起来，仿佛有惊人的力量催动，肌肉生长着，筋络蜿蜒着，几乎都可以看到延展的速度。

"哎呀，好得那么快！"那笙忍不住，拍着手惊呼起来，大喜之下对苏摩也感恩戴德起来，"你好厉害！这么快就让炎汐好过来了，真是个好人！"

然而苏摩根本看也不看她，手指摁着左胸上的伤口，感知到了血肉下涌动的变化和炽热的温度，脸色忽然间苍白，低声说："难道是……"

"是。"不等少主问完，一边如意夫人悄声回答，"这一刻到了。"

苏摩默不作声地抬起头，看了一边正在欢喜的那笙一眼，陡然间闪电般出手，一道白光掠过，顿时将苗人少女的脖子勒住！可怜的那笙根本来不及有任何动作，已经被勒得几乎窒息。

事发突然，空桑诸王居然都无法阻拦，而那笙已经落入对方控制。

无色城开后，六王的力量一齐削弱，而西京身负重伤，真岚在黑夜里无法使用帝王之血的力量——那个瞬间，居然没有人能有力量阻止苏摩。

看着面前的苗人少女，又看了看榻上昏迷的鲛人战士，傀儡师的眼里，蓦然闪过无法言表的憎恨和悲哀。如意夫人揉着手，想阻拦少主，却不知道该如何开口。

"可恶。"仿佛什么在胸臆中翻涌着,苏摩的神色越来越阴郁,手指蓦然勒紧,准备将少女的头从脖子上齐齐切下——他肩膀上那个偶人微笑起来,看着面前不停挣扎的那笙,眼里有恶意的欢喜。

"啪!"就在那一刹那,忽然一道白光如虹而来,齐齐截断那根越勒越紧的引线!

苏摩只觉手中一空,眉间的怒气更深,想也不想,回手就是一击。

"叮!"一声巨响后,来人踉跄着落到地上,然而却是丝毫不敢怠慢,抢身拦在傀儡师和那笙之间,一把将少女拉到了身后,横剑护住,厉声说:"你想做什么?放开她!"

白璎冷然凝视着面前黑衣的苏摩,眼里带着不退让半步的狠气:"就算不答应方才提出的建议,也不必急着杀这个小姑娘吧?"

白璎护着那笙,感觉这个死里逃生的女孩正在全身哆嗦着用力呼吸,眼里不自禁地涌出了怒意,狠狠盯着面前的人:"你恨不得我们空桑人死光也就罢了,干吗连中州人都不放过?疯了吗!"

真岚忽地苦笑:怎么?原来是白璎那家伙,自以为是地跑去先和鲛人少主进行了那样的交涉?

"我若是疯了,岂不让你们如愿?"片刻的沉默,苏摩猛然冷笑起来,"你们不是都恨不得我疯吗?你们这些空桑人,害了那么多鲛人,居然还不放过炎汐!"

"少主,少主!"看到这样反常的语气,如意夫人终于不安起来,上去拉住他,劝阻道,"别这样……这不能怪那笙姑娘。炎汐命中注定如此吧,你若是杀了那笙姑娘,左权使他……"

"咳咳,咳咳。"在这一番有些莫名其妙的对话里,众人沉默下去,只听得那笙捂着咽喉不停咳嗽,白璎微微紧张地拉着她,抬手摸着她的脖子,摸了一手的血——方才苏摩那样一勒,勒断了少女的血脉。

那笙咳嗽着,泪水在眼眶里打转,最后终于挣出话来:"又不是、又不是我要害炎汐……你、你好不讲理，咳咳！我喜欢炎汐，有什么、有什么不可以吗？难道我是害他了？"

她拼命地咳嗽，捂着脖子上涌出的血。

然而，那样大胆的表白，却让所有人都沉默下去。

"不会有好结果。"苏摩漠然说了一句，"他是鲛人，而你是皇天的持有者。一定不会有好结果。"

"那、那有什么相干！"那笙不服，然而脖子上的血急速涌出，带走她的力气，声音渐渐微弱下来，"戴皇天也好，后土也好……这、这和我喜欢炎汐有什么相干！咳咳……我就是喜欢鲛人……不行吗？你好不讲理。真讨厌……炎汐要叫你这样的人少主。"

苏摩眉头蓦然一蹙，怒意凝聚，手指再度握紧。

"别说话。"然而白璎却是抢先一步挡在那笙面前，抬起手绞了一片衣襟，为她包扎颈上的伤口——然而动脉破了，哪里能轻易止得住。

"太子妃姐姐，他好不讲道理……"然而那笙依旧不服气，微弱地分辩，"你说说……你说说，为什么……戴着皇天就不可以……鲛人……就不可以。"

白璎抱着她坐下，急速用手指压住她血脉，开始念动咒术，用幻力凝结她的伤口。然而尽管这样，倔强的少女却仍不肯收声，一直喃喃："汀、汀喜欢西京大叔……慕容有鲛人妈妈和中州的爸爸……为什么不可以？是不是嫌我没有鲛人好看？好没道理……对了，你、你也不是和他……"

"住口！"白璎冗长的咒语被她打乱，一弹指，让倔强的少女沉沉睡去。苏摩在一边看着，仿佛瞬间神色有些恍惚，居然没有再度出手。

可这样的话，却让房内的人相顾失色。

赤王红鸢仿佛想起了什么，不自禁地微微点头，有感慨的表情。慕容修一直神色紧张地看着那边瞬息万变的情况，却无插手之力，此时才舒了口气。西京看向一角死去的汀，肩膀一震。正在发呆的真岚几乎跌了下去，断手连忙伸出，抓住掉落的头，扶正。然而空桑皇太子的眼里，也有诧异的神色。

——皇天挑中的，居然是这样的一个女孩……能力低微，却有着一双不带任何尘垢的眼睛。

或许，这就是那枚有灵性的戒指做出选择的原因吧？

这个沉积了千年污垢的云荒，需要这样一双来自外族、一视同仁的眼睛，来重新审视和分配新一轮的格局。

"这孩子眼里，没有鲛人和人的区分。"白璎止住那笙颈中的血，抬起头看了苏摩一眼，淡然道，"你莫要吓着了她——看来她是真的喜欢你们复国军的左权使啊。"

苏摩忽然沉默，没有回答，他肩上的偶人跃跃欲动，却被他烦躁地一手扯开。

他探着炎汐的体温，知道这样骤然发热，无疑是因为体内机能的剧烈演变引起，将持续很长一段时间，因人而异，有的需要两三个月，有些却需要一年——很多鲛人一生中都有这样的一次经历，然后身体内部不受控制地慢慢变化，从无性别分化为男女。

这样的经历，他自己也曾有过。

当年那一场剧变后，被驱逐出云荒，一路独行，历经千辛万苦。然而，尚未到天阙，就感到了身上火一样的灼热。那时候的鲛人少年尚自懵懂，不明白为何身体会裂开般疼痛。在勉强翻过天阙后终于支持不住，昏乱中，他将自己埋在慕士塔格山脚的雪中，企图用冰雪冷却身体内部的炽热。然而，长时间的昏睡后醒来，却赫然发现自己的身体起了惊人的变异！

他终于明白来临的是什么。然而没有人知道那个瞬间他的震惊和绝望。

"一切开始于结束之后。"

——慕士塔格上初遇那个自称会算命的苗人少女，雪地上扶乩写下的判词，那样昭然若揭地说出了他的"过去"，令他瞬间变了脸色。

如果意志力能够起作用，他绝对不会让自己变成如今这个样子……可惜一切都无法控制。从开始到结束，都无法以人力控制！

从那个瞬间起，他对于自己这样的身心，都产生了无法克制的厌恶，从此不再顾惜。

身体和心都不再重要，随便扔到哪里都可以——反正到了最后，所有的鲛人，都将回归于那一片蔚蓝之中。然而令他厌恶的是，他必须拖着这样的身体完成他的梦想，他还要回到这片土地上来，面对着已经死去的人！

已经成为冥灵的女子站在他面前，而在她如今平静的目光里，他看到的却是死去了的自己。

所以，一开始看到没有成为任何一类人的复国军左权使，自己心里才会感到由衷的羡慕吧？可恶的是，那些人，竟然让炎汐都为之改变！

"是啊，那笙她从来觉得鲛人比人好。"旁边慕容修大约猜到了事情的大概，不失时机地插口，"从中州一路过来，她从未对我这个半鲛人说出任何恶意或者轻视的话。左权使和她出生入死，她那样喜欢炎汐也是理所当然的。"

如意夫人掠了掠鬓发，叹了口气，轻轻拉了拉傀儡师的衣服，悄声道："少主，看来……也是命啊。我也算阅人不少，这个姑娘看起来的确天性纯良。而且，你看西京对于汀，白璎郡主对于少主……并不是所有空桑人都……"

"住口。"再也不想听下去，苏摩冷喝，然而沉默了片刻，忽然转过了头，低低说了一句，"一切随他。自己的事，旁人没有什么资格干涉……"

"啊。"如意夫人听到这样的话，心知少主已经不再执意反对，不由得惊喜，"太好了！我替炎汐多谢少主。"

"不会有好结果。"傀儡师转过头，不想再去理会这样的纠纷，然而垂下了眼睛，喃喃自语般地吐出了一句话，那森冷的语调，仿佛一句不祥的咒语。

"会有好结果的。"终于将那笙颈中的血止住，抱着失去知觉的少女，冥灵女子抬起了头，静静凝视着鲛人少主，语气温柔然而坚定，"会有的——已经不是百年前的那个云荒了。她会幸福，必然会。"

苏摩一怔，忽然间再度沉默下去。

"是，会有的。"这个短暂的沉默中，一只手按上了白璎的肩膀，沉声重复，仿佛加重这个预言的说服力，"他们将在蓝天碧海之下幸福地生活，远离一切战争混乱，住在珊瑚的宫殿里，子孙绕膝，直到死亡将他们分开。"

仿佛回应着空桑皇太子的这句预言，戴在昏迷少女手指上的皇天陡然闪现一道光芒，映照着那笙沉睡中宛如婴儿般的脸。听到那样的话，白璎长长的睫毛一颤，低下头去，缓缓抬起戴着"后土"的手，覆盖上肩膀上真岚的手背。

那短短几句话勾勒出的景象宛如梦幻，一瞬间仿佛夺去了房中诸多人的神志。

"在蓝天碧海之下幸福地生活……"那样的声音，在在座几个人心中发出了悄然悠长的回音。

"是、是吗……"那样冷定的意志力仿佛也被撼动，傀儡师的眼神瞬间有些恍惚，不自禁地脱口喃喃问，"在蓝天碧海之下幸福地生活……直到死亡将他们分开？"

"是的。"真岚长眉下的眼睛是坚定的，许诺般重复，"将来的海国和云荒，就应该是这样——那不仅仅是你们鲛人一族的梦，也是我们空桑人如今的梦。而这个梦，苏摩少主，我希望能经由你和我的手，来一起完成。"

十七·定盟

夜色深沉，仿佛看不透的幕布将所有事物隔绝开来。

然而，在灯火通明的大厅里，近在咫尺的诸人各自沉默着，也仿佛有无形的幕布展开在彼此之间，相互都不知道对方心里此刻的所思所想。

苏摩坐在炎汐榻边，似乎是在查看着复国军左权使的伤势，然而眼神却是辽远的，茫然中隐约有一丝丝电光不停掠过，显示出作为鲛人少主的他内心的激烈斗争。

如意夫人端来冷水，将手巾浸湿了覆在炎汐额上，然而眼神却颇为焦急——她也算是经历过那段过程的鲛人，知道这种情况下，最好是回归水中，让水的温度来冷却体内因为裂变而产生的温度，保持鲛人血液的冷度。不然，便要如同离开水的鱼儿一样脱水而死。

那笙躺在空桑太子妃怀里，在白璎的咒术作用下止住了血，呼吸慢慢变得平稳均匀，睡得宛如一个孩子。

慕容修虽然是个外人，但是自幼便听父辈详细说过千百遍云荒的各种事情，自然也清楚眼下双方沉默的对峙中，酝酿着什么样重大的变更——时局的巨变，本来和他区区一个外来者没有直接的关系，然而不知为何年轻珠宝商人注视着双方的表情，脸上的神色却颇为紧张。

"我听说，你们中州曾经出现过几位名垂史册的富商巨贾。"

独处时，空桑皇太子的话忽然响起在耳侧，意味深长。

虽然是商贾世家，然而慕容家作为四大豪门之首，自然并不只是满身铜臭的一般市井商人，作为长子的慕容修更是熟读经史，自然也记得那些青史留名的前辈——其中有人慧眼识真龙天子于寒微之时，一力谋划辅佐其登基得天下；也有人于烽烟四起时，倾尽资产招兵买马拥立雄主，最后裂土封侯。他们不仅左右了天下时局，更改写了中州历史。

那些商人，本来只是一介布衣，最终却因其长远的眼光和魄力，从谋利进而谋国，得到了一个纯粹商人毕生无法获得的荣耀和权势。

慕容修是个聪明人，当然知道这位云荒土地曾经的主宰者话外的暗示。这样一个天大的机会摆在面前，作为一个世代经商的慕容家的长子，他不是不动心的。

然而，自己区区一个珠宝商，一无武艺二无术法，不过买进卖出赚取黄白之物，哪里能对这样大的计划有所帮助？而自己是中州人，身负慕容家族的重托，作为长房嫡子远赴云荒贾货，需要尽早返回家乡，免得母亲日夜悬心，若三年期满不归，便要被当作他乡野鬼来看待了——他怎么能够轻易掺和到这样把握不大的凶险事情里去……

而且，空桑人是否复国，和自己一个外人又有何联系呢？

稳健保守的作风，让年轻珠宝商不曾脱口答应皇太子的提议，然而内心深处那不安分的野心，却在这样强烈的刺激下跃跃欲试。但，空桑人要推翻沧流帝国又是多么困难的事情，把握大约连二成都不到吧——即使年轻珠宝商内心按捺不住要插手政局，但是依然清醒地知道在这样的严峻形势下，贸然答允无异于孤注一掷。

他其实是个不怕孤注一掷的人，但是，他怎可让中州的母亲日夜悬心。

　　所以，慕容修在这样凝滞的气氛中，甚至比任何人都想知道此次鲛人和空桑的联盟能否达成——如果双方联手，那么对付沧流帝国的把握便能多上几分。那么对他来说，在是否押上身家性命的考虑中，也能多几分把握。

　　然而苏摩只是沉默，并没有一丝一毫的表示。

　　眼看黑夜即将流逝，白昼就要再度降临在云荒大地上，空桑诸王脸上都有了些微不安的神色，相互对望——天色已亮，必须要回去了。

　　但是，若是此次结盟失败，不知道下一次还有无这样的机会，再有这么多藩王和皇太子联袂走上大地，出面谈判。

　　真岚扭头看了看天色，终于开口，说出了一句话——

　　"苏摩，若是我们结盟，我便可答应将龙神从苍梧之渊放出！"

　　那样的一句话，让在座所有人悚然动容。诸王惊诧，如意夫人更是惊得脱口，打翻了水杯，连邪异的傀儡师都无法免俗，震惊地抬起了头，空茫的眼睛里凝聚着雪亮的光，直视着空桑的皇太子。

　　——将龙神从苍梧之渊放出？

　　七千年前，由星尊帝合六部之力将鲛人的保护神从碧落海擒回，强行封印镇入了九嶷山下的苍梧之渊内，从此鲛人一族顿失庇护，无法和强大的空桑帝国对抗，束手为奴。

　　那是鲛人一族噩梦的开始……而今天，空桑人说，可以将龙神从苍梧之渊内放出？

　　苏摩只是微微一怔，然而旋即嘴角上扬，浮出了一个不屑的冷笑。

　　"你先不要笑。"显然是看出了傀儡师内心的傲气和自负，真岚蓦然打断，声音是冷定如铁，"我告诉你，苍梧之渊上的那个封印，不是你可以解开的——那个封印的力量几乎相当于当年星尊帝的力量……你如果这样自负，到时候必然发现自己无能为力。"

　　苏摩继续冷笑，然而眼神却慢慢凝聚起来——他同样也有读心术，所以此刻可以分辨出空桑皇太子这句话并非虚言恐吓。

　　"当然，如果你愿意拼着命，硬碰硬去破掉那个封印也不是不可以。"真岚微微颔首，眼神却是流露出一丝讥讽，"但就算你放出了龙神，你还有余力面对沧流帝国的征天军团吗？分明是可以不费代价做到的，你该不会意气用事到玉石俱焚吧？"

苏摩慢慢不笑了，脸色又恢复到平日的阴郁冷漠，许久，他冷冷问："那么强大的封印，你又如何打开？莫非还是要靠这个小姑娘？"

看出了傀儡师眼里的怀疑，真岚摇了摇头，决定还是和盘托出："那笙的力量只能和皇天对应，而封印龙神的力量……来自后土那一系。"

"白薇皇后？！"诸王脱口惊呼，连白璎都变了脸色——这个秘密，不但没有载于皇家典籍，居然连六位藩王都不曾知道。

"是的，白薇皇后。"真岚的嘴里再度吐出那个国母的名字，带着从未有过的肃穆神色垂下了眼睛，将右手压在眉心上，仿佛每次说到这个名字，便带着罕见的敬畏。

白璎忽然不知道说什么好——作为白之一族的王，她居然丝毫不知这样的事情！

"白璎，你知道为何后土的力量如此微弱吗？甚至昨夜和苏摩的对战中，也无法护得你周全？"真岚的眼睛看向妻子，微微叹了口气，"因为后土的力量随着白薇皇后的所有灵力一起，为了封印龙神，早已在苍梧之渊消耗殆尽。"

什么？当年，难道是白薇皇后出手封印了鲛人的龙神？

苏摩愣了愣，嘴角忽然再度浮出一丝冷笑——原来，千年前便是白之一族的女子生生葬送了鲛人的命运……千年以后……

"所以你不必内疚，你手上这枚'后土'，已经没有多少'护'的力量了。"真岚看着她，吐出了一口气，终于说出了自己心里长久未曾对妻子表明的话，"百年前，即使你不从伽蓝白塔上堕天而下，空桑，终究还是难逃劫难。"

空桑皇太子拉起了妻子的手，冥灵女子纤细苍白的手指上，那枚银色的后土闪着千年浸润的幽然光泽，他清楚地感觉到白璎的手指在微微发抖，只是说出了最后的话："所以，如今要解开这个封印的，恐怕也只有作为白族之王的你。"

白璎的手猛然一震，抬头看着丈夫。那样苍白秀丽的脸，美得不真实，雪白的长发从白王的额头披散而下，如雪般铺了满座。

然而，听得这样的话，她一如平素沉静，低声道："如果你说的是真的，如果我有这个能力，自当尽力。"

"只有你可以，你是后土选中的人。"真岚低头，眼里有说不出的奇异。百年前的那一幕，又一次地闪回在眼前——

一百零三年前，帝都伽蓝的白塔顶端，神庙中气氛肃穆，神官们低声祈祷如水般弥漫，承光帝、诸王、大臣灼灼注视着明堂辟雍中心供奉着的那枚银色戒指。

水中心的神龛上，那枚自从前代白莲皇后去世后，就被供奉起来的神戒"后土"熠熠生辉，仿佛知道时辰的到来。围绕着辟雍的明堂中清水无波，只有十二朵莲花含苞待放——那是一早就种下去的花，每一朵对应着一名待选的白族嫡系贵族少女。清波上，那些对应着女子的莲花围绕着神戒，感受着里面历代国母的灵力。

"啪！"终于，轻轻一声响，一朵金色的莲花绽放开来，满室馨香。

"白璎郡主，是千年前白薇皇后的转世。"

大司命从十二朵金色莲花中垂手取出率先盛开的那一朵上面的玉牌，低眉如是说，玉牌上用空桑人的蝌蚪文写着新一任太子妃的名字：白璎。

那时候，作为皇太子的他，站在一边看了全部选妃典礼的过程，最后两个字跳入眼帘的一刹那，他忽然觉得有彻骨的寒意——就是这个陌生的名字？将和他纠缠一生的符咒。

星尊帝和白薇皇后……

百年后，即使情况已经完全不同，然而对着太子妃提及这件从未有人知道的事时候，真岚依旧感到心底里有深不见底的寒冷和无力。那种拼命挣脱，却心知无力抗争的无奈，自从他十三岁在砂之国被空桑皇室监禁，强行带回帝都的时候，就已经笼罩在少年的心头——百年后，居然越发深重。

就如白璎是被后土选中的皇后，他也是被皇天选中的帝王——不管他们愿不愿意，无数的急流、重担、纷争就如同洪流将他们卷入，以后的日子只能极力挣扎，若不挣扎，只有眼睁睁被灭顶。

没有谁能够逃脱轮回中的安排，没有谁能够超越命运的流程。即使星尊大帝和白薇皇后那样的人……也不可以。

"太初五年，星尊帝灭海国——白薇皇后也是在同一年死的，是不是？"沉吟间，傀儡师首先开口，回溯千年前的往事，忽然间冷笑起来，"是因为封印龙神，消耗了灵力而早逝的吗？"

白璎诧然回顾真岚，空桑皇太子默然不语。

苏摩揽衣而起，脸色冷诮："原来，星尊帝终归付出了代价。"

第一次听到皇室这样的秘闻，赤王和蓝王相对看了一眼，压住了惊讶——虽然是千年前就跟随星尊帝开创帝国的藩王之后，但是空桑皇族里几千年的秘密，除了和王室世代联姻的白族，很多秘密外人都无从得知。

比如帝后二人身为平民，最初是从何得来那样强大的力量？比如白薇皇后为何早逝；比如为何既然身负帝王之血，空桑的历代皇帝还会如常人一样生老病死……太多太多疑问，几千年来从未有人想过要去问。而独处伽蓝城的皇族一脉，更是高高在上，从未容许任何人靠近。

作为正史记入《六合书·往世录》的那一段历史是那样的——

七千年前，帝后两人已统一云荒，星尊帝却难扼勃发的野心，再加上一些贵族巨贾的游说，不肯甘于做陆地之王的星尊大帝终于麾兵入海，意图将目之所及的全部都归入他的版图，收服四海，打通云荒往南通往新大陆的航道。

然而，他的野心却遭到了守护大海的蛟龙的反击，空桑远征大军损失惨重，"浮尸遍海""水为之赤"，而碧落海里"水族尚自安然"。

星尊帝性格刚毅，手段强硬，遇强则愈强，从未放弃任何既定的目标，尽管国内颇有微词，依然先后几次出兵碧落海——动用了倾国的力量，一番海天龙战，其血玄黄，终于合六部之力，擒获蛟龙，囚于九嶷山下苍梧之渊。

最艰苦的战争已经完成，面对着失去龙神庇佑的鲛人一族，空桑军队几乎没有遇到任何有力的抵抗，长驱直入。

太初五年，海国覆灭。无数鲛人成为奴隶，被万里押回云荒大陆，途中死去者不可计数，幸存者被空桑奴隶主畜养，破尾为腿，集泪为珠，剜目为宝，为谋其利极尽荼毒——位于镜湖入海口的叶城贸易由此而兴，从此富甲云荒大地。

那以后几千年，一直是鲛人不能醒来的噩梦。

然而，没有人知道，白薇皇后的早逝，竟是与此相关——

> 后薨，时年三十有四。帝悲不自胜，依大司命之言造伽蓝白塔，日夜于塔顶神殿祷告，希通其意于天，约生世为侣。帝在位五十年，收南泽，平北荒，灭海国，逐冰夷，震古烁今。然终虚后位，后宫美人宠幸多不久长。常于白塔顶独坐望天，郁郁不乐。垂暮时愈信轮回有验，定祖训，令今此后空桑世代之后位须从白之一族中遴选。

《六合书·往事录》上面那一段话，同时在知情的诸人心中回响，每个人的表情各不相同。

并肩战于乱世，白手起家建立帝国，然而共过患难，最终却不能共享人世繁华——为征服海国而付出了白薇皇后生命的代价，一生自负的星尊帝，暮年在权力的顶峰上寂寞回顾往日，遥望万丈下脚底的大地时，是否曾暗自后悔？

一个人最终拥有的土地又能有多少……一抔黄土底下，却没有别人相伴。

"果然不愧是空桑人的国母，和星尊帝倒是绝配。"寂静中，傀儡师击节冷笑，空茫的眼睛里闪过了煞气，是对于千年前联手犯下那样滔天罪行的帝后的入骨痛恨——所有的苦难根由经这两双手而缔造，对于世代受到凌辱压迫的族人，如何能不恨？

如意夫人的眼里，因为重新提及了苦难的根源，也有难以掩饰的仇恨的光。

"你可以骂星尊帝，却不可以对白薇皇后不敬！"然而，真岚忽然开口，用慎重到几近厉斥的声音，"对于竭尽全力帮助过鲛人，为你们一族而死去的人，怎么可以这样说话？！"

那样冷厉的喝问，从一向温和爽朗的皇太子口中吐出，让包括苏摩在内的所有人都惊住。

"竭尽全力帮助鲛人？白薇皇后难道不是为了封印龙神而……"连白璎都不解起来，拉住了几乎要掴到苏摩脸上的断臂，诧异地喃喃。

"不是。"真岚忽然长长吐了口气，沉默许久，才低声道，"白薇皇后，是被星尊帝杀的。"

"啊？！"那一刻，房内的所有人，诸王、西京，甚至鲛人一族，都不由自主地脱口惊呼。

白璎惊得抓住了皇太子的手，不自觉地用力。

星尊帝杀了白薇皇后？怎么可能……星尊帝琅玕和皇后白薇，古书上记录着，那样相互敬爱的帝王伉俪，他们一生的辉煌和爱情穿越沧海桑田，被多少空桑人传颂。如同云荒大地正中的白塔一样被人世代仰望，成为永垂不朽的诗篇。

"星尊帝怎么可能杀了白薇皇后……"白璎喃喃自语，不信地抬头，看着丈夫，"你说谎！"

真岚那一瞬间似乎不敢看白璎，眼神里有深深的厌憎和恐惧。

"他们曾经是一对恩爱夫妻，却因为灭海国的问题而分道扬镳。"空桑皇太子的眼神，忽然有些恍惚起来，仿佛看到了极其遥远的地方，那些发生过的事历历在目，"白薇皇后本来就不赞成远征海国，后来龙神被擒，鲛人沦为奴隶后，她更是激烈反对——其实，自从毗陵王朝建立，星尊帝登基后，退居后宫的皇后和手握生杀大权的星尊帝之间，已经颇有嫌隙，在很多问题上都无法达成一致的意见……而灭海国导致了他们之间最激烈的冲突。"

"怎么这样的事情，我们都不知道？"脱口而出的是赤王红鸢，有些不可思议地喃喃——又是一段被抹去的历史吗？

"白璎……你应该也读过伽蓝神殿里面收藏的皇家典籍《六合书·往世录》——但是，你看到过这一段吗？"空桑皇太子无视于旁人惊诧的眼神，面色忽然有些苍白，仿佛背诵着多年前记下的篇章，用古雅的语调低低念起一段文字。

一边低诵古书的篇章，真岚的手抬起，蘸着残茶，在桌上写下吐出的一字一句——

后意云荒已安，屡次进言，力阻帝麾兵海上。帝斥其为妇人之见，终不纳。怒，去岁不入东宫。经年海国平，鲛人尽没为奴。空桑人畜之，去眼剖骨，以获其利。东市长年闻悲泣呼号之声，而贵家争相购之，巨贾日入万金，叶城由此兴。

后居于宫中，闻此终日郁郁。忽一日，见宫女捧宝珠一串为晨妆，玲珑滴翠，光照一室。后垂询，宫女对曰"凝碧珠"，为匠作剜鲛人目而成。后握珠泪下，愤而至帝前，以珠掷其面，叱曰："此非人所为！妾为君妻，终不能共享如此天下！"乃归于族中，自点兵将往苍梧之渊，欲释龙神归海。

百年前就已断的手臂，将过往一幕写到这里的时候，房内所有人都已经屏息。凝视着那移动的苍白的指尖，空气仿佛忽然间冻结。

"怎么可能是这样？"傀儡师的手有些痉挛地抓着怀中的偶人，显然手劲太大，阿诺脸上已经有痛苦的神色，但小偶人的眼睛也是直直的，看着桌上那一行行的字，神色复杂。

"说得好！"寂静中，却是那笙醒来了，看见一屋子的人都盯着桌上看，还未抬头看了什么，耳边却听到了真岚说的最后几句话，脱口喝彩，"那样的事情是人干的吗？什么狗屁皇帝！还是那个皇后有志气。"

"那笙。"白璎扶着伤愈的少女，却默默收了收手，示意她收声。

那笙听太子妃的话，乖乖地闭嘴。真岚看也不看她，断手继续在桌上写下下面的文字，将千年前的真相一字字写出——

> 帝怒不可遏，发兵急追，于九嶷山下与后麾战，经月不休。后长兄惧祸而暗投帝，后军遂败。后灵力高绝，虽千万人不可围。帝亲出，与之战。后败而奔至苍梧之渊下，欲开金索而力竭。见帝提剑至，知不可为，乃大笑，咒曰："阿琅，阿琅！愿吾死而眼不闭，见如此空桑何日亡！"
>
> 语毕，断指褪戒，血溅帝面，乃死。帝怒缓，解袍覆之，以手抚其额而眼终不瞑。帝忽悲不自胜，乃集白薇皇后之灵力，镇于苍梧之渊下，为龙神封印。自携后土神戒，罢兵归朝。依大司命之言建伽蓝白塔，独居塔顶，停息干戈，终身不复踏足云荒。

断手在最后一个字写完的时候，缓缓停下。

那是历史的真相？

那满满一桌面的文字，仿佛一个个都发出刺眼的光来，让所有人目眩神迷，无法透出一丝呼吸。无论空桑人还是鲛人，甚至作为外来客的慕容修，都一时间无语沉默。

"《往世录》……白薇皇后本纪第十二？"终于，白璎第一个喃喃出声，打破了寂静，"那个缺失的第十二章？"

"不错。"真岚的眼睛是暗淡的，看着白族的王者，"是你所看的那卷《往世录》缺失的那一章……所有天下流传的《六合书·往世录》，都没有那一章。"

顿了顿，仿佛叹息般，空桑的皇太子补充了一句："因为这一章是禁忌，历代以来，云荒大地上只有继承王位的人，才能看到。"

"既然要抹去，为何不彻底一些？"苏摩的神色是随着那一段文字的陆续写下，而变换了无数次。然而到最后，激烈变动的眸子里，还是阴暗和猜疑占了上风，傀儡师冷笑着质疑这一段由空桑皇太子复述出来的历史，"偏偏还要让历代皇太子知道，岂不可笑？"

没有旁证的历史，中间隔了几千年的岁月，如何能由一人之言确定？

"那是一个告诫和惩罚……"然而，大约料到了无法取信于鲛人的少主，真岚没有立刻反驳，只是解释，眉宇间忽然笼罩上了看不到底的抑郁和悲凉，"星尊帝暮年性格大变，种种做法相互矛盾——他放弃了自己拥有的不老不死的力量，并剥夺了子孙后世同样的权力。他立下规矩，让世代空桑皇帝必须以白族女子为妻，却让他们记住千年前的内乱……"

说到这里，真岚忽然微微笑了起来，眉目间带着冷嘲："他在告诫那些流着他血的后裔：要提防身边的皇后！毕竟力量不曾消灭，尚在苍梧之渊封印着。这个秘密是一柄悬在头上的利剑呀……在皇帝们眼睛能看到的土地上，是不可能让和空桑帝王之血对等的人存在的，哪怕那个人是皇后……"

"那么，为何又非要迎娶白族的女子为后？"白璎听得呆了，喃喃道，"那不是刻意要造就历代无数相互猜疑的怨偶？"

"那应该是惩罚。"出乎意料，这一次回答的却是苏摩。傀儡师空茫的眼睛仿佛看到了极其遥远的地方，露出了洞察的微弱笑意，脱口回答。

　　真岚闪电般看了鲛人少主一眼，对于他这样快就能明白星尊帝行为背后的意图，微微感到诧异，然而还是点了点头，低声回答："是惩罚……杀死白薇皇后的罪，对星尊帝来说是永远无法释怀的，不会因为肉体的消灭而消弭——惩罚将会落到流着他的血的后裔身上，无论几生几世！"

　　"星尊帝相信轮回，他等待着苍梧之渊上，那柄被封印的高悬利剑落下的一天。"说到这里，空桑皇太子忽然间笑了笑，"而这一天，已经快到了。"

　　他转过头，看向了白璎，眼神复杂："百年前眼看着你从伽蓝白塔上跳下去，刹那之间，我想起的就是断指还戒的白薇皇后。"

　　真岚当着这么多人的面提起了那一件让空桑人和鲛人都感到尴尬的往事，眼睛里有奇异的光："所谓的白薇皇后转世，恐怕是大司命当时为了遏止青王继续擅权的借口，但是……你可能真的是后土选中的人。"

　　那个瞬间白璎忍不住倒抽一口冷气，心底不知怎的有说不出的恐惧。

　　千年前为了海国，白薇皇后与星尊帝拔剑相向，战死苍梧之渊；千年后为了一名鲛人少年，空桑最后一位太子妃背弃了帝王之血，从塔顶纵身跃下，在沉睡中任凭空桑覆灭。

　　那是命……难怪真岚一直这样安慰她。

　　"星尊帝和白薇皇后？谁要像他们一样？"——那时候真岚语气中同样的恐惧和厌憎，居然就是来源于此。深知内情的他，是在极力对抗着头顶的命运之翼投下巨大阴影！

　　"真岚。"不由自主地，她低低叫丈夫的名字，用些微颤抖着的手，覆上他同样冰冷无温度的断肢，握紧。

　　忽然间，又是无语。

　　听到了千年前的秘史，室内诸人都是久久沉默，各自想着心事。

　　苏摩空茫的眼睛一直看着桌面上那一行行字迹，俊美无俦的脸上没有一丝血色。暗夜里，时间无声滑过，桌面上蘸着水写下的字悄然蒸发，慢慢消失不见。然而，那些字句却仿佛烙铁一样印入了傀儡师心底，让他不自禁微微发抖。

他相信那是真实发生过的。不知道为何，心里有个声音一直一直在告诉他，桌子上正在消失的字迹，描述的是千年前真实的历史——那个声音，居然不是平日里一直缠绕着他，不肯片刻消停的阿诺的声音，而是另外一个响起在深心里低而沉的回声。

"是真的。"

那个声音说，反复地说，一直到他的神志开始散漫和迷乱——刹那间，他的双臂交错着回过肩去，手指有些痉挛地抓紧了后背的衣衫。

火一样的灼热……那种火一样的灼热又来了！在每一夜身体里的血冰冷到冻结以后，就开始沸腾，仿佛有地狱的烈火在背后灼烤着他的心肺，体内有莫名的力量绞动着，要破体而出。

"是真的。"那个声音继续说，震响在他魂魄深处，带着无可形容的压迫力，"相信他——相信空桑人！"

是哪里来的声音？苏摩有些烦躁地摇着头，为了避开旁边诸人诧异的眼神，踉跄着退到窗边。然而手指刚一抓到窗棂，木头就在瞬间无声无息地粉碎——在他再度抬起手的刹那间，怀中的偶人忽然间出手，在他手指敲击到窗棂之前，拉住了他戒指上的引线。

阿诺的眼睛里，带着说不出的情绪：愤怒、恶毒以及一丝丝的无奈和绝望。

然而那个偶人的手还是直直地伸在那里，咔嗒作响的关节僵直着，拉住了傀儡师的手。然后抬起了眼睛，一双仿佛玻璃珠子一样的眸子定定地看着苏摩，那样地诡异，让人看了不寒而栗。

苏摩空茫的眼睛里，陡然闪过奇异的情绪变化，仿佛屈服似的吐出了一口气，用手抵住窗棂，用力到全身发抖。

是的，如果那些都是真的……那么说来，白璎是白薇皇后的转生，才会……才会遇见他？他们之间，才会有这样的恩怨纠缠？

怎么会是这样？！

那个瞬间，曾狂妄到以为自己可以"对天拔剑"的傀儡师用手抵住额头，忽然在自己的掌心无声地微笑起来——居然一切都归结于宿命……到最后，把一切都归结于宿命！多么可笑的事情，非要将这一世的所有爱憎都找出个理由来，跟虚无缥缈的往事对应！

这世上就没有无缘无故的恨和无缘无故的爱？这一世的人，并不是前世死去的人手中的傀儡……他不要被那些死人操纵。

让什么宿命见鬼去吧！无论他爱谁，他恨谁，都是这一世这一刻活着的"他"的意志，并无关于任何前代枯骨——星尊帝、白薇皇后、海皇、龙神……那些传说中的东西，都无法左右他的内心！

"我相信你说的都是真的。"没有回头，鲛人少主的眼睛看着黎明前的黑夜，似乎不带任何情绪起伏地开口，"结盟的事情，如果复国军左右权使都不反对，可以商榷。"

那样事关重大的一句话，在他口中说出来，却是淡漠如客套寒暄。

房中诸人脸色都是一变，各自有复杂的神色。

作为空桑方面，皇太子和皇太子妃执手迅速交换了一下目光，因为傀儡师这样的松口，眼里都有欣喜的光芒，赤王和蓝王也是长舒一口气。如意夫人嘴角浮出了笑容，暗自用绢子擦了擦额角的冷汗。甚至作为外人的两名中州人，慕容修和那笙，都喜不自胜。

"好啊好啊！苏摩你终于说了句像样的话……你们都是被沧流帝国害惨了的，早该一起联手了！"那笙顾不得继续盯着炎汐看，拍手叫了起来，显然白日里那一幕让她至今无法忘记，"早上西京大叔就和你们一起联手跟风隼打了一次啊！以后如果各顾各，可能就打不过了呢。"

"其实，我做这个决定，就是因为西京对我说过的那句话。"苏摩回过了头，空茫的目光投注在空桑名将脸上，然后缓缓凝聚，傀儡师忽然间躬身行了一个礼，道，"你说你要代替汀来实现海国的梦想……非常感谢阁下这样的话。让我百年后再度看到了空桑名将的风范。"

西京愣了愣,显然对于苏摩那样的恭谨显得有些无措,只是抓抓头发苦笑:"啊……什么呀,那么多年前的事再提起来……"

百年前,为了阻止空桑贵族对鲛人实行报复性的屠杀,这位当时的名将就不惜冒着身败名裂的危险,将水牢中囚禁的数千鲛人从伽蓝城放走——然后,触犯空桑律法的西京被褫夺了一切,放逐出帝都,成为一名一无所有的游侠。

"鲛人并不是善忘的民族。"说出这句话的时候,苏摩的眼睛里,却是有刻骨的仇恨一掠而过,但是傀儡师的语气却平静,"所以,我们同样记得每一位在灭顶之难中帮过我们的人。正因如此,如今我们可以试着去握住你们伸出来的友好之手——如果有阁下和……"

苏摩空茫的眼睛掠过一边冥灵女子的脸,淡淡道:"太子妃,两人联名担保的话。千年后,我们鲛人也可以试着再度相信空桑人。"

"我保证,我当然保证!"白璎脱口喃喃,神色欣喜而坚定,"我们空桑人一定会守约——至少,我会尽力确保我们这一边守约!"

"你呢?"苏摩没有再看她,茫然的视线落在西京身上,似是询问,嘴角慢慢浮出一线笑意。那个瞬间,空桑剑客忽然间有一种黑暗逼迫而来的惊悚和诧异,不知为何心里便是一阵冰冷。

"师兄!"那样的关头,却长久不见西京回答,白璎忍不住脱口低唤了一声,将他惊起。

西京恍然回过神,心里不知为何有些寒意和不自在。然而在诸人的目光下,只是默不作声地点了点头,却知道这一诺,便是如山重。

真岚的脸色没有丝毫的改变。结盟这样的大事,鲛人少主却只是询问自己的妻子和属下,并不曾问过真正可以决定空桑国务的皇太子一句。然而在这样明显的不敬之下,真岚却并没有不快。此刻,听得两人都已经做出了承诺,他才趁着这个空当开口:"空桑必不负约——只希望能与鲛人联手,各自夺回各自所有的东西。"

"好。时间不多，我们就来细细说一下如何才算是'联手'。"苏摩看也不看外面，却感知到了日夜交替的来临，知道一行人即将返回无色城，也不拖泥带水，开口冷冷道，"空桑须放回龙神。既然开出了那样高的条件，那么，作为代价，你们需要我们做什么？"

真岚的眼神再度掠过苏摩无神的眼，带着微微的诧异——一说到正事，这个傀儡师就完全没有平日里目空一切的冷漠桀骜，而带着敏锐和迅速的反应。这个鲛人少主，果然是不可小觑的……

"我要我的左足。"蓦然间，空桑皇太子开口了，"在南方镜湖入海口，那个号称深六万四千尺，可以埋下一座伽蓝白塔的鬼神渊底下。"

"果然。"听到那样显然深思过提出的交换条件，苏摩蓦然笑了起来，"很对等的难度。"

"世上除了你们鲛人，谁也无法从那么深的海底将那个封印的匣子取出。"空桑皇太子断了的右手在虚空中画了一个符号，面色凝重，"我需要我的左足，你们需要龙神的庇佑，我们可以相互交换力量——如果有朝一日沧流帝国覆灭，无色城亡灵重见天日之时，便是鲛人回归碧落海之日。"

"好。"想也不想，鲛人少主点头答应，"如违此誓，如何？"

"如违此誓，不得好……那个，死……"真岚忽然间有些迟疑——本来想说一般化的"不得好死""死无全尸"之类的，猛然想起自己分明已经是这种状态，就忍不住口吃——恍然明白空桑皇太子想说什么，虽然是临大事之时，全体气氛肃穆，大家还是忍不住笑了起来。

苏摩也笑了，然而那样微微弯起的嘴角却是瞬间又抿紧了。见真岚口吃，他便淡淡然接了下去，替他补完："如违此誓，星尊帝之昨日，便是你之明日！"

傀儡师扬着头，眼里的光芒隐秘而冷酷。那样冰冷和恶意的话，让所有正在笑的人顿时无声，相顾失色。

那一瞬，西京陡然间明白了方才自己失神的原因，不自禁地握紧了手。

"好，"然而空桑皇太子却也扬起了头，看着傀儡师的眼睛，毫不迟疑地回答，"若违今日之约，星尊帝之昨日，便是真岚之明日！"

"击掌为誓！"苏摩终于微笑，伸出了手，手指上奇形的戒指熠熠生辉。

"击掌为誓。"断手蓦然从案上跃起，重重击向傀儡师苍白修长的手。

"啪！"轻轻一声响，却仿佛惊雷回荡在所有人的心头。

相击的一刹那，苏摩和真岚的手相互握紧，似乎手心握着的是有形有质的诺言，用力地要将其压入各自的骨中，以免遗忘。

"好啊好啊！"在双手交握的一瞬间，那笙忍不住叫了起来，欢喜道，"太好了！"

随着她拍手喝彩，少女手指上的皇天折射出了一道雪亮的光。

风从伽蓝白塔顶端无声掠过，带来云荒大地四方的气息。

"小谢，你闻到了吗？血和火的味道……"在东方的风吹过来的时候，巫即苍老的脸从黑袍底下抬起，在风里闭着眼睛，问身边的弟子巫谢。

年轻的学者巫谢，还没有修习到千里外遥感的幻术水准，然而此刻，他却是确确实实闻到了风里带来的血和火的气息，淡淡的，带着焦臭和腥味。从极远极远的东方而来，穿过气流，来到数万尺高的伽蓝白塔顶端。

"桃源郡夷为平地也没什么了不起的，不过……"嗤笑的却是国务大臣巫朗，这个主持着沧流帝国日常政务的长老眼里有忍不住的讥讽，看向一边端坐的大将军巫彭，"战无不胜的彭大将军啊，这一次你还有何话可说？你的人在桃源郡把事情搞砸了，不但没有抓到皇天持有者，还损失了三架风隼！这回你如何交代？"

巫彭高大的身子在黑袍底下也微微一震，显然虽然战功显赫，这次的挫折也是他所料不及的——派出了年轻一代将领中最出色的云焕，还带着十架风隼，只为追捕一个戴着皇天的少女，居然无功而返。

"我说过不能派云焕那小子去嘛，让飞廉去不更好？"看到大将军一时哑口无言，巫姑"桀桀"笑了起来，手中腕珠不停起落，忽然间眼神如同刀子，剜了一边的另一位女长老一眼，"他可比云焕能干多了，只可惜他没有那么硬的裙带呀。"

巫真没有说话，只是抬起深蓝色的眼睛看了巫姑一眼。然而那样静谧的眼神里，却有让长老都畏惧的某种力量，让巫姑终于不敢再继续唠叨。

云焕是巫真的弟弟，这是十巫都知道的事情——巫真本名云烛，是从冰族二十万纯血子民里挑出的圣女。她出身低贱，来自最外层贫民居住的铁城，从十五岁被选中起，就独居在伽蓝白塔顶上，一边观测星象来预知吉凶灾祸，一边侍奉神殿内从不露面的智者，一直到她三十五岁卸任。卸任后，她便去掉了"云烛"这个世俗的名字，遵循智者的旨意，以前代圣女的身份进入了元老院，成为十个最接近权力中心的长老之一。

据说这个前代圣女非常得智者欢心，因为她在白塔顶上整整停留了十五年。

按例每一任圣女都只需担任十年的时间，任满便可以从白塔上回到人间，恢复平民女子的生活——智者的生命似乎是永久的，百年前带领冰族获取云荒之时，和百年内他垂帘支配沧流帝国期间，似乎丝毫不见他有任何衰弱疾病的时候。即使十巫，也只能从智者含糊不清的语调中，分辨他是否有衰老的迹象，而始终无法见其一面。

巫咸是最老的神官，在冰族进入云荒和空桑人开战起，就一直跟随智者大人左右，然而，即使是元老院的首座长老，也不曾见过智者本人。

唯一见过的，只有历代圣女。

然而每一代的圣女在离开伽蓝白塔，双脚踏上云荒土地之前，便必须喝下一种名为"窃魂"的药物，失去十年来在白塔上的一切记忆——那些掌握了沧流帝国最高深观星术的少女，在恢复平民生活之时，就彻底忘记了一切。

百年来，莫不如此。

唯独例外的就是巫真……巫真云烛。她不但保留着十五年侍奉智者左右的一切记忆，未曾喝下窃魂，然后重归红尘，还能以"十巫"的显赫身份，继续留在了伽蓝白塔之上。她的妹妹云焰，以十八岁的年纪成为新一任圣女，而她的二弟云焕，也成了征天军团里最受器重的年轻将领。

——云家三兄妹因此而显赫，云家成为帝都最炙手可热的家族。

然而，虽然成了十巫之一，这个面貌秀丽的女子却长久地沉默了下去，从未开口说过一句话，只用简单的动作来对她不得不表明态度的事情做出决定。

此刻，面对着对自己亲兄弟的指责，她却没有说话，眉宇间笼罩着淡淡的愁绪，看了一眼因此受到压力的大将军巫彭——无论如何，这一次云焕失手而回，巫彭将会受到内来自十巫、外来自智者的指责吧？

"云焕那样快被提拔为少将，本来就缺少实际的锤炼。演武堂考核的成绩不能代表实战中他的能力。此次失误，用人之人也须担起责任。"国务大臣巫朗本来就和大将军不和，抓到了这个错，更加不肯放过，也不在意旁边巫真的目光，理直气壮地指控，"而云焕少将此次犯下如此大错，必须按军法处置！"

军法处置。

这四个字仿佛利剑刺入巫真心里——沧流帝国刑法严峻，而征天军团的军规更加毫不容情。五戒十二律中，就写明"办事不力、贻误军机者，斩"。

女长老脸色迅速苍白，张了张嘴，可能多年的沉默夺去了她言语的能力，虽然满面急切，却依旧没有出声。

巫彭迅速看了巫真一眼。然而自己也面对着这样无可推卸的责任，战功彪炳的大将军看着言谈纵横的国务大臣巫朗，以及随声附和点头表示赞成的其余几名长老巫罗、巫礼、巫姑，眼里忽然有了冰冷的笑意。扫视着众人，他开口了："巫礼，你向来负责帝国与属国之间的礼节沟通，而此次征天军团出兵桃源郡追捕空桑遗党，你有没有及时通知高舜昭总督？如果不是缺少泽之国当地军队的协助，此次未必就不能抓住皇天的持有者！"

司礼官巫礼怔了怔，想起自己果然未曾尽力，一时哑然。

"还有，巫朗……我听说往北方试飞的迦楼罗金翅鸟，似乎再次坠落在砂之国了？"眼睛扫过变色的巫礼，巫彭看着对面的国务大臣，嘴角有一丝冷笑——这样大的失误，可瞒不了他这个天下大元帅。

果然，国务大臣巫朗的脸色也是一阵白一阵红，说不出话来。许久，才勉强开口分辩："迦楼罗……迦楼罗本来就很难操控，试飞失败也是不可避免的。"

"可那已经是第十次失败了。"巫彭没有认同这样苍白的辩解，军人的脸上有怒意，"不可避免？什么不可避免——征天军团五十年前就拥有了'风隼'和'比翼鸟'，而'迦楼罗'居然几十年下来都无法成功。十次失败！多少人力物力就坠毁在砂之国的荒漠里！"

国务大臣巫朗负责此事，已经有将近五十年。而这五十年里，十次试飞迦楼罗均告失败，的确也是他面目无光的一件事——如果说巫彭此次用人不当要追究责任，那么他多年来无法让金翅鸟上天，岂不是更加办事不力？

有些讷讷的，能言善辩的国务大臣也低下头去。

"而且，这一次迦楼罗坠毁也就罢了，上面那一颗纯青琉璃如意珠如果失落，看你如何在智者面前交代。"看到对方气焰低落，巫彭继续冷笑着追击。

纯青琉璃如意珠，是沧流帝国从空桑帝国那里夺来的至宝之一，传说是七千年前星尊帝琅玕擒住龙神时取下的龙珠，蕴含着极大的力量。而迦楼罗构造复杂，光凭伽蓝白塔高空掠下之势无法获得足够的力量，因此，在设计的时候，便将这一颗纯青琉璃如意珠嵌入了迦楼罗内部，以龙珠上的灵力，作为支撑这一旷世巨大机械的力量之源。

——以超自然的灵力引发机械力，这样匪夷所思的构想，来自神殿内那个神秘智者的意图。

"迦楼罗的力量是比翼鸟的十倍，风隼的五十倍。那样大的力量，即使制造出来也很难有人能操控。"旁边，一直漠然翻看书卷，不理会同僚唇枪舌剑的学究巫即终于开口，头也不抬地指出关键所在，"一般的鲛人傀儡根本无法胜任驾驭者的位置，而让帝国军人坐上操纵席，以人的反应速度，更远不如鲛人一族。"

"是啊，是啊。"听到一向散淡的巫即居然开口为自己辩解，国务大臣连忙应和，带着感激不尽的表情，"所以迦楼罗很难试飞成功，也是当然的。"

"未必。"学究将书卷合上，赫然是一册《营造法式·征天篇》——那是神殿中智者的手笔，那个神秘莫测的人在开国之初，就一手勾出了那样惊动天地的机械，让冰族所有人叹为观止。作为十巫中专攻机械力的长老，巫即散淡的眼神抬起，忽然间看了旁边的巫罗一眼——

"十次坠毁中，有六次是因为铝铁煅合部分燃烧引起，而舵柄无法负荷扭转的力量，也有断裂的迹象——可见材质上瑕疵很大，应该同时从原料上寻找原因。"

一语毕，一直圆滑、不主动发表任何意见的巫罗也怔了一下，胖胖的脸上有些微不自然的表情——作为掌管帝国国库的长老，巫罗同时也是叶城商会的会长，手中握有沧流帝国一切财务往来的大权。当然，负责从叶城采购物资投入军团机械研发的也是他。

经常与叶城那些巨贾富商打交道，巫罗几十年来也变得肥得流油。然而，这次巫即的话，忽然间就击中了心怀鬼胎的商会会长。

一时间，白塔顶上的十巫都沉默下来。

"呵呵，大家不要相互过意不去。"最后，还是最年长的巫咸出来打圆场，这个开国时期的长老在百年承平的岁月里，已经被磨得宛如最圆滑的石头，"我看这样处理好了，追捕皇天的事无论如何耽误不得，但是我想恐怕得出动比翼鸟，再让巫抵亲自去——反正他现在正好去了九嶷王的封地，做例行拜访，就顺道前往泽之国吧。"

"至于云焕少将的处分嘛……"说到这里的时候，首座长老沉吟了一下，巫彭和巫真的脸上都闪过了急切的神情。

"虽然是犯了大罪，但是毕竟是年轻人嘛……呵呵，要给他个机会。"巫咸拈着白须，点点头，"将功补过，让他去北方砂之国，将坠毁的迦楼罗和纯青琉璃如意珠找回来，担任下一次的试飞之职吧！"

"什么？"脱口惊呼的是巫彭，巫真张了张嘴，却发不出一个字。

"好，好，长老处置得好！"巫朗、巫罗点头赞同，巫姑也掩着嘴笑，只有学究巫即和他的弟子巫谢不曾表态。

"那不是让他送死？"巫彭不服，拍案而起，"明明知道迦楼罗本身有问题，难以操控，而云焕少将又已经在此次战役里失去了他的鲛人傀偶——怎么可能让他去试飞迦楼罗？！"

"如果按军法处置，那便是斩首！"巫咸没有理会大将军的抗议，只是拈须慢慢道，眼神凝聚，"我已经给了他第二次机会——而且，如果能成功，他便是迦楼罗拥有者！那难道不值得他用命去搏？"

巫咸再也没有和稀泥的耐心，冷冷斥问，让巫彭沉默下去。

巫真首先低下眼睛，默默点头，认可了首座长老对于自己弟弟的处置。看到巫真都没有反对，其余十巫便各自点头，达成了一致。

"好，当务之急，立刻让巫抵带着比翼鸟，直接从九嶷前往泽之国，将皇天携带者抓获。"巫咸发现自己也有点心力交瘁，缓缓总结此次争论的最后结果，"巫彭，你派出征天军团中'变天'和'玄天'两支，由巫抵指挥。巫礼，你需立时与高舜昭总督取得联系，令泽之国无论如何都要协助我们抓获皇天携带者！不惜一切代价。"

"不惜一切代价"，这六个字是什么意思，在座十巫都明白，然而没有任何人脸上有一丝反对的神色，只有最年轻的巫谢低下头去，用细长的手指翻阅那一册《营造法式》，手指微微颤抖，似乎想要说什么，却被太傅巫即苍老干枯的手按住。

"是。"被点到名的巫师纷纷领命，然后，似乎是要终席的时候，巫彭沉吟着，还是没有太大把握地说出了一句话："各位，云焕回来的时候遇到了一个情况。他说有一个鲛人，赤手撕裂了风隼……"

"赤手撕裂风隼？"几乎是异口同声地，其余十巫脱口惊呼。

"一个鲛人？怎么可能？"巫姑转着腕珠的手顿了一下，然后忍不住继续"桀桀"笑了起来，"你说皇天持有者趁我们不备，击落一台风隼也罢了……一个鲛人？云焕少将此战失利，若要开脱自己，也要编个好点的理由吧？"

"不可能。"一直都不大开口的学者巫即也出声了，皱眉说，"一个鲛人，怎么可能？"

连最博学的巫即都那样说，让本来自己心下也有怀疑的大将军有些迟疑起来，喃喃道："翻遍名册和丹书，根本找不到有这样强力量的鲛人——复国军左右权使也根本不可能有这样的力量……"

"不过，最近桃源郡一带似乎鲛人出没很多，怕是复国军死灰复燃。"然而，巫咸为了稳妥起见，依旧吩咐，"巫罗，你去叶城打听一下，是不是复国军最近酝酿什么行动？"

"是。"胖胖的巫罗点头领命，立马想起了自己掌管的商会即将得到的好处，"那群复国军该不会又来找死吧——如今东市里鲛人奴隶可是紧缺呢，二十万都买不到一个！这下可送上门了。"

"巫罗。"喝止的却是巫咸和巫真，听到这样的描述，两名长老同时厌恶地蹙眉，"不要在我们面前提这么龌龊的事情！"

"啊呵呵呵……抱歉抱歉，各位我先告退了。"商会会长巫罗打着哈哈，一边躬身，一边退了下去。

火把毕毕剥剥地燃烧，在墙上投下奇异扭曲的影子。

隐约有不间断的声音传来，起初听不出是什么，听得久了，才知道是不知何处的犯人的呼号声，含糊嘶哑，已经不似人声。然而这个囚室里，只有水从石砌的墙上一点点凝聚、滴落，那清晰的滴答声，机械而无休止地折磨着人的听觉，让人几乎发疯。

冰冷而平整的石头地面上，寒意似乎丝丝缕缕地透入骨中。在单人囚室的一角，一个年轻男子垂目而坐，火把在他脸上投下浓重的阴影，高而直的鼻梁将脸分割为明暗两面。在这空无一人的囚室内，尽管手上戴着沉重的铁索，这个人却一直保持着肩背笔挺的坐姿——那一望而知是出自沧流帝国军队中的标准举止。

昏暗冰冷的石头囚室内，忽然间有铁栅打开的刺耳声音，一重重从远而近。

"到你了。"狱官的声音一如石头般冰冷平板，打开了囚室的铁门，对着坐在一角的待罪军人招呼——门一开，外面行刑室中的惨叫呼号更加清晰地传入，听得人毛骨悚然。

然而年轻军人毫不迟疑地站起，肩背挺拔，向着门外的行刑室走去。

"这边。"在年轻军人即将转向行刑室方向的时候，狱官才开口，指了指通向另一侧外庭的通道，面无表情地打开他手上的镣铐，"恭喜少将，你被开释了。"

年轻的少将反而一怔，有些迟疑地立住脚——沧流帝国的刑法、征天军团的戒律，他知道得再清楚不过。所以也明白自己此次出征桃源郡却没有完成任务，回来后面对着的是什么样的处分。

毕竟事关皇天，即使是巫彭大人，也未必能让他顺利开脱。

然而，年轻军人刚迟疑着回头，就看到了站在外庭门口的黑袍长老——巫彭虽然亲自前来迎接自己最看重的部下出狱，但他看到云焕却没有说一句话，就径自转过了身走出去。多年来跟从这个帝国最高将领左右，结下了默契，少将并没有多问，便默默跟在了元帅身后。

"元老院决定给你一个机会……"自顾自往前走着，巫彭的脸在黑袍下沉如水，转达最高的意见，"你即日起立刻出发去砂之国，寻找坠毁的迦楼罗金翅鸟，并负责进行下一次的试飞。"

什么？迦楼罗的试飞又失败了？诧异在帝国少将心中一掠而过，然而云焕只是不动声色地低下了头，回答："是，元帅！"

"听说你的鲛人在这一战中死了？"巫彭带着获释的云焕一路往外

走，已到了外庭中。

然而这样一句话，却让从头到尾都没有一丝神色变动的帝国少将，眼睛里暗淡了下去："是。潇最后落到了敌方手里。"

"那真是可惜了。"巫彭淡淡道，"那个鲛人虽然不是傀儡，但是非常优秀，对你又忠心耿耿——死了就找不到第二个了。"

"是。"云焕低下头，淡然回答。

"我勉强在整个征天军团里面，给你找来了新的傀儡——你总不能一个人去驾驭迦楼罗。"走到了外庭，帝国元帅的脚步忽然停下了，巫彭的手从黑袍下缓缓抬起，指向跪在庭前的一个鲛人，"湘，来拜见你的新主人。"

"主人。"听得吩咐，鲛人少女立刻对着站住的沧流帝国少将俯首，额头碰上了他的脚面。

还是第一次遇到鲛人傀儡这样的举止，云焕下意识地退了一步。鲛人少女却依旧机械性地叩下头去，光洁的额头叩上了坚硬的石阶，渗出血迹。

"云焕，这就是你的新搭档——你要尽快习惯，没有多少时间了。"显然留意到了少将这样短时间的无措，巫彭的声音严肃起来，"湘是征天军团里面最好的一个傀儡，反应速度、判断力都是一流的。她本来是飞廉的傀儡，在'钧天'部里面驾驭比翼鸟镇守帝都。"

"飞廉？"陡然间想起了演武堂大比武之时，被自己最后击败的同年，云焕不禁一愣，脱口道，"他……他怎么会同意让湘过我这边来？"

"不过一个鲛人傀儡而已，他不会介意。试飞迦楼罗是军中头等大事，他怎么敢阻挠？"巫彭淡淡道，目光忽然停在年轻下属脸上，隐约含了深意，"而且湘是一个傀儡，改个主人对她来说根本不是问题——你看，有时候用了傀儡虫的鲛人，反倒有好处。"

"是。"少将低下头去，不敢对视元帅的眼睛。

"好自为之。"一直到巫彭自顾自离去，云焕才抬起头，看到了一边跪着的鲛人傀儡。湘的眼睛是沉沉的深碧色，毫无亮光，几乎看不见底。

那是没有神志的眼睛，完全不同于潇以前的样子。

"湘？"有些不确定地，他开口，唤了本属于飞廉的傀儡一声。

"主人。"毫不迟疑地，那双无神的眼睛抬起来，看向他，恭恭敬敬地回答。

"跟我去砂之国吧。"云焕长长吐了口气，喃喃道，"但愿我们能活着将迦楼罗飞回帝都。"

十八・纵横

　　沧流历九十一年二月初七，一个欲雨的黎明前，云荒力量格局悄然发生了变化。

　　当灯下两只手相击立誓的时候，一个新的同盟诞生了。

　　或许当一切都成为史书上墨色暗淡的文字时，后世生活在这片土地上的人们，会这样来称呼这一夜里双方定下的盟约：空海之盟。

　　为了空桑和海国的复生，而让千年来一直相互敌对仇恨的两个民族将手握到了一处，将力量合并为一股！

　　那样隐秘的联盟，纵使不被第三方得知，然而力量对比的悄然变化，依然引起了极少数几双眼睛的注意——那都是寥寥可数的能洞彻云荒一切变化的人。

　　虚无的殿堂里，敏锐地感到了什么正在静默中改变，空桑的大司命拂开了水镜，通过氤氲的水汽看向另一个空间：那个瞬间，他看到的是两只交击相握的手。

"开始了吗？"大司命喃喃道，旁边围观的三位藩王脸色为之一变。

大司命长长叹息——尽管可以洞彻轮回，但他永远只是个宿命的旁观者，只能目睹这一切的发生而无能为力。他所能做的，和历代大司命一样，只是应宿命流程而行，挑选着、守望着空桑延绵千年而不断绝的帝王血脉，然后将一切如实记录入《六合书·秘闻录》，成为某一日沧海桑田后唯一存在过的凭证。

"空桑的帝王之血！怎么可以和那么卑贱的鲛人握手？"旁边，玄王忍不住愤怒地低语，深受千百年来空桑贵族正统熏陶的另外两位王者眉间也有不忿之色。青王塬年少，脱口应合玄王的反对声，唯独紫王的脸沉默在袍下，许久，才淡淡道："真岚已经金口玉言吐然而诺，这个盟约，无法反对。"

"而且尽管对方是鲛人，毕竟这块踏板能有点厚度，还是尽力使用吧。"紫王芒的语气是波澜不惊的，"皇太子殿下的决定，我们不能质疑。"

"总有一天，殿下会连帝王之血的尊贵都忘记掉。"玄王嘟哝着，然而终究不再说话了。

大司命听得旁边诸王的纷争，却没有说话——百年前承光帝时期开始，六位藩王就钩心斗角你争我夺得厉害，空桑亡国后成为冥灵，为了一息存亡，相互间暂时熄了争斗之心，但分歧依旧是存在于六王心中。

真岚那个孩子……要担起那么一副烂摊子，的确是辛苦得很呢。

大司命默默叹了口气，俯身准备合上那一面透视不同时空的水镜，然而，猛然间老人的眼睛里有了震惊——水镜里，还有另一双眼睛！

居然有一双眼睛，在水镜那一边黑暗的一角注视着结盟的双方，带着说不出的奇特笑意。不是空桑那一方，也不是鲛人……那双黑暗中浮凸的眼睛，又是谁？还有谁和自己一样，通过水镜在观察着转折点上的这一幕？

"啪！"大司命的手猛然探入水镜中，仿佛想触摸到那个黑暗里神秘旁观者的脸，然而水面骤然碎裂，所有景象化为一片虚无——虽然是在虚无的城市里，大司命还是出了一身冷汗。

那样的眼睛，居然冥冥中在某处记忆里曾经见过。

"是谁？是谁？"大司命扶着水镜凸起的边缘，目眦欲裂地低头看着荡漾破碎的水面，有些恐惧地喃喃低语。

"智者大人，您看到了什么？"

黎明前的雾气笼罩着巨大的白塔。顶端的神殿里，隔着千重帷幕，传来一个少女恭谨的问话。焰圣女身穿白色的礼服，匍匐在帘下，将送进去的水镜从帘下拖回，合上，静静地问了一声。按以往惯例，有通天彻地之能的智者在每次看完水镜之后，都会对沧流帝国发出最高的口谕。

"唉……"长年无人进出的神殿里，重重帷幕背后，陡然透出一声悠长的叹息。

然后，便是一阵含糊不清的低语，腔调古怪，用语奇特，仿佛一个初次学舌的婴儿在努力地说话，但发出的还是奇异的不成字句的单音节。

然而，焰圣女仿佛听懂了里面那位神秘人的口谕，神色忽然间凝重。

"既然力量格局已经变化，智者大人，为什么不告诉十巫呢？"少女匍匐于地，低声请求里面的那个人，声音却是颤抖着的，"海皇复出，空海成盟，云荒的平衡即将破裂——您为什么要保持沉默呢？"

长时间的安静，帷幕后面的人没有回答一个音节。

作为冰族的圣女，云焰想尽早告诉族人这个不祥的消息，然而无形中仿佛有什么力量压制着她的行动，让她根本无法起身。

"智者、智者大人……您难道是想让……沧流帝国覆亡吗？"陡然间明白了帷幕后那个神秘人的意图，挣扎着，焰圣女终于大着胆子问出了这句几近责问的话——历代圣女中，或许从未有人对智者说过这样的话。

又是一阵沉默，帷幕背后的神秘人还是没有说话，沉默中仿佛压力越来越大，重重帷幕开始微微拂动，然后越来越明显地向外飘拂，猎猎飞扬。

"呵呵呵……"忽然间，里面发出了一阵单音节的奇异的低沉笑声。

愚蠢的孩子，你不该问超出你能力范围的愚蠢问题。

飞扬的帷幕拍到了焰圣女的脸上，将少女的视线全部裹住。又来了吗？分明还没到月圆的时候啊……虽然心中的恐惧无以言表，焰圣女还是支撑着匍匐于地，不敢后退半分。昏黑一片中，她陡然觉得手腕上一阵剧烈的刺痛，仿佛空气中有无形的利刃割破她的腕脉。

血忽然如同一道彩虹般掠起。

黎明前的夜色里，尸体堆积如山。

而一片死亡的气息中，唯独一家破败零落的房间里还透出温暖的灯光——如意赌坊的大厅里，一行人正在进行着黎明前夕的最后商谈。

那一堆庞杂的事务，终于接近尾声。

"你可以先去九嶷山下的苍梧之渊。到时候白璎会在那里等，然后你们一起去把龙神的封印解开——我们空桑人如今的力量已经不足以单独打开星尊帝设下的封印，不然何必蛰伏百年？"随着黎明的渐近，真岚的力量开始恢复，说话语气明显有了摄人心神的力量，不容反驳，"作为回报，你们须替我们拿回我被封印在海底的左足。"

"哦……你们能独力完成？好高的姿态啊。"听得那样干脆利落的提议，苏摩忽然笑了笑，"不需要我拿到你的左足作为凭证后，你们再来让太子妃释放龙神？"

"我并不是信任你。"那一颗头颅在桌上翕合着嘴唇，然而眼睛却是看了看一边远处灯下的白衣女子，"我是信任白璎……她经过那样的事都肯再度相信你，我怎么可以比她更小气？"

傀儡师微微一怔，没有说话，抱着怀中的小偶人，空茫的眼睛不知道看着虚空中何处。

另一边，赤王和蓝王已经开始提点各自的人马，准备返回无色城。只有作为太子妃的白王璎还坐在灯下，似乎对于紧逼而来的黎明丝毫不焦急——虽然出身尊贵，但自小修习过女红，冥灵女子从如意夫人那里借来了针线，在烛光下低着头，手里拿着真岚穿来的那件斗篷，细细地缝补上面的两个破洞。

苍白到几近虚幻的女子，纤细的手指间拈着银针，用自己雪白虚无的发丝为线，一针针地将斗篷前胸后背上的两处破洞补上——那样专注沉静的神色，让这个存了上百年而依然年轻的女子，陡然闪出奇异的温婉的光。

虽然那笙在一边看着即将醒来的炎汐，但是一抬头看到白璎的眼睛，陡然便是一阵恍惚……其实，苗人少女对于这位太子妃是颇感失望的。

听过西京讲述百年前堕天的故事，那样决绝惨烈，心底里不自禁地便遥想着那个女子那时该有如何绝代的风华，风袖月颜，雪魄冰魂——然而，眼前的空桑皇太子妃安静而平凡，就如世上很多嫁为人妻的女子一样。

此刻她在灯下拈着针低眉的样子，根本让那笙无法和那个从万丈高塔顶端纵身跃下大地的女子联系上。

那笙一手探着炎汐的腕脉，一边就有些出神地看着她——旁边，如意夫人端了一盏药过来，也是怔怔地立住了脚步，看着灯下织补衣物的空桑太子妃，眼神复杂。

百年未见，真的是什么都不再一样……堕天的刹那间，她也曾在伽蓝城外的镜湖中浮出水面，惊呼着仰头看向那一袭坠落的华衣。

然而百年后，却是这样沧海桑田。

在那样商议存亡大事的关头，苏摩还是没有说话。他的眼睛凝视着虚空，穿过室内摇曳的烛光，似乎看到了极其遥远的地方。真岚仿佛想继续说什么，但看到对方弥漫开去的眼神，便暂时沉默下去。

"龙神如果被放出，那么白薇皇后被封印的力量也将回到白璎身上——这是双赢的事情。作为鲛人的少主，你根本不该拒绝。"恍惚中，真岚的话语忽然传入耳中，分析利弊，"而且，若是你再度毁约，将置白璎于何地？"

轻轻"咔嚓"一声响，偶人的嘴巴大大张开，面目有些扭曲，似乎傀儡师弄痛了他。

苏摩面沉如水，本来就是空茫的深碧色眸子此刻更加看不到底，他只是抱着偶人，把头微微转向桌子上那颗会说话的头颅，忽然间，不知什么样的情绪控制着傀儡师的心，一个奇异的笑容掠过了他的唇角。

"死也死不掉，才真是可怕的事情啊。"漠然的微笑中，他忽然低声说了一句，不知道是说冥灵女子，还是眼前这颗不死的头颅。

"我们会尽全力从鬼神渊带回装着你左足的石匣。"顿了顿，仿佛没有看到真岚的眼神也微微暗淡了一下，苏摩一反方才恍惚的样子，冷静地一字字回答，"其实放出龙神，对你们空桑人的好处，不亚于对我们鲛人——你们也需要白薇皇后的力量吧？还要我们拿你的左足作为回报，似乎有些太贪心了。"

空桑皇太子没有料到这个桀骜阴沉的鲛人少主忽然间如此反击，微微错愕了一下。

"不过，既然我答应了，自然会做到。"没等对方发话，苏摩只是扬着头，看外面渐渐亮起来的天色，眉间是看不出喜怒的漠然，"让白璎获得力量也没什么不好——至少，如果你敢毁约，她就有能力杀了你！"

那样漠然的语声，却让所有听见的人都猛然一怔。

如果龙神释放，白薇皇后后土的力量回归，的确皇太子妃的力量便会超过被封印的皇太子——空桑历史上，还是第一次出现这种后土胜过皇天的局面吧？

"既然你也同意，那么，我们在苍梧之渊等你的到来。"真岚笑了笑，却不纠缠于这个颇为逆耳的问题，只是重复了那个约定。

"好。天也快亮了，你们该回去了。"苏摩站在窗边，让苍白俊美的脸对着天边微露的晨曦，淡淡催促。外面，天马已经惊觉了日夜交替的来临，开始不安地低嘶起来。

"嗯。"空桑皇太子的力量随着白昼的将近而慢慢增强，断肢从桌上跃起，托起了头颅，凌空转过头去对着一边的三位王者招呼："白璎，蓝夏，红鸢，你们先回去吧——大司命他们一定是等急了。"

"'先'回去？"有些诧异地，诸王惊问，"那殿下你……"

"我还有些事要处理。"真岚微笑着摇头，把目光投向一边已经打起了瞌睡的慕容修和西京，以及守着炎汐的那笙，对同僚道，"不用担心，你们先回去，我马上就来。"

诸王有些不安地面面相觑——前夜皇太子妃已经险遭不测，如果让太子殿下一个人留在这个诡异的傀儡师身侧……即使是刚结下盟约，但可信度实在是不高啊。

"那么，我们先回去了。"首先开口的是作为皇太子妃的白王，仿佛感觉到了日光的逼近，那个冥灵女子越发苍白和单薄起来，然而神色却是从容的，走过来抖开手中补好的斗篷，覆盖上了那个凌空的头颅。

应该是力量已经慢慢恢复，斗篷在虚空中立起，架出了一个隐约的虚无人形。

白璎低下头，将斗篷在真岚颈中打了个结，然后拂了拂，认真地审视了一番，微笑道："可不要再被人弄破了——不然怎么还给玄王？"

"一件衣服而已，他没那么小气吧？"真岚皱眉，满不在乎，然而看到外面的天色也有些紧张起来，催促妻子，"你快回去，再过一刻，太阳便要跃出地平线了！"

"好。"知道时间紧迫，白璎也不在多话，只是微微点头，"自己小心。"

然后，她便回身，和赤王蓝王一起走了出去。走过窗边的时候，白色的女子眼睛停了一下，看着那个鲛人傀儡师，悄然一笑，点头说："苏摩，我在苍梧之渊等你。"

没有等到回话，冥灵女子空无的身体已经穿过了苏摩的身体、厚实的墙壁，无声无息地走出了如意赌坊，来到了庭中。天马在扑扇着翅膀扬蹄嘶叫，急不可待地想回归于无色城，白、赤、蓝三位王者拉住了马缰，翻身而上。

雪白的双翼顿时遮蔽了天空，消失在晨曦微露的天穹。

苏摩深碧色的眼睛里始终没有一丝光亮，不再凭窗看向外面，只是沉默地转过头来，低声问了一边的如意夫人几句。然后走到左权使炎汐榻边，挥手让发呆的那笙走开，开始俯身查看复国军战士的病情。

"啊，太子妃姐姐走了？也不跟我说句话！"本来对于那边两个大人物的谈判没有丝毫兴趣，所以只是眼巴巴地看着炎汐是否好一点，然而等她抬起头来已经不见了白璎的影子，那笙感觉受了冷落，委屈地嘟起了嘴，同时将身子挪开，不情愿地让苏摩取代了自己的位置。

"呵呵，不要闹，你跟西京一起去北方的九嶷山，就能碰到她了嘛。"她刚转开了头，就看见那颗浮在半空中的头颅，笑笑地向她招呼。虽然一开始就看惯了这样支离破碎的情况，然而那笙每次面对着这张脸时，还是忍不住觉得想笑——雪山上凝结出的那个幻象实在给了她太深刻的记忆，所以看着这张平平无奇的脸时，总是有被欺骗得哭笑不得的感觉。

"九嶷，听说很远啊。"那笙收起了孩子气的表情，眼睛望着天尽头，长长叹了口气，那里，红日蓦然一跃，跳出了地平线。

"嗯？舍不得和炎汐分开吗？"真岚注意到她眼中的担忧和留恋，老实不客气地笑了起来。

那笙忽然间红了脸，瞪了他一眼，生性爽直，却不抵赖，只是抱怨："又不像你和太子妃姐姐，几千几百里都可以不当一回事。我要走多久才到九嶷呀！"

"嗯。"真岚忍不住笑了起来，饶有兴趣地低头看她，"可惜就算我现教你法术幻力，你也无法修行到日行千里啊……"

"法术？"听得空桑皇太子那么说，那笙的眼睛却忽然一亮，毕竟是对术法略知一二，她立刻伸手去拉真岚，跳了起来，"对了，你要教我学法术！要学可以救人的那种，我会学得很快的！"

那笙拉了个空，这才想起真岚没有左手，却依旧扯住斗篷不放。

"哎，哎。松手，松手！再拉就要破了——弄破了白璎要说我的！"真岚看着她扯住斗篷，眼神微微一惊，却是皱眉，忙不迭地想甩开那个黏上来的小家伙，"我教你就是。"

"呀，不许赖的！"那笙欢呼了一声，松开了手。

看到少女眼睛里腾起的欢跃光芒，空桑皇太子却是默默笑了笑——本来也就是要教会这个皇天持有者保护自身的基本技能，所以才留了下来。

能扯住本来就是"虚无"之物的斗篷，这个自称通灵的女孩子本身就有一定的灵力了吧？她倒不算自吹，如果学起来，进境应该不慢。

"我要学他那样砍了一刀马上合拢的本事！"那笙放松了力道，却不肯松开斗篷，忽然指着后面榻边的苏摩，嚷道，"这样我就不怕被人杀了，你也就不用担心我啦。"

"胡吹。"听得那样的话，真岚眼睛微微在苏摩身上一转，神色不动，口中却笑，"那本事你学不来的。"

"为什么？"那笙不服，扯紧衣服。

"别拉！会破的！"真岚吓了一跳，连忙顺着她的力道往前凑了凑，"人家练了一百年，你呢？"

"呀，要练那么久？"那笙诧异，急急问，"那有没有快一些的法术？"

"有的有的。"真岚答应着，抬起唯一的右手，手指凭空画出连续的四条折线，当最后一条线的末端和第一条线的开端重合的刹那间，那个虚空的方形忽然凝结出了实体，幻化成一本书册的形状，掉落在那笙的手心里。

"是九天玄女那样的天书吗？"苗人少女惊诧地松开拉着斗篷的手，接住那本书册，诧然发现是薄薄的羊皮册子，满心欢喜地去翻，却立刻气馁——封面上就是淡金色的一行文字，一个个如同蝌蚪模样跳来跳去，根本看不懂。

"咦？真的是天书啊……"那笙不死心，往里再翻，还是满页的蝌蚪，不由得嘀咕。

"本来就是空桑文写的术法篇章。你看得懂才有鬼。"真岚嘴角扯了扯，"我给你翻过来吧——你要苗文的，还是汉文的？"

"啊？"没有料到对方那样殷勤，那笙愣了愣，立刻道，"汉文！"

手指凭空划过，那笙手中的羊皮册子顿时有了细小的改变——上面淡金色的文字居然如同有生命般扭曲，变换成了她所熟悉的文字：《六合书·术法篇》。

"这本书本来就是虚幻的东西，所以能用念力随意地改变。"看到那笙睁大的眼睛，空桑皇太子解释，一边俯过身来用右手翻开书，点着扉页，给旁边的少女耐心地讲述，"你看，其实都是一些启蒙的东西……"

"胡说！分明是真的书！"那笙却根本没听真岚说了什么，只是用手搓着书页，柔软细腻的羊皮发出微微的硝过的气味，真切的手感，少女蓦然叫了起来，"分明是真书嘛。"

"是吗？"真岚微笑起来，口唇微微翕动，手指轻轻一点。也不知做了什么，那笙手上的书册瞬间变成透明，然后消失——她还来不及惊呼，转眼手心里凸起了一处，居然是一条嫩绿色的藤蔓爬了出来！

根茎扎入她的腕脉，汲取着养分，藤蔓迅速攀爬上了她的手指，相互牵连着，枝叶"唰唰"地延展，居然在尽端处开出了一朵淡蓝色的花，美丽芬芳。迅速地，那朵花又变成了一颗果实，清香阵阵。然后那颗果实熟透了，叶子渐渐枯黄，根茎也从她手上的皮肤中脱离，金黄色的果实"啪"的一声掉落在苗人少女的手心里，滚了滚，停住。

那笙看得目瞪口呆，只觉四季枯荣在瞬间就呼啸而过，几乎感觉如同梦寐。

然而那颗刚掉下的果实在她手心里，沉甸甸地压着她手上的肌肤，厚重实在的感觉，提醒她这片刻间发生的一切都是真实的。

"尝尝看？很好吃的。"怔怔出神时，耳边却听到了那颗头颅微笑的提议。仿佛被催眠一样，那笙拿起果子，咬了一口，沙而甜的汁液流入了口中。

"啊呸！"她刚要咬第二口，忽然想起这该死的果子是从自己血脉中长出来的，忽然间觉得恶心，立刻吐了出来——然而嚼碎的果瓤，吐到半空，忽然化成了缤纷的火星。

那笙彻底呆住，张大了嘴巴说不出话来。

手心已经是空空荡荡，无论书册、鲜花、果子全都不见了，缤纷而落的火星中，浮凸出空桑皇太子微笑的脸，带着笑谑的表情："如何？那本书还是真的吗？那个果子还是真的吗？小丫头，你知道什么真假啊。"

"你……你……"一时间脑子昏乱，那笙不知道说什么好，感觉到了自己的无知和被捉弄，忽然就怒了，用力一推那个顶着个斗篷的怪物，"讨厌！"

"哎呀呀！""刺啦"一声，斗篷被少女用力之下再度破碎，裂开了个大口子，这次忍不住叫出来的却是真岚，立刻拉着衣服跳开，愁眉苦脸地看衣襟上的破处。

那笙满肚子火，却在看到那一只断手拉着衣襟的样子时陡然烟消云灭，不禁"噗"地一笑："管你是真是假，反正我能撕破你的衣服！"

"你厉害，你厉害，我怕你了。"真岚苦笑着顺着这个小孩儿脾气的皇天持有者，重新摊开了手，那一册羊皮书赫然完好地躺在他手心，"自己看吧，你那么厉害，不用我教你了。"

"变成汉字再给我！"那笙柳眉倒竖，看到上面果然换成了认识的字才一把拿过来，"唰唰"翻页，又是眉开眼笑——果然都是精妙不可言的术法，隐身术、定身术、隔空移物、支配五行、堪舆天地……很多东西，都是她在中州依稀听过的传说中的仙人法术。

那笙忍不住欢呼起来："呀！云荒真是仙境！不然怎么会有天书？"

"我们空桑人信仰神力，千年来竭尽全力试图能通天彻地，这方面术业有专攻而已。"真岚却是不经意地笑笑，否定了她的恭维，"你先看看，这是入门启蒙一卷，也够你受用了。"

"咦，为什么你们喜欢修行这个呢？"那笙诧异地抬头，问空桑皇太子。

真岚微微笑了笑，却抬头看着天地尽头那一座高耸入云的伽蓝白塔，声音忽然变得辽远，淡淡道："因为……我们相信空桑人的祖先是从天上来的，因为某事下到凡间，却不能再回去。"

"祖先？星尊帝和白薇皇后吗？"那笙睁大了眼睛，想起方才真岚说的那一段秘闻——空桑人的皇室内，看来真的有无数不为人知的隐秘吧？那一卷只供帝王阅读的六合书里，到底记载了一些什么东西？

"星尊帝和白薇皇后……唉。"空桑皇太子没有回答问话，只是蓦然轻轻叹了口气，眼睛抬起，沿着天尽头的白塔，一直将目光投注到浅蓝色的天空上，"所以我们造起了白塔，几千年来都在努力想着回到老家去——就像鲛人想要回到大海去一样。"

那样的话，忽然让在座的人都是一怔，没有人说话。

"嗯，和我们中州一样呢！那些皇帝，个个都说自己是'天子'——也不知道天帝认不认？"然而唯独那笙没有那样微妙的感触，雀跃地回答，为自己的举一反三而得意，"看来哪里的皇帝都一样，觉得自己厉害得不像人了！"

"呃……"真岚蓦地苦笑，摇头道，"我可没那么说。"

"不过你真的很厉害啊！"见过了方才那一个小小的术法，那笙表面倔强，却是心服口服地点头，"你的法术再厉害一点，就可以像神仙那样了吧？"

"丫头，其实方才不过是个小的幻术。"真岚笑了笑，脸色却是凝重的，真的也是没有时间手把手教导，只好提纲挈要地说，看她到底能领会多少，"你确认那本书是真的，不过是通过眼、耳、鼻、舌、身的种种感触——但那些其实都是不可靠的。我不过是凝结出一个幻象，而那个幻象告诉你的眼睛、耳朵、鼻子、舌头和真实书本一模一样的感觉，那么，你就会觉得手里拿的是一本真的书。

"同样，隐身术就是告诉别人'我是不存在的'，用这一个虚幻的'念'来封闭别人的视觉。定身术，可以通过告诉对方'你的身体现在不能动’，来封闭掉他四肢的一切移动能力和触觉——当然，要做到这样，首先施展术法的人本身要有压过对方的强大念力。”

“嗯……”那笙听得那样一段话，似懂非懂地答应着，却不好意思说没听懂。

“所谓的幻术，就是绕开实体，而用虚无的幻象代替……呀，说白了就是骗人。而且要理直气壮地骗，骗得对方相信那绝对是真实的就行了。”真岚说着，也有些毛糙起来，一句话总结拉倒，“你多看一下书册就会明白。”

“嗯……”那笙连连点头，却蓦然问了一句，“有没有不是骗人把戏的真本事啊？”

“呃？那个啊。”真岚抓抓头，大笑，“当然有很多！比如堪舆、观星，再比如支配金木水火土风各种六合间的因素……甚至沟通天地、交错无色两界——不过那些对你来说现在还太深奥啦，你好好学，说不定有生之年能略窥一二。”

“哼。”听得那样的语气，那笙忍不住“哼”了一声，不服气，却问，“那么你可以做到最厉害的那种，是不是？”

真岚摇头道：“以前可以啊，现在大约差了好几点。”

“好几点？到底几点？”那笙诧异，莫名其妙。

“这里、这里，和这里……”断手掀起斗篷，点着空空荡荡的身体各个部分，左臂、双腿和躯体，“一共四点。”

“啊，是这样……”恍然大悟，苗人少女连连点头，却大包大揽地拍胸脯，“放心，我答应过你的！一定会替你补上这几点，让你变成最厉害的！”

顿了顿，那笙终归还是好奇，忍不住问：“那么现在谁最厉害？”

真岚笑了笑，拉着那笙，指指一边的苏摩，悄声说：“现在还没有他厉害呢。”

那笙看着一边低头给炎汐治伤的鲛人少主，心里却是欢喜的——那样炎汐就一定不会有事了。她压低声音，吐了吐舌头："他最厉害？可他一定不肯教我的。"

"嗯。你要自己好好学。"空桑皇太子轻声嘱咐，神色却是凝重的，"以后会很辛苦……即使有西京一路陪着你。最厉害的如果是苏摩也罢了，可惜沧流帝国还有个垂帘听政的智者……那个人、那个人……唉。"

真岚的眼神从未有那样的晦暗沉重，交错着看不到底的复杂。

"那个人才是最厉害的？"那笙吓了一跳，问道。

"至少我还没见过更强的。他到底是谁……九十年前就是败在他手里，却居然从未看到过那个人的'真相'。"空桑皇太子长长吐了口气，微微摇头，"太强了……虽然那时候我被青王出卖，中了暗算，但那个智者居然能击败帝王之血的力量，并将其封印，已经匪夷所思……哪里来的这种力量？"

那笙听他喃喃自语，却有些莫名其妙，只懂得他确认了那个沧流帝国的人才是最厉害的，不由得心里忐忑："万一……万一他来了，我可打不过他啊。"

"他不会亲自来的吧。"真岚看着天尽头的白塔，喃喃自语，"百年来那个智者从未离开过伽蓝神殿一步……真是个奇怪的人，很多事情，他似乎是在有意放纵。不然鲛人早已全灭，无色城也未必能安全。"

"嗯？"那笙诧异，却看到真岚已经回过头来，对着她微微一笑。那个笑容又是爽朗干净一如平日，将她心头的阴云驱散："不要怕啊，小丫头！你戴着皇天，好好学一些防身的术法就好，你一定能解开四个封印的。"

"我才不怕。"那笙咬着牙抬起眉头，看着真岚，"那笙答应别人的，还从来没有做不到！"

真岚忍不住抬起手摸了摸她的额发，笑了："真要感谢皇天选了你。"

另一边的西京，却是和慕容修低语了许久，两人的脸色都是凝重的。

"看来我是无法亲自送你去叶城了，不然反而会害了你。要知道眼下整个沧流帝国会开始追杀我和那笙一行。"两人在这个间隙里分析了眼下的形势，西京沉吟许久，终究说了一句，"想不到，我居然不能实现对红珊的诺言。"

看到剑客郁郁不乐的神情，年轻商人反而安慰："前辈不用为我担心……"

"西京大人不要担心，如果是泽之国境内，我可以托人一路护送慕容公子。"一边开口的，却是风华绝代的赌坊老板娘。家业一夕间破败如此，如意夫人却毫不惊慌，慢慢开口，"我在此地多年，好歹也有些人脉，要护送一个人并不难。"

"如此多谢了。"西京愣了愣，看到老板娘认真的神色，脱口说。

"不必谢。慕容公子是红珊的孩子，也是我们鲛人一族的后代，该当出手相助。"如意夫人抬手撩了撩鬓发，笑了笑，"而且……如今我们鲛人和空桑人之间，也该相互扶持，不好让西京将军为难。"

她想了想，从怀中拿出一个锦囊，解开，将一面晶莹的玉牌拿在手里轻轻抚摩。上面刻着双头金翅鸟的令牌——沧流帝国十巫赋予领地总督的最高权柄象征。这个情人的馈赠她保留了多年，未曾轻易动用。

"这面双头金翅鸟的令牌，就让慕容公子随身带着吧……"如意夫人垂下头，看了手中那面温润的玉牌半日，终于收回了恋恋不舍的目光，道，"为了海国，红珊当年战败被擒，受了多少苦楚，才遇到了你父亲——如今天可怜见，让我遇到她的孩子。"

轻轻叹息，如意夫人终究狠下心，将那面含义深长的玉牌递给一边的年轻商人。

"啪！"忽然间凭空一声轻响，仿佛无形力量蓦然卷来，那面玉牌从慕容修指间跳起。众人大惊，西京按剑回头，看到坐在角落榻边的傀儡师面无表情地抬手一招，将那一面令符收入了手心。

"少主？"如意夫人诧异，有些结巴地问，"怎、怎么？少主不同意吗？"

"不同意。"苏摩收起手,冷冷道,"这个东西,不能给中州人。"

"啊?"没有料到少主会这样斩钉截铁地反对,如意夫人愣了一下,却只是无奈地低头服从,依然低声分辩,"但慕容公子他是红珊的……"

"红珊是红珊,他是他。"不等如意夫人说完,苏摩蓦然出言打断,傀儡师的眼睛依然是茫然冰冷的,嘴角忽然泛起一丝不屑的冷笑,"一个走南闯北的男人,还要靠前人余荫庇护,算是什么东西?"

那样锋锐恶意的话,仿佛刀般割过慕容修的心。

年轻珠宝商人蓦然抬起眼睛,盯了这个傀儡师一眼,仿佛要把这个说出这样冷嘲的人的模样记住,然而只是对着苏摩淡淡道:"教训得是——原来阁下毕生都未曾受人半点恩惠,佩服。"

苏摩冷笑,本来开口就要说,陡然间仿佛想起一个人,心里便被什么狠狠咬了一口,忽然间闭口不言,脸色转为苍白。

虽然是沉默,可那样凝聚起的杀意让室内几个高手都悚然动容。那一边真岚已经顾不得捧着书卷看的那笙,立刻回身,有意无意地拦在双方之间,笑道:"鲛人也会闹内讧?这个慕容小兄弟可算是你们自己人吧?"

"呵,自己人?"忽然间,苏摩身上的杀意淡了下去,却是冷笑着,轻声吐出两个字,"杂种。"

那样的两个字,让所有人都变色。

云荒上几千年来都畜养鲛人作为奴隶。而无论空桑人,还是现在的沧流帝国,都很少有鲛人生下的混血孩子。

一方面是由于跨种族通婚,本身就很难成孕。而另一方面,畜养奴隶的主人们虽然耽于纵欲享乐,却从骨子里认为让鲛人延续血脉是极端可耻的事情。很多胎儿在刚成形的时候便被杀死在母亲身体里。最后,即使鲛人内部,对于这种被凌虐而生下的半人孩子,也视为耻辱的印记,并不善待,以"杂种"称之。

那是不被任何种族接纳的代称——而这个中州来的珠宝商并不曾了解这样称呼背后错综复杂的含义,听得那两个字,只是按照中州的字面理解，怒意勃发。

虽然知道傀儡师脾气诡异阴鸷，然而真岚实在没有想到苏摩会莫名其妙地为难慕容修。虽然慕容修和空桑没有半点关系，但他是那笙的朋友，真岚还是需要维护他，只好开口试图缓和气氛："哎，你这么说可就不……"

"先别说他，"苏摩冷笑，再度打断了真岚的话，眼角带着说不出的刻毒，"你不也是？"

帝王之血本该由空桑皇室男子和白族王族女子共同延续，才算嫡系，而真岚之母来自北方砂之国，身份卑下，甚至不是空桑一族，那也是众所周知的事情。

盟约刚刚结成，鲛人少主那样伤人的话却猝然而至。

"苏摩少爷！"如意夫人连忙拉住他，低声说，"你说的什么话！"

"公归公，私归私——答应的事情我自然会做到，但是没有必要给我厌恶的人好脸色看吧？"对着自己的乳母，桀骜阴鸷的傀儡师终于稍微软化，却是冷笑着，"皇太子大局为重，一定不会见怪……"

话音未落，忽然间黑影拂动，脸上瞬地一痛。

"我当然会见怪。"真岚淡淡回答了一句。他动手于猝不及防之间，挥袖拂去，身手如傀儡师居然一时间来也不及闪避，脸上热辣辣地挨了一下，"所以我动了手——当然，为了鲛人一族的大局，少主肯定也不会见怪。"

真岚那一击快如鬼魅，即使西京也来不及阻拦，此刻见两人居然动上了手，不由得大吃一惊，连忙按剑插身其间，想要调停。如意夫人也连忙过去拉住了少主，生怕以他的脾气便要彻底翻脸。一时间，气氛凝重。

然而苏摩慢慢抬起手抚着脸上的伤痕，空茫的眼睛渐渐凝聚如针，却没有说话。

"有趣……哈哈哈哈。"第一次被人打到了脸，然而傀儡师却没有回以颜色的意思，反而奇怪地笑了起来，"不错，我当然不会见怪。好身手啊。"

看到傀儡师微笑的一刹那，所有人都松了口气。唯独空桑皇太子眼里波澜不惊——绝不要畏惧，也绝对不要纵容那样乖戾阴鸷的脾气，对于每一个锋锐的毒刺都要针锋相对地回敬过去。这样，他才会把你放到对等的位置上。

这是白璎对他的忠告。果然是正确的……看来，这世上唯一能了解这个孤僻傀儡师的，也只有她了。

"九头金翅鸟的令符不能给慕容修……"仿佛被那样一击打回了冷漠的常态，苏摩忽然间转开了话题，将手中握着的令符举起，"这样的权柄，应该还有更重要的用途。"

真岚愣了一下，忽然间明白过来："你是想拿到泽之国兵权？那是不可能的。"

"我当然不会笨到以为拿着这块石头就可以掌控泽之国。"傀儡师苍白修长的手指紧握那一面令符，红润的嘴角浮出一个奇异的笑，"泽之国内民怨沸腾，军队也多有怨言，我只是要借着这个搅浑一潭水，好让大家各自安然上路。"

真岚眼睛停留在这个傀儡师身上，慢慢凝聚神光。

"昨夜在那些死人堆里，听到有军队想不顾上头禁止，反击征天军团……好像总兵姓郭吧？"一说到正事，苏摩空茫的深碧色眼睛就变得看不见底，字字句句透着寒气，"无令举兵自然是株连的罪名，可如果给他'总督同意'的谕示，又会如何呢？"

"呀，好主意！"慕容修脱口称赞，西京和如意夫人均是动容。

苏摩不出声地笑了笑，将令符扬手扔出，扔到慕容修手里："给你。"

年轻商人下意识地接过，却有些发愣，不明白这个方才还坚决反对如意夫人赠予自己令符的人为何忽然有如此举动，耳边却听到了傀儡师没有感情的冰冷声音："我们鲛人不便亲自出面，想要假你之手去传布'总督口谕'——你是个聪明人，做这点事不难吧？"

慕容修感觉到了手中沉甸甸的玉牌，听到那样的要求，不由得有些错愕地握紧。

"护身符不是不给你——但你总要做一些什么作为回报。世上没有不付代价的东西。"苏摩的声音是冷定的，没有了方才的邪异和恶毒，字字句句清晰而带着压迫力，"你替我去传播煽动军队的口谕，让泽之国开始动乱，然后你便可趁机上路。在商言商，这生意很公平吧？"

"是很公平！"年轻商人点头答应，看着面前这个喜怒莫测的诡异傀儡师，眼睛里却扫除了方才的记恨，微微显露出钦佩赞许。

"这样一来，西京将军也不用太担心了。"苏摩淡淡道，却是头也不抬，"可以把你的光剑收入鞘中了吧？"

光剑悄无声息地滑入鞘中，西京有些感慨地看着这个盲人傀儡师，暗自叹息。

到底是怎样的人啊……

"可、可是……少主，这样一来高舜昭总督怎么办？用他的令符调动军队对抗征天军团，不是让他成了叛逆吗？"只有如意夫人脸色青白不定，没有料到少主居然将情人赠予她的令牌做了那样的用途，"十巫会派人杀了他的！"

"那么，就在十巫没有下手前举起反旗吧。"苏摩脸色不动，冷冷道，"他若不反，就只有一死。"

如意夫人怔住，看着这个自己一手带大的俊美傀儡师，怎么也看不清这个年轻男子眼底沉沉的碧色。苏摩……苏摩少爷，何时变得这样的看不到底？连她自己在面对他的时候，都感到某种无名的恐惧。

"如姨，如果你真的为他好，我想你应该赶快前往总督府帮他看清局势。"仿佛感觉到了旁边女子苍白的脸色，苏摩面色微微一缓，修长的十指轻轻拍了拍如意夫人的肩膀，声音却是冷而轻的，吐出最后一句话，"不然，莫要说是我们把他逼上绝路。"

"如果……如果舜昭不反呢？"如意夫人想起当初总督对十巫做出妥协，将自己迁出总督府，移居桃源郡，忍不住苍白了脸颤声问，"如果他不肯反呢？"

"那么，如姨，你就逼他反。"苏摩的脸色丝毫不动，声音也是毫无起伏，"如果他不肯背弃十巫，那么……"顿了顿，傀儡师嘴角忽然露出了一个奇特的笑，"那么没有'他'也不是不可以——我随时可以造出一个傀儡来取代他目前的位置，继续做一切我要做的事情。他一定不如一个傀儡听话。"

如意夫人放开了手，下意识地倒退了几步，怔怔抬起头看着傀儡师毫无光亮的深碧色瞳孔，忽然间打了个寒战。自从第一次看到苏摩少爷回到云荒，她就感觉到了归来者身上陌生的气息——归来的，到底还是以前那个苏摩少爷吗？

傀儡师怀中的小偶人一直没有说话，只是张着眼睛看着，忽然间对着如意夫人笑了笑。

那样诡异的笑容，让如意赌坊的老板娘脸色"唰"地苍白。

"不要害舜昭……你不要害舜昭！"如意夫人看到偶人那样恶毒诡异的笑容，忽然间脱口而出，拉住了傀儡师的袖子，"苏摩少爷，你、你不要害他，我会去劝他……"

"那就好。"虽然对方是自己的乳母，但是对于那样的接触还是觉得嫌恶，傀儡师不动声色地抽出了自己的衣袖，"如姨，我也不想走到那一步，所以也不要逼我走那一步——高舜昭他毕竟是沧流的冰族贵族。如姨是聪明人，可别像那些没见识的小女人一般，犯了一时的糊涂，误了大事。"

"少主说得是。"如意夫人怔住，倒抽了一口气，低声回答，脸色苍白。

"事关重大，如果他不肯回心转意，"傀儡师从怀中拿出一个指甲盖大的小瓶子来，"那么就把这个送给他吧。"

一边说，苏摩的手指轻轻一震，左手食指上那一枚奇形的戒指忽然打开了，一只极其细小的白色东西从戒面的戒指暗盒中爬了出来，发着奇异的光，宛如闪电般落入了那个瓶子中。苏摩随即将瓶子拧紧，递给一边发怔的如意夫人。

如意夫人下意识接过，喃喃道："那是……"

"傀儡虫。"傀儡师俊美的脸上没有丝毫表情，"万一事情不顺，那便是最后的底牌。"

"你要逼她对那个人下蛊？"终于明白过来那个瓶子里是什么，慕容修虽是颇历风霜，依然忍不住脱口说。

"我没有逼她。"苏摩眼神依旧是淡然涣散的，语气也漠然，"轻重缓急，如姨自己心里应该明白——二十多年前她留在总督身边，以色侍人、曲意承欢，也就是为了等这一天。"

连真岚和西京都蓦然惊住，说不出话来。

"我们鲛人是脆弱而不擅战的，偏偏有着令贪婪者掳掠的种种天赋——但是，毕竟我们有一种好处……"傀儡师的手指托着怀中的偶人，阿诺歪歪头，做出奇异的动作，"就是我们活得比陆地上的人类更久——上天给予我们千年的岁月，去承受更长时间的痛苦，但，同时我们也可以长时间地隐忍，一直等着看到你们的灭亡。我们终将回归于那一片蔚蓝之中，但，希望以后的鲛人都可以自由地活在蓝天碧海之间……"

那样的话语，让原本激动的如意夫人都沉默下去。这个貌美如花的女人经历过诸多风霜坎坷，也已经不再如同少女时期。

静静握着手心里那个小瓶子，如意夫人眉间忽然沉静如水，跪了下去，用额头轻轻触碰苏摩的脚面，低声说："少主，如意一切都听从您的吩咐。"

"希望不至于动用傀儡虫。"俯下身去拉起自幼抚养他的女人，苏摩空茫的眼睛里也带着罕见的叹息意味，以及莫名的深沉的哀痛，"如姨，明知如此，为什么当日你不把自己的心挖出来呢？"

"苏摩少爷。"迎上傀儡师那样空茫而洞彻一切的眼睛，历经沧桑的美妇人忽然间再也压抑不住内心的挣扎，失声痛哭。这一次她的额头抵住了傀儡师的肩，而苏摩却没有嫌恶的神色，只是静静任凭她痛哭，有些疲倦地合上了眼睛。

斗篷下，真岚脸色静默，但眼睛里却有情绪复杂地变换。西京有些茫然地抬起了手，却不知自己能说些什么——对于鲛人的一切，因为红珊和汀，他或许比很多空桑人更加了解。然而，对于他们的痛苦虽然明了，自己一百多年来却选择了旁观。

室内，只有"簌簌"的轻响，那是鲛人泪化为珍珠落地的声音。

"鲛人一切痛苦都由空桑而起……千百年未曾断绝。"苏摩漠然的眼光仿佛穿透了面前的空桑人皇太子，声音也是辽远的，忽然间抬手拍了拍如意夫人，冷然道，"所以，如姨，不要在他们面前哭。"

如意夫人的手指在袖中默默握紧，身子慢慢站直。

那个瞬间，房间里的气氛忽然变得说不出地凝重——几千年来两族之间的恩怨纠葛，就宛如看不见的深渊裂开在脚下，让近在咫尺的双方忽然间不能再说出什么来。

真岚的眼睛看不到底，苏摩深碧色的瞳孔也是散漫空茫的。

方才他们交握的两手，原来并不是代表彻底的谅解——不过只是架起了一座桥梁而已。桥底下，依然是看不到底的深渊和鸿沟。

那样的盟约，不知道又能坚守多久。

十九 · 征途

东方第一缕曙光划破天宇的时候，万丈高的伽蓝白塔的顶上，新一批的风隼集结待发。

那是征天军团中北方玄天部的军队，正准备飞往九嶷山，由正在九嶷王封地上拜访的巫抵带领，前往泽之国追捕皇天的携带者。这一次一共出动了二十架风隼，领队更是用上了帝国内寥寥可数的几架"比翼鸟"之一。

沧流帝国的统治如铁般不可动摇，几十年来，还很少有这样的大规模出动。

那些穿着银黑两色军服的沧流战士眼里，都有掩不住的兴奋和战意——虽然前几日先行出动的东方苍天部已告失败，损兵折将地返回，但这样挫败的消息却无法抵消玄天部战士的士气。征天军团下属分为九个部队，号称"九天"，分别监视着云荒大地各个方向的动静，但是各支部队之间相互并不服气，所以玄天部并不因苍天部的失利而气馁。

巨大的机械发出鸣动，风猛烈地流动起来，吹起待发战士的发梢。所有人都已经在风隼上就位，只等少将一声令下便出发远征。

然而奇怪的是，此次负责行动的飞廉少将，却并未出现在座驾"比翼鸟"上。

"咦，那边是……"有人忽然低声叫了起来，指向另外一个方向的甬道——那是和出征方向不同的另一个出口。飞往西方的甬道上，一架银白色的风隼已经开始缓缓滑动。然而在越来越猛烈的风中，一个黑袍的战士站在通道旁边，手指抓住了窗棂，说着什么，跟着开始起飞的风隼跑动起来。

"飞廉少将在干什么啊？"看到己方的将领居然跑到了那边去，副将旭风忍不住低声抱怨了一句，"那不是云焕少将的风隼吗？他难道要跟着去砂之国吗？"

"是在跟湘话别吧……"忽然有战士低低笑了起来，"飞廉少将总是婆婆妈妈。"

副将旭风默不作声地盯了那个大胆的战士一眼，却没有喝令那个人闭嘴——和云焕少将治军的严厉铁血相比，飞廉在征天军团内一向有优柔的口碑，即使他各方面一直以来都在军团中出类拔萃，攀升的速度却总是落后于演武堂同一届出科的云焕。但从另一方面来说，作为下属，很多战士却是乐意接受飞廉的带领，而不愿归于云焕麾下。

然而，一门中出了两代圣女，云焕的出身和背景却是远远优于平民出身的飞廉。而云焕雷厉风行的手段和不苟言笑的作风，更是符合巫彭元帅对于军人的定义，成为整个征天军团战士的典范。而飞廉，从出科那一天就在比剑上败给了云焕，此后步步落后于同僚，也得不到巫彭元帅的青睐，经常被派驻外地——虽然实战经验多于长期镇守帝都的云焕，可提升速度却非常慢，就连提拔为少将，也比云焕晚了好几年。

这一次追捕皇天携带者的人物，巫彭元帅第一个想到的也是派出云焕。可惜云焕失手，错过了这次立下大功的机会，从而在巫即和巫姑的提议下，改派飞廉出马——而这样来之不易的机会到来时，这个人却尚自怠惰，耽误出发的时机？

副将旭风有些不耐烦地坐在风隼里，等着那个尚在云焕风隼边的主将。

黑衣在风中猎猎舞动，风隼滑行的速度越来越快，而飞廉却不放手，拉着窗棂对里面的云焕大声叮嘱着什么，随着风隼一起跑着，脸色关切。

"飞廉少将，是被鲛人傀儡的魔性迷住了呢。"

——看到这一幕，陡然间，旭风的脸色微微变了一下，想起了军团里的传言。

传闻里，飞廉几次该升而不升，甚至失去巫彭元帅的青睐而得不到重用，其中一个原因便是他对配备的鲛人傀儡往往怀有不适当的感情。

在征天军团战士的眼里，那些脸孔漂亮的白痴傀儡，不过是一件用来操纵风隼的器械，偏偏优柔寡断的飞廉少将却将他们当作同伴一样地对待。一次风隼坠毁时，为了救出被固定在座位上的鲛人傀儡，飞廉冒着爆炸的危险冲入火焰，赤手拉断禁锢救出傀儡。

"那是非常危险的倾向。"当巫彭元帅听到这件事的时候，立刻下了断语，"飞廉太优柔寡断，不足以当大任。"

于是，那个傀儡被调离了飞廉身边——那以后，为了防止出现意外，任何一位和飞廉搭档的傀儡，停留在他身边的时间都不会超过一年。

这一次，借口云焕的傀儡死去，又将湘从飞廉的身边调走，去试飞迦楼罗。

那是多么危险的任务，只要是征天军团的战士，心里都有数。为了让迦楼罗飞起来，几十年来已经有三位数的军人和傀儡死去。何况这一次和湘合作的军人又是云焕少将……那个在军团内部以冷血闻名的军人。

"还有，湘吃辣的东西会过敏……"风隼的移动已经越来越快，然而飞廉依然对着坐在风隼内的云焕做最后的嘱咐，"砂之国干燥的气候会让她的皮肤裂开的，带上这个——傀儡是不会自己说话要求什么的，所以请你好好留意她……"

海贝穿过剧烈的气流，画出了一条歪歪扭扭的曲线，最终落在云焕的衣襟上，那个掏空的贝壳里面，填满的是防止皮肤开裂的油膏。云焕一直漠然地看着窗外边跑边说话的同僚，脸色木然得如同另一边的傀儡。

然而，看到那个海贝，他忽然间笑了。

"你还真是爱惜她呀……"笑容在军人薄而直的唇线边上露出，云焕抬手拿起那个贝壳，竟然是好好地收了起来，"不过，请记住，湘现在起已经是我的所有物了——再啰啰唆唆地说下去，我会认为你是在怀疑我的能力。"

"湘不是'物'呀！"已经快到了甬道的尽头，风隼速度越快越快，疾风托起巨大的机械翅膀，让飞廉几乎无法说话，"她虽然不会自己思考，可她不是……"

"不，鲛人傀儡就是'物'。难道你忘了演武堂教官对我们的训导了？"云焕忽然间打断了他的话，语音却是冷酷的，"鲛人傀儡是和风隼配套的武器，训练一个好的傀儡需要庞大的人力物力，所以是很'珍贵'的'物'。战士必须爱护他的武器，那样贵重的东西，要和风隼一样好好'使用'才对。"

"云焕！"听到同僚那样的回答，飞廉不知道是该喜还是该忧，只好再次叮嘱，"一定要好好带着湘回来啊……"

"放手吧。"忽然间，云焕看了这个同一届演武堂毕业的少将一眼，眼神是淡漠而锐利的，隐隐有着金属的冷光，寓意深长，"再不放手，就要被拖下去了。"

飞廉蓦然放手，扑倒在甬道边缘——那个瞬间，风隼滑行到了甬道尽头，剧烈的气流托起了机械的双翅，呼啸着滑入了伽蓝白塔下的千重云气中。

一边的鲛人傀儡在熟练地操纵着风隼，美丽光洁的脸上没有一丝表情——所有的傀儡都是那样木然的，除了听从主人的吩咐之外，对外界没有任何反应。在巫彭将她送到云焕身边时，她的脑子里便已经不再记得前一个主人。

"蠢材啊……"手里握着那个海贝，云焕锐利的眼神里闪过讥诮，"对一个没有思考能力的傀儡再好，又有什么用？"

白云在眼前分了又合，天风呼啸着托起机械巨大的双翼，从窗外涌入，猎猎吹动帝国战士一头黑发。

万顷土地就在脚下如无边无际的地毯般展开，西方尽头的色泽是枯黄的，间或夹杂着一点点惨绿——砂之国，那就是他将要前往的地方。

"荣耀与梦想同在。"将手按在心口的位置，帝国少将低眉轻轻说了一句。

"你们的路将由荣耀和梦想照亮，将一切罪恶和黑暗都踩踏在脚下！"

教官昔日最后一番训导，宛如雕刻般停留在这个年轻军人的心里，无论哪一次回想，心头都有热血如沸，燃烧在他的灵魂深处。

云家从卑贱发迹，到如今在等级森严的沧流帝国里已经成了新贵——其中，他的姐姐云烛和妹妹云焰更是付出了舍身的代价，才让整个家族从伽蓝城的最底层，一路迁到了十巫等最高贵最有权势的人所居住的皇城。

那是一个家族奋斗的血泪史，每一步的前进，都必须有人付出代价。

现在，轮到了他。

那些遮蔽天日的双翼还没有离开伽蓝帝都，远在云荒大陆最东方的泽之国一家破败的赌坊里，所有和大陆命运相关的重要人物都已经悄然离开——

一袭黑斗篷裹住了大陆原先主宰者的脸，真岚在安顿好了一切事务之后，再度将那笙托付给了西京，便立刻回归于无色城。作为沧流帝国长年通缉的头号要人，为了安全起见，百年来空桑皇太子极少行走于这个大陆上，这次迫不得已出面达成了盟约，便要迅速回归水下，以免千里的征天军团闻风而动赶来。

"一路上你要听西京的话，不许胡闹了。"看到那个苗人少女笑嘻嘻的表情，真岚心里总是感到不放心，"尽快赶往九嶷，如今东方慕士塔格的封印一破，沧流帝国必然加强其余几个地方的警戒——你们要赶在伽蓝城派出的人马将九嶷控制之前，赶到那里将封印打开。"

"嗯，嗯，知道了。"那笙微微感觉不耐烦，这样简单的事情却要一而再地提醒，让她心里大没好气——炎汐一直发烧，眼看都要各自上路了还没醒过来，她心里急得要命，心思完全没有在真岚的嘱托上，只顾着看苏摩那边，不知道鲛人要将炎汐送往何处。

真岚看了那笙一眼，心里微微叹了口气，觉得这个女娃大约没有真正了解前方等待着她的是什么样的考验，生怕她半路闹起脾气来坏了大事，不由得看了西京一眼——西京只是对他默默点头，示意他放心，然而对着这个什么也不懂的少女，空桑的大将军也有些无可奈何。

"喂，喂！你要把炎汐送哪里去？"忽然看到苏摩和如意夫人低语了几句，先是将汀的尸身抬走，又有心腹下人过来将软榻上昏睡的炎汐抬起，那笙再也顾不上和真岚"嗯嗯啊啊"，一下子撇开两人跳了过去，试图阻拦，"不许带走炎汐！"

苏摩侧头微微冷笑，理也不理，只是吩咐那几个显然也是装扮成普通平民的鲛人："雇一辆车，立刻秘密将左权使送往离这里最近的青水——你们两个，就带着左权使从水路回去，一路上小心。"

"是，少主！"原本是如意夫人心腹的两人齐齐领命，便转过了头。

"不许带走炎汐！"那笙急了，一把攀住了软榻的边缘，不让那两个鲛人走开，瞪着苏摩，"你、你不许把他送走！你快把他给我治好了！"

"轮不到你说话。"苏摩忽然对这般的拖拖拉拉感到说不出地厌恶，只是一挥手便将那笙击得踉跄出去，"炎汐是复国军左权使，须听从我的命令。他回到镜湖后，还须前往南方碧落海的鬼神渊去执行任务。"

"才不！"那笙却是不服气，又几步跳了过去，拉住那个抬起的软榻，已经带了哭腔，"他、他也是我喜欢的人！不许就这样把他带走！"

苏摩眉头一皱，然而这次不等他出手，肩上偶人微微一动，空气中看不见的光一闪，就有什么东西勒住了那笙的咽喉，让她说不出话来。

真岚和西京脸色微微一变，双双抬手扶住那笙，等判定苏摩出手的轻重才松了口气。然而真岚眼睛里再度闪过担忧——果然是这般不知轻重，苏摩是何等人，也敢和他说三道四？一路上如果这傻丫头偏脾气发作，不知要惹来多少麻烦。

"那笙姑娘，那笙姑娘。"看到那个少女捂着咽喉，却依然要再度上前，如意夫人不顾苏摩的冷脸，一把上前拦住，好言相劝，"不怪少主，苏摩少爷也是为了左权使好——现下他如果不赶快回到镜湖去，用水温把体内不断上升的温度平衡下去，他就会一直发烧，脱水而死的。"

"啊？"那笙愣了一下，看如意夫人表情不像说谎，睁大了眼睛，"炎汐、炎汐到底是受了什么伤？怎么这么厉害？"

这回轮到了如意夫人一愣，忽然忍不住掩袖而笑。一屋子里的人脸上都露出微微的笑意。云荒大地上的人，无论空桑人，还是一般的平民，对于鲛人"变身"都已经是当作了常识，却忘了对这个中州少女来说，还是云里雾里不知道发生了什么。

"你们笑什么呀？"看到这样显然是有深意的笑，那笙却急了，"是、是很严重的伤吗？非要泡到水里去？"

"嗯。"出乎意料，这一次回答的却是那个傀儡师，嘴角居然露出一丝奇异的笑，"如果他不赶快回到水里，他就没法变成一个男子了。"

"咦，炎汐本来不就是……"那笙顺着脑中惯性不自禁脱口反问，忽然想起鲛人"无性"的事情，这才回过神来，一下子跳了起来，欢呼着拉住了苏摩的袖子，"啊呀！真的吗？真的吗？他……他真的要变成男的了？"

"如果是变成女的，我看连这位法力无边的少主也会很惊讶的。"看到少女如花绽放的笑容，真岚陡然感觉心头一朗，忍不住笑了起来，"好啦，这下你可以不纠缠了吧？"

"啊，真好……真好。是你、是你用法术变的吗？"听得"法力无边"，那笙却是会错了意，忍不住地雀跃，拉着苏摩的袖子不放，仰视着他，眼睛里充满了感激和喜悦，"你是好人！谢谢你把炎汐……"

"不是我变的，"下意识地对这样的接触感到厌恶，然而这一刻少女脸上那样的神色居然让傀儡师忍住了没有翻脸，只是淡淡回答，"我没有那样的法力——是你令他改变的。"

"咦？我还不会法术呢，哪里能比你还厉害？"那笙摸了摸怀里刚拿到手的典籍，诧异道，"不对，那么你是被谁变的？那个人一定也比你厉害。"

"嚓！"忽然一声轻响，苏摩出其不意地挥手，瞬间将那笙震了开去，脸色阴沉下去。这一次出手重，那笙的身子直飞了出去，若不是真岚和西京双双接住了，她便要直跌出门外。

"上路。"再也懒得多说，苏摩回头吩咐，软榻抬起。

"喂，喂！我哪里又得罪你啦？怎么你翻脸比翻书还快啊！"那笙心下大急，想要跑过去，然而真岚和西京怕她再度触怒苏摩，拉住了她。

看到女子那样焦急的表情，真岚叹了口气，决定不再兜圈子："好啦，别闹了——人家是因为喜欢你，才会想要变成一个男子来娶你的。你就让人家安生一些，好好地变身行不行？鲛人这段时间内如果不待在水里，会有很大麻烦的。"

"呃？"听得这话，不停扑腾的少女陡然愣了一下，不可思议地抬头，满脸不信，"炎汐、炎汐也喜欢我吗？你怎么知道？"

"天。"真岚皱眉，陡然觉得头大如斗，这样简单的事情解释起来居然要那么费力，只好简而言之，"我不是法力高吗？所以就知道他喜欢你，行不？"

"哦……"那笙愣了愣，点点头，看着那些人将炎汐带走，忽然又哭了起来，"不行……我要和他说话！他一直都没醒呢，我要多久才能见到炎汐啊？"

"空桑如约让鲛人回归碧落海之日，你便可见到左权使。"苏摩的声音忽然响起来，抱着傀儡冷然转过脸，看着真岚，"就可以在蓝天碧海之下，过自由自在的生活……否则，呵。"

"苏摩！"陡然明白了傀儡师那样的神色背后的威胁意味，真岚陡然眼神冰冷。

"那笙姑娘，你看左权使真的烧得很厉害了……还是回头再说吧。"如意夫人出来打圆场，微微笑着，安慰着少女，"其实，如果左权使醒来，我想以他刻板的脾气，他大约还不好意思见你呢。"

"咦？"想象着炎汐脸红的样子，那笙忽然也脸红了一下，乖乖低下头去，觉得心里又是甜蜜又是难过，许久，只讷讷问，"如意夫人……你说，炎汐真的、真的喜欢我吗？"

"嗯，是啊，一定是。"如意夫人见她到了此刻还不明白，掩嘴笑，"不过左权使有很重要的事要去做，又发着烧，必须要马上回镜湖去。"

"这样啊……那么……"那笙的脸一直红到脖子上，恋恋不舍地望了那抬出去的软榻一眼，忽然扯了扯如意夫人的袖子，低声说，"那么，你替我告诉他……我也很……很喜欢他啊！"

"好，一定。"如意夫人看着这样爽朗的少女忽然间扭捏的样子，忽然间心里有种说不出的母性的怜惜，真心实意地点点头，抚摸着那笙的头发，"你也要保重自己——好好一路走下去，在前方某处，你们定然会再相遇。"

"嗯！"那笙用力地点头，忽然露出了一个笑容，"就算他不来找我，我也会钻到水底去找他的！"

说话之间，软榻已经被秘密抬了出去，在清晨的阳光里消失。

那笙笑着笑着，又觉得伤心，眼泪簌簌落下。

苏摩却似见不得这般情景，只是转过头，对如意夫人淡淡叮嘱："如姨，你也要赶快上路赶去总督府那边了——慕容公子已经拿着令符出去了，说不得就有一场动乱要起。你若不去高舜昭那边……"

"是，属下立刻就去。"如意夫人敛襟行礼，马上便退了出去打点行装，准备前往总督府。只是仿佛不知道此去能否说服高总督，神色忧心忡忡，握紧了手里的傀儡虫。

"那么，真岚，苍梧之渊再见。"苏摩头也不回，只是扔下了最后一句话，就转身离开，那个傀儡偶人坐在他怀里，一脸漠然。

"咦，苍梧之渊，不是和我们同路吗？"那笙回过神，讷讷道，"怎么……怎么不和他一起走？"

那样厉害的同盟者，如果和他一起前往北方，应该可以共御很多强敌吧？

"他的样子，是肯和别人结伴的吗？"西京冷笑起来，看着那个黑衣傀儡师带着偶人走入日光的背影——虽然是沐浴在日光里，然而那样温和的晨曦落到他身上都仿佛变冷了。那样一袭黑衣，和赫然不掩饰的鲛人蓝发，越行越远，不曾回头。

"而且……他身上有某种吸引魔物的气息，只怕引来的麻烦会更多。"真岚也是沉吟着，看着那个孤独的背影，眼里有复杂的光，"所以那笙，你还是乖乖和西京一起走吧，一路上要听他的话……"

说着，那颗苍白的头颅忽然微笑起来，抬起唯一的右手，拍了拍少女的脸，戏谑道："这一次，你可要捧我的'臭脚'去了。"

"呸！"眼里还噙着泪，那笙却忍不住笑了起来。

"好了，我也该走了，"成功地将这个少女逗得笑了，真岚歪了歪头，对着西京笑，"接下来那笙就拜托你了，我的大将军——九嶷山上，祝你们马到成功。"

"啊，等一下！"看到对方要走，西京忽然想起了什么，拉住了好友，凑过去，"有个咒语我要问你……"

"你不是剑圣传人吗？学什么术法？"连真岚都微微愣了一下，反问。

"临时抱佛脚也行啊！我要问你那个……"西京仰起头，想了好一会儿，才道，"对了，就是那个可以把人缩小收到瓶子里去的术法！免得一路上带着太麻烦。"

"呃？带什么啊？"真岚愣了一下，忽然间明白过来，大笑道，"好好好……你的瓶子呢？"

西京抓了抓头，从破旧的衣襟摘下一只空了的酒壶："虽然不喝酒了，好歹还习惯带着这个——味道可能不大好，将就一下吧。"

最后一句，却是对着那笙说的。

"啊？"苗人少女还没有明白这两个人说的是什么意思，忽然间听到真岚拿起那个空酒囊说了几个音节，她只觉"飕"的一声，身不由己地飞了出去，眼前立刻一片黑暗。

"喏，每次你只要敲敲酒壶口，念这个咒语就可以了……"头顶上，蓦然传来真岚和西京的对话，"这样就可以了，对，对……"

刺鼻的酒味熏得苗人少女几乎昏过去，她盯着头顶上那一处遥远的光亮，发现声音就是从那里传来的。她陡然明白，立刻跳了起来，大叫道："放我出去！放我出去！该死的臭手，该死的酒鬼，放我出去！"

"咔嚓"一声，头顶那唯一的一点光亮也被遮盖上了。

"耳根总算是清静了……"西京将那个酒壶挂到腰间和光剑放在一起，拍了拍，抬起头却看到空桑皇太子有些沉重的目光。真岚看着他将酒壶放入腰间，点了点头："你是长年行走江湖的，我也不多唠叨要你小心之类的话了——只是沿路上要好好照顾这个丫头。等下放她出来吃饭的时候，你多赔些小心，她在里面一定郁闷得要疯了。"

"呃……我可不会哄孩子。"西京想起待会儿总要将这个麻烦鬼放出来，就觉得头大，"不行，还是你先给她说清楚利害关系吧，让她乖乖自己钻进壶里去……"

然而话未说完，那一袭黑色的斗篷就瞬间消失在日光里，远远只传来真岚的朗笑："不行！我也哄不了……我的大将军啊，就交给你了……"

"真岚你个臭小子给我回来！"

日光中，这片废墟在热力下蒸腾起血的腥味——那是昨日那一场杀戮中死去的平民的尸体，已经开始腐烂。一切已经尘埃落定，西京收起酒壶，一人一剑走出破落的如意赌坊。

带着腥味的风迎面卷来，吹得他乱发飞扬。

"呵呵！"落拓的剑客抬头看着万里蓝天，虽然明知前途漫长险阻，却忽然觉得雄心满怀，直欲拔剑四顾——那是他买醉百年来从未有过的踌躇满志。他西京便要游历天下，去一一破开那六合的封印，前路凶险异常，不知道会在哪一处倒下，被何人斫去了大好头颅？

"将军也要上路了吗？"身后忽然听到有人招呼，回过头去就见到了收拾好包裹出来的如意夫人——这个赌坊原先的老板娘成熟美艳，看似柔弱无骨，却是复国军中的精英。为了族人她曾委身事敌，多年辛苦经营，敛聚势力财产。一等时机到来，便毫不犹豫地一夕间散尽家财，遣走庄客，孤身一人踏上前往总督府的道路。

那是什么样的一个女子……烈烈风骨，慷慨激烈，该让世间多少男子汗颜。

作为游侠的西京心下肃然起敬，立住了脚步："夫人也要上路了吗？"

"嗯，少主吩咐我要尽快赶去总督府，片刻延迟不得，"如意夫人已经换了一身素衣打扮，却掩不住举止之间的美艳风姿，神色却是焦急的，"慕容公子已经拿着双头金翅鸟的令符出去，假若他能成功，桃源郡的变乱便要起于顷俄，我得赶快去见舜昭。"

"总督府……是在息风郡吧？"西京沉吟着，盘算着前方的路途，对着如意夫人点点头，"路途不算远，夫人自己小心。"

"嗯。"如意夫人答应着，跟了出来，"怎么不见那笙姑娘？"

"她？"西京忽然笑起来，扣了扣腰上的空酒壶，"这里！"

如意夫人一愣，潜心听去，果然隐隐听到酒壶里有敲击的声音，陡然明白了谁在里面，终于忍不住扫了满脸的愁容，掩口微笑起来。笑着笑着，忽然想起了什么，赌坊老板娘从头上拔下一根簪子交给西京："将军此去九嶷，必经过康平郡——我有一位好姐妹在康平多年，广有人脉，或许能帮上一点忙也未必。将军到那里，只管拿着这个信物去找天香酒楼的老板娘天香就好。"

"酒楼？"多时未曾沾酒，西京听得那两个字喉头耸动，也不客气，笑了笑伸手取过，顿了顿，在如意夫人就要出门的时候，忽然从怀中掏出一物，交给对方，"对了，这里有薄物，还请夫人收下，代为转交复国军。"

如意夫人诧异地看着交到手里的一卷旧书，入目的是封面上古朴的手书，赫然是几个大字：《天问剑法》！

恍然知道西京交付到自己手里的是什么，如意夫人仿佛烫着一般退了一步，讷讷地看着面前这个胡子拉碴的落拓剑客："西京将军……你、你把剑圣门下的不传之秘交付给我？这、这可怎么当得起……"

"我还嫌交得晚了——若我早日将卷中的剑技教给汀，她也不会……"西京顿了顿，声音低哑下去，扯着嘴角笑了笑，"其实师父在入门的时候就教导我，剑圣之剑须为天下被侮辱被损害之人而拔——可笑我习武有成，却遭遇国破家亡，百年来更一味沉溺在醉乡里，居然对身边那些需要我拔剑相助的人视而不见。尊渊师父若知道我今日将剑圣门下的剑技公之于众，遍授复国军，想来他只会怪我做得晚了，绝不会说我做错了。"

如意夫人握紧手中薄薄的一册，眼睛微微红了一下："将军何必如此自责……其实汀虽不能长久追随阁下，对我们鲛人一族来说，她已经是少有的幸运。"

"幸运吗？"西京忽然低头苦笑，摇头道，"不，我只希望以后鲛人中如她那般命运的，不要再多。希望夫人将这一卷书带给复国军——我不知道汀从我这里偷师学去了多少，但这卷书总要比零碎的片断要有用得多。"

顿了顿，西京再度补充："鲛人天生缺乏力量，而反应的灵敏却胜过陆上人，所以我觉得剑技对你们来说是很适合的选择。这本书里面亦记录了我师祖云隐到师父尊渊，以及我至今的心得，包括了分光化影、九歌九问——左权使炎汐的身手已经不错，如能好好研习这卷书，当有大成。到时他可将剑圣门下剑术结合鲛人自身，授遍复国军……"

"多谢将军！"如意夫人听得剑圣传人这般筹划，忍不住便是低首拜倒。

西京忙不迭扶起对方："夫人不必多礼——那也是汀的愿望。我既答允了她帮她看顾族人，自然要尽力。可惜我故国也是事务繁杂，暂时无法分身。等九嶷之行完毕，有空我便来复国军中，亲自指点各位将士剑法。"

"如此，他日我们鲛人必将盛宴结彩，开镜湖水道，迎接将军。"如意夫人手里拿着那卷天下不知道多少人憧憬的武学至宝，平素从容的语气也激动起来，"欢迎将军成为第一位来到复国军大营的空桑贵客！"

"夫人客气了。"满身酒渍的剑客朗声大笑，按剑四顾，只觉心中无数豪情涌动——虽然明知带着那笙去往六合封印，此行凶险异常，几无生理，然而出发前总算将心事完结了一件。来日泉下见到汀，也不会有未曾尽力的愧疚。

看得西京按剑长笑出门，如意夫人眼里陡然有了同样爽朗的豪气，朗声说："西京将军，等来日痛饮，请鉴赏妾身亲酿的极品'醉颜红'如何？"

"好，好！"西京大步踏出门去，听得"醉颜红"三字却是喉头耸动，连连答应，"我虽答应汀不再酗酒，但若杀出重围，来日必当和复国军诸将士一醉方休！"

朗笑中青衫闪动，西京已是扬长而去。废墟中，如意夫人将那一卷书小心收起，也向着总督府所在的息风郡上路——那里，不知道等待着她的又是什么。

冥灵军团和六王早已回归于无色城，真岚也已经返回。而红珊的儿子，那个老成干练的年轻人正拿了那面象征属国最高权柄的双头金翅鸟令符，去设法挑动起新一轮的混乱，力争在下一批伽蓝城派出的沧流军团追杀到来之前，用泽之国本地军队的力量，结成新的屏障——这个年轻珠宝商的手腕和野心，或许已经超出了一个商贾该有的。

而她的少主——所有鲛人心中视为救世英雄的那个黑衣傀儡师，却孤身带着那个孪生的偶人踏上漫漫征途，去往遥远的北方苍梧之渊，去和以前的宿敌联手释放出龙神，希望那个古老的神祇可以再度庇佑受尽了苦难的一族。

如意夫人微微抬头，看了看矗立在天尽头的那座白塔——那里，穿入云霄的白塔顶端仿佛忽然有一片乌云散开，向着东北方迅疾移动过来。那是征天军团中的变天和玄天部同时出发，呼啸着往东方和北方扑去。

阳光照射在桃源郡的废墟上。在这个破败的赌坊中，云荒大陆的各方势力风云际会，短短几日间各种合纵、连横转瞬结成，将沧流帝国铁腕维持的平衡秩序打破。

如意夫人和西京背向而行，远远地，听到风里传来剑客的长吟：

> 天龙作骑万灵从，独立飞来缥缈峰。
>
> 怀抱芳馨兰一握，纵横宇合雾千重。
>
> 眼中战国成争鹿，海内人才孰卧龙？
>
> 抚剑长号归去也，千山风雨啸青锋！

一场风云际会、龙争虎斗之后，所有人都风流云散，各自奔向各自的漫漫前程——只是都许下了在前方再度相逢的诺言。

云荒大地上传奇般的历史即将开始新的一卷。然而在《六合书·往世录》上留下的，不知道会是哪几个名字？

【双城·完】

图书在版编目（CIP）数据

镜·双城：全2册 / 沧月著. — 南京：江苏凤凰
文艺出版社，2021.11（2022.1 重印）
ISBN 978-7-5594-5759-2

Ⅰ.①镜… Ⅱ.①沧… Ⅲ.①长篇小说 – 中国 – 当代
Ⅳ.① I247.5

中国版本图书馆 CIP 数据核字 (2021) 第 148000 号

镜·双城：全2册

沧月 著

策　　划	北京记忆坊文化
责任编辑	白　涵
特约策划	暖　暖
特约编辑	绪　花
封面绘图	君　翎
封面设计	80 零·小贾
版式设计	天　缈
出版发行	江苏凤凰文艺出版社
	南京市中央路 165 号，邮编：210009
网　　址	http://www.jswenyi.com
印　　刷	三河市国新印装有限公司
开　　本	670 毫米 × 970 毫米 1/16
字　　数	451 千字
印　　张	31
版　　次	2021 年 11 月第 1 版
印　　次	2022 年 1 月第 2 次印刷
书　　号	ISBN 978-7-5594-5759-2
定　　价	72.00 元（全二册）